Deutsch von Annemarie Horschitz-Horst

Ernest Hemingway

Sämtliche Erzählungen

Rowohlt

Die in diesem Band vereinigten Erzählungen
erschienen 1927 und 1952 erstmalig
im Verlag Charles Scribner's Sons, New York,
unter den Titeln *The Fifth Column and the First Forty-Nine*
und *The Old Man and the Sea*
Schutzumschlag- und Einbandentwurf
von Werner Rebhuhn

1.–52. Tausend August 1966
53.–73. Tausend Januar 1967
74.–83. Tausend November 1968
84.–93. Tausend Februar 1970
94.–103. Tausend Oktober 1971
104.–113. Tausend Juli 1973
114.–120. Tausend Mai 1975
121.–130. Tausend September 1976

Gesamtherstellung Clausen & Bosse, Leck/Schleswig
Das Werkdruckpapier lieferte die
Papierfabrik Schleipen, Bad Dürkheim
Printed in Germany
ISBN 3 498 09176 X

Inhalt

Ernest Hemingway
Sämtliche Erzählungen

Die Ersten und die Letzten

Das kurze glückliche Leben des Francis Macomber

Es war jetzt Essenszeit, und sie sassen alle unter dem doppelten grünen Sonnendach des Speisezeltes und taten, als sei nichts passiert.

«Was möchten Sie, Limonensaft oder Zitrone?» fragte Macomber.

«Ich trinke einen Gimlet», sagte Robert Wilson zu ihm.

«Ich möchte auch einen Gimlet. Ich brauche irgend etwas», sagte Macombers Frau.

«Das ist wohl das Gegebene», stimmte Macomber zu. «Sagen Sie ihm, er soll drei Gimlets machen.»

Der Küchenboy hatte schon damit angefangen; er hob die Flaschen aus den leinenen Kühlsäcken, die Feuchtigkeit in dem Wind ausschwitzten, der durch die Bäume blies, die die Zelte beschatteten.

«Was soll ich ihnen wohl geben?» fragte Macomber.

«Ein Pfund ist reichlich», sagte Wilson. «Sie wollen sie doch nicht verwöhnen.»

«Wird der Aufseher es verteilen?»

«Zweifellos.»

Francis Macomber war vor einer halben Stunde im Triumph auf den Armen und Schultern des Kochs, der Boys, des Abhäuters und der Träger vom Rand des Lagers zu seinem Zelt getragen worden. Die Gewehrträger hatten nicht an dieser Kundgebung teilgenommen. Als die eingeborenen Boys ihn am Eingang seines Zeltes niedersetzten, hatte er ihnen allen die Hand geschüttelt und ihre Glückwünsche entgegengenommen, war dann ins Zelt gegangen und hatte auf seinem Bett gesessen, bis seine Frau hereinkam. Sie sprach nicht mit ihm, als sie hereinkam, und er verließ das Zelt, um sich draußen in der zusammenlegbaren Waschgelegenheit Gesicht und Hände zu waschen und um dann zum Speisezelt hinüberzugehen und sich auf einem bequemen Faltstuhl in den leichten Wind und den Schatten zu setzen.

«Nun haben Sie Ihren Löwen», sagte Robert Wilson zu ihm, «und einen verdammt guten dazu.»

Mrs. Macomber blickte rasch zu Wilson hinüber. Sie war eine außerordentlich hübsche und gepflegte Frau, deren Schönheit und gesellschaftliche Stellung vor fünf Jahren für die Anpreisung eines Schönheitsmittels, das sie benutzt hatte – versehen mit ihrer signierten Fotografie –, mit fünftausend Dollar bewertet worden war. Sie war seit elf Jahren mit Francis Macomber verheiratet.

«Es ist ein ordentlicher Löwe, nicht wahr?» sagte Macomber. Seine Frau blickte jetzt ihn an. Sie blickte beide Männer an, als ob sie sie nie vorher gesehen hätte.

Einen, nämlich Wilson, den weißen Jäger, hatte sie bestimmt niemals zuvor richtig gesehen. Er war etwa mittelgroß, hatte aschblondes Haar, einen borstigen Schnurrbart, ein sehr rotes Gesicht und außerordentlich kalte, blaue Augen mit weißlichen Fältchen in den Winkeln, die sich komisch vertieften, wenn er lächelte. Er lächelte sie jetzt an, und sie blickte von seinem Gesicht weg auf seine Schultern, die sich unter der losen Jacke, die er trug, rundeten, und auf die vier großen Patronen, die in Schlaufen steckten, wo die linke Brusttasche hätte sein sollen, auf seine großen, braunen Hände, seine alten Hosen, seine sehr schmutzigen Schaftstiefel und dann wieder auf sein rotes Gesicht. Ihr fiel auf, daß das Ziegelrot seines Gesichts an der weißen Markierung haltmachte, die der Rand seines Tropenhelms, der jetzt an einem Haken der Zeltstange hing, hinterlassen hatte.

«Also auf den Löwen!» sagte Robert Wilson. Wieder lächelte er ihr zu, und ohne zu lächeln sah sie auf seltsame Art ihren Mann an.

Francis Macomber war sehr groß, sehr gut gewachsen – wenn man nichts gegen ein derartig langes Gestell einzuwenden hatte –, dunkel, sein Haar war wie bei einem Seemann kurz geschoren; er war ziemlich schmallippig, und man fand ihn gut aussehend. Er hatte die gleichen Safarisachen an, wie Wilson sie trug, nur daß seine neu waren; er war fünfunddreißig Jahre alt, hielt sich sehr gut in Form, bewährte sich auf dem Sportplatz, hielt eine Reihe Großwild- und Angelrekorde und hatte sich eben in aller Öffentlichkeit als Feigling erwiesen.

«Auf den Löwen!» sagte er. «Ich kann Ihnen niemals genug danken, für das, was Sie getan haben.»

Margaret, seine Frau, sah von ihm weg und wieder zu Wilson hin.

«Reden wir nicht von dem Löwen», sagte sie.

Wilson sah, ohne zu lächeln, zu ihr hinüber, und jetzt lächelte sie ihn an.

«Es war ein sehr merkwürdiger Tag», sagte sie. «Sollten Sie nicht wohl auch mittags unterm Sonnendach Ihren Hut tragen? Sie haben mir das selbst gesagt.»

«Kann ihn ja aufsetzen», sagte Wilson.

«Wissen Sie, daß Sie ein sehr rotes Gesicht haben, Mr. Wilson?» sagte sie zu ihm und lächelte wieder.

«Vom Trinken», sagte Wilson.

«Das glaube ich nicht», sagte sie. «Francis trinkt eine Menge, aber sein Gesicht ist niemals rot.»

«Heute ist es rot.» Macomber versuchte einen Scherz zu machen.

«Nein», sagte Margaret. «Meins ist heute rot. Aber Mr. Wilsons ist immer rot.»

«Muß die Rasse sein», sagte Wilson. «Hören Sie, können Sie nicht lieber meine Schönheit als Gesprächsstoff aus dem Spiel lassen?»

«Ich habe doch grade erst damit angefangen.»

«Über Bord damit, ja?» sagte Wilson.

«Es wird schwierig werden mit der Unterhaltung», sagte Margaret.

«Sei nicht so dumm, Margot», sagte ihr Mann.

«Gar nicht schwierig», sagte Wilson. «Er hat einen Mordskerl von einem Löwen gekriegt.»

Margaret sah sie beide an, und beide merkten, daß sie nahe am Weinen war. Wilson hatte es schon eine ganze Weile kommen sehen, und er fürchtete sich davor. Macomber fürchtete sich längst nicht mehr davor.

«Ich wollte, es wäre nicht passiert. Ach, ich wollte, es wäre nicht passiert», sagte sie, stand auf und ging auf ihr Zelt zu. Sie weinte lautlos, aber man konnte sehen, wie ihre Schultern unter dem rosafarbenen, lichtechten Hemd, das sie trug, bebten.

«Frauen verlieren leicht mal die Fassung», sagte Wilson zu dem großen Mann. «Hat nichts auf sich. Überreizte Nerven und dies und jenes.»

«Nein», sagte Macomber. «Das hängt mir jetzt für den Rest meines Lebens an.»

«Unsinn. Trinken wir 'n Schluck von dem Rattengift», sagte Wilson. «Vergessen Sie die ganze Geschichte. Hat nichts auf sich.»

«Man kann's versuchen», sagte Macomber. «Ich werde jedoch nicht vergessen, was Sie für mich getan haben.»

«Gar nichts», sagte Wilson. «Was für 'n Unsinn!»

So saßen sie da im Schatten, wo das Lager aufgeschlagen war, unter einigen breitkronigen Akazien, hinter ihnen eine geröllbedeckte Klippe und ein Grasstreifen, der bis zum Ufer eines geröllgefüllten Flußbettes vor ihnen reichte, und Wald jenseits davon – saßen bei ihrem gut temperierten Limonensaft und vermieden, einander anzusehen, während die Boys den Tisch zum Essen deckten. Wilson spürte, daß die Boys jetzt im Bilde waren, und als er Macombers Privatboy neugierig seinen Herrn anblicken sah, als er ein paar Schüsseln auf den Tisch stellte, fuhr er ihn auf Suaheli an. Der Bursche wandte sich mit ausdruckslosem Gesicht ab.

«Was haben Sie ihm gesagt?» fragte Macomber.

«Gar nichts. Sagte ihm, er solle sich sputen, sonst würde ich dafür sorgen, daß er fünfzehn von der besten Sorte kriegt.»

«Was heißt das, Schläge?»

«Es ist ganz gesetzwidrig», sagte Wilson. «Man soll ihnen Geldstrafen aufbrummen.»

«Werden sie immer noch ausgepeitscht?»

«O ja. Es könnte Stunk geben, falls sie sich beklagen sollten, aber sie tun's nicht. Ist ihnen lieber als Geldstrafen.»

«Wie merkwürdig», sagte Macomber.

«Gar nicht merkwürdig eigentlich», sagte Wilson. «Was würden Sie lieber tun, 'ne Tracht Prügel einstecken oder Ihr Gehalt einbüßen?»

Dann war er verlegen, weil er dies gefragt hatte, und ehe Macomber antworten konnte, fuhr er fort: «Wissen Sie, wir haben schließlich alle jeden Tag unsere Prügel einzustecken – so oder so.»

Das machte es nicht besser. Weiß Gott, dachte er, ich bin ein Diplomat, wahrhaftig.

«Ja, wir stecken unsere Prügel ein», sagte Macomber und sah ihn immer noch nicht an. «Die Geschiche mit dem Löwen tut mir schrecklich leid. Es braucht doch nicht herauszukommen, wie? Ich meine, niemand wird davon erfahren, nicht wahr?»

«Sie meinen, ob ich es im Mathaiga-Club erzählen werde?» Wilson sah ihn jetzt kalt an. Das hatte er nicht erwartet. Also ist er ein verdammter Scheißkerl und nicht nur ein verdammter Feigling, dachte er. Ich hatte ihn direkt ganz gern, bis heute. Aber wie soll man sich bei so 'nem Amerikaner auskennen?

«Nein», sagte Wilson. «Ich bin Berufsjäger. Wir reden nie über unsere Kundschaft. Da können Sie ganz beruhigt sein. Es verstößt aber gegen den guten Ton, uns um Verschwiegenheit zu bitten.»

Es war ihm jetzt klar, daß es viel einfacher sein würde, glatt zu brechen. Er würde dann allein essen und konnte bei seinen Mahlzeiten ein Buch lesen. Sie würden allein essen. Er würde mit ihnen auf sehr förmlicher Basis die Safari durchführen – wie nannten es doch die Franzosen? – *considération distinguée* –, und es würde verdammt viel einfacher sein, als diesen ganzen Gefühlskitsch mitmachen zu müssen. Er würde ihn beleidigen und einen klaren Bruch herbeiführen. Dann konnte er beim Essen ein Buch lesen und immer noch ihren Whisky trinken. Das war die stehende Redensart, wenn eine Safari schiefging. Man traf einen anderen weißen Jäger und fragte: «Wie geht denn die Sache», und der antwortete: «Hm, ich trinke immer noch ihren Whisky», und man wußte, daß alles in die Brüche gegangen war.

«Es tut mir leid», sagte Macomber und sah ihn mit seinem amerikanischen Gesicht an, das jungenhaft bleiben würde, bis es ältlich würde, und Wilson musterte sein seemännisch kurz geschorenes Haar, seine schönen, ganz leicht ausweichenden Augen, seine gut geschnittene Nase, die schmalen Lippen und die wohlgeformte Mundpartie. «Es tut mir leid, daß ich das nicht wußte. Es gibt eine Menge Sachen, die ich nicht weiß.»

Was sollte man da machen? dachte Wilson. Er war völlig bereit, rasch und sauber zu brechen, und da entschuldigte sich dieser Tölpel, nachdem er ihn gerade beleidigt hatte. Er machte noch einen Versuch. «Haben Sie keine Bange, daß ich reden könnte», sagte er. «Ich muß mein Brot verdienen. Sie wissen doch, in Afrika verfehlt keine Frau ihren Löwen, und kein Weißer nimmt Reißaus.»

«Ich hab Reißaus genommen wie ein Hase», sagte Macomber.

Tja, in drei Teufels Namen, was sollte man mit einem Mann anfangen, der so redete? überlegte Wilson.

Wilson sah Macomber mit seinen flachen, blauen Augen an – den Augen eines Maschinengewehrschützen –, und der andere lächelte ihm zu. Er hatte ein nettes Lächeln, wenn man nicht bemerkte, wie sehr seine Augen verrieten, wenn er sich verletzt fühlte.

«Vielleicht kann ich's mit einem Büffel wieder wettmachen», sagte er. «Das wird das nächste für uns sein, nicht wahr?»

«Morgen früh, wenn Sie wollen», sagte Wilson zu ihm. Vielleicht hatte er sich geirrt. War anständig, es *so* zu nehmen! Man konnte wahrhaftig auch nicht das geringste bei so einem Amerikaner voraussagen. Er war wieder ganz für Macomber. Wenn man den Morgen vergessen könnte! Aber natürlich, das konnte man nicht. Der Morgen war ungefähr so scheußlich gewesen wie nur möglich.

«Da kommt die Memsahib», sagte er. Sie kam von ihrem Zelt auf sie zu und sah erfrischt und vergnügt und ganz reizend aus. Sie hatte ein ebenmäßiges, ovales Gesicht, so ebenmäßig, daß man sie leicht für dumm halten konnte. Aber sie war nicht dumm, dachte Wilson, nein, dumm war sie nicht.

«Wie geht es dem schönen, rotgesichtigen Mr. Wilson? Fühlst du dich besser, Francis, mein Kleinod?»

«Ja danke», antwortete Macomber.

«Ich bin mit der ganzen Geschichte fertig», sagte sie und setzte sich an den Tisch. «Was macht es denn schon aus, ob Francis sich aufs Löwentöten versteht oder nicht? Das ist nicht sein Geschäft; das ist Mr. Wilsons Geschäft. Mr. Wilson ist wirklich sehr imposant so beim Töten. Nicht wahr, Sie töten doch alles?»

«Aber ja, alles», sagte Wilson, «einfach alles.» Die sind, dachte er, die Allerhärtesten auf der ganzen Welt, die Härtesten, die Grausamsten, die Raubtierhaftesten und die Reizvollsten, und während sie hart geworden sind, sind ihre Männer schlapp geworden, oder ihre Nerven sind in die Brüche gegangen. Oder kommt es vielleicht daher, daß sie sich Männer aussuchen, die sie handhaben können? In dem Alter, in dem sie heiraten, können sie aber noch nicht soviel wissen, dachte er. Er war dankbar, daß er seine Erfahrungen mit amerikanischen Frauen bereits hinter sich hatte, denn diese hier war sehr anziehend.

«Wir gehen morgen früh auf Büffel», sagte er zu ihr.

«Ich komme mit», sagte sie.

«Nein, das werden Sie nicht.»

«Doch, ich komme. Nicht wahr, ich kann, Francis?»

«Warum nicht im Lager bleiben?»

«Um keinen Preis», sagte sie. «So was wie heute möchte ich mir um keinen Preis entgehen lassen.»

Als sie fortging, dachte Wilson, als sie wegging, um zu weinen, da schien sie ein verdammt anständiges Frauenzimmer zu sein. Sie schien zu verstehen, zu begreifen, verletzt zu sein seinetwegen und auch um ihrer selbst willen, und zu wissen, worum es eigentlich ging. Sie ist zwanzig Minuten weg, und jetzt ist sie wieder da, von Kopf bis Fuß glasiert mit jener amerikanischen Weibergrausamkeit. Es sind die verfluchtesten Weiber der Welt. Wahrhaftig die allerverfluchtesten.

«Morgen werden wir dir ein neues Schauspiel bieten», sagte Francis Macomber.

«Sie werden nicht mitkommen», sagte Wilson.

«Sie irren sich», antwortete sie ihm. «Und ich möchte *so* gern sehen, wie Sie sich wieder produzieren. Heute morgen waren Sie wunderbar. Das heißt, falls es wunderbar ist, Köpfe zu zerschießen.»

«Hier kommt das Essen», sagte Wilson. «Sie sind sehr vergnügt, was?»

«Warum nicht; ich bin nicht hier herausgekommen, um mich zu öden.»

«Nun, öde war es nicht», sagte Wilson. Er konnte das Geröll im Fluß sehen und jenseits das hohe Ufer mit den Bäumen, und er dachte an den Morgen zurück.

«O nein», sagte sie, «es war entzückend. Und morgen – Sie können sich nicht vorstellen, wie ich mich auf morgen freue!»

«Das ist Antilope, was er Ihnen serviert», sagte Wilson.

«Das sind die großen, kuhartigen Dinger, die wie Hasen hüpfen, nicht wahr?»

«Das beschreibt sie wohl», sagte Wilson.

«Es ist sehr gutes Fleisch», sagte Macomber.

«Hast du es geschossen, Francis?»

«Ja.»

«Die sind nicht gefährlich, nicht wahr?»

«Nur wenn sie auf einen rauffallen», sagte Wilson.

«Was bin ich froh.»

«Warum nicht mit den Weibergemeinheiten ein bißchen aufhören, Margot?» sagte Macomber, während er das Antilopensteak schnitt und etwas Kartoffelbrei, Sauce und Karotten auf die nach unten zeigende Gabel häufte, die das Stück Fleisch aufspießte.

«Könnte ich wohl», sagte sie, «da du es so hübsch ausgedrückt hast.»

«Heute abend wollen wir den Löwen mit Sekt begießen», sagte Wilson. «Es ist mittags ein bißchen zu heiß.»

«Ach, der Löwe», sagte Margaret. «Den Löwen hatte ich ganz vergessen.»

Na, sie nimmt ihn *tüchtig* hoch, und ob! dachte Wilson bei sich, oder ist das vielleicht ihre Art, gute Miene zum bösen Spiel zu machen? Wie soll sich eine Frau benehmen, wenn sie entdeckt, daß ihr Mann ein verdammter Feigling ist? Sie ist verflucht grausam, aber grausam sind sie alle. Sie haben das Kommando, natürlich, und um zu kommandieren, muß man manchmal grausam sein. Dennoch, ich hab ihren verdammten Terror satt.

«Nehmen Sie noch etwas Antilope?» sagte er höflich zu ihr.

Später an jenem Nachmittag fuhren Wilson und Macomber mit dem eingeborenen Chauffeur und den zwei Gewehrträgern im Auto hinaus. Mrs. Macomber blieb im Lager. Zum Ausgehen sei es zu heiß, sagte sie, und sie würde am frühen Morgen mit ihnen kommen. Als sie losfuhren, sah Wilson sie unter dem großen Baum stehen; sie war eher hübsch als schön in ihrem zart-rosigen Khaki, dem dunklen Haar, das sie nach hinten aus der Stirn gezogen und im Nacken in einem tiefen Knoten zusammengefaßt hatte, und einem Gesicht, das so frisch aussah, als ob sie in England wäre. Sie winkte ihnen zu, als sich das Auto durch das hohe Gras der Niederung in Bewegung setzte und sich zwischen den Bäumen hindurch zu den kleinen mit Gebüsch bestandenen Hügeln hinaufwand.

Im Gebüsch fanden sie eine Herde Impalas, und sie verließen das Auto und pirschten einen alten Widder mit großen, weitgespreizten Hörnern an, und Macomber erlegte ihn mit einem sehr beachtlichen Schuß, der den Bock aus einer Entfernung von beinah zweihundert Metern niederstreckte und die Herde wild losjagen und sie mit hochgezogenen Beinen, in langen Sätzen eines über des andern Rücken springen ließ – in Sätzen, unwahrscheinlich und schwebend, wie die, die man manchmal in Träumen macht.

«Das war ein anständiger Schuß», sagte Wilson. «Sie geben ein kleines Ziel ab.»

«Taugt das Gehörn was?» fragte Macomber.

«Es ist hervorragend», sagte Wilson zu ihm. «Wenn Sie so schießen, wird alles glatt gehen.»

«Glauben Sie, daß wir morgen auf Büffel stoßen werden?»

«Die Wahrscheinlichkeit ist groß. Sie äsen früh am Morgen, und mit ein bißchen Glück können wir sie im freien Gelände überraschen.»

«Ich möchte diese Löwengeschichte gern aus der Welt schaffen», sagte Macomber. «Es ist nicht sehr angenehm, wenn die eigene Frau sieht, daß man so etwas macht.»

Ich sollte denken, es sei noch unerfreulicher, so was zu tun oder nachdem man's getan hat, darüber zu reden, dachte Wilson. Frau oder keine Frau. Aber er sagte: «Ich würde nicht mehr daran denken. Jeden kann der erste Löwe umschmeißen. Das ist jetzt vorbei.»

Aber an jenem Abend, nach dem Essen und einem Whisky-Soda am Feuer vorm Schlafengehen, als Francis Macomber auf seinem Feldbett unter dem Moskitonetz lag und auf die nächtlichen Geräusche horchte, war es nicht vorbei. Es war weder vorbei, noch fing es an. Es war da, genauso, wie es sich zugetragen hatte, mit einigen unauslöschlich eingeprägten Einzelheiten, und er schämte sich hundserbärmlich darüber. Aber stärker noch als Scham fühlte er kalte, aushöhlende Angst in sich. Die Angst war noch da, wie ein kaltes, schleimiges Loch in all der Leere, wo früher einmal sein Selbstvertrauen gewesen war, und sie erregte ihm Übelkeit. Sie war jetzt immer noch da in ihm.

Es hatte die Nacht vorher angefangen, als er aufgewacht war und den Löwen brüllen hörte, irgendwo oben am Fluß. Es war ein tiefer Ton, und zum Schluß war so was wie ein hustendes Grunzen, und das klang, als ob er direkt vor dem Zelt war, und als Francis Macomber in der Nacht aufwachte und es hörte, hatte er Angst. Er konnte seine Frau ruhig im Schlaf atmen hören. Da war niemand, dem er sagen konnte, daß er Furcht hatte, niemand, der sich mit ihm fürchtete, und da lag er allein und kannte das Somali-Sprichwort nicht, das sagt, daß ein tapferer Mann immer dreimal vor einem Löwen Angst hat: wenn er zum erstenmal seine Spur sieht, wenn er ihn zum erstenmal brüllen hört und wenn er ihm zum erstenmal gegenübersteht. Dann, als sie, ehe die Sonne aufgegangen war, bei Laternenlicht draußen im Speisezelt Frühstück aßen, brüllte der Löwe wieder, und es kam Francis vor, als ob er dicht am Rand des Lagers sei.

«Scheint ein alter Knabe zu sein», sagte Wilson und blickte von seinen Bücklingen und seinem Kaffee auf. «Hören Sie, er hustet!»

«Ist er sehr nah?»

«Eine Meile oder so stromaufwärts.»

«Werden wir ihn sichten?»

«Wollen mal sehen.»

«Daß sein Brüllen so weit trägt! Es klingt, als ob er mitten im Lager sei.»

«Trägt verdammt weit», sagte Robert Wilson. «Es ist merkwürdig, wie es trägt. Hoffentlich ist es eine jagdbare Katze. Die Boys sagen, es gäbe hier herum einen sehr großen.»

«Falls ich zum Schuß komme», fragte Macomber, «wo soll ich hintreffen, um ihn zu stoppen?»

«Aufs Blatt», sagte Wilson. «Ins Genick, wenn's geht. Schießen Sie aufs Rückgrat. Brechen Sie ihn nieder.»

«Hoffentlich kann ich den Schuß richtig placieren», sagte Macomber.

«Sie schießen sehr gut», sagte Wilson zu ihm. «Lassen Sie sich Zeit. Sprechen Sie ihn sorgfältig an. Der erste Treffer zählt.»

«Welche Distanz wird es sein?»

«Kann man nicht sagen. Der Löwe hat da mitzureden. Würde nicht schießen, wenn er nicht nah genug ist, so daß Sie ihn sicher haben.»

«Auf weniger als neunzig Meter?» fragte Macomber.

Wilson blickte ihn kurz an.

«Neunzig ist ungefähr richtig. Kann sein, daß Sie ihn ein wenig kürzer angehen müssen. Würde keinen Schuß von viel weiter weg riskieren. Neunzig ist 'ne anständige Schußweite. Da können Sie ihn treffen, wo immer Sie wollen. Da kommt die Memsahib.»

«Guten Morgen», sagte sie. «Sind wir hinter dem Löwen her?»

«Sobald Sie mit Ihrem Frühstück fertig sind», antwortete Wilson. «Wie fühlen Sie sich?»

«Großartig», sagte sie. «Ich bin furchtbar aufgeregt.»

«Ich will nur mal gehen und sehen, ob alles fertig ist.» Wilson stand auf. Während er wegging, brüllte der Löwe wieder.

«Alter Krakeeler», sagte Wilson. «Dem werden wir ein Ende machen.»

«Was ist los, Francis?» fragte ihn seine Frau.

«Nichts», sagte Macomber.

«Doch ist was», sagte sie. «Worüber regst du dich auf?»

«Über gar nichts», sagte er.

«Sag mir ...» sie sah ihn an, «fühlst du dich nicht wohl?»

«Es ist dies verdammte Gebrüll», sagte er. «Weißt du, es ging die ganze Nacht durch.»

«Warum hast du mich nicht geweckt?» sagte sie. «Ich hätte es zu gern gehört.»

«Ich muß das verdammte Biest töten», sagte Macomber jämmerlich.

«Na, deswegen bist du doch hier draußen, nicht?»

«Ja, aber ich bin nervös. Das Gebrüll von dem Biest geht mir auf die Nerven.»

«Also dann schieß ihn tot, wie Wilson sagte, und mach dem Gebrüll ein Ende.»

«Jawohl, Liebling», sagte Francis Macomber. «Es klingt einfach, nicht wahr?»

«Du hast doch nicht Angst, oder doch?»

«Natürlich nicht. Aber ich bin nervös von dem Gebrüll die ganze Nacht über.»

«Du wirst ihn ganz fabelhaft erledigen», sagte sie. «Ich weiß, du wirst. Ich bin schon wahnsinnig gespannt darauf, es zu sehen.»

«Frühstücke fertig und wir brechen auf.»

«Es ist noch nicht hell», sagte sie. «Dies ist eine lächerliche Zeit.»

Gerade da brüllte der Löwe. Eine brusttiefe, stöhnende, plötzlich kehlige und anschwellende Schwingung schien die Luft zu erschüttern und endete in einem Seufzer und einem schweren, brusttiefen Grunzen.

«Es klingt, wie wenn er direkt hier wäre», sagte Macombers Frau.

«Weiß Gott», sagte Macomber. «Ich hasse diesen verdammten Lärm.»

«Es ist sehr eindrucksvoll.»

«Eindrucksvoll? Es ist grauenhaft.»

Eben da erschien Robert Wilson wieder; er trug seine kurze häßliche, abstoßend großkalibrige .505 Gibbs und grinste.

«Kommen Sie», sagte er. «Der Gewehrträger hat Ihre Springfield und die große Büchse. Es ist alles im Auto. Haben Sie Ihre massiven Patronen?»

«Ja.»

«Ich bin soweit», sagte Mrs. Macomber.

«Müssen ihm das Handwerk legen», sagte Wilson. «Gehen Sie nach vorn. Die Memsahib kann hier hinten mit mir sitzen.»

Sie kletterten in das Auto, fuhren los und im ersten grauen Tageslicht zwischen den Bäumen hindurch, flußaufwärts. Macomber öffnete den Verschluß seiner Büchse und sah, daß er metallüberzogene Patronen drin hatte, schloß den Riegel und sicherte. Er sah, wie seine Hand zitterte. Er tastete in der Tasche nach weiteren Patronen und fuhr mit den Fingern über die Patronen in den Schlaufen vorn in seiner Jacke. Er drehte sich um, Wilson zu, der auf dem Rücksitz in dem türlosen, kastenartigen Auto neben seiner Frau saß; beide grinsten vor Aufregung, und Wilson beugte sich vor und flüsterte:

«Sehen Sie die Vögel niedergehen? Bedeutet, daß der alte Bursche seine Beute verlassen hat.»

Am jenseitigen Flußufer sah Macomber Geier über den Bäumen kreisen und plötzlich senkrecht niederstoßen.

«Gut möglich, daß er hier entlangkommen wird, um zu saufen,

ehe er sich zur Ruhe legt», flüsterte Wilson. «Halten Sie die Augen auf.»

Sie fuhren langsam an der hohen Böschung des Flusses entlang, die hier tief in sein geröllgefülltes Bett einschnitt, und sie wanden sich bei der Fahrt zwischen großen Bäumen hindurch. Macomber beobachtete das gegenüberliegende Ufer, als er fühlte, daß Wilson seinen Arm packte. Das Auto hielt.

«Da ist er», hörte er flüstern. «Geradeaus und nach rechts. Steigen Sie aus, und schießen Sie. Es ist ein wunderbarer Löwe.»

Jetzt sah Macomber den Löwen. Er stand, fast in ganzer Länge sichtbar, das mächtige Haupt erhoben und ihnen zugewandt. Der frühe Morgenwind, der ihnen entgegenwehte, bewegte gerade seine dunkle Mähne, und der Löwe sah riesenhaft aus, scharf umrissen im grauen Morgenlicht auf der Uferböschung mit seinem schweren Vorderblatt und dem tonnenförmigen, ebenmäßig gewölbten Rumpf.

«Wie weit weg ist er?» fragte Macomber und hob die Büchse.

«Ungefähr siebzig. Steigen Sie aus, und schießen Sie.»

«Warum nicht von hier – wo ich bin – schießen?»

«Man schießt sie nicht vom Auto aus», hörte er Wilson ihm ins Ohr sagen. «Steigen Sie aus. Der bleibt da nicht den ganzen Tag stehen.»

Macomber stieg über die geschwungene Öffnung neben dem Vordersitz auf das Trittbrett und hinunter auf den Boden. Der Löwe stand immer noch da und blickte majestätisch und kühl auf diesen Gegenstand hin, den seine Augen nur als Umriß wahrnahmen – massig ausladend wie ein Riesen-Rhino. Ihm wurde keine Menschenwitterung zugetragen, und er beobachtete den Gegenstand und bewegte sein mächtiges Haupt ein wenig von einer Seite zur andern. Dann, während er den Gegenstand furchtlos beobachtete, jedoch zögerte, mit diesem Gegenüber das Ufer hinabzugehen, um zu trinken, sah er, wie sich die Gestalt eines Mannes davon loslöste, und er wandte das schwere Haupt und setzte in Sprüngen der Deckung der Bäume zu, als er ein berstendes Krachen hörte und den Einschlag einer .30-06, 220-grain-kalibrigen, massiven Patrone fühlte, die sich in seine Flanke einbiß und mit jäher, heißer, siedender Übelkeit seinen Magen aufschlitzte. Er trabte schwerfällig, großpfotig, verwundet, prall-leibig, schwankend durch die Bäume dem hohen Gras und der Deckung zu, und das Krachen kam noch einmal, ging an ihm vorbei und zerschlitzte die Luft. Dann krachte es noch einmal, und er fühlte den Schlag, als er seine unteren Rippen traf und weiteraufschlitzte, und Blut plötzlich heiß und schaumig im Maul, und er galoppierte dem hohen Gras zu, wo er niederkauern und nicht gesehen werden konnte, wo sie das krachende Ding nahe genug heranbringen mußten, so daß er lossetzen und den Mann, der es hielt, kriegen konnte.

Als Macomber aus dem Auto stieg, hatte er nicht überlegt, wie dem Löwen zumute war. Er wußte nur, daß seine Hände zitterten, und als er sich vom Auto entfernte, war es ihm fast unmöglich, seine Beine in Bewegung zu setzen. Sie waren steif in den Oberschenkeln, aber er konnte fühlen, wie die Muskeln flogen. Er hob die Büchse, zielte auf die Stelle zwischen Kopf und Schultern des Löwen und drückte ab. Nichts geschah, obgleich er am Abzug zog und abdrückte, bis er glaubte, sein Finger würde zerbrechen. Dann wurde im klar, daß noch gesichert war, und während er die Büchse senkte, um die Sicherung rüberzuschieben, bewegte er sich noch einen starren Schritt vorwärts, und der Löwe, der seine Silhouette jetzt von der Silhouette des Autos losgelöst sah, wandte um und setzte sich in Trab, und als Macomber Feuer gab, hörte er einen Aufschlag, der besagte, daß die Kugel gesessen hatte, aber der Löwe lief weiter. Macomber schoß wieder, und alle sahen die Kugel jenseits von dem trabenden Löwen Erde aufwerfen. Er schoß nochmals und dachte daran, tiefer zu zielen, und alle hörten die Kugel einschlagen, und der Löwe ging in einen Galopp über und war im hohen Gras, bevor er noch repetieren konnte.

Macomber stand da, und sein Magen drehte sich um; seine Hände, die noch die schußbereite Springfield hielten, bebten, und seine Frau und Robert Wilson standen bei ihm. Neben ihm standen auch die beiden Gewehrträger und plapperten auf Wakamba.

«Ich hab ihn getroffen», sagte Macomber. «Ich hab ihn zweimal getroffen.»

«Sie haben ihn in die Eingeweide getroffen und dann noch irgendwo weiter vorn», sagte Wilson ohne Begeisterung. Die Gewehrträger sahen sehr ernst aus. Sie schwiegen jetzt.

«Vielleicht haben Sie ihn getötet», fuhr Wilson fort. «Wir müssen eine Weile warten, ehe wir hingehen, um es festzustellen.»

«Was meinen Sie damit?»

«Er soll sich erst ins Wundbett niedertun, bevor wir ihm nachspüren.»

«Hm», sagte Macomber.

«Es ist ein verdammt feiner Löwe», sagte Wilson aufgeräumt, «er hat sich nur 'n schlechten Platz ausgesucht.»

«Warum ist er schlecht?»

«Man sieht ihn erst, wenn man direkt auf ihm drauf ist.»

«Hm», sagte Macomber.

«Kommen Sie, los», sagte Wilson. «Die Memsahib kann hier im Auto bleiben. Wir wollen gehen, uns die Schweißfährte besehen.»

«Bleib hier, Margot», sagte Macomber zu seiner Frau. Sein Mund war ganz trocken, und es fiel ihm schwer, zu reden.

«Warum?» fragte sie.

«Wilson sagt es.»

«Wir wollen es uns mal besehen», sagte Wilson. «Bleiben Sie hier. Von hier aus können Sie sogar besser sehen.»

«Schön.»

Wilson sprach auf Suhaeli mit dem Fahrer. Er nickte und sagte: «Jawohl, Bwana.»

Dann gingen sie das steile Ufer hinunter und durch den Fluß, kletterten über und um das Geröll herum und das andere Ufer hinauf, zogen sich an ein paar vorspringenden Wurzeln hoch und gingen dann daran entlang, bis sie die Stelle fanden, wo der Löwe getrabt war, als Macomber zum erstenmal gefeuert hatte. Die Gewehrträger zeigten mit Grashalmen im kurzen Gras auf den dunklen Schweiß, der sich zwischen den Uferbäumen verlief.

«Was werden wir tun?» fragte Macomber.

«Nicht viel Wahl», sagte Wilson. «Wir können das Auto nicht rüberbringen. Ufer ist zu steil. Wir wollen ihn ein bißchen steif werden lassen, dann werden Sie und ich hineingehen, nach ihm suchen.»

«Kann man nicht das Gras in Brand setzen?» fragte Macomber.

«Zu frisch.»

«Kann man nicht die Treiber schicken?»

Wilson sah ihn prüfend an. «Natürlich kann man», sagte er. «Aber es riecht 'n bißchen nach Mord. Wir wissen, daß der Löwe verwundet ist, nicht wahr? Man kann einen unverwundeten Löwen jagen – er wird sich vor einem Geräusch herbewegen –, aber ein verwundeter Löwe greift an. Man kann ihn erst sehen, wenn man direkt dran ist. Er wird sich völlig flach machen in einer Deckung, von der Sie nicht denken würden, daß sie einen Hasen verbergen könnte. In so 'nen Zirkus kann man nicht gut halbwüchsige Jungens hineinschicken. Irgendwer kriegt bestimmt was ab.»

«Und die Gewehrträger?»

«Oh, die gehen mit uns. Es ist ihre *shauri*. Verstehen Sie, die haben sich dazu verpflichtet. Sehr glücklich sehen sie jedoch nicht aus, was?»

«Ich will da nicht hineingehen», sagte Macomber. Es war heraus, bevor er wußte, daß er's gesagt hatte.

«Ich auch nicht», sagte Wilson sehr munter. «Haben aber tatsächlich keine Wahl.» Dann nachträglich warf er einen flüchtigen Blick auf Macomber und sah auf einmal, wie er zitterte, und den jämmerlichen Ausdruck auf seinem Gesicht.

«Selbstverständlich brauchen Sie nicht hineinzugehen», sagte er. «Dafür bin ich ja angeheuert, nicht wahr? Darum bin ich auch so teuer.»

«Wollen Sie sagen, daß Sie da allein reingehen würden? Warum ihn nicht dort lassen?»

Robert Wilson, der sich nur mit dem Löwen und dem Problem, das er bot, beschäftigt hatte und der gar nicht an Macomber gedacht hatte, außer um vielleicht zu buchen, daß er ein Angsthase war, hatte plötzlich das Gefühl, als ob er in einem Hotel die falsche Tür geöffnet und etwas Peinliches gesehen hatte.

«Was wollen Sie damit sagen?»

«Warum ihn nicht einfach dort lassen?»

«Sie meinen, uns selbst vormachen, daß er nicht getroffen ist?»

«Nein, einfach lassen.»

«Das tut man nicht.»

«Warum nicht?»

«Erstens hat er bestimmt Schmerzen. Zweitens könnte irgendwer anderes zufällig auf ihn stoßen.»

«Ach so.»

«Aber Sie brauchen gar nichts damit zu tun zu haben.»

«Ich möchte aber», sagte Macomber. «Wissen Sie, ich hab's nur mit der Angst.»

«Ich werd vorangehen, wenn wir reingehen», sagte Wilson, «und Kongoni wird der Spur folgen. Halten Sie sich hinter mir und ein bißchen seitwärts. Sehr möglich, daß wir ihn grollen hören. Wenn wir ihn sehen, schießen wir beide. Machen Sie sich keinerlei Sorgen. Ich decke Sie die ganze Zeit. Wissen Sie, tatsächlich sollten Sie vielleicht lieber nicht gehen. Es ist wahrscheinlich viel besser. Warum gehen Sie nicht hinüber zu der Memsahib, während ich die Sache eben erledige.»

«Nein, ich möchte gehen.»

«Schön», sagte Wilson. «Aber gehen Sie nicht hinein, wenn Sie nicht wollen. Dies ist jetzt meine *shauri*, nicht wahr?»

«Ich möchte gehen», sagte Macomber.

Sie saßen unter einem Baum und rauchten.

«Wollen Sie hinübergehen und sich mit der Memsahib unterhalten, während wir warten?» fragte Wilson.

«Nein.»

«Ich geh eben mal hinüber und sag ihr, sie soll Geduld haben.»

«Gut», sagte Macomber. Er saß da mit trockenem Mund, ein hohles Gefühl im Magen, schwitzte unter den Armen und suchte den Mut aufzubringen, Wilson zu sagen, daß er allein hineingehen und den Löwen ohne ihn erledigen solle. Er konnte nicht wissen, daß Wilson wütend war, weil er den Zustand, in dem er sich befand, nicht eher bemerkt und ihn zu seiner Frau zurückgeschickt hatte. Während er so dasaß, kam Wilson zurück. «Hier ist Ihre große Büchse», sagte er. «Nehmen Sie sie. Ich glaube, wir haben ihm genug Zeit gelassen. Kommen Sie.»

Macomber nahm die große Büchse, und Wilson sagte:

«Bleiben Sie hinter mir und ungefähr vier Meter rechts, und tun Sie genau, was ich Ihnen sage.» Dann sprach er auf Suhaeli mit den beiden Gewehrträgern, die wie ein Bild des Trübsinns aussahen.

«Wir wollen gehen», sagte er.

«Kann ich einen Schluck Wasser haben?» fragte Macomber. Wilson redete mit dem älteren Gewehrträger, der eine Wasserflasche am Gürtel trug, und der Mann hakte sie los, schraubte den Verschluß ab und reichte sie Macomber, der sie nahm und dem auffiel, wie schwer sie schien und wie haarig und abgenutzt der Filzüberzug in seiner Hand war. Er hob sie in die Höhe, um zu trinken, und blickte gerade vor sich hin, auf das hohe Gras mit den flachkronigen Bäumen dahinter. Eine Brise wehte ihnen entgegen, und das Gras wogte leise im Wind. Er blickte den Gewehrträger an, und er konnte sehen, daß der Gewehrträger auch Angst ausstand.

Dreißig Meter tiefer im Gras lag der große Löwe flach hingestreckt am Boden. Seine Ohren waren angelegt, und seine einzige Bewegung war ein schwaches Auf- und Abzucken seines langen, schwarzquastigen Schwanzes. Er stellte sich, sobald er diese Deckung erreicht hatte, und die Wunde in seinem vollen Leib ließ ihn erbrechen, und die Wunde in der Lunge, die ihm jedesmal, wenn er atmete, ein dünnes, schaumiges Rot ins Maul trieb, schwächte ihn. Seine Weichen waren naß und heiß, und Fliegen waren auf den kleinen Öffnungen, die die Kugeln in sein lehmfarbenes Fell gemacht hatten, und seine großen, gelben, von Haß verengten Augen blickten starr vor sich hin und zuckten nur, wenn der Schmerz beim Atmen kam und seine Pranken sich in die ausgedörrte Erde gruben. Alles in ihm, Schmerz, Übelkeit, Haß und alle ihm verbliebene Kraft verdichteten sich zum Sprung. Er konnte die Männer sprechen hören, und er wartete und preßte sein ganzes Sein in diese Vorbereitung zum Angriff – die Männer sollten nur das Gras betreten. Als er ihre Stimmen hörte, steifte sich sein Schwanz und zuckte auf und nieder, und als sie den Rand des Grases betraten, gab er ein hustendes Grunzen von sich und griff an.

Kongoni, der alte Gewehrträger an der Spitze, hielt die Schweißspur im Auge. Wilson beobachtete das Gras auf irgendeine Bewegung hin, die große Büchse schußbereit. Der zweite Gewehrträger blickte vorwärts und lauschte; Macomber war dicht hinter Wilson mit schußbereiter Büchse; sie hatten gerade das Gras betreten, als Macomber das bluterstickte, hustende Grunzen hörte und den sausenden Ansturm im Gras sah. Das Nächste, was er wußte, war, daß er rannte, wild rannte, in Panik, im Freien, dem Fluß zu.

Er hörte das *carawong!* von Wilsons großer Büchse und nochmals in einem zweiten Krachen *carawong!* und sich umwendend, sah er den Löwen, der jetzt grausig aussah, als sei der halbe Kopf weg, am

Saum des hohen Grases auf Wilson zukriechen, während der rotgesichtige Mann den Bolzen an der kurzen, häßlichen Büchse löste und sorgfältig zielte und noch ein vernichtendes *carawong!* aus der Mündung kam, und der kriechende, schwere, gelbe Rumpf des Löwen erstarrte und das riesige, verstümmelte Haupt nach vorn glitt, und Macomber, der allein in der Lichtung, in die er gelaufen war, stand und ein geladenes Gewehr in der Hand hielt, wußte, während zwei schwarze Männer und ein weißer Mann voller Verachtung auf ihn zurückblickten, daß der Löwe tot war. Er ging auf Wilson zu, und seine Länge wirkte wie ein nackter Vorwurf, und Wilson sah ihn an und sagte:

«Wollen Sie Aufnahmen machen?»

«Nein», sagte er.

Das war alles, was irgendwer gesagt hatte, bis sie beim Auto angelangt waren. Dann hatte Wilson gesagt:

«Prachtkerl von einem Löwen. Die Boys werden ihn ausweiden. Wir können genausogut hier im Schatten bleiben.»

Weder hatte Macombers Frau ihn angeblickt, noch er sie, und er hatte neben ihr auf dem Rücksitz gesessen, während Wilson auf dem Vordersitz saß. Einmal hatte er hinübergelangt und die Hand seiner Frau genommen, ohne sie anzublicken, und sie hatte ihre Hand weggezogen. Als er über den Fluß blickte, wo die Gewehrträger den Löwen ausweideten, konnte er sehen, daß sie das Ganze hatte mitansehen können. Während sie dasaßen, langte seine Frau nach vorn und legte ihre Hand auf Wilsons Schulter. Er wandte sich um, und sie beugte sich über den niedrigen Sitz vornüber und küßte ihn auf den Mund.

«Aber was denn?» sagte Wilson und wurde röter als seine gewohnte Ziegelfarbe.

«Mr. Robert Wilson», sagte sie. «Der schöne, rotgesichtige Mr. Robert Wilson.»

Dann setzte sie sich wieder neben Macomber und blickte hinweg über den Fluß dorthin, wo der Löwe lag mit hochstehenden, weißmuskeligen, sehnengezeichneten, nackten Vorderpranken und weißem, aufgetriebenem Bauch, als die Schwarzen ihm die Haut ausfleischten. Schließlich brachten die Gewehrträger das Fell herüber, naß und schwer, und kletterten mit ihm hinten hinein, nachdem sie es, bevor sie einstiegen, zusammengerollt hatten, und das Auto fuhr los. Niemand hatte irgend etwas gesagt, bis sie im Lager zurück waren.

Das war die Geschichte mit dem Löwen. Macomber hatte weder gewußt, wie dem Löwen zumute war, bevor er lossetzte, noch dabei, als ihm das unglaubliche Geschmetter der .505 mit einem Mündungsdruck von zwei Tonnen ins Maul geschlagen, noch was ihn danach weiter vorwärts getrieben hatte, als das zweite aufschlitzende Krachen ihm das Hinterteil zerschmetterte und er auf das krachende, explodierende Ding, das ihn vernichtet hatte, losgekrochen kam. Wilson wußte etwas davon und gab dem nur Ausdruck, indem er sagte:

«Mordskerl von einem Löwen!» aber Macomber wußte auch nicht, was Wilson den Dingen gegenüber empfand. Er wußte nicht, was seine Frau empfand; er wußte nur, daß er für sie erledigt war.

Er war schon häufiger für seine Frau erledigt gewesen, aber es dauerte nie an. Er war sehr wohlhabend und würde später noch viel wohlhabender sein, und er wußte, daß sie ihn jetzt nicht mehr verlassen würde. Das war eine von den wenigen Sachen, die er wirklich wußte. Das wußte er und über Motorräder wußte er Bescheid – das war das Früheste –, über Autos, über Entenjagd, über Forellen-, Lachs- und Hochseefischerei, über Erotik in Büchern, in vielen, zu vielen Büchern, über alle Ballspiele, über Hunde, nicht viel über Pferde, über das Zusammenhalten seines Geldes, über die meisten anderen Dinge, mit denen man sich in seiner Welt abgab, und daß ihn seine Frau nicht verlassen würde. Seine Frau war eine große Schönheit gewesen, und in Afrika war sie immer noch eine große Schönheit, aber zu Haus war sie keine so große Schönheit mehr, daß sie ihn hätte verlassen und sich hätte verbessern können, und sie wußte es, und er wußte es. Sie hatte die Chance, ihn zu verlassen, verpaßt, und er wußte es. Wenn er sich besser auf Frauen verstanden hätte, würde sie wahrscheinlich angefangen haben, sich Gedanken zu machen, daß er eine andere, schöne Frau nehmen würde, aber sie wußte auch über ihn zu viel, um sich seinetwegen zu beunruhigen. Außerdem hatte er immer eine große Duldsamkeit gezeigt, was das Netteste an ihm zu sein schien, falls es nicht das Unheimlichste war.

Alles in allem galten sie für ein verhältnismäßig glückliches Ehepaar, eines von jenen, über dessen Auseinandergehen häufig Gerüchte umlaufen, die aber nie Wirklichkeit werden, und – wie der Berichterstatter im Gesellschaftsteil sich ausdrückte: sie bereicherten ihre so viel beneidete und ewig anhaltende romantische Liebesgeschichte um mehr als die Würze des *Abenteuers* mit dieser *Safari* in dem, was als ‹dunkelstes Afrika› galt, bis die Martin Johnsons es auf der Filmleinwand in helles Licht gerückt hatten, wo sie *Old Simba,* dem Löwen, dem Büffel und *Tembo*, dem Elefanten, nachjagten und außerdem Exemplare für das Naturkunde-Museum sammelten. Derselbe Berichterstatter hatte mitgeteilt, daß es mit ihnen bereits dreimal *auf der Kippe* gestanden hatte, was auch stimmte. Aber sie vertrugen sich immer wieder. Ihre eheliche Verbindung hatte eine zuverlässige Grundlage: Margaret war zu schön, als daß Macomber sich von ihr hätte scheiden lassen, und Macomber hatte zu viel Geld, als daß Margaret ihn je verlassen würde.

Es war jetzt gegen drei Uhr morgens, und Francis Macomber, der eine kurze Zeit über geschlafen hatte, nachdem er aufgehört hatte, über den Löwen nachzudenken, wachte auf und schlief wieder ein und erwachte plötzlich, im Traum geängstigt von dem blutköpfigen Löwen, der über ihm stand, und als er hinhorchte, während sein Herz hämmerte, merkte er, daß seine Frau nicht auf dem andern Lager im Zelt war. Er lag zwei Stunden mit diesem Wissen wach.

Nach Ablauf dieser Zeit kam seine Frau ins Zelt, hob ihr Moskitonetz hoch und kroch behaglich ins Bett.

«Wo bist du gewesen?» fragte Macomber in der Dunkelheit.

«Hallo», sagte sie. «Bist du wach?»

«Wo bist du gewesen?»

«Ich war gerade mal draußen, um ein bißchen Luft zu schöpfen.»

«Den Teufel hast du das getan!»

«Was möchtest du denn, daß ich sage, Liebling?»

«Wo bist du gewesen?»

«Draußen, Luft schöpfen.»

«Das ist eine neue Bezeichnung dafür. Was für eine Hure du bist.»

«Na, und du bist ein Feigling.»

«Gut», sagte er, «und was macht's?»

«Macht gar nichts, was mich anlangt. Aber bitte, wir wollen nicht reden, Liebling; ich bin so schläfrig.»

«Du glaubst, daß ich alles einstecke.»

«Ich weiß, du tust es, mein Süßer.»

«Das werde ich nicht.»

«Bitte, Liebling, wir wollen nicht reden. Ich bin so furchtbar schläfrig.»

«Es sollte nichts dergleichen passieren; du hattest es versprochen.»

«Ja, aber nun ist es eben passiert», sagte sie sanft.

«Du hast gesagt, daß, wenn wir die Reise machen würden, nichts dergleichen vorkommen würde. Du hattest es versprochen.»

«Ja, Liebling, so hatte ich's auch vor. Aber das gestern hat die Reise verdorben. Wir brauchen doch darüber nicht zu reden, nicht wahr?»

«Du wartest nicht lange, wenn du im Vorteil bist, was?»

«Bitte, wir wollen nicht sprechen. Ich bin so schläfrig, Liebling.»

«Ich werde aber sprechen.»

«Du brauchst keine Rücksicht auf mich zu nehmen, weil ich schlafen werde.» Und sie schlief.

Sie waren alle drei vor Tageslicht am Frühstückstisch, und Francis Macomber stellte fest, daß er von allen Männern, die er gehaßt hatte, Robert Wilson am meisten haßte.

«Gut geschlafen?» fragte Wilson mit seiner kehligen Stimme, während er sich eine Pfeife stopfte.

«Und Sie?»

«Großartig», erwiderte der weiße Jäger.

Du Scheißkerl, dachte Macomber, du unverschämter Scheißkerl.

Also hat sie ihn geweckt, als sie reinkam, dachte Wilson und sah sie beide mit seinen flachen, kalten Augen an. Na, warum sieht er nicht zu, daß seine Frau bleibt, wo sie hingehört? Wofür hält er mich denn, für einen verdammten Gipsheiligen? Soll *er* sehen, daß sie bleibt, wo sie hingehört. Ist seine eigene Schuld.

«Glauben Sie, daß wir Büffel finden werden?» fragte Margaret und schob eine Schüssel mit Aprikosen beiseite.

«Möglich», sagte Wilson und lächelte sie an. «Warum bleiben Sie nicht im Lager?»

«Für nichts in der Welt», sagte sie.

«Warum bestimmen Sie nicht, daß sie im Lager bleibt?» sagte Wilson zu Macomber.

«Bestimmen Sie's doch», sagte Macomber kalt.

«Lassen wir alles Bestimmen beiseite», und zu Macomber gewandt, «auch alle Albernheiten, Francis», sagte Margaret ganz freundlich.

«Sind Sie bereit, aufzubrechen?» fragte Macomber.

«Jederzeit», sagte Wilson. «Wollen Sie, daß die Memsahib mitgeht?»

«Macht es einen Unterschied, ob ich will oder nicht?»

Scheiße, dachte Robert Wilson. Erzscheiße. Also so wird's jetzt sein. Na, dann *wird* es eben so sein.

«Macht keinen Unterschied», sagte er.

«Und Sie, Sie möchten bestimmt nicht lieber mit ihr im Lager bleiben und mich gehen und Büffel jagen lassen?» fragte Macomber.

«Kann ich nicht tun», sagte Wilson. «Würde nicht so 'n Unsinn reden, wenn ich Sie wäre.»

«Ich rede keinen Unsinn. Es kotzt mich an.»

«Häßliches Wort, ‹ankotzen›.»

«Francis, versuche bitte, vernünftig zu reden», sagte seine Frau.

«Ich rede verdammt zu vernünftig», sagte Macomber. «Hat man je solchen Saufraß gegessen?»

«Mit dem Essen was nicht in Ordnung?» fragte Wilson ruhig.

«Nicht mehr als mit allem übrigen.»

«Ich würde mich zusammenreißen, junger Mann», sagte Wilson sehr ruhig. «Der eine Boy, der bei Tisch bedient, versteht ein bißchen Englisch.»

«Zum Teufel mit ihm.»

Wilson stand auf, paffte seine Pfeife, schlenderte davon und sprach ein paar Worte auf Suaheli mit dem einen Gewehrträger, der dastand und auf ihn wartete. Macomber und seine Frau blieben am Tisch sitzen. Er starrte auf seine Kaffeetasse.

«Wenn du eine Szene machst, verlasse ich dich, Liebling», sagte Margaret ruhig.

«Nein, das wirst du nicht.»

«Du kannst es ja versuchen und sehen.»

«Du wirst mich nicht verlassen.»

«Nein», sagte sie. «Ich werde dich nicht verlassen, und du wirst dich benehmen.»

«Mich benehmen? Feine Art zu reden. Ich mich benehmen!»

«Ja, dich benehmen.»

«Warum versuchst *du* nicht, dich zu benehmen?»

«Ich hab so lange versucht, so sehr lange.»

«Ich hasse dieses rotgesichtige Schwein», sagte Macomber. «Sein Anblick ekelt mich an.»

«Er ist wirklich *sehr* nett.»

«Halt den Mund!» Macomber brüllte beinah. Gerade da fuhr das Auto vor und hielt vor dem Speisezelt, und der Fahrer und die beiden Gewehrträger stiegen aus. Wilson kam herüber und blickte auf die Eheleute, die am Tisch saßen.

«Wird auf die Jagd gegangen?» fragte er.

«Ja», sagte Macomber und stand auf. «Ja.»

«Lieber was Wollenes mitnehmen, wird kühl im Auto sein», sagte Wilson.

«Ich werde meine Lederjacke holen», sagte Margaret.

«Der Boy hat sie», sagte Wilson zu ihr. Er kletterte vorne zu dem Fahrer, und Francis Macomber und seine Frau saßen, ohne zu sprechen, auf dem Rücksitz.

Hoffentlich kriegt der alberne Kerl nicht die Idee, mir eine Kugel durch den Kopf zu jagen, dachte Wilson bei sich. Frauen sind eine wahre Pest auf Safari.

Das Auto knirschte beim Bergabfahren und überquerte im grauen Tageslicht den Fluß an einer steinigen Furt und kletterte dann im Zickzack das steile Ufer hinan, wo auf Wilsons Anordnung tags zuvor ein Weg geschaufelt worden war, so daß sie in das parkartige, bewaldete, wellige Gelände auf dem jenseitigen Ufer gelangen konnten.

Ein guter Morgen, dachte Wilson. Es lag starker Tau, und während sich die Räder durch das Gras und das Gebüsch bewegten, konnte er den Geruch der zermalmten Farnwedel riechen. Es war ein Duft wie von Verbenen, und er liebte diesen Frühmorgenduft von Tau und zermalmtem Farnkraut und das Aussehen der Baumstümpfe, die im Dunst des frühen Morgens schwarz hervortraten, als das Auto seinen Weg durch das ungebahnte, parkartige Gelände nahm. Er hatte sich die beiden auf dem Rücksitz jetzt aus dem Kopf geschlagen und dachte an Büffel. Die Büffel, hinter denen er her war, hielten sich tagsüber in einem dichten Sumpf auf, wo man unmöglich zum Schuß kommen konnte, aber nachts ästen sie draußen im offenen Gelände, und wenn er mit dem Auto zwischen sie und ihren Sumpf kommen konnte, würde Macomber im Freien eine gute Chance haben. Er wollte nicht mit Macomber in dichter Deckung Büffel jagen. Er wollte überhaupt nicht und nichts, weder Büffel noch irgend etwas anderes mit Macomber jagen, aber er war Berufsjäger und war schon mit allerhand Käuzen auf die Jagd gegangen. Wenn sie heute Büffel kriegten, dann kamen nur noch Rhinos dran, und der arme Kerl hatte sein gefährliches Wild hinter sich, und alles konnte wieder angenehmer werden. Er würde mit der Frau nichts mehr zu schaffen haben, und Macomber würde auch darüber hinwegkommen. Allem Anschein nach hatte er auf diesem Gebiet schon allerlei durchgemacht. Armer Teufel! Er wußte aber wohl, wie man darüber hinwegkam. Na, es war seine eigene Scheißschuld; so ein blöder Kerl!

Er, Robert Wilson, nahm auf Safari ein doppelt breites Feldbett mit, um alles, was der Zufall für ihn abwarf, aufnehmen zu können. Er jagte mit einer bestimmten Sorte Kundschaft, einer internationalen, draufgängerischen Sportclique, wo die Frauen glaubten, daß sie nicht auf ihre Kosten gekommen waren, wenn sie jenes Feldbett nicht mit dem weißen Jäger geteilt hatten. Er verachtete sie, wenn er von ihnen weg war, obschon er manche von ihnen zur Zeit gern genug gemocht hatte, aber er verdiente durch sie seinen Lebensunterhalt, und ihre Maßstäbe waren seine Maßstäbe während der Zeit, für die sie ihn engagierten.

Es waren seine Maßstäbe, in allem, bis aufs Jagen. Er hatte seine eigenen Maßstäbe beim Töten, und sie hatten ihnen gerecht zu werden oder sich einen andern zum Jagen zu suchen. Er wußte auch, daß sie ihn alle deswegen respektierten. Dieser Macomber war jedoch ein Sonderling. Verflucht und ob! Und die Frau. Tja, die Frau. Ja, die Frau. Hm, die Frau. Na, das war für ihn erledigt. Er sah sich nach ihnen um. Macomber saß wütend und finster da. Margaret lächelte ihm zu. Sie sah heute jünger aus, unschuldiger und frischer und nicht so berufsmäßig schön. Was in ihrem Herzen vorgeht, weiß Gott, dachte Wilson. Sie hatte vergangene Nacht nicht viel gesprochen. Dabei war es ein Vergnügen, sie anzusehen.

Das Auto kletterte eine leichte Anhöhe hinan und fuhr weiter zwischen den Bäumen hindurch und dann hinaus auf eine grasige, prärieartige Lichtung, und hielt sich am Rande im Schatten der Bäume, und der Fahrer fuhr langsam, und Wilson blickte aufmerksam über die Prärie hin und den ganzen jenseitigen Saum entlang. Er ließ den Wagen halten und musterte die Lichtung mit seinem Feldstecher. Dann gab er dem Fahrer ein Zeichen, weiterzufahren, und das Auto bewegte sich langsam vorwärts; der Fahrer wich den Warzenschweinlöchern aus und umfuhr die von Ameisen erbauten Lehmburgen. Dann, als er über die Lichtung blickte, wandte sich Wilson plötzlich um und sagte:

«Weiß Gott, da sind sie.»

Und als er dorthin blickte, wo Wilson hinzeigte, während das Auto vorwärts setzte und er in schnellem Suaheli mit dem Fahrer sprach, sah Macomber drei riesige, schwarze Tiere, die in ihrer Länge und Schwerfälligkeit fast zylindrisch, wie große, schwarze Tankwagen aussahen, sich im Galopp am äußersten Rand der offenen Prärie entlang bewegen. Sie bewegten sich in steifnackigem, steifleibigem Galopp, und er konnte die hochgeschwungenen, breiten, schwarzen Hörner auf ihren Köpfen sehen, als sie mit vorgestreckten Köpfen galoppierten, mit Köpfen, die sich nicht bewegten.

«Es sind drei alte Bullen», sagte Wilson. «Wir schneiden ihnen den Weg ab, bevor sie den Sumpf erreichen.»

Das Auto fuhr mit toller Siebzig-Kilometer-Geschwindigkeit quer durch das freie Gelände, und während Macomber hinsah, wurden die Büffel größer und größer, bis er die graue, haarlose, räudige Erscheinung des einen Riesenbullen sehen konnte und wie sein Nacken ein Teil seiner Schultern war, und das glänzende Schwarz seiner Hörner, als er etwas hinter den andern hergaloppierte, die in jener steten, stampfenden Gangart aneinandergereiht waren, und dann, während das Auto schwankte, als ob es gerade aus der Bahn geraten wäre, kamen sie ganz nahe, und er konnte die stampfende Riesenhaftigkeit des Bullen sehen und den Staub in seinem spärlich behaarten Fell, den breiten Buckel aus Horn und seine vorgestreckte, breitnüstrige Schnauze, und er hob seine Büchse, als Wilson rief: «Nicht vom Auto aus, Sie Idiot!», und er hatte keine Angst, nur Haß auf Wilson, während die Bremsen eingriffen und das Auto schleuderte und es seitwärts pflügend fast zum Stehen kam und Wilson auf der einen Seite und er auf der andern hinaussprang, und er taumelte, als seine Füße die noch unter ihm wegsausende Erde berührten, und dann schoß er auf den Bullen, als der sich entfernte, hörte, wie die Kugeln in ihn einschlugen und leerte seine Büchse auf ihn, während der Büffel sich stetig entfernte, und zum Schluß fiel es Macomber ein, seine Schüsse vor die Schulter zu placieren, und als er herumfummelte, um neu zu laden, sah er den Bullen am Boden, nieder am Boden auf den Knien und den großen Kopf hin und her werfen, und die beiden andern sah er noch galoppieren, schoß auf den Leitbüffel und traf ihn. Er feuerte noch einmal und fehlte, und er hörte das *carawongige* Krachen, als Wilson schoß, und sah, wie der Leitbulle vornüber aufs Maul absank.

«Jetzt den andern», sagte Wilson. «Das nenn ich schießen.»

Aber der andere Bulle entfernte sich stetig in gleichförmigem Galopp, und er verfehlte ihn und warf Erdspritzer auf, und Wilson fehlte, und der Staub hob sich in einer Wolke, und Wilson schrie: «Kommen Sie, er ist zu weit weg!» und packte ihn am Arm, und sie waren wieder im Auto; Macomber und Wilson hingen zu beiden Seiten und schleuderten schwankend über den unebenen Boden und holten mit dem gleichmäßigen, stampfenden, schwernackigen, vorwärts galoppierenden Bullen auf.

Sie waren hinter ihm, und Macomber lud sein Gewehr, ließ Patronen zu Boden fallen; sein Gewehr klemmte; er beseitigte die Ladehemmung, und dann waren sie fast auf gleicher Höhe mit dem Bullen, als Wilson «Halt!» brüllte, und das Auto schlitterte so, daß es sich beinah um sich selber drehte, und Macomber fiel vornüber auf die Füße, spannte und hielt so viel vor, daß er gerade noch in den galoppierenden, runden, schwarzen Rücken zielen konnte, zielte und schoß noch einmal, noch einmal und noch einmal, und die Kugeln, die alle einschlugen, schienen dem Bullen anscheinend nichts anzuhaben. Dann schoß Wilson, das Krachen betäubte ihn, und er sah, wie der Bulle taumelte. Macomber schoß noch einmal; er zielte sorgfältig, und er ging nieder, in die Knie.

«Gut», sagte Wilson. «Saubere Arbeit. Das wären die drei.»

Macomber fühlte eine trunkene Freude.

«Wie oft haben Sie geschossen?» fragte er.

«Genau dreimal», sagte Wilson. «Sie haben den ersten Bullen getötet, den größten. Ich half Ihnen die beiden andern erledigen. Hatte Angst, daß sie in Deckung gelangen würden. Erledigt haben Sie sie. Hab nur ein bißchen aufgeräumt. Sie haben verflucht gut geschossen.»

«Kommen Sie zum Auto», sagte Macomber. «Ich möchte was trinken.»

«Müssen erst den Büffel da erledigen», sagte Wilson. Der Büffel war auf den Knien, und er warf wütend den Kopf hin und her und fauchte in schweinsäugiger, brüllender Wut, als sie sich ihm näherten.

«Passen Sie auf, daß er nicht hochkommt», sagte Wilson. Dann: «Stellen Sie sich ein bißchen seitlich, und treffen Sie ihn in den Nakken, gerade hinterm Ohr.»

Macomber zielte sorgfältig auf die Mitte des riesigen, zuckenden, wutgetriebenen Nackens und schoß. Auf den Schuß hin fiel der Kopf nach vornüber.

«Das tut's», sagte Wilson. «Haben das Rückgrat gekriegt. Seh'n doll aus, die Biester, was?»

«Jetzt wollen wir was trinken», sagte Macomber. In seinem Leben hatte er sich nicht so wohl gefühlt.

Macombers Frau saß sehr weißgesichtig im Auto. «Du warst großartig, Liebling», sagte sie zu Macomber. «Das war aber eine Fahrt.»

«War es holprig?» fragte Wilson.

«Es war furchtbar. Ich hab mich in meinem Leben nicht so gefürchtet.»

«Wir wollen alle was trinken», sagte Macomber.

«Gewiß», sagte Wilson. «Geben Sie der Memsahib die Feldflasche.» Sie trank den puren Whisky und schauderte ein bißchen, als sie schluckte. Sie reichte Macomber die Feldflasche, der sie Wilson reichte.

«Es war furchtbar aufregend», sagte sie. «Ich hab schreckliches Kopfweh davon gekriegt. Ich wußte aber nicht, daß man sie von Autos aus schießen darf.»

«Kein Mensch hat von Autos aus geschossen», sagte Wilson kalt.

«Ich meine, sie mit Autos jagen.»

«Würde man auch für gewöhnlich nicht», sagte Wilson. «Schien mir jedoch sportlich genug, während wir's taten. Riskierten mehr, derart quer über die Ebene voller Löcher und allem möglichen zu fahren, als zu Fuß zu jagen. Der Büffel hätte, wenn er's gewollt hätte, bei jedem Schuß auf uns losgehen können. Gaben ihm jede Chance. Würde es aber lieber keinem gegenüber erwähnen. Ist gesetzwidrig, falls Sie das meinen sollten.»

«Ich fand es sehr unfair», sagte Margaret, «diese großen hilflosen Dinger mit dem Auto zu jagen.»

«Fanden Sie?» sagte Wilson.

«Was würde geschehen, wenn man es in Nairobi erführe?»

«Erst mal würde ich meine Lizenz verlieren. Noch allerhand andere Unannehmlichkeiten sonst», sagte Wilson und nahm einen Schluck aus der Flasche. «Ich wäre meinen Beruf los.»

«Wirklich?»

«Ja, wirklich.»

«Na», sagte Macomber, und er lächelte zum erstenmal an diesem Tag, «jetzt kann sie Ihnen eins auswischen.»

«Du hast eine so reizende Art, Sachen zu sagen, Francis», sagte Margaret Macomber. Wilson sah beide an. Wenn ein Sieben-Buchstaben-Kerl eine Vierbuchstabige heiratet, dachte er, wieviel buchstabig würden ihre Kinder dann sein? Er sagte aber nur: «Wir haben den einen Gewehrträger verloren. Haben Sie's gemerkt?»

«Weiß Gott, nein», sagte Macomber.

«Da kommt er», sagte Wilson. «Ist ihm nichts passiert. Er muß runtergefallen sein, als wir den ersten Bullen hinter uns ließen.»

Der ältliche Gewehrträger kam auf sie zu; er humpelte in seiner gestrickten Mütze, seiner Khakijacke, seinen kurzen Hosen und seinen Gummisandalen daher; er blickte finster vor sich hin und sah verärgert aus. Als er herankam, rief er Wilson auf Suaheli etwas zu, und alle sahen die Veränderung im Gesicht des weißen Jägers.

«Was hat er gesagt?» fragte Margaret.

«Daß der erste Bulle aufgestanden und in den Busch gegangen ist», sagte Wilson ohne Ausdruck in der Stimme.

«So», sagte Macomber tonlos.

«Dann wird's genauso werden wie mit dem Löwen», sagte Margaret voller Vorfreude.

«Es wird ganz und gar nicht so werden wie mit dem Löwen», sagte Wilson zu ihr. «Wollen Sie noch etwas trinken, Macomber?»

«Danke, ja», sagte Macomber. Er erwartete, daß das Gefühl, das er beim Löwen gehabt hatte, wiederkommen würde, aber es kam nicht. Zum erstenmal in seinem Leben fühlte er sich wirklich völlig furchtlos. An Stelle von Furcht hatte er ein ausgesprochenes Gefühl ungemischter, froher Erregung.

«Wir wollen gehen und uns nach dem zweiten Bullen umsehen», sagte Wilson. «Ich werde dem Fahrer sagen, daß er den Wagen in den Schatten fährt.»

«Was wollt ihr machen?» fragte Margaret Macomber.

«Uns den Büffel ansehen», antwortete Wilson.

«Ich komme mit.»

«Kommen Sie.»

Zu dritt gingen sie hinüber zu der Stelle, wo der zweite Büffel schwarz in der Lichtung ragte, den Kopf vornüber auf dem Gras, die massiven Hörner weit geschwungen.

«Er hat ein sehr gutes Gehörn», sagte Wilson. «Das ist dicht an die fünfzig Zoll Auslage.»

Macomber sah ihn begeistert an.

«Er sieht widerwärtig aus», sagte Margaret. «Können wir nicht in den Schatten gehen?»

«Natürlich», sagte Wilson. «Sehen Sie mal», sagte er zu Macomber und zeigte mit der Hand. «Sehen Sie das Stück Busch da?»

«Ja.»

«Da ist der erste Bulle hineingegangen. Der Gewehrträger hat gesagt, daß der Bulle am Boden lag, als er vom Auto fiel. Er beobachtete uns, wie wir wie der Teufel davongepest sind und wie die beiden andern Büffel galoppierten. Als er aufsah, war der Bulle auf den

Beinen und blickte ihn an. Der Gewehrträger ist wie der Teufel gerannt, und der Bulle ist langsam in den Busch da hineingegangen.»

«Können wir ihm jetzt nach?» fragte Macomber begierig.

Wilson sah ihn prüfend an. Verdammt noch mal, wenn das nicht ein seltsamer Kauz ist, dachte er. Gestern ist ihm übel vor lauter Angst, und heute ist er ein ausgekochter Feuerfresser.

«Nein, wir wollen ihm Zeit lassen.»

«Bitte, laßt uns in den Schatten gehen», sagte Margaret. Ihr Gesicht war weiß, und sie sah elend aus.

Sie gingen zum Auto zurück, das unter einem einzelnen, weitausladenden Baum stand, und kletterten hinein.

«Sehr gut möglich, daß er da drinnen tot ist», bemerkte Wilson. «Wollen bald mal nachsehen.»

Macomber verspürte ein wildes, unbändiges Glücksgefühl, das er nie zuvor gekannt hatte.

«Weiß Gott, das war eine Hatz!» sagte er. «Ich hab nie zuvor so ein Gefühl gehabt. War es nicht wunderbar, Margot?»

«Ich fand es scheußlich.»

«Warum?»

«Ich fand es scheußlich», sagte sie bitter. «Einfach widerwärtig.»

«Wissen Sie, ich glaube nicht, daß ich je wieder vor etwas Angst haben werde», sagte Macomber zu Wilson. «Etwas ging in mir vor, nachdem wir den Büffel zuerst sahen und hinter ihm hermachten. Wie ein Damm, der birst. Es war nichts als Aufregung.»

«Säubert die Eingeweide», sagte Wilson. «Verdammt komische Sachen, die einem Menschen so passieren.»

Macombers Gesicht strahlte. «Wissen Sie, irgend etwas ist wirklich mit mir passiert», sagte er. «Ich fühl mich völlig anders.»

Seine Frau sagte nichts und musterte ihn seltsam. Sie saß weit im Sitz zurück, und Macomber saß vornüber gelehnt und redete mit Wilson, der sich halb umgedreht hatte und über die Lehne des Vordersitzes wegsprach.

«Wissen Sie, ich würde gern noch einmal einen Löwen probieren», sagte Macomber. «Ich habe jetzt wirklich keine Angst vor ihnen. Schließlich, was können sie einem schon anhaben?»

«So ist es», sagte Wilson. «Das Schlimmste, was er tun kann, ist, einen töten. Wie geht es noch? Shakespeare. Verdammt gut. Sehen, ob ich mich erinnern kann. Hm, verdammt gut. Pflegte es mir seinerzeit selber vorzuzitieren. Warten Sie. ‹Meiner Treu, was geht's mich an; ein Mann kann nur einmal sterben; wir schulden Gott einen Tod, und wie's auch gehen mag, wer dieses Jahr stirbt, braucht's im nächsten nicht mehr zu tun.› Verdammt schön, was?»

Er war sehr verlegen, nachdem er dies herausgebracht hatte, dem er nachgelebt hatte, aber er hatte schon vorher Menschen erwachsen werden sehen, und es ging ihm immer nahe. Es handelte sich nicht um ihren einundzwanzigsten Geburtstag.

Es hatte eines besonderen Jagdabenteuers bedurft, eines jähen Sturzes ins Handeln, ohne eine Gelegenheit, sich vorher Gedanken zu machen, um dies bei Macomber fertigzubringen, aber wodurch es auch geschehen sein mochte, geschehen war es ganz bestimmt. Sieh dir den Kerl jetzt an, dachte Wilson. Es liegt daran, daß manche so lange kleine Jungens bleiben, dachte Wilson. Manchmal ihr Leben lang. Ihre Körper sind noch jungenhaft, wenn sie fünfzig sind. Die berühmten amerikanischen ‹Knaben-Männer›. Verdammt komische Menschen. Aber er mochte diesen Macomber jetzt. Verdammt komischer Kerl. Bedeutete vielleicht auch das Ende des Hahnreitums. Na, das wäre verdammt gut. Verdammt gut. Der Kerl hatte wahrscheinlich sein Leben lang Angst gehabt. Ich weiß nicht, womit es anfing. Aber jetzt war's vorbei. Hatte keine Zeit gehabt, vor dem Büffel Angst zu haben. Das, und weil er dazu die Wut hatte. Auch das Auto. Autos machten es zu etwas Alltäglichem. Würde jetzt ein verdammter Feuerfresser sein. Er hatte es im Krieg genauso funktionieren sehen. Eine größere Veränderung, als je der Verlust der Jungfernschaft. Angst weg wie durch Operation. Etwas anderes wuchs an ihrer Stelle. Das Wesentlichste, was ein Mann hatte. Machte ihn zum Mann. Frauen kannten es auch. Keine Scheißangst.

Aus der Wagenecke blickte Margaret Macomber auf die beiden. Wilson hatte sich nicht verändert. Sie sah Wilson so, wie sie ihn tags zuvor gesehen hatte, als ihr zum erstenmal aufging, was seine große Begabung war. Aber sie sah jetzt die Veränderung in Francis Macomber.

«Kennen Sie das Glücksgefühl in bezug auf das, was geschehen wird?» fragte Macomber, der weiter seinem neuen Reichtum nachspürte.

«Man sollte nicht darüber reden», sagte Wilson und sah in das Gesicht des anderen. «Viel schicker zu sagen, daß man Angst hat. Wohlgemerkt, Sie werden auch noch Angst haben, und zwar wieder und wieder.»

«Aber Sie *kennen* dieses Glücksgefühl vor der Aktion?»

«Ja», sagte Wilson, «das gibt es. Tut aber nicht gut, über all das viel zu reden. Zerredet das Ganze. Das Beste von allem geht verloren, wenn man es zuviel beredet.»

«Ihr redet beide Quatsch», sagte Margaret. «Nur, weil ihr gerade ein paar hilflose Tiere mit dem Auto gejagt habt, redet ihr wie die Helden.»

«Verzeihung», sagte Wilson. «Ich hab zuviel geschwatzt.» Sie macht sich jetzt bereits Sorgen darüber, dachte er.

«Wenn du nicht weißt, worüber wir reden, warum mischst du dich dann ein?» fragte Macomber seine Frau.

«Du bist ja plötzlich furchtbar tapfer geworden», sagte seine Frau geringschätzig. Aber ihre Geringschätzung war nicht echt. Sie hatte vor etwas große Angst.

Macomber lachte, ein sehr natürliches, herzhaftes Lachen. «Weißt du, ich bin's *wirklich*», sagte er. «Ich bin's wirklich.»

«Ist es nicht ein bißchen spät?» sagte Margaret bitter. Denn sie hatte sich Jahre hindurch die größte Mühe gegeben, und daran, wie sie jetzt miteinander standen, war nicht einer allein schuld.

«Nicht für mich», sagte Macomber.

Margaret sagte nichts, sondern setzte sich in ihrem Sitz zurück.

«Glauben Sie, daß wir ihm jetzt Zeit genug gelassen haben?» fragte Macomber Wilson munter.

«Wir können mal nachsehen», sagte Wilson. «Haben Sie noch massive Patronen?»

«Der Gewehrträger hat welche.»

Wilson rief etwas auf Suaheli, und der ältere Gewehrträger, der einen der Köpfe ausweidete, richtete sich auf, holte eine Schachtel Massiver aus der Tasche und brachte sie zu Macomber hinüber, der das Magazin füllte und die übrigen Patronen in die Tasche steckte.

«Sie könnten geradesogut mit der Springfield schießen», sagte Wilson. «Sie sind an die gewöhnt. Wir wollen die Mannlicher bei der Memsahib im Auto lassen. Ihr Gewehrträger kann Ihnen Ihre schwere Büchse tragen. Ich hab diese verdammte Kanone. Jetzt lassen Sie mich Ihnen noch was über die Büffel da erzählen.» Er hatte dies bis zum Schluß aufgespart; er hatte Macomber nicht beunruhigen wollen. «Wenn ein Büffel angreift, kommt er mit erhobenem, vorgestrecktem Kopf auf einen zu. Die Horngeschwulst schützt ihn gegen jede Art von Kopfschuß. Der einzige Schuß ist direkt ins Maul. Der einzige andere Schuß ist in die Brust, oder, wenn Sie seitlich stehen, in den Nacken oder die Schultern. Wenn sie erst einmal angeschossen sind, gehört allerhand dazu, sie zu killen. Versuchen Sie keine Kunststücke. Nehmen Sie das leichteste Ziel, das sich Ihnen bietet. Sie sind jetzt mit dem Aushäuten von dem Kopf da fertig. Wollen wir losgehen?»

Er rief den Gewehrträgern etwas zu, die sich die Hände abwischten und herankamen. Der Ältere stieg hinten ein.

«Ich nehme nur Kongoni mit», sagte Wilson. «Der andere kann aufpassen und die Vögel verscheuchen.»

Als das Auto langsam durch das freie Gelände auf die Insel von

Bäumen und Unterholz zufuhr, die wie eine belaubte Zunge an einem ausgetrockneten Wasserlauf, der die offene Niederung schnitt, entlanglief, fühlte Macomber das Hämmern seines Herzens, und sein Mund war wieder trocken, aber es war Aufregung, nicht Angst.

«Hier ist die Stelle, wo er reingegangen ist», sagte Wilson. Dann auf Suaheli zu dem Gewehrträger: «Nimm die Schweißfährte auf.»

Das Auto stand parallel zu dem Stück Busch. Macomber, Wilson und der Gewehrträger stiegen aus. Macomber blickte zurück und sah, daß seine Frau mit dem Gewehr neben sich ihn anblickte. Er winkte ihr zu, aber sie winkte nicht zurück.

Das Buschwerk vor ihnen war sehr dicht, und der Boden war trokken. Der ältliche Gewehrträger schwitzte heftig, und Wilson hatte den Hut tief ins Gesicht gezogen, und sein roter Nacken leuchtete dicht vor Macomber. Plötzlich sagte der Gewehrträger irgend etwas auf Suaheli zu Wilson und rannte vorwärts.

«Er ist tot da drinnen», sagte Wilson. «Gute Arbeit», und er wandte sich um und packte Macombers Hand, und während sie einander die Hände schüttelten und sich angrinsten, brüllte der Gewehrträger wie wild, und sie sahen ihn aus dem Busch herauskommen, seitwärts, schnell wie eine Krabbe, und den Bullen kommen, Nase geradeaus, festgeschlossenes Maul, bluttriefend, massigen Kopf vorgestreckt, im Angriff kommen, und die kleinen Schweinsaugen blutunterlaufen, als er sie anblickte. Wilson, der zuvorderst war, kniete und schoß, und Macomber, der bei dem Krachen von Wilsons Büchse den eigenen Schuß nicht hörte, sah, als er schoß, Fragmente wie Schiefer von der riesigen Horngeschwulst absplittern, und der Kopf schleuderte hin und her, und er schoß noch einmal auf die offenen Nüstern, und sah wieder die Hörner rütteln und die Splitter umherfliegen, und er sah jetzt Wilson nicht und zielte sorgfältig und schoß noch einmal, die riesige Masse des Büffels beinah auf sich drauf und seine Büchse beinah auf gleicher Höhe mit dem näher kommenden Kopf, der vorgestreckten Nase, und er konnte die kleinen, bösartigen Augen sehen, und der Kopf begann sich zu senken, und er fühlte einen plötzlichen, weißglühenden, blendenden Blitz in seinem Kopf explodieren, und das war alles, was er noch fühlte.

Wilson hatte sich etwas zur Seite geduckt, um einen Schulterschuß anzubringen. Macomber hatte unbeirrt dagestanden und aufs Maul geschossen und immer eine Spur zu hoch geschossen und die schweren Hörner getroffen, sie zersplittert und abgebröckelt, als ob er ein Schieferdach getroffen hätte, und Mrs. Macomber im Auto hatte mit der 6.5 Mannlicher auf den Büffel geschossen, als er gerade Macomber zu durchbohren schien und hatte ihren Mann ungefähr fünf Zentimeter und ein bißchen seitlich über der Schädelbasis getroffen.

Francis Macomber lag jetzt mit dem Gesicht nach unten, keine zweiundeinhalb Meter von der Stelle, wo der Büffel niedergestreckt lag, und seine Frau kniete über ihm, mit Wilson neben sich.

«Ich würde ihn nicht umdrehen», sagte Wilson.

Die Frau weinte hysterisch.

«Ich würde mich wieder ins Auto setzen», sagte Wilson. «Wo ist die Büchse?»

Sie schüttelte den Kopf; ihr Gesicht war verzerrt. Der Gewehrträger hob die Büchse auf.

«Laß alles, wie's ist», sagte Wilson. Dann: «Geh, hol Abdullah, damit er über die Art des Unfalls aussagen kann.»

Er kniete nieder, zog sein Taschentuch heraus und breitete es über Francis Macombers kurz geschorenen Kopf, so wie er lag. Das Blut sickerte in die trockene, lockere Erde.

Wilson stand auf und sah den Büffel auf der Seite liegen, die Beine ausgestreckt, den dünn-behaarten Leib von Zecken krabbelnd. Prachtkerl von einem Bullen, vermerkte sein Verstand automatisch. Gut fünfzig Zoll oder mehr. Mehr. Er rief den Fahrer und hieß ihn eine Decke über die Leiche breiten und bei ihr bleiben. Dann ging er zum Auto hinüber, in dem die Frau weinend in einer Ecke saß.

«Das haben Sie ja fein gemacht», sagte er mit tonloser Stimme. «Er *hätte* Sie auch verlassen.»

«Sei'n Sie still», sagte sie.

«Natürlich ist es ein Unfall», sagte er. «Das weiß ich.»

«Sei'n Sie still», sagte sie.

«Machen Sie sich keine Sorgen», sagte er. «Es wird ein gewisses Maß von Unannehmlichkeiten geben, aber ich werde ein paar Aufnahmen machen lassen, die beim Verhör sehr nützlich sein werden. Dann haben wir ja auch noch die Zeugenaussagen der Gewehrträger und des Fahrers. Es passiert Ihnen nichts.»

«Sei'n Sie still», sagte sie.

«Gibt eine verdammte Menge zu erledigen», sagte er. «Ich muß einen Lastwagen zum See schicken, um nach einem Flugzeug zu funken, das uns drei nach Nairobi bringen kann. Warum haben Sie ihn nicht vergiftet? So macht man's in England.»

«Sei'n Sie still. Sei'n Sie still. Sei'n Sie still», schrie die Frau.

Wilson sah sie mit seinen flachen, blauen Augen an.

«Jetzt bin ich fertig», sagte er. «Ich war ein bißchen verärgert. Ich fing gerade an, Ihren Mann gern zu haben.»

«Ach bitte, sei'n Sie still», sagte sie. «Bitte, bitte, sei'n Sie still.»

«So ist's besser», sagte Wilson. «Bitte ist viel besser. Jetzt werde ich still sein.»

Die Hauptstadt der Welt

MADRID WIMMELT VON JUNGEN, DIE PACO HEISSEN: DAS ist die Abkürzung des Namens Francisco, und es gibt einen Madrider Witz von einem Vater, der nach Madrid kam und in den Kleinen Anzeigen im *El Liberal* folgendes Inserat aufgab: «PACO, KOMM DIENSTAGMITTAG INS HOTEL MONTANA. ALLES VERGEBEN. PAPA», und wie eine ganze Schwadron Guardia Civil aufgeboten werden mußte, um die achthundert jungen Männer auseinanderzutreiben, die auf die Anzeige hin gekommen waren. Aber dieser Paco, der in der Pension Luarca bei Tisch bediente, hatte weder einen Vater, der ihm vergeben konnte, noch etwas, was ein Vater ihm hätte vergeben können. Er hatte zwei ältere Schwestern, die in der Luarca Zimmermädchen waren, die ihre Stellung dadurch bekommen hatten, daß sie aus demselben kleinen Dorf stammten wie ein früheres Luarca-Zimmermädchen, das sich als arbeitsam und ehrlich erwiesen und so ihrem Dorf und dessen Erzeugnissen einen guten Ruf verschafft hatte; und diese Schwestern hatten ihm die Fahrt auf dem Omnibus nach Madrid bezahlt und ihm die Anstellung als Kellnerlehrling besorgt. Er kam aus einem Dorf aus einer Gegend von Estremadura, in dem die Lebensbedingungen unglaublich primitiv waren, das Essen rar und jede Bequemlichkeit unbekannt, und er hatte, solange er denken konnte, schwer gearbeitet.

Er war ein gut gewachsener Bursche mit tiefschwarzem, ziemlich krausem Haar, gesunden Zähnen und einer Haut, um die ihn seine Schwestern beneideten, und er hatte stets ein kindlich-heiteres Lächeln bereit. Er war flink auf den Beinen, tat ordentlich seine Arbeit, und er liebte seine Schwestern, die ihm schön und weltstädtisch vorkamen; er liebte Madrid, das für ihn immer noch etwas Phantastisches war, und er liebte seine Arbeit, die er im hellen Lampenlicht tat und die ihm – mit sauberer Tischwäsche, Abendanzug und ausreichendem Essen in der Küche – romantisch schön schien.

Etwa acht bis zwölf andere Leute wohnten in der Luarca und aßen im Speisezimmer, aber für Paco, den jüngsten der drei Kellner, die bei Tisch bedienten, waren die einzigen, die wirklich existierten, die Stierkämpfer.

Zweitklassige Matadore wohnten in dieser Pension, weil die Adresse Calle San Jeronimo gut war; das Essen war ausgezeichnet und Zimmer und Verpflegung waren billig. Es ist wesentlich, daß sich ein Stierkämpfer, wenn auch nicht gerade den Anschein von Wohlhabenheit, doch zum mindesten von Wohlanständigkeit gibt, da in Spanien Würde und äußeres Auftreten mehr gelten als Mut und die am höchsten geschätzten Tugenden sind, und die Stierkämpfer blieben in der Luarca so lange, bis ihre letzten Peseten ausgegeben waren. Man weiß von keinem Stierkämpfer, der die Luarca für ein besseres oder teureres Hotel verlassen hätte; zweitklassige Stierkämpfer wurden niemals erstklassige; aber der Abstieg von der Luarca war rapide, da dort jeder wohnen konnte, der überhaupt etwas verdiente, und da keinem Gast je eine Rechnung ungebeten vorgelegt wurde, bis die Frau, die das Unternehmen leitete, wußte, daß der Fall hoffnungslos war.

Zu jener Zeit wohnten außer zwei sehr guten Picadores und einem ausgezeichneten Banderillero drei Vollmatadore in der Luarca. Die Luarca war für die Picadores und Banderilleros, deren Familien in Sevilla lebten, und die während der Frühjahrssaison in Madrid eine Unterkunft benötigten, ein Luxus; aber sie wurden gut bezahlt, waren fest angestellt bei Stierkämpfern, die in der kommenden Saison eine Menge Kontrakte hatten, und die drei Subalternen verdienten wahrscheinlich jeder einzelne viel mehr als einer der drei Matadore. Von den drei Matadoren war einer krank und suchte es zu verheimlichen, einer war nur kurze Zeit Mode gewesen, und der dritte war ein Feigling.

Der Feigling war einstmals, bevor er eine besonders abscheuliche Hornwunde im Unterleib erhalten hatte, zu Beginn seiner ersten Saison als Vollmatador außergewöhnlich tapfer und bemerkenswert geschickt gewesen, und er hatte noch viele der burschikosen Manierismen aus seiner Glanzzeit beibehalten. Er war übertrieben jovial und lachte dauernd, mit und ohne Anlaß. Er hatte, als er noch erfolgreich war, andern gern einen Schabernack gespielt, aber er hatte das jetzt aufgegeben. Und damit schwand auch die Sicherheit, die er nicht fühlte. Dieser Matador hatte ein gescheites, freimütiges Gesicht und trug sich mit viel Grandezza.

Der Matador, der krank war, bemühte sich, es nie zu zeigen, und aß peinlich genau ein bißchen von allen Gerichten, die bei Tisch gereicht wurden. Er hatte eine Unzahl Taschentücher, die er in seinem Zimmer selber auswusch, und kürzlich hatte er seine Kampfkostüme verkauft. Eines hatte er billig vor Weihnachten verkauft und ein anderes in der ersten Aprilwoche. Es waren sehr teure Anzüge gewesen, die immer gut gehalten worden waren, und einen hatte er noch. Ehe er krank wurde, war er ein vielversprechender, ja sogar ein aufsehenerregender Stierkämpfer gewesen, und obwohl er selbst nicht lesen konnte, hatte er Zeitungsausschnitte, in denen stand, daß er bei seinem ersten Auftreten in Madrid besser als Belmonte gewesen sei. Er aß allein an einem kleinen Tisch und blickte sehr selten auf.

Der Matador, der einmal Mode gewesen war, war sehr klein, braun und voller Würde. Auch er aß allein an einem kleinen Tisch, und er lächelte sehr selten und lachte nie. Er kam aus Valladolid, wo die Menschen außergewöhnlich ernsthaft sind, und er war ein fähiger Matador; aber sein Stil war bereits veraltet, bevor es ihm gelungen war, sich durch seine guten Eigenschaften, nämlich Mut und Umsicht, beim Publikum beliebt zu machen, und sein Name auf einem Plakat lockte niemanden in die Arena. Seine Eigenart hatte darin bestanden, daß er so klein war, daß er dem Stier kaum über den Widerrist sehen konnte, aber es gab noch mehr kleine Kämpfer, und es war ihm niemals gelungen, sich in der Gunst des Publikums durchzusetzen.

Einer der Picadores war ein magerer, grauhaariger Mann mit einem Habichtgesicht, von zierlichem Wuchs, aber mit Armen und Beinen wie aus Eisen, der immer unter seinen Hosen hohe Viehtreiberstiefel trug, jeden Abend zuviel trank und jede Frau in der Pension verliebt anstarrte. Der andere war riesengroß, dunkel, braungesichtig, gut aussehend, mit schwarzem Haar wie ein Indianer und gewaltigen Händen. Beide waren hervorragende Picadores, obschon es von dem einen hieß, daß er durch Trunksucht und Ausschweifung viel von seiner Gewandtheit eingebüßt habe, und vom zweiten, daß er zu dickköpfig und streitsüchtig sei, um länger als eine einzige Saison bei irgendeinem Matador zu bleiben.

Der Banderillero war in mittleren Jahren, grau, katzenhaft flink trotz seines Alters, und wenn er bei Tisch saß, sah er wie ein mäßig erfolgreicher Geschäftsmann aus. Seine Beine taten es diese Saison noch, und sollten sie einmal versagen, war er gescheit und erfahren genug, um noch lange Zeit hindurch ständige Beschäftigung zu finden. Der Unterschied würde sein, daß, wenn es mit der Flinkheit seiner Füße vorbei war, er immer Angst haben würde, während er jetzt, innerhalb und außerhalb der Arena, sicher und ruhig war.

An diesem Abend hatten alle das Speisezimmer verlassen bis auf den Picador mit dem Habichtsgesicht, der zuviel trank, einen Mann, dessen Gesicht mit einem Muttermal gezeichnet war, der auf den Jahrmärkten und Volksfesten Spaniens Uhren versteigerte, der auch zuviel trank, und zwei Priester aus Galicia, die an einem Ecktisch saßen und, wenn auch nicht gerade zuviel, so doch bestimmt genug tranken. Damals war in der Luarca der Wein im Preis für Zimmer und Verpflegung inbegriffen, und die Kellner hatten gerade dem Auktionator, dann dem Picador und schließlich den beiden Priestern frische Flaschen Valdepeñas an die Tische gebracht.

Die drei Kellner standen am andern Ende des Zimmers. Es war die Hausordnung, daß sie alle auf ihrem Posten blieben, bis die Gäste, für deren Tische sie verantwortlich waren, gegangen waren, aber der eine, der den Tisch der beiden Priester bediente, hatte sich verabredet, um zu einer Versammlung der Anarcho-Syndikalisten zu gehen, und Paco hatte sich bereit erklärt, seinen Tisch zu übernehmen.

Oben lag der Matador, der krank war, allein auf seinem Bett, mit dem Gesicht in den Kissen. Der Matador, der keine Attraktion mehr war, saß da und blickte aus dem Fenster, bevor er sich anschickte, ins Café zu gehen. Der Matador, der ein Feigling war, hatte Pacos ältere Schwester bei sich im Zimmer und suchte, sie zu etwas zu bringen, was zu tun sie lachend ablehnte. Dieser Matador sagte: «Los, komm, du kleine Wilde.»

«Nein», sagte die Schwester. «Warum sollte ich denn?»

«Aus Nettigkeit.»

«Sie haben gegessen, und jetzt wollen Sie mich als Nachtisch.»

«Bloß einmal. Was ist denn schon dabei.»

«Lassen Sie mich zufrieden. Lassen Sie mich zufrieden, sag ich Ihnen.»

«Es ist doch nur eine ganze Kleinigkeit.»

«Lassen Sie mich zufrieden, sag ich Ihnen.»

Unten im Speisezimmer sagte der größte Kellner, der längst auf der Versammlung hätte sein müssen: «Sieh mal, wie diese schwarzen Schweine saufen.»

«Das ist keine Art, zu reden», sagte der zweite Kellner. «Es sind anständige Kunden. Sie trinken nicht zuviel.»

«Das ist meine Art, zu reden», sagte der Große. «Die Stiere und die Priester, die sind Spaniens Fluch.»

«Gewiß nicht der einzelne Stier und nicht der einzelne Priester», sagte der zweite Kellner.

«Doch», sagte der lange Kellner. «Nur durch das Individuum kann man die Klasse angreifen. Es ist notwendig, den einzelnen Stier und den einzelnen Priester zu töten. Jeden einzelnen von ihnen. Dann gibt's keine mehr.»

«Heb dir das für die Versammlung auf», sagte der andere Kellner.

«Sieh dir doch die Unmenschlichkeit in Madrid an», sagte der große Kellner. «Jetzt ist es halb zwölf, und die kneipen immer noch.»

«Sie haben erst um zehn mit Essen angefangen», sagte der andere Kellner. «Du weißt ja, wieviel Gänge es gibt. Der Wein da ist billig, und sie haben dafür bezahlt. Es ist kein schwerer Wein.»

«Wie kann es eine Solidarität der Arbeiter geben, solange es solche Dummköpfe wie dich gibt?» fragte der lange Kellner.

«Sieh mal», sagte der zweite Kellner, der ein Mann von Fünfzig war. «Ich hab mein ganzes Leben lang gearbeitet. Den Rest meines Lebens werde ich arbeiten müssen. Ich hab nichts gegen Arbeit einzuwenden. Arbeiten ist normal.»

«Ja, aber Arbeitslosigkeit tötet.»

«Ich habe immer gearbeitet», sagte der ältere Kellner. «Geh zu deiner Versammlung. Es ist nicht nötig, daß du hierbleibst.»

«Du bist ein guter Kamerad», sagte der große Kellner. «Aber dir fehlt jede Ideologie.»

«Mejor si me falta eso que el otro», sagte der ältere Kellner. [«Besser, mir fehlt's daran, als an Arbeit.»] «Los, geh zu deiner Versammlung.»

Paco hatte nichts gesagt. Er verstand noch nichts von Politik, aber es überlief ihn immer heiß und kalt, wenn er den großen Kellner von der Notwendigkeit sprechen hörte, die Priester und die Guardia Civil totzuschlagen. Der große Kellner verkörperte für ihn die Revolution, und Revolution war auch romantisch. Er selbst wollte gern ein guter Katholik sein *und* ein Revolutionär, eine feste Anstellung wie diese hier haben und gleichzeitig ein Stierkämpfer sein.

«Geh zu deiner Versammlung, Ignacio», sagte er. «Ich übernehm deine Arbeit.»

«Wir beide», sagte der ältere Kellner.

«Ist nicht mal für einen genug», meinte Paco. «Geh zur Versammlung.»

«Pues me voy», sagte der große Kellner. «Und vielen Dank.»

Inzwischen hatte sich Pacos Schwester oben geschickt wie ein Ringkämpfer, der sich aus einem Griff löst, der Umarmung des Matadors entzogen und sagte jetzt ärgerlich: «So sind die ausgehungerten Leute. Ein bankrotter Stierkämpfer. Mit Ihrer Tonnenladung von Angst. Wenn Sie soviel davon haben, verwenden Sie's doch in der Arena.»

«Du red'st wie 'ne Hure.»

«Eine Hure ist auch eine Frau, aber ich bin keine Hure.»

«Du wirst schon eine werden.»

«Nicht durch Sie.»

«Laß mich zufrieden», sagte der Matador, der jetzt, da er abgelehnt und zurückgewiesen war, die nackte Feigheit wiederkehren fühlte.

«Sie zufriedenlassen? Was hat Sie denn nicht zufriedengelassen?» sagte die Schwester. «Wollen Sie nicht, daß ich Ihr Bett zurechtmache? Dafür werd ich bezahlt.»

«Laß mich zufrieden», sagte der Matador; sein breites, gutaussehendes Gesicht verzerrte sich zu einer Grimasse, als wenn er weinen wollte. «Du Hure. Du dreckige, kleine Hure.»

«Matador», sagte sie und machte die Tür zu. «Mein Matador.»

Drinnen saß der Matador auf dem Bett. Sein Gesicht zeigte immer noch die Grimasse, die in der Arena zu einem starren Lächeln wurde, und den Leuten in den ersten Sitzreihen, die wußten, was los war, Angst machte. «Und das», sagte er laut. «Und das mir. Und das mir.»

Er konnte sich daran erinnern, als er in Form gewesen war, und das war erst drei Jahre her. Er konnte sich an das Gewicht der schweren, goldbrokatenen Kampfjacke auf seinen Schultern erinnern, an jenen heißen Mainachmittag, als seine Stimme in der Arena noch die gleiche gewesen war wie im Café, und wie er die Klinge mit gesenkter Spitze entlangvisiert hatte auf die staubbedeckte Stelle oben zwischen den Schultern in dem kurzhaarigen, schwarzen Muskelhöcker über den ausladenden, ins Holz stoßenden, zerspellten Hörnern, die sich senkten, als er zum Töten hineinstieß, und wie der Degen so leicht wie in einen Klumpen harter Butter eindrang, und wie er mit der Handfläche den Degenknauf weiterstieß, den linken Arm tief abgewinkelt, die linke Schulter vor, das Gewicht auf dem linken Bein, und dann war sein Gewicht nicht auf seinem Bein. Sein Gewicht war auf seinem Unterleib, und als der Stier den Kopf hob, war das Horn in ihm nicht zu sehen, und er schwang zweimal auf dem Horn herum, bevor sie ihn herunterzerrten. Deshalb konnte er jetzt, wenn er zum Töten hineinging – und es war selten –, die Hörner nicht ansehen, und was wußte so eine Hure schon, was er durchzumachen hatte, bevor er kämpfte? Und was hatten die schon durchgemacht, die über ihn lachten? Es waren alles Huren, und sie wußten, was sie damit rausschlagen konnten.

Unten im Speisezimmer saß der Picador und sah die Priester an. Wenn Frauen im Zimmer waren, starrte er die an. Wenn keine Frauen da waren, pflegte er mit Vergnügen einen Fremden, *un inglés,* anzustarren, aber in Ermangelung von Frauen oder Fremden starrte er mit Vergnügen und Unverfrorenheit die beiden Priester an. Während er hinstarrte, stand der Auktionator mit dem Muttermal auf, faltete seine Serviette zusammen, ging hinaus und ließ mehr als die Hälfte von dem Wein in der letzten Flasche, die er bestellt hatte. Wenn er seine Rechnungen in der Luarca bezahlt hätte, würde er die Flasche ausgetrunken haben.

Die beiden Priester erwiderten den Blick des Picadors nicht. Einer von ihnen sagte gerade: «Es ist zehn Tage her, seit ich hier bin und darauf warte, mit ihm zu sprechen, und den ganzen Tag über sitze ich im Vorzimmer, und er will mich nicht empfangen.»

«Was läßt sich da machen?»

«Nichts. Was kann man tun? Man kann nicht gegen die Obrigkeit an.»

«Jetzt bin ich zwei Wochen hier und – nichts. Ich warte, und man will mich nicht empfangen.»

«Wir sind aus dem verlorengegebenen Land. Wenn das Geld zu Ende ist, können wir nach Haus fahren.»

«In das verlorengegebene Land. Was kümmert sich Madrid um Galicia? Wir sind eine arme Provinz.»

«Man kann die Handlungsweise von unserem Bruder Basilio verstehen.»

«Trotzdem hab ich kein rechtes Vertrauen zu der Redlichkeit von Basilio Alvarez.»

«In Madrid lernt man vieles verstehen. Madrid tötet Spanien.»

«Wenn sie einen wenigstens empfangen und es einem abschlagen würden.»

«Nein, man soll vom Warten zermürbt und zerbrochen werden.»

«Nun, wir werden sehen. Ich kann ebensogut warten wie ein anderer.»

In diesem Augenblick erhob sich der Picador, ging zum Tisch der Priester hinüber und stand grauhaarig mit seinem Habichtsgesicht da und starrte sie an und lächelte.

«Ein Torero», sagte der eine Priester zum andern.

«Und ein guter», sagte der Picador und ging aus dem Speisezimmer in seiner grauen Jacke, schlanktaillig, krummbeinig, mit den engen Breeches über seinen hochhackigen Viehtreiberstiefeln, die auf dem Fußboden klapperten, wie er so ganz gelassen hinausstolzierte und vor sich hinlächelte. Er lebte in einer kleinen, engen Berufswelt von persönlicher Leistungsfähigkeit, nächtlichen Alkoholsiegen und Unverschämtheit. Nun steckte er sich eine Zigarre an, setzte sich im Gang draußen den Hut verwegen auf und ging ins Café.

Die Priester gingen eilig, gleich nach dem Picador, als sie plötzlich merkten, daß sie die letzten im Speisezimmer waren, und nun war niemand mehr im Zimmer außer Paco und dem ältlichen Kellner. Sie räumten die Tische ab und trugen die Flaschen in die Küche.

In der Küche war der Junge, der das Geschirr wusch. Er war drei Jahre älter als Paco und war sehr zynisch und verbittert.

«Hier, nimm», sagte der ältere Kellner und goß ein Glas Valdepeñas ein und reichte es ihm.

«Warum nicht?» Der Junge nahm das Glas.

«*Tu*, Paco?» fragte der ältliche Kellner.

«Ja, danke», sagte Paco. Alle drei tranken.

«Ich gehe jetzt», sagte der ältliche Kellner.

«Gute Nacht», sagten sie zu ihm.

Er ging hinaus, und sie waren allein. Paco nahm eine Serviette, die einer der Priester benutzt hatte; er stellte sich grade hin, mit den Absätzen fest am Boden, senkte die Serviette, folgte der Bewegung mit dem Kopf und schwenkte die Arme wie für eine langsam vorbeifegende *veronica*. Er wandte sich um, setzte den rechten Fuß ein wenig vor, machte den zweiten Ausfall, gewann dem Stier seiner Phantasie ein wenig Boden ab und machte einen dritten Ausfall, langsam, tadellos abgepaßt und anmutig, dann raffte er die Serviette zusammen und drehte sich in den Hüften in einer *media-veronica* vom Stier fort.

Der Geschirrwäscher, der Enrique hieß, beobachtete ihn kritisch und höhnisch.

«Wie ist der Stier?» sagte er.

«Sehr tapfer», sagte Paco. «Sieh mal.»

Er stand schlank und aufrecht da und machte noch vier tadellose Ausfälle, geschmeidig, elegant und graziös.

«Und der Stier?» fragte Enrique, der in seiner Schürze gegen den Ausguß lehnte und sein Weinglas hielt.

«Hat noch allerlei Reserven», sagte Paco.

«Du machst mich kotzen», sagte Enrique.

«Wieso?»

«Sieh mal.»

Enrique nahm die Schürze ab und forderte den Stier seiner Phantasie heraus, meißelte vier vollkommene, zigeunerhaft schmachtende *veronicas* und endete mit einer *rebolera,* bei der die Schürze in einem steifen Bogen an der Nase des Stiers vorbeischwang, als er sich von ihm löste.

«Sieh dir das an», sagte er. «Und ich spül Geschirr.»

«Warum?»

«Angst», sagte Enrique. «*Miedo.* Dieselbe Angst, die du in einer Arena vor dem Stier haben würdest.»

«Nein», sagte Paco. «Ich würde keine Angst haben.»

«Leche!» sagte Enrique. «Jeder hat Angst. Aber ein Torero kann seine Angst beherrschen, so daß er den Stier bearbeiten kann. Ich hab mal bei einem Amateurkampf mitgemacht, und ich hatte solche Angst, daß ich nichts wie gerannt bin. Alle fanden das sehr komisch. Solche Angst würdest du auch haben. Wenn's nicht von wegen der Angst wäre, würde jeder Schuhputzer in Spanien Stierkämpfer sein. Du, ein Junge vom Land, würdest dich noch mehr fürchten als ich.»

«Nein», sagte Paco.

Er hatte es zu oft in seiner Phantasie gemacht. Zu oft hatte er die Hörner gesehen, das feuchte Maul des Stiers gesehen, das Ohr zucken und dann den Kopf sich senken und den Angriff, die Hufe stampfen, und der hitzige Stier raste an ihm vorbei, während er die *capa* schwang, während er wieder die *capa* schwang, dann wieder und wieder, um zum Schluß mit seiner großen *media-veronica* den Stier um sich herumzuschrauben und schwingend davonzugehen, hängengebliebene Stierhaare in der Goldstickerei seiner Jacke von den nahen Ausfällen, und der Stier würde hypnotisiert dastehen und die Menge Beifall jubeln. Nein, er würde keine Angst haben. Andere ja. Er nicht. Er wußte, er würde keine Angst haben. Selbst wenn er's je mit der

Angst bekam, er wußte, daß er es auf jeden Fall schaffen konnte. Er traute sich's zu. «Ich würde keine Angst haben», sagte er.

«Leche», sagte Enrique wieder.

Dann sagte er: «Und wenn wir's versuchten?»

«Wie?»

«Sieh mal», sagte Enrique. «Du denkst an den Stier, aber du denkst nicht an die Hörner. Der Stier hat solche Kraft, daß die Hörner wie ein Messer schlitzen; sie stechen wie ein Bajonett, und sie töten wie eine Keule. Sieh mal!» Er zog eine Schublade auf und nahm zwei Tranchiermesser heraus. «Ich werd die an die Beine von einem Stuhl binden. Dann werd ich für dich den Stier spielen, indem ich mir den Stuhl vor den Kopf halte. Die Messer sind die Hörner. Wenn du dann solche Ausfälle machst, dann bedeuten sie was.»

«Borg mir deine Schürze», sagte Paco. «Wir wollen es im Speisezimmer machen.»

«Nein», sagte Enrique plötzlich gar nicht bitter. «Tu's nicht, Paco!»

«Doch», sagte Paco. «Ich hab keine Angst.»

«Du wirst schon haben, wenn du die Messer kommen siehst.»

«Wir werden ja sehen», meinte Paco. «Gib mir die Schürze.»

Zur selben Zeit, als Enrique die zwei großschneidigen, rasierklingenscharfen Tranchiermesser mit zwei schmuddligen Servietten zur Hälfte stramm umwickelte und an den Stuhlbeinen festband und einen Knoten machte, waren die beiden Zimmermädchen, Pacos Schwestern, auf dem Weg ins Kino, um Greta Garbo in «Anna Christie» zu sehen. Einer der beiden Priester saß in seinem Unterzeug da und las sein Brevier, und der andere hatte sein Nachthemd an und betete den Rosenkranz. Alle Stierkämpfer waren bis auf den einen, der krank war, wie allabendlich im Café Fornos erschienen, wo der große, dunkelhaarige Picador Billard spielte und der kleine, seriöse Matador mit dem älteren Banderillo und anderen seriösen Handwerkern an einem vollbesetzten Tisch vor seinem Milchkaffee saß.

Der dem Trunk ergebene, grauköpfige Picador saß vor einem Glas Casalas-Brandy und starrte mit Vergnügen zu einem Tisch hinüber, an dem der Matador, dem der Mut vergangen war, mit zwei sehr abgetakelt aussehenden Prostituierten und mit einem andern Matador saß, der dem Degen entsagt hatte, um wieder Banderillo zu werden.

Der Auktionator stand an der Straßenecke und unterhielt sich mit Freunden. Der große Kellner war bei der Versammlung der Anarcho-Syndikalisten und wartete auf eine Gelegenheit, zu sprechen. Der ältliche Kellner saß auf der Terrasse des Café Alvarez und trank ein kleines Bier. Die Frau, der die Luarca gehörte, schlief bereits in ihrem Bett auf dem Rücken mit einem Polster zwischen den Beinen; dick, fett, ehrbar, sauber, gemütlich und sehr fromm, und niemals hatte sie aufgehört, täglich ihren nun schon zwanzig Jahre toten Mann zu vermissen und für ihn zu beten. In seinem Zimmer lag der Matador, der krank war, allein auf dem Bett mit dem Gesicht nach unten, ein Taschentuch vor dem Mund.

Jetzt zog Enrique in dem verlassenen Speisezimmer den letzten Knoten in den Servietten fest, die die Messer an die Stuhlbeine banden, und hob den Stuhl hoch. Er richtete die Beine mit den Messern vorwärts und hielt den Stuhl über seinen Kopf mit den beiden Messern direkt geradeausweisend, eines zu jeder Seite des Kopfes.

«Es ist schwer», sagte er. «Sieh mal, Paco. Es ist sehr gefährlich. Tu's nicht.» Er schwitzte.

Paco stand ihm gegenüber, hielt die Schürze ausgebreitet, hielt in jeder Hand eine Falte gerafft, Daumen nach oben, Zeigefinger nach unten, hielt sie ausgebreitet, um den Blick des Stiers auf sich zu ziehen.

«Greif geradezu an», sagte er. «Mach kehrt wie ein Stier. Greif so oft an, wie du willst.»

«Woran willst du merken, wenn der Ausfall geschnitten werden muß?» fragte Enrique. «Es ist besser, du machst drei und dann eine *media*.»

«Schön», sagte Paco. «Aber komm geradezu. Hu, Torito! Los, komm, kleiner Stier!»

Mit gesenktem Kopf rannte Enrique auf ihn los, und Paco schwenkte die Schürze genau vor der Messerklinge, als sie dicht an seinem Bauch vorbeikam, und, wie sie so vorbeikam, war sie für ihn das wirkliche Horn, weiß-spitzig, schwarz, glatt, und als Enrique an ihm vorbeikam und kehrtmachte, um von neuem auf ihn loszurasen, war es die heiße, blutflankige Masse des Stiers, der vorbeistampfte, dann wie eine Katze kehrtmachte und von neuem kam, als er die *capa* langsam schwang. Dann drehte der Stier und kam von neuem, und während er die anrasende Spitze beobachtete, setzte er seinen linken Fuß fünf Zentimeter zu weit vor, und das Messer ging nicht vorbei, sondern war so leicht wie in einen Weinschlauch eingedrungen, und es flutete siedend heiß über und um die plötzliche innere Starre von Stahl, und Enrique schrie: «Ay! Ay! Laß es mich rausziehen! Laß es mich rausziehen!» Und Paco glitt vorwärts über den Stuhl, hielt die Schürzen*capa* noch fest, während Enrique am Stuhl zerrte und sich das Messer in ihm umdrehte, in ihm, in Paco.

Das Messer war jetzt raus, und er saß am Boden, in der immer größer werdenden, warmen Lache.

«Halt die Serviette drauf! Halt sie fest!» sagte Enrique. «Halt sie fest drauf. Ich lauf und hol den Doktor. Du mußt die Blutung anhalten.»

«Man müßte einen Gummibecher haben», sagte Paco. Er hatte gesehen, wie man einen in der Arena benutzt hatte.

«Ich bin ganz gerade auf dich zugekommen», sagte Enrique weinend. «Ich wollte dir ja nur die Gefahr zeigen.»

«Mach dir keine Gedanken», sagte Paco; seine Stimme klang wie von weit her. «Aber hol den Doktor.»

In der Arena hoben sie einen auf und trugen einen weg und rannten mit einem zum Operationszimmer. Wenn die Schenkelarterie ausblutete, bevor man dort ankam, wurde der Priester gerufen.

«Sage einem der Priester Bescheid», sagte Paco und hielt die Serviette fest gegen den Unterleib. Er konnte nicht fassen, daß ihm dies passiert war.

Und Enrique rannte die Carrera San Jeromino hinunter zur Unfallstation, die die ganze Nacht über offen war, und Paco war allein, saß zuerst aufrecht, dann sackte er vornüber, dann sank er auf dem Boden zusammen, bis es vorbei war, und er fühlte, wie das Leben aus ihm entwich, wie schmutziges Wasser aus einer Badewanne ausläuft, wenn der Stöpsel herausgezogen ist. Er hatte Angst, und er fühlte sich schwach, und er versuchte ein Reuegebet herzusagen, und er erinnerte sich, wie es anfing, aber ehe er, so schnell er konnte, gesagt hatte «O mein Gott, herzlich leid tut es mir, daß ich Dich gekränkt habe, Dich, der Du all meiner Liebe wert bist, und ich bin fest entschlossen ...» fühlte er sich zu schwach, und er lag mit dem Gesicht auf dem Boden, und es war ganz rasch vorbei. Eine durchschnittene Schenkelarterie blutet schneller aus, als man sich vorstellen kann.

Als der Arzt von der Unfallstation, begleitet von einem Polizisten, der Enrique am Arm festhielt, die Treppe heraufkam, waren Pacos Schwestern noch im Kinopalast in der Gran Via und waren tief enttäuscht von dem Garbo-Film, der den großen Star in jammervoll armseliger Umgebung zeigte, während sie doch gewohnt waren, sie von großem Luxus und Glanz umgeben zu sehen. Dem Publikum mißfiel der Film gründlich, und man protestierte mit Pfeifen und Trampeln dagegen. Alle anderen Leute aus dem Hotel taten fast noch dasselbe, was sie getan hatten, als sich der Unglücksfall zutrug, bis auf die beiden Priester, die ihre Andacht verrichtet hatten und sich zum Schlafen anschickten, und den grauhaarigen Picador, der sein Glas an den Tisch der beiden abgetakelten Prostituierten hinübergenommen hatte. Ein bißchen später verließ er mit einer von ihnen das Café; es war die, für die der Matador, der die Courage verloren hatte, die Getränke bezahlt hatte.

Paco, der Junge, hatte nie etwas von all dem gewußt, auch nichts von dem, was all diese Leute am nächsten und an allen kommenden Tagen tun würden. Er hatte keine Vorstellung, weder, wie sie wirklich lebten, noch wie sie enden würden. Es war ihm noch nicht einmal bewußt geworden, daß sie enden würden. Er starb, wie die spanische Redewendung lautet, voller Illusionen. Er hatte in seinem Leben keine Zeit gehabt, um auch nur eine von ihnen zu verlieren, noch um am Schluß ein Reuebekenntnis zu beenden.

Er hatte nicht einmal Zeit gehabt, um über den Garbo-Film enttäuscht zu sein, der eine Woche lang ganz Madrid enttäuschte.

Schnee auf dem Kilimandscharo

Der Kilimandscharo ist ein schneebedeckter Berg von sechstausend Meter Höhe und gilt als der höchste Berg Afrikas. Der westliche Gipfel heißt bei den Massai ‹Ngàja Ngài›, das Haus Gottes. Dicht unter dem westlichen Gipfel liegt das ausgedörrte und gefrorene Gerippe eines Leoparden. Niemand weiß, was der Leopard in jener Höhe suchte.

«Das Fabelhafte daran ist, daß man keine Schmerzen hat», sagte er, «daran merkt man, daß es anfängt.»

«Ist das wahr?»

«Ganz bestimmt. Es tut mir schrecklich leid, daß es so riecht. Das stört dich sicher.»

«Nicht! Bitte nicht.»

«Sieh sie dir an», sagte er, «was führt sie eigentlich her; wittern sie es, oder können sie es sehen?»

Das Lager, auf dem der Mann ruhte, stand in dem breiten Schatten eines Mimosenbaumes, und als er über den Schatten weg hinaus in den Glast der Ebene blickte, hockten dort unflätig drei jener großen Vögel, während noch ein Dutzend am Himmel segelten und im Vorbeifliegen schnell sich bewegende Schatten warfen.

«Die sind da, seit dem Tag, an dem das Lastauto niederbrach», sagte er. «Heute zum erstenmal haben sich ein paar am Boden niedergelassen. Ich hab zuerst genau beobachtet, wie sie fliegen, für den Fall, daß ich sie mal in einer Geschichte verwenden würde. Das kommt mir jetzt komisch vor.»

«Bitte, hör damit auf», sagte sie.

«Ich rede doch nur», sagte er. «Es ist nicht so schlimm, wenn ich rede. Aber ich will dich natürlich nicht belästigen.»

«Du belästigst mich nicht», sagte sie, «du weißt das. Ich bin nur so schrecklich nervös geworden, weil ich gar nichts tun kann. Ich finde, wir sollten es uns so leicht wie möglich machen, bis das Flugzeug kommt.»

«Oder bis das Flugzeug nicht kommt.»

«Bitte sag mir doch, was ich tun kann. Es muß doch irgend etwas geben, was ich tun kann.»

«Du kannst das Bein amputieren; das würde es vielleicht anhalten, obschon ich es bezweifle. Oder du kannst mich erschießen. Du schießt ja jetzt gut. Ich hab dir's Schießen beigebracht, nicht wahr?»

«Bitte red doch nicht so. Kann ich dir nicht etwas vorlesen?»

«Was denn?»

«Irgend etwas aus dem Büchersack, das wir noch nicht gelesen haben.»

«Ich kann nicht zuhören», sagte er. «Sprechen ist noch am leichtesten. Wir zanken uns, und damit vergeht die Zeit.»

«Ich zanke mich doch nicht. Ich will mich nie zanken. Komm, wir wollen uns nicht mehr zanken. Einerlei, wie gereizt wir sind. Vielleicht werden sie heute mit einem neuen Lastauto zurückkommen. Vielleicht kommt das Flugzeug.»

«Ich will mich nicht von hier fortrühren», sagte der Mann. «Es hat keinen Zweck, sich von hier fortzurühren, außer, wenn es dir die Sache leichter macht.»

«Das ist feige.»

«Kannst du einen Menschen wirklich nicht, so gut es geht, sterben lassen, ohne ihn zu beschimpfen? Wozu auf mir herumhacken?»

«Du wirst nicht sterben.»

«Sei nicht töricht. Ich lieg doch im Sterben. Frag die Dreckskerle da.» Er sah dort hinüber, wo die riesenhaften, widerlichen Vögel saßen, die nackten Köpfe in ihr gesträubtes Gefieder versenkt. Ein vierter glitt nieder; zuerst lief er schnellfüßig, und dann watschelte er langsam auf die andern zu.

«Die sind um jedes Camp herum. Man bemerkt sie sonst nur nicht. Du kannst nicht sterben, wenn du dich nicht selbst aufgibst.»

«Wo hast du denn das gelesen? Du bist wirklich solch ein Idiot.»

«Du könntest auch mal an andere denken.»

«Herrgott noch mal», sagte er, «das war doch mein Beruf.»

Dann lag er da und war eine Weile still und blickte durch das Hitzeflimmern der Ebene dorthin, wo der Busch begann. Ein paar Antilopen hoben sich winzig und weiß gegen das Gelb ab, und weit weg sah er eine Herde Zebras, weiß gegen das Grün vom Busch. Dies war ein angenehmes Lager unter großen Bäumen, an einem Hügel gelegen, mit gutem Wasser, und dicht dabei war eine fast ausgetrocknete Wasserstelle, wo des Morgens Wildhühner aufstiegen.

«Soll ich dir nicht etwas vorlesen?» fragte sie. Sie saß auf einem Klappstuhl neben seinem Lager. «Es kommt ein Wind auf.»

«Nein, danke.»

«Vielleicht kommt das Lastauto.»

«Ich pfeife auf das Lastauto.»

«Ich aber nicht.»

«Ich pfeife auf viele Sachen, die dir wichtig sind.»

«Nicht so viele, Harry.»

«Wollen wir einen trinken?»

«Es heißt doch, daß es schlecht für dich ist. Im *Black* steht, man soll allen Alkohol vermeiden. Du solltest nicht trinken.»

«Molo!» rief er.

«Jawohl, Bwana.»

«Bring Whisky und Soda!»

«Jawohl, Bwana.»

«Du solltest nicht», sagte sie. «Gerade das meine ich doch mit ‹sich selbst aufgeben›. Es steht da, daß es schlecht für dich ist. Ich weiß, daß es schlecht für dich ist.»

«Nein», sagte er, «es ist gut für mich.»

Also jetzt war alles vorbei, dachte er. Also jetzt würde er keine Gelegenheit mehr haben, es zu beenden. Also so hörte es auf, mit einem Gezänk über Whisky. Seit der Brand in seinem rechten Bein begonnen hatte, war er ohne Schmerzen, und mit den Schmerzen war das Grauen vergangen, und jetzt fühlte er nichts weiter als eine große Müdigkeit und Zorn, daß dies das Ende war. Auf das, was nun kam, war er sehr wenig neugierig. Jahrelang war er davon besessen gewesen, aber jetzt bedeutete es ihm an sich nichts. Es war seltsam, wie leicht es dies Müde-genug-Sein machte.

Jetzt würde er niemals die Sachen schreiben, die er zum Schreiben aufgespart hatte, bis er wirklich genügend wußte, um sie gut zu schreiben. Dafür würde er aber auch nicht bei dem Versuch, sie zu schreiben, versagen. Vielleicht konnte man sie überhaupt nicht schreiben und schob es deshalb auf und vertagte das Anfangen. Ja, das würde er nun auch niemals wissen.

«Ich wünschte, wir wären nie hierhergekommen», sagte die Frau. Sie sah ihn an, während sie ihr Glas in der Hand hielt und sich auf die Lippen biß. «In Paris hättest du so etwas nie bekommen. Du hast immer gesagt, wie gern du in Paris bist. Wir hätten in Paris bleiben sollen oder sonstwohin gehen können. Ich wäre überall hingegangen. Ich hab dir gesagt, daß ich überall hingehen würde, wohin du wolltest. Wenn du auf Jagd gehen wolltest, hätten wir ja auch in Ungarn auf Jagd gehen und es bequem haben können.»

«Dein verfluchtes Geld!» sagte er.

«Das ist nicht fair», sagte sie. «Es hat dir genauso gehört wie mir. Ich habe alles verlassen und bin mit dir überall hingefahren, wohin du wolltest, und ich habe immer das getan, was du tun wolltest. Aber ich wünschte, wir wären niemals hierhergekommen.»

«Du hast gesagt, daß es dir hier gefällt.»

«Tat es auch, als du gesund warst. Aber jetzt hasse ich es. Ich seh nicht ein, warum das mit deinem Bein passieren mußte. Was haben wir denn getan, daß uns das passieren mußte?»

«Getan? Ich vermute, ich vergaß, sofort Jod drauf zu tun, als ich mich verletzte. Dann kümmerte ich mich nicht darum, weil ich mich nie infiziere. Dann später, als es schlimmer wurde, hätte ich vielleicht nicht, als die andern antiseptischen Mittel zu Ende gingen, die schwache Karbollösung benutzen sollen; die hat die winzigen Blutgefäße paralysiert und den Brand verursacht.» Er blickte sie an. «Was sonst noch?»

«Das meine ich nicht.»

«Wenn wir einen guten Autoschlosser engagiert hätten, an Stelle von einem ungelernten Kikuyu-Fahrer, der würde den Ölstand nachkontrolliert haben, und dann hätte sich das Lager im Lastwagen nicht ausgelaufen.»

«Das meine ich nicht.»

«Wenn du deine Leute zu Hause nicht verlassen hättest, deine verdammten Alt-Westbury-, Saratoga-, Palm-Beach-Leute, um mit mir loszuziehen ...»

«Aber ich liebte dich doch. Das ist nicht fair. Und ich liebe dich jetzt, und ich werde dich immer liebhaben. Hast du mich denn nicht lieb?»

«Nein», sagte der Mann. «Ich glaube nicht. Ich hab dich nie liebgehabt.»

«Harry, was sagst du da? Du hast den Verstand verloren.»

«Nein, ich habe keinen zu verlieren.»

«Trink das nicht», sagte sie. «Liebling, bitte trink das nicht. Wir müssen alles tun, was wir tun können.»

«Tu du's», sagte er. «Ich bin müde.»

Jetzt im Geist sah er den Bahnhof von Karagatsch, und er stand da mit seinem Pack, und das war der Scheinwerfer des Simplon-Orient-Expreß, der jetzt das Dunkel zerschnitt, und er war im Begriff, Thrazien nach dem Rückzug zu verlassen. Das war eine der Sachen, die er sich zum Schreiben aufgespart hatte, dies, und wie er am Morgen beim Frühstück aus dem Fenster sah und den ersten Schnee auf den Bergen in Bulgarien erblickte, und wie Nansens Sekretärin den alten Mann fragte, ob dies Schnee wäre, und wie der alte Mann hinblickte und sagte: «Nein, das ist kein Schnee. Es ist zu früh für Schnee.» Und die Sekretärin wiederholte vor den anderen Mädchen: «Nein, seht doch hin, das ist kein Schnee», und wie sie alle sagten: «Es ist kein Schnee. Wir haben uns geirrt.» Aber es war schon Schnee, und als er mit dem Austausch von Bevölkerungsgruppen begann, schickte er sie hinaus, in den Schnee hinein. Und es war Schnee, durch den sie stapften, bis sie in jenem Winter umkamen.

Es war auch Schnee, der die ganze Weihnachtswoche hindurch in jenem Jahr oben im Gauertal fiel, in jenem Jahr, in dem sie in der Holzfällerhütte wohnten mit dem großen, viereckigen Kachelofen, der die Hälfte des Zimmers einnahm, und wo sie auf Matratzen schliefen, die mit Buchenblättern gefüllt waren, damals, als der Deserteur mit blutigen Füßen durch den Schnee kam. Er sagte, die Polizei wäre dicht hinter ihm her, und sie gaben ihm wollene Socken und hielten die Gendarmen im Gespräch auf, bis die Spuren verweht waren.

Am Weihnachtstag in Schrunz war der Schnee so weiß, daß es den Augen weh tat, wenn man aus der Weinstube hinausblickte und die Leute aus der Kirche nach Haus kommen sah. Es war dort, wo sie die von Schlitten geglättete, von Urin gegelbte Straße hinaufgegangen waren, am Fluß entlang mit den steil abfallenden Tannenhängen, die Skier schwer auf der Schulter, und wo sie auf dem Gletscher oberhalb des Madlenerhauses die große Abfahrt machten, wo der Schnee so glatt aussah wie Zuckerguß und so trocken war wie Pulver, und er erinnerte sich an das lautlose Sausen, das die Geschwindigkeit machte, wenn man wie ein Vogel hinunterschoß.

Sie waren eine Woche lang im Madlenerhaus eingeschneit damals im Schneesturm, und sie spielten im Rauch beim Laternenlicht Karten, und die Einsätze wurden höher und höher, je mehr Herr Lent verlor. Schließlich verlor er das Ganze. Alles, das Geld der Skischule und den Verdienst der ganzen Saison und dann sein Vermögen. Er sah ihn noch vor sich mit seiner langen Nase, wie er die Karten aufnahm, und dann eröffnete «Sans voir». Damals wurde dauernd gespielt. Wenn es keinen Schnee gab, wurde gespielt, und wenn es zuviel gab, wurde gespielt. Er dachte an all die Zeit in seinem Leben, die er mit Spielen verbracht hatte.

Aber er hate niemals eine Zeile hierüber geschrieben, auch nicht über den kalten klaren Weihnachtstag, als die Berge jenseits der Ebene sichtbar waren, an dem Johnson die Linien überflogen hatte, um den Urlauberzug mit den österreichischen Offizieren mit Bomben zu belegen und sie mit einem Maschinengewehr zu beschießen, als sie auseinanderrannten und davonliefen. Er erinnerte sich an Johnson, wie er nachher in die Messe kam und davon zu erzählen begann, und wie es still wurde, und wie dann jemand sagte: «Du verdammter Bluthund.»

Es waren dieselben Österreicher, die sie damals getötet hatten, mit denen er später Ski fuhr. Nein, nicht dieselben. Hans, mit dem er das ganze Jahr lang Ski gelaufen war, hatte bei den Kaiserjägern gestanden, und wenn sie zusammen auf die Hasenjagd gingen, das kleine Tal hinauf, oberhalb der Sägemühle, so hatten sie über die Gefechte auf dem Pasubio und über den Angriff auf Pertica und Asalone gesprochen, und er hatte niemals ein Wort davon geschrieben, auch nicht vom Monte Corno und nicht von Sette Comuni und nicht von Arsiero.

Wie viele Winter hatte er im Vorarlberg und Arlberg zugebracht? Es waren vier, und dann erinnerte er sich an den Mann, der den Fuchs abzugeben hatte, als sie damals nach Bludenz gegangen waren, um Geschenke zu kaufen, und an den Kirschkerngeschmack von gutem Kirsch und das schnell gleitende Sausen des stäubenden Pulverschnees auf dem Harsch, und wie man «Juchhe» schrie, wenn man die letzte Strecke bis zum Steilhang hinunterlief, den man Schuß fuhr, und wie man mit drei Schwüngen durch den Ostgarten lief und dann über den Graben hinaus und auf die vereiste Straße hinter dem Gasthaus. Dann machte man die Bindungen los, stieß die Skier ab und lehnte sie gegen die hölzerne Wand des Gasthauses, während das Lampenlicht aus dem Fenster drang und sie drinnen in der rauchigen, nach jungem Wein riechenden Wärme Ziehharmonika spielten.

«Wo haben wir in Paris gewohnt?» fragte er die Frau, die neben ihm auf einem Klappstuhl, jetzt, in Afrika, saß.

«Im Crillon. Das weißt du doch.»

«Warum weiß ich das?»

«Da haben wir doch immer gewohnt.»

«Nein, nicht immer.»

«Dort und im Pavillon Henry-Quartre in St. Germain. Du hast gesagt, wie gern du dort bist, daß du's liebst.»

«Liebe ist 'n Misthaufen», sagte Harry, «und ich bin der Hahn, der draufsteigt und kräht.»

«Wenn du wirklich fort mußt», sagte sie, «ist es absolut nötig, alles, was du zurückläßt, kaputtzumachen? Mußt du wirklich alles fortnehmen? Ich meine, mußt du dein Pferd und deine Frau töten und deinen Sattel und deinen Harnisch verbrennen?»

«Ja», sagte er. «Dein verdammtes Geld war mein Harnisch. Mein Wolf & Harnisch.»

«Nicht.»

«Schön», sagte er, «ich werd damit aufhören. Ich will dir nicht weh tun.»

«Es ist jetzt ein kleines bißchen spät dafür.»

«Also schön. Dann werd ich dir weiter weh tun. Es ist auch amüsanter. Das einzige, was mir wirklich je mit dir Vergnügen gemacht hat, kann ich ja jetzt nicht tun.»

«Das ist nicht wahr. Du hast an vielen Sachen Vergnügen gehabt, und ich hab alles getan, was du wolltest.»

«Gott nein! Hör schon auf mit dem Getue, ja?»

Er blickte sie an und sah, daß sie weinte.

«Hör mal», sagte er. «Denkst du, daß ich das zum Spaß tue? Ich weiß nicht, warum ich's tue. Wahrscheinlich versucht man zu töten, um sich selbst am Leben zu halten. Ich war ganz vernünftig, als wir zu reden anfingen. Ich wollte dies bestimmt nicht, und jetzt bin ich so verrückt wie ein toller Hund und so niederträchtig zu dir, wie nur möglich. Hör nicht auf das, was ich sage, Liebling. Ich hab dich lieb, wirklich. Du weißt, daß ich dich liebhabe. Ich habe niemals irgend jemand so geliebt wie dich.»

Er schlidderte in die gewohnte Lüge, von der er lebte.

«Du bist geliebt zu mir.»

«Hu-re du», sagte er, «reiche Hu-re, du. Das ist Poesie. Ich bin jetzt voller Poesie. Fäule und Poesie. Faule Poesie.»

«Hör auf, Harry. Warum mußt du jetzt wieder so teuflisch sein?»

«Ich will nichts zurücklassen», sagte der Mann. «Ich will nichts übriglassen.»

Jetzt war es Abend, und er hatte geschlafen. Die Sonne war hinter dem Hügel verschwunden, und ein Schatten lag über der Ebene, und die kleinen Tiere ästen nah beim Camp, schnell hinabtauchende Köpfe und hin- und herschwingende Schwänze; er beobachtete, wie sie sich jetzt ein gutes Stück vom Busch entfernt hielten. Die Vögel lauerten nicht mehr am Boden. Sie hockten alle plump in einem Baum. Es waren jetzt viel mehr. Sein Boy saß neben seinem Lager.

«Memsahib ist weg, jagen», sagte der Boy. «Will Bwana was?»

«Nein.»

Sie war unterwegs, um ein Stück Fleisch zu schießen, und da sie wußte, wie gern er das Wild beobachtete, hatte sie sich weit entfernt, um den Frieden des kleinen Abschnitts der Ebene, den er übersehen konnte, nicht zu stören. Sie tat nie etwas gedankenlos, dachte er. Nie, soweit sie etwas davon wußte oder gelesen oder jemals gehört hatte.

Es war nicht ihre Schuld, daß es mit ihm bereits vorbei war, als er zu ihr kam. Woher sollte eine Frau wissen, daß man nichts von dem meinte, was man sagte, daß man nur aus Gewohnheit sprach und um es bequem zu haben? Als er nicht mehr meinte, was er sagte, hatte er mit seinen Lügen bei Frauen mehr Erfolg als früher, wenn er ihnen die Wahrheit gesagt hatte.

Es war gar nicht einmal so sehr, daß er log, als daß einfach keine

Wahrheit da war, die man sagen konnte. Er hatte sein Leben hinter sich, und es war vorbei, und dann fuhr er fort, es mit andern Menschen und mehr Geld noch einmal zu leben, an den schönsten Plätzen von früher und einigen neuen.

Wenn man nicht dachte, dann war alles fabelhaft. Man war innerlich abgebrüht, so daß man nicht auf die Art und Weise in die Brüche ging wie die meisten, und man tat so, als ob man sich nichts aus der Arbeit machte, die man früher getan hatte, jetzt, wo man sie nicht mehr zuwege brachte. Aber zu sich selbst sagte man, daß man über diese Leute schreiben würde, über diese Schwerreichen, daß man nicht wirklich zu ihnen gehörte, daß man als Spion in ihrem Lande war, daß man weggehen und dann darüber schreiben würde und daß es dann endlich von jemand beschrieben würde, der wußte, worüber er schrieb. Aber er würde es niemals tun, denn jeder Tag des Nichtschreibens, des Luxus, jeder Tag dieser Existenz, die er verachtete, stumpfte seine Fähigkeit ab und schwächte seinen Arbeitswillen, so daß er schließlich überhaupt nicht mehr arbeitete. Die Leute, die er jetzt kannte, fühlten sich alle viel wohler, wenn er nicht arbeitete. In Afrika war es, wo er in der guten Zeit seines Lebens am glücklichsten gewesen war, deshalb war er hierhergekommen, um noch einmal anzufangen. Sie hatten diese Safari mit einem Mindestmaß an Komfort gemacht. Es gab keine Entbehrungen, aber auch keinen Luxus, und er hatte gedacht, daß er dadurch wieder ins Training kommen, daß er sich irgendwie das Fett von der Seele herunterarbeiten könnte, so wie ein Boxer in die Berge geht, um zu arbeiten und zu trainieren, um es aus seinem Körper herauszuschwitzen.

Ihr hatte es gefallen. Es gefiel ihr ausgezeichnet, sagte sie. Sie liebte alles, was aufregend war und einen Szenenwechsel mit sich brachte, wo es neue Menschen gab, und alles angenehm war, und er hatte die Illusion gehabt, daß sein Arbeitswille in alter Stärke wiederkehrte. Wenn dies nun aber das Ende war, und er wußte, es war das Ende, dann durfte er sich jetzt nicht winden und sich selbst den tödlichen Biß beibringen wie eine Schlange, deren Rückgrat gebrochen ist. Es war nicht die Schuld dieser Frau. Wenn sie es nicht gewesen wäre, wäre es eine andere gewesen. Wenn er von einer Lüge lebte, mußte er versuchen, auch im Tod dazu zu stehen. Er hörte einen Schuß jenseits des Hügels.

Sie schoß ausgezeichnet, diese gute, diese reiche Hure, diese freundliche Hüterin und Zerstörerin seiner Begabung. Unsinn! Er hatte seine Begabung selbst zerstört. Warum sollte er dieser Frau, weil sie ihn so angenehm aushielt, die Schuld zuschieben? Er hatte seine Begabung damit zerstört, daß er sie nicht benutzt, daß er sich selbst und das, woran er glaubte, verraten hatte, daß er soviel trank, bis die Schärfe seiner Wahrnehmungen litt, durch Faulheit, durch Trägheit, durch Snobismus, durch Hochmut und durch Vorurteil – auf Teufel komm raus! Was war das? Ein Verzeichnis alter Bücher? Was war seine Begabung denn schon groß? Eine Begabung war es sicher, aber anstatt sie zu benutzen, hatte er sie verschachert. Es war nie das, was er getan hatte, sondern das, was er tun könnte, und er hatte sich sein Brot lieber auf andere Weise als mit der Feder verdient. Es war auch seltsam, nicht wahr, daß, wenn er sich in eine neue Frau verliebte, diese immer mehr Geld hatte als die letzte. Aber wenn er nicht mehr verliebt war, wenn er nur noch log wie bei dieser Frau jetzt, die mehr Geld hatte als alle übrigen, die alles Geld der Welt hatte, die Mann und Kinder gehabt hatte, die sich Liebhaber genommen hatte, die ihr nicht genügten, und die ihn, als Schriftsteller, als Mann, als Kameraden und als kostbaren Besitz von Herzen liebte, war es nicht merkwürdig, daß er, als er sie gar nicht liebte und log, ihr mehr für ihr Geld geben konnte, als wenn er wirklich geliebt hatte?

Wir sind wohl alle für das, was wir tun, geschaffen, dachte er. Wie wir unser Brot verdienen, darin liegt unsere Begabung. Er hatte in einer oder der anderen Form Vitalität verkauft sein ganzes Leben lang, und wenn die Gefühle nicht zu sehr mitspielen, kann man mehr fürs Geld geben. Das war ihm klargeworden, aber auch darüber würde er jetzt niemals schreiben. Nein, er würde nicht hierüber schreiben, obwohl es sich schon verlohnte, darüber zu schreiben.

Jetzt kam sie in Sicht; sie ging quer über die Lichtung dem Lager zu. Sie hatte Jodhpurs an und trug ihre Büchse. Die beiden Boys kamen hinter ihr her und schwenkten eine Antilope zwischen sich. Sie war immer noch eine gutaussehende Frau, dachte er, und sie hatte einen anziehenden Körper. Sie hatte eine ausgesprochene Bettbegabung, und es machte ihr Spaß; sie war nicht hübsch, aber er mochte ihr Gesicht. Sie las unendlich viel, ritt und jagte gern und trank bestimmt zuviel. Ihr Mann war gestorben, als sie noch eine verhältnismäßig junge Frau war, und eine Zeitlang hatte sie sich ihren zwei eben erwachsenen Kindern, die sie nicht brauchten und die durch ihre Anwesenheit nur in Verlegenheit gerieten, und ihrem Stall voller Pferde, ihren Büchern und Schnapsflaschen gewidmet. Sie las gern abends vor dem Essen, und sie trank Whisky und Soda, während sie las. Zur Essenszeit war sie leicht betrunken, und nach einer Flasche Wein zum Abendbrot war sie gewöhnlich betrunken genug, um schlafen zu können.

Das war vor den Liebhabern. Als sie Liebhaber hatte, trank sie nicht soviel, weil sie nicht betrunken zu sein brauchte, um zu schlafen. Aber die Liebhaber langweilten sie. Sie war mit einem Mann verheiratet gewesen, der sie niemals gelangweilt hatte, und diese Leute langweilten sie sehr.

Und dann kam eines ihrer Kinder bei einem Flugzeugunglück ums Leben, und nachdem das vorbei war, hatte sie keine Lust mehr auf Liebhaber, und da Trinken kein Betäubungsmittel war, mußte sie sich ein neues Leben aufbauen. Plötzlich hatte sie eine panische Angst vor dem Alleinsein bekommen. Aber sie wollte einen Menschen um sich haben, vor dem sie Achtung haben konnte.

Es hatte sehr einfach angefangen. Ihr gefiel, was er schrieb, und sie hatte ihn immer um das Leben, das er führte, beneidet. Sie glaubte, daß er genau das tat, was er wollte. Die Mittel, durch die sie ihn sich gewonnen, und die Art, wie sie sich schließlich in ihn verliebt hatte, gehörten alle einfach zu dem planmäßigen Vorgang, sich ein neues Leben aufzubauen, und er hatte alles, was von seinem alten Leben übrig war, verschachert.

Er hatte es verschachert für Sicherheit, auch für Luxus; das ließ sich nicht leugnen, und wofür noch? Er wußte es nicht. Sie hätte ihm alles, was er sich wünschte, gekauft. Das wußte er. Sie war außerdem eine verflucht nette Frau. Er würde mindestens so gern mit ihr wie mit irgendeiner anderen schlafen, sogar lieber noch mit ihr, weil sie reicher war, weil sie sehr nett war und ihn schätzte und weil sie niemals Szenen machte. Und jetzt fand dies Leben, das sie sich aufgebaut hatte, sein Ende, weil er kein Jod benutzt hatte, als er sich vor vierzehn Tagen das Knie an einem Dorn ritzte, als sie sich vorwärts bewegten, um zu versuchen, eine Herde von stehenden Wasserböcken zu fotografieren, die mit erhobenen Köpfen Umschau hielten, während ihre Nüstern die Luft durchschnupperten und ihre weit aufgeklappten Ohren auf das leiseste Geräusch hinhorchten, das sie in den Busch zurückscheuchen würde. Und sie waren wirklich ausgerissen, noch bevor er die Aufnahme hatte.

Da kam sie.

Er wandte den Kopf auf dem Lager, um ihr entgegenzusehen. «Hallo», sagte er.

«Ich habe einen Antilopenbock geschossen», erzählte sie ihm. «Das gibt eine gute Brühe für dich, und zum Klim laß ich sie Kartoffelbrei machen. Wie fühlst du dich?»

«Viel besser.»

«Ist das nicht großartig! Weißt du, eigentlich hab ich's mir fast gedacht. Du schliefst fest, als ich wegging.»

«Ich habe gut geschlafen. Bist du weit gegangen?»

«Nein. Gerade nur bis hinter den Hügel. Ich habe die Antilope mit einem guten Blattschuß gekriegt.»

«Wahrhaftig, du schießt ausgezeichnet.»

«Macht mir Riesenspaß. Ich finde Afrika wunderbar. Tatsächlich. Wenn's *dir* gut geht, ist's überhaupt das Schönste, das ich je erlebt habe. Du weißt gar nicht, wie gern ich mit dir auf Jagd gegangen bin, und das Land lieb ich.»

«Ich auch.»

«Liebling, du weißt ja gar nicht, wie wunderbar ich's finde, daß es dir besser geht. Ich konnte es vorhin nicht aushalten, als du dich so fühltest. Du wirst nie wieder mit mir so reden, nicht wahr? Versprichst du mir das?»

«Nein», sagte er. «Ich weiß nicht mehr, was ich gesagt habe.»

«Du brauchst mich doch nicht kaputtzumachen, nicht wahr? Ich bin ja nur eine Frau in mittleren Jahren, die dich liebt, und die tun möchte, was du tun möchtest. Man hat mich ja bereits zwei- oder dreimal kaputtgemacht. Du willst mich doch nicht noch einmal kaputtmachen, nicht wahr?»

«Ich möchte dich ein paarmal im Bett kaputtmachen», sagte er.

«Ja, das ist die richtige Art von Kaputtmachen. Unsere Natur will, daß wir einander so kaputtmachen. Das Flugzeug wird morgen bestimmt hier sein.»

«Woher weißt du das?»

«Ich bin sicher. Es muß kommen. Die Boys haben das Holz und das Gras für die Signalfeuer schon bereit. Ich war heute wieder unten und habe es mir angesehen. Es ist reichlich Platz zum Landen da, und wir haben alles an beiden Enden fertig.»

«Wieso glaubst du, daß es morgen kommt?»

«Ich bin ganz sicher. Es ist ja überfällig. Und in der Stadt wird man dir dann dein Bein zusammenflicken, und dann werden wir einander auf unsere gute Weise kaputtmachen und nicht auf diese entsetzliche Art mit Reden.»

«Wollen wir was trinken? Die Sonne ist untergegangen.»

«Meinst du, du solltest?»

«Ich trinke einen.»

«Also trinken wir einen zusammen. *Molo, letti dui whisky-soda!*» rief sie.

«Du solltest deine Moskitostiefel anziehen», sagte er zu ihr.

«Ich tu's nach dem Baden ...»

Während es dunkelte, tranken sie, und gerade bevor es ganz dunkel war, nicht mehr hell genug, um zu schießen, wechselte eine Hyäne über die Lichtung auf ihrem Weg um den Hügel.

«Das Mistvieh streunt hier jeden Abend herum», sagte der Mann. «Jeden Abend seit vierzehn Tagen.»

«Die macht nachts immer den Lärm. Mich stört's nicht weiter, aber es ist ein widerliches Viehzeug.»

Während sie so zusammen tranken, hatte er keine Schmerzen, nur das Unbehagen, immer in derselben Lage liegen zu müssen und während die Boys das Feuer anzündeten, dessen Schatten auf die Zelte sprang, spürte er von neuem, wie er dies Leben einer wohligen Selbstaufgabe bejahte. Sie *war* sehr gut zu ihm. Er war nachmittags grausam und ungerecht gewesen. Sie war eine ganz famose Frau, wirklich großartig. Und gerade da fiel ihm ein, daß er im Sterben lag.

Es kam wie ein Sausen, nicht wie ein Sausen von Wasser oder von Wind, sondern von einer plötzlichen, übelriechenden Leere, und das Seltsame daran war, daß die Hyäne leicht am Rand davon entlangglitt.

«Was ist, Harry?» fragte sie ihn.

«Nichts», sagte er. «Du solltest dich lieber auf die andere Seite setzen, gegen den Wind.»

«Hat Molo den Verband gewechselt?»

«Ja, ich benutze jetzt nur noch Borwasser.»

«Wie fühlst du dich?»

«Ein bißchen taumelig.»

«Ich geh hinein, baden», sagte sie. «Ich bin gleich wieder da, dann essen wir zusammen, und dann bringen wir dein Lager hinein.»

Also war es gut, sagte er zu sich, daß wir mit dem Gezänk aufgehört haben. Mit dieser Frau hatte er sich niemals viel gezankt, während er sich mit den Frauen, die er liebte, so viel gezankt hatte, daß am Ende alles, was sie gemeinsam hatten, durch die ätzende Wirkung ihrer Zänkereien zerstört wurde. Er hatte zuviel geliebt, zuviel verlangt, und alles war fadenscheinig geworden.

Er dachte an sein Alleinsein in Konstantinopel, damals, als sie sich in Paris vor seiner Abreise gezankt hatten. Er hatte die ganze Zeit über gehurt, und dann, als das vorbei war, und es ihm nicht gelungen war, seine Einsamkeit zu töten, sondern sie nur immer schlimmer wurde, hatte er ihr, der ersten, der, die ihn verlassen hatte, einen Brief geschrieben, in dem er ihr sagte, daß er es nie hätte abtöten können ... Wie ihm, als er einmal glaubte, sie vor dem Régence zu sehen, inwendig ganz schwach und übel geworden sei, und daß er einer Frau, die ihr in irgendeiner Art ähnelte, den Boulevard entlang gefolgt sei, angsterfüllt, sie möge es nicht sein, voller Angst, das Gefühl, das es ihm gab, zu verlieren. Wie ihn jede, mit der er geschlafen hatte, sie nur noch mehr vermissen ließ. Wie das, was sie getan hatte, ja völlig bedeutungslos sei, da ihm klar wäre, daß er sich nicht von seiner Liebe zu ihr heilen könne. Er schrieb diesen Brief im Club, völlig nüchtern, adressierte ihn nach New York und bat sie, ihm nach Paris ins Büro zu schreiben. Das schien ungefährlich. Und an dem Abend, als sie ihm so sehr fehlte, daß er sich inwendig jämmerlich leer fühlte, schlenderte er bei Taxims vorbei, las ein Mädchen auf und ging mit ihr essen. Nachher war er mit ihr in ein Lokal gegangen, um zu tanzen. Sie tanzte schlecht, und er ließ sie stehen für eine scharfe armenische Nutte, die ihren Bauch derart gegen ihn preßte, daß es ihn beinahe versengte. Er nahm sie einem englischen Kanonier nach einer Schlägerei weg. Der Kanonier forderte ihn auf, hinauszukommen, und sie prügelten sich draußen auf der Straße, auf den Pflastersteinen, in der Dunkelheit. Er hatte ihm zwei ordentliche Kinnhaken versetzt, und als er nicht niederging, war ihm klar, daß allerhand bevorstand. Der Kanonier boxte ihn in den Bauch und dann unters Auge. Dann holte er aus und landete einen linken Schwinger, und der Kanonier fiel über ihn her und packte seine Jacke und riß den Ärmel ab, und er hieb ihn zweimal hinters Ohr, und dann erledigte er ihn mit einem Rechten, als er ihn wegstieß. Als der Kanonier zu Boden ging, schlug er mit dem Kopf zuerst auf, und er rannte mit dem Mädchen weg, weil man die Militärpolizei kommen hörte. Sie stiegen in ein Taxi und fuhren hinaus zu Rimmily Hissa, am Bosporus entlang und dann zurück in der kühlen Nacht, und sie gingen ins Bett, und sie fühlte sich so überreif an, wie sie aussah, jedoch glatt, rosenblättrig, sirupartig, glattbauchig, vollbusig, und sie brauchte kein Kissen unter ihrem Hintern, und er verließ sie, bevor sie aufwachte, und schwammig genug sah sie aus im ersten Tageslicht, und er tauchte mit einem blauen Auge im Pera-Palace auf und trug seine Jacke überm Arm, weil ein Ärmel fehlte.

Am selben Abend ging es weiter nach Anatolien, und er erinnerte sich, wie er später einmal auf dieser Expedition den ganzen Tag über durch Mohnfelder geritten war, aus denen man Opium gewann, und wie seltsam man sich schließlich fühlte, und alle Entfernungen schienen nicht zu stimmen, wo sie den Angriff mit den neu eingetroffenen Offizieren aus Constantine gemacht hatten, die von nichts die geringste Ahnung hatten, und die Artillerie hatte in die Truppen hineingefeuert, und der englische Beobachter hatte wie ein Kind geheult.

Das war jener Tag, an dem er zum erstenmal tote Männer in weißen Ballettröcken und Schnabelschuhen mit Pompons drauf gesehen hatte. Die Türken waren stetig und truppweise vorgedrungen, und er hatte gesehen, wie die berockten Männer wegliefen und wie die Offiziere in sie hineinfeuerten und dann selbst rannten, und dann waren auch er und der englische Beobachter gerannt, bis ihm die Lunge weh tat, und er den Geschmack von Kupferpfennigen im Mund hatte, und sie hinter einigen Felsblöcken anhielten, und da rückten die Türken heran, truppweise wie vorher. Später hatte er jene Dinge gesehen, an die er niemals denken konnte, und noch später hatte er viel Schlimmeres gesehen. Er hatte, als er nach Paris zurückkam, nicht davon sprechen können und hielt es auch nicht aus, wenn jemand anderes es erwähnte. Und als er damals an dem Café vorüberging, saß der amerikanische Dichter mit einem dummen Ausdruck auf seinem

Schafsgesicht vor einem Haufen Untersätze und sprach über die Dadaisten mit einem Rumänen, der angeblich Tristan Tzara hieß, der immer ein Monokel trug und Kopfweh hatte – und oben in seiner Wohnung mit seiner Frau, die er jetzt wieder liebte, wo der Zank vollständig vorbei war, wo die Verrücktheit vollständig vorbei war, wo er froh war, wieder zu Haus zu sein, da schickte das Büro ihm seine Post hinauf in die Wohnung. Und eines Morgens kam dann der Antwortbrief auf den, den er geschrieben hatte, auf dem Tablett herein, und als er die Handschrift sah, überlief es ihn eiskalt, und er versuchte, den Brief unter einen andern zu schieben. Aber seine Frau sagte: «Von wem ist denn der Brief, mein Lieber?» und das war das Ende vom Anfang davon.

Er erinnerte sich an die guten Tage mit ihnen allen und die Kräche. Sie suchten sich immer die schönsten Plätze für die Kräche aus. Und warum hatten sie wohl immer Krach angefangen, wenn er sich gerade am wohlsten fühlte? Er hatte niemals etwas davon geschrieben, zuerst wohl, weil er keinem weh tun wollte, und später fand er dann, daß es auch ohne dies genug zum Schreiben gab. Aber er hatte immer gedacht, daß er es doch schließlich einmal schreiben würde. Es gab soviel zu schreiben. Er hatte gesehen, wie die Welt sich wandelte, nicht nur die Ereignisse, obschon er auch viele Ereignisse gesehen und Menschen beobachtet hatte, aber er hatte die feineren Veränderungen gesehen, und er konnte sich erinnern, wie die Menschen zu verschiedenen Zeiten gewesen waren. Er war dabeigewesen, und er hatte es beobachtet, und es war seine Aufgabe, darüber zu schreiben, aber nun würde er es niemals tun.

«Wie fühlst du dich?» sagte sie. Sie war, nachdem sie gebadet hatte, aus dem Zelt herausgekommen.

«Ganz gut.»

«Magst du jetzt essen?» Er sah Molo hinter ihr mit einem Klapptisch und den anderen Boy mit den Schüsseln.

«Ich möchte schreiben», sagte er.

«Du solltest etwas Brühe trinken, um bei Kräften zu bleiben.»

«Ich sterbe heute nacht», sagte er. «Ich brauche nicht bei Kräften zu bleiben.»

«Bitte kein Melodrama, Harry», sagte sie.

«Gebrauch doch deine Nase. Ich bin bereits bis zur Hälfte des Oberschenkels hinauf verfault. Zum Teufel noch mal, wozu soll ich mich jetzt mit Brühe abgeben? Molo, bring Whisky-Soda!»

«Bitte, trink die Brühe», sagte sie sanft.

«Schön.»

Die Brühe war zu heiß. Sie mußte in der Tasse abkühlen, bis er sie trinken konnte, und dann bekam er sie nur gerade so herunter, ohne zu ersticken.

«Du bist eine famose Frau», sagte er. «Hör nicht auf das, was ich sage.»

Sie sah ihn an mit dem so wohlbekannten, so beliebten Gesicht aus *Spur* und *Town and Country*, nur ein wenig ramponiert vom Trinken, nur ein wenig ramponiert vom Bett, aber *Town and Country* zeigte niemals jene gesunden Brüste und jene brauchbaren Schenkel und jene leicht die Kreuzgegend streichelnden Hände, und als er aufblickte und ihr so wohlbekanntes, angenehmes Lächeln sah, fühlte er wieder den Tod kommen. Diesmal war es kein Sausen. Es war ein Hauch wie von Wind, der eine Kerze aufflackern und die Flamme hochschießen läßt.

«Man kann mein Netz später rausbringen und es am Baum aufhängen und das Feuer aufschichten. Ich gehe heute nacht nicht ins Zelt. Es lohnt nicht den Umzug. Es ist eine klare Nacht. Es wird keinen Regen geben.»

So starb man also, inmitten von Flüstern, das man nicht hörte. Nun, Zank würde es nicht mehr geben. Das konnte er versprechen. Dieses eine noch nie gehabte Erlebnis würde er sich jetzt nicht verderben. Wahrscheinlich würde er es doch tun. Man versaute sich ja alles. Aber vielleicht auch nicht.

«Du kannst kein Diktat aufnehmen, nicht wahr?»

«Ich hab's nie gelernt», erwiderte sie ihm.

«Macht nichts.»

Es war nicht genug Zeit natürlich, obschon es sich anscheinend wie ein Fernrohr ineinanderschob, so daß man alles in einen Absatz hineinbekam, wenn man's richtig anfaßte.

Da lag ein Blockhaus, weiß beworfen mit Mörtel, auf einem Hügel überm See. Da gab es eine Glocke an einer Stange neben der Tür, um die Leute zum Essen zu rufen. Hinter dem Haus waren Felder, und hinter den Feldern lag das Bauholz. Eine Reihe italienischer Pappeln führte vom Haus zur Werft und von dort um die Landspitze herum. Ein Weg ging hinauf in die Hügel, direkt an dem Bauholz vorbei, und auf diesem Weg pflückte er Brombeeren. Dann brannte das Blockhaus herunter, und all die Büchsen, die an den Geweihen über dem Kamin hingen, verbrannten, und nachher lagen die Läufe, in deren Magazinen das Blei geschmolzen war, mit den weggebrannten Schäften auf der Asche, die man benutzte, um für die großen, eisernen Seifenkessel Lauge zu machen, und man fragte Großvater, ob man sie zum Spielen haben könnte, und er sagte «nein». Weil es eben immer noch seine Büchsen waren, verstehen Sie? Und er kaufte auch niemals neue. Auf die Jagd ging er auch nicht mehr. Das Haus wurde an derselben Stelle wieder aufgebaut; jetzt aus Balken und weiß gestrichen, und von der gedeckten Veranda aus konnte man die Pappeln und dahinter den See sehen, aber Gewehre gab es niemals wieder. Die Läufe der Gewehre, die an den Geweihen an der Wand des Blockhauses gehangen hatten, lagen draußen auf dem Aschenhaufen, und keiner rührte sie je an.

Nach dem Krieg pachteten wir einen Forellenbach im Schwarzwald, und es gab zwei Wege, die dorthin führten. Einer ging durch das Triberger Tal hinab und schlängelte sich an der Talstraße entlang im Schatten der Bäume, die die weiße Straße einsäumten, und dann eine Seitenstraße hinan, die durch die Hügel hinaufführte, an einer Menge kleiner Anwesen mit großen Schwarzwaldhäusern vorbei, bis jene Straße den Bach überquerte. Hier begann unser Fischwasser.

Man konnte sonst auch steil bis zum Waldsaum hinaufklettern und dann über die Hügelkuppen durch die Tannenwälder hinauf bis an den Rand einer Wiese gehen und über die Wiese hinunter bis zur Brücke. Es standen Birken am Bach, und er war nicht breit, sondern schmal, klar und reißend mit kleinen Ausbuchtungen dort, wo er die Wurzeln der Birken unterhöhlt hatte. Der Hotelbesitzer in Triberg hatte eine ausgezeichnete Saison. Es war besonders nett, und wir waren alle sehr befreundet. Im nächsten Jahr kam die Inflation, und das Geld, das er im Jahr zuvor verdient hatte, reichte nicht aus, um Lebensmittel für den Beginn der neuen Saison zu kaufen, und er erhängte sich.

Das konnte man diktieren, aber man konnte nicht die place Contrescarpe diktieren, wo die Blumenverkäufer ihre Blumen auf der Straße färbten, und der Farbstoff dort, wo der Autobus abfuhr, über das Pflaster lief, und die alten Männer und Frauen ewig von Wein und Fusel betrunken waren, und wo den Kindern bei der Kälte die Nasen liefen, und auch nicht den Geruch von schmutzigem Schweiß, von Armut und Betrunkenheit im Café des Amateurs und den Huren vom Bal Musette über dem sie wohnten. Die Concierge, die in ihrer Loge den Sergeanten der Garde Républicaine zu Besuch hatte, dessen Helm mit dem Roßhaarbusch auf dem Stuhl lag. Die Locataire überm Gang, deren Mann Rennfahrer war, und ihre Freude in der Crémerie an jenem Morgen, als sie L'Auto aufgemacht hatte und sah, wo er im Paris-Tours, seinem ersten großen Rennen, als Dritter gelegen hatte. Sie war rot geworden und hatte gelacht und war dann weinend mit der gelben Sportzeitung in der Hand die Treppe hinaufgegangen. Der Mann von der Frau, die den Bal Musette betrieb, fuhr eine Autodroschke, und wenn er, Harry, morgens in aller Frühe ein Flugzeug nehmen mußte, klopfte der Mann an die Tür, um ihn zu wecken, und dann tranken sie beide ein Glas Weißwein an der Messingtheke, bevor sie aufbrachen. Er kannte seine Nachbarn in jenem Viertel damals, weil sie alle arm waren.

Um jene Place herum gab es zwei Sorten: die Säufer und die Sportifs. Die Säufer suchten ihre Armut auf ihre Weise zu vergessen, und die Sportifs, indem sie sich abstrampelten. Sie waren die Nachkommen der Communards und brauchten sich nicht groß zu besinnen, wo sie politisch standen. Sie wußten, wer ihre Väter, ihre Verwandten, ihre Brüder und Freunde erschossen hatte, als die Versailler Truppen einrückten und nach der Commune die Stadt besetzten und jeden hinrichteten, den sie greifen konnten, der Schwielen an den Händen hatte oder eine Mütze trug oder sonst wie ein Arbeiter aussah. Und in jener Armut und in jenem Viertel quer über dem Damm, gegenüber einer Boucherie Chevaline und einer Wein-Konsumgenossenschaft, hatte er den Anfang zu allem gemacht, was er je schreiben würde. Es gab niemals einen anderen Teil von Paris, den er so liebte, die wildwuchernden Bäume, die alten, weiß getünchten, unten braun gestrichenen Häuser, das lange Grün des Autobusses auf jenem runden Platz, das Lila von den gefärbten Blumen auf dem Pflaster, das jähe Abfallen der rue du Cardinal-Lemoine den Hügel hinab zur Seine und nach der anderen Seite die enge, wimmelnde Welt der rue Mouffetard. Die Straße, die zum Pantheon hinaufführte, und die andere, die er immer mit dem Rad entlangfuhr, die einzige asphaltierte Straße im ganzen Viertel — glatt unter den Rädern — mit den hohen, schmalen Häusern und dem billigen, vielstöckigen Hotel, in dem Paul Verlaine gestorben war. Die Wohnung, in der sie lebten, bestand nur aus zwei Zimmern, und er hatte ein Zimmer in der obersten Etage jenes Hotels, das ihn im Monat sechzig Francs kostete, und da schrieb er, und von dort konnte er die Dächer und Schornsteine und alle Hügel von Paris sehen.

Von der Wohnung aus konnte man nur die Bude vom Holz- und Kohlenmann sehen. Er verkaufte auch Wein, schlechten Wein. Den goldenen Pferdekopf der Boucherie Chevaline, wo die geschlachteten Tiere gelb, golden und rot in der offenen Auslage hingen, und den grün gestrichenen Konsumverein, wo sie ihren Wein kauften, guten Wein und billig. Sonst gab es nichts als getünchte Mauern und die Fenster der Nachbarn, die nachts, wenn jemand betrunken auf der Straße lag, stöhnend und jammernd, in jener typisch französischen ivresse, deren Existenz man abzuleugnen suchte, die Fenster öffneten, und dann das Gemurmel der Gespräche.

«Wo ist der Polizist? Wenn man ihn nicht braucht, ist der Scheißkerl immer da. Er schläft mit irgendeiner Concierge. Hol den agent.» Bis irgend jemand einen Eimer voll Wasser aus dem Fenster schüttete

und das Gejammer aufhörte. «Was war das? Wasser? Donnerwetter, das war 'ne Idee.» Und die Fenster sich schlossen. Marie, seine femme de ménage, die gegen den Achtstundentag protestierte und sagte: «Wenn ein Mann bis sechs arbeitet, trinkt er sich auf dem Heimweg nur einen Kleinen an und verschwendet nicht zuviel. Wenn einer nur bis fünf arbeitet, ist er jeden Abend betrunken, und man hat überhaupt kein Geld mehr. Unter der Kürzung der Arbeitszeit hat bloß die Frau des Arbeiters zu leiden.»

«Möchtest du nicht noch etwas Brühe haben?» fragte ihn die Frau jetzt.

«Nein, danke sehr; sie ist ausgezeichnet.»

«Versuch doch noch ein bißchen.»

«Ich möchte gern einen Whisky-Soda.»

«Es ist nicht gut für dich.»

«Nein, ‹es ist schlecht für mich, zu ermessen, daß du toll versessen auf mich bist!› Text und Musik von Cole Porter.»

«Du weißt, ich hab's gern, wenn du trinkst.»

«O ja, nur daß es schlecht für mich ist.»

Wenn sie geht, dachte er, werd ich alles haben, was ich will. Nicht alles, was ich will, aber alles, was es gibt. Gott, war er müde. Zu müde. Er wollte ein bißchen schlafen. Er lag still, und der Tod war nicht da. Er war wohl in eine andere Straße eingebogen. Er fuhr paarweise auf Rädern und bewegte sich ganz lautlos auf dem Pflaster.

Nein, er hatte niemals über Paris geschrieben, nicht über das Paris, an dem er hing. Aber was war mit allem übrigen, das er niemals geschrieben hatte?

Was war mit der Ranch und dem silbrigen Grau des Salbeigebüschs, dem schnell strömenden, klaren Wasser in den Bewässerungsgräben und dem satten Grün der Luzerne? Der Pfad führte hinauf in die Berge, und das Vieh war im Sommer so scheu wie Wild. Das Gebrüll und das gleichförmige Geräusch und die langsam sich bewegende Masse, die den Staub aufwirbelte, wenn man das Vieh im Herbst hinuntertrieb. Und hinter dem Gebirge die klare Schärfe der Bergspitze im Abendlicht, und als er hinunterritt beim Mondlicht, wie sich der Pfad hell durch die Ebene zog. Jetzt erinnerte er sich daran, wie er im Dunkeln durchs Gehölz hinuntergekommen war und sich am Schwanz des Pferdes festgehalten hatte, wenn er nichts sehen konnte, und an all die Geschichten, die er hatte schreiben wollen.

Über den blöden Hüterjungen, den man damals auf der Ranch zurückließ, und dem eingeschärft war, keinen ans Heu zu lassen, und über jenen alten Dreckskerl von den Forks, der den Jungen, als er mal für ihn arbeitete, verprügelt hatte, und der vorbeikam, um sich

Futter zu holen. Wie der Junge «nein» gesagt hatte, und der Alte sagte, er würde ihn wieder verprügeln. Der Junge holte die Flinte aus der Küche und erschoß ihn, als er versuchte, in die Scheune zu gehen, und als sie auf die Ranch zurückkamen, lag er bereits eine Woche tot und steif gefroren in der Viehеinzäunung, und die Hunde hatten ihn teilweise aufgefressen. Aber was übrig war, packte man, in eine Decke gewickelt, auf einen Schlitten und seilte es fest, und man ließ sich von dem Jungen beim Ziehen helfen, und zusammen nahm man es auf und beförderte es auf Skiern die Straße hinunter und sechzig Meilen weiter hinab in die Stadt, um den Jungen der Polizei zu übergeben. Er hatte keine Ahnung davon, daß man ihn verhaften würde. Er dachte, er habe seine Pflicht getan, und man wäre sein Freund, und er würde belohnt werden. Er hatte geholfen, den alten Mann hinunterzuschaffen, damit jeder erfahren würde, wie schlecht der alte Mann gewesen war und daß er versucht hatte, Futter zu stehlen, das ihm nicht gehörte, und als der Sheriff dem Jungen die Handschellen anlegte, konnte er es gar nicht fassen. Dann fing er an zu weinen. Das war eine der Geschichten, die er sich zum Schreiben aufgespart hatte. Er kannte mindestens zwanzig gute Geschichten aus jener Gegend, und er hatte auch nicht eine geschrieben. Warum?

«Erzähl du ihnen, warum», sagte er.

«Warum was, Lieber?»

«Warum nichts.»

Sie trank nicht mehr soviel, seit sie ihn hatte. Aber falls er am Leben blieb, würde er niemals über sie schreiben, das wußte er jetzt. Auch über keine der anderen. Die Reichen waren fade und tranken zuviel, oder sie spielten zuviel Tricktrack. Sie waren fade, und alle einer wie der andere. Er erinnerte sich an den armen Julian und seine romantische Ehrfurcht vor ihnen, und wie er einmal eine Geschichte begonnen hatte, die so anfing: «Die Steinreichen sind anders als du und ich.» Und wie jemand zu Julian gesagt hatte: «Jawohl, sie haben mehr Geld.» Aber das fand Julian gar nicht komisch. Er hielt sie für eine besonders glorreiche Menschenart, und als ihm aufging, daß es gar nicht so war, warf ihn das genauso um wie jede andere Sache, die ihn umwarf.

Er hatte Leute, die es umwarf, verachtet. Man brauchte es ja noch nicht zu mögen, weil man es verstand. Er konnte mit allem fertig werden, dachte er, weil ihm nichts weh tun konnte, so lange es ihn nichts anging.

Gut, jetzt würde ihn der Tod nichts angehen. Etwas, wovor er sich immer gegraut hatte, waren Schmerzen. Er konnte Schmerzen so gut ertragen wie jeder andere, bis sie zu lange anhielten und ihn aushöhlten, aber hier hatte er etwas, das entsetzlich weh getan hatte, und gerade als er fühlte, daß es ihn zerbrach, hatte der Schmerz aufgehört.

Er erinnerte sich an damals, als Williamson, der Artillerieoffizier, von einer Handgranate getroffen wurde, die eine deutsche Patrouille warf, als er in jener Nacht durch den Stacheldraht zurückkam, und wie er schrie und jeden gebeten hatte, ihn zu töten. Er war ein dikker Kerl, sehr tapfer und ein guter Offizier, wenn er auch zum Theatralischen neigte. Aber in jener Nacht blieb er im Stacheldraht hängen, und eine Rakete beleuchtete ihn, und seine Eingeweide hingen im Stacheldraht verstrickt, so daß sie ihn losschneiden mußten, nachdem sie ihn lebendig hereingebracht hatten. «Erschieß mich, Harry, um Christi willen, erschieß mich.» Sie hatten einmal darüber diskutiert, daß Gott keinem etwas schicke, was er nicht ertragen könne, und irgendeiner hatte die Theorie aufgestellt, daß dies bedeute, daß eben an einem gewissen Punkt der Schmerz automatisch das Bewußtsein auslösche. Aber er hatte sich immer an Williamson in jener Nacht erinnert. Nichts ließ ihn das Bewußtsein verlieren, bis er ihm all seine Morphiumtabletten gab, die er immer aufgespart hatte, um sie selbst zu nehmen, und dann wirkten sie auch noch nicht gleich.

Dies jedoch, was er hatte, war kinderleicht, und wenn es nicht mit der Zeit schlimmer wurde, brauchte man sich keine Sorgen zu machen. Nur daß er gern in besserer Gesellschaft gewesen wäre.

Er dachte ein bißchen an die Gesellschaft, die er gern haben würde.

Nein, dachte er, wenn man alles, was man tut, zu lange und zu spät tut, kann man nicht erwarten, daß die Menschen noch da sind. Sie sind alle weg. Das Fest ist vorbei, und man ist mit seiner Gastgeberin allein.

Mich langweilt das Sterben genauso wie alles übrige, dachte er.

«Es ist langweilig», sagte er laut.

«Was denn, Lieber?»

«Alles, was man zu verdammt lange tut.»

Er betrachtete ihr Gesicht zwischen sich und dem Feuer. Sie lag im Stuhl zurückgelehnt, und der Feuerschein fiel auf ihr von feinen Linien durchzogenes Gesicht, und er konnte sehen, daß sie schläfrig war. Er hörte die Hyäne gerade außerhalb des Feuerbereichs lärmen.

«Ich habe geschrieben», sagte er, «aber es hat mich müde gemacht.»

«Glaubst du, du wirst schlafen können?»

«Sicher. Warum gehst du nicht rein?»

«Ich sitze gern hier bei dir.»

«Spürst du irgend etwas Seltsames?» fragte er sie.

«Nein, nur ein bißchen Müdigkeit.»

«Aber ich», sagte er. Er hatte gerade gespürt, wie der Tod wieder vorbeikam. «Weißt du, das einzige, was ich nie verloren habe, ist meine Neugier», sagte er zu ihr.

«Du hast überhaupt nichts verloren. Du bist der kompletteste Mann, den ich je gekannt habe.»

«Mein Gott», sagte er, «wie wenig so eine Frau weiß. Was ist das? Deine Intuition?»

Weil gerade eben der Tod gekommen war und seinen Kopf auf das Fußende des Lagers lehnte, und er seinen Atem riechen konnte.

«Glaub nichts von all dem Zeug mit Sichel und Schädel», sagte er zu ihr. «Es können genausogut zwei Polizisten auf Rädern sein, oder ein Vogel. Oder er könnte eine breite Schnauze haben wie eine Hyäne.»

Er war jetzt an ihm hochgekrochen, aber er hatte keine Gestalt mehr. Er nahm einfach Raum ein.

«Sag ihm, daß er weggehen soll.»

Er ging nicht weg, sondern kam ein bißchen näher.

«Du hast einen höllischen Atem», sagte er zu ihm. «Du stinkender Dreckskerl.»

Er drängte sich noch näher an ihn heran, und jetzt konnte er nichts zu ihm sagen, und als er sah, daß er nicht sprechen konnte, kam er noch ein bißchen näher, und jetzt versuchte er, ihn, ohne zu sprechen, wegzuscheuchen, aber er bewegte sich an ihm hoch, so daß sein Gewicht voll auf seine Brust drückte, und während er da hockte und er sich weder bewegen noch sprechen konnte, hörte er die Frau sagen: «Bwana schläft jetzt. Nehmt das Lager sehr vorsichtig auf und tragt es ins Zelt.»

Er konnte nicht sprechen, um ihr zu sagen, daß sie ihn wegscheuchen sollte, und er hockte jetzt schwerer auf ihm, so daß er nicht atmen konnte. Und dann, als sie sein Lager hochhoben, war plötzlich alles gut, und das Gewicht wich von seiner Brust.

Es war Morgen, und es war bereits eine ganze Zeit lang Morgen, und er hörte das Flugzeug. Es sah sehr klein aus, und dann beschrieb es einen weiten Kreis, und die Boys liefen hinunter und zündeten die Feuer an und nahmen Paraffin dazu und häuften Gras auf, so daß es zwei große Rauchfahnen an beiden Enden des geebneten Platzes gab, und der Morgenwind blies sie dem Lager zu, und das Flugzeug beschrieb noch zwei Kreise, zuletzt ganz niedrig, und glitt dann hinab, richtete sich aus und landete glatt, und der alte Comptom in seinen weiten Hosen, seiner Tweedjacke und einem braunen Filzhut kam auf ihn zu.

«Was ist denn los, alter Hengst?» sagte Compton.

«'n schlimmes Bein», sagte er zu ihm. «Willst du was frühstücken?»

«Danke, ich möchte nur eine Tasse Tee haben. Weißt du, es ist unser alter ‹Gabelschwanz›; die Memsahib werde ich nicht mitnehmen können. Es ist nur für einen Platz. Euer Lastauto ist unterwegs.»

Helen hatte Compton beiseite genommen und sprach mit ihm. Compton kam aufgeräumter als je zurück.

«Wir laden dich gleich ein», sagte er. «Ich komme dann zurück für die Mem. Ich fürchte, ich muß in Arusha Zwischenlandung machen, um zu tanken. Wollen uns mal gleich in Bewegung setzen.»

«Und dein Tee?»

«Weißt du, ich mach mir wirklich nichts draus.»

Die Boys hatten das Lager aufgenommen und trugen es dem kleinen Flugzeug zu, um die grünen Zelte herum und hinunter, am Felsen entlang, hinaus in die Ebene und an den Lichtsignalen vorbei, die jetzt, wo alles Gras aufgezehrt war, hell brannten, und der Wind blies die Flammen an. Es war schwierig, ihn hineinzubekommen, aber als er erst einmal drinnen war, lehnte er sich auf dem ledernen Sitz zurück, und das Bein lag steif ausgestreckt neben Comptons Sitz. Compton warf den Motor an und stieg ein. Er winkte Helen und den Boys zu, und während das Geratter in das alte, wohlbekannte Brausen überging, wendeten sie, und Compton hatte ein wachsames Auge auf die Warzenschweinlöcher und brauste holpernd die Strecke zwischen den Feuern entlang und hob sich mit dem letzten Stoß in die Luft, und er sah sie alle unten stehen und winken und das Lager neben dem Hügel flacher werden und die Ebene sich ausbreiten, Gruppen von Bäumen und den Busch flach werden, während die Wildspuren jetzt glatt zu den Wasserstellen liefen, und dann sah er eine neue Wasserstelle, von der er gar nichts gewußt hatte. Die Zebras, jetzt kleine gerundete Rücken, und die Gnus, großköpfige Punkte, die aufwärts zu steigen schienen, als sie wie in langen Fingern sich über die Ebene bewegten und dann auseinanderliefen, als der Schatten sich ihnen näherte. Sie waren jetzt winzig, und ihre Bewegungen hatten nichts Galoppierendes mehr, und die Ebene war jetzt, so weit man sehen konnte, grau-gelb, und vor ihm war Compies Tweedrücken und sein brauner Filzhut. Dann waren sie über den ersten Hügeln, und die Gnus zogen hinauf, und dann waren sie über Bergen mit plötzlichen Tiefen von grün aufstrebenden Wäldern und dichten Bambushängen und dann wieder dunklem Wald wie in Spitzen und Mulden ausgehauen, bis sie drüber hinwegwaren, und abfallende Hügel, und dann eine neue Ebene, heiß jetzt und lilabraun, uneben von der Hitze, und Compie, der sich umdrehte, um zu sehen, wie es ihm bekam. Dann sah man neue Berge, dunkel vor sich.

Und dann, anstatt nach Arusha weiterzufliegen, drehten sie nach links – er mußte wohl ausgerechnet haben, daß er genügend Brennstoff hatte –, und als er hinabsah, erblickte er eine treibende, rosa Wolke, die sich über den Boden bewegte und in der Luft so wie der erste Schnee in einem Schneetreiben, der von nirgendwoher kommt, und er wußte, daß die Heuschrecken vom Süden heranzogen. Dann begannen sie zu steigen, und sie schienen nach Osten zu fliegen, und dann wurde es dunkel, und sie waren in einem Gewitter, und der Regen war so dicht, daß es schien, als ob man durch einen Wasserfall flog, und dann waren sie hindurch, und Compie wandte den Kopf und grinste und deutete vorwärts, und dort vor ihnen, so weit er sehen konnte, so weit wie die ganze Welt, groß, hoch und unvorstellbar weiß in der Sonne war der flache Gipfel des Kilimandscharo. Und dann wußte er, dorthin war es, wohin er ging.

Gerade dann hörte die Hyäne auf, im Dunkel zu wimmern und begann einen seltsamen, menschlichen, fast weinenden Ton von sich zu geben. Die Frau hörte es und bewegte sich unruhig hin und her. Sie wachte nicht auf. Im Traum war sie im Haus in Long Island, und es war der Abend vor dem ersten Ball ihrer Tochter. Irgendwie war ihr Vater da, und er war sehr grob gewesen. Dann war das Geräusch, das die Hyäne machte so laut, daß sie erwachte, und einen Augenblick lang wußte sie nicht, wo sie war, und sie hatte große Angst. Dann nahm sie die Taschenlampe und beleuchtete damit das andere Lager, das sie hineingetragen hatten, nachdem Harry eingeschlafen war. Sie konnte seinen Körper unter dem Moskitonetz sehen, aber irgendwie hatte er sein Bein herausgezwängt, und es hing am Lager hinunter. Der Verband war vollständig abgegangen, und sie konnte nicht hinsehen.

«Molo!» rief sie. «Molo, Molo.»

Dann sagte sie «Harry, Harry!», dann mit erhobener Stimme: «Harry. Bitte Harry, o Gott, Harry.»

Es kam keine Antwort, und sie konnte ihn nicht atmen hören.

Draußen vor dem Zelt machte die Hyäne immer noch das gleiche seltsame Geräusch, von dem sie erwacht war. Aber sie hörte es nicht, weil ihr Herz so klopfte.

Alter Mann an der Brücke

EIN ALTER MANN MIT EINER STAHLUMRÄNDERTEN BRILLE und sehr staubigen Kleidern saß am Straßenrand. Über den Fluß führte eine Pontonbrücke, und Karren und Lastautos und Männer, Frauen und Kinder überquerten sie. Die von Maultieren gezogenen Karren schwankten die steile Uferböschung hinter der Brücke hinauf, und Soldaten halfen und stemmten sich gegen die Speichen der Räder. Die Lastautos arbeiteten schwer, um aus alledem herauszukommen, und die Bauern stapften in dem knöcheltiefen Staub einher. Aber der alte Mann saß da, ohne sich zu bewegen. Er war zu müde, um noch weiter zu gehen.

Ich hatte den Auftrag, die Brücke zu überqueren, den Brückenkopf auf der anderen Seite auszukundschaften und ausfindig zu machen, bis zu welchem Punkt der Feind vorgedrungen war. Ich tat das und kehrte über die Brücke zurück. Jetzt waren dort nicht mehr so viele Karren und nur noch wenige Leute zu Fuß, aber der alte Mann war immer noch da.

«Wo kommen Sie her?» fragte ich ihn.

«Aus San Carlos», sagte er und lächelte.

Es war sein Heimatort, und darum machte es ihm Freude, ihn zu erwähnen, und er lächelte.

«Ich habe Tiere gehütet», erklärte er.

«So», sagte ich und verstand nicht ganz.

«Ja», sagte er, «wissen Sie, ich blieb, um die Tiere zu hüten. Ich war der letzte, der die Stadt San Carlos verlassen hat.»

Er sah weder wie ein Schäfer noch wie ein Rinderhirt aus, und ich musterte seine staubigen, schwarzen Sachen und sein graues, staubiges Gesicht und seine stahlumränderte Brille und sagte: «Was für Tiere waren es denn?»

«Allerhand Tiere», erklärte er und schüttelte den Kopf. «Ich mußte sie dalassen.»

Ich beobachtete die Brücke und das afrikanisch aussehende Land des Ebro-Deltas und war neugierig, wie lange es jetzt wohl noch dauern würde, bevor wir den Feind sehen würden, und ich horchte die ganze Zeit über auf die ersten Geräusche, die immer wieder das geheimnisvolle Ereignis ankündigen, das man ‹Fühlung nehmen› nennt, und der alte Mann saß immer noch da.

«Was für Tiere waren es?» fragte ich.

«Es waren im ganzen drei Tiere», erklärte er. «Es waren zwei Ziegen und eine Katze und dann noch vier Paar Tauben.»

«Und Sie mußten sie dalassen?» fragte ich.

«Ja, wegen der Artillerie. Der Hauptmann befahl mir, fortzugehen wegen der Artillerie.»

«Und Sie haben keine Familie?» fragte ich und beobachtete das jenseitige Ende der Brücke, wo ein paar letzte Karren die Uferböschung herunterjagten.

«Nein», sagte er, «nur die Tiere, die ich angegeben habe. Der Katze wird natürlich nichts passieren. Eine Katze kann für sich selbst sorgen, aber ich kann mir nicht vorstellen, was aus den andern werden soll.»

«Wo stehen Sie politisch?» fragte ich.

«Ich bin nicht politisch», sagte er. «Ich bin sechsundsiebzig Jahre alt. Ich bin jetzt zwölf Kilometer gegangen, und ich glaube, daß ich jetzt nicht weiter gehen kann.»

«Dies ist kein guter Platz zum Bleiben», sagte ich. «Falls Sie es schaffen könnten, dort oben, wo die Straße nach Tortosa abzweigt, sind Lastwagen.»

«Ich will ein bißchen warten», sagte er, «und dann werde ich gehen. Wo fahren die Lastwagen hin?»

«Nach Barcelona zu», sagte ich ihm.

«Ich kenne niemand in der Richtung», sagte er, «aber danke sehr. Nochmals sehr schönen Dank.»

Er blickte mich ganz ausdruckslos und müde an, dann sagte er, da er seine Sorgen mit jemandem teilen mußte: «Der Katze wird nichts passieren, das weiß ich; man braucht sich wegen der Katze keine Gedanken zu machen. Aber die andern; was glauben Sie wohl von den andern?»

«Ach, wahrscheinlich werden sie heil durch alles durchkommen.»

«Glauben Sie das?»

«Warum nicht?» sagte ich und beobachtete das jenseitige Ufer, wo jetzt keine Karren mehr waren.

«Aber was werden sie unter der Artillerie tun, wo man mich wegen der Artillerie fortgeschickt hat?»

«Haben Sie den Taubenkäfig unverschlossen gelassen?» fragte ich.

«Ja.»

«Dann werden sie wegfliegen.»

«Ja, gewiß werden sie wegfliegen. Aber die andern? Es ist besser, man denkt nicht an die andern», sagte er.

«Wenn Sie sich ausgeruht haben, würde ich gehen», drängte ich. «Stehen Sie auf, und versuchen Sie jetzt einmal zu gehen.»

«Danke», sagte er und stand auf, schwankte hin und her und setzte sich dann rücklings in den Staub.

«Ich habe Tiere gehütet», sagte er eintönig, aber nicht mehr zu mir. «Ich habe doch nur Tiere gehütet.»

Man konnte nichts mit ihm machen. Es war Ostersonntag, und die Faschisten rückten gegen den Ebro vor. Es war ein grauer, bedeckter Tag mit tiefhängenden Wolken, darum waren ihre Flugzeuge nicht am Himmel. Das und die Tatsache, daß Katzen für sich selbst sorgen können, war alles an Glück, was der alte Mann je haben würde.

Oben in Michigan

JIM GILMORE KAM AUS KANADA NACH HORTONS BAY. ER kaufte dem alten Horton die Schmiede und die Eisenhandlung ab. Jim war stämmig und dunkel, mit einem großen Schnurrbart und großen Händen. Er war ein guter Hufschmied, aber sah selbst mit seinem Lederschurz nicht sehr wie ein Schmied aus. Er wohnte oben über der Eisenhandlung und nahm seine Mahlzeiten bei D. J. Smith ein.

Liz Coates arbeitete bei Smiths. Mrs. Smith, die eine sehr dicke, saubere Frau war, sagte, daß Liz Coates das ordentlichste Mädchen sei, das sie je gesehen hätte. Liz hatte hübsche Beine und trug immer saubere Kattunschürzen, und es fiel Jim auf, daß ihr Haar immer ordentlich war. Ihm gefiel ihr Gesicht, weil es so vergnügt war, aber er dachte niemals an sie.

Liz mochte Jim sehr gern. Sie mochte die Art, wie er von der Schmiede herüberkam, und sie ging häufig zur Küchentür, um darauf zu warten, daß er sich auf den Weg machte. Sie mochte seinen Schnurrbart. Sie mochte es, wie weiß seine Zähne waren, wenn er lächelte. Sie mochte es sehr, daß er nicht wie ein Grobschmied aussah. Sie mochte es, daß J. D. Smith und Mrs. Smith Jim so gut leiden mochten. Eines Tages merkte sie, daß sie mochte, daß das Haar auf seinen Armen so schwarz war und daß die Arme so weiß über dem gebräunten Teil waren, wenn er sich in dem Waschbecken vor dem Haus wusch. Daß sie dies mochte, gab ihr ein komisches Gefühl.

Die Stadt, Hortons Bay, bestand nur aus fünf Häusern auf der Hauptstraße zwischen Boyne City und Charlevoix. Da gab's den Kaufladen und die Post mit einer großartigen Scheinfassade, und vielleicht war ein Lastwagen davor festgebunden, Smiths Haus, Strouds Haus, Dillworths Haus, Hortons Haus und Van Hoosens Haus. Die Häuser lagen in einem Ulmenwäldchen, und die Straße war sehr sandig. Die Straße lief in beiden Richtungen durch Ackerland und

Waldungen. Ein Stückchen die Straße hinauf war die Methodistenkirche und die Straße hinunter in der andern Richtung die Gemeindeschule. Die Eisenhandlung war rot gestrichen und lag der Schule gegenüber.

Ein steiler, sandiger Weg lief durch die Wälder den Hügel hinab zur Bucht. Von Smiths Hintertür konnte man über die Wälder hinwegsehen, die sich bis zum See erstreckten, und über die Bucht. Im Frühling und im Sommer war es sehr schön, die Bucht blau und licht und meistens Schaumkämme auf dem See draußen jenseits der Landspitze von der Brise, die von Charlevoix und dem Michigansee hinunterblies. Von Smiths Hintertür aus konnte Liz weit draußen auf dem See die Erzkähne sehen, die nach Boyne City fuhren. Wenn sie sie betrachtete, schienen sie sich überhaupt nicht zu bewegen, aber wenn sie hineinging und weiter Geschirr abtrocknete und dann wieder herauskam, waren sie jenseits der Landspitze außer Sicht.

Die ganze Zeit über dachte Liz jetzt an Jim Gilmore. Er schien nicht viel Notiz von ihr zu nehmen. Er sprach mit D. J. Smith über sein Geschäft und über die Republikanische Partei und über James G. Blaine. Abends las er bei der Lampe im Vorderzimmer die *Toledoklinge* und die Grand Rapids Zeitung oder ging mit D. J. Smith zur Bucht hinunter, um bei Licht Fische zu stechen. Im Herbst nahmen er und Smith und Charley Wyman einen Wagen, ein Zelt, Fressalien, Äxte, ihre Flinten und zwei Hunde und machten eine Tour in die Kiefernebene hinter Vanderbilts Jagdgelände. Liz und Mrs. Smith kochten vier Tage lang für sie, bevor sie aufbrachen, Liz wollte etwas Besonderes für Jim zum Mitnehmen machen, aber sie tat es schließlich nicht, weil sie Angst hatte, Mrs. Smith um Eier und Mehl zu bitten, und außerdem Angst hatte, daß Mrs. Smith sie, wenn sie sie kaufte, beim Backen ertappen würde. Mrs. Smith hätte gar nichts einzuwenden gehabt, aber Liz hatte Angst.

Die ganze Zeit über, die Jim auf dem Jagdausflug war, dachte Liz an ihn. Es war schrecklich, während er weg war. Sie konnte nicht gut schlafen, weil sie an ihn dachte, aber sie entdeckte, daß es auch Spaß machte, an ihn zu denken. Wenn sie sich gehenließ, war es besser. Die Nacht, bevor sie zurückkommen sollten, schlief sie überhaupt nicht; das heißt, sie dachte, daß sie nicht schlief, weil alles durcheinanderging in einem Traum von Nichtschlafen und wirklich Nichtschlafen. Als sie den Wagen die Straße entlangkommen sah, war ihr irgendwie flau und übel zumute. Sie konnte kaum abwarten, bis sie Jim sah, und sie meinte, daß alles gut sein würde, sobald er da wäre. Der Wagen hielt draußen unter der großen Ulme, und Mrs. Smith und Liz gingen hinaus. Die Männer hatten alle Bärte, und am Boden des Wagens lagen drei Rehe, deren dünne Beine steif über den Rand des Kutschbocks hervorstakten. Mrs. Smith küßte D. J. Smith, und er umarmte sie. Jim sagte: «Hallo, Liz», und grinste. Liz hatte nicht gewußt, was nun wirklich geschehen würde, wenn Jim zurückkam, aber sie war überzeugt, daß etwas geschehen würde. Nichts geschah. Die Männer waren einfach wieder zu Haus; das war alles. Jim zog die Leinwandsäcke von den Rehen, und Liz sah sie sich an. Eins war ein großer Bock. Er war steif und schwer aus dem Wagen zu heben.

«Hast du den geschossen, Jim?» fragte Liz.

«Tja, 'ne richtige Schönheit, was?» Jim nahm ihn auf den Rücken, um ihn in die Räucherkammer zu tragen.

An jenem Abend blieb Charley Wyman zum Abendbrot bei Smith. Es war zu spät, um nach Charlevoix zurückzugehen. Die Männer wuschen sich und warteten im Vorderzimmer aufs Abendbrot.

«Ist denn nicht noch was drin in der Kruke, Jim?» frug D. J. Smith. Jim ging hinaus zum Wagen in den Schuppen und holte den Krug mit dem Whisky, den die Männer auf die Jagd mitgenommen hatten. Es war ein Vierzehnliterkrug, und es schwappte noch ziemlich viel auf dem Grund hin und her. Jim tat einen tiefen Zug auf dem Weg zurück zum Haus. Es war schwierig, solch einen großen Krug hochzuheben, um daraus zu trinken. Ein bißchen Whisky lief auf sein Vorhemd hinunter. Die beiden Männer lächelten, als Jim mit dem Krug hereinkam. D. J. Smith rief nach Gläsern, und Liz brachte welche. D. J. schenkte drei ganz gehörige ein.

«Na, auf dein Spezielles, D. J.», sagte Charles Wyman.

«Auf den Riesenkerl von einem Bock, Jimmy», sagte D. J.

«Auf alle, die wir verfehlt haben, D. J.», sagte Jim und goß die Flüssigkeit runter.

«Das schmeckt 'nem Kerl, was?»

«In dieser Jahreszeit ist es die beste Medizin für alle Wehwehs.»

«Wie ist es mit noch einem, Jungens?»

«Wie, zum Wohl, D. J.»

«Runter damit, Jungens.»

«Auf nächstes Jahr.»

Jim begann sich fabelhaft zu fühlen. Er liebte den Geschmack und das Gefühl von Whisky. Er war froh, wieder zurück zu sein, in seinem Laden, seinem bequemen Bett und bei seinem warmen Essen. Er trank noch einen. Die Männer fühlten sich ausgelassen und übermütig, als sie zum Abendessen hineingingen, aber sie benahmen sich sehr manierlich. Liz saß mit bei Tisch, nachdem sie das Essen hingestellt hatte, und aß mit der Familie. Das Essen war gut. Die Männer aßen mit Andacht. Nach dem Abendessen gingen sie wieder ins Vorderzimmer, und Liz räumte mit Mrs. Smith zusammen ab. Dann ging Mrs. Smith hinauf, und ziemlich bald darauf kam Smith heraus und ging auch hinauf. Jim und Charley waren noch im Vorderzimmer. Liz saß in der Küche neben dem Ofen und tat so, als ob sie ein Buch las, und dachte an Jim. Sie wollte noch nicht zu Bett gehen, weil sie wußte, daß Jim herauskommen würde, und sie wollte ihn sehen, wie er hinausging, so daß sie das Bild, wie er ausgesehen hatte, mit sich hinauf ins Bett nehmen konnte.

Sie dachte intensiv an ihn, und dann kam Jim heraus. Seine Augen glänzten, und sein Haar war ein bißchen verstrubbelt. Liz blickte in ihr Buch. Jim ging hinüber hinter ihren Stuhl und stand da, und sie konnte seinen Atem spüren, und dann umschlang er sie mit beiden Armen. Ihre Brüste fühlten sich prall und fest an, und die Brustwarzen standen aufrecht unter seinen Händen. Liz bekam einen furchtbaren Schreck; niemand hatte sie je angefaßt, aber sie dachte: Endlich kommt er zu mir. Er ist wirklich gekommen.

Sie hielt sich steif, weil sie solche Angst hatte, und wußte nicht, was sie sonst tun sollte, und dann preßte Jim sie fest gegen den Stuhl und küßte sie. Es war solch ein scharfes, wehes, schmerzendes Gefühl, daß sie dachte, sie könne es nicht ertragen. Sie fühlte Jim direkt durch die Stuhllehne hindurch, und sie konnte es kaum ertragen, und dann schnappte etwas in ihr, und das Gefühl war wärmer und linder. Jim hielt sie fest gegen den Stuhl gepreßt, und jetzt wollte sie es, und Jim flüsterte: «Komm spazieren.»

Liz nahm ihren Mantel vom Haken an der Küchenwand, und sie gingen zur Tür hinaus. Jim hatte den Arm um sie, und alle paar Schritte blieben sie stehen und preßten sich gegeneinander, und Jim küßte sie. Es war kein Mond, und sie gingen knöcheltief auf dem sandigen Weg zwischen den Bäumen hinunter zum Anlegeplatz und Speicher in der Bucht. Das Wasser klatschte gegen die Holzstapel, und die Landspitze war dunkel jenseits der Bucht. Es war kalt, aber Liz war heiß am ganzen Körper, weil sie mit Jim war. Sie setzten sich in den Schutz des Speichers, und Jim zog Liz dicht an sich. Sie hatte Angst. Eine von Jims Händen schlüpfte in ihr Kleid und streichelte über ihre Brust, und die andere Hand war in ihrem Schoß. Sie bekam einen großen Schreck und wußte nicht, was er weiter tun würde, aber sie kuschelte sich eng an ihn. Dann war die Hand, die sich in ihrem Schoß so groß angefühlt hatte, mit einemmal weg auf ihrem Bein und fing an, sich hinaufzubewegen.

«Nicht, Jim», sagte Liz. Jim ließ seine Hand weiter hinaufgleiten. «Du darfst nicht, Jim. Du darfst nicht.» Weder Jim noch Jims große Hand nahmen Notiz von ihr.

Die Planken waren hart. Jim hatte ihr Kleid hochgezogen und versuchte, etwas mit ihr zu tun. Sie hatte Angst, aber sie wollte es. Sie mußte es geschehen lassen, aber sie hatte Angst davor.

«Du darfst es nicht tun, Jim. Du darfst nicht.»

«Ich muß. Ich will. Du weißt, daß wir müssen.»

«Nein, wir müssen nicht, Jim. Wir müssen nicht. Ach, es ist nicht recht. Oh, es ist so groß und tut so weh. Du darfst nicht, oh, Jim, oh.»

Die Fichtenplanken des Anlegeplatzes waren hart, splitterig und kalt, und Jim lag schwer auf ihr, und er hatte ihr weh getan. Liz schubste ihn; sie lag so unbequem und verkrampft da. Jim schlief. Er wollte sich nicht rühren. Sie arbeitete sich unter ihm hervor und setzte sich auf und zog ihren Rock und ihren Mantel zurecht und versuchte ihr Haar in Ordnung zu bringen. Jim schlief und hatte den Mund ein wenig geöffnet. Liz neigte sich hinüber und küßte ihn auf die Backe. Er schlief immer noch. Sie hob seinen Kopf ein wenig und schüttelte ihn. Er drehte den Kopf zur Seite und schluckte. Liz begann zu weinen. Sie ging hinüber bis ans Ende des Anlegeplatzes und sah ins Wasser hinab. Von der Bucht stieg Nebel auf. Ihr war kalt und unglücklich zumute, und alles war weg. Sie ging zurück zu der Stelle, wo Jim lag, und schüttelte ihn noch einmal, um sich zu vergewissern. Sie weinte.

«Jim», sagte sie. «Jim. Bitte, Jim.»

Jim rührte sich und kringelte sich noch ein wenig fester zusammen. Liz zog ihren Mantel aus und beugte sich hinab und deckte ihn damit zu. Sie steckte ihn sorgfältig und ordentlich um ihn herum fest. Dann ging sie quer über den Anlegeplatz und den steilen, sandigen Weg hinan, um zu Bett zu gehen. Ein kalter Nebel kam von der Bucht her durch die Wälder herauf.

Auf dem Quai in Smyrna

Das seltsame war, sagte er, wie sie jede Nacht um Mitternacht schrien. Ich weiß nicht, warum sie gerade um *die* Zeit schrien. Wir waren im Hafen, und sie waren alle auf der Mole, und um Mitternacht begannen sie zu schreien. Wir pflegten die Scheinwerfer auf sie zu richten, damit sie Ruhe gaben. Das funktionierte auch immer. Wir strichen zwei- oder dreimal mit dem Scheinwerferlicht über sie hinweg, und sie hörten auf. Einmal war ich der rangälteste Offizier auf der Mole, und ein türkischer Offizier kam in einer furchtbaren Wut zu mir, weil einer unserer Matrosen außergewöhnlich frech gegen ihn gewesen sei. Ich sagte ihm, daß der Kerl an Bord geschickt und äußerst streng bestraft werden würde. Ich bat ihn, mir ihn zu zeigen. Und er zeigte auf einen Kanonier, einen besonders harmlosen Jungen. Sagte, er hätte ihn entsetzlich und wiederholt beleidigt; er sprach mit mir durch einen Dolmetscher. Ich konnte mir nicht vorstellen, daß der Kanonier genügend türkisch konnte, um ihn zu beleidigen. Ich rief ihn heran und sagte: «Nur falls Sie mit irgendwelchen türkischen Offizieren gesprochen haben sollten.»

«Ich habe mit keinem gesprochen, Herr Oberleutnant.»

«Davon bin ich überzeugt», sagte ich. «Aber Sie gehen am besten an Bord und kommen für den Rest des Tages nicht wieder an Land.»

Dann sagte ich dem Türken, daß der Mann an Bord geschickt würde und man sehr streng mit ihm verfahren werde. Oh, äußerst scharf. Er war glücklich darüber. Wir waren die besten Freunde.

Das Schlimmste, sagte er, waren die Frauen mit toten Babies. Man konnte die Frauen nicht dazu bringen, ihre toten Babies herzugeben. Sie würden Babies bei sich haben, die sechs Tage lang tot waren. Würden sie nicht hergeben. Nichts, was man in der Sache tun konnte. Mußte sie ihnen schließlich wegnehmen. Dann gab es da eine alte Dame, einen ganz außergewöhnlichen Fall. Ich erzählte einem Arzt davon, und er sagte, das wäre gelogen. Wir mußten die Mole von ihnen säubern, mußten die Toten wegschaffen, und diese alte Frau lag auf einer Art von Bahre. Sie sagten: «Wollen Herr Oberleutnant bitte mal einen Blick auf sie werfen?» Also warf ich einen Blick auf sie, und gerade da starb sie und wurde völlig steif. Ihre Beine krümmten sich zusammen, und sie krümmte sich von der Taille aufwärts zusammen und wurde völlig starr. Genauso, als ob sie schon eine Nacht lang tot gewesen wäre. Sie war ganz tot und völlig starr. Ich erzählte einem Mediziner davon, und er sagte mir, das sei unmöglich.

Sie waren alle da draußen auf der Mole, und es war gar nicht wie ein Erdbeben oder etwas Derartiges, weil sie von den Türken nichts wußten. Sie wußten niemals, was der olle Türke vorhatte. Erinnern Sie sich, als man uns den Befehl gab, nicht anzulegen, um noch mehr zu evakuieren? Mir schwante was, als wir an jenem Morgen einliefen. Er hatte eine Unzahl Batterien und hätte uns glatt in die Luft sprengen können. Wir hatten vor, einzulaufen, dicht an der Mole entlang zu steuern, sämtliche Anker zu werfen und dann das türkische Viertel der Stadt zu bombardieren. Sie hätten uns in die Luft gesprengt, aber wir würden die Stadt einfach zum Teufel gesprengt haben. Sie feuerten nur ein paar Blindgänger auf uns, als wir herankamen. Kemal kam herunter und gab dem türkischen Kommandeur den Laufpaß. Wegen Überschreiten seiner Autorität oder so was Ähnlichem. Es war ihm ein bißchen zu Kopf gestiegen. Es wäre ein höllischer Schlamassel geworden.

Sie erinnern sich an den Hafen. Eine Menge hübscher Dinge schwammen darin herum. Das war das einzige Mal in meinem Leben, daß es so weit mit mir kam, daß ich von Dingen träumte. Die Frauen, die Babies bekamen, gingen einem nicht so sehr an die Nieren wie die mit den toten Babies. Sie bekamen sie ganz normal. Erstaunlich, wie wenige von ihnen starben. Man deckte sie mit irgend etwas zu – sollten sie damit fertig werden. Sie suchten sich immer den dunkelsten Platz im Laderaum aus, um sie zu bekommen. Keine nahm sich irgend etwas zu Herzen, sobald sie nur von der Mole herunter war.

Auch die Griechen waren reizende Kerle. Als sie evakuiert wurden, hatten sie noch alle ihre Lasttiere, die sie nicht mitnehmen konnten, und so brachen sie ihnen einfach die Vorderbeine und schubsten sie in das flache Wasser. All die Maultiere da, mit gebrochenen Vorderbeinen ins flache Wasser hineingestoßen. Das Ganze war hübsch. Auf mein Wort, richtig hübsch.

In unserer Zeit

I

Alle waren betrunken. Die ganze Batterie war betrunken, die in der Dunkelheit auf der Landstraße marschierte. Wir waren unterwegs in die Champagne. Der Leutnant ritt immer wieder sein Pferd aufs Feld und sagte zu ihm: «Ich bin betrunken, ich sag's dir, mon vieux. Gott, bin ich besoffen.» Die ganze Nacht marschierten wir auf der Landstraße in der Dunkelheit, und der Adjutant ritt immer wieder an meine Feldküche heran und sagte: «Mach's aus. Es ist gefährlich. Man sieht es bestimmt.» Wir waren fünfzig Kilometer von der Front entfernt, aber der Adjutant beunruhigte sich wegen des Feuers in meiner Küche. Es war komisch, auf jener Landstraße zu marschieren. Das war, als ich Küchenunteroffizier war.

Indianerlager

AM SEEUFER WAR NOCH EIN RUDERBOOT HERAUFGEZOGEN. Die beiden Indianer standen wartend da.

Nick und sein Vater setzten sich hinten ins Boot; die Indianer stießen es ab, und einer stieg ein, um zu rudern. Onkel George saß im Heck des Lagerruderbootes. Der junge Indianer stieß das Lagerboot ab und stieg ein, um Onkel George zu rudern.

Die beiden Boote brachen in der Dunkelheit auf. Nick hörte das Geräusch von den Ruderdollen des anderen Bootes ein ganzes Stück entfernt vor sich im Nebel. Die Indianer ruderten mit schnellen, abgehackten Schlägen. Nick legte sich zurück in den Arm seines Vaters. Auf dem Wasser war es kalt. Der Indianer, der sie ruderte, arbeitete angestrengt, aber das andere Boot entfernte sich immer weiter im Nebel.

«Wo fahren wir hin, Vati?» fragte Nick.

«rüber ins Indianerlager. Eine Indianerin ist sehr krank.»

«So!» sagte Nick.

Jenseits der Bucht fanden sie das andere Boot schon festgemacht. Onkel George rauchte im Dunkeln eine Zigarre. Der junge Indianer zog das Boot ein Stück den Strand hinauf. Onkel George gab beiden Indianern Zigarren.

Sie gingen vom Strand hinauf durch eine taufrische Wiese und folgten dem jungen Indianer, der eine Laterne trug. Dann kamen sie in den Wald und folgten einer Spur, die auf den Holzfällerweg führte, der in den Hügeln verlief. Auf dem Holzfällerweg war es viel heller, weil die Bäume zu beiden Seiten gefällt waren. Der junge Indianer blieb stehen und blies seine Laterne aus, und sie gingen alle weiter den Weg entlang.

Sie bogen um eine Wegkrümmung, und ein Hund kam kläffend auf sie los. Vor ihnen waren die Lichter der Blockhütten, in denen die indianischen Borkenschäler lebten. Noch mehr Hunde stürzten auf sie los. Die beiden Indianer jagten sie zu den Blockhütten zurück. In der Blockhütte, die dem Weg am nächsten lag, war ein Licht im Fenster. Eine alte Frau stand auf der Türschwelle und hielt eine Lampe.

Drinnen auf einer hölzernen Pritsche lag eine junge Indianerin. Seit zwei Tagen versuchte sie ihr Kind zu bekommen. Alle alten Frauen aus dem Lager hatten ihr geholfen. Die Männer hatten sich auf der Straße außer Hörweite gebracht und saßen rauchend im Dunkeln. Sie schrie gerade, als Nick und die beiden Indianer hinter seinem Vater und Onkel George die Blockhütte betraten. Sie lag sehr dick unter ihrem Federbett in der unteren Bettkoje. Ihr Kopf war zur Seite gedreht. In der oberen Bettkoje lag ihr Mann. Er hatte sich vor drei Tagen mit der Axt böse in den Fuß gehackt. Er rauchte eine Pfeife. Die Stube roch sehr schlecht.

Nicks Vater ließ Wasser auf den Herd stellen und sprach, während es heiß wurde, mit Nick.

«Nick», sagte er, «die Frau da bekommt ein Kind.»

«Ich weiß», sagte Nick.

«Du weißt nicht», sagte sein Vater, «hör zu! Was sie jetzt durchmacht, nennt man Wehen. Das Kind will geboren werden, und sie will, daß es geboren wird. All ihre Muskeln arbeiten, um das Kind zu gebären. Das geschieht, wenn sie schreit.»

«Ach so», sagte Nick.

Gerade in dem Augenblick schrie die Frau auf.

«Vati, kannst du ihr nicht irgendwas geben, damit sie aufhört zu schreien?» fragte Nick.

«Nein», sagte sein Vater, «ich habe kein Betäubungsmittel da. Aber ihr Schreien ist unwichtig. Ich höre es gar nicht, weil es unwichtig ist.»

Der Ehemann in der oberen Koje rollte hinüber zur Wand.

Die Frau in der Küche bedeutete dem Doktor, daß das Wasser heiß sei. Nicks Vater ging in die Küche und goß ungefähr die Hälfte des Wassers aus dem großen Kessel in eine Schüssel. In das zurückgebliebene Wasser im Kessel legte er verschiedene Sachen, die er aus einem Taschentuch auswickelte.

«Die müssen kochen», sagte er und begann sich die Hände mit einem Stück Seife, das er aus dem Lager mitgebracht hatte, in der Schüssel mit heißem Wasser abzuschrubben. Nick beobachtete die Hände seines Vaters, die einander mit Seife abschrubbten. Während sich sein Vater sehr sorgfältig und gründlich die Hände wusch, redete er.

«Siehst du, Nick, eigentlich sollen Kinder mit dem Kopf zuerst zur Welt kommen, aber manchmal tun sie's nicht. Wenn sie's nicht tun, gibt es für alle große Schwierigkeiten. Vielleicht muß ich diese Frau operieren; es wird sich bald herausstellen.»

Als er mit seinen Händen zufrieden war, ging er hinein und an die Arbeit.

«Zieh mal das Federbett weg, ja, George?» sagte er. «Ich möchte es lieber nicht anfassen.»

Nachher, als er zu operieren anfing, hielten der Onkel und drei Indianer die Frau fest. Sie biß Onkel George in den Arm, und Onkel George sagte: «Verdammtes Indianerweib», und der junge Indianer, der Onkel George herübergerudert hatte, lachte ihm zu. Nick hielt seinem Vater die Schüssel. Das Ganze dauerte sehr lange.

Sein Vater nahm das Kind auf und schlug es, damit es atmete, dann reichte er es der alten Frau.

«Sieh mal, Nick, ein Junge», sagte er. «Na, wie gefällt's dir als Assistent?»

Nick sagte: «Gut.» Er guckte weg, um nicht zu sehen, was sein Vater machte.

«So, da haben wir's», sagte sein Vater und tat etwas in die Schüssel.

Nick sah nicht hin.

«Jetzt», sagte der Vater, «muß ich noch ein paar Stiche machen. Du kannst zusehen oder nicht, Nick, wie du willst. Ich muß den Schnitt nähen, den ich gemacht habe.»

Nick sah nicht hin; mit seiner Neugier war es längst vorbei.

Sein Vater war fertig und stand auf. Onkel George und die drei Indianer standen auf. Nick trug die Schüssel hinaus in die Küche.

Onkel George besah seinen Arm. Der junge Indianer lächelte erinnerungsvoll.

«Ich werde es dir mit Wasserstoff auswaschen, George», sagte der Arzt.

Er beugte sich über die Indianerin. Sie war jetzt still, und ihre Augen waren geschlossen. Sie sah sehr blaß aus. Sie wußte nicht, was aus dem Kind geworden war, noch sonst etwas.

«Ich komme morgen früh wieder», sagte der Doktor, sich aufrichtend. «Die Pflegerin aus St. Ignaz wird wohl gegen Mittag hier sein und alles, was wir brauchen, mitbringen.»

Er war aufgeregt und gesprächig, wie Fußballspieler im Ankleideraum nach dem Kampf.

«Das ist was fürs Medizinische Wochenblatt, George», sagte er, «ein Kaiserschnitt mit dem Jagdmesser und eine Naht mit einem neun Fuß langen gedrehten Darm.»

Onkel George stand an der Wand und besah seinen Arm.

«Du bist 'n großer Mann, aber gewiß doch», sagte er.

«Muß wohl noch einen Blick auf den stolzen Vater werfen. Gewöhnlich leiden die bei diesen kleinen Angelegenheiten am meisten», sagte der Doktor. «Ich muß sagen, der hier hat sich nicht sehr angestellt.»

Er zog dem Indianer die Decke vom Kopf. Seine Hand war naß. Er stieg auf die Kante der unteren Bettkoje, hielt die Lampe in der Hand und sah hinein. Der Indianer lag mit dem Gesicht zur Wand. Sein Hals war durchschnitten, von einem Ohr zum anderen. Das Blut war, wo sein Körper die Bettkoje belastete, zu einer Lache zusammengeflossen. Der Kopf ruhte auf dem linken Arm. Das offene Rasiermesser lag mit der Schneide nach oben zwischen den Decken.

«George, nimm Nick raus», sagte der Doktor.

Das war überflüssig. Nick konnte von der Küchentür aus, wo er stand, genau sehen, was in der oberen Koje vorging, als sein Vater, der in einer Hand die Lampe hielt, den Kopf des Indianers zurücklegte.

Es fing gerade an zu dämmern, als sie den Holzfällerweg zurück zum See gingen.

«Tut mir schrecklich leid, Nickie, daß ich dich mitgenommen habe», sagte sein Vater. Verschwunden war die gehobene Stimmung, die der Operation gefolgt war. «Scheußlich, daß du das mitmachen mußtest.»

«Müssen Frauen immer soviel ausstehen, um Kinder zu bekommen?» fragte Nick.

«Nein, das war ganz, ganz außergewöhnlich.»

«Warum hat er sich denn umgebracht, Vati?»

«Ich weiß nicht, Nick. Wahrscheinlich konnte er es nicht aushalten.»

«Bringen sich viele Männer um, Vati?»

«Nicht sehr viele, Nick.»

«Und Frauen?»

«Fast nie.»

«Überhaupt nicht?»

«O doch, manchmal.»

«Vati?»

«Ja?»

«Wo ist denn Onkel George hin?»

«Der wird schon wieder auftauchen.»

«Ist Sterben schwer, Vati?»

«Nein, ich glaube, es ist ziemlich leicht. Nick. Es kommt drauf an.»

Sie saßen im Boot, Nick im Heck; sein Vater ruderte. Die Sonne stieg über den Bergen auf. Ein Barsch schnellte hoch und machte einen Kreis im Wasser. Nick ließ seine Hand im Wasser schleifen. Es fühlte sich warm an im schneidenden Morgenfrost.

Am frühen Morgen auf dem See, als er im Heck des Bootes seinem rudernden Vater gegenübersaß, war er überzeugt davon, daß er niemals sterben würde.

II

Über die schlammigen Niederungen hinweg ragten im Regen die Minaretts Adrianopels. Dreißig Meilen weit standen die Karren eingekeilt auf der Straße noch Karagatsch. Wasserbüffel und Rinder zogen Karren durch den Schlamm. Kein Ende und kein Anfang. Nichts als Karren, mit allem, was sie besaßen. Durchnäßte alte Männer und Frauen gingen hin und her und trieben das Vieh an. Die Maritza floß gelb beinahe in Höhe der Brücke. Karren waren auf der Brücke festgefahren, und Kamele bewegten sich schlingernd zwischen ihnen hindurch. Griechische Kavallerie trieb den langen Zug vorwärts. Frauen und Kinder lagen zwischen Matratzen, Spiegeln, Nähmaschinen und Bündeln auf den Karren. Eine Frau bekam ein Kind, während ein junges Mädchen eine Decke über sie hielt und weinte. Ganz krank vor Grauen vom Hinsehen. Es regnete während der ganzen Evakuierung.

Der Doktor und seine Frau

Dick Boulton kam aus dem Indianerlager herüber, um für Nicks Vater Holz zu hacken. Er brachte seinen Sohn Eddy und einen anderen Indianer, der Billy Tabeshaw hieß, mit. Sie kamen vom Wald durch das hintere Gatter herein, und Eddy trug die lange Schrotsäge. Sie baumelte ihm über die Schulter und gab beim Gehen einen melodischen Ton von sich. Billy Tabeshaw trug zwei große Kanthaken. Dick hatte drei Äxte unter dem Arm.

Er drehte sich um und machte das Gatter zu. Die andern gingen ihm zum Seeufer voraus, wo die Baumstämme im Sand vergraben lagen.

Der Dampfer *Magic* hatte die Baumstämme aus großen Flößen, die er vom See zum Sägewerk schleppte, verloren. Sie waren an den Strand getrieben, und wenn man sie ruhig liegen ließ, würden sie früher oder später von der Besatzung der *Magic*, die in einem Ruderboot das Ufer entlangfuhr, gesichtet, an der Spitze mit einem eisernen Haken, an dem ein Ring befestigt war, durchbohrt und dann in den See hinausgeschleppt, um ein neues Floß zu bilden. Aber möglich war es, daß überhaupt niemand kam; denn für wenige Baumstämme lohnte es sich nicht, Leute zum Sammeln zu schicken. Wenn niemand sie holen kam, faulte das angeschwemmte Holz am Strand.

Nicks Vater nahm immer an, daß dies geschehen würde, und dingte die Indianer aus dem nahen Lager, um mit der Schrotsäge die Stämme zu zerkleinern und sie mit dem Keil zu Klafterholz und Scheiten für den Kamin zu zerspalten. Dick Boulton ging um das Gehöft herum weiter zum See hinunter. Vier große Buchenstämme waren fast vollständig im Sand vergraben. Eddy hing die Säge an einem der Griffe in der Gabelung eines Baumes auf. Dick legte die drei Äxte auf den kleinen Steg. Dick war ein Mischling, und viele Farmer um den See herum hielten ihn für einen Weißen. Er war sehr faul, aber ein großartiger Arbeiter, wenn er erst mal angekurbelt war. Er nahm ein ziegelförmig gepreßtes Stück Tabak aus der Tasche, biß einen Priem ab und unterhielt sich auf Ojibway mit Eddy und Billy Tabeshaw.

Sie bohrten die Enden ihrer Kanthaken in einen der Baumstämme und warfen sich dagegen, um ihn im Sand zu lockern. Sie warfen sich mit ihrem ganzen Gewicht gegen die Schäfte ihrer Kanthaken. Der Baumstamm bewegte sich im Sand. Dick Boulton wandte sich an Nicks Vater.

«Na, Doc», sagte er, «da habt ihr ja 'ne ganz schöne Portion Holz geklaut.»

«Red nicht so, Dick!» sagte der Doktor. «Das ist Treibholz.»

Eddy und Billy Tabeshaw hatten den Stamm aus dem nassen Sand ausgebuddelt und rollten ihn dem Wasser zu.

«Stoßt ihn ganz rein!» rief Dick Boulton.

«Wozu macht ihr das?» fragte der Doktor.

«Wascht ihn ab. Wegen der Säge, den ganzen Sand runter. Ich will sehen, wem der gehört», sagte Dick.

Der Baumstamm war gerade unter Wasser. Eddy und Billy Tabeshaw lehnten auf ihren Kanthaken schwitzend in der Sonne. Dick kniete im Sand und besah sich den Brand im Holz am Ende des Baumstammes.

«Er gehört White und MacNally», sagte er im Aufstehen und klopfte sich den Sand von seinen Hosenbeinen.

Dem Doktor war es sehr peinlich.

«Dann zersägt ihn lieber nicht, Dick», sagte er kurz.

«Na, schnappen Sie nur nicht gleich ein, Doc», sagte Dick. «Nur nicht gleich einschnappen. Mir ist es doch gleich, von wem Sie's klauen. Geht mich ja nichts an.»

«Wenn du denkst, daß die Stämme gestohlen sind, dann laß sie liegen und mach, daß du mit deinem Kram ins Lager zurückkommst», sagte der Doktor. Sein Gesicht war rot.

«Nur nicht ohne Patronen schießen, Doc», sagte Dick. Er spuckte Tabaksaft auf den Stamm. Er rann herunter und verdünnte sich im Wasser. «Sie wissen genausogut wie ich, daß sie geklaut sind. Mir ist es doch egal.»

«Schön, wenn du glaubst, daß die Stämme gestohlen sind, nimm deinen Kram und mach, daß du fortkommst.»

«Aber Doc –»

«Nimm deinen Kram und mach, daß du fortkommst.»

«Hören Sie, Doc.»

«Wenn du mich noch einmal Doc nennst, hau ich dir eine in die Fresse, daß die Backenzähne fliegen!»

«O nein, das wer'n Sie nicht, Doc!»

Dick Boulton sah den Doktor an. Dick war ein starker Kerl. Er wußte, was er für ein Kerl war. Er kriegte gern Krach. Er war glücklich. Eddy und Billy Tabeshaw lehnten auf ihren Kanthaken und sahen den Doktor an. Der Doktor nagte am Bart seiner Unterlippe und sah Dick Boulton an. Dann drehte er sich um und ging den Hügel hinauf dem Gehöft zu. Man konnte seinem Rücken ansehen, wie wütend er war. Sie beobachteten ihn alle, wie er den Hügel hinauf und in das Gehöft hineinging.

Dick sagte etwas auf Ojibway. Eddy lachte, aber Billy Tabeshaw sah sehr ernst aus. Er verstand kein Englisch, aber er hatte während des ganzen Streites Angst geschwitzt. Er war dick und hatte nur ganz wenig Schnurrbarthaare wie ein Chinese. Er hob die zwei Kanthaken auf. Dick hob die Äxte auf, und Eddy nahm die Säge vom Baum herunter. Sie machten sich auf den Weg und gingen am Gehöft vorbei, durch das hintere Gatter hinaus und in den Wald. Dick ließ das Gatter auf. Billy Tabeshaw ging zurück und befestigte es. Dann verschwanden sie im Wald.

Als der Doktor zu Hause in seinem Zimmer auf seinem Bett saß, sah er einen Haufen medizinischer Wochenschriften auf der Erde neben seinem Schreibtisch liegen. Sie steckten noch ungeöffnet im Kreuzband. Es ärgerte ihn.

«Gehst du nicht wieder an die Arbeit, mein Lieber?» fragte die Frau des Doktors aus dem Nebenzimmer, wo sie bei herabgelassenen Vorhängen lag.

«Nein.»

«Ist irgendwas passiert?»

«Hatte Krach mit Dick Boulton.»

«Ach», sagte seine Frau. «Hoffentlich hast du dich nicht gehenlassen, Henry.»

«Nein», sagte der Doktor.

«Vergiß nicht, daß der, der sich selbst besiegt, größer ist, als der, der eine Stadt erobert», sagte seine Frau. Sie gehörte den Christian Scientists an. Ihre Bibel, ihr Exemplar von *Science and Health* und ihre Vierteljahreszeitschrift lagen auf einem Tisch neben ihrem Bett in dem verdunkelten Zimmer.

Ihr Mann antwortete nicht. Er saß jetzt auf seinem Bett und säuberte eine Jagdflinte. Er drückte die schweren gelben Patronen in das Magazin und holte sie wieder heraus. Sie lagen verstreut auf dem Bett.

«Henry», rief seine Frau, dann, nach einem Augenblick, nochmals: «Henry!»

«Ja», sagte der Doktor.

«Du hast doch zu Boulton nichts gesagt, was ihn ärgern könnte, nicht wahr?»

«Nein», sagte der Doktor.

«Worum ging es denn, mein Lieber?»

«Ach, nicht der Rede wert.»

«Erzähl mir's, Henry. Bitte, versuch nicht, mir irgend etwas zu verschweigen. Worum ging es denn?»

«Also Dick schuldet mir 'ne Masse Geld, weil ich seine Squaw mit der Lungenentzündung durchgebracht habe, und er wollte wahrscheinlich Krach, damit er's nicht abzuarbeiten braucht.»

Seine Frau schwieg. Der Doktor reinigte sein Gewehr sorgfältig mit einem Lappen. Er drückte die Patronen fest gegen die Feder des Magazins. Er saß da mit dem Gewehr auf den Knien. Er mochte es sehr gern. Dann hörte er die Stimme seiner Frau aus dem verdunkelten Zimmer.

«Mein Lieber, ich glaube nicht, wirklich, ich glaube nicht, daß irgend jemand so etwas tun könnte.»

«Nein?» sagte der Doktor.

«Nein. Ich kann es mir wirklich nicht vorstellen, daß jemand so etwas mit Absicht tut.»

Der Doktor stand auf und stellte das Gewehr in die Ecke hinter die Frisierkommode.

«Gehst du aus, mein Lieber?» fragte seine Frau.

«Ja, ich werd ein bißchen gehen», sagte der Doktor.

«Wenn du Nick siehst, mein Lieber, willst du ihm dann sagen, daß ihn seine Mutter sprechen möchte?» sagte seine Frau.

Der Doktor ging hinaus auf die Veranda. Die Fliegentür schlug hinter ihm zu. Er hörte, wie seine Frau den Atem einzog, als die Tür zuschlug.

«Entschuldige», sagte er vor ihrem Fenster mit den herabgelassenen Gardinen.

«Es ist schon gut, mein Lieber», sagte sie.

Er ging in der Hitze durch das Gatter und den Weg entlang in den Schierlingstannenwald. Selbst an einem so heißen Tag war es kühl in den Wäldern. Er fand Nick lesend mit dem Rücken an einen Baumstamm gelehnt.

«Deine Mutter wünscht dich zu sprechen», sagte der Doktor.

«Ich möchte mit dir mitgehen», sagte Nick.

Sein Vater sah zu ihm hinab.

«Gut, dann komm», sagte sein Vater. «Gib mir dein Buch. Ich werd's in die Tasche stecken.»

«Vati, ich weiß, wo's schwarze Eichhörnchen gibt», sagte Nick.

«Gut», sagte sein Vater, «da wollen wir hingehen.»

III

Wir waren in einem Garten in Mons. Der junge Buckley kam von jenseits des Flusses mit seiner Patrouille zurück. Der erste Deutsche, den ich sah, kletterte über die Gartenmauer. Wir warteten, bis er ein Bein rüberhatte, dann knallten wir ihn ab. Er trug volle Ausrüstung und sah schrecklich erstaunt aus und fiel hinunter in den Garten. Dann kamen noch drei über die Mauer, weiter unten. Wir schossen sie ab. Sie kamen alle genauso.

Das Ende von Etwas

FRÜHER EINMAL WAR HORTONS BAY EINE BAUHOLZ-STADT gewesen. Niemand, der dort wohnte, war außerhalb des Hörbereichs der großen Sägemühle am See. Dann, eines Tages, gab es keine Baumstämme mehr, um Bauholz zu machen. Die Holzschoner kamen in die Bucht und wurden mit dem Schnittholz des Sägewerks, das auf dem Hof gestapelt stand, beladen. Alle Stapel Bauholz wurden weggebracht. Aus der großen Mühle nahm man alle transportablen Maschinen fort und ließ sie von den Leuten, die bisher in der Mühle gearbeitet hatten, auf einen der Schoner laden. Der Schoner entfernte sich aus der Bucht hinaus dem offenen See zu, an Bord die beiden großen Sägen, den Transportwagen, der die Baumstämme gegen die rotierenden Kreissägen schleuderte, und all die Walzen, Räder, Treibriemen und Eisen, aufgetürmt auf einer schiffrumpftiefen Ladung Bauholz. Nachdem der offene Raum mit Planen zugedeckt und diese festgebunden waren, füllten sich die Segel des Schoners, und er bewegte sich hinaus in den offenen See, all das mit sich führend, was die Mühle zur Mühle und Hortons Bay zur Stadt gemacht hatte.

Die einstöckigen Schlafquartiere, das Speisehaus, das Warenhaus, die Mühlenbüros und die große Mühle selbst standen verlassen inmitten von ungeheuren Mengen Sägemehls da, das die sumpfige Wiese am Ufer der Bucht bedeckte.

Zehn Jahre später war nur noch der zerfallene, weiße Kalkstein der Grundmauern von dem Sägewerk übrig, den Nick und Marjorie, als sie am Ufer entlangruderten, durch die sumpfige, in zweiter Blüte stehende Wiese schimmern sahen. Sie angelten am Rande der Fahrrinne, wo der Grund plötzlich von flachem Sand bis zu zwölf Fuß tiefem, dunklem Wasser abfiel. Sie angelten auf ihrem Weg zu der Stelle, wo sie für die Regenbogenforellen nachts Leinen auslegen wollten.

«Da ist unsere alte Ruine, Nick», sagte Marjorie.

Nick blickte beim Rudern auf die weißen Steine zwischen den grünen Bäumen.

«Ja, da ist sie», sagte er.

«Kannst du dich daran erinnern, als es ein Sägewerk war?» frug Marjorie.

«Ja, grade», sagte Nick.

«Es sieht eher wie ein Schloß aus», sagte Marjorie.

Nick sagte nichts. Sie ruderten weiter, verloren das Sägewerk aus den Augen und folgten der Uferlinie. Dann kreuzte Nick die Bucht.

«Sie beißen nicht an», sagte er.

«Nein», sagte Marjorie. Auch während sie sprach, paßte sie die ganze Zeit über scharf auf die Angel auf. Sie fischte gern. Sie fischte gern mit Nick.

Ganz dicht am Boot durchbrach eine große Forelle den Wasserspiegel. Nick zog kräftig an einem Ruder, um das Boot zu wenden, damit der Köder, der weit hinter ihnen trieb, dort vorbeikam, wo die Forelle fraß. Als der Rücken der Forelle aus dem Wasser auftauchte, sprangen die Elritzen wie wild. Sie sprenkelten die Oberfläche, als hätte man eine Handvoll Schrot ins Wasser geworfen. Eine zweite Forelle durchbrach fressend das Wasser auf der anderen Seite des Bootes.

«Sie fressen», sagte Marjorie.

«Aber sie beißen nicht an», sagte Nick.

Er ruderte das Boot herum, um zwischen den beiden fressenden Fischen hindurchzuködern; dann nahm er den Kurs auf die Landspitze. Marjorie haspelte die Angelschnur erst auf, als das Boot das Ufer berührte.

Sie zogen das Boot auf den Strand, und Nick hob einen Eimer mit lebenden Barschen heraus. Die Barsche schwammen im Wasser im Eimer umher. Nick fing drei von ihnen mit der Hand, schnitt ihnen die Köpfe ab und enthäutete sie, während Marjorie mit ihren Händen im Eimer herumjagte, schließlich einen Barsch fing, seinen Kopf abschnitt und ihn enthäutete. Nick besah sich ihren Fisch.

«Nimm lieber die Mittelgräte nicht heraus», sagte er. «Es geht zwar als Köder, aber es ist besser, wenn die Mittelgräte drin bleibt.»

Er hakte jeden der enthäuteten Barsche durch den Schwanz. An dem Vorfach jeder Angel waren zwei Haken befestigt. Dann ruderte Marjorie das Boot über die Fahrrinne hinaus, sie hielt die Leine zwischen den Zähnen und hatte das Gesicht Nick zugewandt, der am Ufer stand, die Angelrute hielt und die Schnur von der Rolle laufen ließ.

«So ungefähr da», rief er.

«Soll ich sie loslassen?» rief Marjorie zurück, die Leine in der Hand.

«Ja, laß sie los.» Marjorie ließ die Leine über Bord und sah zu, wie die Köder unter Wasser sanken.

Sie kam mit dem Boot zurück und legte die zweite Leine auf die gleiche Art aus. Beide Male legte Nick ein schweres Stück Treibholz über das dicke Ende der Angelrute, um sie in Position zu halten, und stützte sie mit einem kleinen Stück Holz ab. Er haspelte die schlaffe Leine auf, so daß die Leine straff bis zu der Stelle lief, wo der Köder auf dem sandigen Grund der Fahrrinne lag, und setzte den

Sperrhaken auf die Rolle. Sobald eine Forelle auf dem Grund fraß und den Köder nahm, würde sie damit wegziehen, die Leine mit Ungestüm von der Rolle abwickeln und so die Rolle mit dem Sperrhaken zum Schnurren bringen.

Marjorie ruderte ein Stückchen an der Landspitze entlang, um nicht der Leine in die Quere zu kommen. Sie zog kräftig an den Rudern, und das Boot lief ein ganzes Stück den Strand hinauf. Kleine Wellen kamen mit ihm herauf. Marjorie stieg aus dem Boot, und Nick zog das Boot weit den Strand herauf.

«Was ist denn los, Nick?» frug Marjorie.

«Ich weiß nicht», sagte Nick und holte Holz, um Feuer zu machen.

Sie machten ein Feuer mit Treibholz. Marjorie ging zum Boot und holte eine Decke. Die Abendbrise blies den Rauch nach der Landspitze zu, darum breitete Marjorie die Decke zwischen dem Feuer und dem See aus.

Marjorie saß auf der Decke mit dem Rücken zum Feuer und wartete auf Nick. Er kam herüber und setzte sich neben sie auf die Decke. Hinter ihnen war der dichte, junge Baumwuchs der Landspitze, und vor ihnen war die Bucht mit der Mündung von Hortons Creek. Es war nicht ganz dunkel. Der Feuerschein reichte bis zum Wasser. Sie konnten beide die zwei Stahlruten schräg über dem dunklen Wasser sehen. Das Feuer blinkte auf den Rollen.

Marjorie packte den Abendbrotkorb aus.

«Mir ist gar nicht nach Essen», sagte Nick.

«Los, komm und iß, Nick.»

«Schön.»

Sie aßen, ohne zu sprechen, und beobachteten die beiden Angelruten und den Feuerschein auf dem Wasser.

«Heute abend gibt's Mondschein», sagte Nick. Er sah über die Bucht hinweg nach den Bergen, die sich scharf gegen den Himmel abzuzeichnen begannen. Er wußte, hinter den Bergen kam der Mond herauf.

«Ich weiß», sagte Marjorie vergnügt.

«Du weißt alles», sagte Nick.

«Ach bitte, Nick. Laß das. Bitte, sei nicht so.»

«Ich kann nichts dazu», sagte Nick. «Es ist doch so. Du weißt alles. Das ist das Unglück. Du weißt, daß es so ist.»

Marjorie sagte gar nichts.

«Ich habe dir alles beigebracht. Du weißt, daß es so ist. Überhaupt, was weißt du eigentlich nicht?»

«Ach, hör auf», sagte Marjorie. «Da kommt der Mond.»

Sie saßen auf der Decke, ohne sich zu berühren, und sahen zu, wie der Mond aufging.

«Du brauchst doch nicht so dumm zu reden», sagte Marjorie. «Was ist denn eigentlich los?»

«Ich weiß nicht.»

«Natürlich weißt du's.»

«Nein, wirklich nicht.»

«Los, sag's.»

Nick sah weiter auf den Mond, der über die Berge heraufkam.

«Es ist gar nicht mehr schön.»

Er hatte Angst, Marjorie anzusehen. Dann sah er sie an. Sie saß da und wandte ihm den Rücken zu. Er sah ihren Rücken an. «Es ist nicht mehr schön. Überhaupt nichts mehr.»

Sie sagte nichts. Er fuhr fort: «Weißt du, mir ist, als ob alles in mir zum Teufel gegangen ist. Ich weiß nicht, Marge. Ich weiß nicht, was ich sagen soll.»

Er blickte weiter auf ihren Rücken.

«Ist denn Liebe nicht schön?» sagte Marjorie.

«Nein», sagte Nick. Marjorie stand auf. Nick saß da, den Kopf in die Hände gestützt.

«Ich nehme das Boot», rief ihm Marjorie zu. «Du kannst um die Landspitze rum zu Fuß zurückgehen.»

«Schön», sagte Nick. «Ich stoß das Boot für dich ab.»

«Ist nicht nötig», sagte sie. Sie trieb mit dem Boot auf dem mondbeschienenen Wasser. Nick ging zurück und legte sich neben das Feuer, mit dem Gesicht auf der Decke. Er konnte Marjorie auf dem Wasser rudern hören.

Er lag dort eine lange Zeit. Er lag da, während er hörte, wie Bill, der durch den Wald strich, in die Lichtung kam. Er spürte, wie Bill sich dem Feuer näherte. Auch Bill berührte ihn nicht.

«Ist sie glücklich weg?» sagte Bill.

«Ja», sagte Nick, der mit dem Gesicht auf der Decke dalag.

«'ne Szene gehabt?»

«Nein, wir hatten keine Szene.»

«Wie fühlst du dich?»

«Bitte geh weg, Bill. Geh, laß mich allein.»

Bill suchte sich ein Sandwich aus dem Eßkorb aus und ging hinüber, sich die Angelruten ansehen.

IV

Es war ein schrecklich heißer Tag. Wir hatten eine absolut vollkommene Barrikade auf der Brücke errichtet. Sie war einfach unbezahlbar. Ein großes, altes, schmiedeeisernes Gitter von einer Hausfassade. Zu schwer zum Heben, und man konnte durchschießen, und sie würden rüberklettern müssen. Es war einfach fabelhaft. Sie versuchten rüberzukommen, und wir knallten sie aus einer Entfernung von dreißig Metern ab. Sie stürmten, und Offiziere gingen allein vor und bearbeiteten es. Es war ein absolut vollkommenes Hindernis. Ihre Offiziere waren großartig. Wir waren wie vor den Kopf geschlagen, als wir hörten, daß unsere Flanke erledigt war, und daß wir zurückgehen mußten.

Drei Tage Sturm

ES HÖRTE AUF ZU REGNEN, ALS NICK IN DEN WEG EINBOG, der durch den Obstgarten hinaufführte. Das Obst war gepflückt, und der Herbstwind blies durch die kahlen Bäume. Nick blieb stehen und hob am Wegrand im braunen Gras einen Wagnerapfel auf, der vom Regen blinkte. Er steckte den Apfel in die Tasche seines Mackinaw-Mantels.

Der Weg führte aus dem Obstgarten hinauf auf den Gipfel des Hügels. Dort war das Haus mit dem kahlen Vorplatz, und Rauch, der aus dem Schornstein kam. Hinten war die Garage, der Kükenstall und der junge Tannenwuchs wie eine Hecke gegen den fernen Wald. Die großen Bäume schwankten stark im Wind, als er hinblickte. Es war der erste der Herbststürme.

Als Nick hinter dem Obstgarten übers freie Feld ging, öffnete sich die Tür des Hauses, und Bill kam heraus. Er stand auf der Schwelle und blickte um sich.

«Na, Wemedge», sagte er.

«Tag, Bill», sagte Nick und kam die Stufen hinauf.

Sie standen nebeneinander und blickten über das Land hinunter über den Obstgarten jenseits des Wegs, über die Felder drunten und die Wälder der Landspitze bis zum See. Der Wind blies direkt den See herunter. Sie konnten die Brandung bei Ten Miles sehen.

«Stürmt doll», sagte Nick.

«Wird drei Tage so stürmen», sagte Bill.

«Ist dein Alter zu Hause?» fragte Nick.

«Nein, er ist mit der Flinte draußen. Komm doch rein.»

Nick ging ins Haus. Im Kamin brannte ein großes Feuer. Es heulte im Sturm. Bill machte die Tür zu.

«Woll'n wir was trinken?» sagte er.

Er ging in die Küche hinaus und kam mit zwei Gläsern und einem Krug Wasser wieder. Nick langte nach der Whiskyflasche auf dem Bord überm Kamin.

«In Ordnung?» sagte er.

«Ja», sagte Bill.

Sie saßen vor dem Feuer und tranken irischen Whisky mit Wasser.

«Hat 'n wunderbaren rauchigen Geschmack», sagte Nick und blickte durch sein Glas hindurch ins Feuer.

«Das ist der Torf», sagte Bill.

«Man kann doch nicht Torf in den Schnaps tun», sagte Nick.
«Das ist egal», sagte Bill.
«Hast du mal Torf gesehen?» fragte Nick.
«Nein», sagte Bill.
«Ich auch nicht», sagte Nick.
Seine Schuhe, die er gegen das Feuer steckte, fingen an zu dampfen.
«Zieh lieber die Schuhe aus», sagte Bill.
«Hab keine Socken an.»
«Zieh sie aus und laß sie trocknen. Ich hol dir welche», sagte Bill. Er ging hinauf ins Dachgeschoß, und Nick hörte ihn über seinem Kopf hin und her gehen. Oben war es offen, direkt unterm Dach, wo Bill und sein Vater und er, Nick, manchmal schliefen. Dahinter lag ein Ankleideraum. Sie räumten die Feldbetten aus dem Regen weg nach hinten und deckten sie mit Gummidecken zu.
Bill kam mit einem Paar dicker, wollener Socken herunter.
«Ist schon zu spät, um ohne Socken rumzulaufen», sagte er.
«Gräßlich, wieder damit anzufangen», sagte Nick. Er zog die Socken an, ließ sich in seinen Stuhl plumpsen und legte die Füße auf den Ofenschirm vor dem Feuer.
«Du wirst den Schirm kaputtmachen», sagte Bill. Nick schwang seine Füße hinüber auf die Kaminseite.
«Hast du was zu lesen?» fragte er.
«Nur die Zeitung.»
«Was haben die *Cards* gemacht?»
«Gegen die *Giants* zwei Spiele verloren.»
«Damit wer'n sie's wohl gemacht haben.»
«Is ja 'n Geschenk», sagte Bill. «Solange McGraw jeden guten Ballspieler im Verband kaufen kann, ist nichts zu machen.»
«Er kann doch nicht alle kaufen», sagte Nick.
«Er kauft alle, die er haben will», sagte Bill. «Oder er macht sie unzufrieden, so daß man sie auswechseln muß.»
«So wie Heini Zim», pflichtete Nick bei.
«Der Dickschädel wird ihm allerhand nutzen.»
Bill stand auf.
«Schlagen kann er», meinte Nick. Seine Beine brieten in der Hitze des Feuers.
«Er ist auch ein glänzender Fänger», sagte Bill. «Aber er verliert das Spiel.»
«Kann sein, daß McGraw ihn dazu braucht», meinte Nick.
«Kann schon sein», pflichtete Bill bei.
«Da steckt immer mehr dahinter, als man weiß», sagte Nick.
«Natürlich. Aber dafür, daß wir so weit vom Schuß sind, haben wir schon 'ne ganz gute Witterung.»

«Genauso, wie man viel besser die Sieger tippen kann, wenn man die Pferde nicht sieht.»

«Genauso.»

Bill langte die Whiskyflasche herunter. Seine große Hand umspannte sie. Er goß den Whisky in das Glas, das Nick ihm hinhielt.

«Wieviel Wasser?»

«Ebensoviel.»

Er setzte sich neben Nicks Stuhl auf den Boden.

«Fein, wenn die Herbststürme kommen, nicht?» sagte Nick.

«Fabelhaft.»

«Ist die beste Zeit im ganzen Jahr», sagte Nick.

«Teufel noch mal, wenn man jetzt in der Stadt sein müßte!» sagte Bill.

«Ich würde gern die Weltmeisterschaften sehen», sagte Nick.

«Na, die sind jetzt immer in New York oder in Philadelphia», sagte Bill. «Das nutzt uns nichts.»

«Ich bin nur gespannt, ob die *Cards* je in ihrem Leben einen Pokal gewinnen werden.»

«Nicht zu unseren Lebzeiten», sagte Bill.

«Gott, die würden einfach überschnappen», sagte Nick.

«Erinnerst du dich noch, als sie plötzlich in Gang kamen, grade bevor sie das Eisenbahnunglück hatten?»

«Junge!» sagte Nick erinnerungsschwer.

Bill langte hinüber zum Tisch unterm Fenster, wo das Buch aufgeklappt mit den Seiten nach unten lag, genauso, wie er es hingelegt hatte, als er zur Tür gegangen war. Er hielt sein Glas in der einen Hand und das Buch in der andern und lehnte sich gegen Nicks Stuhl.

«Was liest du?»

«Richard Feveral.»

«Ich konnte mich nicht reinlesen.»

«Es ist ganz gut», sagte Bill, «es ist kein schlechtes Buch, Wemedge.»

«Was hast du noch, was ich nicht kenne?»

«Hast du die *Forest Lovers* gelesen?»

«Ja, das ist doch das, wo sie jede Nacht mit dem blanken Schwert zwischen sich zu Bett gehen, nicht wahr?»

«Das is 'n Buch, Wemedge.»

«Ist 'n fabelhaftes Buch! Nur, was ich niemals verstanden habe, wozu das Schwert eigentlich gut sein soll. Es mußte doch die ganze Zeit mit der Schneide nach oben stehen, denn wenn's flach liegt, kann man doch einfach rüberrollen, und es würde gar nichts passieren.»

«Es ist ein Symbol», sagte Bill.

«Natürlich», sagte Nick. «Aber es ist praktisch nicht anwendbar.»

«Hast du mal *Fortitude* gelesen?»

«Das ist famos», sagte Nick. «Das ist ein richtiges Buch! Das ist das, wo sein Alter immer hinter ihm her ist. Hast du noch was von Walpole?»

«The Dark Forest», sagte Bill, «es handelt von Rußland.»

«Was weiß er denn von Rußland?» fragte Nick.

«Weiß ich nicht. Bei diesen Kerlen lernt man nie aus. Vielleicht war er als Junge da. Aber er weiß schon doll viel davon.»

«Ich würde ihn gern mal kennenlernen», sagte Nick.

«Ich möchte Chesterton kennenlernen», sagte Bill.

«Ich wünschte, er wäre jetzt hier», sagte Nick. «Wir können ihn morgen an den ‹Voix› zum Angeln mitnehmen.»

«Ob er wohl gern angeln gehen würde?» sagte Bill.

«Sicher», sagte Nick. «Er muß der feinste Kerl sein, den's gibt. Weißt du noch *Das fliegende Wirtshaus*:

Wenn ein Engel aus dem Himmel
Dir was andres gibt als Wein,
Dank ihm für die gute Absicht,
Schütt es in den Ausguß rein.»

«Ja richtig», sagte Nick. «Wahrscheinlich is er 'n feinerer Kerl als Walpole.»

«Sicher ist er 'n feinerer Kerl», sagte Bill. «Aber Walpole ist ein besserer Schriftsteller.»

«Weiß ich nicht», sagte Nick. «Chesterton ist ein Klassiker.»

«Walpole ist auch ein Klassiker», beharrte Bill.

«Ich wünschte, wir hätten sie beide hier», sagte Nick. «Wir könnten sie morgen beide an den ‹Voix› zum Angeln mitnehmen.»

«Komm, wir wollen uns betrinken», sagte Bill.

«Schön», stimmte Nick zu.

«Meinem Ollen ist es egal», sagte Bill.

«Bist du sicher?» sagte Nick.

«Ich weiß es», sagte Bill.

«Ich bin schon 'n bißchen betrunken», sagte Nick.

«Du bist nicht betrunken», sagte Bill.

Er stand vom Boden auf und langte nach der Whiskyflasche. Nick hielt ihm sein Glas hin. Er ließ die Augen nicht davon, während Bill einschenkte.

Bill goß das Glas halb voll Whisky.

«Wasser kannst du dir selbst eingießen», sagte er. «Ist grad noch ein Schuß drin.»

«Hast du noch mehr?» fragte Nick.

«Ist noch 'ne Menge da, aber Vater will nur, daß ich das trinke, was offen ist.»

«Natürlich», sagte Nick.

«Er sagt, das Flaschenaufmachen macht Menschen zu Säufern», erklärte Bill.

«Das stimmt», sagte Nick. Es imponierte ihm. Daran hatte er nie vorher gedacht. Er hatte immer geglaubt, daß einsames Trinken einen zum Säufer machte.

«Wie geht's deinem Vater?» fragte er respektvoll.

«Gut», sagte Bill. «Manchmal fährt er ein bißchen aus der Haut.»

«Er ist ein fabelhafter Kerl», sagte Nick. Er goß Wasser aus dem Krug in sein Glas. Es vermischte sich langsam mit dem Whisky. Es war mehr Whisky als Wasser.

«Das will ich meinen», sagte Bill.

«Mein Oller ist auch richtig», sagte Nick.

«Verdammt noch mal und ob!» sagte Bill.

«Er behauptet, daß er nie in seinem Leben einen Tropfen Alkohol getrunken hat», sagte Nick so, als ob er eine wissenschaftliche Tatsache verkündete.

«Na, er ist eben ein Arzt. Mein Oller ist Maler. Das ist etwas anderes.»

«Es ist ihm viel entgangen», sagte Nick traurig.

«Kann man so nicht sagen», sagte Bill. «Es gibt für alles einen Ausgleich.»

«Er sagt selbst, daß ihm viel entgangen ist», gab Nick zu.

«Na, Vater hat 'ne dolle Zeit hinter sich», sagte Bill.

«Es gleicht sich alles aus», sagte Nick.

Sie saßen da, sahen ins Feuer und dachten über diese tiefe Wahrheit nach.

«Ich wer 'n Scheit Holz von der Hintertür holen», sagte Nick. Während er ins Feuer blickte, hatte er bemerkt, daß es am Herunterbrennen war. Außerdem wollte er zeigen, daß er Alkohol vertragen und praktisch sein konnte. Selbst wenn sein Vater niemals einen Tropfen angerührt hatte, sollte Bill ihn nicht betrunken sehen, bevor er selbst betrunken war.

«Bring eins von den großen Buchenscheiten», sagte Bill. Auch er war bewußt praktisch.

Nick kam mit dem Kloben durch die Küche und stieß im Vorbeigehen einen Topf vom Küchentisch. Er legte den Kloben hin und hob den Topf auf. Es waren getrocknete Aprikosen zum Weichen drin gewesen. Er las sorgfältig die Aprikosen vom Boden auf – einige waren unter den Herd gefallen – und tat sie wieder in den Topf. Er goß etwas frisches Wasser aus dem Eimer neben dem Tisch über sie. Er war ganz stolz auf sich. Er war richtig praktisch gewesen.

Er kam mit dem Kloben ins Zimmer und Bill stand aus seinem Stuhl auf und half ihm, ihn ins Feuer zu legen.

«Das ist 'n fabelhafter Kloben», sagte Nick.

«Den hab ich extra fürs schlechte Wetter aufgehoben», sagte Bill. «So 'n Kloben brennt die ganze Nacht durch.»

«Die Kohlen werden noch glühen, um morgen früh das Feuer anzufachen», sagte Nick.

«Sicher», pflichtete Bill bei. Sie führten die Unterhaltung auf hohem Niveau.

«Komm, laß uns noch einen trinken», sagte Nick.

«Ich glaube, im Schrank ist noch 'ne offne Flasche», sagte Bill.

Er kniete in der Ecke vor dem Schrank und holte eine vierkantige Flasche raus.

«Das ist schottischer», sagte er.

«Ich hol noch Wasser», sagte Nick. Er ging wieder hinaus in die Küche. Er füllte den Krug mit dem Schöpflöffel mit kaltem Quellwasser aus dem Eimer. Auf seinem Weg ins Wohnzimmer kam er an einem Spiegel im Eßzimmer vorbei und sah hinein. Sein Gesicht sah fremd aus. Er lächelte dem Gesicht im Spiegel zu, und es grinste zurück. Er blinzelte ihm zu und ging weiter. Es war nicht sein Gesicht, aber das war ihm egal.

Bill hatte den Whisky eingeschenkt.

«Das ist aber 'n Riesenschuß», sagte Nick.

«Nicht für uns, Wemedge», sagte Bill.

«Worauf wollen wir trinken?» fragte Nick und hielt sein Glas hoch.

«Wir wollen aufs Angeln trinken», sagte Bill.

«Schön», sagte Nick. «Meine Herren, es lebe das Angeln.»

«Alles Angeln», sagte Bill. «Auf der ganzen Welt.»

«Angeln», sagte Nick. «Wir trinken aufs Angeln.»

«Es ist schöner als Baseball», sagte Bill.

«Gar kein Vergleich», sagte Nick. «Wie sind wir denn überhaupt bloß auf Baseball gekommen?»

«War 'n Fehler», sagte Bill. «Baseball ist 'n Spiel für Rohlinge.»

Sie tranken ihre Gläser bis auf den Grund aus.

«Jetzt wollen wir auf Chesterton trinken.»

«Und Walpole», warf Nick ein.

Nick goß den Alkohol ein. Bill goß das Wasser dazu.

Sie sahen einander an. Sie fühlten sich fabelhaft.

«Meine Herren», sagte Bill. «Ich trinke auf Chesterton und Walpole.»

«Prosit, meine Herren», sagte Nick.

Sie tranken. Bill füllte die Gläser auf. Sie setzten sich in die großen Sessel vor dem Feuer.

«Das war sehr klug von dir, Wemedge», sagte Bill.

«Was meinst du denn?» fragte Nick.

«Mit der Marge-Angelegenheit Schluß zu machen», sagte Bill.

«Wahrscheinlich», sagte Nick.

«Es war das einzig Wahre. Wenn du's nicht getan hättest, wärst du sicher jetzt wieder zu Haus bei der Arbeit, um zu versuchen, genug Geld zu verdienen, um zu heiraten.»

Nick sagte nichts.

«Wenn 'n Mann erst mal verheiratet ist, dann ist er absolut verhurt», fuhr Bill fort. «Dann gibt's nichts mehr für ihn. Nichts. Auch nicht das geringste. Der ist erledigt. Du hast ja die Kerls gesehen, die sich verheiratet haben.»

Nick sagte nichts.

«Man sieht's ihnen sofort an», sagte Bill. «Sie kriegen so 'n satten, verheirateten Ausdruck. Die sind erledigt.»

«Stimmt», sagte Nick.

«Wahrscheinlich war's gräßlich, Schluß zu machen», sagte Bill, «aber man verliebt sich immer in wen anders, und dann ist alles in Ordnung. Verlieb dich in sie, aber laß dich nicht von ihnen ruinieren.»

«Ja», sagte Nick.

«Wenn du sie geheiratet hättest, hättest du ihre ganze Familie mitgeheiratet. Denk nur mal an ihre Mutter und den Kerl, den sie geheiratet hat.»

Nick nickte.

«Stell dir vor, die den ganzen Tag im Haus zu haben, und Sonntag mittag zu ihnen zum Essen zu gehen, oder sie kommen zu euch zum Essen, und wenn sie dann Marge die ganze Zeit über sagt, was sie tun und lassen soll!»

Nick saß schweigend da.

«Du bist noch verdammt gut da rausgekommen», sagte Bill. «Jetzt kann sie einen aus ihrem Kreis heiraten, sich häuslich niederlassen und glücklich werden. Man kann nicht Öl und Wasser vermischen; und man kann das ebensowenig vermischen, wie zum Beispiel mich und Ida, die, die für Strattons arbeitet. Sie würde es vielleicht auch gern wollen.»

Nick sagte nichts. Der Alkohol hatte seine Wirkung völlig verloren und ließ ihn mit sich allein. Bill war nicht da. Er saß nicht vor dem Feuer; er würde auch nicht mit Bill und seinem Vater morgen angeln gehen oder sonst was. Er war nicht betrunken. Es war alles weg. Alles, was er wußte, war, daß ihm Marjorie einmal gehört und daß er sie verloren hatte. Sie war fort, und er hatte sie weggeschickt.

Das allein war wichtig. Vielleicht sah er sie niemals wieder. Wahrscheinlich sogar. Es war alles vorbei, zu Ende.

«Laß uns noch einen trinken», sagte Nick.

Bill schenkte ein. Nick pantschte ein bißchen Wasser hinzu.

«Wenn das mit dir so weitergegangen wäre, würden wir jetzt nicht hier sitzen», sagte Bill.

Das stimmte. Sein Plan war ursprünglich gewesen, nach Hause zu fahren und sich Arbeit zu suchen. Dann hatte er geplant, den ganzen Winter über in Charlevoix zu bleiben, um in der Nähe von Marge zu sein. Jetzt wußte er nicht, was er tun würde.

«Wahrscheinlich würden wir sogar morgen nicht zum Angeln gehen», sagte Bill. «Du hattest schon die richtige Witterung.»

«Ich konnte nichts dazu», sagte Nick.

«Ich weiß, es kommt dann eben so», sagte Bill.

«Ganz plötzlich war alles aus», sagte Nick. «Ich weiß gar nicht wieso. Ich konnte nichts dazu. Genauso, wie wenn jetzt so ein Drei-Tage-Sturm kommt und die Blätter von den Bäumen reißt.»

«Na, es ist vorbei. Das ist die Hauptsache.»

«Es war meine Schuld», sagte Nick.

«Das ist ganz egal, wer Schuld hat», sagte Bill.

«Ja, wahrscheinlich», sagte Nick.

Wichtig war nur, daß Marjorie fort war, und daß er sie wahrscheinlich niemals wiedersehen würde. Er hatte mit ihr davon gesprochen, daß sie zusammen nach Italien reisen würden, und wie sie sich amüsieren wollten. Orte, in denen sie zusammen sein würden. Es war alles aus jetzt.

«Solange es nur vorbei ist, das ist die Hauptsache», sagte Bill. «Ich kann dir sagen, Wemedge, ich habe mir die ganze Zeit drüber Sorgen gemacht. Du hast ganz recht gehabt. Kann mir schon vorstellen, daß ihre Mutter 'ne Stinkwut auf dich hat. Sie hat 'ner Menge Leute erzählt, daß ihr verlobt seid.»

«Wir waren nicht verlobt», sagte Nick.

«Es war überall rum, daß ihr's wärt.»

«Dafür kann ich nichts», sagte Nick. «Wir waren's nicht.»

«Wolltet ihr denn nicht heiraten?» fragte Bill.

«Ja, aber wir waren nicht verlobt», sagte Nick.

«Was ist denn der Unterschied?» fragte Bill kritisch.

«Ich weiß nicht, aber es ist ein Unterschied.»

«Ich sehe ihn nicht», sagte Bill.

«Schön», sagte Nick. «Wir wollen uns betrinken.»

«Schön», sagte Bill, «wir wollen uns richtig betrinken.»

«Wir wollen uns betrinken und dann schwimmen gehen», sagte Nick.

Er trank sein Glas auf einen Zug leer.

«Tut mir wahnsinnig leid um sie, aber was konnte ich machen? Du weißt doch, wie ihre Mutter war.»

«Sie war grauenhaft», sagte Bill.

«Ganz plötzlich war's aus», sagte Nick. «Ich sollte nicht darüber sprechen.»

«Tust du doch gar nicht», sagte Bill. «Ich hab davon gesprochen, und jetzt hab ich's hinter mir. Wir wollen nie wieder davon reden. Du solltest gar nicht daran denken. Es könnte sonst wieder losgehen.»

Daran hatte Nick nicht gedacht. Es schien so endgültig zu sein. Das war ein Gedanke. Er fühlte sich wohler.

«Ja», sagte er, «die Gefahr besteht immer.»

Er war glücklich jetzt. Es gab nichts, was unwiderruflich war. Er konnte Sonnabend abend in die Stadt gehen. Heute war Donnerstag.

«Es besteht immer 'ne Möglichkeit», sagte er.

«Du mußt dich eben in acht nehmen», sagte Bill.

«Ich werd mich in acht nehmen», sagte er.

Er war glücklich. Nichts war zu Ende. Nichts war je verloren. Er würde Sonnabend in die Stadt gehen. Er fühlte sich jetzt leichter, als er sich gefühlt hatte, ehe Bill davon zu reden anfing. Es gab immer einen Ausweg.

«Wir wollen die Flinten nehmen und zur Landspitze runtergehen und uns nach deinem Vater umsehen», sagte Nick.

«Schön.»

Bill nahm die beiden Flinten vom Gestell an der Wand. Er öffnete eine Patronenschachtel. Nick zog seinen Mackinaw-Mantel und seine Schuhe an. Seine Schuhe waren beim Trocknen steif geworden. Er war noch vollkommen betrunken, aber sein Kopf war klar.

«Wie fühlst du dich?» fragte Nick.

«Famos», sagte Bill. «Ich hab grad so 'n Kleinen sitzen.» Bill knöpfte seinen Sweater zu.

«Hat keinen Sinn, sich zu betrinken.»

«Nein, wir wollen ins Freie gehen.»

Sie gingen zur Tür hinaus. Es blies eine steife Brise.

«Bei dem Sturm halten sich die Vögel alle im Gras», sagte Nick.

Sie schlugen die Richtung auf den Obstgarten ein.

«Heute früh hab ich 'n Auerhahn gesehen», sagte Bill.

«Vielleicht erwischen wir ihn», sagte Nick.

«Bei dem Wind kann man nicht schießen», sagte Bill.

Jetzt draußen war die Marge-Angelegenheit nicht mehr so tragisch. Es war nicht einmal sehr wichtig. All so was blies der Wind weg.

«Der kommt direkt vom großen See her», sagte Nick.

Gegen den Wind hörten sie den dumpfen Ton einer Flinte.

«Das ist Vater», sagte Bill. «Er ist unten im Sumpf.»
«Hier können wir abschneiden», sagte Nick.
«Laß uns lieber an der unteren Wiese abschneiden und sehen, ob wir nicht was erwischen», sagte Bill.
«Schön», sagte Nick.
Nichts von dem war jetzt wichtig. Der Wind blies es ihm aus dem Kopf. Immerhin konnte er Sonnabend abend in die Stadt gehen. Es war gut, dies in Reserve zu haben.

V

Man erschoß die sechs Kabinettsminister morgens um halb sieben an der Mauer eines Krankenhauses. Wasserpfützen waren im Hof. Nasse, tote Blätter lagen auf dem Pflaster des Hofes. Es regnete heftig. Alle Fensterläden des Krankenhauses waren zugenagelt. Einer der Minister hatte Typhus. Zwei Soldaten trugen ihn hinunter und in den Regen hinaus. Sie versuchten, ihn aufrecht gegen die Mauer zu halten, aber er setzte sich in eine Wasserpfütze. Die andern fünf standen sehr ruhig an der Mauer. Schließlich sagte der Offizier den Soldaten, es hätte keinen Sinn, ihn zum Aufstehen zu bewegen. Als sie die erste Salve feuerten, saß er im Wasser mit dem Kopf auf den Knien.

Der Kämpfer

NICK STAND AUF, IHM WAR NICHTS PASSIERT, ER SAH DIE Geleise entlang, den Lichtern des Bremserhäuschens nach, die hinter einer Kurve verschwanden. Zu beiden Seiten des Geleises war Wasser, dann Sumpf und Erlengebüsch.

Er betastete sein Knie. Die Hose war zerrissen und die Haut abgeschürft. Seine Hände waren zerkratzt, und Sand und Asche waren tief unter die Nägel gedrungen. Er ging hinüber bis zum Rand des Geleises, die kleine Böschung zum Wasser hinunter und wusch sich die Hände. Er wusch sie sich sorgfältig in dem kalten Wasser und entfernte dabei den Schmutz unter seinen Nägeln. Er kauerte sich hin und badete sein Knie.

Dieser Lausekerl von einem Bremser. Eines Tages würde er ihn schon kriegen. Den erkannte er wieder. Das war 'ne feine Art von Benehmen.

«Komm her, Junge», sagte er, «ich hab was für dich.»

Darauf war er reingefallen. Lausig kindisch so was. Die würden ihn nie wieder so reinlegen.

«Komm her, Junge, ich hab was für dich.» Dann *bums*, und er lag auf Händen und Knien neben dem Geleise.

Nick rieb sein Auge. Er kriegte eine große Beule. Das würde ein blaues Auge geben, und wie. Es tat schon weh. Dieser Kerl von einem Drecksbremser!

Er berührte die Beule über seinem Auge mit den Fingern. Na, es war nur ein blaues Auge. Das war alles, was er abgekriegt hatte. Dafür eigentlich billig. Er hätte es gern gesehen, konnte es aber nicht sehen, als er ins Wasser blickte. Es war dunkel, und er war von überall weit entfernt. Er wischte sich die Hände an den Hosen ab und stand auf, dann kletterte er die Böschung hinan auf die Schienen.

Er ging den Geleisen nach. Sie waren gut geschottert; man ging leicht und mühelos, Sand und Kies zwischen den Schwellen; gutes Gehen. Die glatte Strecke lief wie ein Damm durch den Sumpf. Nick marschierte. Irgendwohin mußte er ja kommen.

Nick hatte sich auf einen Güterzug geschwungen, als dieser seine Geschwindigkeit bei den Rangierbahnhöfen außerhalb von Walton Junction verringert hatte. Der Zug mit Nick darauf war, als es anfing, dunkel zu werden, durch Kalkaska durchgekommen. Jetzt mußte er beinahe in Mancelona sein. Drei oder vier Meilen Sumpf. Er marschierte die Geleise entlang und ging so, daß er auf dem Schotter zwischen den Schwellen blieb; um ihn der Sumpf gespensterhaft in dem aufsteigenden Nebel. Sein Auge tat ihm weh, und er war hungrig. Er marschierte und legte eine Meile nach der andern zurück. Zu beiden Seiten der Geleise war nichts als Sumpf.

Vor ihm lag eine Brücke. Nick ging hinüber; seine Stiefel hallten dumpf auf dem Eisen. Unter ihm schimmerte das Wasser schwarz durch die Ritzen der Schwellen. Nick stieß gegen einen losen Spieker, und er fiel ins Wasser. Jenseits der Brücke waren Hügel. Zu beiden Seiten der Geleise war es dunkel und hoch. Geleisaufwärts sah Nick ein Feuer.

Er ging vorsichtig am Geleise entlang auf das Feuer zu. Es war rechts vom Geleise unterhalb des Eisenbahndamms. Er hatte nur den Feuerschein gesehen. Das Geleise ging hier durch einen Einschnitt, und wo das Feuer brannte, weitete sich das Land und verlief in den Wäldern. Nick ließ sich vorsichtig den Damm hinabgleiten und schlug sich in den Wald, um sich durch die Bäume hindurch dem Feuer zu nähern. Es war ein Buchenwald, und er trat, als er zwischen den Bäumen einherschritt, auf die abgefallenen Buchecken. Das Feuer leuchtete jetzt hell, gerade am Rande der Bäume. Ein Mann saß daran. Nick wartete hinter einem Baum und beobachtete. Der Mann schien allein zu sein. Er saß da, den Kopf in die Hände gestützt und sah ins Feuer. Nick schritt hervor und trat in den Feuerschein.

Der Mann saß da und starrte ins Feuer. Sogar als Nick ganz dicht neben ihm haltmachte, rührte er sich nicht.

«Guten Tag», sagte Nick.

Der Mann sah auf.

«Wo hast du die Beule her?» sagte er.

«Ein Bremser hat mich heruntergeschubst.»

«Eben von dem Güterzug?»

«Ja.»

«Ich sah das Schwein», sagte der Mann. «Kam hier vor ungefähr anderthalb Stunden durch. Er ging auf den Dächern der Waggons entlang, schlug die Arme zusammen und sang.»

«Das Schwein!»

«Muß sich verdammt wohl gefühlt haben, nachdem er dich runtergeschubst hat», sagte der Mann ernst.

«Ich werd ihm schon was wiederschubsen.»

«Triff ihn mit 'nem Stein, wenn er hier durchkommt», riet ihm der Mann.

«Ich werd ihm schon was.»

«Du bist 'n ganz Doller, was.»

«Nein», sagte Nick.

«Seid ihr Jungens ja alle.»

«Muß man schon», sagte Nick.

«Genau, was ich gesagt habe.»

Der Mann sah Nick an und lächelte. Beim Feuerschein sah Nick, daß sein Gesicht entstellt war, seine Nase war eingedrückt; seine Augen waren Schlitze; er hatte merkwürdig geformte Lippen. Nick bemerkte das nicht alles sofort; er sah nur, daß das Gesicht des Mannes seltsam geformt und verstümmelt war. Es war wie aus farbigem Glaserkitt. Sah tot aus beim Feuerschein.

«Dir gefällt wohl meine Visage nicht?» sagte der Mann.

Nick war verlegen.

«Doch», sagte er.

«Sieh mal», der kleine Mann nahm seine Mütze ab.

Er hatte nur ein Ohr. Es war geschwollen und lag eng am Kopf an. Wo das andere Ohr hätte sein sollen, war ein Stummel.

«Schon mal so was gesehen?»

«Nein», sagte Nick. Ihm wurde ein bißchen übel.

«Ich konnte nehmen», sagte der Mann. «Glaubst du nicht, daß ich nehmen konnte, Junge?»

«Na und ob!»

«Die zerschlugen sich alle die Hände an mir», sagte der kleine Mann. «Mir konnten sie nichts anhaben.»

Er sah Nick an. «Setz dich», sagte er, «willst du was essen?»

«Bemühen Sie sich nicht», sagte Nick. «Ich gehe weiter in die Stadt.»

«Hör mal», sagte der Mann, «nenn mich Ad.»

«Gern.»

«Hör mal», sagte der kleine Mann. «Ich bin nicht ganz richtig.»

«Was ist denn los?»

«Ich bin verrückt.»

Er setzte seine Mütze auf. Nick war zum Lachen zumute.

«Sie sind ganz in Ordnung», sagte er.

«Nein, bin ich nicht. Ich bin verrückt. Hör mal, warst du schon mal verrückt?»

«Nein», sagte Nick, «wie packt's einen denn?»

«Ich weiß nicht», sagte Ad, «wenn man's ist, weiß man nichts davon. Du kennst mich, nicht wahr?»

«Nein.»

«Ich bin Ad Francis.»

«Ehrenwort?»

«Glaubst du's nicht?»

«Doch.»

Nick wußte, es mußte wahr sein.

«Weißt du, wodurch ich sie alle unterkriegte?»

«Nein», sagte Nick.

«Mein Herz geht langsam. Schlägt nur vierzig in der Minute. Fühl mal.»

Nick zögerte.

«Na, los», der Mann packte seine Hand. «Fühl mal meinen Puls. Tu deine Finger dahin.»

Das Handgelenk des kleinen Mannes war dick, und die Muskeln quollen über den Knochen. Nick fühlte das langsame Pulsen unter seinen Fingern.

«Hast du 'ne Uhr?»

«Nein.»

«Ich auch nicht», sagte Ad. «Hat keinen Zweck, wenn du keine Uhr hast.»

Nick ließ sein Handgelenk los.

«Hör mal», sagte Ad Francis. «Faß noch mal zu. Du zählst, und ich zähle bis sechzig.»

Als er die langsamen, harten Stöße unter seinen Fingern spürte, fing Nick an zu zählen. Er hörte den kleinen Mann langsam zählen: eins, zwei, drei, vier, fünf und so weiter – laut.

«Sechzig», endete Ad. «Das ist eine Minute. Na, was hast du?»

«Vierzig», sagte Nick.

«Stimmt», sagte Ad vergnügt. «Niemals beschleunigt.»

Ein Mann ließ sich die Bahndammböschung hinab und kam durch die Lichtung auf das Feuer zu.

«Hallo, Bugs», sagte Ad.

«Hallo», antwortete Bugs. Es war die Stimme eines Negers. Nick erkannte an der Art, wie er ging, daß es ein Neger war. Er kehrte ihnen den Rücken zu und beugte sich über das Feuer. Er richtete sich auf.

«Das ist mein Freund Bugs», sagte Ad. «Er ist auch verrückt.»

«Freue mich, Sie kennenzulernen», sagte Bugs. «Wo sagen Sie, daß Sie hier sind?»

«Chicago», sagte Nick.

«Das ist eine schöne Stadt», sagte der Neger. «Ich habe Ihren Namen nicht verstanden.»

«Adams, Nick Adams.»

«Er sagt, daß er nie verrückt gewesen ist, Bugs», sagte Ad.

«Da hat er ja noch allerhand vor sich», sagte der Neger. Er packte ein Paket am Feuer aus.

«Wann essen wir, Bugs?» frug der Meisterboxer.

«Sofort.»

«Bist du hungrig, Nick?»

«Verdammt hungrig.»

«Hast du das gehört, Bugs?»

«Höre eigentlich alles, was vorgeht.»

«Das hab ich dich nicht gefragt.»

«Ja, ich habe gehört, was der Herr gesagt hat.» Er legte Schinkenscheiben in eine Pfanne. Als die Pfanne heiß wurde, spritzte das Fett, und Bugs, der auf seinen langen Negerbeinen am Feuer hockte, drehte den Schinken um und schlug Eier in die Pfanne, die er von einer Seite zur anderen kippte, um die Eier von allen Seiten mit heißem Fett zu übergießen.

«Wollen Sie etwas Brot aus dem Sack dort abschneiden, Mister Adams?» Bugs wandte sich vom Feuer weg.

«Gewiß.»

Nick langte in den Sack und holte einen Laib Brot heraus. Er schnitt sechs Scheiben. Ad sah ihm zu und lehnte sich vornüber.

«Gib mir dein Messer, Nick, ja?» sagte er.

«Nein, nicht», sagte der Neger. «Behalten Sie Ihr Messer, Mister Adams.»

Der Meisterboxer setzte sich zurück.

«Würden Sie mir wohl das Brot herbringen, Mister Adams?» fragte Bugs. Nick brachte es hinüber.

«Tauchen Sie Ihr Brot gern in Schinkenfett?» fragte der Neger.

«Na und ob!»

«Vielleicht warten wir lieber bis nachher; es schmeckt besser am Schluß vom Essen. Hier!»

Der Neger hob ein Stück Schinken hoch und legte es auf eine Scheibe Brot, dann ließ er ein Ei draufgleiten.

«Klappen Sie doch bitte die Stulle zusammen und geben Sie sie Mister Francis.»

Ad nahm die Stulle und fing an zu essen.

«Passen Sie auf, das Ei läuft herunter», warnte der Neger. «Dies ist für Sie, Mister Adams. Der Rest ist für mich.»

Nick biß in seine Stulle. Der Neger saß ihm gegenüber, neben Ad. Der heiße, gebratene Schinken und die Eier schmeckten herrlich.

«Mister Adams ist wirklich hungrig», sagte der Neger. Der kleine Mann, den Nick dem Namen nach als einen Exmeisterboxer kannte, war schweigsam. Er hatte nichts gesagt, seit der Neger über das Messer gesprochen hatte.

«Darf ich Ihnen ein Stück Brot anbieten, das ich gerade in heißes Schinkenfett getaucht habe?» sagte Bugs.

«Danke vielmals.»

Der kleine weiße Mann sah Nick an.

«Wollen Sie auch etwas, Mister Adolph Francis?» bot Bugs ihm von der Pfanne her an.

Ad antwortete nicht. Er sah Nick an.

«Mister Francis?» kam die sanfte Stimme des Negers.

Ad antwortete nicht. Er sah Nick an.

«Ich sagte etwas zu Ihnen, Mister Francis», sagte der Neger sanft.

Ad sah Nick immer noch an. Er hatte seine Mütze über die Augen gezogen. Nick wurde nervös.

«Zum Teufel, was hast du hier zu suchen?» kam es scharf unter der Mütze hervor, Nick entgegen. «Zum Teufel, wer glaubst du eigentlich, daß du bist? Du bist ein rotznäsiger Lausejunge. Du kommst hierher, wo dich niemand eingeladen hat, und ißt mein Essen, und wenn ich mir dein Messer borgen will, wirst du keß.»

Er starrte Nick an. Sein Gesicht war weiß und seine Augen unter der Mütze kaum zu sehen.

«Du bist ein frecher Lümmel! Wer, zum Teufel, hat dich aufgefordert, hier einzudringen?»

«Keiner.»

«Da hast du verdammt recht. Keiner. Es hat dich auch keiner gebeten, hier zu bleiben. Du kommst einfach her, benimmst dich rotznäsig wegen meiner Visage, rauchst meine Zigarren, trinkst meinen Schnaps und red'st keß. Zum Teufel noch mal, was bildest du dir eigentlich ein?»

Nick sagte nichts. Ad stand auf.

«Ich werd's dir sagen, du lederbrauner Chicagoer Rotzbengel, du. Ich werd dir den Schädel einschlagen. Hast du kapiert?»

Nick trat zurück. Der kleine Mann näherte sich ihm langsam; er ging plattfüßig vorwärts; sein linker Fuß trat vorwärts; den rechten zog er nach.

«Schlag zu», er bewegte seinen Kopf. «Versuch's und schlag zu.»

«Ich will nicht.»

«So kommst du mir nicht weg. Du kriegst deine Dresche, hörst du? Los, und lang mir einen.»

«Lassen Sie doch», sagte Nick.

«Na schön, du Saukerl.»

Der kleine Mann sah auf Nicks Füße. Als er runtersah, stellte sich der Neger, der ihm gefolgt war, als er sich vom Feuer entfernt hatte, in Positur und schlug ihm ins Genick. Er fiel nach vornüber, und Bugs ließ den mit Stoff umwickelten Totschläger ins Gras fallen. Der kleine Mann lag mit dem Gesicht im Gras. Der Neger hob ihn auf – der Kopf hing herunter – und trug ihn ans Feuer. Sein Gesicht mit den offenen Augen sah schlimm aus. Bugs legte ihn sanft nieder.

«Wollen Sie mir bitte den Eimer mit Wasser bringen. Mister Adams?» sagte er. «Ich fürchte, ich hab 'n bißchen doll zugeschlagen.»

Der Neger bespritzte das Gesicht des Mannes mit Wasser und zog ihn sanft am Ohr. Die Augen schlossen sich.

Bugs stand auf.

«Es ist ihm nichts passiert», sagte er. «Nichts, um sich zu beunruhigen. Es tut mir leid, Mister Adams.»

«Schon gut.» Nick sah auf den kleinen Mann herab. Er sah den Totschläger im Gras liegen und hob ihn auf. Er hatte einen beweglichen Griff und lag biegsam in seiner Hand. Er war aus abgenutztem, schwarzem Leder gemacht; ein Taschentuch war um das schwere Ende gewickelt.

«Das ist ein Griff aus Walknochen», lächelte der Neger. «Man macht sie jetzt nicht mehr. Ich wußte nicht recht, wieweit Sie sich selbst schützen konnten, und auf jeden Fall wollte ich nicht, daß Sie ihm weh täten oder ihn noch ärger zurichten würden, als er's schon ist.»

Der Neger lächelte wieder.

«Sie haben ihn aber selbst verletzt.»

«Ich weiß, wie man's macht. Er weiß nachher von nichts. Ich muß es machen, damit es umschlägt, wenn er so wird.»

Nick sah noch immer auf den kleinen Mann auf der Erde, der mit geschlossenen Augen im Feuerschein lag. Bugs legte etwas Holz aufs Feuer.

«Brauchen sich wirklich keine Sorgen zu machen um ihn, Mister Adams. Hab ihn schon oft so gesehen.»

«Wodurch ist er verrückt geworden?» fragte Nick.

«Ach, durch allerhand», antwortete der Neger vom Feuer aus. «Wollen Sie eine Tasse Kaffee haben, Mister Adams?»

Er reichte Nick die Tasse und glättete den Mantel, den er unter den Kopf des bewußtlosen Mannes geschoben hatte.

«Erstens hat er zuviel abgekriegt.» Der Neger schlürfte seinen Kaffee. «Aber das machte ihn eigentlich nur ein bißchen einfältig. Dann war seine Schwester sein Manager, und es stand immer alles lang und breit in den Zeitungen von Bruder und Schwester, und wie sie ihren Bruder liebte, und wie er seine Schwester liebte, und dann heirateten sie in New York, und da gab es natürlich 'ne Menge Unannehmlichkeiten.»

«Ja, ich besinne mich darauf.»

«Bestimmt. Natürlich waren sie so wenig Geschwister wie wir zwei beiden, aber da waren eine Menge Leute, die es auf jeden Fall unerhört fanden, und dann begannen die Streitigkeiten, und eines Tages machte sie einfach weg und ist niemals zurückgekommen.»

Er trank seinen Kaffee aus und wischte sich mit dem rosa Ballen seiner Hand den Mund ab.

«Er ist einfach verrückt geworden. Wollen Sie noch etwas Kaffee haben, Mister Adams?»

«Danke.»

«Ich hab sie ein paarmal gesehen», fuhr der Neger fort. «Sie war eine verdammt schöne Frau. Sah ihm ähnlich genug, um sein Zwilling zu sein. Er würde gar nicht schlecht aussehen, wenn sein Gesicht nicht so zugerichtet wäre.»

Er schwieg. Die Geschichte schien aus zu sein.

«Wo haben Sie ihn getroffen?» fragte Nick.

«Ich traf ihn im Kittchen», sagte der Neger. «Nachdem sie ihn verlassen hatte, rempelte er immerfort Leute an, und da steckten sie ihn ins Kittchen. Ich saß damals wegen einer Messerstecherei.»

Er lächelte und fuhr mit sanfter Stimme fort:

«Ich mochte ihn vom ersten Tage an, und als ich rauskam, hab ich ihn aufgesucht. Es macht ihm Spaß, zu denken, daß ich verrückt bin, und mir ist es ganz egal. Ich bin gern mit ihm zusammen und bin gern unterwegs, und ich brauch keinen Diebstahl zu begehen, um es mir leisten zu können. Ich lebe gern wie ein Gentleman.»

«Was machen Sie denn beide?» fragte Nick.

«Ach, nichts, wir ziehen nur so rum. Er hat Geld.»

«Er muß 'ne Menge Geld gemacht haben.»

«Sicher, aber er hat all sein Geld ausgegeben. Oder man hat's ihm weggenommen. Sie schickt ihm Geld.»

Er schürte das Feuer.

«Sie ist eine riesig famose Frau», sagte er. «Sie sieht ihm ähnlich genug, um sein Zwilling zu sein.»

Der Neger sah zu dem kleinen Mann hinüber, der schwer atmend dalag. Sein blondes Haar hing ihm in die Stirn. Sein verstümmeltes Gesicht sah in der Ruhe kindisch aus.

«Ich kann ihn jetzt jederzeit aufwecken, Mister Adams. Wenn's Ihnen recht wäre, verduften Sie gefälligst. Ich bin nicht gern nicht gastlich, aber möglicherweise geht's dann wieder an, wenn er Sie sieht. Ich vermöbel ihn furchtbar ungern, aber es ist das einzige, was man machen kann, wenn's bei ihm losgeht. Ich muß ihn gewissermaßen von allen Leuten fernhalten. Sie nehmen's mir nicht übel, Mister Adams, nicht wahr? Nein, bedanken Sie sich nicht bei mir, Mister Adams. Ich hätt Sie vor ihm gewarnt, aber er schien Sie so gern zu mögen, und ich dachte, es würde alles ganz friedlich gehen. Ungefähr zwei Meilen die Geleise rauf stoßen Sie auf eine Stadt. Sie heißt Mancelona. Auf Wiedersehen. Ich wünschte, wir könnten Sie bitten, über Nacht zu bleiben, aber es kommt einfach nicht in Frage. Möchten Sie etwas von dem Schinken und Brot mitnehmen? Nein? Nehmen Sie lieber eine Stulle mit.» Alles dies in der weichen, tiefen, höflichen Negerstimme.

«Gut. Also auf Wiedersehen, Mister Adams. Auf Wiedersehen und alles Gute!»

Nick wanderte vom Feuer weg über die Lichtung auf die Eisenbahngeleise zu. Als er aus dem Feuerbereich war, horchte er. Die tiefe, sanfte Stimme des Negers sprach. Nick konnte die Worte nicht verstehen. Dann hörte er den kleinen Mann sagen: «Ich hab blöde Kopfschmerzen, Bugs.»

«Wird Ihnen gewiß bald besser gehen, Mister Francis», besänftigte die Stimme des Negers. «Trinken Sie nur eine Tasse von dem heißen Kaffee hier.»

Nick kletterte die Böschung hinauf und ging den Geleisen nach. Er bemerkte die Schinkenstulle in seiner Hand und steckte sie in die Tasche. Als er von der ansteigenden Graden zurückblickte, bevor die Geleise in die Hügel einbogen, konnte er den Feuerschein in der Lichtung sehen.

VI

Nick saß an die Mauer der Kirche gelehnt, wohin man ihn geschleift hatte, damit er aus dem Bereich des Maschinengewehrfeuers auf der Straße heraus war. Beide Beine unbeholfen von sich gestreckt. Er war ins Rückgrat getroffen worden. Sein Gesicht war verschwitzt und schmutzig. Die Sonne schien ihm ins Gesicht. Es war ein sehr heißer Tag. Rinaldi lag breitschultrig, seine Ausrüstung um sich verstreut, das Gesicht zur Erde gekehrt, an der Mauer. Nick blickte mit fiebrigen Augen geradeaus. Die rosa Wand des Hauses gegenüber war bis zum Dach herausgefallen, und eine eiserne Bettstelle hing verbogen der Straße zu. Zwei tote Österreicher lagen im Geröll im Schatten des Hauses. Die Straße hinauf lagen mehr Tote. Es ging vorwärts in der Stadt. Es ging gut. Die Krankenträger mußten jetzt jederzeit kommen. Nick drehte den Kopf behutsam und sah Rinaldi an. «Senta, Rinaldi. Senta. Du und ich, wir haben unsern Sonderfrieden gemacht.» Rinaldi lag still in der Sonne und atmete mühevoll. «Wir sind keine Patrioten.» Nick drehte den Kopf behutsam weg und lächelte schwitzend. Rinaldi war kein gutes Publikum.

Eine sehr kurze Geschichte

An einem heissen Abend in Padua trug man ihn auf das Dach, und er konnte weit über die Stadt hinwegblicken. Am Himmel waren Turmschwalben. Nach einer Weile wurde es dunkel, und die Scheinwerfer begannen zu spielen. Die andern gingen hinunter und nahmen die Flaschen mit. Er und Luz konnten sie unten auf dem Balkon hören. Luz saß auf seinem Bett. Sie war kühl und frisch in der heißen Nacht.

Luz übernahm drei Monate lang Nachtdienst. Man ließ sie gern gewähren. Als man ihn operierte, bereitete sie ihn für den Operationstisch vor, und sie lachten dabei über ein Wortspiel. In der Narkose nahm er sich mächtig zusammen, denn er wollte während der dummen, redseligen Zeit nichts ausplappern. Nachdem er Krücken hatte, pflegte er die Temperaturen zu messen, damit Luz nicht aus dem Bett raus brauchte. Es gab nur ein paar Patienten, und sie waren alle im Bilde. Alle hatten Luz gern. Wenn er durch den Saal zurückging, dachte er an Luz in seinem Bett.

Bevor er an die Front zurückging, gingen sie in den Duomo und beteten. Es war dämmrig und still, und es beteten noch andere Leute. Sie wollten heiraten, aber es war nicht genug Zeit, um das Aufgebot zu bestellen, und keiner von beiden hatte eine Geburtsurkunde. Sie fühlten sich wie verheiratet, aber sie wollten, daß jeder es wissen solle, und wollten es auch zu etwas Unverlierbarem machen.

Luz schrieb ihm viel Briefe, die er erst nach Waffenstillstand bekam. Ein Bündel von fünfzehn kam auf einmal an der Front an, und er ordnete sie nach Daten und las sie alle, einen nach dem andern. Sie berichteten alle vom Lazarett, und wie sehr sie ihn liebte, und wie es unmöglich sei, ohne ihn auszukommen, und wie schrecklich sie ihn nachts vermisse.

Nach dem Waffenstillstand beschlossen sie, daß er nach Hause fahren und Arbeit finden solle, damit sie heiraten könnten. Luz würde erst nachkommen, wenn er eine gute Stellung gefunden hatte und sie in New York treffen konnte. Selbstverständlich würde er nicht trinken, und er wollte auch weder seine Freunde noch irgendwen sonst in den Staaten besuchen. Nur Arbeit finden und heiraten. Im Zug von Padua nach Mailand zankten sie sich, weil sie nicht gleich mit ihm mitkommen wollte. Als sie auf dem Bahnhof in Mailand voneinander Abschied nehmen mußten, küßten sie sich zwar, aber der Streit war noch nicht beigelegt. Ihm war es gräßlich, so Abschied zu nehmen.

Er fuhr von Genua mit einem Transport nach Amerika. Luz ging nach Pordenone zurück, um dort ein Lazarett aufzumachen. Dort war es einsam und regnerisch, und ein Bataillon Arditi lag in der Stadt im Quartier. Der Major, der den Winter über in der matschigen, verregneten Stadt lebte, machte Luz den Hof, und sie hatte vor ihm noch nie einen Italiener gekannt und schrieb schließlich nach Amerika, daß ihre ganze Geschichte doch nur eine Kinderangelegenheit gewesen sei. Es täte ihr leid, und sie wisse, daß er es wahrscheinlich nicht verstehen würde, aber sicher würde er ihr eines Tage verzeihen und dankbar sein, und sie hoffe – ganz unverhofft – im Frühjahr zu heiraten. Sie liebe ihn noch genauso wie früher, aber sie sei sich jetzt klar, daß es eben doch nur eine Kinderliebe sei. Sie wünsche ihm eine große Zukunft und setze das größte Vertrauen in ihn. Sie wisse, es sei am besten so.

Der Major heiratete sie weder im Frühling noch zu irgendeiner andern Zeit. Luz bekam auf ihren Brief nach Chicago nie eine Antwort. Kurze Zeit darauf holte er sich einen Tripper von einer Verkäuferin aus einem Warenhaus, als sie in einem Taxi durch den Lincoln Park fuhren.

VII

Während das Bombardement den Schützengraben in Fossalta in Stücke fetzte, lag er sehr flach und schwitzte und betete: «Ach, lieber Herr Jesus, hilf mir hier raus. Lieber Herr Jesus, bitte, hilf mir raus. Christus, bitte, bitte, bitte, Christus. Wenn du mich vorm Tode bewahrst, werd ich alles tun, was du verlangst. Ich glaube an dich, und ich werd allen Leuten in der ganzen Welt sagen, daß du das einzige bist, worauf es ankommt. Bitte, bitte, lieber Herr Jesus.» Das Granatfeuer zog weiter hinauf. Wir begannen in unserm Graben zu arbeiten, und am Morgen ging die Sonne auf, und der Tag war heiß und schwül und erfreulich und ruhig. Am nächsten Abend hinten in Mestre erzählte er dem Mädchen, mit dem er in der Villa Rossa hinaufging, nichts von Jesus. Und er erzählte überhaupt keinem davon.

Soldaten zu Haus

KREBS WAR VON EINEM METHODISTENCOLLEGE IN KANSAS aus in den Krieg gegangen. Es gibt ein Bild von ihm mit seinen Bundesbrüdern, auf dem sie alle denselben steifen Modekragen tragen. Er wurde 1917 Marinesoldat und kam erst mit der zweiten Division, die im Sommer 1919 vom Rhein nach den Vereinigten Staaten zurückkam, nach Hause.

Es gibt eine Fotografie von ihm am Rhein mit zwei deutschen Mädchen und noch einem Unteroffizier. Krebs und der Unteroffizier sehen zu groß für ihre Uniformen aus. Die deutschen Mädchen sind nicht schön. Den Rhein sieht man auf dem Bilde nicht.

Als Krebs endlich in seine Heimatstadt in Oklahoma zurückkehrte, war der Heldenrummel vorbei. Er kam viel zu spät zurück. Bei ihrer Heimkehr hatte man allen aus der Stadt zum Heeresdienst Eingezogenen einen großartigen Empfang bereitet. Es war viel Hysterie dabeigewesen. Jetzt hatte die Reaktion eingesetzt. Die Leute fanden es beinahe ein wenig lächerlich von Krebs, daß er so spät, nachdem der Krieg seit Jahren vorbei war, nach Hause kam.

Zuerst wollte Krebs, der bei Belleau Wood, Soissons, in der Champagne, bei St. Mihiel und in den Argonnen gewesen war, gar nicht über den Krieg sprechen. Später empfand er das Bedürfnis danach, aber kein Mensch wollte etwas davon hören. Seine Stadt hatte zuviel Greuelgeschichten gehört, um noch über die bloße Wirklichkeit zu staunen. Krebs merkte, daß er lügen mußte, um überhaupt Zuhörer zu finden. Und nachdem er dies zweimal getan hatte, überfiel auch ihn ein Widerwillen gegen den Krieg und das Davon-Reden. Die Lügen, die er erzählt hatte, erfüllten ihn mit Ekel vor all dem, was er im Krieg wirklich erlebt hatte. All die Augenblicke, die ihm, wenn er an sie dachte, ein Gefühl von innerer Kühle und Klarheit gegeben hatten, Augenblicke, die so weit zurücklagen, als er leicht und selbstverständlich das einzige, was für einen Mann in Frage kam, getan hatte, wenn er auch etwas anderes hätte tun können, verloren jetzt ihren kühlen, wertvollen Bestand und gingen endlich selbst verloren.

Seine Lügen waren ganz unwichtige Lügen und bestanden darin, daß er sich Dinge zuschrieb, die andere Leute gesehen, gehört oder getan hatten, und daß er gewisse zweifelhafte, jedem Soldaten geläufige Ereignisse als Wirklichkeit hinstellte. Selbst seine Lügen erregten im Billardzimmer kein Aufsehen. Seine Bekannten, die detaillierte

Berichte über deutsche Frauen gehört hatten, die man an Maschinengewehre gefesselt in den Argonnen aufgefunden hatte, konnten ihm nicht folgen oder hatten wohl auch durch ihren Patriotismus kein Interesse an ungefesselten deutschen Artilleristen und machten sich nichts aus seinen Geschichten.

Krebs bekam als Resultat von Unwahrheit oder Übertreibung einen starken Widerwillen seinen Erlebnissen gegenüber, und wenn er gelegentlich mal jemanden traf, der wirklich Soldat gewesen war, und sie unterhielten sich ein paar Minuten während eines Tanzes in der Garderobe, so fiel er in die billige Pose des alten Soldaten andern Soldaten gegenüber, nämlich, daß er die ganze Zeit über gräßliche, entsetzliche Angst ausgestanden hätte. Auf diese Art verlor er alles.

Während dieser Zeit, es war im Spätsommer, schlief er morgens lange, stand auf, um sich aus der städtischen Bibliothek ein Buch zu holen, aß zu Hause, saß lesend vor der Haustür, bis er gelangweilt aufstand und durch die Stadt schlenderte, um die heißesten Stunden des Tages in der kühlen Dunkelheit des Billardzimmers zu verbringen. Er spielte leidenschaftlich gern Billard.

Abends übte er auf seiner Klarinette, bummelte ein bißchen in die Stadt hinunter, las und ging zu Bett. Für seine beiden jüngeren Schwestern war er immer noch ein Held. Seine Mutter hätte ihm das Frühstück ans Bett gebracht, wenn er's gewollt hätte. Sie kam oft herein, wenn er noch zu Bett lag, und bat ihn, ihr vom Krieg zu erzählen, aber ihre Gedanken schweiften stets ab. Sein Vater war unverbindlich.

Krebs hatte, bevor er in den Krieg ging, nie das Familienauto fahren dürfen. Sein Vater war Grundstücksmakler und wollte es stets zur Verfügung haben, wenn er es brauchte, um Kunden zur Besichtigung von Grundstücken aufs Land hinausfahren zu können. Das Auto stand immer vor dem Gebäude der First National Bank, wo sein Vater in der zweiten Etage sein Büro hatte. Jetzt, nach dem Krieg war es immer noch derselbe Wagen.

Nichts hatte sich in der Stadt verändert; nur die jungen Mädchen waren herangewachsen. Aber sie lebten in einer so komplizierten Welt von genau geregelten Freundschaftsverhältnissen und wechselnden Fehden, daß Krebs nicht genügend Energie und Kraft fühlte, in diesen Kreis einzudringen. Er sah sie jedoch gern. Es gab so viele hübsche junge Mädchen. Fast alle hatten ihr Haar kurz geschnitten. Als er damals eingerückt war, hatten nur ganz kleine Mädchen ihr Haar so getragen oder Mädchen, die ein bißchen keß waren. Alle trugen Jumper und Hemdblusen mit runden Bubikragen. Es war wie eine Uniform. Er sah sie gern von der Haustür aus, wenn sie auf der anderen Straßenseite vorbeigingen. Er sah sie gern im Schatten der

Bäume vorbeischlendern. Ihm gefielen die Bubikragen über den Jumpern. Ihm gefielen die seidenen Strümpfe und die niedrigen Absätze. Ihm gefielen ihre Bubiköpfe und die Art, wie sie gingen.

Drinnen in der Stadt lockten sie ihn weniger. Er mochte sie nicht, wenn er sie in der griechischen Eisstube sah. Er wollte sie wohl in Wirklichkeit auch nicht. Sie waren viel zu kompliziert. Es war etwas anderes. Vage wünschte er sich wohl ein Mädchen, aber er hatte keine Lust, sich dafür anzustrengen. Er hätte gern ein Mädchen gehabt, aber er wollte nicht erst viel Zeit damit verbringen, eine zu kriegen. Er wollte nicht in Intrigen und Politik verstrickt werden. Er wollte auch keiner den Hof machen. Er hatte keine Lust, noch mehr zu lügen. Es lohnte sich nicht.

Er wollte keine Folgen. Er wollte niemals mehr irgendwelche Folgen tragen. Er wollte ohne Folgen dahinleben. Außerdem brauchte er eigentlich gar kein Mädchen. Das hatte er bei den Soldaten gelernt. Es war ja ganz schön, wenn man so tat, als ob man ein Mädchen haben müsse. Fast alle taten so. Aber es war nicht wahr. Man brauchte gar kein Mädchen. Das war das Komische. Zuerst rühmte sich ein Kerl, daß Mädchen für ihn gar nicht existierten, daß er nie an sie denke, daß sie ihn gar nichts angingen. Dann protzte ein anderer, daß er ohne Mädels gar nicht leben könne, daß er immerfort welche haben müsse, daß er ohne gar nicht einschlafen könne.

Das war alles Lüge. Alles beides war Lüge. Man brauchte kein Mädchen, wenn man nicht daran dachte. Das hatte er bei den Soldaten gelernt. Und dann, früher oder später, bekam man immer eins. Wenn man wirklich reif für ein Mädchen war, kriegte man schon immer eins. Darüber brauchte man nicht nachzudenken. Früher oder später kam das schon. Das hatte er bei den Soldaten gelernt.

Er hätte schon gern ein Mädchen gehabt, wenn sie zu ihm gekommen wäre und keine Unterhaltung verlangt hätte. Aber hier zu Hause war alles so kompliziert. Er wußte, das konnte er nicht noch mal alles durchmachen. Es lohnte nicht die Mühe. Das war das Gute an den französischen und deutschen Mädchen. Da gab es nicht all das Gerede. Man konnte nicht viel reden, und man brauchte nicht zu reden: es war einfach und man war gut Freund. Er dachte an Frankreich, und dann begann er, an Deutschland zu denken. Im ganzen hatte ihm Deutschland besser gefallen. Er wollte gar nicht aus Deutschland weg. Er wollte gar nicht wieder nach Hause kommen. Und doch war er nach Hause gekommen. Er saß vor der Haustür.

Ihm gefielen die Mädchen, die auf der andern Straßenseite vorüberschlenderten. Sie gefielen ihm bei weitem besser als die französischen Mädchen oder die deutschen Mädchen. Aber die Welt, in der sie lebten, war nicht die Welt, in der er lebte. Er hätte gern eine von ihnen gehabt. Aber es lohnte nicht. Sie waren eine hübsche Schablone. Ihm gefiel die Schablone. Sie war aufregend. Aber er wollte nicht all das Gerede drum machen. Er wollte keine dringend genug. Aber ansehen mochte er sie alle gern. Es lohnte nicht. Nicht jetzt, wo alles in die Reihe zu kommen schien.

Er saß dort vor der Tür und las ein Buch über den Krieg. Es war ein Geschichtswerk, und er las über all die Gefechte, die er mitgemacht hatte. Es war die interessanteste Lektüre, die ihm je vorgekommen war. Er hätte nur gern noch mehr Kartenmaterial gehabt. Er freute sich richtig auf das Erscheinen von all den wirklich guten Geschichtswerken mit guten Spezialkarten. Jetzt erst lernte er etwas über den Krieg. Er war ein guter Soldat gewesen. Das machte einen Unterschied.

Eines Morgens, nachdem er vielleicht einen Monat zu Hause gewesen war, kam seine Mutter zu ihm ins Schlafzimmer und setzte sich auf sein Bett. Sie glättete ihre Schürze.

«Harold, gestern abend habe ich mit deinem Vater gesprochen», sagte sie, «und er ist damit einverstanden, daß du das Auto abends benutzt.»

«So», sagte Krebs noch halb im Schlaf, «das Auto benutzt? So?»

«Ja, Vater hat schon seit einiger Zeit gefunden, daß du den Wagen abends, wenn du möchtest, benutzen solltest, aber wir haben es erst gestern abend besprochen.»

«Na, ich wette, du hast ihn dazu gebracht», sagte Krebs.

«Nein, es war Vaters Vorschlag.»

«So, na, ich wette, du hast ihn dazu gebracht.» Krebs setzte sich im Bett auf.

«Willst du zum Frühstück runterkommen, Harold?» sagte seine Mutter.

«Sobald ich angezogen bin», sagte Krebs.

Seine Mutter ging aus dem Zimmer, und während er sich wusch, rasierte und anzog, um zum Frühstück ins Eßzimmer hinunterzugehen, hörte er, wie sie unten etwas briet. Während er frühstückte, brachte seine Schwester die Post herein.

«Na, Hare», sagte sie, «du alte Schlafmütze, warum stehst du überhaupt auf?»

Krebs sah sie an. Er hatte sie gern. Sie war seine Lieblingsschwester.

«Hast du die Zeitung?» fragte er.

Sie reichte ihm den *Kansas City Star*, und er riß das braune Kreuzband herunter und öffnete den Sportteil. Er faltete den *Star* auseinander, lehnte ihn gegen die Wasserkaraffe und stützte ihn mit seinem Teller, damit er beim Essen lesen konnte.

«Harold», seine Mutter stand in der Küchentür. «Harold, bitte bring die Zeitung nicht durcheinander. Vater kann seinen *Star* nicht lesen, wenn er durcheinander ist.»

«Ich werd ihn schon nicht durcheinanderbringen», sagte Krebs.

Seine Schwester setzte sich zu ihm und beobachtete ihn beim Lesen.

«Wir spielen heute nachmittag Hallen-Baseball», sagte sie. «Ich pitsche.»

«Recht so», sagte Krebs, «was macht der alte Außenstürmer?»

«Ich pitsche besser als eine ganze Reihe Jungens. Ich zeige ihnen alles, was du mir beigebracht hast. Die andern Mädels taugen nicht viel.»

«So?» sagte Krebs.

«Ich sage ihnen allen, daß du mein Schatz bist; nicht wahr, Hare, du bist doch mein Schatz?»

«Na, aber sicher.»

«Kannst du denn nur, weil du mein Bruder bist, nicht wirklich mein Schatz sein?»

«Ich weiß nicht.»

«Natürlich weißt du's. Könntest du nicht mein Schatz sein, Hare, wenn ich alt genug wäre und du wolltest?»

«Sicher. Du bist auch jetzt mein Schatz.»

«Bin ich wirklich dein Schatz?»

«Sicher.»

«Hast du mich lieb?»

«Huh, huh!»

«Wirst du mich immer liebhaben?»

«Sicher.»

«Wirst du nachher rüberkommen und zusehen, wie ich Baseball spiele?»

«Vielleicht.»

«Ach, Hare, du hast mich nicht lieb. Wenn du mich liebhättest, würdest du rüberkommen wollen, um zuzusehen, wenn ich spiele.»

Krebs' Mutter kam von der Küche ins Eßzimmer. Sie trug einen Teller mit zwei Spiegeleiern und knusprigem Speck und einen Teller mit Buchweizenkuchen.

«Helen, geh mal raus, ich möchte mit Harold sprechen», sagte sie.

Sie stellte Eier und Speck vor ihn hin und brachte eine Kanne mit Ahorn-Sirup für die Buchweizenkuchen herein. Dann setzte sie sich Krebs gegenüber an den Tisch.

«Harold, könntest du nicht die Zeitung einen Augenblick weglegen?» sagte sie.

Krebs nahm die Zeitung und faltete sie zusammen.

«Hast du dich eigentlich schon entschieden, was nun werden soll, Harold?» sagte seine Mutter und nahm ihre Brille ab.

«Nein», sagte Krebs.

«Findest du nicht, daß es an der Zeit ist?» Seine Mutter sagte es nicht auf unnette Art. Sie schien besorgt.

«Ich habe noch nicht darüber nachgedacht», sagte Krebs.

«Gott hat für jeden Arbeit», sagte seine Mutter. «In Seinem Reich darf niemand müßig sein.»

«Ich bin nicht in Seinem Reich», sagte Krebs.

«Wir sind alle in Seinem Reich.»

Krebs fühlte sich unbehaglich und gekränkt wie stets.

«Harold, ich habe mich schon so um dich gesorgt», fuhr seine Mutter fort. «Ich weiß von den Versuchungen, denen du sicher ausgesetzt gewesen bist. Ich weiß, wie schwach der Mensch ist. Ich weiß, was dein lieber Großvater, mein eigener Vater, uns vom Bürgerkrieg erzählt hat, und ich habe für dich gebetet. Harold, ich bete den ganzen Tag für dich.»

Krebs sah zu, wie das Fett auf seinem Teller gerann.

«Auch Vater grämt sich», fuhr seine Mutter fort. «Er glaubt, du hast allen Ehrgeiz verloren, und fürchtet, daß du kein festes Lebensziel hast. Charley Simmons, der in deinem Alter ist, hat eine gute Anstellung und wird bald heiraten. Die Jungens etablieren sich alle; alle wollen etwas erreichen, man sieht, daß Jungens wie Charley Simmons wirklich auf dem besten Wege sind, der Gemeinde Ehre zu machen.»

Krebs sagte nichts.

«Mach nicht solch ein Gesicht, Harold», sagte seine Mutter. «Du weißt, daß wir dich liebhaben, und ich sage dir doch nur zu deinem Besten, wie die Dinge liegen. Vater will in keiner Weise deine Freiheit beschränken. Er möchte, daß du das Auto benutzt. Wenn du ein oder das andere nette junge Mädchen mitnimmst, freuen wir uns nur. Wir wollen, daß du dich amüsierst. Aber du mußt dich zu einem Beruf entschließen, Harold. Vater ist es ganz gleich, was du anfängst. Alle Arbeit ist ehrenwert, wie er sagt. Aber du mußt mal mit irgendwas einen Anfang machen. Er bat mich, heute früh mit dir zu sprechen, und dann kannst du am besten gleich zu ihm ins Büro gehen.»

«Ist das alles?» sagte Krebs.

«Ja. Hast du deine Mutter nicht mehr lieb, mein Junge?»

«Nein», sagte Krebs.

Seine Mutter sah ihn über den Tisch hinweg an. Ihre Augen glänzten. Sie begann zu weinen.

«Ich hab niemanden lieb», sagte Krebs.

Es hatte keinen Sinn. Er konnte es ihr nicht erklären; er konnte es ihr nicht klarmachen. Es war dumm, daß er es gesagt hatte. Es hatte ihr nur weh getan. Er ging hinüber und nahm ihren Arm. Sie weinte mit dem Kopf in den Händen.

«Ich hab's doch nicht so gemeint», sagte er. «Ich hatte mich nur grade über was geärgert. Ich hab nicht gemeint, daß ich dich nicht liebhabe.»

Seine Mutter weinte weiter. Krebs legte den Arm um ihre Schulter.

«Glaubst du mir nicht, Mutter?»

Seine Mutter schüttelte den Kopf.

«Bitte, bitte, Mutter. Bitte glaub mir!»

«Schön», würgte seine Mutter heraus. Sie blickte zu ihm auf. «Ich glaube dir, Harold.»

Krebs küßte ihr Haar. Sie hielt ihm ihr Gesicht hin.

«Ich bin doch deine Mutter», sagte sie. «Ich hielt dich ganz nah an meinem Herzen, als du ein winziges Baby warst.»

Krebs fühlte sich elend und ein bißchen angeekelt.

«Ich weiß, Mammi», sagte er, «ich will versuchen, ein guter Junge zu sein.»

«Willst du mit mir niederknien und beten, Harold?» fragte seine Mutter.

Sie knieten neben dem Eßtisch nieder, und Krebs' Mutter betete.

«Harold, jetzt bete du», sagte sie.

«Ich kann nicht», sagte Krebs.

«Versuch's Harold!»

«Ich kann nicht.»

«Soll ich für dich beten?»

«Ja.»

Also betete seine Mutter für ihn, und dann standen sie auf, und Krebs gab seiner Mutter einen Kuß und ging aus dem Haus. Er hatte sich so bemüht, seinem Leben alle Komplikationen fernzuhalten. Innerlich hatte ihn hiervon nichts berührt. Seine Mutter hatte ihm leid getan und ihn zum Lügen gezwungen. Er beabsichtigte, nach Kansas City zu gehen und Arbeit zu suchen, und sie würde froh darüber sein. Es stand ihm vielleicht noch eine Szene bevor, ehe er wegging. Er würde nicht zu seinem Vater ins Büro gehen. Die würde er auslassen. Er wollte ein reibungsloses Leben. Grade schien es so zu werden. Nun, das war jetzt eben vorbei. Er würde jetzt hinüber zum Schulhof gehen und zusehen, wie Helen Hallen-Baseball spielte.

VIII

Um zwei Uhr früh gingen zwei Ungarn in ein Zigarrengeschäft an der Ecke der 15. Straße und der Grand Avenue. Drevitts und Boyle fuhren von der Polizeiwache der 15. Straße in einem Ford heran. Die Ungarn fuhren ihren Lastwagen rückwärts aus einer Seitenstraße heraus. Boyle schoß den einen vom Führersitz und den andern im Innern des Wagens ab. Drevitts bekam's mit der Angst, als er sah, daß beide tot waren. «Zum Teufel, Jimmy», sagte er, «das hättest du nicht machen sollen. Da kriegen wir womöglich verdammte Unannehmlichkeiten.»

«Sind es Verbrecher oder nicht?» sagte Boyle. «Sind's Maccaronis oder nicht? Wer zum Teufel noch mal soll uns Unannehmlichkeiten machen?»

«Na, diesmal mag's ja in Ordnung sein», sagte Drevitts, «aber woher wußtest du denn, daß es Maccaronis sind, als du sie abknalltest?»

«Maccaronis», sagte Boyle, «Maccaronis kann ich eine Meile weit erkennen.»

Der Revolutionär

Er reiste 1919 auf den italienischen Eisenbahnen und trug ein mit Tintenstift beschriebenes Stück Wachstuch von der Parteizentrale bei sich, das besagte, daß er ein Genosse sei, der sehr unter den Weißen in Budapest gelitten habe, und alle Genossen ersuchte, ihm auf jede Weise zu helfen. Er benutzte dies an Stelle einer Fahrkarte. Er war sehr schüchtern und ganz jung, und die Eisenbahner gaben ihn von einer Belegschaft an die andere weiter. Er hatte kein Geld, und man gab ihm hinter dem Ausschank in den Eisenbahnkantinen zu essen.

Er war von Italien entzückt. Es sei ein wunderschönes Land, sagte er. Alle Leute seien freundlich. Er war in vielen Städten gewesen, war viel herumgelaufen und hatte viele Bilder gesehen. Von Giotto, Masaccio und Piero della Francesca hatte er sich Reproduktionen gekauft und trug sie, in einen *Avanti* gewickelt, bei sich. Mantegna mochte er nicht.

Er meldete sich in Bologna, und ich nahm ihn in die Romagna mit, wo ich jemand dringend sprechen mußte. Wir machten eine nette Reise zusammen. Es war früh im September, und das Land war hübsch. Er war ein Magyare, ein sehr netter Junge und sehr schüchtern. Horthys Leute hatten ihm übel mitgespielt. Er erzählte mir ein wenig davon. Trotz Ungarn glaubte er fest an eine Weltrevolution.

«Aber was macht die Bewegung in Italien?» fragte er.

«Gar nichts», sagte ich.

«Aber es wird schon besser werden», sagte er. «Hier ist ja alles dafür da. Dies ist das Land, auf das wir alle bauen. Hier wird der Ausgangspunkt für alles sein.»

Ich sagte gar nichts.

In Bologna verabschiedete er sich von uns, um den Zug nach Mailand und von da nach Aosta zu nehmen, und von hier aus über den Paß in die Schweiz zu wandern. Ich erzählte ihm von den Mantegnas in Mailand. «Nein», sagte er sehr schüchtern; Mantegna mochte er nicht. Ich schrieb ihm die Adressen von einigen Genossen auf, und wo er in Mailand essen sollte. Er bedankte sich sehr bei mir, aber im Geiste freute er sich bereits auf die Paßwanderung. Es lag ihm ungeheuer viel daran, während das gute Wetter anhielt, über den Paß zu wandern. Er liebte das Gebirge im Herbst. Das letzte, was ich von ihm hörte, war, daß die Schweizer ihn in der Nähe von Sion eingelocht hatten.

IX

Der erste Matador bekam das Horn durch die Degenhand, und die Menge pfiff ihn aus. Der zweite Matador glitt aus, und der Stier spießte ihn durch den Bauch, und er hielt sich mit der Hand an dem Horn, und die andere hielt er fest gegen die Stelle, und der Stier rammte ihn, bums, gegen die Einzäunung, und das Horn kam frei, und er lag im Sand und stand dann auf wie verrückt besoffen und versuchte, die Männer, die ihn forttrugen, wegzustoßen, und schrie nach seinem Degen, aber er wurde ohnmächtig. Der Junge kam heraus und mußte fünf Stiere töten, weil nicht mehr als drei Matadore kämpfen dürfen, und beim letzten Stier war er so müde, daß er den Degen nicht reinbekam. Er konnte kaum noch den Arm heben. Er versuchte es fünfmal, und die Menge war still, denn es war ein guter Stier, und es sah aus wie: er oder der Stier, und schließlich schaffte er es. Er setzte sich in den Sand und erbrach sich, und man hielt eine Capa über ihn, während die Menge tobte und Gegenstände in die Arena warf.

Mr. und Mrs. Elliot

MR. UND MRS. ELLIOT GABEN SICH DIE GRÖSSTE MÜHE, EIN Kind zu bekommen. Sie versuchten es so oft, wie es Mrs. Elliot aushalten konnte. Sie versuchten es in Boston, nachdem sie geheiratet hatten, und sie versuchten es auf der Überfahrt. Auf dem Schiff versuchten sie es nicht so oft, weil Mrs. Elliot sehr seekrank war. Sie war seekrank, und wenn sie seekrank war, war sie so seekrank, wie Frauen aus dem Süden seekrank sind. Das heißt, Frauen aus dem südlichen Teil der Vereinigten Staaten. Wie alle südländischen Frauen verfiel Mrs. Elliot sehr schnell durch Seekrankheit, Nachtreisen auf der Eisenbahn und durch Zu-früh-Aufstehen am Morgen. Viele Leute auf dem Schiff hielten sie für Elliots Mutter. Andere Leute, die wußten, daß sie verheiratet waren, glaubten, daß sie ein Baby erwartete. In Wirklichkeit war sie vierzig Jahre alt. Durch die Reise war sie plötzlich um Jahre gealtert.

Sie hatte viel jünger ausgesehen; tatsächlich schien sie vollkommen alterslos zu sein, als Elliot sie heiratete, nachdem er ihr einige Wochen den Hof gemacht hatte, nachdem er sie schon lange Zeit in ihrer Teestube kannte, bevor er sie eines Abends geküßt hatte.

Hubert Elliot studierte, als er sich verheiratete, in Harvard Jura. Er war Dichter und hatte ein Jahreseinkommen von annähernd zehntausend Dollar. Er schrieb mit großer Geschwindigkeit sehr lange Gedichte. Er war fünfundzwanzig Jahre alt und hatte nie mit einer Frau geschlafen, bis er Mrs. Elliot heiratete. Er wollte sich reinhalten, um seiner Frau dieselbe körperliche und seelische Reinheit darbringen zu können, die er von ihr erwartete. Er nannte es bei sich selbst «aufrecht» leben. Er war in verschiedene Mädchen verliebt gewesen, bevor er Mrs. Elliot geküßt hatte, und erzählte ihnen immer früher oder später, daß er ein reines Leben geführt habe. Fast alle Mädchen verloren das Interesse an ihm. Er war schockiert und wirklich entsetzt über die Art, wie junge Mädchen sich mit Männern verlobten und verheirateten, von denen sie wissen mußten, daß sie sich in der Gosse gewälzt hatten. Er versuchte einmal, ein Mädchen seiner Bekanntschaft vor einem Manne zu warnen, von dem er den fast sicheren Beweis hatte, daß er auf der Universität ein Wüstling gewesen war, und ein höchst unangenehmer Zwischenfall war das Resultat gewesen.

Mrs. Elliot hieß Cornelia. Sie hatte ihm beigebracht, sie Calutina zu nennen. Das war ihr Spitzname zu Hause im Süden gewesen. Seine Mutter weinte, als er ihr Cornelia nach der Heirat ins Haus brachte, aber ihr Gesicht klärte sich auf, als sie erfuhr, daß sie in Europa leben wollten.

Cornelia hatte «du süßer, lieber Junge» zu ihm gesagt und ihn noch fester als sonst an sich gedrückt, als er ihr erzählte, daß er sich für sie reingehalten habe. Auch Cornelia war rein. «Küß mich noch einmal so», sagte sie.

Hubert erklärte ihr, daß er diese Art des Küssens durch die Erzählung eines Bekannten erlernt habe. Er war von seinem Experiment begeistert, und sie entwickelten es so weitgehend wie möglich. Manchmal, wenn sie sich lange, lange geküßt hatten, bat ihn Cornelia, ihr doch noch einmal zu erzählen, daß er sich für sie wirklich reingehalten habe. Diese Erklärung brachte sie immer wieder von neuem in Ekstase.

Zuerst hatte Hubert gar nicht daran gedacht, Cornelia zu heiraten. Er hatte niemals von diesem Gesichtspunkt aus an sie gedacht. Er war richtig mit ihr befreundet, und dann hatten sie eines Tages in dem kleinen Hinterzimmer der Teestube zum Grammophon getanzt, während ihre Freundin vorn im Laden war, und sie hatte ihm tief in die Augen geblickt, und er hatte sie geküßt. Er konnte sich eigentlich niemals recht besinnen, wann man die Heirat beschlossen hatte. Aber sie heirateten.

Sie verbrachten die Nacht ihres Hochzeitstages in einem Hotel in Boston. Sie waren beide enttäuscht, aber schließlich schlief Cornelia ein. Hubert konnte nicht einschlafen und ging mehrere Male hinaus und in seinem neuen Jäger-Bademantel, den er sich eigens für seine Hochzeitsreise gekauft hatte, auf dem Hotelkorridor auf und ab. Als er so auf und ab ging, sah er alle die Schuhe vor den Türen der Hotelzimmer stehen, kleine Schuhe und große Schuhe. Dies ließ sein Herz stärker schlagen, und er eilte in sein Zimmer zurück, aber Cornelia schlief. Er mochte sie nicht wecken, und bald war alles wieder in bester Ordnung, und er schlief friedlich.

Am nächsten Tag besuchten sie seine Mutter, und am Tag darauf reisten sie nach Europa. Man konnte versuchen, ein Kind zu bekommen, aber Cornelia konnte es nicht sehr häufig versuchen, obschon sie sich nichts auf der Welt so heftig wünschten wie ein Kind.

Sie landeten in Cherbourg und fuhren nach Paris. Sie versuchten, in Paris ein Kind zu bekommen. Dann entschlossen sie sich, nach Dijon zu gehen, wo es eine Sommerhochschule gab und wo eine Anzahl Leute, die mit ihnen die Seereise gemacht hatten, hingefahren waren. Sie wußten nicht, was sie in Dijon anfangen sollten. Aber Hubert schrieb eine ganze Reihe Gedichte, und Cornelia tippte sie für ihn ab. Es waren alles sehr lange Gedichte. Mit Tippfehlern war er sehr streng und ließ sie eine ganze Seite noch einmal abschreiben, wenn ein einziger Fehler darin war. Sie weinte eine ganze Menge, und sie versuchten mehrere Male, bevor sie Dijon verließen, ein Kind zu bekommen.

Sie kamen nach Paris, und die meisten ihrer Schiffsbekannten kamen mit ihnen zurück. Sie hatten genug von Dijon und konnten ja nun erzählen, daß sie nach dem Verlassen von Columbia, Harvard oder Wabash an der Universität von Dijon, unten in der Côte d'Or, studiert hatten. Viele wären lieber nach dem Languedoc, nach Montpellier oder Perpignan gefahren, falls es da Universitäten gibt. Aber all diese Orte sind zu weit weg. Dijon ist nur vier und eine halbe Stunde von Paris entfernt, und der Zug hat Speisewagen.

So saßen sie denn alle ein paar Tage lang im Café du Dome und vermieden ängstlich die Rotonde gegenüber, weil dort immer so viele Fremde sind, und dann mieteten Elliots ein Château in der Touraine auf eine Anzeige im *New York Herald* hin. Elliot hatte sich inzwischen mit einer ganzen Anzahl Menschen angefreundet, die alle seine Gedichte bewunderten, und Mrs. Elliot hatte ihn bewogen, ihre Freundin aus der Teestube in Boston nachkommen zu lassen. Mrs. Elliot war viel vergnügter, nachdem ihre Freundin angekommen war, und sie weinten viel und gern zusammen. Die Freundin war mehrere Jahre älter als Cornelia und nannte sie «Herzchen». Auch sie kam aus einer sehr alten Familie aus dem Süden.

Die drei und ein paar Freunde von Elliot, die ihn Hubie nannten, fuhren hinunter auf das Château in der Touraine. Sie fanden die Touraine sehr flach und heiß und sehr ähnlich wie Kansas. Elliot hatte jetzt beinahe genug Gedichte für ein Buch. Er wollte es in Boston herausbringen und hatte bereits einen Scheck an den Verleger geschickt und mit diesem einen Vertrag abgeschlossen.

Nach kurzer Zeit ging einer der Freunde nach dem anderen nach Paris zurück. Die Touraine war kein solcher Erfolg gewesen, wie es zuerst den Anschein gehabt hatte. Bald waren alle Freunde mit einem reichen, jungen und unverheirateten Dichter in einen Badeort bei Trouville abgedampft. Dort waren alle sehr glücklich.

Elliot blieb weiter auf dem Château in der Touraine, weil er es für den ganzen Sommer gemietet hatte. Er und Mrs. Elliot bemühten sich sehr, in dem großen, heißen Schlafzimmer auf dem großen, harten Bett, ein Kind zu bekommen. Mrs. Elliot erlernte das Tastsystem auf der Schreibmaschine, aber sie fand, daß es zwar die Geschwindigkeit erhöhte, aber auch die Fehlerzahl vergrößerte. Die Freundin tippte jetzt tatsächlich fast alle Manuskripte. Sie war sehr eigen und tüchtig, und es schien ihr Spaß zu machen.

Elliot hatte sich angewöhnt, Weißwein zu trinken, und lebte für sich in seinem eigenen Zimmer. Er schrieb nachts eine Menge Gedichte und sah morgens sehr erschöpft aus. Mrs. Elliot und die Freundin schliefen jetzt zusammen in dem großen mittelalterlichen Bett. Sie weinten weiter viel und gern zusammen. Abends saßen alle zusammen beim Essen im Garten unter einer Platane, und der Abendwind blies, und Elliot trank Weißwein, und Mrs. Elliot und ihre Freundin machten Konversation, und sie waren alle ganz glücklich.

X

Sie peitschten auf die Beine des Schimmels ein, und er kniete sich hoch. Der Picador drehte die Steigbügel zurecht und zog und wand sich in den Sattel hinauf. Die Eingeweide des Pferdes hingen in einem blauen Klumpen heraus und schwangen hin und her, als es in kurzen Galopp ging, während die Monos es mit Gerten gegen die Beine peitschten. Es galoppierte ruckartig an der Barrena entlang. Es stoppte steifbeinig, und einer der Monos nahm es am Zügel und zwang es vorwärts. Der Picador stieß ihm die Sporen hinein, beugte sich vornüber und schüttelte seine Lanze gegen den Stier. Blut pumpte regelmäßig zwischen den Vorderbeinen des Pferdes hervor. Es schwankte unsicher. Der Stier konnte sich nicht zum Angriff entschließen.

Katze im Regen

Im Hotel wohnten nur zwei Amerikaner. Von all den Leuten, die ihnen auf ihrem Weg in ihr Zimmer auf der Treppe begegneten, kannten sie niemanden. Ihr Zimmer war in der zweiten Etage mit dem Blick aufs Meer und auch auf die öffentlichen Anlagen und das Kriegerdenkmal. In den öffentlichen Anlagen gab es große Palmen und grüne Bänke. Bei gutem Wetter war da immer auch ein Maler mit seiner Staffelei. Maler mochten die Art, wie die Palmen wuchsen, und die leuchenden Farben der Hotels, die den Gärten und dem Meer gegenüberlagen. Italiener kamen von weit her, um an dem Kriegerdenkmal emporzusehen. Es war aus Bronze und glänzte im Regen. Es regnete. Der Regen tropfte von den Palmen. Wasser stand in Pfützen auf den Kieswegen. Das Meer durchbrach in einer langen Linie den Regen, glitt über den Strand zurück und kam herauf, um sich wieder in einer langen Linie im Regen zu brechen. Die Autos waren von dem Platz beim Kriegerdenkmal verschwunden. Auf der Schwelle eines gegenüberliegenden Cafés stand ein Kellner und blickte über den leeren Platz.

Die junge Amerikanerin stand am Fenster und sah hinaus. Grad unter ihrem Fenster hockte eine Katze unter einem der von Regen triefenden Tische. Die Katze suchte sich so zusammenzuballen, daß es nicht auf sie tropfen konnte.

«Ich geh runter und hole das Kätzchen», sagte die junge Amerikanerin.

«Ich werd's machen», erbot sich ihr Mann vom Bett her.

«Nein, ich hol's. Das arme Kätzchen da draußen; was es sich anstrengt, um unter dem Tisch trocken zu bleiben.»

Ihr Mann las weiter; er lag am Fußende des Bettes auf die zwei Kopfkissen gestützt.

«Werd nicht naß», sagte er.

Seine Frau ging hinunter, und der Hotelbesitzer stand auf und verbeugte sich, als sie am Büro vorbeikam. Sein Pult stand ganz hinten im Büro. Er war ein alter und sehr großer Mann.

«Il piove», sagte die Frau. Sie mochte den Hotelbesitzer.

«Si, si, Signora, brutto tempo. Es ist sehr schlechtes Wetter.»

Er stand hinter seinem Pult in der Tiefe des dämmrigen Zimmers. Die Frau mochte ihn. Sie mochte die todernste Art, mit der er alle Beschwerden entgegennahm. Sie mochte seine Würde. Sie mochte die Art, wie er ihr gegenüber immer dienstbereit war. Sie mochte, wie er sich als Hotelbesitzer fühlte. Sie mochte sein altes, schweres Gesicht und seine großen Hände.

Sie mochte ihn, machte die Tür auf und sah hinaus. Es regnete stärker. Ein Mann in einem Gummicape überquerte den leeren Platz zum Café. Rechts um die Ecke mußte die Katze sein. Vielleicht konnte sie unter der Dachtraufe trocken bis hin gelangen. Während sie auf der Schwelle stand, öffnete sich hinter ihr ein Regenschirm. Es war das Mädchen, das ihr Zimmer aufräumte.

«Sie sollen nicht naß werden», sagte sie lächelnd auf italienisch. Natürlich hatte sie der Hotelbesitzer geschickt.

Das Mädchen hielt den Schirm über sie, während sie auf dem Kiesweg unter ihr Fenster ging. Der Tisch stand da, vom Regen hellgrün gewaschen, aber die Katze war fort. Sie war plötzlich enttäuscht. Das Mädchen sah fragend zu ihr auf.

«Ha perduto qualque cosa, Signora?»

«Da war eine Katze», sagte die junge Amerikanerin.

«Eine Katze?»

«Si, il gatto.»

«Eine Katze?» lachte das Mädchen. «Eine Katze im Regen?»

«Ja», sagte sie, «unterm Tisch», und dann: «Ach, ich wollte sie so gern haben. Ich wollte so gern ein Kätzchen haben.»

Als sie englisch sprach, nahm das Gesicht des Zimmermädchens einen verschlossenen Ausdruck an.

«Kommen Sie, Signora», sagte sie, «wir müssen wieder hinein, Sie werden sonst naß.»

«Vermutlich», sagte die junge Amerikanerin.

Sie gingen den Kiesweg zurück und überschritten die Schwelle. Das Mädchen blieb draußen, um den Schirm zuzumachen. Als die junge Amerikanerin an dem Büro vorbeiging, verbeugte sich der Padrone hinter seinem Pult. Sie fühlte sich innerlich irgendwie sehr klein und wie zugeschnürt. Beim Anblick des Padrone fühlte sie sich sehr klein und gleichzeitig wirklich wichtig. Einen Augenblick hatte sie ein Gefühl von höchster Wichtigkeit. Sie ging weiter, die Treppe hinauf. Sie öffnete die Zimmertür. George lag lesend auf dem Bett.

«Hast du die Katze?» fragte er und legte das Buch hin.

«Sie war weg.»

«Wo sie wohl hin sein mag?» sagte er, während er seine Augen vom Lesen ausruhte.

Sie setzte sich aufs Bett.

«Ich wollte sie so furchtbar gern haben», sagte sie. «Ich weiß eigentlich gar nicht, warum ich sie so gern haben wollte. Ich wollte das arme Kätzchen haben. Es ist kein Spaß, ein armes Kätzchen draußen im Regen zu sein.»

George las wieder.

Sie ging hinüber, setzte sich vor den Spiegel ihres Toilettentisches und besah sich in ihrem Handspiegel. Sie besah sich prüfend ihr Profil, erst eine Seite, dann die andere. Dann betrachtete sie ihren Hinterkopf und ihren Nacken.

«Was meinst du, wäre es nicht eine gute Idee, wenn ich meine Haare wachsen ließe?» fragte sie und besah sich nochmals ihr Profil.

George blickte auf und sah ihren Nacken, der wie bei einem Jungen ausrasiert war.

«Ich mag es so, wie es ist.»

«Ach, ich hab's so über», sagte sie. «Ich hab's so über, wie ein Junge auszusehen.»

George veränderte seine Lage auf dem Bett. Er hatte, seitdem sie redete, nicht von ihr weggesehen.

«Du siehst ganz verteufelt hübsch aus», sagte er.

Sie legte den Spiegel auf den Toilettentisch, ging zum Fenster hinüber und sah hinaus. Es wurde dunkel.

«Ich möchte meine Haare ganz straff und glatt nach hinten ziehen und hinten einen schweren Knoten machen, den ich wirklich fühlen kann», sagte sie. «Und ich möchte ein Kätzchen haben, das auf meinem Schoß sitzt und schnurrt, wenn ich es streichle.»

«Wahrhaftig?» sagte George vom Bett her.

«Und ich will an meinem eigenen Tisch mit meinem eigenen Besteck essen, und ich will Kerzen. Und ich will, daß es Frühling ist, und ich will mein Haar vor dem Spiegel richtig bürsten können, und ich will ein Kätzchen haben, und ich will ein paar neue Kleider haben.»

«Nun hör schon auf, und nimm dir was zu lesen», sagte George. Er las wieder.

Seine Frau sah aus dem Fenster. Draußen war es jetzt ganz dunkel, und es regnete immer noch in den Palmen.

«Auf jeden Fall will ich eine Katze haben», sagte sie. «Ich will eine Katze haben. Ich will sofort eine Katze haben. Wenn ich keine langen Haare oder sonst ein bißchen Spaß haben kann, eine Katze kann ich haben.»

George hörte nicht zu. Er las sein Buch. Seine Frau sah aus dem Fenster auf den Platz, wo die Laternen jetzt angezündet waren.

Jemand klopfte an die Tür.

«Avanti», sagte George. Er sah von seinem Buch auf.

In der Tür stand das Zimmermädchen. Sie hielt eine große, schildpattfarbene Katze eng an sich gepreßt, die an ihrem Körper herunterhing.

«Verzeihung», sagte sie. «Der Padrone sagte, ich soll dies der Signora bringen.»

XI

Die Menge tobte die ganze Zeit über und warf Brotstücke hinunter in die Arena, dann Kissen und lederne Weinflaschen, und brüllte und pfiff unentwegt. Schließlich war der Stier von soviel schlechtem Stechen allzu ermüdet, ging in die Knie und legte sich hin, und einer aus der Cuadrilla beugte sich über seinen Nacken und tötete ihn mit der Puntilla. Die Menge kam über die Barrera und auf den Toerero los, und zwei Männer packten ihn und hielten ihn fest, und einer schnitt ihm sein Zöpfchen ab und schwang es, und ein Junge grapschte danach und lief damit weg. Später sah ich ihn im Café. Er war sehr klein, hatte ein braunes Gesicht, war ganz betrunken und sagte: «Schließlich ist so was schon mal vorgekommen. Ich bin ja gar kein guter Stierkämpfer.»

Schonzeit

FÜR DIE VIER LIRE, DIE PEDUZZI FÜR DAS UMGRABEN DES Hotelgartens bekommen hatte, betrank er sich schwer. Er sah den jungen Herrn den Weg herunterkommen und sprach ihn voller Geheimniskrämerei an. Der junge Herr sagte, er habe noch nicht gegessen, sei aber, sobald der Lunch vorüber wäre, zum Gehen bereit. In vierzig Minuten oder einer Stunde.

In der *cantina* bei der Brücke gab man ihm, weil er so vertrauensselig und geheimnisvoll mit seiner Nachmittagsbeschäftigung tat, für drei weitere Grappas Kredit. Es war ein windiger Tag, an dem die Sonne hinter den Wolken hervorkam und dann in Regenschauern verschwand. Ein wunderbarer Tag zum Forellenfischen.

Der junge Herr kam aus dem Hotel heraus und fragte ihn wegen der Angelruten. Sollte seine Frau mit den Angelruten nachkommen? «Ja», sagte Peduzzi. «Sie soll uns folgen.» Der junge Herr ging ins Hotel zurück und sprach mit seiner Frau. Er und Peduzzi machten sich auf den Weg. Der junge Herr trug einen Sack über der Schulter. Peduzzi sah, wie die junge Frau, die so jung aussah wie der junge Herr und Gebirgsstiefel und eine blaue Mütze trug, aufbrach, um ihnen zu folgen, und in jeder Hand eine auseinandergenommene Angelrute trug. Peduzzi mochte nicht, daß sie so weit hinter ihnen war. «Signorina», rief er und zwinkerte dem jungen Herrn zu, «kommen Sie her und gehen Sie mit uns. Signora, kommen Sie her. Wir wollen alle zusammen gehen.» Peduzzi wollte gern, daß sie alle drei zusammen die Hauptstraße von Cortina hinuntergingen.

Die junge Frau blieb zurück und folgte ziemlich verdrießlich. «Signorina», rief Peduzzi zärtlich, «kommen Sie doch mit uns.» Der junge Herr drehte sich um und rief etwas. Die junge Frau ließ das Hinterhertrödeln sein und kam ihnen nach.

Peduzzi begrüßte alle, die ihnen auf der Hauptstraße der Stadt begegneten, mit großer Wichtigtuerei. «*Buon di,* Arturo», und er tippte an seinen Hut. Der Bankbeamte starrte ihn von der Tür des Faschisten-Cafés an. Gruppen von drei und vier Leuten, die vor den Geschäften herumstanden, starrten die drei an. Die Arbeiter in ihren steinstaubgepuderten Jacken, die an den Grundmauern des neuen Hotels arbeiteten, sahen auf, als sie vorbeigingen. Niemand sprach mit ihnen oder machte sonst ein Zeichen, außer dem mageren, alten Ortsbettler mit seinem von Speichel verklebten Bart, der seinen Hut lüftete, als sie vorbeikamen.

Peduzzi blieb vor einem Laden stehen, dessen Schaufenster voller Flaschen war, und zog seine leere Grappaflasche aus einer Innentasche seines alten Militärmantels. «Etwas zu trinken, etwas Marsala für die Signora, irgend etwas, irgend etwas zu trinken.» Er gestikulierte mit seiner Flasche. Es war ein herrlicher Tag. «Marsala! Trinken Sie gern Marsala, Signorina? Ein bißchen Marsala?»

Die junge Frau stand verdrießlich da. «Jetzt werd du damit fertig», sagte sie. «Ich versteh kein Wort von dem, was er sagt. Er ist betrunken, nicht wahr?»

Scheinbar hörte der junge Herr Peduzzi nicht. Er dachte, warum in aller Welt sagt er Marsala? Das trinkt doch Max Beerbohm.

«Geld», sagte Peduzzi schließlich auf deutsch und zog den jungen Herrn am Ärmel. «Lire.» Er lächelte; er forcierte die Sache ungern, aber er mußte den jungen Herrn zum Handeln bringen.

Der junge Herr zog seine Brieftasche heraus und gab ihm einen Zehn-Lire-Schein. Peduzzi ging die Stufen zu dem Spezialgeschäft für einheimische und fremde Weine hinauf. Es war geschlossen.

«Bis zwei Uhr geschlossen», sagte jemand spöttisch, der auf der Straße vorbeikam. Peduzzi kam die Stufen wieder herunter. Er fühlte sich gekränkt. «Macht nichts», sagte er, «können wir auch im Concordia bekommen.»

Sie marschierten nebeneinander die Straße hinunter bis zum Concordia. Im Vorhof, wo die rostigen Bobsleighs aufgeschichtet waren, sagte der junge Herr auf deutsch: «Was wollen Sie?» Peduzzi gab ihm die winzig klein zusammengefaltete Zehn-Lire-Note und sagte: «Nichts, irgendwas», er war verlegen. «Vielleicht Marsala. Ich weiß nicht. Marsala?»

Die Tür des Concordia schlug hinter dem jungen Herrn und seiner Frau zu. «Drei Marsala», sagte der junge Herr zu dem Mädchen hinter dem Kuchenbüfett. «Zwei, nicht wahr?» sagte sie. «Nein», sagte er, «einen für einen *vecchio.*» – «Oh», sagte sie, «ein *vecchio*», und lachend holte sie die Flasche herunter. Sie goß die drei trübe aussehenden Schnäpse in drei Gläser. Die junge Frau saß an einem Tisch unter der Reihe eingespannter Zeitungen. Der junge Herr stellte einen Marsala vor sie hin. «Du kannst es doch mal versuchen», sagte er, «vielleicht fühlst du dich danach besser.» Sie saß da und sah das Glas an. Der junge Herr ging mit dem Glas für Peduzzi vor die Tür, konnte ihn aber nicht sehen.

«Ich weiß nicht, wo er hin ist», sagte er, als er mit dem Glas wieder in die Konditorei zurückkam.

«Er wollte einen Liter davon», sagte seine Frau.

«Wieviel kostet ein Liter?» fragte der junge Herr das Mädchen.

«Vom Bianco? Eine Lire.»

«Nein, vom Marsala. Schütten Sie diese beiden dazu», sagte er und gab ihr sein eigenes Glas und das von Peduzzi. Sie füllte das Litermaß durch einen Trichter. «Eine Flasche zum Tragen», sagte der junge Herr.

Sie ging eine Flasche suchen. Das Ganze machte ihr Spaß.

«Es tut mir so leid, daß es dir so scheußlich geht, Tiny», sagte er. «Es tut mir leid, daß ich beim Lunch so geredet habe. Wir meinten beide dasselbe, nur von einem anderen Gesichtspunkt aus.»

«Es ändert ja nichts», sagte sie. «Das ändert ja alles nichts.»

«Frierst du?» fragte er. «Hättest du doch noch einen Sweater angezogen.»

«Ich habe drei Sweater an.»

Das Mädchen kam mit einer sehr schmalen, braunen Flasche wieder und goß den Marsala hinein. Der junge Herr bezahlte noch weitere fünf Lire. Sie gingen zur Tür hinaus. Das Mädchen amüsierte sich. Peduzzi spazierte am anderen Ende, wo es nicht so windig war, auf und ab und hielt die Angelruten.

«Kommen Sie», sagte er, «ich werde die Angelruten tragen; was hat es schon auf sich, wenn sie jemand sieht? Kein Mensch wird uns Schwierigkeiten machen. Niemand in ganz Cortina wird mir Schwierigkeiten machen. Ich kenne sie auf dem Municipio. Ich bin Soldat gewesen. In dieser Stadt mögen mich alle. Ich verkaufe Frösche. Und was selbst, wenn das Angeln verboten ist? Macht nichts. Gar nichts. Keine Unannehmlichkeiten. Riesenforellen, sage ich Ihnen. Massenhaft.»

Sie gingen jetzt den Hügel hinunter dem Flusse zu. Die Stadt lag hinter ihnen. Die Sonne war verschwunden; es fiel ein feiner Sprühregen. «Da», sagte Peduzzi und zeigte beim Vorbeigehen auf ein Mädchen, das in der Tür eines Hauses stand, «meine Tochter.»

«Sein Doktor», sagte die junge Frau. «Muß er uns seinen Doktor zeigen?»

«Er sagte, seine Tochter», erwiderte der junge Herr.

Das Mädchen ging ins Haus, als Peduzzi auf sie zeigte.

Sie gingen den Hügel hinab über die Felder und bogen dann ab, um dem Flußufer zu folgen. Peduzzi sprach sehr schnell mit viel Augenzwinkern und Verschlagenheit. Als sie zu dritt nebeneinandergingen, trieb der Wind der Frau seinen Atem zu. Einmal stieß er sie heimlich in die Rippen. Einen Teil der Zeit sprach er im Dialekt von Ampezzo, die übrige Zeit Tiroler Deutsch. Er konnte nicht herauskriegen, was der junge Herr und seine Frau am besten verstanden, so versuchte er es zweisprachig. Aber als der junge Herr «Ja, ja», gesagt hatte, entschied sich Peduzzi ganz fürs Tirolerische. Der junge Herr und seine Frau verstanden kein Wort.

«In der Stadt haben uns alle mit den Angelruten gesehen. Vielleicht ist die Jagdpolizei schon hinter uns her. Ich wünschte, wir hätten nichts mit dieser verteufelten Angelegenheit zu tun. Außerdem ist dieser verdammte alte Idiot so betrunken.»

«Natürlich hast du nicht genug Schneid, um einfach nach Hause zu gehen», sagte die junge Frau. «Natürlich mußt du weiter mitmachen.»

«Warum gehst du nicht zurück? Geh doch zurück, Tiny.»

«Ich bleib bei dir. Wenn sie dich einsperren, können sie uns auch genausogut beide einsperren.»

Sie gingen die steile Böschung hinunter, und Peduzzi stand mit seinem im Winde fliegenden Mantel gestikulierend am Fluß. Er war braun und schlammig. Zur Rechten war ein Kehrichthaufen.

«Sag es mir auf italienisch», sagte der junge Herr.

«Un' mezz' ora. Piu d' un mezz' ora.»

«Er sagt, wenigstens noch eine halbe Stunde. Geh doch zurück, Tiny. Du frierst doch sowieso bei diesem Wind. Es ist ein scheußlicher Tag, und 'n Vergnügen wird's heute auf keinen Fall.»

«Gut», sagte sie und kletterte die grasige Böschung wieder hinauf.

Peduzzi war unten am Fluß und bemerkte es erst, als sie beinahe hinter der Anhöhe verschwunden war. «Frau», schrie er. «Frau! Fräulein! Sie gehen doch nicht.»

Sie ging weiter über den Kamm des Hügels.

«Sie ist weg», sagte Peduzzi. Er war betroffen.

Er nahm die Gummibänder, mit denen die Angelrutenstücke zusammengehalten waren, ab und fing an, eine der Ruten zusammenzusetzen.

«Aber Sie sagten doch, es sei von hier noch eine halbe Stunde.»

«O ja. Eine gute halbe Stunde weiter unten, aber hier ist es auch gut.»

«Wirklich?»

«Natürlich. Es ist hier gut und da auch gut.»

Der junge Herr ließ sich am Ufer nieder, steckte die Stücke einer der Ruten ineinander, setzte die Rolle auf und schlang die Schnur am Vorfach an. Er fühlte sich unbehaglich und fürchtete jede Minute, daß ein Jagdhüter oder ein Trupp Bürger aus der Stadt die Böschung hinabkommen würden. Er konnte über den Hügelrand die Häuser der Stadt und den Campanile sehen. Er öffnete seinen Kasten mit den Vorfächern. Peduzzi beugte sich vor und grub seinen flachen, harten Daumen und Zeigefinger hinein und brachte die feuchten Vorfächer durcheinander.

«Haben Sie Blei?»

«Nein.»

«Sie müssen etwas Blei haben.» Peduzzi war erregt. «Sie müssen *piombo* haben. *Piombo*. Ein bißchen *piombo*. Gerade da. Gerade über dem Haken, sonst schwimmt Ihr Köder auf dem Wasser. Sie brauchen es unbedingt. Nur ein bißchen *piombo.*»

«Haben Sie etwas?»

«Nein.» Er suchte verzweifelt in seinen Taschen. Er siebte die Wollfusseln im Futter seiner Militärtaschen durch. «Ich habe nichts. Aber wir müssen etwas *piombo* haben.»

«Dann können wir eben nicht angeln», sagte der junge Herr und nahm seine Angelrute auseinander und zog die Leine durch die Führung heraus. «Wir werden etwas *piombo* besorgen und morgen angeln.»

«Aber hören Sie, *caro,* Sie müssen *piombo* haben. Die Leine liegt ja flach auf dem Wasser.» Peduzzis Tag ging vor seinen Augen in die Brüche. «Man braucht *piombo.* Ein bißchen genügt ja. Ihr Angelzeug ist alles sauber und neu, aber Sie haben kein Blei. Ich hätte was mitgebracht, Sie sagten aber, Sie hätten alles.»

Der junge Herr sah in den Strom, der durch den schmelzenden Schnee verfärbt war. «Ich weiß», sagte er, «wir werden etwas *piombo* besorgen und morgen angeln.»

«Um wieviel Uhr morgen früh? Sagen Sie mir, wann?»

«Um sieben.»

Die Sonne kam heraus. Es war warm und angenehm. Der junge Herr fühlte sich erleichtert. Er überschritt nicht mehr das Gesetz. Er saß am Ufer, zog die Flasche Marsala aus der Tasche und reichte sie Peduzzi. Peduzzi reichte sie zurück. Der junge Herr nahm einen Schluck und reichte sie Peduzzi wieder. Peduzzi reichte sie wieder zurück. «Trinken Sie», sagte er, «trinken Sie; es ist Ihr Marsala.» Nach einem zweiten kurzen Schluck gab ihm der junge Herr die Flasche. Peduzzi hatte sie nicht aus den Augen gelassen. Er nahm sie sehr gierig und kippte sie hoch. Die grauen Haare in den Falten seines Nackens vibrierten, während er trank und seine Augen fest auf die schlanke, braune Flasche heftete. Er trank alles aus. Die Sonne schien, während er trank. Es war herrlich. Dies war trotz allem ein großer Tag. Ein herrlicher Tag.

«*Senta, caro!* Morgen früh um sieben.» Er hatte den jungen Herrn mehrmals *caro* genannt, und es war nichts passiert. Der Marsala war gut. Seine Augen glitzerten, Tage wie dieser breiteten sich vor ihm aus. Es würde morgen um sieben Uhr früh losgehen.

Sie machten sich auf den Weg, den Hügel hinauf der Stadt zu. Der junge Herr ging voran. Er war bereits ein ganzes Stück den Hügel hinauf, als Peduzzi ihm nachlief.

«Hören Sie, *caro,* würden Sie mir wohl aus Gefälligkeit fünf Lire geben?»

«Für heute?» fragte der junge Herr und runzelte die Stirn.

«Nein, nicht für heute. Geben Sie es mir heute für morgen. Ich werde alles für morgen vorbereiten, *pane, salami, formaggio,* lauter gute Sachen, für uns alle. Sie und ich und die Signora. Angelköder, Elritzen und nicht nur Würmer. Vielleicht kann ich auch Marsala bekommen. Alles für fünf Lire. Fünf Lire, sein Sie so freundlich!»

Der junge Herr sah in seine Brieftasche und nahm eine Zwei- und zwei Ein-Lirenoten heraus.

«Danke, *caro,* danke», sagte Peduzzi im Tonfall eines Mitglieds des Carlton Clubs, wenn er die *Morning Post* von einem andern in Empfang nimmt. Das war ein Leben. Im Hotelgarten gefrorenen Dünger mit einer Mistgabel aufbrechen, das war für ihn erledigt. Das Leben entfaltete sich vor ihm.

«Also um sieben, *caro*», sagte er und schlug dem jungen Herrn auf den Rücken. «Pünktlich um sieben.»

«Vielleicht gehe ich nicht», sagte der junge Herr und steckte sein Portemonnaie wieder in die Tachse.

«Was», sagte Peduzzi, «ich bringe doch Elritzen mit, Signor, *salami,* alles. Sie und ich und die Signora. Wir drei.»

«Vielleicht gehe ich nicht», sagte der junge Herr, «sehr wahrscheinlich nicht. Ich werde bei dem Padrone im Hotelbüro Bescheid hinterlassen.»

XII

Wenn es sich gerade unten, dicht vor Ihnen abspielte, konnten Sie hören, wie Villalta den Stier anknurrte und beschimpfte, und wenn der Stier angriff, bog er sich zurück, feststehend wie eine Eiche, in die der Sturm fährt, mit geschlossenen Füßen, während die Muleta schleppte und der Degen der Kurve folgte. Dann beschimpfte er den Stier, schlug mit der Muleta nach ihm und bog sich vor dem Angriff mit geschlossenen Füßen und geschwungener Muleta zurück, und bei jedem Schwung brüllte die Menge.

Das ganze Töten machte er in einem Anlauf. Der Stier sah ihn haßerfüllt von vorn an. Er zog den Degen aus den Falten der Muleta, visierte mit derselben Bewegung und rief den Stier an: Toro! Toro! und der Stier griff an, und Villalta griff an, und eine Sekunde lang waren sie eins. Villalta war eins mit dem Stier, und dann war es vorbei. Villalta stand aufrecht da, und das rote Heft des Degens stak vorschriftsmäßig zwischen den Schultern des Stieres. Villalta hob die Hand zur Menge empor; der Stier hustete Blut und blickte Villalta an, und seine Beine gaben nach.

Schnee überm Land

DER WAGEN DER DRAHTSEILBAHN RUCKTE NOCH EINMAL und hielt dann. Es ging nicht weiter. Dichter Schnee trieb über die Geleise. Der Sturm, der über die ungeschützte Oberfläche des Berges dahinjagte, hatte die Schneeoberfläche zu einer krustigen Schanze zusammengefegt. Nick wachste seine Skier im Gepäckabteil, stieß die Stiefelspitzen in die Bindung und zog die Spanner fest. Er sprang seitwärts aus dem Zug auf die harte Schanze, sprang um und fuhr in der Hocke, die Stöcke hinter sich herschleifend, in Schußfahrt den Abhang hinunter.

Auf dem Weißen tiefer unten tauchte George hinab, kam hoch und tauchte außer Sicht. Das Runtersausen und das plötzliche Niederschießen, als er einen welligen Steilhang der Bergwand Schuß fuhr, schalteten Nicks Denken aus und ließen nur das herrliche Gefühl von Fliegen und Fallen in seinem Körper. Er tauchte auf einer kleinen Anhöhe wieder auf, und dann schien der Schnee unter ihm wegzufallen, als er abfuhr, hinab, hinab, schneller, schneller in einem Schwung den letzten, langen, steilen Abhang hinab. In der Hocke, so daß er beinahe auf seinen Skiern saß, um seinen Schwerpunkt möglichst tiefzulegen, fühlte er, als der Schnee wie ein Sandsturm ihn umbrauste, daß er zu starkes Tempo fuhr. Aber er hielt es. Er wollte nicht lockerlassen und umschmeißen. Dann schmiß ihn eine Stelle weichen Schnees um, die der Wind in einer Vertiefung gelassen hatte, er überschlug sich skiklappernd wieder und wieder, fühlte sich wie ein angeschossenes Kaninchen, dann war er festgekeilt, mit gekreuzten Beinen, seine Skier kerzengrade in der Luft und Nase und Ohren voller Schnee.

George stand etwas weiter unten am Abhang und klopfte mit großen Klapsen den Schnee von seiner Windjacke.

«Deins war 'ne fabelhafte Abfahrt, Mike», rief er Nick zu. «Das da ist lausig weicher Schnee. Hat mich genauso hingehauen.»

«Wie ist es denn jenseits der Mulde?» Nick stieß, auf dem Rücken liegend, seine Skier herum und stand auf.

«Man muß sich links halten. Es ist eine schöne, steile Abfahrt, und unten ein Christi von wegen Zaun.»

«Wart 'n Moment, wir wollen zusammen abfahren.»

«Nein, mach los. Fahr du zuerst. Ich möchte sehen, wie du die Mulden nimmst.»

Nick Adams fuhr an George vorbei, breiter Rücken, blonder Kopf, noch ein bißchen voll Schnee; dann kamen seine Skier am Rand ins

Gleiten, und er schoß hinunter, zischend in dem kristallischen Pulverschnee, und er schien hinaufzuschweben und hinabzusinken, als er die wogenden Mulden rauf und runter fuhr. Er hielt sich links, und zum Schluß, als er mit fest zusammengepreßten Knien auf den Zaun zusauste und seinen Körper eindrehte, als ob er eine Schraube anzog, brachte er seine Skier in dem aufstäubenden Schnee scharf nach rechts herum und verlangsamte die Geschwindigkeit parallel zu Berghang und Drahtzaun.

Er sah den Berg hinauf. George kam kniend in Telemarkstellung herunter, ein Bein vor und gebeugt, das andere nach sich ziehend; seine Stöcke hingen wie die dünnen Beine irgendeines Insekts und wirbelten beim Berühren der Oberfläche Schneewölkchen auf, und schließlich kam die ganze kniende, schleifende Gestalt in einem wunderbaren Rechtsbogen tief in der Hocke herum, ging in Ausfallstellung, der Körper lehnte sich nach außen über, die Stöcke betonten den Bogen wie Interpunktionszeichen aus Licht, alles in einer wilden Wolke von Schnee.

«Ich hatte Angst mit 'nem Christi», sagte George. «Der Schnee war mir zu tief. Deiner war fabelhaft.»

«Ich kann mit meinem Bein keinen Telemark machen», sagte Nick.

Nick drückte den obersten Draht des Zaunes mit seinem Skier herunter, und George glitt drüber weg. Nick folgte ihm hinunter auf die Landstraße. Sie stakten mit weichen Knien die Landstraße entlang in einen Tannenwald hinein. Die Straße wurde zu poliertem Eis, orange und tabakgelb gefleckt von den Gespannen, die Baumstämme schleppten. Die Skiläufer hielten sich auf dem Schneestreifen am Rande. Die Straße senkte sich scharf einem Fluß zu und lief dann gerade bergauf. Durch den Wald hindurch sahen sie ein langgestrecktes, tiefdachiges, verwittertes Gebäude. Durch die Bäume sah es blaßgelb aus. Näher dran waren die Fensterläden grün gestrichen. Die Farbe blätterte ab. Nick schlug mit einem seiner Skistöcke die Spanner auf und schüttelte die Skier ab.

«Wir können sie hier geradesogut tragen», sagte er.

Er kletterte den steilen Weg mit den Skiern auf der Schulter bergan und schlug die Absatznägel in den vereisten Boden. Er hörte George dicht hinter sich atmen und seine Absätze einschlagen. Sie lehnten die Skier gegen die Mauer des Gasthauses, klopften sich gegenseitig den Schnee von den Hosen, stampften ihn von den Stiefeln ab und gingen hinein.

Drinnen war es ganz dunkel. Ein großer Kachelofen glänzte in der Ecke des Zimmers. Es hatte eine niedrige Decke. Glatte Bänke standen hinter dunklen, weinfleckigen Tischen an den Wänden entlang. Zwei Schweizer saßen über ihren Pfeifen und zwei Schoppen trüben jungen Weins dicht am Ofen. Die Jungen zogen ihre Jacken aus und setzten sich an die Wand auf der anderen Seite des Ofens. Eine Stimme im Nebenzimmer hörte auf zu singen, und ein Mädchen in einer blauen Schürze kam durch die Tür herein, um zu hören, was sie trinken wollten.

«Eine Flasche Sion», sagte Nick. «Ist dir das recht, Gidge?»

«Natürlich», sagte George. «Du verstehst mehr von Wein als ich. Ich trink alles gern.»

Das Mädchen ging hinaus.

«An Skilaufen kann doch eigentlich nichts tippen, findest du nicht?» sagte Nick. «Das Gefühl so zuerst, wenn man lossaust.»

«Hach», sagte George, «man kann gar nicht davon reden, so schön.»

Das Mädchen brachte den Wein, und sie hatten Mühe mit dem Korken. Endlich bekam Nick die Flasche auf. Das Mädchen ging hinaus, und sie hörten sie im Nebenzimmer ein deutsches Lied singen.

«Die kleinen Korkstückchen drin schaden nichts», sagte Nick.

«Ob sie wohl Kuchen hat?»

«Wir wollen mal fragen.»

Das Mädchen kam herein, und Nick sah, daß ihre Schürze schwellend ihre Schwangerschaft bedeckte. Warum ich das wohl nicht bemerkt habe, als sie zum erstenmal hereinkam, dachte Nick.

«Was sangen Sie eben?» fragte er sie.

«Oper, deutsche Oper.» Sie hatte keine Lust, das Thema zu erörtern. «Wir haben Apfelstrudel, wenn Sie den wollen.»

«Ist nicht so sehr freundlich, nicht wahr?» sagte George.

«Na, schließlich kennt sie uns ja nicht, und vielleicht dachte sie, daß wir sie wegen ihres Singens aufziehen wollten. Wahrscheinlich kommt sie von dort oben, wo sie deutsch sprechen, und sie ist gereizt, weil sie hier sein muß, und dann erwartet sie ein Kind und ist nicht verheiratet, und dann ist sie eben gereizt.»

«Woher weißt du denn, daß sie nicht verheiratet ist?»

«Keinen Ring. Teufel noch mal, hier heiratet kein Mädchen, bevor sie nicht schwanger ist.»

Die Tür öffnete sich, und ein Trupp Holzfäller kam von der Landstraße herein; sie stampften ihre Stiefel ab und dampften in der Stube. Die Kellnerin brachte drei Liter jungen Wein für die Bande, und sie saßen rauchend und schweigsam an den beiden Tischen; sie hatten die Hüte abgenommen und lehnten sich rückwärts gegen die Wand oder vornüber auf den Tisch. Draußen hörte man von Zeit zu Zeit ein scharfes Glockengeklirr, wenn die Pferde vor den Holzschlitten die Köpfe hin und her warfen.

George und Nick waren glücklich. Sie mochten einander gern. Sie wußten, daß sie noch die Abfahrt nach Hause vor sich hatten.

«Wann mußt du wieder zurück in die Schule?» frug Nick.

«Heute abend», antwortete George. «Ich muß den zehn Uhr vierzig von Montreux kriegen.»

«Ich wünschte, du könntest bleiben, und wir könnten morgen den Dent du Lys machen.»

«Muß mich bilden», sagte George. «Gott, Nick, wär's nicht herrlich, wenn wir einfach so rumstrolchen könnten? Unsere Skier nehmen und uns auf die Bahn setzen und aussteigen, wo's 'ne gute Abfahrt gibt, und dann weiter, in Kneipen kampieren und durchs ganze Oberland wandern und das Valais rauf und durchs ganze Engadin und nur Reparaturzeug und Reservesweater und Pyjamas in unsern Rucksäcken mitnehmen, und uns den Teufel um die ganze Schule oder sonst was kümmern.»

«Ja, und dann so durch den Schwarzwald laufen. Donnerwetter, all die patenten Orte.»

«Da warst du vorigen Sommer angeln, nicht wahr?»

«Ja.»

Sie aßen den Strudel und tranken den Wein aus.

George lehnte sich gegen die Wand zurück und schloß die Augen.

«Von Wein fühl ich mich immer so», sagte er.

«Fühlst du dich schlecht?» frug Nick.

«Nein, gut, aber komisch.»

«Ich weiß», sagte Nick.

«Sicher», sagte George.

«Wollen wir noch 'ne Flasche bestellen?» frug Nick.

«Nicht für mich», sagte George.

Sie saßen da, Nick hatte die Ellbogen auf den Tisch gestützt, und George fläzte sich gegen die Wand.

«Erwartet Helen ein Baby?» sagte George und kippte von der Wand an den Tisch zurück.

«Ja.»

«Wann?»

«Im Spätsommer.»

«Freust du dich?»

«Ja, jetzt ja.»

«Wirst du nach Amerika zurückgehen?»

«Wahrscheinlich.»

«Möchtest du?»

«Nein.»

«Möchte Helen?»

«Nein.»

George saß schweigend da. Er sah auf die leere Flasche und die leeren Gläser.

«Zu gemein, nicht?» sagte er.

«Nein, doch nicht ganz», sagte Nick.

«Wieso nicht?»

«Ich weiß nicht», sagte Nick.

«Ob ihr je in Amerika zusammen Ski laufen werdet?» sagte George.

«Ich weiß nicht», sagte Nick.

«Die Berge taugen nicht viel», sagte George.

«Nein», sagte Nick, «sie sind zu felsig. 's gibt zuviel Wald und sie sind zu weit weg.»

«Ja», sagte George, «genauso ist es in Kalifornien.»

«Ja», sagte Nick, «so ist es eigentlich überall, wo ich war.»

«Ja», sagte George, «das stimmt.»

Die Schweizer standen auf, zahlten und gingen hinaus.

«Ich wünschte, wir wären Schweizer», sagte George.

«Die haben alle Kröpfe», sagte Nick.

«Das glaube ich nicht», sagte George.

«Ich auch nicht», sagte Nick.

Sie lachten.

«Kann sein, daß wir nie wieder zusammen Ski laufen werden, Nick», sagte George.

«Wir müssen unbedingt», sagte Nick. «Ohne lohnt ja das Ganze nicht.»

«Wir werden bestimmt», sagte George.

«Ja, wir müssen», stimmte Nick zu.

«Ich wünschte, wir könnten einen Eid drauf ablegen», sagte George.

Nick stand auf. Er zog den Gürtel seiner Windjacke fest zu. Er beugte sich über George und nahm die beiden Skistöcke von der Wand. Den einen Stock stieß er in den Fußboden.

«Hat keinen Sinn, einen Eid abzulegen», sagte er.

Sie öffneten die Tür und gingen hinaus. Es war sehr kalt. Der Schnee war stark verharscht. Die Landstraße führte den Hügel hinauf in den Tannenwald.

Sie nahmen ihre Skier, die gegen die Mauer des Gasthauses lehnten. Nick zog seine Handschuhe an. George ging schon mit den Skiern auf der Schulter die Straße hinauf. Jetzt hatten sie noch die gemeinsame Abfahrt nach Hause vor sich.

XIII

Ich hörte die Trommler die Straße herunterkommen und dann die Querpfeifer und die Sackpfeifer, und dann kamen sie alle tanzend um die Ecke. Die Straße war voll von ihnen. Maëra sah ihn, und dann sah ich ihn auch. Beim Hinkauern brachen sie mit der Musik ab, und er hockte sich mit allen andern auf der Straße hin, und als die Musik wieder begann, sprang er auf und tanzte mit den andern zusammen die Straße hinunter. Er war vollkommen betrunken.

«Geh du ihm nach», sagte Maëra. «Mich haßt er.»

Also ging ich hinunter und holte sie ein und packte ihn, während er hockend auf das Losbrechen der Musik wartete, und sagte: «Komm mit, Luis. Um alles in der Welt, du hast Stiere heut nachmittag.» Er hörte nicht auf mich; er lauschte so gespannt auf das Einsetzen der Musik.

Ich sagte: «Sei kein Idiot, Luis, komm zurück ins Hotel.»

Dann brach die Musik wieder los, und er sprang auf und entwand sich mir und begann zu tanzen. Ich packte seinen Arm, und er riß sich los und sagte: «Ach, laß mich zufrieden. Du bist nicht mein Vater.»

Ich ging ins Hotel zurück, und Maëra stand auf dem Balkon, um zu sehen, ob ich ihn zurückbringen würde. Er ging hinein, als er mich sah, und kam entrüstet herunter.

«Na, schließlich», sagte ich, «ist er ja nur ein dämlicher Wilder aus Mexiko.»

«Ja», sagte Maëra. «Und wer wird seine Stiere töten, wenn er eine Cornada abbekommt?»

«Wir, nehme ich an», sagte ich.

«Ja, wir», sagte Maëra. «Wir werden die Stiere von dem Wilden töten und die Stiere von dem Besoffenen und die Stiere von dem Riau-riau-Tänzer. Ja. Wir werden sie töten. Natürlich werden wir sie töten. Ja, ja, ja.»

Mein Alter

Wissen Sie, wenn ich's mir jetzt so überlege, war mein Alter eigentlich auf einen dicken Kerl zugeschnitten, einen von diesen regelrechten kleinen, kugelförmigen, feisten Kerlen, die man überall sieht; aber wahrhaftig, das war er nie, ausgenommen vielleicht ein wenig zum Schluß; und dann war es nicht seine Schuld; er ritt einfach über die Hindernisse, und er konnte es sich leisten, ein hübsches Gewicht mit sich rumzuschleppen. Ich erinnere mich, wie er ein Gummihemd über eine Reihe Jerseys zog und darüber noch einen dicken wollenen Sweater und mich dann am Vormittag rankriegte, mit ihm in der heißen Sonne zu laufen. Er mochte vielleicht schon mit einem von Razzos Schindern am frühen Morgen einen Proberitt unternommen haben, nachdem er gerade um 4 Uhr früh aus Turin angekommen und in einem Wagen zu den Ställen rausgejockelt war, und dann, wenn noch alles voll Tau war, und die Sonne anfing, sich gerade in Bewegung zu setzen, würde ich ihm aus seinen Stiefeln raushelfen, und er würde in seine Latschen und all seine Sweater fahren, und dann würden wir aufbrechen.

«Na, komm, Junge», sagte er, während er vor der Jockeigarderobe von einem Fuß auf den andern trat, «dann wollen wir mal loslegen.»

Dann trotteten wir vielleicht einmal ums Innenfeld – er vorneweg in guter Form –, und dann ging's durchs Tor und eine von diesen Straßen entlang mit all den Bäumen zu beiden Seiten, die von San Siro ausgehen. Sobald wir auf die Chaussee kamen, nahm ich die Spitze, und ich konnte ganz anständig laufen, und ich drehe mich um und sehe, er jockelt ohne Anstrengung dicht hinter mir her, und nach einer Weile sehe ich mich wieder um, und da hat er angefangen zu schwitzen. Er schwitzt heftig und trabt stur hinter mir her, seine Augen stier auf meinen Rücken geheftet, aber ertappte er mich zufällig, wenn ich ihn ansah, dann würde er grinsen und sagen: «Schwitzt du auch ordentlich?» Wenn mein Alter grinste, mußte man einfach mitgrinsen. Wir liefen immer weiter, den Bergen zu, und dann brüllte mein Alter plötzlich: «He, Joe», und als ich mich umdrehte, saß er unter einem Baum, das Handtuch, das er bis dahin um die Taille gehabt hatte, um den Hals gewickelt.

Ich mach kehrt und setz mich zu ihm, und er zieht ein Seil aus der Tasche und fängt an, in der Sonne zu springen, und der Schweiß läuft ihm nur so das Gesicht runter in dem weißen Staub, während das Seil klopetti, klopetti, klop, klop, klop macht, und die Sonne immer heißer brennt, und er sich immer doller auf einem Fleck der Chaussee abarbeitet. Weißt du, es war schon ein Heidenspaß, meinen Alten seilspringen zu sehen. Er konnte die Schnur schwirren lassen oder sie ganz langsam und mit Schikanen schwingen. Wissen Sie, Sie hätten nur mal sehen müssen, wie die Italiener uns angafften, wenn sie auf ihrem Weg in die Stadt mit ihren großen weißen Ochsen, die ihre Karren zogen, vorbeikamen. Die machten ein Gesicht, als ob sie meinen Alten für verrückt hielten. Er ließ die Schnur sausen, bis sie gebannt stillstanden und zusahen: dann trieben sie die Ochsen mit Zungenschnalzen und Stachelstock wieder an und setzten sich von neuem in Bewegung.

Wenn ich so dasaß und zusah, wie er sich in der heißen Sonne abarbeitete, mochte ich ihn schon verdammt gern. Er war zu ulkig, und nachdem er so hart geschuftet und mit einem gleichmäßigen Sausen geendet hatte, daß der Schweiß wie Wasser über sein Gesicht rann, warf der das Seil auf den Baum rauf und kam heran und setzte sich zu mir und lehnte sich gegen den Baum, das Tuch und einen Sweater um den Hals gewickelt.

«Joe, du, es ist einfach verteufelt, 's Gewicht runterzuhalten», würde er sagen und sich zurücklehnen und die Augen schließen und lang und tief atmen. «Ist nicht, wie wenn man ein Guck-in-die-Welt ist.» Dann stand er auf, und, bevor er sich zu sehr abgekühlt hatte, trotteten wir zum Stall zurück. So konnte er sein Gewicht halten. Er war in ständiger Sorge. Die meisten Jockeis können ungefähr geradesoviel, wie sie wollen, herunterreiten. Ein Jockei verliert ungefähr bei jedem Ritt ein Kilo, aber mein Alter war irgendwie ausgetrocknet, und er konnte seine Kilos ohne all das Laufen nicht runterhalten.

Ich besinne mich, einmal in San Siro kam Regoli, ein kleiner Maccaroni, der für Buzoni ritt, aus der Koppel und ging in die Bar was Kaltes trinken und schlägt mit der Peitsche gegen seine Stiefel, nachdem er sich gerade gewogen hatte, und mein Alter hatte sich auch gerade gewogen und kommt raus mit dem Sattel unterm Arm und sieht rot und müde aus und viel zu groß für seinen Dress, und er steht da und sieht den kleinen Regoli an, der gegen den Stallbaum lehnt und der frisch und jungenhaft aussieht, und ich sage: «Was ist los, Alterchen?» weil ich dachte, Regoli hätte ihn vielleicht angerempelt oder sonst was; er sah aber Regoli nur so an und sagte: «Verdammt noch mal» und ging dann in die Garderobe.

Na, es wäre vielleicht alles gut gegangen, wenn wir in Mailand geblieben und dort und in Turin geritten wären, denn wenn's überhaupt leichte Bahnen gab, dann die beiden. «Pianola, Joe», sagte mein Alter, wenn er als Sieger nach einem Rennen abstieg, das die Maccaroni für ein höllisches Steeplechase hielten. Ich fragte ihn mal.

«So ein Rennen reitet sich von alleine. Nur 's Tempo, das man reitet, macht die Sprünge gefährlich, Joe. Hier reitet man ja kein Tempo, und auch die Sprünge sind nicht sehr doll. Aber es ist immer nur das Tempo und nie die Hindernisse, was es mulmig macht.»

San Siro war die fabelhafteste Rennbahn, die ich je gesehen hatte, aber der Alte sagte, es sei ein Hundeleben. Immer zwischen Mirafiori und San Siro unterwegs und beinahe jeden Tag einen Ritt und ungefähr jede zweite Nacht in der Eisenbahn.

Ich war einfach verrückt mit den Pferden. Das hat's in sich, wenn sie zum Aufgalopp rauskommen. Irgendwie tänzelnd und gestrafft mit dem Jockei drauf, der sie an der Kandare hält und ihnen vielleicht auch mal den Kopf frei gibt und sie ein bißchen laufen läßt. Wenn sie erst mal am Start sind, packt es mich doller als irgendwas sonst. Hauptsächlich in San Siro mit dem großen grünen Innenfeld und den Bergen fern im Hintergrund und dem dicken italienischen Starter mit seiner langen Peitsche und den Jockeis, wie sie hin und her zerren, und dann, wie das Startband hochschnellt, und die Glocke losgeht, und wie sie alle im geschlossenen Feld abkommen und dann anfangen auseinanderzuziehen. Sie wissen ja, wie so ein großes Rudel abgeht. Wenn Sie mit einem Feldstecher auf der Tribüne stehen, sehen Sie nur, wie sie losstürmen, und dann geht die Glocke los und man denkt, sie läutet tausend Jahre, und dann kommen sie um die Kurve gefegt. Für mich kann nichts daran tippen.

Aber mein Alter sagte eines Tages in der Garderobe, als er gerade seine Straßenkleider wieder anzog: «Das sind alles keine Pferde, Joe. In Paris würde man diese Mähren ihrer Hufe und Felle wegen abschlachten.» Das war an dem Tag, als er den Premio Commercio mit Lantorna gewonnen hatte, als er mit ihr die letzten 100 Meter aus dem Feld herausschoß wie ein Sektpfropfen aus der Flasche.

Es war ganz kurz nach dem Premio Commercio, daß wir abhauten und Italien verließen. Mein Alter, Holbrook und ein dicker Maccaroni mit einem Strohhut, der unentwegt sein Gesicht mit einem Taschentuch abwischte, hatten einen Streit an einem Tisch in der Galleria. Sie sprachen alle französisch, und alle beide fielen wegen irgend etwas über meinen Alten her. Schließlich sagte er überhaupt gar nichts mehr, sondern saß nur da und sah Holbrook an, und die beiden immer über ihn her, und erst sprach der eine und dann der andere, und der feiste Maccaroni quatschte Holbrook die ganze Zeit dazwischen.

«Geh doch mal und kauf mir den *Sportsman*, Joe», sagte mein Alter und gab mir eine Hand voll Soldi, ohne von Holbrook wegzusehen.

Ich ging also aus der Galleria rüber zur Scala und kaufte eine Zeitung und kam zurück und stand erst eine ganze Weile ein bißchen abseits, weil ich nicht stören wollte, und mein Alter saß zurückgelehnt in seinem Stuhl und sah in seinen Kaffee und spielte mit seinem Löffel rum, und Holbrook und der dicke Maccaroni standen da, und der dicke Italiener wischte sich das Gesicht und schüttelte den Kopf. Und ich kam ran, und mein Alter tat grade so, als ob die beiden andern gar nicht da wären, und sagte: «Möchtst 'n Eis, Joe?» Holbrook sah meinen Alten an und sagte langsam und nachdrücklich: «Du Scheißkerl», und er und der fette Italiener gingen zwischen den Tischen hinaus.

Mein Alter saß da und tat so was, wie mich anlächeln, aber sein Gesicht war weiß, und er sah hundeelend aus, und ich hatte Angst, und mir war ganz übel im Bauch, weil ich wußte, irgendwas war passiert, und ich konnte nicht verstehen, wie irgendwer meinen Alten Scheißkerl nennen konnte, ohne daß ihm was passierte. Mein Alter faltete den *Sportsman* auseinander und studierte eine Weile die Handicaps und sagte dann: «Joe, in dieser Welt muß man 'ne Menge einstecken.» Und drei Tage später verließen wir Mailand auf immer mit dem Turiner Zug nach Paris, nachdem alles, was wir nicht in einen Koffer und eine Handtasche hineinbekommen hatten, vor Turners Ställen verauktioniert worden war.

Wir kamen bei Morgengrauen in Paris auf einem langen, schmutzigen Bahnhof an, von dem der Alte mir sagte, es sei die gare de Lyon. Paris war nach Mailand eine schrecklich große Stadt. In Mailand kommt's einem so vor, als ob jeder irgendwo hingeht und als ob alle Elektrischen irgendwo hinfahren, und da gibt's kein Durcheinander, aber Paris ist ganz zusammengeknäult und wird nie in Ordnung gebracht. Trotzdem konnte ich's nach einiger Zeit gut leiden, wenigstens teilweise, und dann, wissen Sie, hat es die schönsten Rennplätze der Welt. Es scheint, als ob alles nur dadurch in Schwung gehalten wird, und ungefähr das einzige, worauf man sich verlassen kann, ist, daß jeden Tag die Omnibusse nach der Rennbahn fahren, wo grad gelaufen wird, und sie fahren direkt durch alles durch bis hin. Ich hab Paris eigentlich nie sehr gut kennengelernt, weil ich nur ungefähr ein- bis zweimal in der Woche mit meinem Alten von Maisons hereinkam, und er saß dann immer vor dem Café de la Paix auf der Seite, wo die Oper ist, mit der übrigen Clique aus Maisons zusammen, und ich glaube, daß dies wohl mit die geschäftigste Gegend der Stadt ist. Aber wissen Sie, eigentlich ist es doch komisch, daß eine große Stadt wie Paris keine Galleria hat, nicht wahr?

Also, wir wohnten draußen in Maisons-Lafitte bei einer Frau Meyers, die eine Pension hat, wo eigentlich alles bis auf die Clique aus Chantilly wohnt. Maisons ist wohl der fabelhafteste Platz zum Leben, den es überhaupt gibt. Die Stadt ist nicht so doll, aber dort ist ein See und ein fabelhafter Wald, in dem wir uns den ganzen Tag herumtrieben, ein paar von uns Jungens, und mein Alter machte mir ein Katapult, und wir erbeuteten 'ne Menge damit, aber das Beste war wohl eine Elster. Der kleine Dick Atkinson schoß eines Tages ein Kaninchen damit, und wir legten es unter einen Baum und saßen alle drumherum, und Dick hatte ein paar Zigaretten, und urplötzlich sprang das Kaninchen auf und schlug sich ins Gebüsch, und wir ihm nach, aber wir konnten es nicht finden. Donnerwetter, hatten wir einen Jux in Maisons. Frau Meyers gab mir morgens immer mein Essen mit, und ich war den ganzen Tag unterwegs. Französisch sprechen lernte ich schnell. Es ist eine leichte Sprache.

Sobald wir in Maisons angekommen waren, schrieb mein Alter wegen seiner Lizenz nach Mailand, und er war recht besorgt, bis sie kam. Gewöhnlich saß er mit der ganzen Gesellschaft in Maisons im Café de Paris rum; es gab 'ne Masse Kerle, die kannte er schon von vor dem Kriege, als er in Paris ritt und auch in Maisons gewohnt hatte, und man hat eine Menge Zeit, um herumzusitzen, weil die Arbeit in einem Rennstall eigentlich um neun Uhr früh vorbei ist, das heißt für die Jockeis. Um fünf Uhr dreißig früh nehmen sie den ersten Schub Gäule zum Morgengalopp ran und arbeiten den zweiten Posten um acht Uhr. Das bedeutet allerhand zeitig aufstehen und auch zeitig ins Bett gehen. Wenn ein Jockei für jemanden reitet, kann er auch nicht saufen, weil, wenn er noch ein Junge ist, der Trainer ständig 'n Auge auf ihn hat, und wenn er kein Junge mehr ist, dann paßt er eben selber auf sich auf. Deshalb sitzt ein Jockei, wenn er nicht gerade arbeitet, mit der ganzen Clique vor dem Café de Paris, und die können alle zwei bis drei Stunden vor einem Glas Vermouth mit Selter sitzen und reden und Geschichten erzählen und Billard spielen, und es ist so was wie ein Club oder ähnlich wie die Galleria in Mailand. Nur ist es eigentlich gar nicht wie die Galleria, weil ja da die ganze Zeit über alles vorbeikommt, und alles um die Tische rumsitzt.

Na, mein Alter bekam seine Lizenz. Sie schickten sie ihm ohne ein Wort, und er ritt ein paarmal. Amiens und auf dem Lande und derartige Sachen, aber er schien kein Engagement zu kriegen. Alle hatten ihn gern, und wann ich auch vormittags ins Café kam, sicher fand ich da jemanden, der mit ihm trank, weil mein Alter nicht geizig war wie die meisten von diesen Jockeis, die ihren ersten Dollar beim Reiten auf der Weltausstellung in St. Louis neunzehnnullvier verdient haben. Das sagte mein Alter immer, wenn er George Burns aufziehen wollte. Aber es sah direkt aus, als ob alle sich davor drückten, meinem Alten irgendwelche Ritte zu geben.

Wir fuhren jeden Tag mit dem Auto von Maisons zu allen Rennen in der Gegend, und das war das Schönste von allem. Ich freute mich, wenn die Pferde nach dem Sommer aus Deauville zurückkamen, obschon damit das Rumtreiben im Wald ein Ende hatte, weil wir dann nach Enghien oder Tremblay oder St. Cloud rausfuhren, und ihnen von der Trainer- und Jockeitribüne aus zusahen. Na, in der Gesellschaft hab ich allerhand über Rennen gelernt, und der Hauptwitz lag eben darin, daß wir jeden Tag gingen.

Ich erinnere mich an eine Geschichte in St. Cloud. Es war ein großes 200 000-Francs-Rennen mit sieben Nennungen, und Warcloud war großer Favorit. Ich ging mit meinem Alten zum Sattelplatz, um die Pferde anzusehen; solche Pferde haben Sie noch nie gesehen. Dieser Warcloud ist ein riesengroßer Goldfuchs und sieht aus wie das leibhaftige Rennen. Ich hab nie so 'n Pferd gesehen. Er wurde um den Sattelplatz geführt, hielt den Kopf gesenkt, und als er bei mir vorbeikam, wurde mir plötzlich ganz schwindlig, so schön war er. So ein wunderbares, rassiges, rennmäßig gebautes Pferd gibt es einfach gar nicht. Und er ging um den Sattelplatz und setzte seine Hufe grade richtig und ruhig und vorsichtig und bewegte sich so leicht, als ob er wüßte, was er zu tun hatte, und er schlug nicht aus und bäumte sich nicht und machte auch keine wilden Augen wie die Verkaufsmähren, die vorher gedopt werden. Die Menge stand so dicht, daß ich ihn nicht mehr sehen konnte, außer grad mal seine vorübergehenden Beine und etwas Braunes, und mein Alter bahnte sich einen Weg aus dem Gewühl, und ich folgte ihm zur Jockei-Garderobe zwischen den Bäumen, und auch da war eine Menschenmenge drum rum, aber der Mann an der Tür in seiner Melone nickte meinem Alten zu, und wir gingen hinein, und alle saßen rum und machten sich fertig und zogen ihre Hemden über die Köpfe und zogen ihre Stiefel an, und es roch alles heiß und verschwitzt und nach Salben, und draußen war die Menschenmenge und stierte herein.

Mein Alter ging hinüber und setzte sich neben George Gardener, der grade in seine Hosen stieg, und sagte: «Was ist der Tip, George?» in ganz gewöhnlichem Tonfall, weil's gar keinen Zweck hat, herumzutasten, denn entweder kann ihm George etwas sagen, oder er kann ihm nichts sagen.

«Er gewinnt nicht», sagte George sehr leise, als er sich vornüberbeugte und seine Reithosen unten zuknöpfte.

«Wer denn?» sagt mein Alter und beugt sich dicht rüber, damit niemand was hören kann.

«Foxless», sagt George, «und wenn, heb mir ein paar Tickets auf.»

Mein Alter sagt etwas zu George in seinem gewöhnlichen Tonfall, und George antwortet so, wie wenn er ihn uzt: «Setz nur nie auf das, was ich dir sage», und wir drängeln uns durch die Menge, die hereinsah, bis zum 100-Francs-Toto durch. Aber ich wußte, da wurde ein Ding gedreht, denn George war der Jockei von Warcloud. Auf dem Weg holte sich mein Alter eine von den gelben Buchmacherlisten, und man legte Warcloud nur 5 zu 10, dann kommt als nächster Gefisidote mit 3 zu 1 und als Fünfter auf der Liste dieser Foxless mit 8 zu 1. Mein Alter setzt 5000 Sieg und 1000 Platz auf Foxless, und wir gingen hinter der Haupttribüne herum, um die Treppen raufzugehen und einen Platz zu bekommen, um dem Rennen zuzusehen.

Wir waren fest eingekeilt, und zuerst kam ein Mann in einem grauen Zylinder, einem Gehrock und einer Peitsche, die er zusammengewickelt in der Hand hielt, heraus, und dann folgten dem alten Kerl im Schritt, eins hinter dem andern, die Pferde mit den Jockeis drauf und an jeder Seite ein Stalljunge, der die Zügel hielt. Zuerst kam Warcloud, der große Fuchs. Auf den ersten Blick sah er gar nicht so gewaltig aus, bis man die Länge seiner Beine und so die ganze Art, wie er gebaut ist und wie er sich bewegt, sah. Donnerwetter, war das 'n Pferd! George Gardener ritt ihn, und sie bewegten sich langsam hinter dem alten Kerl her, der in seinem grauen Zylinder wie ein Zirkusdirektor in der Manege einherstolzierte. Hinter Warcloud, der sich geschmeidig und goldbraun in der Sonne bewegte, kam ein gutaussehender Rappe mit einem hübschen Kopf, den Tommy Archibald ritt, und hinter dem Rappen kam eine Reihe von fünf Pferden, die sich alle langsam wie in einer Prozession an den Tribünen und der Waage vorbeibewegten. Mein Alter sagte, der Rappe sei Foxless, und ich sah ihn daraufhin genau an, und es war schon ein gutaussehendes Pferd, aber mit Warcloud überhaupt nicht zu vergleichen.

Alles jubelte Warcloud zu, als er vorbeikam, und wahrhaftig, er war ein fabelhafter Gaul. Die ganze Prozession zog drüben an der andern Seite des Innenfeldes vorbei und dann zurück zu unserm Ende der Bahn, und der Zirkusdirektor hieß die Stalljungen ein Pferd nach dem andern loslassen, so daß sie auf ihrem Weg zum Start an den Tribünen vorbeigaloppierten und jeder sie noch einmal gut ansehen konnte. Sie waren kaum einen Moment am Start, als die Glocke ertönte, und man sie weit weg im Innenfeld alle in einem Rudel auf den ersten Anhieb starten sah wie eine Reihe Spielzeugpferde. Ich beobachtete sie durch mein Glas, und Warcloud lag weit hinten, und einer der Füchse war Schrittmacher. Sie fegten herunter und um die Ecke und kamen vorbeigestampft, und Warcloud war ein gutes Stück zurück, als sie bei uns vorbeikamen und dieser Foxless-Gaul weit ausladend in Front. Einfach gemein, wenn sie so bei einem vorbeikommen, und man muß mit ansehn, wie sie sich weiter und weiter entfernen und kleiner und kleiner werden und dann in den Kurven alle zusammenliegen und dann rum, in die Grade herunterkommen, und man muß einfach wie verrückt fluchen. Endlich nehmen sie die letzte Kurve und kommen in die Endgrade, und dieses Foxless-Pferd liegt weit in Front. Alle machen komische Gesichter und sagen «Warcloud», irgendwie beinahe jämmerlich, während sie die Grade runterstampfen, und dann kam etwas wie ein pferdeköpfiger, goldbrauner Strich aus dem Bündel raus, direkt in mein Glas, und alle fingen an «Warcloud!» zu brüllen wie die Verrückten. Warcloud holte schneller auf als alles, was ich in meinem ganzen Leben gesehen hatte, und pullte hinter Foxless auf, der schließlich so schnell war, wie irgendein Rappe nur sein konnte, aus dem der Jockei das Letzte herauspeitscht, und sie lagen einen Moment Kopf an Kopf, aber es sah aus, als ob Warcloud doppelt so schnell war mit diesen Riesensprüngen und dem nach vorn gestreckten Kopf – aber als sie Kopf an Kopf lagen, gingen sie durchs Ziel, und als die Nummern hochgezogen wurden, war Nummer 2 der Erste und das hieß, daß Foxless gewonnen hatte.

Mir war ganz komisch und zittrig in den Beinen, und dann waren wir zwischen all den Leuten eingeklemmt, die runtergingen, um vor dem Brett zu stehen, wo angeschrieben wurde, was Foxless gab. Ehrenwort, während des Rennens hatte ich ganz vergessen, wieviel mein Alter auf Foxless gesetzt hatte. Ich hatte so brennend gewünscht, daß Warcloud gewinnen sollte. Aber jetzt, wo's vorbei war, war's schon knorke, daß wir den Sieger hatten.

«Fabelhaftes Rennen, Vati, nicht?» sagte ich zu ihm.

Er sah mich irgendwie ein bißchen komisch an, mit seiner Melone tief im Nacken. «George Gardener ist schon ein fabelhafter Jockei, das steht fest», sagte er. «Da muß man schon ein erstklassiger Jockei sein, damit Warcloud nicht gewinnt.»

Natürlich hatte ich die ganze Zeit gewußt, daß es Schiebung war. Aber wie mein Alter das so sagte, nahm mir das den ganzen Elan, und ich kriegte auch den wirklichen Elan nicht wieder, als sie die Zahlen anschrieben und die Glocke zur Auszahlung rief, und wir sahen, daß Foxless 67,50 für 10 gab. Überall sagten Leute: «Armer Warcloud, armer Warcloud.» Und ich dachte, ich wünschte, ich wäre ein Jockei und hätte ihn reiten können, an Stelle von diesem Scheißkerl. Und das war eigentlich komisch, an George Gardener als Scheißkerl zu denken, weil ich ihn immer gern gemocht hatte, und außerdem hatte er uns ja den Tip gegeben, aber wahrscheinlich ist er das doch.

Mein Alter hatte nach diesem Rennen eine schwere Menge Geld, und er gewöhnte sich daran, öfter nach Paris zu fahren. Wenn in Tremblay ein Rennen gelaufen wurde, ließ er sich auf dem Rückweg nach Maisons in Paris absetzen, und er und ich setzten uns dann vors Café de la Paix und guckten die Leute an, die vorübergingen. Es ist komisch, da zu sitzen. Ströme von Menschen kommen vorbei, und alle möglichen Kerle kommen ran und wollen einem was verkaufen, und ich fand es herrlich, mit meinem Alten da zu sitzen. Das war der größte Jux. Da gab es Kerle, die einem komische Kaninchen verkaufen wollten, die sprangen, wenn man auf einen Ball drückte, und die kamen zu uns ran, und mein Alter machte Ulk mit ihnen. Er sprach Französisch genauso wie Englisch und alle diese Kerls kannten ihn, weil man einen Jockei immer erkennen kann, – und dann saßen wir auch immer am gleichen Tisch, und sie gewöhnten sich dran, uns da zu sehen. Manche Kerle verkauften Heiratsurkunden, und manche Mädchen verkauften Gummieier, und wenn man drauf drückte, kam ein Hahn raus; und ein alter, wurmstichig aussehender Kerl kam mit Ansichtskarten von Paris vorbei, und er zeigte sie allen, und natürlich kaufte nie jemand welche, und dann kam er wieder zurück und zeigte die untere Hälfte des Haufens, und das waren lauter unanständige Postkarten, und eine Menge Leute wühlten drin und kauften welche.

Himmel, ich erinnere mich an komische Leute, die vorbeikamen, Mädchen zur Abendbrotzeit, die jemanden suchten, der sie zum Essen einlud, und sie sprachen meinen Alten an, und der antwortete ihnen mit einem Witz auf französisch, und sie strichen mir über den Kopf und gingen weiter. Einmal saß am Nebentisch eine Amerikanerin mit ihrer kleinen Tochter, und sie aßen beide Eis, und ich sah das Mädchen die ganze Zeit über an, und sie sah süß aus, und ich lächelte ihr zu, und sie lächelte mir zu, aber das war auch alles, was passierte; denn ich sah jeden Tag nach ihr und ihrer Mutter aus, und ich überlegte, wie ich sie ansprechen würde, und ich war neugierig, ob ihre Mutter, wenn ich mit ihnen erst bekannt war, mir erlauben würde, sie nach Auteuil oder Tremblay einzuladen, aber ich sah keine von beiden jemals wieder. In jedem Fall, glaube ich, wär's erfolglos geblieben, in jedem Fall; denn, wenn ich zurückdenke, erinnere ich mich, daß ich folgendes damals für die günstigste Art hielt, sie anzusprechen: «Verzeihung, darf ich Ihnen vielleicht einen Tip heute für Enghien geben?» Und es kann schon sein, daß sie mich für einen Anreißer gehalten und mir nicht geglaubt hätte, daß ich ihnen wirklich den Sieger geben wollte.

Wir sitzen im Café de la Paix, mein Alter und ich, und wir haben bei dem Kellner einen Stein im Brett, weil mein Alter Whisky trinkt und der fünf Francs kostet, und das bedeutet ein gutes Trinkgeld, wenn die Untersätze addiert werden. Mein Alter trank mehr, als ich es bei ihm gewohnt war, aber er ritt jetzt überhaupt nicht mehr, und außerdem sagte er, daß Whisky sein Gewicht runter hielte. Aber ich sah, wie er dabei trotzdem jeden Tag zunahm. Er mied die ganze

Clique aus Maisons und schien am liebsten mit mir auf dem Boulevard herumzusitzen. Aber er verlor jeden Tag beim Rennen Geld. Nach dem letzten Rennen fühlte er sich, wenn er an dem Tag verloren hatte, immer irgendwie ein bißchen kläglich, bis wir dann wieder an unserm Tisch saßen und er seinen ersten Whisky intus hatte; dann ging's ihm wieder glänzend.

Er liest den *Paris-Sport* und sieht zu mir rüber und sagt: «Na, wo bleibt deine Freundin, Joe?», um mich wegen der Kleinen vom Nebentisch, von der ich ihm erzählt hatte, aufzuziehen. Und ich werde rot, aber ich laß mich gern ihretwegen aufziehen. Es macht mich froh. «Mach nur ordentliche Stielaugen, Joe», würde er sagen, «sie wird schon wiederkommen.»

Dann fragte er mich allerhand, und über manche meiner Antworten lachte er. Und dann fing er an zu erzählen. Über seine Ritte unten in Ägypten oder in St. Moritz auf dem Eis, bevor meine Mutter starb, und über die während des Krieges, als sie unten in Südfrankreich richtige Rennen ritten, ohne Geld, ohne Zuschauer, ohne irgend etwas, nur wegen der Zucht. Richtige Rennen, wo die Jockeis das Letzte aus den Gäulen herausholten. Himmel, ich konnte meinem Alten stundenlang zuhören, hauptsächlich, nachdem er ein paar hinter die Binde gegossen hatte. Er erzählte mir von Kentucky, als er ein Junge war, und wie er auf die Waschbärenjagd ging, und so von früher, bevor alles in den Staaten zum Teufel ging. Und dann sagte er: «Joe, wenn wir erst mal 'n anständigen Batzen Geld haben, fährst du rüber nach Amerika und gehst da zur Schule.»

«Was soll ich denn da in der Schule, wenn alles zum Teufel gegangen ist?» würde ich ihn fragen.

«Das ist was andres», war seine Antwort, und er rief den Kellner, bezahlte den Stapel Untersätze, und dann nahmen wir ein Taxi zum Bahnhof St. Lazare und stiegen in unseren Zug nach Maisons.

Eines Tages in Auteuil erstand mein Alter nach einem Verkaufs-Hindernisrennen den Sieger für 30000 Francs. Er mußte ein bißchen bieten, aber das Gestüt ließ den Gaul schließlich gehen, und mein Alter kriegte seine Zulassung und seine Farben innerhalb einer Woche. Himmel, was war ich stolz, daß mein Alter Rennstallbesitzer war! Er wurde mit Charles Drake über eine Box einig, und mit Paris war's Schluß, und er fing wieder mit seinem Laufen und Schwitzen an, und er und ich waren das ganze Stallpersonal. Unser Pferd hieß Gilford, irische Zucht, und war ein gutes, zuverlässiges Springpferd. Mein Alter hielt ihn, da er ihn selbst trainierte und ritt, für eine gute Anlage. Ich war auf alles stolz und fand, daß Gilford genauso 'n gutes Pferd war wie Warcloud. Er war ein guter, sicherer Springer, ein Fuchs, der auf der Flachen genug Tempo hergab, wenn man es von ihm verlangte, und außerdem sah er gut aus.

Donnerwetter, hatte ich ihn gern. Das erste Mal, als er unter meinem Alten startete, wurde er Dritter in einem 2500-Meter-Hürdenrennen, und als mein Alter schwitzend und glücklich abstieg und zur Waage ging, war ich so stolz auf ihn, als ob er das erste Mal in seinem ganzen Leben in einem Rennen placiert war. Wissen Sie, wenn ein Kerl eine Weile nicht geritten ist, kann man sich's kaum vorstellen, daß er überhaupt jemals geritten ist. Die ganze Sache war jetzt anders, denn in Mailand hatten selbst große Rennen meinem Alten nicht das geringste ausgemacht; wenn er siegte, war er nie aufgeregt, oder so was, und jetzt war's so, daß ich die Nacht vor dem Rennen kaum schlafen konnte, und ich wußte, auch mein Alter war aufgeregt, selbst wenn er's nicht zeigte. Für sich selbst reiten, das macht einen verteufelten Unterschied.

Das zweite Mal, als Gilford und mein Alter starteten, war an einem regnerischen Sonntag, in Auteuil im Prix du Marat, einem Hindernisrennen von 4500 Metern. Sobald er draußen war, suchte ich meinen Alten mit dem neuen Glas, das er mir geschenkt hatte, damit ich sie beobachten konnte. Sie starteten ganz am anderen Ende der Bahn, und es gab Schwierigkeiten am Startband. Etwas mit Scheuklappen machte Menkenke, bäumte sich auf und riß das Startband einmal durch, aber ich konnte meinen Alten in unserer schwarzen Jacke mit dem weißen Kreuz und seiner schwarzen Kappe erkennen, wie er auf Gilford saß und ihn mit der Hand beruhigte. Dann waren sie mit einem Sprung weg und außer Sicht hinter den Bäumen, und die Glocke läutete, wie ums liebe Leben, und die Wettschalter rasselten runter. Himmel, ich war so aufgeregt, daß ich kaum hinzusehen wagte, aber ich stellte mein Glas auf den Fleck ein, wo sie hinter den Bäumen wieder zum Vorschein kommen mußten, und dann kamen sie raus mit der alten Schwarzjacke als Drittem, und sie segelten wie Vögel über das Hindernis weg. Dann gingen sie wieder außer Sicht, und dann kamen sie angestampft und den Hügel runter, und alle liefen leicht und geschmeidig und mühelos und nahmen die Hürde ganz glatt alle zusammen und bewegten sich in geschlossenem Felde von uns weg. Es sah aus, als ob man über ihre Rükken gehen konnte, so dicht lagen sie zusammen, und so weich war die Bewegung. Dann setzten sie über die große Doppelhecke, und etwas fiel herunter. Ich konnte nicht sehen, wer es war, aber in einer Minute stand das Pferd wieder auf den Beinen und galoppierte herrenlos umher, und das ganze Feld fegte noch dicht beieinander um die linke Kurve in die Grade. Sie nahmen den Steinwall und kamen zusammengekeilt die Grade runter bis zum großen Wassergraben direkt vor den Tribünen. Ich sah sie rankommen und brüllte meinem Alten zu, als er vorbeikam, und er führte um ungefähr eine Länge und ritt leicht wie ein Affe vorneweg, und sie pesten auf den Wassergraben zu. Sie nahmen alle zusammen die große Hecke am Wassergraben, und dann gab es einen Sturz, und zwei Pferde zogen sich seitwärts raus und liefen weiter, und drei andere waren festgerammt. Ich konnte meinen Alten nirgends sehen. Ein Pferd kniete sich hoch, und sein Jockei ergriff die Zügel, stieg auf und peitschte drauf los ums Platzgeld. Das andere Pferd stand und lief dann ohne Reiter, schlug mit dem Kopf und galoppierte mit hängenden Zügeln, und der Jockei stolperte hinüber auf die andere Seite der Bahn gegen den Zaun. Dann rollte Gilford auf die Seite, von meinem Alten runter und stand auf und fing an, auf drei Beinen zu laufen und schlenkerte mit seinem gebrochenen Vorderhuf umher, und da lag mein Alter flach auf dem Gras mit dem Gesicht nach oben und die ganze Seite von seinem Kopf voller Blut. Ich rannte die Tribüne runter und stieß auf einen Menschenknäuel und kam bis ans Gitter, und ein Polizist packte mich und hielt mich fest, und zwei große Bahrenträger gingen raus, um meinen Alten zu holen, und auf der anderen Seite sah ich drei Pferde weit auseinandergezogen hinter den Bäumen hervorkommen und das Hindernis nehmen.

Mein Alter war tot, als sie ihn reinbrachten, und während ein Arzt mit einem Ding, das er sich in die Ohren steckte, sein Herz behorchte, hörte ich draußen auf der Bahn einen Schuß, und das hieß, daß sie Gilford erschossen hatten. Ich legte mich neben meinen Alten, als sie die Bahre ins Ambulanzzimmer trugen, und hielt mich an der Bahre fest und weinte und weinte, und er sah so weiß und weit weg und so schrecklich tot aus, und ich mußte immer denken, wo schon mein Alter tot war, hätte man doch vielleicht Gilford nicht auch noch zu erschießen brauchen. Sein Huf hätte doch wieder werden können. Ich weiß nicht. Ich hab meinen Alten schrecklich liebgehabt.

Dann kamen ein paar Kerls rein, und einer klopfte mir auf den Rücken und ging dann hinüber und sah meinen Alten an und nahm dann ein Laken von der Pritsche und deckte es über ihn, und ein andere telefonierte auf französisch nach einem Krankenwagen, um ihn nach Maisons zu bringen. Und ich konnte nicht aufhören mit Weinen und Weinen und so 'ner Art Würgen, und George Gardener kam rein und setzte sich neben mich auf die Erde und legte seinen Arm um mich und sagte: «Na, komm, Joe, alter Junge, steh auf, wir wollen rausgehen und auf den Krankenwagen warten.»

George und ich gingen zum Tor, und ich versuchte, mit Heulen aufzuhören, und George wischte mir das Gesicht mit seinem Taschentuch ab, und wir standen ein bißchen abseits, während die Menge durch das Tor hinausströmte, und zwei Kerle blieben dicht bei uns stehen, während wir drauf warteten, daß die Leute durch das Tor rausgingen, und einer von ihnen zählte ein Bündel Tickets und sagte: «Na, Butler hat sein Teil abgekriegt.»

Der andere Kerl sagte: «Ist mir ganz wurscht, ob er's abgekriegt hat oder nicht, dieser Gauner! So, wie der's getrieben hat, war's nicht anders zu erwarten.»

«Das kann man wohl sagen», sagte der andere Kerl und riß das Bündel Tickets in Stücke.

Und George Gardener guckte mich an, um zu sehen, ob ich's gehört hatte, und ich hatte natürlich alles gehört, und er sagte: «Hör nicht auf das, was die Scheißkerle reden, Joe. Dein Alter war ein fabelhafter Kerl.»

Aber ich weiß nicht recht. Scheint, wenn die mal loslegen, dann bleibt überhaupt nichts an einem Kerl dran.

XIV

Maëra lag still, den Kopf auf den Armen, das Gesicht im Sand, von Blut warm und klebrig. Jedesmal fühlte er das Horn kommen. Manchmal stieß ihn der Stier nur mit dem Kopf. Einmal ging das Horn ganz durch ihn durch, und er fühlte, wie es in den Sand ging. Jemand hatte den Stier beim Schwanz. Man beschimpfte ihn und schlug ihm die Capa um den Kopf. Dann war der Stier weg. Ein paar Männer hoben Maëra auf und begannen mit ihm auf die Barriere zuzurennen, durch das Gatter, durch den Torweg, um die Haupttribüne unten herum, ins Sanitätszimmer. Sie legten Maëra auf eine Bahre, und einer der Männer ging den Doktor holen. Die anderen standen herum. Der Doktor kam aus den Ställen angerannt, wo er Picador-Pferde zugenäht hatte. Er mußte sich erst die Hände waschen. Über ihren Köpfen auf der Haupttribüne war ein Riesengeschrei. Maëra wollte etwas sagen und merkte, daß er nicht sprechen konnte. Maëra fühlte, wie alles größer und größer wurde und dann kleiner und kleiner. Dann wurde es größer und größer und dann kleiner und kleiner. Dann begann alles schneller und schneller zu laufen, so als ob man einen Film immer schneller herunterkurbelt. Dann war er tot.

Großer doppelherziger Strom

I

Der Zug fuhr weiter, das Geleis entlang, ausser Sicht, um einen von den Hügeln mit niedergebranntem Baumbestand. Nick setzte sich auf den Packen Zeltbahn und Bettzeug, den der Packmeister aus der Tür des Gepäckwagens herausgeworfen hatte. Es war keine Stadt da, nichts als die Schienen und das verbrannte Land. Die dreizehn Kneipen, die früher die einzige Straße Seneys einsäumten, hatten keine Spur hinterlassen. Die Grundmauern des Mansion House Hotels ragten aus dem Boden hervor. Der Stein war vom Feuer geborsten und gespalten. Das war alles, was von der Stadt Seney übrig war. Selbst die Oberfläche des Bodens war weggebrannt.

Nick blickte den verbrannten Teil des Berghanges hinauf, wo er erwartet hatte, die verstreut liegenden Häuser der Stadt zu finden und ging dann die Bahngeleise entlang zu der Brücke, die über den Fluß führte. Der Fluß war da. Er wirbelte gegen die Holzpfeiler der Brücke. Nick sah hinunter in das klare, durch den kieselsteinernen Grund braunfarbige Wasser und beobachtete die Forellen, die sich mit fächelnden Flossen stetig in der Strömung hielten. Während er sie beobachtete, änderten sie durch schnelle Wendungen ihre Stellung, nur um sich von neuem in dem reißenden Wasser an ihrem Platz zu halten. Nick beobachtete sie lange Zeit.

Er beobachtete, wie sie sich hielten, mit den Mäulern gegen die Strömung, viele Forellen im tiefen, schnellströmenden Wasser leicht verzerrt, als er sie tief unten durch die gläserne konvexe Oberfläche der Vertiefung beobachtete, deren Oberfläche sanft fließend gegen den Widerstand der eingerammten Holzpfeiler der Brücke drängte und anstieg. Auf dem Grund der Vertiefung waren die großen Forellen. Nick sah sie zuerst nicht; dann erblickte er sie auf dem Grund der Vertiefung, große Forellen, die sich auf dem kiesigen Grund in einem wechselnden Schleier von Kies und Sand, der durch die Strömung emporgewirbelt wurde, zu halten suchten.

Nick sah von der Brücke hinunter in die Vertiefung. Es war ein heißer Tag. Ein Eisvogel flog stromaufwärts. Es war lange her, seit Nick in einen Strom geblickt und Forellen gesehen hatte. Sie waren ganz, wie sie sein sollten. Als der Schatten des Eisvogels sich den Strom hinaufbewegte, schoß eine große Forelle in einem weiten Winkel stromaufwärts; nur ihr Schatten gab den Winkel an, dann verlor sie ihren Schatten, als sie durch die Oberfläche des Wassers brach, funkelte in der Sonne und dann, als sie wieder in den Strom unter die

Oberfläche tauchte, schien ihr Schatten mit der Strömung den Fluß hinunterzuschwimmen, widerstandslos dem Platz unter der Brücke zu, wo sie sich steifte und gegen die Strömung stellte.

Nicks Herz zog sich zusammen, als die Forelle sich bewegte. Er fühlte all die alten Gefühle.

Er wandte sich um und sah den Strom hinab. Er dehnte sich in die Ferne, kieselsteingründig mit Sandbänken, großen Felsblöcken und einer starken Vertiefung dort, wo er um den Fuß einer Klippe wegbog.

Nick ging zurück, auf den Schwellen entlang dorthin, wo seine Sachen in den Schlacken neben den Bahngeleisen lagen. Er war glücklich. Er richtete die Traggurte an seinem Packen, zog die Riemen fest, schwang den Packen auf den Rücken, zwängte die Arme durch die Schulterriemen und verringerte den Druck auf den Schultern, indem er seine Stirn gegen das breite Band des Kopfriemens stemmte. Dennoch war es zu schwer. Es war viel zu schwer. Er hatte sein ledernes Angelfutteral in der Hand, lehnte sich vornüber, um das Gewicht des Packens hoch auf den Schultern zu halten, und ging den Weg entlang, der den Schienensträngen parallel lief, ließ die verbrannte Stadt hinter sich in der Hitze und bog dann ab um einen Hügel – zu beiden Seiten je einen hohen, brandnarbigen Hügel – auf einen Weg, der ins offene Land zurückführte. Er ging den Weg entlang, und das Zerren des schweren Packens tat ihm weh. Der Weg stieg ständig. Es war mühsam, bergan zu gehen. Seine Muskeln schmerzten, und der Tag war heiß, aber Nick fühlte sich glücklich. Er fühlte, er hatte alles hinter sich gelassen, das Denken-Müssen, das Schreiben-Müssen und noch manches andere Muß. Es lag alles hinter ihm.

Von dem Augenblick an, als er vom Zug abgesprungen war und der Packmeister seine Sachen aus der offenen Wagentür herausgeworfen hatte, war alles anders gewesen. Seney war niedergebrannt; das Land war verbrannt und verändert, aber das machte nichts. Es konnte nicht alles verbrannt sein. Er wußte das. Er stapfte den Weg entlang, schwitzte in der Sonne und stieg aufwärts, um die Hügelkette zu überschreiten, die die Eisenbahn von den Kiefernebenen trennte.

Der Weg senkte sich dann und wann, führte aber immer bergan. Nick stieg weiter. Schließlich erreichte der Weg, nachdem er der verbrannten Bergseite parallel gelaufen war, die Höhe. Nick lehnte sich gegen einen Baumstumpf und schlupfte aus den Traggurten seines Packens. Vor ihm lag die Kiefernebene, so weit er sehen konnte. Das verbrannte Land hörte links mit der Hügelkette auf. Vor ihm erhoben sich Inseln von dunklen Kiefern aus der Ebene. Weit entfernt, zur Linken, war die Flußlinie. Nick folgte ihr mit den Augen und sah das Wasser in der Sonne aufglitzern.

Vor ihm war nichts als die Kiefernebene bis zu den fernen, blauen

Hügeln, die die Hochebene des Lake Superior andeuteten. Er konnte sie kaum sehen, schwach und weit entfernt im Hitzeflimmern über der Ebene. Wenn er sie zu stark fixierte, waren sie weg. Wenn er aber nur hinblinzelte, waren sie da, die weit entfernten Hügel der Hochebene.

Nick setzte sich gegen den verkohlten Baumstumpf und rauchte eine Zigarette. Sein Packen balancierte auf der Fläche des Baumstumpfes mit fertig gerichteten Traggurten und einer von seinem Rücken eingedrückten Vertiefung. Nick saß da, rauchte und sah über das Land hin. Er brauchte die Karte nicht herauszunehmen. Er wußte, der Lage des Flusses nach, wo er war.

Während er rauchte – die Beine von sich gestreckt –, bemerkte er einen Grashüpfer, der auf dem Boden entlang- und dann seine wollene Socke hinaufkroch. Der Grashüpfer war schwarz. Während des Aufstiegs hatte Nick viele Grashüpfer aus dem Staub aufgejagt. Sie waren alle schwarz. Dies waren nicht jene großen Grashüpfer, die beim Auffliegen mit gelben und schwarzen oder roten und schwarzen Flügeln aus ihren schwarzen Flügeldecken emporschwirren. Es waren ganz gewöhnliche Grashüpfer, aber alle von rußschwarzer Farbe. Nick waren sie schon beim Gehen aufgefallen, ohne daß er wirklich über sie nachgedacht hatte. Als er jetzt den schwarzen Grashüpfer beobachtete, der mit vierlappiger Lippe an der Wolle seiner Socke nagte, wurde ihm klar, daß sie alle schwarz geworden waren, weil sie in dem verbrannten Land lebten. Ihm war klar, daß der Brand im vergangenen Jahr gewesen sein mußte, aber die Grashüpfer waren alle jetzt schwarz. Wie lange sie wohl so bleiben würden?

Vorsichtig langte er mit der Hand hinab und ergriff den Grashüpfer bei den Flügeln. Er drehte ihn um – alle seine Beine strampelten in der Luft – und besah sich seinen gegliederten Leib. Ja, auch der war schwarz und schillerte da, wo Rücken und Kopf staubig waren.

«Mach weiter, Grashüpfer!» sagte Nick und sprach zum erstenmal. «Flieg irgendwohin.»

Er schnellte den Grashüpfer in die Luft und beobachtete, wie er über den Weg zu einem verkohlten Baumstumpf hinübersegelte.

Nick stand auf. Er lehnte den Rücken gegen das Gewicht seines Packens da, wo er senkrecht auf dem Stumpf auflag, und zwängte die Arme durch die Tragriemen. Er stand mit dem Packen auf dem Rücken auf der Kuppe des Hügels und sah über das Land hinweg, in der Richtung des fernen Stromes, und dann stieg er abseits vom Weg die Böschung hinunter. Der Boden unter seinen Füßen war angenehm zum Gehen. Zweihundert Meter den Hang hinab hörte der Brandbezirk auf. Von da an ging es durch knöchelhoch wachsende Farne und Gruppen von Strauchkiefern; langwelliges Land mit vielen Anhöhen und Hängen, sandigem Boden und wieder lebendigem Land.

Nick hielt seine Richtung nach der Sonne. Er wußte, wo er auf den Fluß stoßen wollte, und er ging weiter durch die Kiefernebene, stieg kleine Anhöhen hinauf, sah neue Anhöhen vor sich und manchmal von der Kuppe einer solchen Anhöhe eine große, dichte Kieferninsel zur Rechten oder zur Linken. Er brach ein paar Büschel von dem heideartigen Farn ab und steckte sie unter die Tragriemen. Das Scheuern zerrieb es, und er roch es im Gehen.

Er war müde und ihm war sehr heiß, als er durch die holprige, schattenlose Kiefernebene wanderte. Er wußte, daß er jederzeit, wenn er links abbog, auf den Fluß stoßen konnte. Er war höchstens eine Meile entfernt. Aber er hielt weiter nach Norden zu, um so weit aufwärts, wie er in einem Tagesmarsch kommen konnte, auf den Fluß zu stoßen.

Schon geraume Zeit hatte Nick beim Gehen eine der großen Kieferninseln vor sich gehabt, die sich über der welligen Hochebene, die er durchschritt, erhob. Er tauchte hinab, und dann, als er langsam zum Kammgrat heraufkam, bog er ab und hielt auf die Kiefern zu.

Es gab kein Unterholz in der Insel von Kiefernbäumen. Die Stämme der Bäume ragten gerade in die Höhe oder neigten sich gegeneinander. Die Stämme waren gerade und braun, ohne Äste. Die Äste saßen hoch oben. Manche griffen ineinander und warfen einen dichten Schatten auf dem braunen Waldboden. Um das Wäldchen war eine kahle Fläche. Der Boden unter Nicks Füßen war weich und braun. Der Kiefernnadelboden griff hier über und breitete sich jenseits der Reichweite der hohen Äste aus. Die Bäume waren in die Höhe gewachsen, und die Äste saßen hoch oben und ließen den kahlen Bereich, den sie einst beschattet hatten, in der Sonne. Hart am Rande dieser Ausdehnung des Waldbodens begann das Farnkraut.

Nick ließ seinen Packen hinuntergleiten und legte sich in den Schatten. Er lag auf dem Rücken und sah hinauf in die Kiefernbäume. Sein Hals, sein Rücken und sein Kreuz ruhten aus, als er sich streckte. Wohltuend fühlte er die Erde gegen seinen Rücken. Er sah durch die Äste hinauf zum Himmel und schloß dann die Augen. Er öffnete sie und sah von neuem hinauf. Hoch oben in den Ästen ging ein Wind. Er schloß die Augen wieder und schlief ein.

Nick wachte steif und verkrampft auf. Die Sonne war beinahe untergegangen. Sein Packen war schwer, und die Riemen schmerzten, als er ihn auf den Rücken hob. Er lehnte sich mit dem Packen vornüber und nahm das lederne Angelfutteral auf und begann seinen Marsch von den Fichtenbäumen über die Farnkrautlichtung dem Flusse zu. Er wußte, es konnte nicht mehr als eine Meile sein.

Er kam eine mit Baumstümpfen bedeckte Böschung hinunter auf eine Wiese. Am Rande der Wiese strömte der Fluß. Nick war froh, an den Fluß zu kommen. Er ging durch die Wiese stromaufwärts. Seine Hosen wurden vom Tau durchnäßt, als er ging. Nach dem heißen Tag war der Tau früh und schwer gefallen. Der Fluß machte kein Geräusch. Er strömte zu schnell und glatt dahin. Bevor Nick zu einem hochgelegenen Platz hinaufstieg, um sein Lager aufzuschlagen, sah er vom Rande der Wiese den Fluß entlang auf die steigenden Forellen. Sie kamen an die Oberfläche nach den Insekten, die aus dem Sumpf am anderen Ufer des Stromes kamen, als die Sonne unterging. Die Forellen sprangen aus dem Wasser, um sie zu schnappen. Während Nick durch das schmale Stück Wiese den Strom entlangging, waren Forellen hoch aus dem Wasser emporgeschnellt. Als er jetzt den Strom abwärts blickte, hatten sich die Insekten wohl auf der Wasseroberfläche niedergelassen, denn die Forellen fraßen gleichmäßig den ganzen Strom hinunter. Auf der langen Strecke, so weit hinunter wie er sehen konnte, stiegen die Forellen auf und machten Kreise, so, wie wenn es zu regnen anfinge.

Der bewaldete, sandige Boden stieg an, und man übersah die Wiese, ein Stück Fluß und den Sumpf. Nick ließ seinen Packen und sein Angelfutteral zu Boden gleiten und sah sich nach einem ebenen Stück Erde um. Er war sehr hungrig, und er wollte sein Lager aufschlagen, bevor er abkochte. Zwischen zwei Strauchkiefern war der Boden ziemlich eben. Er nahm die Axt aus dem Packen und hackte zwei hervorstehende Wurzeln weg. Das ebnete ein Stück Erde, groß genug, um darauf zu schlafen. Er glättete den sandigen Boden mit der Hand und riß alle Farnbüschel mit den Wurzeln aus. Seine Hände rochen gut nach den Farnen. Er glättete die aufgewühlte Erde. Er wollte nicht, daß irgend etwas Buckel unter den Decken machen würde. Als er den Boden glatt hatte, breitete er seine drei Decken aus. Die eine legte er doppelt direkt auf die Erde. Die andern beiden breitete er darüber.

Mit der Axt spaltete er ein helles Kiefernscheit von einem der Stümpfe ab und schnitt daraus Pflöcke für sein Zelt. Er brauchte lange, starke, die fest in der Erde staken. Nachdem er das Zelt ausgepackt und auf der Erde ausgelegt hatte, sah sein Packen, der gegen eine Strauchkiefer lehnte, viel kleiner aus. Nick band das Seil, das dem Zelt als Firststange diente, an den Stamm eines der Kiefernbäume, zog das Zelt mit dem anderen Seilende vom Boden hoch und band es an der zweiten Kiefer fest. Das Zelt hing auf dem Seil wie eine Decke auf einer Wäscheleine. Nick steckte einen Pfahl, den er zurechtgeschnitten hatte, unter die hintere Spitze der Zeltbahn und machte ein Zelt daraus, indem er die Seiten auspflöckte. Er pflöckte die Seiten straff aus und schlug die Pflöcke mit der flachen Axt tief in den Boden, bis die Seilschlingen mit Erde bedeckt waren, und die Plane stramm wie ein Trommelfell war.

Vor die Öffnung des Zeltes spannte Nick Gaze, um die Moskitos auszusperren. Er kroch unter der Latte des Moskitoschutzes mit einer Reihe von Dingen aus seinem Packen durch, um sie ans Kopfende seines Lagers unter die schräge Plane zu legen. Drinnen drang das Licht durch die braune Plane. Es roch angenehm nach Leinwand. Schon hatte es etwas Geheimnisvolles und Gemütliches. Nick war glücklich, als er in dem Zelt umherkroch. Er war tagsüber nicht unglücklich gewesen. Dies jedoch war anders. Jetzt war alles getan. Das hatte getan werden müssen. Jetzt war es getan. Es war eine anstrengende Tour gewesen. Er war sehr müde. Das war geschafft. Er hatte sein Lager aufgeschlagen. Er war unter Dach. Nichts konnte ihm etwas anhaben. Es war ein guter Platz zum Lagern. Und er war da an dem guten Platz. Er war in seinem Heim, wo er es gemacht hatte. Jetzt war er hungrig.

Er kam heraus, kroch unter der Fliegengaze durch. Draußen war es ganz dunkel. Im Zelt war es heller.

Nick ging hinüber zu seinem Packen und fand mit den Fingern zuunterst in seinem Packen in einer papierenen Nageltüte einen langen Nagel. Er trieb ihn in den Kiefernstamm, hielt ihn knapp und schlug ihn behutsam mit der flachen Axt ein. Er hing seinen Packen an dem Nagel auf. All seine Vorräte waren in dem Packen. Sie waren jetzt vom Boden weg und geschützt.

Nick hatte Hunger. Er glaubte nicht, daß er je hungriger gewesen war. Er öffnete und leerte eine Büchse Schweinefleisch mit Bohnen und eine Büchse Spaghetti in die Bratpfanne.

«Es ist mein gutes Recht, solch Zeugs zu essen, wenn ich bereit bin, es zu tragen», sagte Nick. Seine Stimme klang fremd in dem dunkelnden Wald. Er sprach nicht wieder.

Er machte ein Feuer mit ein paar Scheiten Fichtenholz, die er mit der Axt von einem Baumstumpf abschlug. Über das Feuer stellte er einen Drahtrost und drückte die vier Füße mit seinem Stiefel fest in den Boden. Nick setzte die Bratpfanne auf den Rost über die Flammen. Er war jetzt noch hungriger. Die Bohnen und Spaghetti wurden warm. Nick rührte sie um und mischte sie durcheinander. Sie fingen an zu schmurgeln und machten kleine Blasen, die nur langsam an die Oberfläche stiegen. Es roch gut. Nick holte eine Flasche Tomatencatchup heraus und schnitt vier Scheiben Brot. Die kleinen Blasen kamen jetzt schneller. Nick setzte sich neben das Feuer und nahm die Bratpfanne ab. Er goß ungefähr die Hälfte des Inhalts auf einen Blechteller. Es breitete sich langsam auf dem Teller aus. Nick wußte, es war zu heiß. Er goß etwas Tomatencatchup darüber. Er wußte, die Bohnen und die Spaghetti waren noch zu heiß. Er blickte auf das Feuer, dann auf das Zelt; er würde sich nicht dadurch, daß er sich die

Zunge verbrannte, alles verderben. Seit Jahren hatte er keine gebakkenen Bananen mit Genuß essen können, weil er nie abwarten konnte, bis sie abgekühlt waren. Seine Zunge war sehr empfindlich. Er war sehr hungrig. Jenseits des Flusses im Sumpf, im Dämmerdunkel, sah er Nebel aufsteigen. Er sah noch einmal auf sein Zelt. Gut! Er nahm einen vollen Löffel von seinem Teller.

«Herrgott», sagte Nick. «Herrgottsakra!» sagte er glücklich.

Er leerte den ganzen Teller, bevor er an das Brot dachte. Nick aß den zweiten Teller voll mit Brot und wischte den Teller blank. Er hatte seit einer Tasse Kaffee und einem Schinkenbrot in der Bahnhofswirtschaft in St. Ignace nichts gegessen. Das war ein famoses Erlebnis gewesen. So hungrig war er schon mal gewesen, aber er hatte seinen Hunger nicht stillen können. Er hätte schon vor vielen Stunden sein Lager aufschlagen können, wenn er gewollt hätte. Es gab am Flusse genug Plätze zum Lagern. Aber hier war es gut.

Nick schob zwei große Kiefernscheite unter den Rost. Das Feuer flackerte auf. Er hatte vergessen, Wasser für den Kaffee zu holen. Aus seinem Packen nahm er einen zusammenlegbaren Leinwandeimer heraus und ging den Hügel hinunter, über den Wiesenrand zum Fluß. Das andere Ufer lag in weißem Nebel. Das Gras war naß und kalt, als er am Ufer kniete und den Leinwandeimer in den Strom tauchte. Er bauschte sich und zerrte heftig in der Strömung. Das Wasser war eiskalt. Nick spülte den Eimer aus und trug ihn voll zum Lager zurück. Oben, weiter weg vom Fluß, war es nicht so kalt.

Nick schlug einen zweiten großen Nagel ein und hing den Eimer mit Wasser auf. Er schöpfte den Kaffeetopf halbvoll, legte noch ein paar Scheite unter den Rost auf das Feuer und stellte den Topf auf. Er konnte sich nicht besinnen, auf welche Art er Kaffee machte. Er konnte sich an eine Diskussion mit Hopkins hierüber erinnern, aber nicht, welche Ansicht er vertreten hatte. Er beschloß, ihn aufkochen zu lassen. Dann fiel ihm ein, daß das Hopkins' Methode war. Damals hatte er mit Hopkins über alles gestritten. Während er auf das Kochen des Kaffees wartete, machte er eine kleine Büchse Aprikosen auf. Er machte gern Büchsen auf. Er leerte die Büchse mit den Aprikosen in eine Blechtasse. Während er auf den Kaffee auf dem Feuer aufpaßte, trank er vorsichtig, um nichts zu verschütten, zuerst den gesüßten Saft der Aprikosen, und dann lutschte er nachdenklich die Aprikosen herunter. Sie waren besser als frische Aprikosen.

Der Kaffee kochte, während er aufpaßte. Der Deckel hob sich, und Kaffee und Kaffeesatz liefen am Topf herunter. Nick nahm ihn vom Rost. Es war ein Triumph für Hopkins. Er tat Zucker in die leere Aprikosentasse und goß etwas Kaffee zum Abkühlen hinein. Es war zu heiß zum Ausschenken, und er benutzte seinen Hut, um den Henkel des Kaffeetopfs anzufassen. Er ließ den Kaffee überhaupt nicht im Topf ziehen. Nicht die erste Tasse. Es sollte durchweg à la Hopkins sein. Das verdiente Hop. Er nahm Kaffeemachen sehr ernst. Er war der ernsthafteste Mensch, den Nick je gekannt hatte. Nicht schwerfällig ernsthaft. Das war lange Zeit her. Hopkins sprach, ohne die Lippen zu bewegen. Er hatte Polo gespielt. Er machte viele Millionen Dollar in Texas. Er hatte sich das Fahrgeld geliehen, um nach Chicago zu fahren, als das Telegramm mit der Nachricht kam, daß seine erste große Petroleumquelle erschlossen war. Er hätte nach Geld telegrafieren können. Das hätte zu lange gedauert. Man nannte Hops Braut die blonde Venus. Hop war es egal, weil sie nicht seine richtige Braut war. Hopkins sagte voller Überzeugung, daß keiner sich über seine richtige Braut lustig machen würde. Er hatte recht. Hopkins fuhr los, als das Telegramm kam. Das war am Black River gewesen. Das Telegramm brauchte acht Tage, um ihn zu erreichen. Hopkins schenkte Nick seine .22kalibrige Selbstladepistole. Seinen Fotoapparat gab er Bill. Zur ewigen Erinnerung an ihn. Man wollte nächsten Sommer wieder zusammen angeln gehen. Der Hop-Häuptling war reich. Er wollte eine Jacht kaufen, um mit uns am Nordufer des Lake Superior zu kreuzen. Er war aufgeregt, aber es war ihm Ernst damit. Man sagte auf Wiedersehen, und allen war elend zumute. Es machte der Tour ein Ende. Man sah Hopkins niemals wieder. Das war vor langer Zeit am Black River gewesen.

Nick trank den Kaffee, den Kaffee à la Hopkins. Der Kaffee war bitter. Nick lachte. Das war ein guter Schluß für die Geschichte. Sein Verstand begann zu arbeiten. Er wußte, er konnte ihn abdrosseln; er war müde genug. Er goß den Kaffeerest aus dem Topf und schüttelte den Satz los und ins Feuer. Er zündete eine Zigarette an und ging ins Zelt. Er saß auf seinen Decken und zog Schuhe und Hosen aus, rollte die Schuhe in die Hosen als Kopfkissen und legte sich zwischen die Decken.

Durch die Öffnung des Zeltes beobachtete er das Aufglühen des Feuers, wenn der Nachtwind hineinblies. Es war eine stille Nacht. Der Sumpf war vollkommen still. Nick streckte sich behaglich unter der Decke aus. Ein Moskito summte dicht an seinem Ohr. Nick setzte sich auf und strich ein Zündholz an. Der Moskito saß auf der Zeltbahn über seinem Kopf. Nick langte mit dem Streichholz schnell zu ihm hinauf. Der Moskito zischte zufriedenstellend in der Flamme. Das Streichholz ging aus. Nick legte sich wieder hin unter die Decken. Er drehte sich auf die Seite und schloß die Augen. Er war schläfrig. Er fühlte den Schlaf kommen. Er kringelte sich unter der Decke zusammen und schlief ein.

XV

Man erhängte Sam Cardinella um sechs Uhr früh im Korridor des Kreisgefängnisses. Der Korridor war hoch und schmal, mit Zellenreihen zu beiden Seiten. Alle Zellen waren besetzt. Man hatte die Gefangenen zur Hinrichtung dorthin gebracht. Fünf Männer – zum Gehenktwerden verurteilt – befanden sich in den fünf obersten Zellen. Drei von den Männern, die gehenkt werden sollten, waren Neger. Sie hatten große Angst. Einer der weißen Männer saß auf seiner Pritsche, den Kopf in den Händen; der andere lag flach auf seiner Pritsche mit einem Tuch um den Kopf gewickelt.

Sie kamen durch eine Tür in der Wand auf den Galgen heraus. Es waren ihrer sieben, zwei Priester inbegriffen. Man trug Sam Cardinella. Er war ungefähr seit vier Uhr früh so gewesen.

Während man seine Beine zusammenschnürte, hielten ihn zwei Wächter aufrecht, und die beiden Priester flüsterten auf ihn ein. «Sei ein Mann, mein Sohn», sagte der eine Priester. Als sie sich ihm mit der Kappe für den Kopf näherten, verlor er die Macht über seine Schließmuskeln. Die Wächter, die ihn aufrecht gehalten hatten, ließen ihn fallen. Sie waren beide angeekelt. «Wie wär's mit einem Stuhl, Will?» fragte einer der beiden Wächter. «Ja, besser man holte einen», sagte ein Mann, der eine Melone aufhatte.

Als sie alle auf das Gerüst zurücktraten, hinter das Fallbrett, das sehr schwer war – aus Eichenholz und Stahl – und auf Kugellagern rollte, ließ man Sam Cardinella fest angeschnallt mit der Schnur um den Hals dort sitzen, während der jüngere der beiden Priester neben dem Stuhl kniete und ein kleines Kruzifix in die Höhe hielt. Der Priester sprang zurück auf das Gerüst, gerade bevor das Fallbrett fiel.

Großer doppelherziger Strom

II

AM MORGEN STAND DIE SONNE HOCH, UND IM ZELT BEgann es heiß zu werden. Nick kroch unter dem Moskitonetz, das vor den Zelteingang gespannt war, heraus, um sich den Morgen zu betrachten. Das nasse Gras netzte seine Hände, als er herauskam. Er hielt seine Hosen und Schuhe in den Händen. Die Sonne war gerade über dem Hügel aufgegangen. Dort waren die Wiese, der Fluß und der Sumpf. Dort waren Birken im Sumpfgrün auf der anderen Seite des Flusses.

Der Fluß strömte in der Morgenfrühe klar und schnell dahin. Ungefähr zweihundert Meter weiter unten lagen drei Baumstämme quer über den ganzen Fluß. Oberhalb war das zurückgedämmte Wasser glatt und tief. Während Nick um sich blickte, überquerte ein Nerz auf den Baumstämmen den Fluß und verschwand im Sumpf. Nick war erregt. Der frühe Morgen und der Fluß erregten ihn. Er hatte es eigentlich zu eilig, um zu frühstücken, aber er mußte es wohl tun. Er machte ein kleines Feuer und stellte den Kaffeetopf auf.

Während das Wasser im Topf heiß wurde, nahm er eine leere Flasche und ging die Böschung hinab zur Wiese. Die Wiese war naß vom Tau, und Nick wollte Grashüpfer als Köder fangen, bevor die Sonne das Gras trocknete. Er fand eine Menge guter Grashüpfer. Sie saßen unten an den Grashalmen. Manchmal klammerten sie sich an einen Grashalm. Sie waren kalt und naß vom Tau und konnten nicht hüpfen, bevor die Sonne sie wärmte. Nick las sie auf – er nahm nur die mittelgroßen braunen – und tat sie in die Flasche. Er drehte einen Baumstamm um, und gerade unter dem Schutz der Kante waren einige hundert Grashüpfer. Es war eine Grashüpfer-Herberge. Nick steckte an die fünfzig von den mittelgroßen braunen in die Flasche. Während er die Grashüpfer auflas, wurden die andern in der Sonne warm und begannen, wegzuhüpfen. Sie flogen, wenn sie hüpften. Nach dem ersten Flugversuch blieben sie bei der Landung starr liegen, als wären sie tot.

Nick wußte, daß sie später, noch ehe er sein Frühstück hinter sich hatte, so springlebendig sein würden wie immer. Ohne Tau auf dem Gras würde er den ganzen Tag brauchen, um seine Flasche voll guter Grashüpfer zu fangen, und dann würde er viele zerquetschen, wenn er mit seinem Hut nach ihnen schlug. Er wusch seine Hände im Strom. Seine Nähe erregte ihn. Dann ging er zum Zelt hinauf. Die Grashüpfer sprangen bereits steifbeinig im Gras. In der Flasche sprangen sie, durch die Sonne erwärmt, in dichtem Knäuel. Nick steckte ein Stück Kiefernholz als Korken hinein. Er verstopfte den Hals der Flasche genügend, um die Grashüpfer nicht herauszulassen und ließ reichlich Luftzufuhr.

Er hatte den Baumstamm zurückgerollt und wußte, daß er sich dort jeden Morgen Grashüpfer holen konnte.

Nick lehnte die Flasche voll springender Grashüpfer an einen Kiefernstamm. Schnell vermischte er etwas Buchweizenmehl mit Wasser und rührte es glatt; eine Tasse Mehl, eine Tasse Wasser. Er tat eine Handvoll Kaffee in den Topf, kippte eine Stück Fett aus einer Büchse und ließ es sprühend über die heiße Pfanne schliddern. Er goß den Buchweizenteig gleichmäßig auf die rauchende Pfanne. Er breitete sich wie Lava aus; das Fett spritzte scharf. An den Rändern fing der Buchweizenkuchen an, fest, dann braun, dann knusperig zu werden. Es bildeten sich Blasen, und die Oberfläche wurde langsam porös. Nick fuhr mit einem frischen Kiefernspachtel unter die gebräunte untere Fläche. Er schüttelte die Pfanne seitwärts, und der Kuchen lag lose auf der Pfanne. Ich werd lieber nicht versuchen, ihn hochzuwerfen, dachte Nick. Er schob den sauberen Holzspachtel ganz unter den Kuchen und drehte ihn um, die untere Seite nach oben. Es sprühte in der Pfanne.

Als er fertig war, tat Nick frisches Fett in die Pfanne. Er brauchte den ganzen Teig auf. Es gab noch einen großen Pfannkuchen und einen kleineren.

Nick aß einen großen Pfannkuchen und den kleineren mit Apfelgelee bestrichen. Er tat auch auf den dritten Apfelgelee, klappte ihn zweimal übereinander, wickelte ihn in Butterbrotpapier und steckte ihn in seine Hemdtasche. Er tat das Glas mit Apfelgelee in seinen Packen zurück und schnitt Brot für zwei Stullen.

In seinem Packen fand er eine große Zwiebel. Er halbierte sie und schälte die seidige Außenhaut ab. Dann schnitt er eine Hälfte in Scheiben und machte sich Zwiebelstullen. Er wickelte sie in Butterbrotpapier und verstaute sie in der anderen Tasche seines Khaki-Hemds. Er stürzte die Pfanne auf den Rost, trank seinen durch die kondensierte Milch gesüßten und gelbbraun gefärbten Kaffee und räumte das Lager auf. Es war ein famoses Lager.

Nick nahm seine Fliegenangel aus dem ledernen Angelfutteral, steckte sie ineinander und schob das Angelfutteral ins Zelt zurück. Er setzte die Rolle auf und fädelte die Schnur durch die Ringe. Er mußte sie beim Einfädeln fest zwischen beiden Händen halten, sonst wäre sie durch ihr eigenes Gewicht wieder herausgerutscht. Es war eine schwere, doppelt verjüngte Fliegenschnur. Nick hatte vor langer Zeit einmal acht Dollar dafür bezahlt. Sie war beschwert, damit sie sich rückwärts in die Luft heben und flach, schwer und gerade mit einer Fliege, die doch gar kein Gewicht besitzt, auswerfen ließ. Nick öffnete die Aluminiumschachtel mit den Vorfächern. Die Vorfächer waren zwischen den feuchten Flanellbäuschen zusammengewickelt. Nick hatte sie am Wasserkühler im Zug nach St. Ignace angefeuchtet. Zwischen den feuchten Bäuschen waren die Darmvorfächer geschmeidig geworden, und Nick wickelte eins von ihnen auseinander und knotete es mit einer Schlinge am Ende der schweren Fliegenschnur fest. Am Ende des Vorfaches befestigte er einen Haken. Es war ein kleiner Haken, sehr dünn und elastisch.

Nick saß mit der Angel auf den Knien und nahm ihn aus seinem Hakenbuch. Er probierte den Knoten und die Elastizität der Rute aus, indem er die Schnur straff zog. Es fühlte sich richtig an. Er gab acht, daß der Haken ihm nicht in den Finger ging.

Er machte sich zum Fluß auf, in der Hand die Angelrute. Um seinen Hals hing die Flasche mit Grashüpfern an einem Riemen, den er mit Schluppen um den Flaschenhals befestigt hatte. Sein Kescher hing an einem Haken an seinem Gürtel. Über seine Schulter hing ein großer Mehlsack, dessen Ecken zu Schweinsohren abgebunden waren. Die Schnur lief über seine Schulter. Der Sack schlug gegen seine Beine.

Nick fühlte sich unbeholfen und fachmännisch stolz mit der ganzen Ausrüstung, die an ihm herunterhing. Die Grashüpferflasche schlug gegen seine Brust. Die Brusttaschen seines Hemdes, in denen sein Essen und sein Fliegenbuch steckten, bauschten sich.

Er stieg in den Fluß. Es gab ihm einen Schock. Seine Hosen klebten fest an seinen Beinen. Seine Schuhe fühlten den Kies. Das Wasser war ein ansteigender kalter Schock.

Die reißende Strömung sog an seinen Beinen. Wo er hineingestiegen war, ging ihm das Wasser bis über die Knie. Er watete mit der Strömung. Der Kies rutschte unter seinen Schuhen. Er sah hinunter auf die Wasserstrudel um seine Beine und kippte die Flasche seitwärts, um einen Grashüpfer zu fassen.

Der erste Grashüpfer machte im Flaschenhals einen Satz und sprang hinaus ins Wasser. Er wurde von dem Strudel um Nicks rechtes Bein aufgesogen und kam ein Stückchen weiter flußabwärts an die Oberfläche. Er trieb geschwind dahin und stieß um sich. Plötzlich entstand ein Kreis auf der glatten Oberfläche des Wassers, und er verschwand. Eine Forelle hatte ihn geschnappt.

Ein zweiter Grashüpfer steckte seinen Kopf aus der Flasche. Seine Fühler vibrierten. Er schob gerade seine Vorderbeine aus der Flasche, um loszuspringen. Nick faßte ihn am Kopf und hielt ihn fest, während er den dünnen Haken unter seinem Kinn durch seinen Brustkorb und die hinteren Segmente seines Leibes fädelte. Der Grashüpfer umklammerte mit seinen Vorderbeinen den Haken und spie Tabaksaft darauf. Nick ließ ihn ins Wasser fallen.

Er hielt die Rute in der rechten Hand und ließ gegen das Zerren des Grashüpfers in der Strömung Schnur nach. Er streifte mit der linken Hand Schnur von der Rolle und ließ sie frei auslaufen. Er konnte den Grashüpfer auf den kleinen Wellen der Strömung sehen. Dann war er außer Sicht.

Es gab einen Ruck an der Schnur. Nick zog gegen die straffe Schnur. Er hatte seinen ersten Fisch angehakt. Er hielt die jetzt lebendige Rute über die Strömung und holte die Schnur mit der linken Hand ein. Die Rute bog sich zuckend, während die Forelle gegen die Strömung ankämpfte. Nick wußte, es war eine kleine. Er hob die Rute senkrecht in die Luft. Sie bog sich durch den Ruck.

Er sah die Forelle im Wasser mit Kopf und Körper heftig gegen die sich hin und her bewegende Tangente der Schnur im Strom anspringen.

Nick nahm die Schnur in seine linke Hand und zog die Forelle, die erschöpft gegen die Strömung ankämpfte, an die Oberfläche. Ihr Rücken war gefleckt, von klarer Wasser-über-Kieselstein-Farbe; ihre Seite blitzte in der Sonne auf. Nick bückte sich mit der Angel unter dem rechten Arm und tauchte die rechte Hand in die Strömung. Er hielt die zappelnde Forelle in seiner feuchten rechten Hand, während er den Widerhaken aus ihrem Maul löste und sie dann in den Strom zurückfallen ließ.

Sie stand unruhig in der Strömung, dann ließ sie sich auf dem Grund neben einem Stein nieder. Nick langte mit der Hand hinab, um sie zu berühren, den Arm bis zum Ellbogen unter Wasser. Die Forelle hielt sich still in dem strömenden Fluß; sie ruhte auf dem Kies neben einem Stein. Als Nicks Finger sie berührten, ihr glattes, kühles Unter-Wasser-Gefühl verspürten, war sie weg, ein Schatten über dem Grund des Stromes.

Hat ihr nichts gemacht, dachte Nick. Sie war nur müde.

Er hatte seine Hand angefeuchtet, bevor er die Forelle berührte, um den zarten Schleim, der sie bedeckte, nicht zu zerstören. Berührte man eine Forelle mit trockenen Fingern, so griff ein weißer Schwamm die ungeschützte Stelle an. Vor Jahren, als er an überfüllten Strömen gefischt hatte – mit Fliegenfischern vor sich und hinter sich –, war Nick wieder und wieder toten, mit weißem Schwamm bepelzten Forellen begegnet, die gegen einen Felsen geschwemmt waren oder mit dem Bauch nach oben in einer Vertiefung trieben. Nick angelte nicht gern, wenn noch andere am Fluß waren. Wenn sie nicht zur Partie gehörten, verdarben sie's einem.

Er planschte flußabwärts, bis über die Knie in der Strömung, durch die vierzig Meter seichten Wassers oberhalb der Baumstämme, die quer über den Strom lagen. Er befestigte keinen neuen Köder an dem Haken und hielt ihn beim Waten in der Hand. Er wußte, daß er im Seichten kleine Forellen fangen konnte, aber die wollte er nicht. Zu dieser Tageszeit gab es an den seichten Stellen keine großen Forellen.

Jetzt vertiefte sich das Wasser scharf und kalt um seine Oberschenkel. Vor ihm über den Baumstämmen lag die glatte, zurückgedämmte Wasserflut. Das Wasser war glatt und dunkel, zur Linken der untere Wiesenrand, zur Rechten der Sumpf.

Nick stemmte sich gegen die Strömung und nahm einen Grashüpfer aus der Flasche. Er befestigte den Grashüpfer am Haken und spuckte auf ihn von wegen Glück. Dann zog er mehrere Meter Schnur von der Rolle und warf den Grashüpfer weit hinaus auf das schnelle, dunkle Wasser. Er trieb hinunter, den Baumstämmen zu, dann zog das Gewicht der Schnur den Köder unter die Oberfläche. Nick hielt die Rute in der rechten Hand und ließ die Schnur durch die Finger auslaufen.

Es gab einen langen Ruck. Nick schlug an, und die Angel wurde lebendig und gefährlich, krümmte sich zusammen, die Schnur straffte sich, kam aus dem Wasser und straffte sich, alles mit einem schweren, gefährlichen, steten Zerren. Nick spürte den Moment, in dem das Vorfach reißen mußte, falls der Druck noch zunahm, und ließ Schnur auslaufen.

Das Abhaspeln der Rolle löste ein mechanisches Quietschen aus, als die Schnur wegsauste. Zu schnell. Nick hatte sie nicht in der Gewalt; die Schnur sauste weg; das Quietschen der Rolle wurde schriller, während die Schnur auslief.

Während die Spule der Rolle zum Vorschein kam, und Nicks Herz vor Erregung auszusetzen schien, und er sich gegen die Strömung stemmte, die eisig um seine Schenkel anstieg, hielt er den Daumen seiner linken Hand fest auf der Rolle. Es war schwierig, seinen Daumen in die Haspelvorrichtung hineinzubekommen.

Als er Druck zulegte, straffte sich die Schnur in plötzlicher Starre, und jenseits der Baumstämme sprang eine riesige Forelle hoch aus dem Wasser. Als sie sprang, senkte Nick die Spitze der Rute. Aber als er die Spitze senkte, um die Spannung zu verringern, spürte er den Moment, in dem die Spannung zu stark war, die Härte zu groß. Natürlich war das Vorfach gerissen. Das Gefühl ließ sich nicht mißdeuten, als die Schnur die ganze Elastizität verlor und trocken und hart wurde. Dann erschlaffte sie.

Als Nick aufhaspelte, war sein Mund trocken, und er war niedergeschlagen. Er hatte noch nie eine so große Forelle gesehen. Das war eine Schwere, eine Stärke, die nicht zu halten war, und dann ihr Umfang, als sie sprang! Sie sah so breit wie ein Lachs aus.

Nicks Hand war zittrig. Er haspelte langsam auf. Die Erregung war zu groß gewesen. Ihm war irgendwie ein bißchen übel, und er hatte das Gefühl, als ob er sich lieber hinsetzen solle.

Das Vorfach war gerissen, wo der Haken angeschlungen war. Nick nahm ihn in die Hand. Er dachte an die Forelle irgendwo auf dem Grund, wie sie sich reglos über dem Kies hielt, tief, fern vom Tageslicht, unter den Stämmen, mit dem Haken im Kiefer. Nick wußte, die Zähne der Forelle würden den Draht des Widerhakens durchbeißen. Der Haken würde sich in ihren Kiefer einbetten. Wetten, daß die Forelle wütend war. Irgend etwas von der Größe würde die Wut kriegen. Das war eine Forelle! Die war fest angehakt gewesen. Fest wie ein Felsen. Sie hatte sich auch wie ein Felsen angefühlt, bevor sie losgesaust war. Weiß Gott, das war 'ne große gewesen! Weiß Gott, das war die größte gewesen, von der ich je gehört hatte.

Nick kletterte hinaus auf die Wiese und stand da, und das Wasser lief ihm die Hosen hinunter, und aus den Schuhen, aus seinen quatschenden Schuhen. Er ging hinüber und setzte sich auf die Baumstämme. Er wollte sein Erlebnis voll auskosten.

Er ließ seine Zehen in den Schuhen im Wasser spielen und holte eine Zigarette aus seiner Brusttasche. Er zündete sie an und warf das Streichholz in das schnellströmende Wasser unterhalb der Baumstämme. Eine winzige Forelle schnappte nach dem Streichholz, als es in der schnellen Strömung herumwirbelte. Nick lachte. Er würde seine Zigarette zu Ende rauchen.

Er saß rauchend auf den Baumstämmen und trocknete in der Sonne, die Sonne warm auf dem Rücken; der seichte Fluß vor ihm trat in den Wald ein, schlängelte sich in den Wald. Untiefen, glitzerndes Licht, große, wasserglatte Felsblöcke, Zedern am Ufer und weiße Birken, die Baumstämme warm in der Sonne, glatt zum Draufsitzen ohne Borke, schiefrig beim Anfassen; langsam wich das Gefühl der Enttäuschung. Es ging langsam fort, dies Gefühl der Enttäuschung, das jäh der Erregung gefolgt war, die ihm Schulterschmerzen verursacht hatte. Jetzt war es wieder in Ordnung. Nick hatte seine Angel auf den Stämmen liegen, als er einen neuen Haken an das Vorfach band; er zerrte an dem Darm, bis er sich in einen festen Knoten zusammenzog.

Er befestigte einen Köder, nahm dann die Angelrute auf und ging bis ans andere Ende der Baumstämme, um dort ins Wasser zu steigen, wo es nicht zu tief war. Unter und über den Baumstämmen war eine Vertiefung. Nick ging um die flache Sandbank dicht am Sumpfrand, bis er in das seichte Flußbett herauskam.

Links, wo die Wiese aufhörte und der Wald begann, war eine große Ulme entwurzelt. Der Sturm hatte sie umgestürzt; sie lag mit der Krone in den Wald hinein, und ihre Wurzeln, die voller Erdklumpen hingen, in denen Gras wuchs, stiegen neben dem Fluß zu einem festen Wall an. Der Fluß spülte bis an den entwurzelten Baum. Nick konnte von dort, wo er stand, tiefe Kanäle erblicken, wie Furchen, die in das seichte Strombett durch das Fließen der Strömung eingeschnitten waren. Steinig, wo er stand, steinig und voll Geröll weiter unten; wo das Strombett in der Nähe der Baumwurzeln einen Bogen machte, war es mergelhaltig, und zwischen den Furchen mit tiefem Wasser schwangen grüne Algen in der Strömung.

Nick schwang die Rute nach hinten über die Schulter und nach vorn, und die sich vorwölbende Schnur legte den Grashüpfer auf eine der tiefen Furchen zwischen den Algen nieder. Eine Forelle biß zu, und Nick haute an.

Nick hielt die Rute weit hinaus auf den entwurzelten Baum zu, planschte rückwärts in der Strömung und führte die springende Forelle an der lebendig sich biegenden Rute aus der Gefahrzone der Algen in den offenen Fluß hinaus. Nick hielt die lebendig gegen die Strömung ankämpfende Angelrute und landete die Forelle. Sie schoß hin und her, aber er trillte sie; das Federn der Angelrute gab dem heftigen Zerren nach, manchmal ruckte sie unterm Wasser krampfhaft an, aber er brachte sie immer näher. Nick ließ mit der Strömung gegen ihr Zerren etwas nach. Mit der über seinem Kopf erhobenen Rute führte er die Forelle über den Kescher, dann hob er ihn an.

Die Forelle hing schwer im Netz, gefleckter Forellenrücken, silbrige Seiten in den Maschen. Nick hakte sie los; füllige Seiten, die sich gut anpackten, großer, vorragender Kiefer, und ließ die schwer atmende Forelle in großem Schwung in den langen Sack gleiten, der von seinen Schultern ins Wasser hinabhing.

Nick spreizte die Öffnung des Sacks gegen die Strömung, und er füllte sich schwer mit Wasser. Er hielt ihn hoch, das untere Ende im Fluß, und das Wasser strömte an den Seiten heraus. Drinnen am Boden war die große Forelle lebendig im Wasser.

Nick watete stromabwärts. Der Sack vor ihm sank, schwer im Wasser, und zerrte an seinen Schultern.

Es wurde heiß; pralle Sonne auf seinem Nacken.

Nick hatte eine gute Forelle. Ihm lag nichts daran, viele Forellen zu kriegen. Hier war der Strom seicht und breit. An beiden Ufern standen Bäume. Die Bäume des linken Ufers warfen in der Vormittagssonne kurze Schatten auf die Strömung. Nick wußte, daß es an jeder schattigen Stelle Forellen gab. Am Nachmittag, wenn die

Sonne zu den Hügeln hinübergewechselt hatte, würden die Forellen in dem kühlen Schatten auf der andern Flußseite sein.

Die allergrößten würden dicht am Ufer ruhen. Im Black konnte man sie dort immer zu fassen kriegen. Wenn die Sonne untergegangen war, zogen sie alle hinaus in die Strömung. Grade wenn die Sonne, bevor sie unterging, das Wasser blendend aufblitzen ließ, konnte man, so gut wie sicher, irgendwo in der Strömung eine große Forelle anhaken. Dann war es beinahe unmöglich, zu angeln; die Oberfläche des Wassers blendete wie ein Spiegel in der Sonne. Natürlich konnte man gegen den Strom fischen, aber in einem Fluß wie dem Black oder diesem hier mußte man mit aller Kraft gegen die Strömung anwaten, und an tiefen Stellen türmte sich das Wasser um einen hoch. Bei einer so starken Strömung wie dieser war es kein Spaß, gegen den Strom zu fischen.

Nick watete ein Stück im Flachen und musterte dabei die Ufer auf tiefe Löcher hin. Eine Buche wuchs so dicht am Fluß, daß ihre Zweige ins Wasser hinabhingen. Der Strom floß hinter den Blättern hindurch. An solchen Stellen gab es immer Forellen.

Nick hatte keine Lust, in dem Schlupfwinkel da zu angeln. Sicher würde er sich in den Ästen verheddern.

Aber es sah tief aus. Er ließ den Grashüpfer fallen, so daß die Strömung ihn unter den überhängenden Ast unter Wasser sog. Es riß heftig an der Schnur, und Nick haute an. Die Forelle schlug, zur Hälfte aus dem Wasser heraus, schwer gegen Blätter und Äste. Die Schnur hatte sich verfangen. Nick zog kräftig, und die Forelle war frei. Er haspelte auf, hielt den Haken in der Hand und ging den Strom abwärts.

Vor ihm, dicht am linken Ufer, lag ein großer Baumstamm. Nick sah, daß er hohl war; er wies flußaufwärts, und die Strömung floß glatt in ihn hinein; nur ein kleines Gekräusel breitete sich zu beiden Seiten des Stammes aus. Das Wasser wurde tiefer. Obenauf war der hohle Stamm grau und trocken. Er lag teilweise im Schatten.

Nick nahm den Korken aus der Grashüpferflasche. Ein Grashüpfer klammerte sich daran. Er nahm ihn ab, hakte ihn an und warf ihn aus. Er hielt die Angelrute weit hinaus, so daß der Grashüpfer auf dem Wasser in die Strömung trieb, die in den hohlen Baumstamm flutete. Nick senkte die Rute, und der Grashüpfer trieb hinein. Es gab einen heftigen Ruck. Nick hob die Rute gegen das Zerren. Es fühlte sich an, als ob er den Baumstamm selbst angehakt hätte, bis auf das Gefühl von etwas Lebendigem.

Er versuchte, den Fisch hinaus in die Strömung zu zwingen. Er kam schwer.

Die Schnur wurde schlaff, und Nick glaubte, die Forelle sei weg.

Dann sah er sie ganz nahe in der Strömung mit dem Kopf schlagen, um den Haken loszuwerden. Ihr Maul war zugeklemmt. Sie kämpfte gegen den Haken in der klarfließenden Strömung.

Nick holte mit der Linken die Schnur ein und schwang die Rute, um die Schnur zu straffen, und versuchte, die Forelle dem Kescher zuzulenken, aber sie war weg, außer Sicht, und die Schnur zuckte. Nick trillte sie gegen die Strömung und ließ sie im Wasser gegen die federnde Angelrute anspringen. Er wechselte die Angel hinüber in die linke Hand und trillte die Forelle den Strom aufwärts, hielt ihr Gewicht, wie sie gegen die Angelrute ankämpfte, und ließ sie dann hinab in den Kescher. Er hob sie ganz aus dem Wasser – ein schweres, halbkreisförmiges Etwas im Kescher, dem triefenden Kescher, machte sie vom Haken los und ließ sie in den Sack gleiten.

Er spreizte den Sack auf und sah hinein auf seine zwei lebendigen Forellen im Wasser.

Durch das tiefer werdende Wasser watete Nick zu dem hohlen Baumstamm hinüber. Er streifte den Sack ab über den Kopf; die Forellen schlugen um sich, als er aus dem Wasser kam, und Nick hing ihn so auf, daß die Forellen tief im Wasser waren. Dann zog er sich auf den Stamm hinauf und saß da, während das Wasser aus seinen Hosen und Schuhen in den Strom hinunterlief. Er legte seine Angelrute hin, rückte ans schattige Ende des Stammes und nahm seine Stullen aus der Tasche. Er tauchte die Stullen ins kalte Wasser. Die Strömung trug die Krümel fort. Er aß die Stullen und füllte seinen Hut voll Wasser, um zu trinken, und das Wasser lief, grad vor seinem Mund, durch den Hut hindurch.

Es war kühl im Schatten, als er auf dem Stamm saß. Er nahm eine Zigarette und strich ein Zündholz an, um sie anzustecken. Das Zündholz grub sich in das schiefrige Holz ein und machte eine winzige Furche. Nick beugte sich über den Rand des Stammes, fand eine harte Stelle und strich das Zündholz an. Er saß und rauchte und beobachtete den Fluß.

Vor ihm verengte sich der Fluß und führte in einen Sumpf. Der Fluß wurde glatt und tief, und es sah aus, als ob der Sumpf aus Zedern bestand, Stamm an Stamm, mit undurchdringlichen Zweigen. Es würde nicht möglich sein, durch so einen Sumpf zu waten. Die Zweige wuchsen zu tief. Man mußte sich beinahe flach am Boden halten, um überhaupt vorwärts zu kommen. Man konnte nicht durch die Zweige brechen. Aus dem Grunde waren wahrscheinlich auch die Tiere, die im Sumpf lebten, so gebaut, wie sie's waren, dachte Nick.

Es tat ihm leid, daß er sich nicht etwas zum Lesen mitgenommen hatte. Er hatte Lust zum Lesen. Er hatte keine Lust, weiter in den Sumpf hineinzuwaten. Er sah den Fluß hinunter. Eine große Zeder neigte sich quer über den ganzen Strom. Dahinter mündete der Fluß in den Sumpf.

Nick wollte jetzt nicht da hineingehen. Er spürte einen Widerwillen gegen das tiefe Waten, wo das Wasser ihm bis zu den Achselhöhlen stieg und man große Forellen an Stellen anhakte, wo man sie unmöglich landen konnte. Die Ufer im Sumpf waren kahl; die großen Zedern stießen mit den Wipfeln aneinander; die Sonne drang nicht durch, außer in Flecken; in dem schnellen, tiefen Wasser im Zwielicht würde das Angeln tragisch sein. Im Sumpf war Angeln ein tragisches Abenteuer. Nick hatte keine Lust darauf. Heute wollte er nicht weiter den Strom hinuntergehen.

Er nahm sein Messer heraus, öffnete es und spießte es in den Baumstamm. Dann zog er den Sack herauf, langte hinein und holte eine der Forellen heraus. Er hielt sie dicht am Schwanz, schwer zu halten, lebendig in seiner Hand, und schlug sie gegen den Stamm. Ein Zittern ging durch die Forelle; sie wurde starr. Nick legte sie auf den Stamm in den Schatten und brach dem andern Fisch auf dieselbe Art die Wirbelsäule. Er legte sie nebeneinander auf den Baumstamm. Es waren Prachtforellen.

Nick säuberte sie, indem er sie vom After bis zu den Kiemen aufschlitzte. Das ganze Eingeweide, die Kiemen und die Zunge kamen in einem Stück heraus. Es waren zwei Männchen mit langen, grauweißen Streifen Milch, glatt und sauber. Das ganze Innere, sauber und fest, kam in einem Stück heraus. Nick schleuderte die Eingeweide ans Ufer für die Nerze.

Er wusch die Forellen im Strom. Als er sie mit dem Rücken nach oben ins Wasser hielt, sahen sie wie lebende Fische aus. Sie hatten die Farbe noch nicht verloren. Er wusch sich die Hände und trocknete sie auf dem Baumstamm ab. Dann legte er die Forellen auf den Sack, der auf dem Baumstamm ausgebreitet lag, rollte sie hinein, schnürte das Bündel zusammen und steckte es in den Kescher. Sein Messer stak noch mit der Klinge im Baumstamm. Er säuberte es am Holz und steckte es in die Tasche.

Nick stellte sich auf den Baumstamm; er hielt die Angel in der Hand; der Kescher hing schwer herab, dann stieg er ins Wasser und planschte ans Ufer. Er kletterte das Ufer hinauf und durchquerte den Wald auf die hochgelegene Stelle zu. Er ging zurück ins Lager. Er blickte zurück. Der Fluß war gerade noch zwischen den Bäumen zu sehen. Viele Tage lagen vor ihm, an denen er im Sumpf fischen konnte.

L'envoi

Der König arbeitete im Garten. Er schien sehr erfreut über meinen Besuch. Wir gingen durch den Garten. «Dies ist die Königin», sagte er. Sie beschnitt einen Rosenbusch. «Oh, guten Tag», sagte sie. Wir setzten uns an einen Tisch unter einem großen Baum, und der König bestellte Whisky und Soda. «Immerhin haben wir guten Whiksy», sagte er. Der Revolutionsausschuß erlaubte ihm nicht – wie er mir erzählte –, das Palastgebiet zu verlassen. «Ich halte Plastiras für einen ausgezeichneten Mann», sagte er, «aber er ist furchtbar schwierig. Ich glaube jedoch, daß er recht hatte, diese Kerle zu erschießen. Wenn Kerensky ein paar Leute hätte erschießen lassen, wären die Dinge vielleicht ganz anders gekommen. Natürlich ist die Hauptsache bei so was, daß man nicht selber erschossen wird.»

Es war sehr fidel. Wir unterhielten uns lange. Wie alle Griechen wollte er gern nach Amerika.

Männer ohne Frauen

Der Unbesiegte

MANUEL GARCÍA STIEG DIE TREPPE ZU DON MIGUEL RETANAS Büro hinauf. Er stellte seinen Handkoffer hin und klopfte an die Tür. Niemand antwortete. Manuel spürte draußen auf dem Gang, daß jemand im Zimmer war. Er spürte es durch die Tür.

«Retana», sagte er und lauschte.

Niemand antwortete.

Bestimmt ist er drin, dachte Manuel.

«Retana», sagte er und schlug gegen die Tür.

«Wer ist da?» sagte jemand im Büro.

«Ich, Manolo», sagte Manuel.

«Was willst du?» fragte die Stimme.

«Ich will Arbeit», sagte Manuel.

Etwas in der Tür schnappte mehrere Male, dann sprang sie auf. Manuel ging mit seinem Handkoffer hinein.

Ein kleiner Mann saß hinter einem Schreibtisch am anderen Ende des Zimmers. Über seinem Kopf hing ein Stierkopf, den ein Madrider Tierausstopfer präpariert hatte; an den Wänden hingen gerahmte Fotografien und Stierkampfplakate.

Der kleine Mann saß da und sah Manuel an.

«Ich dachte, sie hätten dich getötet», sagte er.

Manuel klopfte abergläubisch mit den Knöcheln gegen die Tischplatte. Der kleine Mann saß da und sah ihn über den Schreibtisch hinweg an.

«Wieviel *corridas* hast du in diesem Jahr gehabt?» fragte Retana.

«Eine», antwortete er.

«Nur die eine?» fragte der kleine Mann.

«Das ist alles.»

«Ich hab davon in der Zeitung gelesen», sagte Retana. Er lehnte sich in seinen Stuhl zurück und sah Manuel an.

Manuel sah hinauf zu dem ausgestopften Stier. Er hatte ihn schon oft gesehen. Er hatte ein gewisses Familieninteresse für ihn. Er hatte seinen Bruder, den vielversprechenden, vor etwa neun Jahren getötet. Manuel erinnerte sich an den Tag. Auf dem eichenen Brett, auf dem der Stierkopf aufmontiert war, befand sich ein Messingschild. Manuel konnte es nicht lesen, aber er glaubte, daß es zur Erinnerung an seinen Bruder war. Ja, er war ein guter Junge gewesen!

Die Inschrift lautete: «Der Stier ‹Marioposa› des Herzogs von

Veragua, der für 7 *caballos 9 varas* entgegennahm und am 27. April 1909 den Tod von Antonio García, Novillero, verursachte.»

Retana sah, wie er den ausgestopften Stierkopf betrachtete.

«Mit dem, was mir der Herzog für Sonntag geschickt hat, gibt's sicher Skandal», sagte er. «Sie sind alle schwach auf den Beinen. Was sagt man denn im Café über sie?»

«Ich weiß nicht», sagte Manuel. «Ich bin gerade erst angekommen.»

«Ach ja», sagte Retana, «du hast ja noch deinen Handkoffer bei dir.»

Er sah Manuel an und lehnte sich hinter seinem großen Schreibtisch zurück.

«Setz dich und nimm die Mütze ab», sagte er.

Manuel setzte sich. Ohne Mütze sah sein Gesicht verändert aus. Er sah blaß aus, und die *coleta,* die er nach vorn gesteckt hatte, so daß sie unter der Kappe nicht hervorsah, gab ihm ein seltsames Aussehen.

«Du siehst nicht gut aus», sagte Retana.

«Ich komme grade aus dem Krankenhaus», sagte Manuel.

«Ich hab gehört, daß sie dir ein Bein amputiert haben», sagte Retana.

«Nein», sagte Manuel, «es ist wieder geheilt.»

Retana lehnte sich über den Schreibtisch und schob Manuel einen hölzernen Kasten mit Zigaretten hin.

«Nimm eine Zigarette», sagte er.

«Danke.»

Manuel zündete sie an.

«Rauchst du?» sagte er und reichte Retana das Streichholz.

«Nein», winkte Retana ab, «ich rauche nie.»

Retana beobachtete ihn beim Rauchen.

«Warum suchst du dir nicht eine Stellung und arbeitest?» sagte er.

«Ich will nicht arbeiten», sagte Manuel, «ich bin Stierkämpfer.»

«Stierkämpfer gibt es überhaupt nicht mehr», sagte Retana.

«Ich bin ein Stierkämpfer», sagte Manuel.

«Ja, während du drinnen bist», sagte Retana.

Manuel lachte.

Retana saß da, sagte nichts und sah Manuel an.

«Ich kann dich bei 'ner Nachtvorstellung unterbringen, wenn du willst», bot Retana ihm an.

«Wann?» fragte Manuel.

«Morgend abend.»

«Ich mag nicht gern für irgendwen einspringen», sagte Manuel. Auf die Art waren sie alle umgekommen. Auf die Art war Salvador umgekommen. Er klopfte mit den Knöcheln gegen den Tisch.

«Sonst hab ich nichts», sagte Retana.

«Warum bringst du mich nicht nächste Woche raus?» schlug Manuel vor.

«Du ziehst nicht», sagte Retana. «Sie wollen immer nur Litri und Robito und La Torre. Die Jungens sind gut.»

«Sie würden kommen, um zu sehen, wie ich's schaffe», sagte Manuel hoffnungsvoll.

«Nein, sie denken gar nicht dran. Kein Mensch weiß mehr, wer du bist.»

«Ich bin jetzt gut in Form», sagte Manuel.

«Wenn du willst, bring ich dich morgen abend raus», sagte Retana. «Du kannst mit dem jungen Hernandez arbeiten und nach den Chalots zwei *novillos* töten.»

«Wessen *novillos*?» fragte Manuel.

«Das weiß ich nicht. Was sie gerade in den *corrals* haben. Was die Tierärzte am Tag nicht durchlassen.»

«Ich mag nicht gern einspringen», sagte Manuel.

«Ganz wie du willst», sagte Retana. Er beugte sich über seine Papiere. Es interessierte ihn nicht weiter. Die Anteilnahme, die Manuel in Erinnerung an frühere Zeiten einen Augenblick in ihm geweckt hatte, war weg. Er würde ihn gern als Ersatz für Larita nehmen, weil er billig zu haben war. Er konnte auch andere billig bekommen. Er würde ihm aber auch gern helfen. Schließlich hatte er ihm die Chance gegeben. Jetzt war es seine Sache.

«Wieviel bekomme ich?» sagte Manuel. Er spielte noch mit dem Gedanken, abzulehnen. Aber er wußte, daß er nicht ablehnen konnte.

«Zweihundertfünfzig Peseten», sagte Retana. Er hatte an fünfhundert gedacht, aber als er den Mund aufmachte, sagte er zweihundertfünfzig.

«Villalta zahlst du siebentausend», sagte Manuel.

«Du bist nicht Villalta», sagte Retana.

«Das weiß ich», sagte Manuel.

«Der zieht, Manolo», sagte Retana erklärend.

«Sicher», sagte Manuel. Er stand auf. «Gib mir dreihundert, Retana.»

«Schön», willigte Retana ein. Er langte in die Schublade nach einem Stück Papier.

«Kann ich fünfzig jetzt haben?» fragte Manuel.

«Sicher», sagte Retana. Er entnahm seiner Brieftasche eine Fünfzig-Peseten-Note und legte sie flach ausgebreitet auf den Tisch.

Manuel nahm sie auf und steckte sie in die Tasche.

«Wie ist es mit einer *cuadrilla*?» fragte er.

«Du kriegst die Jungens, die immer nachts für mich arbeiten», sagte Retana. «Die sind ganz ordentlich.»

«Und wie sind die Picadores?» fragte Manuel.

«Die taugen nicht viel», gab Retana zu.

«Ich brauche aber einen anständigen Pic», sagte Manuel.

«Dann besorg ihn dir», sagte Retana. «Geh und besorg dir einen.»

«Doch nicht davon», sagte Manuel. «Von sechzig Duros kann ich nicht auch noch eine *cuadrilla* bezahlen.»

Retana sagte nichts, sondern sah Manuel über seinen großen Schreibtisch hinweg an.

«Du weißt, daß ich einen guten Pic brauche», sagte Manuel.

Retana sagte nichts, sondern sah Manuel aus weiter Ferne an.

«Das ist nicht recht», sagte Manuel.

Retana musterte ihn immer noch, während er sich in seinen Stuhl zurücklehnte, musterte ihn aus weiter, weiter Ferne.

«Es sind die Pics, die wir immer haben», meinte er.

«Ich weiß», sagte Manuel, «ich kenn deine Pics.»

Retana lächelte nicht. Manuel wußte, es war nichts weiter zu wollen.

«Ich möchte doch nur eine faire Chance», sagte Manuel erklärend. «Wenn ich rauskomme, will ich doch meine Stöße auf den Stier berechnen können. Man braucht nur einen guten Picador.»

Er sprach zu einem Mann, der nicht mehr zuhörte.

«Wenn du was Extras willst», sagte Retana, «dann bitte. Die übliche *cuadrilla* ist da; du kannst dir soviel eigene Pics mitbringen, wie du willst. Die *charlotada* ist um 10.30 Uhr zu Ende.»

«Gut», sagte Manuel, «wenn das dein Standpunkt ist.»

«Das ist mein Standpunkt», sagte Retana.

«Dann sehe ich dich also morgen abend», sagte Manuel.

«Ich bin dort», sagte Retana.

Manuel nahm seinen Handkoffer und ging hinaus.

«Mach die Tür zu», rief Retana.

Manuel blickte zurück. Retana saß vornübergebeugt und blätterte in seinen Papieren. Manuel zog die Tür zu, bis sie einschnappte.

Er ging die Treppe hinunter und durch die Tür hinaus in die heiße Helligkeit der Straße. Es war sehr heiß auf der Straße, und das Licht auf den weißen Häusern stach ihm plötzlich und grell in die Augen. Er ging auf der Schattenseite der Straße der Puerta del Sol zu. Er fühlte den Schatten körperlich und kühl wie fließendes Wasser. Die Hitze kam plötzlich, wenn er eine Seitenstraße überquerte. Unter all den Leuten, an denen er vorüberkam, sah Manuel keinen, den er kannte.

Kurz vor der Puerto del Sol ging er in ein Café.

In dem Café war es still. Ein paar Männer saßen an Tischen gegen die Wand gelehnt. An einem Tisch spielten vier Männer Karten. Die meisten Männer saßen rauchend an der Wand und hatten leere Kaffeetassen und Likörgläser auf den Tischen vor sich. Manuel ging durch den langen Raum hindurch in ein kleines Hinterzimmer. Ein Mann saß schlafend an einem Tisch in der Ecke. Manuel setzte sich an einen der Tische.

Ein Kellner kam herein und stellte sich neben Manuels Tisch.

«Haben Sie Zurito gesehen?» fragte ihn Manuel.

«Er war vor Tisch hier», antwortete der Kellner. «Vor fünf wird er nicht zurück sein.»

«Bringen Sie mir Kaffee und Milch und einen Schluck von dem Gewöhnlichen», sagte Manuel.

Der Kellner kam ins Zimmer zurück und trug ein Tablett mit einer großen Kaffeetasse und einem Likörglas. In der linken Hand hielt er eine Cognacflasche. Er setzte alles mit einem Schwung auf den Tisch, und ein Junge, der mit ihm hereingekommen war, goß aus zwei blanken Schnauzkannen mit langen Griffen Kaffee und Milch in seine Tasse.

Manuel nahm seine Mütze ab, und der Kellner bemerkte das nach vorn gesteckte Zöpfchen auf seinem Kopf. Er zwinkerte dem Jungen zu, während er den Cognac in ein kleines Glas neben Manuels Kaffeetasse goß. Der Junge sah neugierig auf Manuels bleiches Gesicht.

«Kämpfen Sie hier?» fragte der Kellner und korkte die Flasche zu.

«Ja», sagte Manuel. «Morgen.»

Der Kellner stand da und hielt die Flasche gegen seine Hüfte gestemmt.

«Mit den Charlie Chaplins?» fragte er.

Der Junge sah verlegen beiseite.

«Nein, mit den Richtigen.»

«Ich dachte, man würde Chaves und Hernandez herausbringen», sagte der Kellner.

«Nein, mich und noch einen.»

«Wen? Chaves oder Hernandez?»

«Ich glaube, Hernandez.»

«Was ist denn mit Chaves los?»

«Ist verwundet worden.»

«Wo haben Sie denn das her?»

«Von Retana.»

«He, Looie», rief der Kellner ins Nebenzimmer. «Chaves ist *cogida.*»

Manuel hatte die Zuckerstücke ausgewickelt und ließ sie in den Kaffee fallen. Er rührte um und trank ihn herunter, süß, heiß und wärmend in seinem leeren Magen. Er goß auch den Cognac herunter.

«Geben Sie mir noch einen von dem da», sagte er zu dem Kellner.

Der Kellner entkorkte die Flasche und goß das Glas voll, wobei er noch ein Glas voll in den Untersatz überlaufen ließ. Ein zweiter Kellner hatte sich vor dem Tisch eingefunden. Der Junge war fort.

«Ist Chaves schwer verwundet?» fragte der zweite Kellner Manuel.

«Ich weiß nicht», sagte Manuel. «Retana hat nichts gesagt.»

«Der kümmert sich 'n Dreck drum», sagte der große Kellner. Manuel hatte ihn vorher nicht gesehen. Er war wohl gerade hereingekommen.

«Wenn Sie mit Retana stehen, sind Sie hier ein gemachter Mann», sagte der große Kellner. «Wenn Sie nicht mit ihm stehen, können Sie genausogut gehen und sich 'ne Kugel vor 'n Kopf schießen.»

«Du hast recht», sagte der Kellner, der gerade hereingekommen war. «Du hast ganz recht.»

«Und ob ich recht habe», sagte der lange Kellner. «Ich weiß schon, was ich sage, wenn ich von dem Vogel rede.»

«Sieh mal, wie er sich gegen Villalta benommen hat», sagte der erste Kellner.

«Und damit hat sich's nicht etwa», sagte der Lange. «Sieh dir an, wie er sich gegen Marcial Lalanda benommen hat, und wie er sich gegen Nacional benommen hat.»

«Du hast recht, mein Junge», pflichtete der kleine Kellner bei.

Manuel sah sie an, wie sie da vor seinem Tisch standen und sich unterhielten. Er hatte seinen zweiten Cognac getrunken. Sie hatten ihn vergessen. Sie interessierten sich nicht für ihn.

«Seht euch mal die ganze Hammelherde an», fuhr der lange Kellner fort. «Habt ihr mal diesen Nacional II gesehen?»

«Ich habe ihn vielleicht nicht letzten Sonntag gesehen», sagte der erste Kellner.

«Die reine Giraffe», sagte der kleine Kellner.

«Was hab ich euch gesagt», sagte der lange Kellner. «Das sind Retana seine Jungens.»

«Heda, geben Sie mir noch einen Schluck davon», sagte Manuel. Er hatte den Cognac, den der Kellner in den Untersatz übergegossen hatte, in sein Glas gekippt und getrunken, während sie sich unterhielten.

Der erste Kellner goß ihm mechanisch das Glas voll, und dann gingen die drei schwatzend aus dem Zimmer.

Der Mann hinten in der Ecke schlief immer noch. Beim Einatmen schnarchte er leise. Sein Kopf lehnte gegen die Wand.

Manuel trank seinen Cognac. Auch er fühlte sich schläfrig. Es war zu heißt, um in die Stadt zu gehen. Außerdem hatte er dort nichts zu tun. Er wollte Zurito sprechen. Während er wartete, wollte er ein bißchen schlafen. Er stieß gegen seinen Handkoffer unter dem Tisch, um sich zu vergewissern, daß er da war. Vielleicht war es besser, man stellte ihn unter die Bank gegen die Wand. Er bückte sich und schob ihn runter. Dann beugte er sich über den Tisch und schlief ein.

Als er erwachte, saß ihm jemand am Tisch gegenüber. Es war ein großer Mann mit einem schwermütigen, braunen Gesicht wie ein Indianer. Er saß schon eine ganze Weile dort. Er hatte dem Kellner abgewinkt und saß da und las die Zeitung und sah gelegentlich auf Manuel hinunter, der mit dem Kopf auf dem Tisch schlief. Er las mühselig seine Zeitung und formte die Worte beim Lesen mit den Lippen. Als es ihn ermüdete, betrachtete er Manuel. Er saß schwerfällig auf seinem Stuhl. Sein schwarzer Cordobanerhut war nach vorn gerutscht.

Manuel richtete sich auf und sah ihn an.

«Hallo, Zurito», sagte er.

«Hallo, mein Junge», sagte der große Mann.

«Ich hab geschlafen.» Manuel rieb sich die Stirn mit dem Rücken seiner Faust.

«Das scheint mir beinah so.»

«Und wie geht's?»

«Gut. Und wie geht's bei dir?»

«Nicht so gut.»

Sie schwiegen beide. Zurito, der Picador, betrachtete Manuels weißes Gesicht. Manuel sah auf die riesigen Hände des Picadors, die die Zeitung zusammenlegten, um sie in die Tasche zu stecken.

«Ich möchte dich um einen Gefallen bitten, Manos», sagte Manuel.

Manosduros war Zuritos Spitzname. Er konnte ihn nie hören, ohne an seine riesigen Hände zu denken. Er streckte sie verlegen auf dem Tisch aus.

«Komm, trinken wir was», sagte er.

«Gewiß doch», sagte Manuel.

Der Kellner kam und ging und kam wieder. Als er aus dem Zimmer hinausging, sah er sich nach den beiden Männern am Tisch um.

«Was ist los, Manolo?» Zurito stellte sein Glas hin.

«Würdest du wohl morgen abend zwei Stiere für mich *pic*-en?» fragte Manuel und sah Zurito über den Tisch an.

«Nein», sagte Zurito. «Ich *pic*-e nicht.»

Manuel sah hinunter auf sein Glas. Die Antwort hatte er erwartet. Da hatte er sie. Tja, da hatte er sie.

«Es tut mir leid, Manolo, aber ich *pic*-e nicht.» Zurito sah auf seine Hände.

«Schon gut», sagte Manuel.

«Ich bin zu alt», sagte Zurito.

«Ich hab dich nur gefragt», sagte Manuel.

«Ist es die Abendvorstellung morgen?»

«Ja, weißt du, ich dachte, wenn ich nur einen guten Pic hätte, könnt ich's schaffen.»

«Wieviel kriegst du denn?»

«Dreihundert Peseten.»

«Ich bekomme mehr als das für *Pic*-en.»

«Ich weiß», sagte Manuel. «Ich hatte kein Recht, dich drum zu bitten.»

«Warum machst du's denn immer weiter?» fragte Zurito. «Warum schneidest du dir denn nicht die *coleta* ab, Manolo?»

«Ich weiß nicht», sagte Manuel.

«Du bist doch beinah so alt wie ich», sagte Zurito.

«Ich weiß nicht», sagte Manuel. «Ich muß es weitermachen. Wenn ich's schaffe, eine Chance zu kriegen – mehr will ich gar nicht. Ich muß dabei bleiben, Manos.»

«Nein, du mußt nicht.»

«Doch, ich muß. Ich hab versucht, es zu lassen.»

«Ich weiß, wie dir dabei zumute ist. Aber es ist nicht richtig. Du solltest es aufgeben und bleiben lassen.»

«Ich kann's nicht. Außerdem war ich wirklich neulich gut.»

Zurito sah ihm ins Gesicht.

«Du warst doch im Krankenhaus.»

«Aber ich war ganz groß, als ich verwundet wurde.»

Zurito sagte nichts. Er kippte den Cognac aus dem Untersatz in sein Glas.

«Die Zeitungen schrieben, man hätte nie eine bessere *faena* gesehen», sagte Manuel.

Zurito sah ihn an.

«Weißt du, wenn ich erst mal loslege, dann bin ich richtig gut», sagte Manuel.

«Du bist zu alt», sagte der Picador.

«Nein», sagte Manuel. «Du bist zehn Jahre älter als ich.»

«Bei mir ist das was anderes.»

«Ich bin nicht zu alt», sagte Manuel.

Sie saßen schweigend da; Manuel beobachtete das Gesicht des Picadors.

«Ich war in großer Form, bis ich verwundet wurde», brachte Manuel vor.

«Du hättest mich sehen sollen, Manos», sagte Manuel vorwurfsvoll.

«Ich will dich nicht sehen», sagte Zurito. «Es macht mich nervös.»

«Du hast mich in letzter Zeit nicht gesehen.»

«Ich hab dich oft genug gesehen.»

Zurito sah Manuel an und vermied seinen Blick.

«Du solltest es aufgeben, Manolo.»

«Ich kann nicht», sagte Manuel. «Was ich dir sage, ich bin jetzt gut in Form.»

Zurito beugte sich nach vorn, die Hände auf dem Tisch.

«Hör mal zu. Ich werd morgen für dich *pic*-en, und wenn du morgen abend nicht ganz groß bist, dann hörst du auf. Hast du verstanden? Wirst du das tun?»

«Sicher.»

Zurito lehnte sich erleichtert zurück.

«Du mußt aufhören», sagte er. «Keine Fisimatenten, du mußt deine *coleta* abschneiden.»

«Ich werd nicht aufzuhören brauchen», sagte Manuel. «Paß nur auf. Ich hab das Zeug dazu.»

Zurito stand auf. Das Hin- und Hergerede hatte ihn ermüdet.

«Du mußt aufhören», sagte er. «Ich werde dir selbst die *coleta* abschneiden.»

«Das wirst du nicht», sagte Manuel. «Dazu wird's nicht kommen.»

Zurito rief den Kellner.

«Komm», sagte Zurito. «Komm mit nach Hause.»

Manuel langte unter den Sitz nach seinem Handkoffer. Er war glücklich. Er wußte, Zurito würde für ihn *pic*-en. Er war der beste Picador auf der Welt. Jetzt war alles einfach.

«Komm mit nach Haus; wir wollen essen», sagte Zurito.

Manuel stand im *patio de caballos* und wartete auf das Ende der Charlie-Chaplin-Nummer. Zurito stand neben ihm. Wo sie standen, war es dunkel. Das hohe Tor, das in die Arena führte, war geschlossen. Über sich hörten sie brüllendes Gelächter und dann noch einmal brüllendes Gelächter. Dann trat Stille ein. Manuel mochte den Stallgeruch um den *patio de caballos*. Es roch gut im Dunkel. Aus der Arena erklang erneutes Geschrei und dann Beifall, nicht enden wollender Beifall.

«Hast du die Kerle mal gesehen?» fragte Zurito, der groß und ragend in der Dunkelheit neben Manuel stand.

«Nein», sagte Manuel.

«Sie sind schon sehr komisch», sagte Zurito. Er lächelte in der Dunkelheit vor sich hin.

Das hohe, festschließende Doppeltor, das in die Arena führte, flog auf, und Manuel sah die Arena im grellen Licht der Bogenlampen und die *plaza,* ganz im Dunkel, hoch ansteigend; um den Rand der Arena liefen zwei Männer, die wie Landstreicher angezogen waren, und verbeugten sich, und hinter ihnen ein dritter in der Uniform eines Hotelboys, der sich bückte und die Hüte und Stöcke, die in den Sand hinuntergeworfen waren, aufsammelte und hoch hinauf in die Dunkelheit zurückschleuderte.

Das elektrische Licht flammte im *patio* auf.

«Ich werd auf eins von den Ponys klettern, während du die Jungen zusammentrommelst», sagte Zurito.

Hinter ihnen hörte man das Geklingel der Maultiere, die in die Arena trabten und vor den toten Stier gespannt wurden.

Die Leute der *cuadrilla,* die der Burleske vom Gang zwischen der *barrera* und den Sitzen aus zugesehen hatten, schlenderten zurück und standen schwatzend in einer Gruppe unter dem elektrischen Licht im *patio.* Ein gutaussehender Junge in silber-orangenem Anzug kam auf Manuel zu und lächelte.

«Ich bin Hernandez», sagte er und streckte ihm die Hand entgegen.

Manuel schüttelte sie.

«Heute abend haben wir die reinsten Elefanten», sagte der Junge munter.

«Ja, große mit Hörnern», stimmte Manuel zu.

«Du hast's am schlimmsten getroffen», sagte der Junge.

«Das macht nichts», sagte Manuel. «Je größer sie sind, um so mehr Fleisch gibt's für die Armen.»

«Wo hast du denn das her?» grinste Hernandez.

«Das ist uralt», sagte Manuel. «Stell mal deine *cuadrilla* auf, damit ich sehen kann, was ich habe.»

«Es sind ein paar gute Jungens darunter», sagte Hernandez. Er war sehr aufgeräumt. Er hatte schon zweimal in Nachtvorstellungen mitgemacht und fing an, in Madrid ein Publikum zu haben. Er freute sich, daß der Kampf in ein paar Minuten losgehen sollte.

«Wo sind die Pics?» fragte Manuel.

«Die sind hinten in den *corrals* und zanken sich um die schönen Pferde», grinste Hernandez.

Die Maultiere jagten durch das Tor herein; die Peitschen knallten; die Schellen klingelten, und der junge Stier pflügte eine Furche in den Sand.

Sobald der Stier durch war, formierten sie sich zum *paseo.*

Manuel und Hernandez standen an der Spitze. Die Jungens von der *cuadrilla* kamen dahinter, die schweren *capas* über den Arm geschlagen. Zum Schluß kamen die vier Picadores zu Pferd; sie hielten ihre mit Stahlspitzen versehenen Lanzen senkrecht im Halbdunkel des *corrals.*

«Es ist kein Wunder, daß uns Retana nicht genug Licht spendiert hat, um die Pferde sehen zu können», sagte ein Picador.

«Er weiß, daß uns wohler ist, wenn wir diese Schindmähren nicht zu genau sehen», antwortete ein anderer Pic.

«Bei meinem Gaul komme ich beinah mit den Füßen auf die Erde», sagte der erste Picador.

«Na, immerhin sind's Pferde.»

«Gewiß doch, Pferde sind's.»

Sie schwatzten, während sie auf ihren mageren Pferden in der Dunkelheit saßen.

Zurito sagte nichts. Er hatte das einzige anständige Pferd. Er hatte es in den *corrals* auf seine Wendigkeit hin ausprobiert, und es hatte gut auf Trense und Sporen reagiert. Er hatte ihm die Binde vom rechten Auge genommen und ihm die Riemen durchschnitten, mit denen man ihm die Ohren am Ansatz fest zugebunden hatte. Es war ein gutes, solides Pferd, fest auf den Beinen. Das war alles, was er brauchte. Er hatte vor, es die ganze *corrida* hindurch zu reiten. Er hatte bereits, seit er aufgestiegen war und im Halbdunkel in dem großen gepolsterten Sattel saß und auf den *paseo* wartete, seinen ganzen Part in der *corrida* in Gedanken durchgeführt. Die anderen Picadores um ihn herum unterhielten sich weiter. Er hörte sie nicht.

Die zwei Matadore standen zusammen vor ihren drei *peones*, die die *capas* auf die gleiche Art um den linken Arm geschlungen hatten. Manuel beschäftigte sich in Gedanken mit den drei Jungens hinter ihm. Alle drei waren Madrileños wie Hernandez, Jungens von ungefähr neunzehn. Der eine von ihnen, ein Zigeuner, ernsthaft, hochmütig, mit dunklem Gesicht, gefiel ihm. Er drehte sich um.

«Wie heißt du, mein Junge», fragte er den Zigeuner.

«Fuëntes», sagte der Zigeuner.

«Das ist ein guter Name», sagte Manuel.

Der Zigeuner lächelte und ließ dabei seine Zähne sehen.

«Nimm den Stier an, wenn er rauskommt, und laß ihn ein bißchen laufen», sagte Manuel.

«Gut», sagte der Zigeuner. Sein Gesicht war ernst. Er fing an, darüber nachzudenken, was er tatsächlich tun würde.

«Jetzt geht's los», sagte Manuel zu Hernandez.

«Schön, gehen wir.»

Mit erhobenem Haupt, im Takt der Musik, ihre rechten Arme frei schwingend, traten sie heraus und durchquerten unterm Bogenlicht die mit Sand bestreute Arena. Hinter ihnen entfalteten sich die *cuadrillas*, ritten die Picadores, dahinter kam das Stierkampfpersonal und die Maulesel mit klingenden Schellen. Die Menge jubelte Hernandez zu, als sie durch die Arena marschierten. Sie blickten arrogant geradeaus, als sie im Takt vorbeimarschierten.

Sie verbeugten sich vor dem Präsidenten, dann löste sich die Prozession in ihre einzelnen Teile auf. Die Stierkämpfer gingen hinüber an die *barrera* und tauschten ihre schweren Mäntel gegen leichte

Kampf*capas* ein. Die Maultiere trotteten hinaus. Die Picadores sprengten im Galopp um die Arena, und zwei ritten durch das Tor, durch das sie hereingekommen waren, hinaus. Die Diener fegten den Sand glatt.

Manuel trank ein Glas Wasser, das einer von Retanas Leuten, der als sein Manager und Degenbewahrer fungierte, ihm reichte. Hernandez, der mit seinem eigenen Manager gesprochen hatte, kam auf ihn zu.

«Du hattest 'ne Menge Beifall, mein Junge», beglückwünschte ihn Manuel.

«Sie mögen mich», sagte Hernandez strahlend.

«Wie war der *paseo*?» fragte Manuel Retanas Angestellten.

«Wie 'ne Hochzeit», sagte der Mann. «Fabelhaft. Ihr kamt raus wie Joselito und Belmonte.»

Zurito ritt vorüber, eine massige Reiterstatue. Er nahm sein Pferd herum und stellte es mit der Nase gegen den *toril* drüben an der Seite der Arena, dort, wo der Stier herauskommen mußte. Es war ungewohnt für ihn unter dem Bogenlicht. In der heißen Nachmittagssonne *pic*-te er für schweres Geld. Diese ganze Bogenlichtgeschichte mochte er nicht. Er wünschte, daß sie anfangen würden.

Manuel ging zu ihm heran.

«*Pic* ihn, Manos», sagte er. «Servier ihn mir mundgerecht.»

«Ich werde ihn *pic*-en, mein Junge.» Zurito spuckte in den Sand. «Ich *pic* ihn so, daß er aus der Arena springt.»

«Leg dich auf ihn, Manos», sagte Manuel.

«Ich werd mich auf ihn legen», sagte Zurito. «Warum geht's denn nicht los?»

«Jetzt kommt er», sagte Manuel.

Zurito saß da, hatte die Füße in den kastenförmigen Steigbügeln; seine langen Beine in den Ledergamaschen umklammerten das Pferd, die Zügel hielt er in der linken, den langen *pic* in der rechten Hand, seinen breitkrempigen Hut hatte er tief ins Gesicht gezogen, um seine Augen vor dem Licht zu schützen, als er das ferne Tor des *torils* beobachtete. Die Ohren seines Pferdes zitterten. Zurito klopfte ihm mit der linken Hand den Hals.

Das rote Tor des *torils* schlug zurück, und einen Moment lang sah Zurito in den leeren Durchgang weit hinter der Arena. Dann kam der Stier herausgestürzt, rutschte auf seinen vier Beinen, als er in den Lichtkreis kam, dann griff er im Galopp an, ging weich in einen schnellen Galopp über, lautlos bis auf das Schnauben aus weitgeöffneten Nüstern, als er angriff, froh, frei zu sein nach dem dunklen Pferch.

In der ersten Sitzreihe kritzelte, leicht gelangweilt, vornübergeneigt, um auf der Zementmauer vor seinen Knien schreiben zu können, der stellvertretende Stierkampfkritiker des *Heraldo*: «Campagnero, Negro, 42, kam mit 150 Kilometer Geschwindigkeit herausgeschossen, voller Triebstoff ...»

Manuel, der gegen die *barrera* lehnte und den Stier beobachtete, winkte mit der Hand, und der Zigeuner lief mit seiner *capa*, die er schleifen ließ, los. Der Stier machte im vollen Galopp eine Drehung und griff mit gesenktem Kopf und hochstehendem Schwanz die *capa* an. Der Zigeuner bewegte sich im Zickzack und, als er an ihm vorbeikam, sichtete ihn der Stier und ließ von der *capa* ab, um den Mann anzugreifen. Der Zigeuner sprintete und schwang sich in dem Augenblick über die rote Umzäunung der *barrera*, als der Stier sie mit seinen Hörnern traf. Er stieß zweimal mit den Hörnern hinein und bollerte blindlings gegen das Holz.

Der Kritiker des *Heraldo* zündete sich eine Zigarette an, schnellte das Streichholz nach dem Stier und schrieb dann in sein Notizbuch: «Groß, mit genügend Hörnern, um die zahlenden Kunden zu befriedigen, zeigte Campagnero Neigung, in das Gebiet der Stierkämpfer überzugreifen.»

Manuel schritt vorwärts auf dem harten Sand, als der Stier gegen die Umzäunung anbollerte. Ein kurzer Blick zeigte ihm, daß Zurito seinen Schimmel dicht an die *barrera* ritt, ungefähr um ein Viertel des Arenarundes nach links. Manuel hielt die *capa* dicht vor sich, eine Falte in jeder Hand, und rief den Stier an: «Huh! Huh!» Der Stier machte kehrt, schien, als er aufs Geratewohl angriff, gegen die Umzäunung zu streifen und stieß in die *capa*, als Manuel zur Seite trat und mit dem Angriff des Stiers auf dem Absatz drehte und die *capa* genau vor seinen Hörnern schwang. Als er den Schwung beendete, stand er dem Stier wieder gegenüber und hielt die *capa* in derselben Position dicht vor seinem Körper und drehte wieder, als der Stier von neuem angriff. Bei jeder Wendung brüllte die Menge.

Viermal drehte er sich so mit dem Stier, hob die *capa*, so daß sie sich voll aufblähte, und jedesmal nahm er den Stier zu neuem Angriff herum. Dann zum Schluß der fünften Drehung hielt er die *capa* gegen seine Hüfte und drehte, so daß die *capa* wie der Rock einer Balletteuse wirbelte, und wickelte den Stier um sich wie eine Schärpe, trat zur Seite und ließ den Stier direkt gegenüber von Zurito, der auf seinem Schimmel herangekommen war. Das Pferd stand wie eingerammelt mit vorgestreckten Ohren und zitternden Lefzen, und Zurito lehnte sich, den Hut tief über den Augen, vornüber. Die lange Lanze ragte vorn und hinten in spitzem Winkel unter seinem rechten Arm hervor, halb gesenkt, so daß die dreieckige eiserne Spitze gegen den Stier gerichtet war.

El Heraldos Kritiker zweiter Garnitur zog, mit den Augen auf dem Stier, an seiner Zigarette und schrieb: «Manolo, der Veteran, führte eine Reihe passabler *veronicas* durch und endete in einer sehr belmontistischen *recorte*, die ihm von den Stammgästen Beifall eintrug. Und damit kommen wir zum *tercio* der Kavallerie.»

Zurito saß auf seinem Pferd und schätzte die Entfernung zwischen dem Stier und dem Ende seines *pics* ab. Während er hinsah, riß sich der Stier zusammen und griff an, die Augen auf die Brust des Pferdes gerichtet. Als er den Kopf senkte, um hineinzustoßen, grub Zurito die Spitze seines *pics* in den schwellenden Muskelberg oberhalb der Schulter des Stiers, lehnte sein ganzes Gewicht auf den Schaft und riß mit der linken Hand den Schimmel hoch, der mit den Vorderhufen die Luft schlug, zog ihn nach rechts hinüber, als er den Stier niederzwang und unter ihm durchdrückte, so daß die Hörner unschädlich unter dem Pferdebauch vorbeiglitten und das Pferd zitternd wieder auf den Boden kam, während der Schwanz des Stiers über seine Brust streifte, als er die *capa*, die Hernandez ihm bot, angriff.

Hernandez lief seitwärts und zog den Stier mit der *capa* fort zu dem andern Picador hinüber. Er fixierte ihn mit einer Wendung seiner *capa*, so daß er Pferd und Reiter genau gegenüberstand und trat zurück.

Als der Stier das Pferd sah, griff er an. Die Lanze des Picadors glitt seinen Rücken entlang, und als der Anprall des Angriffs das Pferd in die Höhe hob, war der Picador auch schon halb aus dem Sattel; er brachte sein rechtes Bein in Sicherheit, als er mit der Lanze sein Ziel verfehlt hatte, und ließ sich nach links fallen, um das Pferd zwischen sich und den Stier zu bringen. Das hochgehobene und aufgespießte Pferd brach zusammen, und der Stier stieß in es hinein. Der Picador stieß mit seinen Stiefeln gegen das Pferd, so daß er freikam, und wartete, daß man ihn aufhob, wegschleppte und wieder auf die Füße stellte.

Manuel ließ den Stier in das gefallene Pferd hineinstoßen; er hatte keine Eile; der Picador war in Sicherheit; außerdem tat es einem solchen Picador gut, wenn er ein bißchen Angst ausstand. Der würde sich das nächste Mal länger halten. Scheiß*pics!* Er sah über den Sand hinweg auf Zurito, der wartend auf seinem reglosen Pferd nur wenig von der *barrera* entfernt hielt.

«Huh!» rief er den Stier an. «Tomar», und hielt die *capa* in beiden Händen, um seinen Blick auf sie zu ziehen. Der Stier löste sich von dem Pferd und griff die *capa* an, und Manuel lief seitwärts, hielt die *capa* auseinandergespreizt, stoppte, drehte auf den Hacken und brachte den Stier scharf herum, so daß er Zurito genau gegenüberstand.

«Campagnero steckte für den Tod einer Rosinante ein paar *varas* ein, mit Hernandez und Manolo bei den *quites*», schrieb der *Heraldo*-Kritiker. «Er drängte gegen das Eisen und zeigte deutlich, daß er kein Pferdeliebhaber war. Zurito, der Veteran, erweckte einige seiner alten Künste mit der Lanze wieder zum Leben, bemerkenswert, die *suertes* –»

«Olé! Olé!» schrie der Mann, der neben ihm saß. Der Schrei verlor sich in dem Gebrüll der Menge, und er schlug dem Kritiker auf die Schulter. Der Kritiker blickte auf und sah Zurito sich direkt unter ihm weit über sein Pferd hinauslehnen. Die Länge des *pic* ragte in einem spitzen Winkel unter seiner Achselhöhle hervor; er hielt den *pic* fast an der Spitze, lehnte sein ganzes Gewicht drauf, hielt den Stier ab, den Stier, der drängte und stieß, um an das Pferd heranzukommen, und Zurito hoch über ihm, hielt ihn ab, hielt ihn ab und drehte langsam das Pferd gegen den Druck, so daß es schließlich klar kam. Zurito spürte den Augenblick, in dem das Pferd aus dem Bereich des Stiers raus war, und der Stier vorbeikommen konnte und lockerte die unerbittliche Stahlklammer seines Widerstandes, und die dreieckige Stahlspitze des *pics* schlitzte den massigen Schultermuskel des Stiers auf, als er sich losriß und Hernandez' *capa* vor seinem Maul fand. Er griff blindlings die *capa* an, und der Junge nahm ihn in die offene Arena hinaus.

Zurito saß da, klopfte seinem Pferd den Hals und sah zu, wie der Stier die *capa* angriff, die Hernandez in dem hellen Licht unter dem Gebrüll der Menge vor ihm schwenkte.

«Hast du das gesehen?» sagte er zu Manuel.

«Ein wahres Wunder», sagte Manuel.

«Diesmal habe ich ihn gekriegt», sagte Zurito. «Sieh ihn dir jetzt an.»

Beim Abschluß eines ganz dicht vor ihm ausgeführten Manövers mit der *capa* glitt der Stier in die Knie. Er war sofort wieder hoch, aber Manuel und Zurito sahen weit draußen in der Arena das hervorsprudelnde Blut an der schwarzen Schulter des Stiers schimmernd herunterlaufen.

«Da hab ich's ihm gegeben», sagte Zurito.

«Es ist ein guter Stier», sagte Manuel.

«Wenn ich noch mal an ihn herankomme, werde ich ihn töten», sagte Zurito.

«Die werden mittendrin abblasen», sagte Manuel.

«Sieh ihn dir jetzt an», sagte Zurito.

«Ich muß da rüber», sagte Manuel und rannte auf die andere Seite der Arena zu, wo die *monos* dem Stier ein Pferd am Zügel entgegenführten, es mit Gerten gegen die Beine schlugen und alle zusammen versuchten, es zu dem Stier hinzuzerren, der mit gesenktem Kopf da stand, mit den Hufen scharrte und sich nicht zum Angriff entschließen konnte.

Zurito runzelte die Stirn, als er sein Pferd, jede Einzelheit beobachtend, dieser Szene zulenkte.

Endlich griff der Stier an. Die Pferdeknechte liefen auf die *barrera* zu; der Picador zielte zu weit nach hinten und der Stier kam unter das Pferd, hob es hoch und schleuderte es sich auf den Rücken.

Zurito beobachtete. Die *monos* in ihren roten Hemden kamen herausgelaufen, um den Picador in Sicherheit zu bringen. Der Picador stand wieder auf den Füßen, fluchte und schlug mit den Armen um sich. Manuel und Hernandez standen mit den *capas* bereit. Und der Stier, der große, schwarze Stier, ein Pferd auf dem Rücken, mit runterbaumelnden Hufen, die Zügel in seinen Hörnern verfangen. Schwarzer Stier mit einem Pferd auf dem Rücken, kurzbeinig taumelnd, dann den Nacken wölbend und hebend, wild um sich stoßend und angreifend, um das Pferd abzuschütteln; und das Pferd glitt hinunter. Dann stürzte der Stier angreifend auf die *capa* los, die Manuel für ihn ausbreitete.

Manuel fühlte, der Stier war jetzt langsamer. Er blutete stark. Die ganze Flanke glänzte von Blut.

Manuel bot ihm wieder die *capa*. Da kam er, häßlich, mit aufgerissenen Augen die *capa* beobachtend. Manuel trat zur Seite, hob die Arme und faßte die *capa* vor dem Stier für die *veronica* zusammen.

Jetzt stand er dem Stier gegenüber. Ja, er senkte den Kopf ein wenig. Er trug ihn niedriger. Das war Zurito.

Manuel schlug mit der *capa;* da kommt er. Er trat zur Seite und machte eine zweite *veronica*. Der schießt furchtbar genau los, dachte er. Der hat genug gekämpft, deshalb paßt er jetzt so genau auf. Jetzt jagt er. Hat mich aufs Korn genommen. Aber ich gebe ihm immer die *capa*.

Er schwenkte die *capa* dem Stier entgegen; da kommt er; er trat zur Seite. Furchtbar nah dieses Mal. So nah dran will ich nicht arbeiten.

Der Saum der *capa* war naß von Blut, wo sie über den Rücken des vorbeikommenden Stiers gestreift war.

Schön, dies hier ist die letzte.

Manuel stand dem Stier gegenüber; bei jedem Angriff hatte er sich mit ihm gedreht und ihm die *capa* mit beiden Händen geboten. Der Stier sah ihn an. Mit wachsamen Augen, die Hörner gradaus gerichtet, sah der Stier ihn beobachtend an.

«Huh!» rief Manuel. «Toro!» lehnte sich zurück und schwang die *capa* vorwärts. Da kommt er. Er trat zur Seite, schwang die *capa* hinter sich und drehte, so daß der Stier der wirbelnden *capa* folgte und dann plötzlich nichts vor sich fand, durch den Ausfall fixiert, durch die *capa* in Bann gehalten. Manuel schwenkte die *capa* mit einer Hand unter seinem Maul, um zu zeigen, daß der Stier fixiert war, und ging davon.

Es gab keinen Beifall.

Manuel ging über den Sand auf die *barrera* zu, während Zurito aus der Arena ritt. Während Manuel mit dem Stier arbeitete, hatte die Trompete das Signal für den nächsten Teil, das Einstechen der *banderillos,* gegeben. Es war nicht bis in sein Bewußtsein gedrungen. Die *monos* breiteten eine Zeltbahn über die beiden toten Pferde und streuten Sägemehl um sie herum.

Manuel kam an die *barrera* heran, um einen Schluck Wasser zu trinken. Retanas Mann reichte ihm den schweren, porösen Krug.

Fuëntes, der große Zigeuner, stand da und hielt ein Paar *banderillos,* hielt sie dicht zusammen, schmale, rote Stäbe, mit den Spitzen der Widerhaken nach außen. Er sah Manuel an.

«Geh los, da rüber», sagte Manuel.

Der Zigeuner trottete hinaus. Manuel setzte den Krug hin und beobachtete. Er wischte sich das Gesicht mit seinem Taschentuch ab.

Der Kritiker des *Heraldo* langte nach der Flasche warmen Sekts, die zwischen seinen Beinen stand, trank einen Schluck und beendete den Absatz:

«... der ältliche Manolo errang keinen Beifall für eine gewöhnliche Serie von *lances* mit der *capa*, und somit kommen wir zum dritten Teil der Pfählung.»

Der Stier stand immer noch fixiert allein in der Mitte der Arena. Fuëntes ging groß und aufrecht, arrogant, mit ausgespreizten Armen auf ihn zu. Zwischen den Fingern jeder Hand hielt er je einen der dünnen, roten Stäbe mit geradeaus gerichteter Spitze. Fuëntes schritt vorwärts. Hinter ihm seitlich war ein *peon* mit einer *capa.* Der Stier erblickte ihn und war nicht länger fixiert.

Seine Augen beobachteten Fuëntes, der jetzt still stand. Jetzt lehnte er sich zurück und rief ihn an. Fuëntes zuckte mit den beiden *banderillas,* und das Licht auf den Stahlspitzen zog den Blick des Stiers auf sich.

Sein Schwanz ging hoch, und er griff an.

Er stürmte gradeaus, die Augen auf dem Mann. Fuëntes stand still, lehnte sich zurück; die *banderillas* wiesen vorwärts. Als der Stier den Kopf senkte, um zuzustoßen, lehnte sich Fuëntes nach hinten über, seine Arme kamen zusammen, bewegten sich aufwärts; seine beiden Hände berührten einander, die *banderillas,* zwei abfallende, rote Linien, und sich vorwärts lehnend stieß er die Spitzen dem Stier in die Schulter, lehnte sich weit hinein über die Hörner des Stiers und drehte sich an den zwei aufrecht stehenden Stäben, mit fest zusammengeschlossenen Füßen, den Körper nach einer Seite gebogen, um den Stier vorbeizulassen.

«Olé», schrie die Menge.

Der Stier stieß wild zu, sprang wie eine Forelle, mit allen vier Füßen in der Luft. Die roten Schäfte der *banderillas* schleuderten hin und her, als er sprang.

Manuel, der an der *barrera* stand, nahm wahr, daß er immer nach rechts stieß.

«Sag ihm, daß er das nächste Paar rechts reingibt», sagte er zu dem Jungen, der gerade mit den neuen *banderillas* zu Fuëntes hinausrannte.

Eine schwere Hand fiel auf seine Schulter. Es war Zurito.

«Wie ist dir denn, mein Junge?» fragte er.

Manuel beobachtete den Stier.

Zurito beugte sich über die *barrera* und legte das Gewicht seines Körpers auf seine Arme. Manuel wandte sich ihm zu.

«Du bist gut in Form», sagte Zurito.

Manuel schüttelte den Kopf. Er hatte bis zum nächsten Drittel nichts zu tun. Der Zigeuner war ausgezeichnet mit den *banderillas.* Er würde den Stier im nächsten Drittel in der richtigen Verfassung finden. Es war ein guter Stier. Bis jetzt war alles einfach gewesen. Er machte sich einzig um die Endgeschichte mit dem Degen Sorgen. Er machte sich eigentlich keine Sorgen. Er dachte nicht einmal daran. Aber als er so dastand, hatte er ein lastendes Gefühl von Vorahnung. Er sah zu dem Stier hinüber und plante seine *faena,* die Arbeit mit dem roten Tuch, die den Stier mürbe und fertig machen sollte.

Der Zigeuner schritt von neuem auf den Stier los, ging auf Zehen und Fersen, herausfordernd wie ein Tänzer im Ballsaal, und die roten Schäfte der *banderillas* zuckten im Takt seiner Schritte. Der Stier beobachtete ihn, jetzt nicht fixiert, verfolgte ihn, wartete aber, bis er so nah war, daß er sicher war, ihn zu kriegen, die Hörner in ihn hineinzukriegen.

Als Fuëntes vorwärts schritt, griff der Stier an. Fuëntes lief ungefähr einen Viertelkreis, als der Stier angriff, und als er rückwärts laufend vorbeikam, stoppte er, schwang sich vorwärts, hob sich auf den Zehen mit ausgestreckten Armen und stieß, als der Stier ihn verfehlte, die *banderillas* senkrecht in die Masse der festen großen Schultermuskeln hinein.

Die Menge raste.

«Der Junge wird nicht lange bei dieser Nachtarbeit bleiben», sagte Retanas Mann zu Zurito.

«Er ist gut», sagte Zurito.

«Sieh ihn mal jetzt an!»

Sie sahen ihm zu.

Fuëntes stand mit dem Rücken gegen die *barrera.* Zwei Mann der *cuadrilla* standen hinter ihm, bereit, ihre *capas* über die Einzäunung zu schlagen, um den Stier abzulenken.

Der Stier stand da mit heraushängender Zunge und schwer wogendem Rumpf und beobachtete den Zigeuner. Jetzt glaubte er, ihn zu haben. Gegen die roten Planken zurückgedrängt. Nur noch um einen kurzen Ausfall entfernt. Der Stier beobachtete ihn.

Der Zigeuner bog sich hintenüber und nahm die Arme zurück; die *banderillas* waren auf den Stier gerichtet. Er rief den Stier an, stampfte mit dem Fuß. Der Stier war mißtrauisch. Er wollte den Mann. Nicht noch mehr Widerhaken in die Schulter.

Fuëntes ging ein bißchen näher an den Stier heran, bog sich zurück und rief ihn wieder an. Jemand in der Menge stieß einen Warnungsschrei aus.

«Er ist zu verflucht nah», sagte Zurito.

«Paß auf!» sagte Retanas Mann.

Fuëntes lehnte sich zurück, reizte den Stier mit den *banderillas* und sprang dann, beide Füße in der Luft. Als er sprang, ging der Schwanz des Stiers hoch, und er griff an. Fuëntes landete auf den Zehenspitzen, die Arme geradeaus gestreckt, den ganzen Körper vorwärts gewölbt, und stieß die Schäfte senkrecht hinein, als er seinen Körper aus der Stoßweite des rechten Horns brachte.

Der Stier krachte in die *barrera,* wo die schlagenden *capas,* als er den Mann aus den Augen verlor, seinen Blick auf sich gezogen hatten.

Der Zigeuner lief an der *barrera* entlang auf Manuel zu und nahm den Beifall der Menge entgegen. Seine Jacke war aufgeschlitzt, wo sie nicht ganz der Spitze des Horns entgangen war. Er war glücklich darüber und zeigte sie den Zuschauern. Er machte die Runde um die Arena. Zurito sah ihn vorbeikommen, lächeln und auf seine Jacke zeigen. Er lächelte.

Ein anderer stieß das letzte Paar *banderillas* hinein. Kein Mensch beachtete es.

Retanas Mann steckte einen Stab in das rote Tuch einer *muleta,* wickelte das Tuch darüber und reichte sie Manuel über die *barrera.* Er griff in den ledernen Degenkasten, nahm einen Degen heraus, faßte ihn an der ledernen Scheide und reichte ihn Manuel über die Einzäunung. Manuel zog die Klinge an dem roten Heft heraus, und die Scheide fiel schlaff zu Boden.

Er blickte Zurito an. Der mächtige Mann sah, daß er schwitzte.

«Jetzt kriegst du ihn, mein Junge», sagte Zurito.

Manuel nickte.

«Er ist in der richtigen Verfassung», sagte Zurito.

«Genau wie du ihn brauchst», versicherte Retanas Mann.

Manuel nickte.

Der Trompeter hoch unter dem Dach blies zum Schlußakt, und Manuel schritt quer durch die Arena, wo in einer der dunklen Logen der Präsident sein mußte.

In der ersten Sitzreihe nahm der Ersatzkritiker des *Heraldo* einen langen Schluck warmen Champagners zu sich. Er fand, daß es sich nicht verlohne, eine fortlaufende Geschichte zu schreiben, und daß er seinen Bericht über die *corrida* nachher im Büro schreiben könne. Was, zum Teufel, war's denn schon? Nur eine Nachtvorstellung. Wenn ihm irgend etwas entging, würde er es den Morgenblättern entnehmen. Er trank noch einen Schluck von dem Sekt. Um 12 Uhr hatte er eine Verabredung bei Maxim. Was waren denn diese Stierkämpfer überhaupt schon groß? Jungens und Strolche. Ein Haufen Strolche. Er steckte seinen Notizblock in die Tasche und sah zu Manuel hinüber, der sehr einsam in der Arena stand und mit seinem Hut zu einer Loge hinauf grüßte, die er hoch oben im Dunkel der *plaza* gar nicht sehen konnte. Mitten in der Arena stand der Stier ruhig und sah ins Leere.

«Herr Präsident, ich dediziere diesen Stier Ihnen und dem Publikum von Madrid, dem klügsten und großmütigsten der Welt», sagte Manuel. Es war die stehende Formel. Er sagte sie ganz her. Es war für den Nachtgebrauch ein bißchen lang.

Er verneigte sich gegen das Dunkel, richtete sich auf, warf seinen Hut über die Schulter, und, die *muleta* in der linken, den Degen in der rechten Hand, schritt er hinaus, dem Stier entgegen.

Manuel ging dem Stier entgegen. Der Stier sah ihn an; seine Augen bewegten sich flink. Manuel fiel die Art auf, wie die *banderillas* von der linken Schulter herabhingen, und er nahm den steten Blutschimmer von Zuritos *pic*-en wahr. Er sah, wie die Füße des Stiers standen. Während er vorwärts schritt und die *muleta* in der linken, den Degen in der rechten Hand hielt, beobachtete er die Füße des Stiers. Der Stier konnte nicht angreifen, bevor er die Füße zusammenschloß. Jetzt stand er träge und breitbeinig da.

Manuel ging auf ihn zu und beobachtete seine Füße. Dies war in Ordnung. Das konnte er schaffen. Er mußte sehen, den Kopf des Stiers runterzukriegen, so daß er hinter den Hörnern hineinstechen und ihn töten konnte. Er dachte weder an den Degen noch an das Töten des Stiers. Er dachte immer nur an eine Sache auf einmal; dennoch lastete das Kommende auf ihm. Während er vorwärts ging und die Füße des Stiers beobachtete, sah er nacheinander seine Augen, sein feuchtes Maul und die weite Spanne seiner vorwärts gerichteten Hörner. Der Stier hatte helle Ringe um die Augen. Seine Augen beobachteten Manuel. Er spürte, den Kleinen da mit dem weißen Gesicht würde er kriegen.

Während er jetzt still stand und das rote Tuch der *muleta* mit dem Degen ausbreitete, indem er die Spitze in das Tuch stach, so daß der Degen, den er jetzt in der Linken hielt, das rote Tuch wie ein Bootsklüver spreizte, nahm Manuel die Spitzen seiner Hörner wahr. Das eine war durch den Anprall gegen die *barrera* abgesplittert, das andere war scharf wie ein Stachelschweinskiel. Manuel nahm, während er die *muleta* ausbreitete, wahr, daß die weiße Wurzel des Horns rot gefärbt war. Während er all dies wahrnahm, ließ er die Füße des Stiers nicht aus den Augen. Der Stier beobachtete Manuel unausgesetzt.

Jetzt ist er in der Defensive, dachte Manuel. Er spart sich auf. Davon muß ich ihn abbringen, der Kopf muß runter. Immer den Kopf runterkriegen. Zurito hatte seinen Kopf schon einmal unten, aber jetzt ist er wieder hoch. Er wird anfangen, zu bluten, wenn ich ihn zum Losgehen zwinge, und das wird ihn runterbringen.

Er hielt die *muleta*, spreizte sie mit dem Degen in seiner linken Hand vor sich auseinander und rief den Stier an.

Der Stier sah ihn an.

Er lehnte sich herausfordernd zurück und schüttelte das auseinandergebreitete Tuch.

Der Stier sah die *muleta*. Ein leuchtendes Scharlachrot unter dem Bogenlicht. Die Beine des Stiers strafften sich.

Da kommt er. Schsch! Manuel machte eine Wendung, als der Stier kam, und hob die *muleta*, so daß sie über die Hörner des Stiers und über seinen breiten Rücken vom Kopf bis zum Schwanz hinwegfegte. Der Stier hatte seinen Angriff glatt in die Luft gemacht. Manuel hatte sich nicht gerührt.

Am Schluß der *pase* drehte der Stier wie eine um die Ecke biegende Katze und stand Manuel gegenüber.

Er war wieder in der Offensive. Seine Schwere war weg. Manuel nahm das frische Blut wahr, das auf der schwarzen Flanke glänzte und am Bein des Stiers heruntertropfte. Er zog den Degen aus der *muleta* und hielt ihn in der rechten Hand. Er hielt die *muleta* tief gesenkt in der Linken, lehnte sich nach links hinüber und rief den Stier an. Die Beine des Stiers strafften sich, seine Augen waren auf die *muleta* gerichtet. Da kommt er, dachte Manuel. Juh!

Er schwang mit dem Angriff herum, fest auf den Füßen; die *muleta* fegte vor dem Stier vorbei; der Degen folgte der Kurve, ein Lichtpunkt unter den Bogenlampen.

Der Stier griff nach Beendigung der *pase natural* von neuem an, und Manuel hob die *muleta* zu einer *pase de pecho*. Er stand fest; der Stier streifte seine Brust unter der erhobenen *muleta*. Manuel beugte den Kopf nach hinten, um den klappernden Schäften der *banderillas* zu entgehen. Der heiße, schwarze Stierkörper streifte seine Brust, als er vorbeistürmte.

Zu verdammt nah, dachte Manuel. Zurito, der an der *barrera* lehnte, sprach hastig mit dem Zigeuner, der mit einer *capa* auf Manuel zulief. Zurito zog seinen Hut tief ins Gesicht und sah quer hinüber durch die Arena auf Manuel.

Manuel stand wieder dem Stier gegenüber; die *muleta* hielt er tief und nach links. Der Stier hatte den Kopf gesenkt, während er die *muleta* beobachtete.

«Wenn Belmonte das machte, würden die Leute rasen», sagte Retanas Mann.

Zurito sagte nichts. Er beobachtete Manuel in der Mitte der Arena.

«Wo hat denn der Chef den Kerl aufgegabelt?» fragte Retanas Mann.

«Im Krankenhaus», sagte Zurito.

«Da wird er verdammt schnell wieder landen», sagte Retanas Mann. Zurito fuhr ihn an.

«Klopf dreimal dagegen», sagte er und zeigte auf die *barrera*.

«Ich hab doch bloß Spaß gemacht, Mensch», sagte Retanas Mann.

«Klopf gegen das Holz.»

Retanas Mann lehnte sich nach vornüber und klopfte dreimal gegen die *barrera*.

«Sieh mal die *faena*», sagte Zurito.

Draußen in der Mitte der Arena unter dem Bogenlicht kniete Manuel vor dem Stier, und als er die *muleta* mit beiden Händen hob, griff der Stier an, Schwanz in der Luft.

Manuel schwang seinen Körper aus dem Bereich der Hörner, und als der Stier von neuem angriff, brachte er die *muleta* in einem Halbkreis herum, der den Stier in die Knie zwang.

«Aber der ist ja ein großer Stierkämpfer», sagte Retanas Mann.

«Nein, das ist er nicht», sagte Zurito.

Manuel stand auf und nahm, die *muleta* in der linken Hand, den Degen in der rechten, den Beifall aus der dunklen *plaza* entgegen.

Der Stier hatte sich aus der Knielage hoch gestemmt und stand mit hängendem Kopf wartend da.

Zurito sprach mit zwei anderen Jungen der *cuadrilla*, und sie liefen hinaus und stellten sich mit ihren *capas* hinter Manuel. Jetzt standen vier Mann hinter ihm. Hernandez war ihm gefolgt, gleich als er mit der *muleta* begonnen hatte. Fuëntes stand beobachtend da und hielt die *capa* gegen seinen Körper, groß, gelassen, beobachtend, trägäugig. Jetzt kamen die zwei heran. Hernandez gab ihnen einen Wink, sich zu beiden Seiten aufzustellen. Manuel stand allein dem Stier gegenüber.

Manuel winkte den Männern mit den *capas* ab. Als sie behutsam zurücktraten, sahen sie, daß sein Gesicht weiß war und schwitzte.

Wußten sie wirklich nicht, daß sie sich zurückzuhalten hatten? Wollten sie den Blick des Stiers mit den *capas* auf sich lenken, nachdem er bereits fixiert und so weit war? Er hatte genug im Kopf, auch ohne solche Scherze.

Der Stier stand da, die Füße im Quadrat, und sah die *muleta* an. Manuel raffte die *muleta* in der linken Hand zusammen. Die Augen des Stiers beobachteten es. Sein Körper ruhte schwer auf den Füßen. Er hielt den Kopf tief, aber nicht zu tief.

Manuel hob die *muleta* gegen ihn. Der Stier bewegte sich nicht. Nur seine Augen beobachteten.

Der ist ganz aus Blei, dachte Manuel. Er ist wie ein Klotz. Er ist gestellt. Der ist reif.

Er dachte in Stierkampfausdrücken. Manchmal hatte er einen Gedanken, und der besondere Fachausdruck fiel ihm nicht ein, und er konnte den Gedanken nicht verwirklichen. Sein Instinkt und sein Können arbeiteten automatisch, aber sein Verstand arbeitete langsam und in Worten. Er wußte alles über Stiere. Er brauchte sich nichts dabei zu überlegen. Er tat einfach das Richtige. Seine Augen bemerkten etwas, und sein Körper führte ohne Nachdenken die richtigen Maßnahmen aus. Wenn er darüber nachdachte, war es auch schon aus mit ihm.

Jetzt, dem Stier gegenüber, war er sich vieler Dinge gleichzeitig bewußt. Da waren die Hörner, das eine abgesplittert, das andere glatt und scharf, die Notwendigkeit, sich im Profil gegen das linke Horn zu stellen, sich kurz und gerade vorwärts zu schleudern, die *muleta* zu senken, so daß der Stier ihr folgen würde, jenseits der Hörner hineinzustoßen und den Degen vollständig in ein kleines Fleckchen zu senken, das ungefähr die Größe eines Fünfpesetastücks hatte, genau hinter dem Nacken zwischen dem scharfen Schultergrat des Stiers. All das mußte er machen und sich dann aus den Hörnern lösen. Er war sich bewußt, daß er all das zu tun hatte; aber sein einziger Gedanke war in Worten: *«Corto y derecho.»*

Corto y derecho, dachte er und raffte die *muleta* zusammen. Kurz und gerade. *Corto y derecho;* er zog den Degen aus der *muleta,* visierte das geborstene linke Horn an, ließ die *muleta* über seinen Körper fallen, so daß seine rechte Hand mit dem Degen in Augenhöhe das Kreuzeszeichen machte, und indem er sich auf den Zehen hob, zielte er mit der sich senkenden Degenklinge nach dem Fleck hoch zwischen den Schultern des Stiers.

Corto y derecho warf er sich auf den Stier.

Es gab einen Stoß, und er spürte, wie er in die Luft flog. Er drückte auf den Degen, als er empor- und hinübergeschleudert wurde, und er schnellte ihm aus der Hand. Manuel schlug auf die Erde auf, und der Stier stand über ihm. Er stieß, auf der Erde liegend, mit seinen leicht beschuhten Füßen nach dem Maul des Stiers. Stoßen, stoßen; der Stier auf ihn los, verfehlt ihn in der Erregung, bumst mit dem Kopf in ihn und bohrt seine Hörner in den Sand. Manuel stieß wie ein Mann, der einen Ball in der Luft halten will, und hielt so den Stier davon ab, direkt in ihn hineinzustoßen.

Manuel fühlte im Rücken den Wind der gegen den Stier geschwenkten *capas*, und dann war der Stier weg, in einem wilden Satz über ihn hinweg. Dunkel, während sein Bauch über ihn hinwegging. Nicht einmal getreten worden!

Manuel stand auf und hob die *muleta* auf. Fuëntes reichte ihm den Degen. Er war verbogen, wo er das Schulterblatt getroffen hatte. Manuel bog ihn überm Knie grade und rannte auf den Stier zu, der jetzt neben einem der toten Pferde stand. Beim Laufen flatterte seine unter der Achselhöhle aufgeschlitzte Jacke.

«Hol ihn da weg», rief er dem Zigeuner zu. Der Stier hatte das Blut des toten Pferdes gerochen und schlitzte mit seinen Hörnern die Zeltbahn auf. Er griff Fuëntes' *capa* an. Ein Stück Zeltbahn hing von seinem abgesplitterten Horn herunter, und die Menge lachte. Draußen in der Arena warf er den Kopf hin und her, um die Zeltbahn loszuwerden. Hernandez lief von hinten an ihn heran, packte ein Ende der Zeltbahn und hob sie sauber von dem Horn ab.

Der Stier folgte ihm in einem halben Angriff und stand still. Wieder war er in der Defensive. Manuel ging ihm mit Degen und *muleta* entgegen. Manuel schwenkte die *muleta* vor ihm. Der Stier wollte nicht angreifen.

Manuel näherte sich dem Stier, visierte längs der geneigten Degenklinge. Der Stier war reglos, wie tot auf den Füßen; zu einem neuen Angriff unfähig.

Manuel hob sich auf den Zehenspitzen, visierte längs des Stahls und stieß zu.

Wieder gab es den gleichen Stoß, und er fühlte sich wie im Sturm rückwärts getragen, um dann hart auf dem Sand aufzuschlagen. Diesmal hatte er keine Gelegenheit zum Stoßen. Der Stier stand direkt über ihm. Manuel lag wie tot da, den Kopf auf den Armen, und der Stier stieß auf ihn los. Stieß ihn in den Rücken, stieß sein Gesicht in den Sand. Er fühlte, wie das Horn zwischen seinen gefalteten

Armen in den Sand ging. Der Stier traf ihn ins Kreuz. Sein Gesicht bohrte sich in den Sand. Das Horn stieß durch seinen Ärmel, und der Stier fetzte ihn ab. Manuel wurde beiseite geschleudert, und der Stier folgte den *capas*.

Manuel stand auf, fand Degen und *muleta*, prüfte die Degenspitze mit dem Daumen und lief dann hinüber zur *barrera* nach einem neuen Degen.

Retanas Mann reichte ihm den Degen über den Rand der *barrera*.

«Wisch dein Gesicht ab», sagte er.

Manuel wischte sich, während er von neuem auf den Stier zurannte, sein blutiges Gesicht mit dem Taschentuch ab. Zurito hatte er nicht gesehen. Wo war Zurito?

Die *cuadrilla* hatte sich von dem Stier zurückgezogen und wartete mit ihren *capas*. Der Stier stand nach dieser Aktion wieder schwerfällig und träge da.

Manuel ging ihm mit der *muleta* entgegen. Er blieb stehen und schüttelte sie. Der Stier reagierte nicht. Er schwenkte sie rechts und links, links und rechts vor dem Maul des Stiers. Die Augen des Stiers beobachteten sie und folgten dem Schwung, aber er wollte nicht angreifen. Er wartete auf Manuel.

Manuel war beunruhigt. Man konnte nichts tun, als hineinstechen. *Corto y derecho*. Er visierte ganz dicht am Stier, kreuzte die *muleta* vor seinem Körper und griff an. Während er den Degen hineinstieß, warf er seinen Körper nach links, um dem Horn auszuweichen. Der Stier stürmte an ihm vorbei, und der Degen flog in die Luft, glitzerte im Licht der Bogenlampen und fiel mit rotgefärbtem Heft in den Sand.

Manuel lief hinüber und hob ihn auf. Er war verbogen, und er bog ihn über seinem Knie gerade.

Als er auf den Stier losrannte, der wieder fixiert war, kam er an Hernandez vorbei, der mit seiner *capa* dastand.

«Der ist ja nichts als Knochen», sagte der Junge ermutigend.

Manuel nickte und wischte sich sein Gesicht ab. Er steckte das blutige Schnupftuch in die Tasche.

Da war der Stier. Er stand jetzt dicht an der *barrera*. Der Teufel hol ihn! Vielleicht war er aus lauter Knochen. Vielleicht gab es keine Stelle, wo der Degen hineingehen konnte. Verflucht, ob da keine war. Er würde es ihnen zeigen.

Er versuchte eine *pase* mit der *muleta*, und der Stier rührte sich nicht. Manuel schlug die *muleta* vor dem Stier hin und her. Es half nichts.

Er raffte die *muleta* zusammen, zog den Degen hervor, visierte und stieß ihn in den Stier. Er fühlte, wie der Degen sich bog, als er ihn hineintrieb und sein Gewicht drauflegte, und dann schoß er hoch in die Luft, und, sich überschlagend, in die Menge. Manuel hatte sich, während der Degen emporschnellte, in Sicherheit gebracht.

Die ersten Kissen, die aus dem Dunkel heruntergeworfen wurden, verfehlten ihn. Dann schlug ihm eins ins Gesicht, in sein blutiges Gesicht, das zur Menge emporsah. Jetzt regneten sie nur so herab. Sprenkelten den Sand. Jemand warf ganz aus der Nähe eine leere Champagnerflasche. Sie traf Manuels Fuß. Er stand da und beobachtete das Dunkel, aus dem die Gegenstände kamen. Dann flitzte irgend etwas durch die Luft und schlug neben ihm zu Boden. Manuel bückte sich und hob es auf. Es war sein Degen. Er bog ihn über seinem Knie gerade und gestikulierte damit zur Menge hinauf.

«Danke», sagte er, «danke.»

Himmel! Diese dreckigen Scheißkerle. Diese dreckigen, lausigen Scheißkerle! Er stieß beim Rennen gegen ein Kissen.

Da war der Stier. Genau wie vorher. Na schön, du dreckiger, lausiger Scheißkerl!

Manuel schwenkte die *muleta* vor dem schwarzen Maul des Stiers. Nichts geschah.

Du willst nicht! Gut! Er trat ganz nahe und rammte die scharfe Spitze der *muleta* in das feuchte Maul des Stiers.

Während er zurücksprang, war der Stier bereits über ihm und als er über ein Kissen stolperte, fühlte er, wie sich das Horn in ihn, in seine Seite bohrte. Er packte das Horn mit beiden Händen und ritt rückwärts, während er sich krampfhaft festhielt. Der Stier warf ihn, und er kam klar. Er lag still. Es war alles in Ordnung. Der Stier war weg.

Er stand hustend auf, er fühlte sich zerbrochen und erledigt. Diese dreckigen Scheißkerle!

«Gebt mir meinen Degen», schrie er. «Gebt mir mein Zeugs!»

Fuëntes kam mit der *muleta* und dem Degen auf ihn zu.

Hernandez legte den Arm um ihn.

«Geh ins Verbandszimmer, Mensch», sagte er. «Sei doch nicht völlig verrückt!»

«Laß mich los», sagte Manuel. «Teufel noch mal, laß mich los!»

Er wand sich los. Hernandez zuckte die Achseln. Manuel lief auf den Stier zu.

Da stand der Stier, schwerfällig und wie festgerammelt.

Schön, du Viech! Manuel zog den Degen aus der *muleta*, visierte mit derselben Bewegung und warf sich auf den Stier. Er fühlte, wie der Degen ganz hineinging. Bis zum Stichblatt. Seine vier Finger und der Daumen drangen in den Stier ein. Das Blut lief warm über seine Knöchel, und er war über dem Stier.

Der Stier taumelte, während er auf ihm lag, und schien zusammenzusacken; dann stand er außer Stoßweite. Er blickte auf den Stier, als dieser sich langsam hinüber auf die Seite legte und dann plötzlich vier Füße in der Luft.

Dann gestikulierte er zu der Menge hinauf, die Hand warm vom Stierblut.

Schon recht, ihr Scheißkerle! Er wollte etwas sagen, aber er begann zu husten. Es war heiß und zum Ersticken. Er suchte auf der Erde nach seiner *muleta*. Er mußte zu dem Präsidenten hinübergehen und salutieren. Zum Teufel mit dem Präsidenten! Er setzte sich hin und sah auf etwas. Es war der Stier. Seine vier Füße in der Luft. Dicke, heraushängende Zunge. Irgendwas krabbelte auf seinem Bauch herum und unter seinen Beinen. Krabbelte, wo die Haare dünn waren. Toter Stier. Zum Teufel mit dem Stier! Zum Teufel mit der ganzen Bande! Er versuchte, auf die Beine zu kommen, und begann zu husten. Er setzte sich hustend wieder hin. Jemand kam und zog ihn hoch.

Man trug ihn durch die Arena ins Verbandszimmer; sie rannten mit ihm über den Sand, wurden an der *barrera* von den hereinkommenden Maultieren aufgehalten, dann ging es unter dem dunklen Gang hindurch. Die Männer stöhnten, während sie ihn die Treppe hinauftrugen, und dann legten sie ihn hin.

Der Doktor und zwei Männer in Weiß warteten auf ihn. Sie legten ihn auf den Tisch. Man schnitt ihm das Hemd herunter. Manuel war müde. Seine ganze Brust fühlte sich innen wie Feuer an. Er begann zu husten, und man hielt ihm etwas vor den Mund; alle waren sehr geschäftig.

Das elektrische Licht blendete seine Augen. Er schloß die Augen.

Er hörte jemand sehr schweren Schritts die Treppe hinaufkommen. Dann hörte er es nicht mehr. Dann hörte er weit entfernt ein Geräusch. Das war die Menge. Nun, seinen zweiten Stier mußte jemand anderes töten. Man hatte sein ganzes Hemd weggeschnitten. Der Doktor lächelte ihm zu. Da stand Retana.

«Hallo, Retana», sagte Manuel. Er konnte seine Stimme nicht hören.

Retana lächelte ihn an und sagte etwas. Manuel konnte es nicht hören.

Zurito stand neben dem Tisch und beugte sich über ihn, während der Arzt arbeitete. Er war in seinem Picadorkostüm, ohne Hut.

Zurito sagte etwas zu ihm. Manuel konnte es nicht hören.

Zurito sprach mit Retana. Einer der Männer in Weiß lächelte und reichte Retana eine Schere. Retana gab sie Zurito. Zurito sagte etwas zu Manuel. Er konnte es nicht hören.

Zum Teufel mit diesem Operationstisch! Er hatte schon auf vielen Operationstischen gelegen. Er starb nicht. Ein Priester würde da sein, wenn er starb.

Zurito sagte etwas zu ihm und hielt die Schere in die Höhe.

Das war es. Sie wollten ihm die *coleta* abschneiden. Sie wollten ihm sein Zöpfchen abschneiden.

Manuel setzte sich auf dem Operationstisch auf. Der Doktor trat ärgerlich zurück. Irgendwer packte ihn und hielt ihn fest.

«Das kannst du doch nicht tun, Manos», sagte er.

Plötzlich hörte er laut und vernehmlich Zuritos Stimme.

«Nur keine Bange», sagte Zurito. «Ich will ja gar nicht. Ich habe ja nur Spaß gemacht.»

«Ich war in guter Form», sagte Manuel. «Ich hatte kein Glück. Das war das Ganze.»

Manuel legte sich zurück. Man breitete etwas über sein Gesicht. Es war ganz vertraut. Er atmetete tief ein. Er war sehr müde. Er war sehr, sehr müde. Man nahm das Ding von seinem Gesicht.

«Ich war in guter Form», sagte Manuel schwach. «Ich war in glänzender Form.»

Retana sah Zurito an und ging auf die Tür zu.

«Ich bleibe hier, bei ihm», sagte Zurito.

Retana zuckte die Achseln.

Manuel öffnete die Augen und sah Zurito an.

«War ich nicht wirklich in guter Form, Manos?» fragte er, um Zustimmung bittend.

«Doch», sagte Zurito, «in glänzender Form.»

Der Assistent des Arztes legte Manuel die Maske übers Gesicht, und er atmete tief ein. Zurito stand unbeholfen daneben und sah zu.

In einem andern Land

Es war immer noch Krieg im Herbst, wir machten aber nicht mehr mit. Im Herbst war es kalt in Mailand, und die Dunkelheit brach sehr früh an. Dann flammte das elektrische Licht auf, und es war hübsch, auf den Straßen in die Schaufenster zu sehen. Vor den Läden hing viel Wild, und der Schnee puderte den Pelz der Füchse, und der Wind blies in ihre Schwänze. Die Rehe hingen steif und schwer und ausgenommen da, und die kleinen Vögel baumelten im Wind, und der Wind plusterte ihre Federn auf. Es war ein kalter Herbst, und der Wind kam von den Bergen her.

Wir waren alle jeden Nachmittag im Lazarett, und man konnte auf verschiedenen Wegen in der Dämmerung durch die Stadt ins Lazarett gehen. Zwei dieser Wege führten an Kanälen entlang, aber sie machten große Umwege. Immer aber mußte man eine Brücke über einen Kanal überqueren, um ins Lazarett zu kommen. Man hatte die Wahl zwischen drei Brücken. Auf der einen verkaufte eine Frau geröstete Kastanien. Es war warm, wenn man dicht vor ihrem Kohlenfeuer stand, und die Kastanien waren nachher warm in der Tasche. Das Lazarett war sehr alt und sehr schön, und man betrat es durch ein Tor und ging durch einen Hof und durch ein Tor auf der anderen Seite hinaus. Gewöhnlich setzte sich gerade ein Leichenzug vom Hof aus in Bewegung. Jenseits des alten Lazaretts lagen die neuen Backsteinpavillons, und dort trafen wir uns jeden Nachmittag, und wir waren alle sehr höflich und interessiert an dem, was mit den andern los war, und saßen in den Apparaten, die eine so große Besserung herbeiführen sollten.

Der Doktor kam an den Apparat, in dem ich saß, und sagte: «Was war vor dem Krieg Ihre Lieblingsbeschäftigung? Trieben Sie Sport?»

Ich sagte: «Ja, *football*.»

«Gut», sagte er, «Sie werden besser denn je *football* spielen können.»

Mein Knie ließ sich nicht beugen, und mein Bein hing vom Knie bis zum Knöchel ohne Wade gerade herunter, und der Apparat sollte das Knie beugen und Dreiradbewegungen mit ihm ausführen. Aber noch ließ es sich nicht beugen; statt dessen wich die Maschine immer, wenn's ans Beugen ging, seitlich aus. Der Doktor sagte: «Das wird sich alles geben. Sie sind ein Glückspilz, junger Mann. Sie werden wieder *football* spielen – wie ein Champion.»

Im nächsten Apparat saß ein Major, dessen eine Hand so klein war wie die eines Babys. Er zwinkerte mir zu, als der Doktor seine Hand untersuchte, die zwischen zwei Lederriemen eingespannt war, die auf und ab schnellten und gegen die steifen Finger schlugen, und sagte: «Und werde ich auch *football* spielen. Herr Stabsarzt?» Er war ein großer Florettfechter gewesen und vor dem Krieg der beste Fechter Italiens.

Der Doktor ging in sein Büro in einem Hinterzimmer und brachte eine Fotografie an, die eine Hand zeigte, die beinahe so verkümmert war wie die des Majors, bis sie einen Heilgymnastikkurs durchgemacht hatte, und nachher ein bißchen größer war. Der Major nahm die Fotografie in seine gesunde Hand und besah sie sich sehr aufmerksam. «Eine Verwundung?» fragte er.

«Ein Betriebsunfall», sagte der Doktor.

«Sehr interessant, sehr interessant», sagte der Major und reichte sie dem Doktor zurück.

«Sie haben doch keine Zweifel?»

«Doch», sagte der Major.

Jeden Tag kamen drei Jungens, die ungefähr in meinem Alter waren. Sie waren alle drei aus Mailand, und einer von ihnen wollte Rechtsanwalt werden und einer Maler, und der dritte hatte beabsichtigt, Soldat zu werden, und nachdem wir mit unseren Apparaten fertig waren, gingen wir manchmal gemeinsam zurück, zum Café Cova, das neben der Scala lag. Wir nahmen den kurzen Weg durchs Kommunistenviertel, weil wir zu viert waren. Die Leute haßten uns, weil wir Offizieren waren, und aus einer Weinhandlung rief einer, als wir vorbeikamen: *«A basso gli ufficiali!»* Ein anderer Junge, der manchmal mitkam und mit dem wir fünf waren, trug ein schwarzseidenes Taschentuch überm Gesicht, weil er damals keine Nase hatte und man ihm ein neues Gesicht machen wollte. Er war von der Militärakademie aus an die Front gekommen und binnen einer Stunde, als er zum erstenmal in der vordersten Linie war, verwundet worden. Sie machten ihm ein neues Gesicht, aber er war aus einer sehr alten Familie, und sie konnten die Nase nie ganz richtig bekommen. Er ging nach Südamerika und arbeitete in einer Bank. Aber dies war lange vordem, und damals wußte noch keiner von uns, wie es später werden würde. Damals wußten wir nur, daß immer noch Krieg war, aber daß wir nicht mehr mitmachten.

Wir hatten alle die gleichen Orden, bis auf den Jungen mit dem schwarzseidenen Verband überm Gesicht, der nicht lange genug an der Front gewesen war, um irgendwelche Orden zu bekommen. Der lange Junge mit einem sehr blassen Gesicht, der Rechtsanwalt werden wollte, war Leutnant bei den Arditi gewesen und hatte drei Orden von der Sorte, von der wir anderen nur einen hatten. Er hatte sehr lange Zeit mit dem Tode gelebt und war ein bißchen detachiert. Wir waren alle ein bißchen detachiert, und außer daß wir uns jeden Nachmittag im Lazarett trafen, verband uns nichts. Trotzdem, wenn wir durch das Radauviertel der Stadt zu Cova gingen, wenn im Dunkel Licht und Singen aus den Weinhandlungen drang und wir manchmal auf den Damm gehen mußten, wenn Männer und Frauen sich auf dem Bürgersteig zusammenrotteten, so daß wir sie, um an ihnen vorbeizukommen, hätten anrempeln müssen, fühlten wir uns durch ein Geschehen verbunden, das diesen Leuten da, die uns haßten, nichts bedeutete.

Uns bedeutete Cova viel, wo es üppig und warm war und nicht zu hell erleuchtet und zu gewissen Tageszeiten voller Lärm und Rauch, und an den Tischen waren stets ein paar Mädchen und an der Wand immer einige illustrierte Zeitungen in den Steckrahmen. Die Mädchen bei Cova waren sehr patriotisch, und ich stellte fest, daß die Kaffeehausmädchen die patriotischsten Menschen in ganz Italien waren – und ich glaube, sie sind noch patriotisch.

Die Jungens waren zuerst sehr höflich wegen meiner Orden und fragten mich, was ich getan hätte, um sie zu bekommen. Ich zeigte ihnen die Urkunden, die in wunderbarer Sprache abgefaßt waren und voller *fratellanza* und *abnegazione*, aber eigentlich besagten sie, wenn man die schmückenden Beiworte wegließ, daß ich die Orden bekommen hatte, weil ich Amerikaner war. Danach änderte sich ihre Haltung gegen mich ein wenig, obschon ich gegenüber Außenstehenden ihr Freund war. Ich war ein Freund, aber ich gehörte niemals richtig zu ihnen, nachdem sie meine Patente gelesen hatten, weil es bei ihnen anders gewesen war und sie ganz andere Dinge getan hatten, um ihre Orden zu bekommen. Ich war verwundet worden, das schon, aber wir wußten alle: verwundet werden, war schließlich und eigentlich ein Unfall. Ich habe mich aber niemals meiner Bändchen geschämt, und manchmal nach der Cocktailstunde bildete ich mir sogar ein, all die Dinge getan zu haben, für die sie ihre Orden bekommen hatten, aber wenn ich nachts in dem kalten Wind durch die leeren Straßen an all den geschlossenen Läden vorbei nach Hause ging und versuchte, in der Nähe der Straßenlaternen zu bleiben, wußte ich, daß ich niemals solche Dinge getan hätte, und ich hatte große Angst vorm Sterben und lag oft allein in meinem Bett, voller Angst vorm Sterben und fragte mich, wie ich mich benehmen würde, wenn ich wieder an die Front zurückginge.

Die drei mit den Orden waren wie Jagdfalken, und ich war kein Falke, obschon ich denen, die niemals gejagt haben, wie ein Falke vorkommen mochte. Die drei wußten es besser, und so kamen wir auseinander. Aber ich blieb gut Freund mit dem Jungen, der an seinem ersten Fronttag verwundet worden war, weil er ja nun nicht wissen konnte, wie er sich benommen hätte; deshalb gehörte er auch nicht ganz dazu, und ich mochte ihn gern, weil ich dachte, daß er sich vielleicht auch nicht zu einem Falken entwickelt haben würde.

Der Major, der ein großer Fechter gewesen war, hielt nichts von der Tapferkeit und verbrachte viel Zeit damit, meine Grammatik zu korrigieren, während wir in unseren Apparaten saßen. Er hatte mir Komplimente darüber gemacht, wie gut ich Italienisch sprach, und wir unterhielten uns ganz freundschaftlich. Eines Tages hatte ich gesagt, daß ich die italienische Sprache so leicht fände, daß ich kein besonderes Interesse dafür aufbringen könne; alles ließe sich so leicht sagen. «O ja», sagte der Major. «Warum bedienen Sie sich dann nicht der Grammatik?» Von da an bedienten wir uns der Grammatik, und bald war Italienisch eine so schwierige Sprache, daß ich Angst hatte, etwas zu ihm zu sagen, bevor ich mir nicht im Geist über die Grammatik klar war.

Der Major kam sehr regelmäßig ins Lazarett. Ich glaube nicht, daß er je einen Tag versäumte, obschon ich sicher war, daß er von den Apparaten nichts hielt. Es gab Zeiten, in denen keiner von uns von den Apparaten etwas hielt, und eines Tages sagte der Major, das Ganze sei Blödsinn. Die Apparate waren damals neu, und an uns sollten sie sich beweisen. Es sei eine idiotische Idee – sagte er, «eine Theorie wie jede andere». Ich hatte meine Grammatik nicht gelernt, und er sagte, ich sei blöde, unmöglich und ein Schandfleck, und er sei ein Esel, daß er sich mit mir abgegeben habe. Er war ein kleiner Mann, und er saß aufrecht auf seinem Stuhl, die rechte Hand in die Maschine geschoben, und sah geradeaus auf die Wand, während die Riemen mit seinen Fingern dazwischen auf und ab schlugen.

«Was wollen Sie machen, wenn der Krieg aus ist, falls er je aus ist», fragte er mich. «Antworten Sie grammatikalisch richtig.»

«Ich werde nach Amerika fahren.»

«Sind Sie verheiratet?»

«Nein, aber ich wünsche es mir.»

«Was für ein Narr Sie sind», sagte er. Er schien sehr aufgebracht. «Ein Mann soll nicht heiraten.»

«Warum, Signor Maggiore?»

«Nennen Sie mich nicht ‹Signor Maggiore›.»

«Warum soll ein Mann nicht heiraten?»

«Er darf nicht heiraten. Er darf nicht heiraten», sagte er aufgebracht. «Wenn er schon alles verlieren soll, sollte er sich nicht selbst in die Lage bringen, es zu verlieren. Er sollte sich nicht in eine Lage bringen, in der er verliert. Er sollte sich Dinge suchen, die er nicht verlieren kann.»

Er sprach sehr aufgebracht und verbittert und sah beim Reden gerade vor sich hin.

«Aber warum sollte er es unbedingt verlieren?»

«Er wird es verlieren», sagte der Major. Er sah die Wand an. Dann sah er hinunter auf den Apparat und zog plötzlich seine kleine Hand zwischen den Riemen heraus und schlug sie heftig gegen seinen Oberschenkel. «Er wird es verlieren», er brüllte beinah. «Streiten Sie nicht mit mir.» Dann rief er den Wärter, der die Maschinen bediente. «Kommen Sie her und stellen Sie das verfluchte Ding ab.»

Er ging zur leichten Behandlung und Massage ins Nebenzimmer nach hinten. Dann hörte ich, wie er den Arzt fragte, ob er sein Telefon benutzen dürfe, und wie er die Tür schloß. Als er ins Zimmer zurückkam, saß ich in einem andern Apparat. Er trug seinen Umhang und hatte seine Mütze auf, und er kam direkt auf meinen Apparat zu und legte seinen Arm um meine Schulter.

«Tut mir sehr leid», sagte er und klopfte mir mit der gesunden Hand auf die Schulter, «ich meinte es nicht grob. Meine Frau ist gerade gestorben. Sie müssen mir verzeihen.»

«Oh», sagte ich und fühlte mich elend vor Mitgefühl. «Es tut mir *so* leid.»

Er stand da und biß sich auf die Unterlippe. «Es ist sehr schwer», sagte er. «Ich kann mich nicht damit abfinden.»

Er sah über mich hinweg und zum Fenster hinaus. Dann fing er an zu weinen. «Ich bin völlig außerstande, mich damit abzufinden», sagte er und würgte. Und dann ging er weinend, mit erhobenem Kopf, ohne sich umzusehen, aufrecht in militärischer Haltung, mit Tränen auf beiden Backen und sich auf die Lippen beißend, an den Apparaten vorbei zur Tür hinaus.

Der Arzt erzählte mir, daß die Frau des Majors, die sehr jung gewesen sei und die er erst, nachdem man ihn als dauernd kriegsuntauglich entlassen hatte, geheiratet hatte, an einer Lungenentzündung gestorben sei. Sie war nur ein paar Tage krank gewesen. Niemand hatte geglaubt, daß sie sterben würde. Der Major kam drei Tage lang nicht ins Lazarett. Dann kam er wieder zur gewohnten Stunde und trug einen Trauerflor um den Uniformärmel. Als er zurückkam, hingen große gerahmte Fotografien an den Wänden mit allen Arten von Verwundungen, bevor und nachdem sie durch die Apparate geheilt worden waren. Gegenüber von dem Apparat, den der Major benutzte, hingen drei Fotografien von Händen wie seine, die vollkommen wiederhergestellt waren. Ich weiß nicht, wo der Doktor sie herhatte. Ich hatte immer angenommen, daß wir die ersten waren, die die Apparate benutzten. Die Fotografien halfen dem Major nicht viel, da er nur aus dem Fenster blickte.

Hügel wie weiße Elefanten

DIE HÜGEL JENSEITS DES EBROTALS WAREN LANG UND WEISS. Auf dieser Seite gab es keinen Schatten und keine Bäume, und der Bahnhof lag zwischen zwei Schienensträngen in der Sonne. Bis dicht an den Bahnhof fiel der warme Schatten des Gebäudes, und ein Vorhang, der aus Schnüren von Bambusperlen gemacht war, hing, um die Fliegen abzuhalten, vor der offenen Tür, die in die Bar führte. Der Amerikaner und das Mädchen, das mit ihm war, saßen draußen vor dem Gebäude an einem Tisch im Schatten. Es war sehr heiß, und der Expreß aus Barcelona sollte in vierzig Minuten kommen. Er hielt zwei Minuten an diesem Knotenpunkt und fuhr dann weiter nach Madrid.

«Was sollen wir trinken?» fragte das Mädchen. Sie hatte ihren Hut abgenommen und ihn auf den Tisch gelegt.

«Es ist mächtig heiß», sagte der Mann.

«Wir wollen Bier trinken.»

«Dos cervezas», sagte der Mann gegen den Vorhang.

«Große?» fragte die Frau auf der Türschwelle.

«Ja, zwei Große.»

Die Frau brachte zwei Gläser mit Bier und zwei Filzuntersätze. Sie setzte die Filzuntersätze und die Biergläser auf den Tisch und blickte den Mann und das Mädchen an. Das Mädchen wandte den Blick ab, der Hügelkette zu. Sie lag weiß in der Sonne, und das Land war braun und trocken.

«Sie sehen wie weiße Elefanten aus», sagte sie.

«Ich hab noch nie einen gesehen.» Der Mann trank sein Bier.

«Nein, natürlich nicht.»

«Wäre doch möglich gewesen», sagte der Mann. «Daß du ‹nein, natürlich nicht› sagst, beweist gar nichts.»

Das Mädchen sah auf den Perlenvorhang. «Da ist was draufgemalt», sagte sie. «Was heißt es?»

«Anis del Toro. Ein Getränk.»

«Können wir's versuchen?»

Der Mann rief ‹Bedienung› durch den Vorhang. Die Frau kam aus der Bar heraus.

«Vier Reales.»

«Wir möchten zwei Anis del Toro.»

«Mit Wasser?»

«Willst du's mit Wasser?»

«Ich weiß nicht», sagte das Mädchen. «Ist es gut mit Wasser?»

«Ganz gut.»

«Wollen Sie's mit Wasser?» fragte die Frau.

«Ja, mit Wasser.»

«Es schmeckt wie Lakritze», sagte das Mädchen und setzte ihr Glas hin.

«So geht's mit allem.»

«Ja», sagte das Mädchen, «alles schmeckt nach Lakritze. Hauptsächlich all die Sachen, auf die man so lange hat warten müssen wie auf Absinth.»

«Ach, hör schon auf.»

«Du hast angefangen», sagte das Mädchen. «Ich amüsiere mich. Ich war gerade so vergnügt.»

«Gut, versuchen wir's; seien wir vergnügt.»

«Schön. Ich versuchte es grade. Ich sagte, daß die Berge wie weiße Elefanten aussehen. War das nicht originell?»

«Das war sehr originell.»

«Ich wollte dieses neue Zeugs probieren. Das ist alles, was wir tun, nicht wahr? Sachen angucken und neue Getränke probieren.»

«Stimmt wohl.»

Das Mädchen sah zu den Hügeln hinüber.

«Es sind wundervolle Hügel», sagte sie. «Sie sehen eigentlich nicht wie weiße Elefanten aus. Ich meinte nur die Färbung ihrer Haut durch die Bäume.»

«Wollen wir noch was trinken?»

«Schön.»

Der warme Wind blies den Perlenvorhang gegen den Tisch.

«Das Bier ist gut und kalt», sagte der Mann.

«Es ist herrlich», sagte das Mädchen.

«Es ist wirklich eine furchtbar einfache Operation, Jig», sagte der Mann. «Es ist eigentlich gar keine Operation.»

Das Mädchen sah auf die Erde, wo die Tischbeine aufruhten.

«Ich weiß, daß es dir nichts ausmacht, Jig. Es ist tatsächlich gar nichts. Es wird nur Luft hineingelassen.»

Das Mädchen sagte gar nichts.

«Ich komme mit und bleib die ganze Zeit über bei dir. Es wird nur Luft hineingelassen, und dann geht es alles von selbst.»

«Was werden wir denn nachher tun?»

«Nachher wird's uns wieder gut gehen. Genauso wie früher.»

«Wieso glaubst du das?»

«Es ist das einzige, was uns Sorge macht. Es ist das einzige, was uns unglücklich gemacht hat.»

Das Mädchen sah auf den Perlenvorhang, streckte ihre Hand aus und ergriff zwei der Perlenschnüre.

«Und du glaubst, daß dann alles in Ordnung sein wird und daß wir glücklich sein werden?»

«Ich weiß, daß es so sein wird. Du brauchst keine Angst zu haben. Ich kenne eine Menge Leute, die's gemacht haben.»

«Ich auch», sagte das Mädchen. «Und nachher waren sie alle so glücklich.»

«Nun», sagte der Mann. «Wenn du nicht willst, brauchst du doch nicht. Ich will nicht, daß du es dir machen läßt, wenn du's nicht willst. Aber ich weiß, daß es ganz einfach ist.»

«Und willst du es wirklich?»

«Ich glaube, es ist das Beste, was man tun kann. Aber ich will nicht, daß du es tust, wenn du es nicht wirklich willst.»

«Und wenn ich es tue, wirst du dann wieder glücklich sein, und wird dann wieder alles wie früher? Und wirst du mich dann wieder liebhaben?»

«Ich hab dich jetzt auch lieb. Du weißt, daß ich dich liebhabe.»

«Ich weiß. Aber wenn ich's tue, dann wird es wieder hübsch sein, wenn ich sage, daß die Dinge wie weiße Elefanten aussehen, und du wirst es wieder mögen, ja?»

«Aber gewiß, natürlich; ich mag es doch jetzt auch; ich kann nur einfach an nichts denken. Du weißt, wie ich bin, wenn ich mir Gedanken mache.»

«Und wenn ich's tue, wirst du dir bestimmt niemals Gedanken machen?»

«Darüber werd ich mir keine Gedanken machen, weil es ganz einfach ist.»

«Dann werd ich's machen. Es geht mir ja nicht um mich.»

«Was meinst du damit?»

«Es geht mir ja nicht um mich.»

«Aber mir geht's um dich.»

«O ja. Aber mir geht's nicht um mich. Und ich werd's tun, und dann ist alles wieder schön.»

«Ich will nicht, daß du es dir machen läßt, wenn dir so zumute ist.»

Das Mädchen stand auf und ging bis zum Ende des Bahnhofs. Drüben auf der andern Seite waren Getreidefelder und Bäume an den Ufern des Ebro. Weit weg, jenseits des Flusses, waren Berge. Der Schatten einer Wolke bewegte sich über das Getreidefeld, und sie sah den Fluß zwischen den Bäumen.

«Und all das könnte uns gehören», sagte sie. «Und wir könnten alles haben, und mit jedem Tag machen wir es immer unmöglicher.»

«Was hast du gesagt?»

«Ich sagte, daß wir alles haben könnten.»

«Wir können alles haben.»

«Nein, das können wir nicht.»
«Wir können die ganze Welt haben.»
«Nein, das können wir nicht.»
«Wir können überallhin.»
«Nein, wir können's nicht. Sie gehört uns nicht mehr.»
«Sie gehört uns.»
«Nein, nicht mehr. Und wenn's einem erst mal fortgenommen worden ist, bekommt man's nicht wieder.»
«Aber niemand hat sie uns weggenommen.»
«Wir wollen abwarten.»
«Komm zurück in den Schatten», sagte er. «Du mußt dir nicht solche Gedanken machen.»
«Ich mach mir ja gar keine», sagte das Mädchen. «Ich weiß nur manches.»
«Ich will nicht, daß du irgendwas tust, was du nicht willst...»
«Oder was nicht gut für mich ist», sagte sie. «Ich weiß. Können wir noch ein Glas Bier trinken?»
«Schön. Aber du mußt dir klar sein...»
«Ich bin mir klar», sagte das Mädchen. «Könnten wir nicht vielleicht aufhören zu reden?»
Sie setzten sich an den Tisch, und das Mädchen blickte hinüber zu den Hügeln auf der ausgetrockneten Talseite, und der Mann blickte sie und den Tisch an.
«Du mußt dir darüber klar sein», sagte er, «daß ich nicht will, daß du es tust, wenn du es nicht willst. Ich bin ganz damit einverstanden, den Dingen ruhig ihren Lauf zu lassen, wenn dir etwas daran liegt.»
«Liegt dir denn nichts daran? Wir könnten es schon schaffen.»
«Natürlich tut's das, aber ich will niemanden außer dir. Ich will sonst niemanden. Und ich weiß, es ist ganz einfach.»
«Ja, du weißt, daß es ganz einfach ist.»
«Du sagst das so, aber ich weiß es wirklich.»
«Würdest du mir jetzt einen Gefallen tun?»
«Ich würde alles für dich tun.»
«Würdest du bitte, bitte, bitte, bitte, bitte, bitte, bitte still sein.»
Er sagte nichts, sondern blickte auf die Reisetaschen, die an der Bahnhofsmauer lehnten, mit den aufgeklebten Zetteln aus all den Hotels, in denen sie übernachtet hatten.
«Aber ich will doch nicht, daß du's tust», sagte er. «Mir ist es wirklich ganz egal.»
«Ich schreie gleich», sagte das Mädchen.
Die Frau trat durch den Vorhang mit zwei Glas Bier und setzte sie auf die feuchten Filzuntersätze. «Der Zug kommt in fünf Minuten», sagte sie.

«Was hat sie gesagt?» fragte das Mädchen.

«Daß der Zug in fünf Minuten kommt.»

Das Mädchen lächelte die Frau strahlend an, um ihr zu danken.

«Ich trag wohl das Gepäck lieber rüber auf die andere Seite des Bahnhofs», sagte der Mann. Sie lächelte ihm zu.

«Schön, dann komm zurück, und dann trinken wir unser Bier aus.»

Er nahm die beiden schweren Reisetaschen auf und trug sie um die Station herum zum andern Geleise. Er sah die Geleise entlang, konnte aber den Zug nicht sehen. Auf dem Weg zurück ging er durch das Gastzimmer, wo Leute, die auf den Zug warteten, etwas tranken. Er trank einen Anis an der Theke und musterte die Leute. Sie warteten alle ganz friedlich auf den Zug. Er ging durch den Perlenvorhang ins Freie. Sie saß am Tisch und lächelte ihn an.

«Fühlst du dich besser?» fragte er.

«Ich fühl mich glänzend», sagte sie. «Mir fehlt gar nichts. Ich fühl mich glänzend.»

Die Killer

DIE TÜR VON HENRY'S ESSLOKAL ÖFFNETE SICH, UND ZWEI Männer kamen herein. Sie setzten sich an die Theke.

«Was bekommen Sie?» fragte sie George.

«Ich weiß nicht», sagte der eine Mann. «Was willst du essen, Al?»

«Ich weiß nicht», sagte Al. «Ich weiß nicht, was ich essen will.»

Draußen wurde es dunkel. Die Straßenbeleuchtung vor dem Fenster ging an. Die beiden Männer an der Theke lasen die Speisekarte. Nick Adams beobachtete sie vom andern Ende der Theke her. Als sie hereinkamen, hatte er sich mit George unterhalten.

«Ich nehme gebratene Schweinslende mit Apfelmus und Kartoffelbrei», sagte der erste Mann.

«Das ist noch nicht fertig.»

«Verflucht noch mal, wozu schreibt ihr's auf die Karte?»

«Das ist das Abendessen», erklärte George. «Das können Sie um sechs Uhr haben.»

George sah auf die Uhr hinter der Theke. «Es ist fünf Uhr.»

«Die Uhr zeigt zwanzig Minuten nach fünf», sagte der zweite Mann.

«Sie geht zwanzig Minuten vor.»

«Zum Teufel mit der Uhr», sagte der erste Mann. «Was habt ihr zu essen?»

«Ich kann Ihnen jede Sorte von belegten Broten geben», sagte George. «Sie können Eier mit Schinken, Eier mit Speck, Leber mit Speck oder ein Steak haben.»

«Geben Sie mir Hühnerkroketts mit grünen Erbsen und Sahnensauce und Kartoffelbrei.»

«Das ist das Abendessen.»

«Alles, was wir wollen, ist das Abendessen, was? Das ist ja 'n feiner Betrieb.»

«Ich kann Ihnen Eier mit Schinken, Eier mit Speck, Leber ...»

«Ich werde Eier mit Schinken essen», sagte der Mann, der Al hieß. Er trug eine Melone und einen schwarzen, über der Brust zugeknöpften Überzieher. Sein Gesicht war klein und weiß, und er hatte schmale Lippen. Er trug ein seidenes Halstuch und Handschuhe.

«Geben Sie mir Eier mit Speck», sagte der andere Mann. Er war ungefähr ebenso groß wie Al. Ihre Gesichter waren verschieden, aber sie waren wie Zwillinge angezogen. Beide trugen Mäntel, die ihnen zu eng waren. Sie saßen vornübergelehnt da, mit den Ellbogen auf der Theke.

«Gibt's was zu trinken?» fragte Al.

«Apfelwein, Limonade und Ginger Ale», sagte George.

«Ich meine, ob es hier was zu *trinken* gibt?»

«Nur das, was ich gesagt habe.»

«Dies ist eine tolle Stadt», sagte der andere. «Wie heißt sie denn?»

«Summit.»

«Je von gehört?» fragte Al seinen Freund.

«Nein», sagte sein Freund.

«Was macht man hier abends?» fragte Al.

«Man ißt das Abendessen», sagte sein Freund. «Alle kommen her und essen das fabelhafte Abendessen.»

«Das ist richtig», sagte George.

«So, du findest also, daß das richtig ist?» fragte Al George.

«Sicher.»

«Du bist ein ganz heller Junge, was?»

«Sicher», sagte George.

«Na, das bist du nicht», sagte der andere kleine Mann. «Nicht wahr, Al?»

«Er ist dämlich», sagte Al. Er wandte sich an Nick. «Wie heißt du denn?»

«Adams.»

«Noch ein heller Junge», sagte Al. «Was, Max, ist er nicht ein heller Junge?»

«Die Stadt wimmelt nur so von hellen Jungens», sagte Max.

George setzte die zwei Platten, die eine mit Eiern und Schinken und die andere mit Eiern und Speck, auf die Theke. Er stellte zwei kleine Schüsseln mit Bratkartoffeln daneben und schloß den Schalter nach der Küche.

«Welches ist Ihr's?» fragte er Al.

«Kannst dich nicht erinnern?»

«Eier mit Schinken.»

«'n richtig heller Junge», sagte Max. Er beugte sich vor und nahm seine Eier mit Schinken. Beide Männer aßen mit Handschuhen an. George beobachtete sie beim Essen.

«Was glotzt *du* denn an?» Max sah George an.

«Gar nichts.»

«Zum Teufel noch mal. Du hast mich angeglotzt.»

«Vielleicht tat's der Junge aus Jux, Max», sagte Al.

George lachte.

«*Du* brauchst nicht zu lachen», sagte Max zu ihm. «*Du* brauchst ganz und gar nicht zu lachen, verstehste?»

«In Ordnung», sagte George.

«So, er findet, daß das in Ordnung ist.» Max wandte sich an Al. «Er findet alles in Ordnung. Das ist ausgezeichnet.»

«Der ist 'n Philosoph», sagte Al. Sie aßen weiter.

«Wie heißt denn der helle Junge da hinten an der Theke?» fragte Al Max.

«He, heller Junge», sagte Max zu Nick, «du, geh mal mit deinem Busenfreund da hinter die Theke.»

«Was soll denn das Ganze?» fragte Nick.

«Soll gar nichts.»

«Geh lieber, heller Junge», sagte Al. Nick ging hinter die Theke.

«Was soll denn das Ganze?» fragte George.

«Geht dich 'n Dreck an», sagte Al. «Wer ist draußen in der Küche?»

«Der Nigger.»

«Was soll das heißen, der Nigger?»

«Der Nigger, wo kocht.»

«Sag ihm, er soll reinkommen.»

«Was soll denn das?»

«Sag ihm, er soll reinkommen.»

«Wo glaubst du denn, daß du bist?»

«Wir wissen verflucht genau, wo wir sind», sagte der Mann, der Max hieß. «Sehen wir dämlich aus?»

«Du red'st dämlich», sagte Al zu ihm. «Zum Teufel noch mal, was stellst du dich denn mit dem Bengel hin? Hör mal», sagte er zu George. «Sag dem Nigger, er soll reinkommen.»

«Was wollt ihr denn mit ihm machen?»

«Nichts. Brauch doch deinen Verstand, heller Junge. Was sollen wir schon mit 'nem Nigger machen?»

George öffnete die Klappe, die in die Küche ging, und rief: «Sam, komm mal einen Moment rein.»

Die Küchentür öffnete sich, und der Nigger kam herein. «Was ist denn?» fragte er. Die beiden Männer an der Theke musterten ihn.

«Gut, Nigger, bleib du mal da stehen», sagte Al.

Sam, der Nigger, stand in seiner Schürze da und sah die beiden Männer an, die an der Theke saßen. «Jawohl, mein Herr», sagte er. Al stieg von seinem Hocker herunter.

«Ich gehe mit dem Nigger und dem hellen Jungen in die Küche», sagte er. «Los, zurück in deine Küche, Nigger. Heller Junge, du kommst mit.» Der kleine Mann ging hinter Nick und Sam, dem Koch, hinaus in die Küche. Die Tür schloß sich hinter ihnen. Der Mann, der Max hieß, saß George am andern Ende der Theke gegenüber. Er sah George nicht an, sondern sah in den Spiegel, der hinter der Theke entlanglief. Man hatte Henry's aus einer Bar zu einem Eßlokal gemacht.

«Na, heller Junge», sagte Max, während er in den Spiegel blickte. «Warum sagst du nicht was?»

«Worum dreht sich denn das Ganze?»

«He, Al», rief Max. «Der helle Junge möchte gern wissen, worum sich das Ganze dreht.»

«Warum erzählst du's ihm nicht?» kam Als Stimme aus der Küche.

«Was glaubst du denn, worum sich das Ganze dreht?»

«Ich weiß nicht.»

«Was glaubst du denn?»

Max sah die ganze Zeit über, während er sprach, in den Spiegel.

«Das sag ich nicht.»

«He, Al, der helle Junge sagt, er will nicht sagen, worum sich seiner Meinung nach das Ganze dreht.»

«Ich kann genau hören, was ihr sagt», sagte Al aus der Küche. Er hielt die Klappe, durch die die Schüsseln in die Küche geschoben wurden, mit einer dazwischengeklemmten Catchupflasche offen. «Hör mal, heller Junge», sagte er aus der Küche zu George. «Stell dich mal da an der Theke ein bißchen weiter unten hin. Und du 'n bißchen mehr nach links, Max.» Er war wie ein Fotograf, der eine Gruppenaufnahme stellt.

«Erzähl mir was, heller Junge», sagte Max. «Was glaubst du denn, was passieren wird?»

George sagte nichts.

«Ich werd's dir sagen», sagte Max. «Wir wollen einen Schweden killen. Kennst du einen großen Schweden, der Ole Andreson heißt?»

«Ja.»
«Der kommt hier jeden Abend zum Essen her, nicht wahr?»
«Er kommt manchmal.»
«Er kommt so um sechs, nicht wahr?»
«Wenn er kommt.»
«Das wissen wir alles, heller Junge», sagte Max. «Reden wir von was anderem. Gehste oft ins Kino?»
«Hin und wieder.»
«Solltest häufiger ins Kino gehen. Für einen hellen Jungen wie dich ist Kino das Wahre.»
«Warum wollt ihr Ole Andreson killen? Was hat er euch denn getan?»
«Hat nie Gelegenheit gehabt, uns was zu tun. Noch nicht mal gesehen hat er uns.»
«Und er wird uns nur einmal sehen», sagte Al aus der Küche.
«Warum wollt ihr ihn denn killen?» fragte George.
«Wir killen ihn für einen Freund. Nur um einem Freund einen Gefallen zu tun, heller Junge.»
«Halt den Mund», sagte Al aus der Küche. «Du redest zuviel, verflucht noch mal.»
«Na, ich muß doch den hellen Jungen bei Laune halten. Muß ich doch, was, heller Junge?»
«Du redest zuviel, verflucht noch mal», sagte Al. «Der Nigger und mein heller Junge halten sich allein bei Laune. Ich hab sie wie zwei Freundinnen in der Klosterschule aneinandergebunden.»
«Nehme an, du warst in 'nem Kloster?» – «Kannste nie wissen.»
«Du warst in 'nem koschern Kloster. Natürlich! Da warst du.»
George sah auf die Uhr.
«Wenn jemand reinkommt, sagst du ihm, daß der Koch Ausgang hat. Und wenn einer nicht lockerläßt, sag ihm, daß du rausgehen und selber kochen wirst. Hast du das verstanden, heller Junge?»
«Gut», sagte George. «Was habt ihr denn nachher mit uns vor?»
«Das kommt drauf an», sagte Max. «Das ist eine von den Sachen, die man niemals vorher weiß.»
George sah auf die Uhr. Es war ein Viertel nach sechs. Die Tür zur Straße öffnete sich. Ein Omnibuschauffeur kam herein.
«Tag, George», sagte er. «Kann ich Abendbrot kriegen?»
«Sam ist aus», sagte George. «Er ist ungefähr in einer halben Stunde zurück.»
«Dann geh ich lieber die Straße rauf woandershin», sagte der Chauffeur. George sah auf die Uhr. Es war zwanzig nach sechs.
«So war's recht, heller Junge», sagte Max. «Du bist ein richtiger Gentleman.»

«Er wußte, daß ich ihm 'ne Kugel durch den Kopf gejagt hätte», sagte Al aus der Küche.

«Nein», sagte Max. «Das war's nicht. Der helle Junge ist nett. Er ist ein netter Junge. Der gefällt mir.»

Um sechs Uhr fünfundfünfzig sagte George: «Er kommt nicht.»

Noch zwei Leute waren in das Lokal gekommen. Einmal war George in die Küche hinausgegangen, um für einen Mann ein Schinken- und Eier-Sandwich zum Mitnehmen zu machen. In der Küche sah er Al, mit seiner Melone in den Nacken geschoben, auf einem Schemel neben dem Schiebefenster sitzen, mit dem Lauf seiner abgesägten Flinte auf der Holzleiste. Nick und der Koch standen Rücken an Rücken in einer Ecke, jeder mit einem Knebel im Mund. George hatte das Sandwich gemacht, in Butterbrotpapier gewickelt, in eine Tüte gesteckt und brachte es herein. Der Mann hatte bezahlt und war weggegangen.

«Der helle Junge kann auch alles!» sagte Max. «Kochen kann er und alles. Du würdest für manches Mädchen 'ne gute Frau abgeben, heller Junge.»

«So?» sagte George. «Euer Freund Ole Andreson kommt heute nicht.»

«Wir werden ihm noch zehn Minuten Zeit lassen», sagte Max.

Max beobachtete den Spiegel und die Uhr. Die Zeiger der Uhr standen auf sieben und dann auf fünf Minuten nach sieben.

«Komm, Al», sagte Max. «Wir wollen lieber gehen. Der kommt nicht.»

«Wir wollen ihm noch fünf Minuten geben», sagte Al aus der Küche.

Während der fünf Minuten kam ein Mann herein, und George setzte ihm auseinander, daß der Koch krank sei.

«Zum Teufel noch mal, warum besorgt ihr euch denn nicht einen anderen Koch?» sagte der Mann. «Habt ihr denn kein Eßlokal?» Er ging hinaus.

«Also los, Al», sagte Max.

«Und was machen wir mit den beiden hellen Jungens und dem Nigger?»

«Die sind stieke.»

«Glaubst du?»

«Sicher. Damit wärn wir fertig.»

«Das gefällt mir nicht», sagte Al. «Das ist keine Sache nicht. Du red'st zuviel.»

«Zum Teufel noch mal, was denn!» sagte Max. «Wir müssen uns doch bei Laune halten, was?»

«In jedem Fall red'st du zuviel», sagte Al. Er kam aus der Küche heraus. Die abgeschnittenen Läufe seiner Flinte bildeten unter der Taille seines zu eng anliegenden Überziehers einen kleinen Wulst. Er zog den Mantel mit seinen behandschuhten Händen glatt.

«Wiedersehen, heller Junge», sagte er zu George. «Du hast Schwein.»

«Das ist wahr», sagte Max. «Du solltest beim Rennen wetten, heller Junge.»

Die beiden gingen zur Tür hinaus. George beobachtete durch das Fenster, wie sie unter der Bogenlampe gingen und dann die Straße überquerten. Mit ihren engen Überziehern und Melonen sahen sie wie eine Varieténummer aus. George ging durch die Pendeltür hinten in die Küche und band Nick und den Koch los.

«Davon hab ich genug», sagte Sam, der Koch. «Davon hab ich genug.»

Nick reckte sich. Er hatte noch nie zuvor einen Knebel im Mund gehabt.

«Na, so was!» sagte er. «Zum Teufel noch mal!» Er suchte mit Schwadronieren darüber wegzukommen.

«Sie wollten Ole Andreson killen», sagte George. «Sie wollten ihn erschießen, wenn er zum Essen kommt.»

«Ole Andreson?»

«Sicher.»

Der Koch befühlte mit dem Daumen seine Mundwinkel.

«Sie alle weg?» fragte er.

«Tja», sagte George. «Jetzt sind sie weg.»

«Das gefällt mir nicht», sagte der Koch. «Das gefällt mir ganz und gar nicht.»

«Hör mal», sagte George zu Nick. «Du solltest lieber zu Ole Andreson gehen.»

«Schön.»

«Sie sollten sich lieber nicht in die Geschichte einmischen», sagte Sam, der Koch. «Am besten, Sie haben nichts damit zu tun.»

«Geh nicht, wenn du nicht willst», sagte George.

«Lassen Sie die Finger davon. Das führt zu nichts», sagte der Koch. «Besser, Sie haben nichts damit zu tun.»

«Ich werd zu ihm gehen», sagte Nick zu George. «Wo wohnt er?»

Der Koch wandte sich ab.

«Kleine Jungen wissen immer, was sie tun wollen», sagte er.

«Er wohnt im Hirschschen Logierhaus», sagte George zu Nick.

«Ich werd hingehen.»

Draußen schien das Bogenlicht durch die kahlen Zweige eines Baumes. Nick ging die Straße hinauf an den Trambahnschienen entlang und bog dann bei der nächsten Bogenlampe in eine Querstraße ein. Das dritte Haus die Straße rauf war Hirschs Logierhaus. Nick ging die zwei Stufen hinauf und klingelte. Eine Frau kam an die Tür.

«Wohnt hier Ole Andreson?»

«Wollen Sie ihn sprechen?»

«Ja, wenn er zu Haus ist.»

Nick folgte der Frau die Treppe hinauf und einen Korridor entlang. Sie klopfte an eine Tür.

«Wer ist da?»

«Jemand, der Sie sprechen will, Mr. Andreson», sagte die Frau.

«Ich bin's, Nick Adams.»

«Komm rein.»

Nick öffnete die Tür und ging ins Zimmer. Ole Andreson lag völlig angekleidet auf dem Bett. Er war Schwergewichtsboxer gewesen, und er war viel zu lang für das Bett. Er lag mit dem Kopf auf zwei Kissen. Er sah Nick nicht an.

«Was ist denn?» fragte er.

«Ich war bei Henry», sagte Nick, «und zwei Kerle kamen rein und banden mich und den Koch, und sie sagten, daß sie dich killen würden.»

Es klang albern, als er es sagte. Ole Andreson sagte nichts.

«Sie sperrten uns in die Küche», fuhr Nick fort. «Sie wollten dich erschießen, wenn du zum Essen reinkommst.»

Ole Andreson sah die Wand an und sagte nichts.

«George meinte, ich sollte lieber gehen und es dir sagen.»

«Ich kann nichts dran ändern», sagte Ole Andreson.

«Ich werd dir beschreiben, wie sie aussahen.»

«Ich will nicht wissen, wie sie aussahen», sagte Ole Andreson. Er sah die Wand an. «Danke, daß du hergekommen bist, um es mir zu erzählen.»

«Schon recht.»

Nick sah auf den großen Mann, der auf seinem Bett lag.

«Möchtest du, daß ich zur Polizei gehe?»

«Nein», sagte Ole Andreson. «Das würde nichts nützen.»

«Kann ich nicht irgendwas tun?»

«Nein, man kann da nichts machen.»

«Vielleicht war es einfach Bluff?»

«Nein, das ist nicht einfach Bluff.»

Ole Andreson rollte hinüber zur Wand.

«Das einzige Dumme dran ist», sagte er und sprach gegen die Wand, «daß ich mich einfach nicht entschließen kann, auszugehen. Ich bin den ganzen Tag über hier drin gewesen.»

«Kannst du nicht aus der Stadt weg?»

«Nein», sagte Ole Andreson. «Ich hab das ewige Hin und Her satt.»

Er sah die Wand an.

«Man kann jetzt nichts mehr dagegen tun.»

«Läßt es sich nicht irgendwie einrenken?»

«Nein. Bin reingeschliddert.» Er sprach immer mit derselben tonlosen Stimme. «Man kann nichts machen. Nachher werd ich mich aufraffen und ausgehen.»

«Ich geh wohl lieber zu George zurück und erzähl's ihm», sagte Nick.

«Wiedersehen», sagte Ole Andreson. Er sah Nick nicht an. «Danke schön fürs Herkommen.»

Nick ging hinaus. Als er die Tür schloß, sah er Ole Andreson völlig angekleidet auf seinem Bett liegen und die Wand ansehen.

«Er ist den ganzen Tag über in seinem Zimmer gewesen», sagte die Vermieterin unten. «Wahrscheinlich fühlt er sich nicht wohl. Ich hab zu ihm gesagt: ‹Mr. Andreson, Sie sollten an so einem schönen Herbsttag wie heute ausgehen und einen Spaziergang machen›; aber er fühlte sich nicht danach.»

«Er will nicht ausgehen.»

«Es tut mir leid, daß er sich nicht wohl fühlt», sagte die Frau. «Es ist ein schrecklich netter Mensch. Wissen Sie, er war früher einmal Boxer.»

«Ja, ich weiß.»

«Man würde es nie denken, wenn sein Gesicht nicht so aussähe», sagte die Frau. Sie standen und unterhielten sich grade hinter der Haustür. «Er ist so sanft wie ein Lamm.»

«Tja, also gute Nacht, Mrs. Hirsch», sagte Nick.

«Ich bin nicht Mrs. Hirsch», sagte die Frau. «Der gehört das Haus. Ich seh nur für sie nach dem Rechten. Ich bin Mrs. Bell.»

«Also gute Nacht, Mrs. Bell», sagte Nick.

«Gute Nacht», sagte die Frau.

Nick ging die dunkle Straße hinauf bis zur Ecke unter der Bogenlampe und dann an den Trambahnschienen entlang, bis zu Henry's Eßlokal. George war drinnen, hinter der Theke.

«Hast du Ole gesprochen?»

«Ja», sagte Nick. «Er sitzt in seinem Zimmer und will nicht ausgehen.»

Der Koch öffnete die Küchentür, als er Nicks Stimme hörte.

«Ich will nicht mal davon hören», sagte er und schloß die Tür.

«Hast du's ihm erzählt?» fragte George.

«Natürlich. Ich hab's ihm erzählt, aber er weiß genau, worum sich's dreht.»

«Was wird er tun?»

«Gar nichts.»

«Sie werden ihn killen.»

«Werden sie sicher.»

«Er war wohl in Chicago in irgendwas verwickelt.»

«Wahrscheinlich», sagte Nick.

«Es ist eine verteufelte Sache!»

«Es ist eine scheußliche Sache», sagte Nick.

Sie sagten nichts. George langte nach einem Lappen und wischte die Theke ab.

«Was er wohl ausgefressen hat?» sagte Nick.

«Sicher wen reingelegt. Dafür killen sie einen.»

«Ich mach, daß ich hier aus der Stadt rauskomme», sagte Nick.

«Ja», sagte George. «Das ist wohl das Vernünftigste.»

«Ich kann das nicht aushalten, mir vorzustellen, wie er da in seinem Zimmer sitzt und wartet und genau weiß, daß er dran glauben muß. Es ist zu verflucht niederträchtig.»

«Na», sagte George. «Am besten, du denkst nicht dran.»

Che ti dice la patria?

DIE PASS-STRASSE WAR GLATT UND HART UND AM FRÜHEN Morgen noch nicht staubig. Unten zur Rechten lagen Hügel mit Eichen und Kastanienbäumen, und weit entfernt unten lag das Meer. Auf der anderen Seite waren schneeige Berge.

Wir kamen vom Paß hinunter durch bewaldetes Land. Am Straßenrand waren Säcke mit Holzkohle aufgetürmt, und zwischen den Bäumen sahen wir Köhlerhütten. Es war Sonntag, und die Straße, die sich senkte und wieder anstieg, aber ständig von der Paßhöhe abfiel, führte durch buschige Waldungen und durch Dörfer.

Außerhalb der Dörfer lagen Rebenfelder. Die Felder waren braun und die Weinstöcke grob und dick. Die Häuser waren weiß, und die Männer spielten in ihren Sonntagsanzügen auf der Straße Boccia. An den Mauern einiger Häuser wuchsen Birnbäume, deren Äste kandelaberartig gegen die weißen Mauern standen. Die Birnbäume waren gespritzt worden, und die Mauern der Häuser hatten durch die gespritzte Flüssigkeit metallisch-blau-grüne Flecken bekommen. Um die Dörfer herum waren kleine Lichtungen, wo die Reben wuchsen, und dahinter die Wälder.

In einem Dorf, zwanzig Kilometer über Spezia, war eine Menschenmenge auf dem Marktplatz, und ein junger Mann, der eine Reisetasche in der Hand hatte, kam an unsern Wagen heran und ersuchte uns, ihn nach Spezia mitzunehmen.

«Wir haben nur zwei Sitzplätze, und die sind besetzt», sagte ich. Wir hatten ein altes Fordcoupé.

«Ich werde draußen stehen.»

«Es wird unbequem für Sie sein.»

«Das macht nichts, ich muß nach Spezia.»

«Sollen wir ihn mitnehmen?» fragte ich Guy.

«Er scheint ja auf alle Fälle mitzukommen», sagte Guy. Der junge Mann reichte uns ein Paket durchs Fenster.

«Passen Sie darauf auf», sagte er. Zwei Männer banden seinen Handkoffer hinten auf den Wagen über unsern Handkoffern fest. Er schüttelte allen die Hand, erklärte, daß es für einen Faschisten und einen Mann wie ihn, der das Reisen gewöhnt sei, keine Unbequemlichkeiten gäbe, kletterte auf das Trittbrett an der linken Seite des Wagens und hielt sich innen fest, mit dem rechten Arm durch das offene Fenster.

«Sie können losfahren», sagte er. Die Menge winkte. Er winkte mit seiner freien Hand zurück.

«Was hat er gesagt?» fragte mich Guy.

«Daß wir losfahren können.»

«Ist er nicht nett?» sagte Guy.

Die Straße folgte einem Fluß. Jenseits des Flusses waren Berge. Die Sonne zog den Rauhreif aus dem Gras. Es war klar und kalt, und die Luft kam durch den offenen Windschutz.

«Wie es dem da draußen wohl gefallen mag?» Guy sah die Straße hinauf. Der Blick auf seiner Wagenseite war durch unsern Gast versperrt. Der junge Mann ragte seitlich am Auto heraus, wie die Bugfigur an einem Schiff. Er hatte seinen Mantelkragen hochgeschlagen und seinen Hut ins Gesicht gezogen, und seine Nase sah kalt aus im Wind.

«Kann sein, daß er bald genug davon haben wird», sagte Guy. «Auf der Seite ist unser kaputter Reifen.»

«Na, der verließe uns sofort, wenn wir 'ne Panne hätten», sagte ich. «Der würde seinen Reiseanzug nicht schmutzig machen.»

«Na, er stört mich nicht», sagte Guy, «bis auf das Rauslehnen in den Kurven.»

Die Wälder waren hinter uns; die Straße hatte den Fluß verlassen, um aufwärts zu klettern; der Kühler kochte; der junge Mann sah verärgert und mißtrauisch auf den Dampf und das rostige Wasser; die Maschine knirschte; Guy hatte beide Füße auf dem Pedal des ersten Ganges, hinauf und hinauf, vorwärts und zurück und hinauf, endlich oben eben. Das Knirschen hörte auf, und in der plötzlichen Stille hörte man ein starkes siedendes Wallen im Kühler. Wir waren oben auf der letzten Höhe über Spezia und dem Meer. Die Straße ging in kurzen, kaum gerundeten Kurven abwärts. Unser Gast hing in den Kurven weit hinaus und riß den zu schwer belasteten Wagen beinah um.

«Man kann ihm nicht sagen, daß er das lassen soll», sagte ich zu Guy. «Er macht es aus Selbsterhaltungstrieb.»

«Diesem großen italienischen Trieb.»

«Diesem größten italienischen Trieb.»

Wir fuhren durch dicken Staub in Kurven bergab; der Staub puderte die Ölbäume. Spezia breitete sich unten am Meer aus. Die Straße lief vor der Stadt eben. Unser Gast steckte seinen Kopf zum Fenster hinein.

«Halten Sie hier.»

«Halt an», sagte ich zu Guy.

Wir hielten am Straßenrand. Der junge Mann stieg aus, ging um den Wagen herum und band seinen Handkoffer los.

«Ich steige hier aus, damit Sie keine Unannehmlichkeiten wegen Personenbeförderung kriegen», sagte er. «Mein Paket.»

Ich reichte ihm sein Paket. Er langte in seine Tasche.

«Was schulde ich Ihnen?»

«Nichts.»

«Warum nicht?»

«Ich weiß nicht», sagte ich.

«Dann danke», sagte der junge Mann. Nicht «ich danke Ihnen», oder «danke vielmals», oder «tausend Dank», alles, was man früher in Italien sagte, wenn einem jemand einen Fahrplan reichte oder den Weg zeigte. Der junge Mann bediente sich der knappesten Dankesformel und sah uns mißtrauisch nach, als Guy den Motor anspringen ließ. Ich winkte ihm zu. Er war zu erhaben, um zurückzugrüßen. Wir fuhren nach Spezia hinein.

«Das ist ein junger Mann, der bestimmt in Italien gut vorwärtskommen wird», sagte ich zu Guy.

«Na», sagte Guy, «durch uns ist er zwanzig Kilometer vorwärtsgekommen.»

Eine Mahlzeit in Spezia

Wir kamen nach Spezia und sahen uns nach einem Lokal um. Die Straße war breit und die Häuser hoch und gelb. Wir folgten den Straßenbahnschienen ins Innere der Stadt. Auf die Hausmauern hatte man kulleräugige Porträts von Mussolini aufschabloniert, handgemalte *«Vivas»* darunter, das Doppel-V in schwarzer Farbe mit der runtergetropften Farbe auf den Mauern. Seitenstraßen führten zum Hafen hinunter. Es war schön, und die Leute waren alle, weil's Sonntag war, im Freien. Das Steinpflaster war gesprengt worden, und es gab feuchte Stellen im Staub. Wir fuhren dicht an der Bordschwelle entlang, um einer Elektrischen auszuweichen.

«Wir wollen irgendwo einfach essen», sagte Guy.

Wir hielten gegenüber von zwei Gasthausschildern. Wir standen drüben auf der Straße, und ich kaufte Zeitungen. Die beiden Lokale lagen nebeneinander. Eine Frau stand auf der Türschwelle des einen und lächelte uns an, und wir gingen hinein.

Drinnen war es dunkel, und hinten im Zimmer saßen drei Mädchen mit einer alten Frau am Tisch. Uns gegenüber, an einem anderen Tisch, saß ein Matrose. Er saß da, ohne zu essen oder zu trinken. Weiter hinten schrieb ein junger Mann in einem blauen Anzug an einem Tisch. Sein Haar war voll Pomade und glänzte; er war sehr schick angezogen und hatte ein scharfes Profil.

Das Licht fiel durch die Tür und durch das Fenster, in dem Gemüse, Obst, Steaks und Koteletts in einer Auslage arrangiert waren. Ein Mädchen kam an unseren Tisch und nahm unsere Bestellung entgegen, und ein anderes Mädchen stand in der Tür. Wir bemerkten, daß sie nichts unter ihrem Hauskleid anhatte. Das Mädchen, das unsere Bestellung entgegennahm, legte ihren Arm um Guys Hals, während wir uns die Speisekarte ansahen. Im ganzen gab es drei Mädchen, und sie gingen und standen immer abwechselnd in der Tür. Die alte Frau am Tisch hinten im Zimmer redete mit ihnen, und dann setzten sie sich wieder zu ihr.

Es führte nur eine Tür hinaus aus dem Zimmer, und zwar in die Küche. Davor hing eine Gardine. Das Mädchen, das unsere Bestellung entgegengenommen hatte, kam mit unseren Spaghetti aus der Küche. Sie stellte sie auf den Tisch, brachte eine Flasche Rotwein und setzte sich an den Tisch.

«Na», sagte ich zu Guy, «du wolltest ja gern irgendwo einfach essen.»

«Das ist nicht einfach. Das nenne ich kompliziert.»

«Was sagen Sie?» fragte das Mädchen. «Sind Sie Deutsche?»

«Süddeutsche», sagte ich. «Die Süddeutschen sind ein sanftes, liebenswertes Volk.»

«Versteh nicht», sagte sie.

«Was ist in diesem Ort eigentlich Sitte?» fragte Guy. «Muß ich mir gefallen lassen, daß sie mir den Arm um den Hals legt?»

«Natürlich», sagte ich. «Mussolini hat die Bordelle abgeschafft. Dies ist ein Restaurant.»

Das Mädchen trug einen Hänger. Sie lehnte sich vornüber gegen den Tisch, legte die Hände auf ihre Brüste und lächelte. Sie lächelte hübscher auf der einen als auf der anderen Seite und wandte uns die gute Seite zu. Der Reiz der guten Seite war durch irgendein Ereignis erhöht worden, das die andere Seite ihrer Nase eingedrückt hatte, so wie man warmes Wachs eindrücken kann. Ihre Nase jedoch sah nicht wie warmes Wachs aus. Sie war sehr kalt und fest, nur eben eingedrückt. «Magst du mich?» fragte sie Guy.

«Er betet dich an», sagte ich. «Aber er kann kein Italienisch.»

«Ich spreche deutsch», sagte sie und streichelte Guys Haar.

«Sprich mit der Dame in deiner Muttersprache, Guy», sagte ich.

«Woher kommen Sie?» fragte die Dame.

«Aus Potsdam.»

«Und werden Sie jetzt einige Zeit hierbleiben?»

«In diesem über alles geliebten Spezia?» fragte ich.

«Sag ihr, daß wir wegmüssen», sagte Guy. «Sag ihr, daß wir sehr krank sind und kein Geld haben.»

«Mein Freund ist ein Misogyne», sagte ich, «ein alter deutscher Misogyne.»

«Sagen Sie ihm, daß ich ihn liebe.» Ich sagte es ihm.

«Halt die Klappe und sieh zu, daß wir hier fortkommen», sagte Guy. Die Dame hatte inzwischen auch ihren zweiten Arm um seinen Hals gelegt. «Sagen Sie ihm, daß er mir gehört», sagte sie. Ich sagte es ihm.

«Willst du zusehen, daß wir hier rauskommen?»

«Ihr zankt euch», sagte die Dame. «Ihr liebt euch nicht.»

«Wir sind Deutsche», sagte ich voll Stolz. «Alte Süddeutsche.»

«Sagen Sie ihm, daß er ein wunderschöner Junge ist», sagte die Dame. Guy ist achtunddreißig und stolz auf die Tatsache, daß man ihn in Frankreich für einen Geschäftsreisenden hält. «Du bist ein wunderschöner Junge», sagte ich.

«Wer sagt das?» fragte Guy. «Du oder sie?»

«Sie natürlich. Ich bin nur dein Dolmetscher. Hast du mich nicht dazu auf die Reise mitgenommen?»

«Ich bin nur froh, daß sie's war», sagte Guy. «Ich hätte dich sehr ungern auch hier zurückgelassen.»

«Ich weiß gar nicht. Spezia ist ein wunderbarer Ort.»

«Spezia», sagte die Dame. «Sie sprechen über Spezia.»

«Wunderbarer Ort», sagte ich.

«Es ist mein Geburtsort», sagte sie. «Spezia ist mein Zuhaus, und Italien ist mein Vaterland.»

«Sie sagt, daß Italien ihr Vaterland sei.»

«Sag ihr, daß es ihr ähnlich sieht», sagte Guy.

«Was gibt es als Nachtisch?» fragte ich.

«Obst», sagte sie. «Wir haben Bananen.»

«Bananen gehen», sagte Guy. «Die haben Schalen.»

«Oh, er nimmt Bananen», sagte die Dame. Sie umarmte Guy.

«Was sagt sie?» fragte er und versuchte sein Gesicht zu schützen.

«Sie freut sich, weil du Bananen essen willst.»

«Sag ihr, daß ich keine Bananen will.»

«Der Signor will keine Bananen.»

«Ach», sagte die Dame, aus allen Himmeln gefallen. «Er nimmt keine Bananen.»

«Sag ihr, daß ich jeden Morgen ein kaltes Bad nehme», sagte Guy.

«Der Signor nimmt jeden Morgen ein kaltes Bad.»

«Versteh nicht», sagte die Dame.

Der auf Matrose mimende Mann uns gegenüber hatte sich nicht ein einziges Mal bewegt. Niemand im Lokal kümmerte sich um ihn.

«Wir wollen die Rechnung», sagte ich.

«Aber nein, Sie müssen bleiben.»

«Hör mal», sagte der junge Mann mit dem scharfen Profil von dem Tisch her, wo er schrieb, «laß sie gehen. Die beiden sind nichts wert.»

Die Dame ergriff meine Hand. «Sie wollen nicht bleiben? Wollen Sie ihn nicht bitten, daß er bleibt?»

«Wir müssen weg», sagte ich. «Wir müssen heute abend noch bis Pisa und wenn möglich nach Firenze. Wir können uns in diesen Städten, wenn der Tag vorüber ist, amüsieren. Jetzt ist es Tag. Am Tag müssen wir Kilometer fressen.»

«Es ist hübsch, ein bißchen zu verweilen.»

«Reisen tut not, solange es Tag ist.»

«Hör mal», sagte der junge Mann mit dem Profil, «halte dich doch nicht länger mit den beiden auf. Ich sage dir, die sind nichts wert, und ich weiß Bescheid.»

«Bring uns die Rechnung», sagte ich. Sie brachte die von der alten Frau ausgeschriebene Rechnung und ging zurück und setzte sich an den Tisch. Ein anderes Mädchen kam aus der Küche herein. Sie durchquerte das Zimmer und stellte sich in die Tür.

«Gib dir mit den beiden keine Mühe», sagte der junge Mann mit dem Profil mit gelangweilter Stimme. «Komm essen. Die sind nichts wert.»

Wir bezahlten die Rechnung und standen auf. Alle Mädchen, die alte Frau und der junge Mann mit dem Profil setzten sich zusammen zu Tisch. Der auf Matrose mimende Mann saß da, mit dem Kopf in den Händen. Niemand hatte, solange wir aßen, ein Wort mit ihm gesprochen. Das Mädchen brachte uns das Wechselgeld, das die alte Frau ihr abgezählt hatte, und ging an ihren Platz zurück. Wir ließen ein Trinkgeld auf dem Tisch liegen und gingen hinaus. Als wir fertig zum Losfahren im Auto saßen, kam das Mädchen heraus und stand in der Tür. Wir fuhren los, und ich winkte ihr zu. Sie winkte nicht, sondern stand da und sah uns nach.

Es regnete heftig, als wir durch die Vororte von Genua kamen, und obschon wir sehr langsam hinter Elektrischen und Autolastwagen herfuhren, spritzte Schlamm auf den Bürgersteig, so daß die Leute, wenn sie uns kommen sahen, in die Torwege traten. In San Pier d'Arena, dem Industrievorort von Genua, ist eine breite Straße mit zwei Fahrbahnen, und wir fuhren in der Mitte, um nicht all die von der Arbeit kommenden Arbeiter mit Kot zu bespritzen. Zu unserer Linken lag das Mittelmeer. Die See war wild bewegt, und die Wellen brachen sich, und der Wind blies den Schaum hinauf gegen unsern Wagen. Ein Flußbett, das auf unserer Hinfahrt nach Italien weit, trocken und steinig dagelegen hatte, war bis zum Rand voll braunen Wassers. Das braune Wasser verfärbte das Meer, und wenn die Wellen, beim Brechen, schmaler und durchsichtiger wurden, fiel das Licht durch das gelbe Wasser, und die vom Wind losgerissenen Schaumkämme wurden über die Straße geblasen.

Ein großer, schnell fahrender Wagen überholte uns, und eine Welle schlammigen Wassers ergoß sich über unsern Windschutz und unsern Kühler. Der automatische Wischer bewegte sich hin und her und verteilte die Schmutzschicht über die Scheibe. Wir hielten und aßen in Sestri zu Mittag. Das Gasthaus war ungeheizt, und wir behielten Mäntel und Hüte an. Durch das Fenster konnte man den Wagen draußen stehen sehen. Er war mit Schlamm bedeckt und stand neben ein paar Booten, die man aus dem Wellenbereich herausgezogen hatte. Im Lokal konnte man seinen eigenen Atem sehen.

Die *pasta asciuta* war gut; der Wein schmeckte nach Alaun, und wir gossen Wasser dazu. Nachher brachte uns der Kellner Beefsteaks und Bratkartoffeln. Ein Mann und eine Frau saßen am anderen Ende des Restaurants. Er war mittleren Alters; sie war jung und trug Schwarz. Während des ganzen Essens blies sie ihren Atem in die kalte, feuchte Luft. Der Mann sah zuweilen hin und schüttelte den Kopf. Sie aßen schweigend, und der Mann hielt ihre Hand unter dem Tisch. Sie war hübsch, und beide schienen sehr traurig zu sein. Sie hatten eine Reisetasche bei sich. Wir ließen uns die Zeitungen geben, und ich las Guy den Bericht über die Kämpfe in Schanghai vor. Nach dem Essen ging er mit dem Kellner auf die Suche nach einem Ort, der in dem Lokal nicht existierte, und ich säuberte die Windscheibe, die Scheinwerfer und das Nummernschild mit einem Lappen. Guy kam wieder, und wir fuhren den Wagen rückwärts hinaus und starteten. Der Kellner hatte Guy über die Straße in ein altes Haus geführt. Die Leute in dem Haus waren mißtrauisch, und der Kellner war bei Guy geblieben, um aufzupassen, daß er nichts stahl.

«Obgleich ich eigentlich nicht weiß, wieso man erwartete, daß ich etwas stehlen würde, wo ich doch gar kein Installateur bin», sagte Guy.

Als wir jenseits der Stadt ins Vorgebirge kamen, packte der Wind den Wagen und warf ihn beinahe um.

«Nur gut, daß er uns vom Meer wegbläst», sagte Guy.

«Na», sagte ich, «hier in dieser Gegend irgendwo hat man Shelley ertränkt.»

«Das war unten bei Viareggio», sagte Guy. «Weißt du eigentlich, wozu wir hier in dieses Land kamen?»

«Ja», sagte ich, «aber wir sind nicht auf unsere Kosten gekommen.»

«Heute nacht haben wir's hinter uns.»

«Wenn wir über Ventimiglia hinauskommen.»

«Na, wir werden sehen. Ich fahr diese Küstenstraße ungern bei Nacht.» Es war früh am Nachmittag, die Sonne schien. Unter uns lag das Meer, blau mit weißen Schaumkämmen, die nach Savona zutrieben. Hinter uns, jenseits des Kaps, vereinten sich das blaue und das braune Wasser. In weiter Ferne vor uns fuhr ein Frachtdampfer die Küste hinauf.

«Kannst du Genua noch sehen?» fragte Guy.

«O ja.»

«Das nächste große Kap da müßte es verdecken.»

«Man sieht's noch eine ganze Weile. Ich kann ja noch das Kap von Portofino dahinter sehen.»

Endlich konnten wir Genua nicht mehr sehen. Ich blickte zurück, während wir weiterfuhren, und sah nur noch das Meer und unten in der Bucht einen Streifen Strand mit Fischerbooten und oberhalb am Hügelhang eine Stadt und dann die Küste hinunter ein Kap nach dem andern.

«Jetzt ist es fort», sagte ich zu Guy.

«Ach, jetzt ist es schon lange fort.»

«Aber man konnte nicht ganz sicher sein, bis man richtig weit weg war.»

Vor uns war eine Tafel mit dem Bild einer «S»-Kurve und *Svolta Pericolosa*. Die Straße bog um das Vorgebirge, und der Wind blies durch den Sprung in der Windscheibe. Unterhalb des Kaps lag ein flaches Stück Land am Meer. Der Wind hatte den Schlamm aufgetrocknet, und die Räder begannen Staub aufzuwirbeln. Auf der ebenen Straße überholten wir einen radelnden Faschisten, der einen schweren Revoler in einem Halfter auf dem Rücken trug. Er fuhr in der Mitte der Straße, und wir wichen ihm seitlich aus. Er sah auf und uns an, als wir vorbeifuhren. Vor uns war ein Bahnübergang, und als wir näher kamen, gingen Schranken herunter.

Während wir warteten, kam der Faschist auf seinem Rad heran. Der Zug fuhr vorbei, und Guy startete.

«Halt!» schrie der Radfahrer hinter dem Wagen. «Ihre Nummer ist schmutzig.»

Ich kletterte mit einem Lappen heraus. Die Nummer hatte ich mittags gesäubert.

«Man kann sie lesen», sagte ich.

«Finden Sie?»

«Lesen Sie sie doch.»

«Ich kann sie nicht lesen. Sie ist schmutzig.»

Ich wischte sie mit dem Lappen ab. «Na, und jetzt?»

«Fünfundzwanzig Lire.»

«Was?» sagte ich. «Sie konnten sie ja lesen; sie war nur schmutzig, weil die Straßen in solchem Zustand sind.»

«Ihnen gefallen die italienischen Straßen nicht?»

«Sie sind schmutzig.»

«Fünfzig Lire.» Er spuckte auf die Straße. «Ihr Wagen ist schmutzig und Sie selbst auch.»

«Gut. Und geben Sie mir eine Quittung mit Ihrem Namen.»

Er zog ein Quittungsbuch mit perforierten Durchschlägen heraus, von denen eine Seite den Kunden gegeben wurde und die andere als Beleg im Buch blieb. Das Blaupapier fehlte, um einen Durchschlag zu machen.

«Geben Sie mir fünfzig Lire!»

Er schrieb mit Tintenstift, riß den Zettel heraus und reichte ihn mir. Ich las.

«Der ist über fünfundzwanzig Lire.»

«Ein Irrtum», sagte er und änderte die fünfundzwanzig in fünfzig.

«Und jetzt die andere Seite. Machen Sie auch auf Ihrem Abschnitt eine fünfzig.»

Er lächelte ein wunderschönes italienisches Lächeln und schrieb etwas auf den Kontrollzettel, hielt ihn aber so, daß ich nichts sehen konnte.

«Fahren Sie weiter», sagte er, «bevor Ihre Nummer wieder schmutzig wird.»

Wir fuhren noch zwei Stunden nach Anbruch der Dunkelheit und schliefen die Nacht in Mentone. Es erschien uns außerordentlich vergnüglich und sauber und normal und schön. Wir waren von Ventimiglia nach Pisa und Florenz, durch die Romagna nach Rimini, zurück durch Forli, Imola, Bologna, Parma, Piacenza und Genua und wieder nach Ventimiglia gefahren. Die ganze Tour hatte nur zehn Tage gedauert. Natürlich hatten wir auf einer so kurzen Reise keine Gelegenheit, zu sehen, wie es um Land und Leute stand.

Um eine Viertelmillion

«UND WIE GEHT'S DIR, JACK?» FRAGTE ICH IHN.

«Hast du diesen Walcott gesehen?» sagte er.

«Nur beim Training.»

«Na», sagte Jack, «bei dem Jungen werd ich allerhand Glück brauchen.»

«Der kann dir nichts anhaben, Jack», sagte Soldier.

«Verdammt noch mal, wenn er man nur nicht könnte.»

«Der könnte dich mit 'ner Handvoll Schrot nicht treffen.»

«Schrot wäre mir schon recht», sagte Jack, «Schrot wäre mir ganz egal.»

«Bei dem kannst du leicht was landen», sagte ich.

«Das schon», sagte Jack, «der wird sich nicht lange halten. Der wird sich nicht so halten wie du und ich, Jerry. Aber im Moment ist er ganz groß in Form.»

«Den erledigst du mit deinen Linkshaken.»

«Kann sein», sagte Jack, «sicher hab ich 'ne Chance.»

«Mach's mit ihm wie damals mit Richie Lewis.»

«Richie Lewis», sagte Jack, «Der Judenlümmel, der.»

Wir drei, Jack Brennan, Soldier Bartlett und ich, saßen bei Hanley. Am Nachbartisch saßen ein paar Nutten. Sie hatten getrunken.

«Was soll denn ‹Judenlümmel› heißen?» sagte eine der Nutten. «Was soll ‹Judenlümmel› heißen, du großer irischer Gauner du?»

«Aber ja doch», sagte Jack, «genau das.»

«Judenlümmel», fährt die Nutte fort, «die reden immer von Judenlümmeln, diese dicken Iren. Was soll das heißen, Judenlümmel?»

«Los, komm hier raus.»

«Judenlümmel», fährt die Nutte fort. «Den möchte ich sehen, dem du schon mal was spendiert hast. Deine Olle näht dir wohl jeden Morgen die Taschen zu? Diese Iren mit ihrem ‹Judenlümmel›-Gerede! Richie Lewis könnte dich glatt vermöbeln.»

«Gewiß doch», sagte Jack. «Und ihr, ihr verschenkt so allerhand umsonst, nicht wahr?»

Wir gingen hinaus. Das war Jack. Er konnte sagen, was er sagen wollte, wenn er was sagen wollte.

Jack begann sein Training auf der Gesundheitsfarm von Danny Hogan drüben in Jersey. Es war hübsch dort draußen, aber Jack mochte es nicht sehr. Er war nicht gern von seiner Frau und den Kindern weg, und er war die ganze Zeit über eingeschnappt und mißmutig. Mich hatte er gern, und wir kamen famos miteinander aus, und er mochte Hogan, aber Soldier Bartlett fiel ihm nach kurzer Zeit auf die Nerven. Ein Witzbold wird in solch einem Lager einfach unerträglich, wenn seine Ware irgendwie ranzig wird. Soldier uzte Jack die ganze Zeit, uzte ihn einfach unentwegt. Es war weder sehr komisch, noch sehr witzig, und es reizte Jack. Es ging etwa so: Jack beendete die Arbeit mit den Gewichten und dem Sandsack, dann zog er die Handschuhe über.

«Wollen wir arbeiten?» würde er zu Soldier sagen.

«Gewiß. Wie soll ich dich bearbeiten?» würde Soldier fragen. «Soll ich dich hart anfassen wie Walcott? Soll ich dich ein paarmal niederboxen?»

«Genau das», antwortete Jack, aber er konnte es trotzdem nicht leiden.

Eines Morgens waren wir alle beim Training auf der Chaussee. Wir waren 'ne ganze Ecke gelaufen und kamen jetzt gerade zurück. Wir liefen drei Minuten lang schnell, und dann gingen wir eine Minute, und dann liefen wir wieder drei Minuten schnell. Jack war nie das, was man einen Sprinter nennen würde. Im Ring bewegte er sich schnell genug umher, wenn er mußte, aber auf der Landstraße war er wahrhaftig nicht zu schnell. Während wir gingen, zog ihn Soldier die ganze Zeit über auf. Wir kamen den Hügel zum Farmhaus herauf.

«Weißt du», sagte Jack, «ich glaube, du fährst am besten wieder in die Stadt, Soldier.»

«Was soll das heißen?»

«Du fährst am besten in die Stadt und bleibst da.»

«Was ist denn los?»

«Mir ist ganz übel von deinem Gequatsche.»

«So?» sagte Soldier.

«Ja», sagte Jack.

«Na, dir wird aber erst verdammt übel sein, nachdem Walcott dich erledigt hat.»

«Sicher», sagte Jack. «Das kann schon sein. Aber eins weiß ich, mir wird übel, wenn ich dich sehe.»

Daraufhin fuhr Soldier noch denselben Morgen mit dem Zug in die Stadt. Ich begleitete ihn an den Zug. Er war mächtig eingeschnappt.

«Ich hab ihn doch nur geuzt», sagte er. Wir warteten auf dem Bahnsteig. «So was kann er nicht mit mir machen, Jerry.»

«Er ist nervös und kratzbürstig», sagte ich. «Aber er ist ein guter Kerl, Soldier.»

«Teufel ist er das! Teufel noch mal, wenn der je ein guter Kerl gewesen ist.»

«Na», sagte ich, «also auf Wiedersehen, Soldier.»

Der Zug war eingelaufen. Er kletterte mit seiner Handtasche hinein.

«Wiedersehen, Jerry», sagte er. «Kommst du vor dem Kampf in die Stadt?»

«Ich glaube kaum.»

«Dann sehen wir uns da.»

Er ging hinein, und der Schaffner schwang sich aufs Trittbrett, und der Zug fuhr hinaus. Ich fuhr mit dem Wagen auf die Farm zurück. Jack saß auf der Veranda und schrieb einen Brief an seine Frau. Die Post war gekommen, und ich nahm die Zeitungen und ging hinüber auf die andere Seite der Veranda und setzte mich hin, um zu lesen. Hogan trat aus dem Haus und kaum auf mich zu.

«Hat er mit Soldier Krach gehabt?»

«Keinen Krach», sagte ich. «Er hat ihm nur gesagt, daß er in die Stadt fahren soll.»

«Das hab ich kommen sehen», sagte Hogan. «Er hat Soldier nie recht leiden können.»

«Ja, er mag die wenigsten Leute.»

«Der ist kalt wie 'ne Hundeschnauze», sagte Hogan.

«Na, gegen mich war er immer fabelhaft.»

«Gegen mich auch», sagte Hogan. «Ich hab gar nichts gegen ihn. Aber er ist kalt wie 'ne Hundeschnauze.»

Hogan ging durch die Fliegentür hinein, und ich saß auf der Veranda und las die Zeitungen. Es fing gerade an, Herbst zu werden, und das Land ist schön dort oben in den Bergen in Jersey, und nachdem ich die Zeitung durchgelesen hatte, saß ich da und sah hinunter ins Land und auf die Straße tief unten am Wald, auf der einige Autos fuhren, die Staub aufwirbelten. Es war schönes Wetter und eine recht hübsche Gegend. Hogan kam an die Tür, und ich sagte: «Hör mal, Hogan, habt ihr denn hier oben nichts, was man schießen kann?»

«Nein», sagte Hogan, «nur Spatzen.»

«Hast du die Zeitung schon gelesen?» sagte ich zu Hogan.

«Was steht drin?»

«Sande hat gestern dreien von ihnen den Rest gegeben.»

«Das habe ich gestern am Telefon gehört.»

«Du bist aber mächtig auf dem laufenden, Hogan, was?» sagte ich.

«Man muß in Fühlung bleiben», sagte Hogan.

«Was hältst du von Jack?» fragte ich. «Erledigt er sie immer noch spielend?»

«Der?» sagte Hogan. «Kannst du's dir vorstellen?»

In dem Augenblick kam Jack um die Ecke mit dem Brief in der Hand. Er trägt einen Sweater, ein altes Paar Hosen und Boxschuhe.

«Hogan, hast du 'ne Marke?» fragte er.

«Gib den Brief her», sagte Hogan. «Ich werd ihn besorgen.»

«Sag mal, Jack», sagte ich, «hast du nicht früher immer auf Pferdchen gesetzt?»

«Gewiß.»

«Ich wußte es doch. Ich wußte doch, daß ich dich draußen in Sheepshead gesehen habe.»

«Warum hast du's denn aufgesteckt?» fragte Hogan.

«Geld verloren.»

Jack setzte sich neben mich. Er lehnte sich gegen einen Türpfosten. Er schloß die Augen in der Sonne.

«Willst du 'n Stuhl?» fragte Hogan.

«Nein», sagte Jack. «So ist's ausgezeichnet.»

«Es ist ein schöner Tag», sagte ich. «Es ist hübsch hier draußen auf dem Lande.»

«Ich wär verdammt viel lieber in der Stadt bei der Frau.»

«Na, es ist jetzt nur noch eine Woche.»

«Ja», sagt Jack. «Stimmt.»

Wir saßen dort vor der Tür. Hogan war drinnen im Büro.

«Was hältst du von meiner Form?» fragte mich Jack.

«Weißt du», sagte ich, «das ist schwer zu sagen; du hast noch 'ne Woche Zeit, um deine Form zu verbessern.»

«Mach mir nichts vor.»

«Na», sagte ich. «In Ordnung bist du nicht.»

«Ich kann nicht schlafen», sagte Jack.

«In ein paar Tagen bist du wieder in Ordnung.»

«Nein», sagte Jack. «Ich leide an Schlaflosigkeit.»

«Was ist denn mit dir los?»

«Die Frau fehlt mir.»

«Laß sie doch rauskommen.»

«Nein, dazu bin ich zu alt.»

«Na, wir machen nachher, bevor du in die Klappe gehst, einen langen Spaziergang, der wird dich ordentlich müde machen.»

«Müde», sagte Jack. «Ich bin doch ständig müde.»

So war er die ganze Woche über. Nachts konnte er nicht schlafen, und morgens, wenn er aufstand, fühlte er sich so – wissen Sie –, als ob man nicht die Hand zumachen kann.

«Er ist schal wie abgestandenes Bier», sagte Hogan. «Der ist fertig.»

«Ich hab Walcott nie gesehen», sagte ich.

«Der schlägt ihn tot», sagte Hogan, «der reißt ihn in zwei Stücke.»

«Na», sagte ich, «jeder muß mal dran glauben.»

«Aber nicht so», sagte Hogan. «Man muß ja denken, daß er überhaupt nicht trainiert hat. Wirft 'n schlechtes Licht auf die Farm.»

«Hast du gehört, was die Leute von der Zeitung von ihm gesagt haben?»

«Und ob! Fanden ihn einfach furchtbar. Sie haben gesagt, man dürfte ihn nicht boxen lassen.»

«Na», sagte ich, «schließlich haben die ja nie recht, was?»

«Stimmt», sagte Hogan. «Aber diesmal haben sie recht.»

«Was, zum Teufel, wissen die denn schon, ob einer in Form ist oder nicht?»

«Na», sagte Hogan. «So 'ne Idioten sind sie wieder nicht.»

«Alles, was sie konnten, war damals Willard in Toledo entdecken. Dieser Lardner, jetzt ist er oberschlau, aber frag ihn mal nach der Entdeckungsgeschichte von Willard in Toledo.»

«Och, der war ja gar nicht mit draußen», sagte Hogan. «Der schreibt ja nur, wenn was Großes steigt.»

«Das is mir egal, wer's war», sagte ich. «Was, zum Teufel, wissen die schon? Schreiben können sie vielleicht, aber was, zum Teufel, wissen sie schon groß?»

«Du findest doch auch nicht, daß Jack in Form ist, was?» fragte Hogan.

«Nein, der ist erledigt. Jetzt fehlt nur noch, daß Corbett auf ihn als den Sieger tippt, dann ist alles aus.»

«Na, Corbett wird schon auf ihn tippen», sagte Hogan.

«Gewiß wird er auf ihn tippen.»

Auch in dieser Nacht schlief Jack nicht. Der nächste Morgen war der letzte vor dem Kampf. Nach dem Frühstück saßen wir wieder auf der Veranda.

«Jack, woran denkst du eigentlich, wenn du nicht schlafen kannst?» sagte ich.

«Ach, ich mach mir Sorgen», sagte Jack. «Ich mach mir Sorgen von wegen meinem Besitz oben in Bronx; ich mach mir Sorgen von wegen meinem Besitz in Florida. Ich mach mir Sorgen von wegen den Jöhren. Ich mach mir Sorgen von wegen der Frau. Manchmal denke ich auch ans Boxen. Ich denke an den Judenlümmel Richie Lewis und ärgere mich. Ich hab 'n paar Aktien, und ich mach mir Sorgen über die. Möchte wissen, woran ich nicht denke ...»

«Na», sagte ich, «morgen abend ist ja alles vorbei.»

«Gewiß», sagte Jack, «das ist immer ganz beruhigend, nicht wahr? Das erledigt überhaupt alles, aber natürlich. Aber sicher.»

Er war den ganzen Tag über eingeschnappt. Wir arbeiteten gar nicht. Jack bewegte sich nur ein bißchen, um locker zu werden, und machte ein paar Runden Scheinkampf. Nicht einmal dabei sah er gut aus. Er sprang kurze Zeit Seil. Er konnte nicht schwitzen.

«Er sollte lieber heute überhaupt nichts tun», sagte Hogan. Wir standen dabei und beobachteten ihn beim Seilspringen. «Schwitzt er denn überhaupt nicht mehr?»

«Er kann nicht schwitzen.»

«Glaubst du, daß er Schwindsucht hat? Er hat doch aber immer leicht Gewicht zugelegt, nicht?»

«Nein, Schwindsucht hat er nicht. Er hat nur einfach nichts mehr in sich.»

«Er müßte schwitzen», sagte Hogan.

Jack kam seilspringend zu uns rüber. Er sprang vor uns auf und ab, vorwärts und rückwärts und kreuzte bei jedem drittenmal die Arme.

«Na», sagte er, «worüber redet ihr Idioten?»

«Ich glaube, du hörst besser auf», sagte Hogan. «Du wirst sonst müde.»

«Wär das nicht schrecklich?» sagt Jack und hopst den Gang hinauf und schwingt das Seil wie ein Wilder.

An dem Nachmittag erschien John Collins draußen auf der Farm, Jack war oben in seinem Zimmer. John kam im Auto aus der Stadt. Er hatte ein paar Freunde mitgebracht. Der Wagen hielt, und alle stiegen aus.

«Wo ist denn Jack?» fragte mich John.

«Oben in seinem Zimmer, hat sich ein bißchen hingelegt.»

«Hingelegt?»

«Ja», sagte ich.

«Wie steht's denn?»

Ich blickte auf die beiden Jungen, die John mitgebracht hatte.

«Sind Freunde von ihm», sagte John.

«Ziemlich schlecht», sagte ich.

«Was hat er denn?»

«Er schläft nicht.»

«Zum Kotzen», sagte John, «der Irländer hat nie schlafen können.»

«Er ist nicht in Ordnung», sagte ich.

«Zum Kotzen», sagte John, «der ist nie in Ordnung. Den habe ich jetzt zehn Jahre, aber in Ordnung war er noch nie.»

Die Jungen, die mit ihm waren, lachten.

«Kann ich Sie mit Mr. Morgan und Mr. Steinfelt bekannt machen?» sagte John. «Dies ist Dr. Doyle, der Jack trainiert hat.»

«Sehr erfreut», sagte ich.

«Wir wollen raufgehen und mit dem Jungen sprechen», sagte der Bursche, der Morgan hieß.

«Wir wollen ihn uns mal besehen», sagte Steinfelt.

Wir gingen alle hinauf.

«Wo ist Hogan?» fragte John.

«Der ist mit ein paar von seinen Schutzbefohlenen draußen in der Scheune», sagte ich.

«Hat er jetzt viel Leute hier?» fragte John.

«Nur zwei.»

«Ziemlich still, was?» sagte Morgan.

«Ja», sagte ich, «es ist ziemlich still.»

Wir standen vor Jacks Zimmer. John klopfte an die Tür. Keine Antwort.

«Vielleicht schläft er», sagte ich.

«Was, zum Teufel, schläft er denn tagsüber?»

John drückte die Klinke herunter, und wir gingen alle hinein. Jack lag schlafend auf seinem Bett. Er lag auf dem Bauch mit dem Gesicht in den Kissen. Seine beiden Arme umklammerten das Kissen.

«He, Jack», sagte John zu ihm.

Jacks Kopf bewegte sich ein wenig auf dem Kissen. «Jack», sagt John und beugt sich über ihn. Jack verkroch sich nur noch ein bißchen tiefer in sein Kissen. John berührte seine Schulter. Jack setzte sich auf und sah uns an. Er war unrasiert, und er trug einen alten Sweater.

«Herrgott, warum kannst du mich nicht schlafen lassen?» sagt er zu John.

«Na, sei nicht eingeschnappt», sagt John, «ich wollte dich ja gar nicht wecken.»

«O nein», sagte Jack. «Natürlich nicht.»

«Du kennst doch Morgan und Steinfelt?» sagte John.

«Freut mich, daß ihr da seid», sagt Jack.

«Wie geht's dir denn, Jack?» fragt ihn Morgan.

«Glänzend», sagt Jack. «Wie, zum Teufel, soll es mir denn sonst gehen?»

«Du siehst glänzend aus», sagt Steinfelt.

«Ja, nicht wahr», sagt Jack. «Hör mal», sagt er zu John, «du bist mein Manager. Du verdienst 'ne Menge Geld an mir. Warum, zum Teufel, bist du nicht hier, wenn die Leute von der Zeitung draußen sind? Sollen Jerry und ich mit ihnen reden?»

«Ich hatte den Kampf von Lew in Philadelphia», sagte John.

«Verflucht noch mal, was geht mich das an?» sagt Jack. «Du bist mein Manager. Dein Anteil ist groß genug, oder nicht? Oder machst du vielleicht Geld für mich in Philadelphia? Warum, zum Teufel noch mal, bist du nicht hier, wenn ich dich brauche?»

«Hogan war da.»

«Hogan», sagt Jack. «Hogan ist genauso stumm wie ich.»

«War nicht Soldier Bartlett eine Zeitlang hier draußen, um mit dir zu arbeiten?» sagt Steinfelt, um das Thema zu wechseln.

«Ja, der war hier draußen», sagte Jack. «Und ob der hier draußen war!»

«Hör mal, Jerry», sagte John zu mir. «Würdest du, bitte, Hogan suchen und ihm sagen, daß wir ihn in ungefähr einer halben Stunde sprechen möchten?»

«Gewiß», sagte ich.

«Warum, zum Teufel, soll er denn nicht hierbleiben?» sagte Jack. «Bleib hier, Jerry.»

Morgan und Steinfelt sahen einander an.

«Reg dich ab, Jack», sagte John zu ihm.

«Ich werd gehen und Hogan suchen», sagte ich.

«Schön, wenn du gehen willst», sagt Jack. «Aber keiner von diesen Kerlen hier hat dich wegzuschicken.»

«Ich geh Hogan suchen», sagte ich.

Hogan war draußen in der Scheune bei der Arbeit. Die beiden Patienten der Gesundheitsfarm standen sich mit übergezogenen Handschuhen gegenüber. Keiner traute sich zuzuschlagen, aus Angst, daß der andere den Schlag parieren und erwidern könnte.

«So, genug für heute», sagte Hogan, als er mich hereinkommen sah. «Das Schlachten ist zu Ende. Unter die Brause, meine Herren. Bruce kann Sie abreiben.»

Sie kletterten aus den Seilen, und Hogan kam rüber zu mir.

«John Collins ist hier mit ein paar Freunden, um Jack zu besuchen», sagte ich.

«Ich sah sie im Auto kommen.»

«Wer sind die beiden Leute, die John mitgebracht hat?»

«Was man so Allerweltskerle nennt», sagte Hogan. «Kennst du die zwei beiden nicht?»

«Nein», sagte ich.

«Es ist Happy Steinfelt und Lew Morgan. Besitzer von 'nem Billardsaal.»

«Ich war lange Zeit weg», sagte ich.

«Jawohl», sagte Hogan, «der Happy Steinfelt, das ist ein großer Schieber.»

«Ich kenn ihn dem Namen nach», sagte ich.

«Er ist ein aalglatter Junge», sagte Hogan. «Das sind ein paar ganz Gerissene.»

«Na», sagte ich. «Sie wollen uns in einer halben Stunde sprechen.»

«Willst du damit sagen, daß sie uns vor einer halben Stunde nicht zu sehen wünschen?»

«Genau das.»

«Komm ins Büro», sagte Hogan. «Zum Teufel mit den Halunken!»

Nach ungefähr dreißig Minuten gingen Hogan und ich hinauf. Wir klopften an Jacks Tür. Sie unterhielten sich im Zimmer.

«Einen Augenblick mal», sagte jemand.

«Der Teufel soll's holen», sagte Hogan. «Wenn ihr mich sprechen wollt, ich bin unten im Büro.»

Wir hörten, wie die Tür aufgeriegelt wurde. Steinfelt öffnete.

«Komm doch rein, Hogan», sagte er. «Wir wollen alle einen trinken.»

«Na», sagte Hogan, «das ist 'n Wort.»

Wir gingen hinein. Jack saß auf dem Bett. John und Morgan saßen auf ein paar Stühlen. Steinfelt stand.

«Ihr seid ein paar schöne Geheimniskrämer», sagte Hogan.

«Tag, Danny», sagt John.

«Tag, Danny», sagt Morgan und schüttelt ihm die Hand.

Jack sagt gar nichts. Er sitzt nur so auf seinem Bett. Er ist überhaupt nicht richtig dabei. Er ist ganz allein. Er trug einen alten blauen Sweater und abgetragene Hosen und hatte Boxschuhe an. Er war sehr unrasiert. Steinfelt und Morgan legten Wert auf ihr Äußeres. John auch. Jack saß da und sah irisch und stur aus.

Steinfelt brachte eine Flasche zum Vorschein, und Hogan holte Gläser, und dann tranken wir alle. Jack und ich tranken einen, und die anderen machten weiter und hatten jeder zwei oder drei.

«Besser, ihr spart euch was für die Rückfahrt auf», sagte Hogan.

«Nur keine Sorge. Wir haben reichlich mit», sagte Morgan.

Jack hatte außer dem einen nichts weiter getrunken. Er stand auf und blickte sie an. Morgan saß auf dem Bett, wo Jack gesessen hatte.

«Trink noch einen, Jack», sagte John und reichte ihm ein Glas und die Flasche.

«Nein», sagte Jack. «Ich hab mir mein Leben lang nichts aus einem Leichenschmaus gemacht.»

Alle lachten. Jack lachte nicht.

Als sie aufbrachen, waren sie alle in ziemlich gehobener Stimmung. Jack stand in der Veranda, als sie in den Wagen stiegen. Sie winkten ihm zu.

«Auf bald», sagte Jack.

Wir aßen Abendbrot. Jack sagte während der ganzen Mahlzeit nichts außer: «Bitte, reich mir dies», oder «Bitte, reich mir das.» Die zwei Schutzbefohlenen der Gesundheitsfarm aßen mit uns am selben Tisch. Es waren richtig nette Leute. Nachdem wir fertig gegessen hatten, gingen wir auf die Veranda. Es wurde früh dunkel.

«Wolln wir einen Spaziergang machen, Jerry?» fragte Jack.

«Schön», sagte ich.

Wir zogen unsere Mäntel an und gingen los. Bis zur Chaussee war's 'ne ganze Ecke, und dann gingen wir vielleicht noch anderthalb Meilen auf der Chaussee entlang. Autos fuhren dauernd an uns vorbei, und wir wichen seitwärts aus, bis sie vorüber waren. Jack sprach kein Wort. Nachdem wir ins Gebüsch getreten waren, um einen großen Wagen vorbeizulassen, sagte Jack: «Verflucht noch mal, dies Gerenne! Komm zurück, zu Hogan!»

Wir gingen eine Seitenstraße entlang, einen Abstecher über den Hügel, der quer über die Felder zu Hogans Farm zurückführte. Wir konnten die Lichter vom Hause oben auf dem Hügel sehen. Wir gingen um das Haus herum; vorn im Eingang stand Hogan.

«Habt ihr 'n schönen Spaziergang gemacht?» fragte Hogan.

«Wunderbar», sagte Jack. «Hör mal, Hogan, hast du Schnaps da?»

«Natürlich», sagte Hogan. «Wozu denn?»

«Schick ihn rauf in mein Zimmer», sagte Jack. «Ich will heute nacht schlafen.»

«Jedermann sein eigener Arzt», sagt Hogan.

«Jerry, komm mit rauf in mein Zimmer», sagt Jack.

Oben setzte sich Jack auf sein Bett und stützte den Kopf in die Hände.

«Was für ein Leben, nicht?» sagt Jack.

Hogan brachte einen Liter Schnaps und zwei Gläser.

«Willst du Ginger Ale haben?»

«Was denkst du dir denn? Glaubst wohl, ich will mich vergiften?»

«Ich hab man bloß gefragt», sagte Hogan.

«Trinkst du einen?» fragte Jack.

«Nein, danke», sagte Hogan. Er ging hinaus.

«Wie ist es mit dir, Jerry?»

«Ich trink einen mit dir», sagte ich.

Jack goß ein. «So», sagte er, «jetzt will ich mich mal langsam und gemütlich vollgießen.»

«Tu ein bißchen Wasser rein», sagte ich.

«Ja», sagte Jack. «Wahrscheinlich ist das gesünder.»

Wir tranken ein paar Schnäpse, ohne zu reden. Jack wollte mir wieder einschenken.

«Nein», sagte ich, «ich hab genug gehabt.»

«Schön», sagte Jack und schenkte sich selbst noch einmal tüchtig voll und goß Wasser hinzu. Er hatte einen Kleinen sitzen.

«Das war ja 'ne liebliche Gesellschaft hier heute nachmittag», sagte er. «Die riskieren nichts, die beiden.»

Dann ein wenig später: «Na», sagte er, «schließlich haben sie ja recht. Wozu soll man was riskieren?»

«Willst du nicht noch einen, Jerry?» sagte er. «Komm, trink mit mir mit.»

«Wirklich nicht, Jack», sagte ich. «Ich fühle mich so ganz wohl.»

«Nur noch einen», sagte Jack. Er fühlte sich weniger bedrückt.

«Schön», sagte ich.

Jack goß mir ein und dann noch ein großes Glas voll für sich.

«Weißt du», sagte er, «ich trinke eigentlich gern Schnaps. Wenn ich kein Boxer wäre, hätte ich allerhand getrunken.»

«Natürlich», sagte ich.

«Weißt du», sagte er, «ich hab 'ne Masse entbehrt wegen Boxen.»

«Du hast 'ne Menge Geld dabei verdient.»

«Sicher, darauf bin ich ja aus. Weißt du, Jerry, ich entbehre 'ne Masse.»

«Wie meinst du das?»

«Na», sagte er, «so zum Beispiel mit der Frau, und dann, daß ich soviel von zu Hause fort sein muß. Das ist für meine Mädels nicht gut. Wer ist denn euer Alter? fragt man sie vielleicht in Gesellschaft. Unser Alter ist Jack Brennan. Na, das nutzt ihnen nicht gerade.»

«Verflucht noch mal!» sagte ich. «Alles, worauf es ankommt, ist, daß sie Moneten haben.»

«Na», sagte Jack, «an Moneten fehlt's ihnen nicht.»

Er schenkte sich noch ein Glas voll ein. Die Flasche war so ziemlich leer.

«Gieß Wasser rein», sagte ich. Jack goß etwas Wasser zu.

«Weißt du», sagte er, «du hast gar keine Ahnung, wie mir die Frau fehlt.»

«Doch.»

«Du hast keine Ahnung. Du kannst gar keine Ahnung davon haben, wie es ist.»

«Hier auf dem Land muß es doch besser sein als in der Stadt.»

«Bei mir», sagte Jack, «macht es keinen Unterschied, wo ich bin. Du kannst gar keine Ahnung haben, wie es ist.»

«Trink noch was.»

«Bin ich schon besoffen? Red ich komisch?»

«'s geht schon ganz schön.»

«Du kannst keine Ahnung haben, wie es ist. Kein Mensch kann eine Ahnung von haben, wie es ist.»

«Außer der Frau», sagte ich.

«Sie weiß», sagte Jack. «Sie weiß schon. Sie weiß. Und ob sie's weiß!»

«Gieß mal da 'n bißchen Wasser rein», sagte ich.

«Jerry», sagte Jack, «du kannst gar keine Ahnung von haben, wie man sich schließlich fühlt.»

Er war jetzt schön betrunken. Er sah mich starr an. Seine Augen waren ein bißchen zu starr.

«Jetzt wirst du gut schlafen», sagte ich.

«Hör mal zu, Jerry», sagte Jack. «Willst du etwas Geld verdienen? Placiere dein Geld auf Walcott.»

«So?»

«Hör mal zu, Jerry.» Jack setzte sein Glas hin. «Du siehst, ich bin nicht betrunken, weißt du, was ich auf ihn setze? – 'ne viertel Million.»

«Das sind allerhand Moneten.»

«'ne viertel Million», sagt Jack. «Zwei zu eins, das gibt rund gerechnet 100 000 Mark. Setz was auf ihn, Jerry.»

«Es klingt gut», sagte ich.

«Wie kann ich ihn denn schlagen?» sagt Jack. «Da ist keine Schiebung bei. Wie kann ich ihn schlagen? Warum nicht wenigstens Geld bei verdienen?»

«Gieß Wasser da hinein», sagte ich.

«Nach diesem Kampf bin ich erledigt», sagt Jack. «Ich bin erledigt. Ich muß diese Prügel noch einstecken. Warum soll ich da nicht wenigstens Geld bei verdienen?»

«Gewiß doch.»

«Seit einer Woche hab ich nicht geschlafen», sagt Jack. «Die ganze Nacht liege ich wach und zerbrech mir den Kopf. Jerry, ich kann nicht schlafen. Du hast gar keinen Schimmer, wie das ist, wenn man nicht schlafen kann.»

«Doch.»

«Ich kann nicht schlafen. Das ist alles. Ich kann einfach nicht schlafen. Was hat's für 'n Sinn, sich all die Jahre über in acht zu nehmen, wenn man nicht schlafen kann?»

«Es ist schlimm.»

«Jerry, du hast einfach gar keinen Schimmer, wie das ist, wenn man nicht schlafen kann.»

«Tu Wasser da rein», sagte ich.

Na, so gegen elf ist Jack hinüber, und ich bringe ihn zu Bett. Schließlich ist er so weit, daß der Schlaf ihn übermannt. Ich half ihm aus seinen Kleidern und kriegte ihn ins Bett.

«Sicher wirst du jetzt schlafen, Jack», sagte ich.

«Gewiß», sagt Jack, «jetzt werd ich schlafen.»

«Gut Nacht, Jack», sagte ich.

«Gut Nacht, Jerry», sagt Jack. «Du bist der einzige Freund, den ich habe.»

«Verflucht noch mal», sagte ich.

«Du bist der einzige Freund, den ich habe», sagt Jack, «der einzige Freund, den ich habe.»

«Jetzt schlaf mal», sagte ich.

«Ich werd schlafen», sagte Jack.

Unten saß Hogan vor seinem Schreibtisch im Büro und las die Zeitungen. Er sah auf. «Na, hast du deinen Süßen in Schlaf gewiegt?» fragt er.

«Der ist hinüber.»

«Es ist besser für ihn als nicht schlafen», sagt Hogan.

«Sicher.»

«Aber das würde einen ein verdammtes Stück Arbeit kosten, so was einem von diesen Sportschriftstellern zu erklären», sagte Hogan.

«Na», sagte ich, «ich geh auch ins Bett.»

«Gut Nacht», sagte Hogan.

Am nächsten Morgen kam ich so gegen acht herunter und aß mein Frühstück. Hogan war mit seinen beiden Schutzbefohlenen draußen in der Scheune beim Turnen. Ich ging hinüber und sah ihnen eine Weile zu.

«Eins, zwei, drei, vier», zählte Hogan für sie. «Hallo, Jerry», rief er, «ist Jack schon auf?»

«Nein, er schläft noch.»

Ich ging in mein Zimmer rauf und packte mein Zeug zusammen, um in die Stadt zu fahren. Gegen halb zehn hörte ich Jack im Nebenzimmer aufstehen. Als ich ihn runtergehen hörte, ging ich ihm nach. Jack saß am Frühstückstisch. Hogan war hereingekommen und stand neben dem Tisch.

«Wie fühlst du dich, Jack?» fragte ich ihn.

«Nicht schlecht.»

«Gut geschlafen?» fragte Hogan.

«Ganz gut», sagte Jack, «ich hab 'ne schwere Zunge, aber 'n freien Kopf.»

«Gut», sagte Hogan. «Das war guter Schnaps.»

«Schreib's auf die Rechnung», sagt Jack.

«Um wieviel Uhr willst du in die Stadt?» fragte Hogan.

«Vor dem Essen», sagte Jack. «Mit dem Elfuhrzug.»

«Setz dich, Jerry», sagt Jack. Hogan ging hinaus.

Ich setzte mich an den Tisch. Jack aß eine Grapefruit. Wenn er einen Kern fand, spuckte er ihn auf seinen Löffel und legte ihn dann auf den Teller.

«Nicht wahr, ich war gestern abend ziemlich blau?» fing er an.

«Hast allerhand hinter die Binde gegossen.»

«Nicht wahr, ich hab 'ne Menge Blödsinn gequasselt?»

«Warst ganz gut aufgezogen.»

«Wo ist Hogan?» fragte er. Er war mit seiner Grapefruit fertig.

«Er is vorn im Büro.»

«Was hab ich wegen Wetten für den Kampf gesagt?» fragte Jack. Er hielt den Löffel in der Hand und stocherte damit in der Grapefruit rum.

Das Mädchen brachte Schinken und Eier herein und nahm die Grapefruit mit hinaus.

«Bringen Sie mir noch ein Glas Milch», sagte Jack zu ihr. Sie ging hinaus.

«Du hast gesagt, daß du 'ne viertel Million auf Walcott setzt», sagte ich.

«Stimmt», sagte Jack.

«Das ist viel Geld.»

«Mir is nicht ganz wohl dabei», sagte Jack.

«Kann immer was passieren.»

«Nein», sagte Jack. «Dem liegt furchtbar viel am Titel. Mit dem fährt man richtig.»

«Kann man nie vorher wissen.»

«Nein. Der will den Titel. Ist ihm 'ne Masse Geld wert.»

«'ne viertel Million ist 'ne Masse Geld», sagte ich.

«Das ist Geschäft», sagte Jack. «Ich kann nicht gewinnen. Du weißt, daß ich ohnehin nicht gewinnen kann.»

«Solange du drinnen bist, hast du 'ne Chance.»

«Nein», sagte Jack. «Ich bin mit allem fertig. Es ist einfach Geschäft.»

«Wie fühlst du dich?»

«Ganz gut», sagte Jack. «Was ich brauchte, war Schlaf.»

«Vielleicht boxt du fabelhaft.»

«Ich werd ihnen 'nen schönen Kampf zeigen», sagte Jack.

Nach dem Frühstück meldete er ein Ferngespräch an seine Frau an. Er telefonierte in der Zelle.

«Das ist das erste Mal, daß er sie anruft, seit er hier ist», sagte Hogan.

«Er schreibt ihr jeden Tag.»

«Gewiß», sagt Hogan. «Ein Brief kostet ja nur zwei Cent.»

Hogan sagte uns «Auf Wiedersehen», und Bruce, der Negermasseur, fuhr uns im Wagen runter an die Bahn.

«Adieu, Mr. Brennan», sagte Bruce am Zug. «Ich hoffe bestimmt, daß Sie ihm den Deetz einschlagen.»

«Adieu», sagte Jack. Er gab Bruce zwei Dollar. Bruce hatte viel Arbeit mit ihm gehabt. Er sah irgendwie enttäuscht aus. Jack sah, daß ich Bruce anblickte, der die zwei Dollar in der Hand hielt.

«Steht alles auf der Rechnung», sagte er. «Hogan hat mir das Abreiben extra aufgeschrieben.»

Im Zug auf dem Wege zur Stadt sprach Jack nicht. Er saß in seiner

Ecke; das Billett steckte in seinem Hutband, und er sah aus dem Fenster. Einmal drehte er sich um und sprach mit mir.

«Ich hab der Frau gesagt, daß ich mir heute nacht ein Zimmer im Shelby nehmen werde», sagte er. «Es ist vom Sportpalast gerade um die Ecke. Ich kann morgen früh nach Haus gehen.»

«Das ist 'ne gute Idee», sagte ich. «Hat deine Frau dich je boxen sehen, Jack?»

«Nein», sagt Jack. «Sie hat mich nie boxen sehen.»

Ich dachte bei mir, daß er schreckliche Schläge erwarten müsse, wenn er hinterher nicht nach Hause gehen wollte. In der Stadt nahmen wir ein Auto und fuhren ins Shelby. Ein Page kam heraus, nahm unsere Reisetaschen, und wir gingen ins Büro.

«Was kosten die Zimmer?» fragte Jack.

«Wir haben nur Doppelzimmer frei», sagte der Empfangschef. «Ich kann Ihnen ein schönes Doppelzimmer für zehn Dollar geben.»

«Das ist mir zu teuer.»

«Ich kann Ihnen ein Doppelzimmer für sieben Dollar geben.»

«Mit Bad?»

«Selbstverständlich.»

«Du kannst grad so gut bei mir kampieren, Jerry», sagte Jack.

«Ach», sagte ich, «ich werde bei meinem Schwager übernachten.»

«Ich meinte nicht, daß du für dich bezahlen sollst», sagt Jack. «Ich will nur was für mein Geld haben.»

«Wollen Sie sich bitte eintragen?» sagt der Empfangschef. Er besah sich die Namen. «Nummer 238, Mr. Brennan.»

Wir fuhren im Fahrstuhl hinauf. Es war ein großes, hübsches Zimmer mit zwei Betten und einer Tür, die ins Badezimmer führte.

«Das ist ganz ordentlich», sagt Jack.

Der Page, der uns begleitet hatte, zog die Gardinen auf und brachte unser Gepäck herein. Jack rührte sich nicht, also gab ich dem Jungen einen viertel Dollar. Wir wuschen uns, und Jack schlug vor, auszugehen und irgendwo zu essen.

Wir aßen bei Jimmy Handley zu Mittag. Eine ganze Anzahl von den Jungens war dort. Als wir ungefähr halb mit unserem Essen fertig waren, kam John herein und setzte sich zu uns. Jack sprach nicht viel.

«Wie ist es mit deinem Gewicht, Jack?» fragte ihn John. Jack verzehrte gerade ein recht ordentliches Mittagessen.

«Selbst mit Kleidern an schaff ich das», sagte Jack. Er brauchte sich nie wegen Abnehmen Gedanken zu machen. Er war ein Mittelgewichtler von Natur und war nie dick geworden. Er hatte draußen bei Hogan noch an Gewicht verloren.

«Na, das ist etwas, was dir nie Sorge gemacht hat», sagte John.

«Das ist etwas», sagt Jack.

Wir gingen nach Tisch rum zum Sportpalast, um einzuwiegen. Der Kampf war auf einhundertsiebenundvierzig Pfund Höchstgewicht festgelegt. Jack betrat die Waage mit einem Tuch um die Hüften. Der Zeiger bewegte sich nicht. Walcott hatte sich gerade gewogen und stand mit einer Menge Leute um ihn herum.

«Jack, zeig mal, was du wiegst», sagte Freedman, Walcotts Manager.

«Schön, und dann wieg *ihn*.» Jack nickte mit dem Kopf zu Walcott hinüber.

«Nimm das Tuch runter», sagte Freedman.

«Wieviel ist es?» fragte Jack die Leute, die ihn wogen.

«Einhundertdreiundvierzig Pfund», sagte der dicke Mann, der ihn wog.

«Du hast fein abgenommen, Jack», sagt Freedman.

«Wieg *ihn*», sagt Jack.

Walcott kam rüber. Er war blond, hatte breite Schultern und Arme wie ein Schwergewichtler. Er hatte kurze Beine. Jack war ungefähr einen halben Kopf größer als er.

«Hallo, Jack», sagte er. Sein Gesicht war ziemlich doll zugerichtet.

«Hallo», sagte Jack. «Wie geht's?»

«Gut», sagt Walcott. Er ließ das Handtuch, das er um die Hüften hatte, fallen und stellte sich auf die Waage. Ihr habt niemals breitere Schultern und einen breiteren Rücken gesehen.

«Einhundertsechsundvierzig Pfund und vierhundert Gramm.»

Walcott trat runter und grinste Jack an.

«Na», sagt John zu ihm. «Jack ist vier Pfund leichter.»

«Mehr als das, wenn es losgeht, mein Junge», sagte Walcott. «Ich geh jetzt essen.»

Wir gingen zurück, und Jack zog sich an. «Der Kerl sieht zäh aus», sagt Jack zu mir.

«Er sieht aus, als ob er schon allerhand gesehen hätte.»

«O ja», sagt Jack. «Bei dem kann man leicht was landen.»

«Wo gehst du hin?» fragte John, als Jack angezogen war.

«Ins Hotel zurück», sagt Jack. «Hast du dich um alles gekümmert?»

«Ja», sagt John. «Es ist alles erledigt.»

«Ich will mich ein bißchen hinlegen», sagt Jack.

«Ich komm und hol dich ein Viertel vor sieben ab, und wir gehen dann essen.»

«Schön.»

Oben im Hotel zog Jack seine Schuhe und seinen Mantel aus und legte sich eine Weile hin. Ich schrieb einen Brief. Ich sah ein paarmal zu ihm hinüber, aber Jack schlief nicht. Er lag vollkommen reglos da, aber hin und wieder öffnete er die Augen. Schließlich setzte er sich auf.

«Willst du Cribbage mit mir spielen, Jerry?» sagte er.

«Gewiß», sagte ich.

Er ging hinüber an seine Reisetasche und nahm die Karten und das Cribbagebrett heraus. Wir spielten Cribbage, und er gewann mir drei Dollar ab. John klopfte an die Tür und kam herein.

«Willst du 'n bißchen Cribbage spielen, John?» fragte ihn Jack.

John legte seinen Hut auf den Tisch. Er war ganz naß. Auch sein Mantel war naß.

«Regnet es?» fragte Jack.

«Es gießt», sagte John. «Das Auto, in dem ich saß, blieb im Verkehr stecken, und da bin ich ausgestiegen und gelaufen.»

«Komm, wir wollen Cribbage spielen», sagte Jack.

«Du solltest essen gehen.»

«Nein», sagt Jack. «ich will noch nicht essen.»

Sie spielten also ungefähr eine halbe Stunde Cribbage, und Jack gewann ihm anderthalb Dollar ab.

«Na, ich nehme an, wir müssen essen gehen», sagte Jack. Er ging ans Fenster und sah hinaus.

«Regnet's noch?»

«Ja.»

«Wir wollen im Hotel essen», sagte John.

«Schön», sagte Jack. «Wir wollen noch eine Partie spielen, um zu sehen, wer fürs Essen bezahlt.»

Nach kurzer Zeit steht Jack auf und sagt: «Also, John, du bezahlst das Essen», und wir gingen hinunter und aßen im großen Speisesaal.

Nach dem Essen gingen wir hinauf, und Jack spielte wieder mit John Cribbage und nahm ihm zwei Dollar fünfzig ab. Jack fühlte sich jetzt ganz behaglich. John hatte eine Reisetasche bei sich, mit seinem ganzen Zeug drin. Jack zog sein Hemd und seinen Kragen aus und zog ein Jersey und einen Sweater an, um sich draußen nicht zu erkälten, und steckte seine Boxkleidung und seinen Bademantel in eine Reisetasche.

«Bist du fertig?» fragte ihn John. «Ich telefoniere runter, damit man ein Auto holt.»

Bald darauf klingelte das Telefon, und jemand sagte, daß das Auto warte.

Wir fuhren im Lift hinunter, gingen durch die Halle, stiegen in ein Auto und fuhren rum zu Sportpalast. Es regnete stark, aber es waren eine Menge Leute auf den Straßen. Der Sportpalast war ausverkauft.

Als wir reinkamen, sah ich auf dem Weg in die Garderobe, wie voll es war. Es sah aus, als ob der Ring eine halbe Meile weit entfernt war. Alles war dunkel; nur über dem Ring war Licht.

«Wo's so regnet, ist es nur gut, daß der Kampf nicht auf dem Fußballplatz stattfinden sollte», sagte John.

«Sind 'ne Masse Zuschauer», sagte Jack.

«So ein Kampf wie dieser würde viel mehr Leute herlocken, als in den Sportpalast reingehen.»

«Man kann das Wetter nicht voraussagen», sagt Jack.

John kam in die Garderobentür und steckte seinen Kopf hinein. Jack saß da in seinem Bademantel; er hatte die Arme gekreuzt und blickte zu Boden. John hatte ein paar Handlanger bei sich. Sie sahen ihm über die Schulter. Jack blickte auf.

«Ist er drin?» fragte er.

«Er ist eben runtergegangen», sagte John.

Wir machten uns auf. Walcott betrat gerade den Ring. Die Menge klatschte heftig Beifall. Er kletterte zwischen den Seilen durch und legte beide Fäuste aneinander und lächelte und schüttelte sie gegen das Publikum, zuerst nach der einen und dann nach der andern Seite des Rings, und dann setzte er sich. Jack wurde lebhaft applaudiert, als er durch die Menge kam. Jack ist ein Ire, und Irländer werden immer gut empfangen. Ein Ire zieht in New York nicht ganz so wie ein Jude oder ein Italiener, aber er bekommt immer guten Applaus. Jack stieg hinauf, bückte sich, um durch die Seile zu klettern, und Walcott kam aus seiner Ecke heraus und drückte sie für Jack herunter. Die Leute fanden das wunderbar. Walcott legte Jack die Hand auf die Schulter, und so standen sie eine Sekunde lang.

«Also nun wirst du einer von diesen beliebten Champions werden», sagt Jack zu ihm. «Nimm deine verdammte Hand von meiner Schulter.»

«Zeig, wer du bist», sagt Walcott.

All das ist ein Fressen für die Leute. Wie gentlemanhaft diese Jungens vor dem Kampf sind! Wie sie sich gegenseitig Glück wünschen!

Solly Freedman kam rüber in unsere Ecke, während Jack seine Hände bandagiert, und John ist drüben in Walcotts Ecke. Jack steckt seinen Daumen durch den Schlitz der Bandage und wickelt sich dann glatt und sorgfältig seine Hand. Ich schlang sie um sein Handgelenk und zweimal um die Knöchel.

«He», sagt Freedman. «Wo hast du denn all die Bandage her?»

«Fühl mal», sagt Jack. «Weich, nicht? Sei kein Bauer.»

Freedman steht die ganze Zeit dabei, während sich Jack die andere Hand bandagiert und einer der Jungens ihm die Handschuhe bringt und ich sie ihm überziehe und befestige.

«Du, Freedman», sagt Jack, «was für ein Landsmann ist denn dieser Walcott?»

«Ich weiß nicht», sagt Solly. «Ich glaube, so 'ne Art Däne.»

«Er ist ein Böhme», sagt der Junge, der die Handschuhe gebracht hatte.

Der Ringrichter rief sie in die Mitte des Rings, und Jack geht raus. Walcott kommt lächelnd raus. Sie begegnen einander, und der Ringrichter legte jedem von ihnen einen Arm um die Schultern.

«Hallo, Liebling des Volks», sagt Jack zu Walcott.

«Zeig, wer du bist.»

«Warum nennst du dich eigentlich ‹Walcott›?» sagt Jack. «Hast du denn nicht gewußt, daß das ein Nigger war?»

«Aufgepaßt», sagt der Ringrichter und betet seinen alten Spruch herunter. Einmal unterbricht ihn Walcott. Er packt Jacks Arm und fragt: «Kann ich zuschlagen, wenn er mich so hat?»

«Hände weg», sagt Jack. «Hiervon gibt's keine Filmaufnahmen.»

Sie gingen beide in ihre Ecken zurück. Ich nahm Jack den Bademantel ab, und er hielt sich an den Seilen und machte ein paar Kniebeugen und schlurfte mit den Schuhen im Kolophonium. Der Gong ertönte, und Jack drehte sich schnell um und ging hinaus. Walcott kam ihm entgegen, und sie tauschten einen leichten Handschlag, und sobald Walcott die Hände gesenkt hatte, schwang Jack ihm seine Linke zweimal ins Gesicht. Besser als Jack kann nie jemand geboxt haben! Walcott griff die ganze Zeit an; das Kinn hielt er auf die Brust gesenkt. Er ist ein Schläger und hält die Hände ziemlich tief. Alles, was er kann, ist, in Nahkampf gehen und durchschlagen. Aber jedesmal, wenn er nah herankommt, landet Jack einen Linken in seinem Gesicht. Es ist, als ob es automatisch vor sich ginge. Jack hebt einfach die Linke, und schon ist sie in Walcotts Gesicht. Drei- oder viermal bringt Jack einen Rechten an, aber er trifft Walcott nur auf die Schulter oder hoch oben auf den Kopf. Er ist wie all diese Schläger. Das einzige, wovor er Angst hat, ist ein Gegner derselben Art. Er ist überall, an allen empfindlichen Stellen gedeckt. Ein Linkshänder im Gesicht macht ihm nicht viel aus.

Nach ungefähr vier Runden blutet Walcott heftig, und sein Gesicht ist arg zugerichtet, aber jedesmal, wenn Walcott nah kommt, trifft er Jack so hart, daß er gerade unter den Rippen rechts und links zwei große runde Flecken kriegt. Jedesmal, wenn er nah kommt, fängt ihn Jack ab, bekommt eine Hand frei und versetzt ihm einen Uppercut, aber wenn Walcott die Hände frei kriegt, schlägt er Jack eine in die Rippen, daß man es draußen auf der Straße hören kann. Der ist ein Schläger.

So geht es noch drei Runden weiter. Gesprochen wird nichts. Sie arbeiten die ganze Zeit über. Wir arbeiten auch ordentlich an Jack zwischen den einzelnen Runden. Er sieht gar nicht gut aus, aber er tut niemals viel im Ring. Er bewegt sich nicht viel hin und her, und seine linke Hand ist einfach automatisch. Es ist, als ob sie mit Walcotts Gesicht in Verbindung stände und Jack sie nur hineinzuwünschen braucht. Jack ist bei der Naharbeit immer ruhig und verschwendet keine Kraft. Er weiß alles über Nahkampf und bringt viele Treffer an. Als sie einmal in unserer Ecke sind, beobachte ich, wie er Walcott blockiert, die rechte Hand frei bekommt, wendet und mit einem Uppercut Walcotts Nase mit dem Handschuhrand trifft. Walcott blutet wüst und lehnte seine Nase auf Jacks Schulter, so, als ob er Jack auch was davon abgeben wolle, und Jack hob seine Schulter irgendwie ganz scharf und stieß sie ihm gegen die Nase und landete dann einen Rechten und wiederholte die ganze Sache noch einmal.

Walcott hatte eine Stinkwut. Als sie fünf Runden hinter sich hatten, konnte er Jack nicht mehr riechen. Jack war nicht wütend, das heißt, er war nicht wütender als sonst. Mein Gott, verekelte der den Kerlen, gegen die er kämpfte, das Boxen! Aus dem Grund haßte er Richie Lewis so. Den Jungen hatte er mit nichts so weit bekommen. Richie Lewis hatte immer noch an drei neue niederträchtige Sachen auf Lager, die Jack nicht konnte. Solange Jack bei Kräften war, war er so sicher, wie nur was. Na, und ob er roh gegen Walcott anging. Das Komische daran war, daß es den Anschein hatte, als ob Jack vollkommen offen kämpfte, wie ein Boxer der alten Schule. Das kam, weil er auch das absolut beherrschte.

Nach der siebenten Runde sagt Jack: «Meine Linke wird schwer.»

Von da an kriegte er die Schläge. Man merkte es zuerst nicht. Aber er führte nicht wie bisher den Kampf, sondern jetzt führte Walcott. Jack, der die ganze Zeit überlegen geboxt hatte, war jetzt ständig im Druck. Er konnte Walcott mit der Linken nicht mehr abhalten. Es sah so aus wie vorher, nur daß Walcotts Schläge jetzt nicht mehr gerade vorbeigingen, sondern ihn gerade noch trafen. Jack mußte furchtbare Körperschläge einstecken.

«Welche Runde ist dies?» fragte Jack.

«Die elfte.»

«Ich kann's nicht durchstehen», sagt Jack. «Meine Beine machen nicht mit.»

Walcott hatte ihn gerade eine längere Zeit bearbeitet. Es war wie die Hand eines Baseballfängers, die mit dem Flug des Balles zurückgeht und damit die Wucht des Anpralls abschwächt. Von jetzt an begann Walcott schwer zu treffen. Er war wirklich eine Dreschmaschine. Jack versuchte jetzt nur alles abzuwehren. Man sah nicht, was für entsetzliche Schläge er einsteckte. Zwischen den Runden bearbeitete ich seine Beine. Die Muskeln zitterten unter meinen Händen die ganze Zeit über, während ich sie rieb. Es ging ihm verflucht dreckig.

«Wie steht es?» fragte er John und drehte ihm sein ganz verschwollenes Gesicht zu.

«Er macht's.»

«Ich glaube, ich kanns durchhalten», sagt Jack. «Dieser Tschechenlümmel soll mich nicht stoppen.»

Es ging gerade so, wie er sich's gedacht hatte. Er wußte, daß er Walcott nicht schlagen konnte. Er war nicht mehr stark. Es war trotzdem alles in Ordnung. Sein Geld hatte er in Sicherheit; jetzt wollte er nur noch um seiner selbst willen bis zum Schluß durchhalten. Er wollte nicht k. o. geschlagen werden.

Der Gong ertönte, und wir schoben ihn vorwärts. Er ging langsam vorwärts. Walcott kam direkt hinter ihm raus. Jack landete einen Linken in seinem Gesicht, den Walcott einsteckte; er duckte sich und begann, Jacks Körper zu bearbeiten. Jack versuchte zu klammern, aber es war genauso, als ob man sich an einer Kreissäge festhält. Jack machte sich von ihm frei und schlug rechts vorbei. Walcott erwischte ihn mit einem Linken, und Jack ging zu Boden. Er lag auf Händen und Knien und blickte uns an. Der Ringrichter begann zu zählen. Jack sah zu uns hin und schüttelte den Kopf. Bei acht gab ihm John ein Zeichen. Man konnte wegen der tobenden Menge nichts hören. Jack stand auf. Der Ringrichter hatte, während er zählte, Walcott mit einem Arm zurückgehalten.

Als Jack wieder auf den Beinen stand, ging Walcott auf ihn los.

«Paß auf, Jimmy!» hörte ich Solly Freedman ihm zuschreien.

Walcott kam auf Jack zu, der ihn ansah. Jack stieß ihm die Linke entgegen. Walcott schüttelte nur den Kopf. Er drängte Jack gegen die Seile, maß die Distanz und schlug einen leichten Linkshaken gegen Jacks Schläfe, dann landete er einen Rechten gegen seinen Körper, so stark und so tief er nur konnte. Er muß ihn fünf Zoll unterm Gürtel getroffen haben. Ich glaubte, die Augen würden Jack aus dem Kopf springen. Sie standen weit heraus. Sein Mund öffnete sich.

Der Ringrichter packte Walcott. Jack stolperte vorwärts. Wenn er zu Boden ging, verlor er 'ne viertel Million. Er ging so, als ob all seine Eingeweide herausfallen würden.

«Es war kein Tiefschlag», sagte er. «Es war ein Zufall.»

Die Menge tobte, so daß man kein Wort verstehen konnte.

«Mir ist nichts», sagt Jack. Sie standen direkt vor uns. Der Ringrichter sieht John an und schüttelt dann den Kopf.

«Komm nur, du Polacke, du Scheißkerl», sagt Jack zu Walcott.

John hielt sich an den Seilen fest. Er hatte ein Handtuch bereit, um es in den Ring zu werfen. Jack stand ein kleines Stück von den

Seilen entfernt. Er ging einen Schritt vorwärts. Ich sah, wie der Schweiß auf seinem Gesicht ausbrach, so, als ob es jemand ausgepreßt hätte, und ein großer Tropfen rann seine Nase entlang.

«Komm los, kämpfen», sagt Jack zu Walcott.

Der Ringrichter sieht John an und winkt Walcott zu.

«Geh los, du feiger Hund!» sagt er.

Walcott geht los. Er wußte nicht recht, was er eigentlich machen sollte. Er hatte nie geglaubt, daß Jack das aushalten würde. Jack setzte ihm die Linke ins Gesicht. Es war ein wüstes Geschrei um sie herum. Sie waren direkt vor uns. Walcott traf ihn zweimal. Jacks Gesicht war das Entsetzlichste, was ich je gesehen habe – der Ausdruck drauf! Er hielt sich und seinen ganzen Körper zusammen, und man sah das alles auf seinem Gesicht. Die ganze Zeit über dachte er und hielt seinen Körper da zusammen, wo er zermalmt war.

Dann begann er loszuschlagen. Sein Gesicht sah die ganze Zeit über grauenhaft aus. Er ließ die Hände tief herabhängen und schlug wild auf Walcott ein. Walcott ging in Deckung, und Jack schlug wie wild nach Walcotts Kopf. Dann traf ein linker Schwinger Walcott in die Lende, und ein Rechter landete genau dort, wo Walcott Jack vorher getroffen hatte. Ganz tief unterm Gürtel. Walcott ging zu Boden, preßte die Hände dagegen und wälzte und wand sich auf der Erde.

Der Ringrichter packte Jack und schubste ihn in seine Ecke. John springt in den Ring. Das Getobe dauert an. Der Ringrichter sprach mit den Punktrichtern, und dann stieg der Sprecher mit dem Megaphon in den Ring und sagt: «Walcott Sieger durch Disqualifikation!»

Der Ringrichter spricht mit John, und er sagt: «Was sollte ich machen? Jack wollte vorher den Tiefschlag nicht wahrhaben. Nachher, wenn er *groggy* wird, schlägt er selbst so.»

«Verloren hatte er sowieso», sagt John.

Jack sitzt auf seinem Stuhl. Ich habe ihm seine Handschuhe ausgezogen, und er hält sich mit beiden Händen dort unten zusammen. Wenn er es so stützt, sieht sein Gesicht nicht so entsetzlich aus.

«Geh rüber und sag, daß es dir leid tut», sagt ihm John ins Ohr. «Das macht einen guten Eindruck.»

Jack steht auf, und der Schweiß läuft ihm übers Gesicht. Ich lege ihm den Bademantel um, und er preßt die eine Hand unter dem Bademantel gegen seinen Körper und geht durch den Ring. Sie haben Walcott aufgehoben, und sie bearbeiten ihn. Es sind eine Menge Leute in Walcotts Ecke. Niemand spricht mit Jack. Er beugt sich über Walcott.

«Tut mir leid», sagt Jack. «Wollte gar nicht *foul* machen.»

Walcott antwortet nichts. Er sieht jammervoll aus.

«Na, du hast jetzt den Titel», sagt Jack zu ihm. «Ich hoffe, daß du mächtig viel Spaß davon hast.»

«Laß den Jungen zufrieden», sagt Solly Freedman.

«Hallo, Solly», sagt Jack. «Tut mir leid, daß ich gegen deinen Jungen *foul* gemacht habe.»

Freedman sieht ihn nur an.

Jack ging mit komisch sprunghaften Schritten in seine Ecke zurück, und wir brachten ihn durch die Seile, durch die Tische der Berichterstatter durch und über den Gang hinaus. Eine Menge Leute wollten Jack auf die Schulter klopfen. Er geht durch den ganzen Mob hindurch in seinem Bademantel in die Garderobe. Es ist ein volkstümlicher Sieg für Walcott. So war das Geld im Sportpalast gewettet worden.

Als wir erst einmal unten in der Garderobe sind, legt sich Jack hin und schließt die Augen.

«Wir wollen ins Hotel und einen Arzt holen», sagt John.

«Ich bin innen ganz kaputt», sagt Jack.

«Tut mir verdammt leid, Jack», sagt John.

«Ist schon gut», sagt Jack.

Er liegt da mit geschlossenen Augen.

«Die wollten uns schön reinlegen», sagte John.

«Deine Freunde Steinfelt und Morgan», sagte Jack. «Schöne Freunde hast du.» Er liegt da und hat die Augen jetzt offen. Sein Gesicht hat immer noch den schrecklich entstellten Ausdruck.

«Komisch, wie schnell man plötzlich denken kann, wenn es sich um soviel Geld dreht», sagt Jack.

«Du bist schon ein Kerl, Jack», sagt John.

«Nein», sagt Jack, «das war nichts.»

Eine einfache Frage

DRAUSSEN LAG DER SCHNEE HÖHER ALS DAS FENSTER. DAS Sonnenlicht kam durch das Fenster hinein und schien auf eine Landkarte an der Hüttenwand aus Kiefernholz. Die Sonne stand hoch, und das Licht fiel oberhalb des Schnees ein. Ein Schützengraben war an der freiliegenden Seite der Hütte gegraben worden, und an jedem klaren Tag strahlte die Wand, wenn die Sonne gegen sie schien, Hitze auf den Schnee und weitete den Schützengraben. Es war Ende März. Der Major saß an die Wand gelehnt an einem Tisch. Sein Adjutant saß an einem zweiten Tisch.

Der Major hatte um die Augen, da, wo seine Schneebrille sein Gesicht vor der Sonne auf dem Schnee geschützt hatte, zwei weiße

Kreise. Sein übriges Gesicht war verbrannt, gebräunt und dann durch die Bräune hindurch verbrannt. Seine Nase war geschwollen, und kleine Hautfetzchen zeigten, wo Blasen gewesen waren. Während er einige Papiere durchsah, tauchte er die Finger seiner linken Hand in eine Untertasse mit Öl und verteilte das Öl über sein Gesicht, indem er es ganz behutsam mit den Fingerspitzen betupfte. Er streifte seine Finger sehr sorgfältig am Rande der Untertasse ab, so daß nur ein Hauch Öl daran haftenblieb, und nachdem er seine Stirn und seine Backen betupft hatte, ließ er seine Nase sehr behutsam zwischen seinen Fingern auf- und abgleiten. Als er fertig war, stand er auf, nahm die Untertasse mit Öl und ging in das kleine Zimmer der Hütte, in dem er schlief. «Ich will ein bißchen schlafen», sagte er zu seinem Adjutanten. In dieser Armee hat ein Adjutant keinen Offiziersrang. «Erledigen Sie's!»

«Ja, Signor Maggiore», antwortete der Adjutant. Er lehnte sich in seinen Stuhl zurück und gähnte. Er nahm ein broschiertes Buch aus seiner Manteltasche und schlug es auf; dann legte er es auf den Tisch und zündete seine Pfeife an. Er lehnte sich über den Tisch beim Lesen und paffte seine Pfeife. Dann klappte er das Buch zu und steckte es wieder in seine Tasche. Es war noch zuviel Schreiberei zu erledigen. Bevor er damit fertig war, konnte er seine Lektüre nicht genießen. Draußen ging die Sonne hinter einen Berg, und kein Licht fiel mehr auf die Hüttenwand. Ein Soldat kam herein und legte ein paar zerkleinerte ungleich lange Tannenzweige in den Ofen. «Sei leise, Pinin», sagte der Adjutant zu ihm, «der Major schläft.»

Pinin war der Bursche des Majors. Er war ein dunkelhäutiger Junge, und er besorgte den Ofen, legte das Fichtenholz behutsam hinein, schloß die Türe und verschwand wieder in der Tiefe der Hütte. Der Adjutant fuhr mit seiner Schreiberei fort.

«Tonani», rief der Major.

«Signor Maggiore?»

«Schicken Sie mal Pinin rein.»

«Pinin», rief der Adjutant. Pinin kam ins Zimmer. «Der Major hat dich gerufen», sagte der Adjutant.

Pinin ging durch den Hauptraum der Hütte auf die Tür des Majors zu. Er klopfte an die halbgeöffnete Tür. «Signor Maggiore?»

«Komm rein», hörte der Adjutant den Major antworten, «und mach die Tür zu.»

Drinnen im Zimmer lag der Major auf einer Pritsche. Pinin stand neben der Pritsche. Der Major lag mit dem Kopf auf seinem Rucksack, den er mit Reservekleidung vollgestopft hatte, um ein Kissen zu haben. Sein langes, verbranntes, eingeöltes Gesicht war Pinin zugewandt. Seine Hände lagen auf der Decke.

«Du bist neunzehn?» fragte er.

«Jawohl, Signor Maggiore.»

«Warst du schon mal verliebt?»

«Wie meinen das der Signor Maggiore?»

«Verliebt, in ein Mädel?»

«Ich war mit Mädels zusammen.»

«Das hab ich nicht gefragt. Ich hab gefragt, ob du schon mal verliebt warst, in ein Mädel verliebt warst?»

«Ja, Signor Maggiore.»

«Bist du jetzt auch in dies Mädel verliebt? Du schreibst ihr doch nie. Ich lese alle deine Briefe.»

«Ich bin in sie verliebt», sagte Pinin, «aber ich schreibe nicht.»

«Bist du ganz sicher?»

«Ganz sicher.»

«Tonani», sagte der Major in derselben Tonstärke. «Können Sie mich sprechen hören?»

Aus dem Nachbarzimmer kam keine Antwort.

«Er kann nichts hören», sagte der Major. «Und du bist ganz sicher, daß du ein Mädchen liebst?»

«Ich bin ganz sicher.»

«Und», der Major warf ihm einen schnellen Blick zu, «bist du sicher nicht pervers?»

«Ich weiß nicht, was der Signor Maggiore mit pervers meinen.»

«Schön», sagte der Major. «Du brauchst gar nicht so überlegen zu tun.»

Pinin sah zu Boden. Der Major betrachtete ihn von oben bis unten, sein braunes Gesicht und seine Hände. Dann fuhr er ohne zu lächeln fort: «Und du willst wirklich nicht –?» Der Major hielt inne. Pinin sah zu Boden. «Dein größter Wunsch ist nicht wirklich –» Pinin sah zu Boden. Der Major legte den Kopf auf seinen Rucksack zurück und lächelte. Er war wirklich erleichtert: Das Soldatenleben war zu kompliziert. «Du bist ein guter Junge», sagte er. «Pinin, du bist ein guter Junge. Aber tu nicht so überlegen, und nimm dich in acht, daß nicht irgendein anderer kommt und dich nimmt.»

Pinin stand still neben der Pritsche.

«Du brauchst keine Angst zu haben», sagte der Major. Seine Hände lagen gefaltet auf der Decke. «Ich werde dich nicht anrühren. Wenn du willst, kannst du zu deiner Kompanie zurück. Aber du solltest lieber als mein Bursche hierbleiben. Hier ist die Chance geringer, daß du totgeschossen wirst.»

«Wünschen der Signor Maggiore noch etwas?»

«Nein», sagte der Major. «Geh nur und mach weiter, was du gerade gemacht hast. Laß die Tür auf, wenn du rausgehst.»

Pinin ging hinaus und ließ die Tür offen. Der Adjutant blickte zu ihm auf, als er ungeschickt durchs Zimmer zur Tür hinausging. Pinin war wie mit Blut übergossen und bewegte sich anders als vorhin, als er das Holz für das Feuer hereingebracht hatte. Der Adjutant sah ihm nach und lächelte. Pinin kam herein und brachte noch mehr Holz für den Ofen. Der Major, der auf seiner Pritsche lag, hörte ihn, während er seinen mit Tuch überzogenen Helm und seine Schneebrille betrachtete, die an einem Nagel an der Wand hingen, nebenan hin und her gehen. Das kleine Aas, dachte er, ob er mir wohl was vorgelogen hat!

Zehn Indianer

Nach einem «vierten Juli» kam Nick, als er spät abends mit Joe Garner und dessen Familie in dem großen Wagen aus der Stadt nach Haus fuhr, auf der Landstraße an neun betrunkenen Indianern vorbei. Er erinnerte sich, daß es neun gewesen waren, weil Joe Garner, der in der Dämmerung den Wagen lenkte, die Pferde zum Stehen brachte, auf die Straße hinuntersprang und einen Indianer aus den Räderfurchen schleifte. Der Indianer hatte mit dem Gesicht im Sand gelegen und geschlafen. Joe schleifte ihn ins Gebüsch und stieg wieder auf den Bock. «Das ist jetzt der neunte allein vom Stadtrand bis hierher», sagte Joe.

«Nein, diese Indianer!» sagte Mrs. Garner.

Nick saß mit den beiden Garnerjungens auf dem Rücksitz. Er versuchte, vom Rücksitz aus den Indianer zu erspähen, da, wo ihn Joe längs der Straße hingeschleift hatte.

«War es Billy Tabeshaw?» fragte Karl.

«Nein.»

«Die Hosen sahen mächtig nach Billy aus.»

«Alle Indianer tragen die gleiche Art Hosen.»

«Ich hab ihn überhaupt nicht gesehen», sagte Frank. «Paps war unten auf der Straße und schon wieder oben, bevor ich irgendwas gesehen hatte. Ich dachte, daß er eine Schlange tötet.»

«Na, wahrscheinlich werden viele Indianer heute nacht Schlangen töten.»

«Nein, diese Indianer!» sagte Mrs. Garner.

Sie fuhren weiter. Der Weg bog von der großen Landstraße ab und führte hinauf in die Hügel. Die Pferde hatten schwer zu ziehen, und die Jungens stiegen aus und gingen zu Fuß. Die Straße war sandig. Nick blickte von der Kuppe des Hügels neben der Schule zurück. Er sah die Lichter von Petoskey und jenseits der Little Traverse Bay die Lichter von Harbour Springs. Sie kletterten wieder in den Wagen.

«Die sollten auf dieser Strecke eigentlich Kies streuen», sagte Joe Garner. Der Wagen fuhr die Straße entlang durch den Wald. Joe und Mrs. Garner saßen dicht beieinander auf dem Vordersitz. Nick saß zwischen den beiden Jungens. Die Straße führte auf eine Lichtung.

«Gerade hier hat Papa den Skunk überfahren.»

«Es war weiter unten.»

«Das ist doch wirklich egal, wo es war», sagte Joe, ohne den Kopf zu wenden. «Um einen Skunk zu überfahren, ist ein Ort genausogut wie der andere.»

«Gestern abend habe ich zwei Skunks gesehen», sagte Nick.

«Wo?»

«Unten am See. Sie suchten am Strand nach toten Fischen.»

«Wahrscheinlich waren es Waschbären», sagte Karl.

«Es waren Skunks. Ich glaube, ich weiß, was 'n Skunk ist.»

«Solltest du eigentlich», sagte Karl, «du hast ja ein indianisches Mädel.»

«Hör schon damit auf, Karl», sagte Mrs. Garner.

«Na, riechen tun sie ungefähr gleich.»

Joe Garner lachte.

«Du, hör auf zu lachen, Joe», sagte Mrs. Garner. «Ich erlaube nicht, daß Karl so spricht.»

«Hast du 'n indianisches Mädel, Nickie?» fragte Joe.

«Nein.»

«Er hat aber, Paps», sagte Frank. «Prudence Mitchell ist sein Mädel.»

«Das ist sie nicht.»

«Er besucht sie jeden Tag.»

«Tu ich nicht.» Nick, der in der Dunkelheit zwischen den beiden Jungens saß, fühlte sich in seinem Innern leer und glücklich, weil man ihn wegen Prudence Mitchell aufzog. «Sie ist nicht mein Mädel», sagte er.

«Hör ihn dir an», sagte Karl. «Ich seh sie jeden Tag zusammen.»

«Karl kann kein Mädel kriegen», sagte seine Mutter. «Nich mal eine Squaw.»

Karl schwieg.

«Karl versteht's nicht mit Mädels», sagte Frank.

«Du, halt den Mund.»

«Du bist goldrichtig, Karl», sagte Joe Garner. «Mädels haben noch keinem Mann Glück gebracht. Sieh dir deinen Paps an.»

«Das sieht dir ähnlich, so zu reden.» Mrs. Garner rückte näher an Joe heran, als der Wagen stieß. «Na, du hast doch, als du jung warst, genug Mädels gehabt.»

«Na, ich wette, daß Paps niemals eine Squaw zum Schatz gehabt hat.»

«Das glaub du nicht», sagte Joe. «Nick, gib nur acht, daß du Prudie behältst.»

Seine Frau flüsterte ihm etwas zu, und Joe lachte.

«Worüber lachst du denn?» fragte Frank.

«Daß du es nicht sagst, Garner», warnte ihn seine Frau. Joe lachte von neuem.

«Nickie kann Prudence behalten», sagte Joe Garner. «Ich hab ein nettes Mädel.»

«Schöne Art zu reden», sagte Mrs. Garner.

Die Pferde zogen schwer in dem Sand. Joe schwang in der Dunkelheit die Peitsche.

«Los doch, legt euch mal rein. Morgen müßt ihr noch schwerer ziehen.»

Sie trotteten den langen Hügel hinunter; der Wagen stieß. Vor dem Farmhaus stiegen alle aus. Mrs. Garner schloß die Tür auf, ging hinein und kam mit einer Lampe in der Hand wieder. Karl und Nick luden die Sachen aus dem Innern des Wagens. Frank saß auf dem Vordersitz, um zur Scheune zu fahren und die Pferde einzustellen. Nick ging die Stufen hinauf und öffnete die Küchentür. Mrs. Garner war gerade dabei, Feuer im Herd zu machen. Sie goß Petroleum auf das Holz und wandte sich um.

«Auf Wiedersehen, Mrs. Garner», sagte Nick. «Und noch schönen Dank fürs Mitnehmen!»

«Red keinen Unsinn, Nickie.»

«Ich hab mich herrlich amüsiert.»

«Wir freuen uns, wenn du kommst. Willst du nicht bleiben und Abendbrot mitessen?»

«Ich geh lieber. Wahrscheinlich ist Vater meinetwegen aufgeblieben.»

«Na, dann lauf nur! Schick Karl ins Haus, ja?»

«Schön.»

«Gute Nacht, Nickie.»

«Gute Nacht, Mrs. Garner.»

Nick ging aus dem Hof und hinunter zur Scheune. Joe und Karl waren beim Melken.

«Gute Nacht», sagte Nick. «Es war wunderbar.»

«Gute Nacht, Nick», rief Joe Garner. «Bleibst du denn nicht und ißt mit?»

«Nein, ich kann nicht. Wollen Sie Karl sagen, daß er zu seiner Mutter kommen soll?»

«Schön. Gute Nacht, Nickie.»

Nick ging barfuß den Weg entlang über die Wiese unterhalb der Scheune. Der Weg war glatt, und der Tau war kühl an seinem nackten Füßen. Er kletterte über einen Zaun am Ende der Wiese, stieg durch eine Schlucht hinab, und seine Füße wurden naß in dem schlammigen Morast, und dann kletterte er durch den trockenen Buchenwald hinauf, bis er die Lichter des Häuschens erblickte. Er kletterte über den Zaun und ging herum bis zur vorderen Veranda. Durch das Fenster sah er seinen Vater am Tisch sitzen und beim Licht der großen Lampe lesen. Nick öffnete die Tür und ging hinein.

«Nun, Nickie», sagte sein Vater. «War es schön?»

«Fabelhaft, Vati. Es war ein fabelhafter ‹vierter Juli›.»

«Hast du Hunger?»

«Na und ob!»

«Was hast du mit deinen Schuhen gemacht?»

«Ich hab sie bei Garners im Wagen gelassen.»

«Komm raus in die Küche.»

Nicks Vater ging mit der Lampe voran. Er blieb stehen und hob den Deckel vom Eisschrank. Nick ging weiter in die Küche. Sein Vater brachte ein Stück kaltes Huhn auf einem Teller herein und einen Krug mit Milch und stellte beides vor Nick auf den Tisch. Er setzte die Lampe hin.

«Es gibt auch noch Pudding», sagte er. «Wirst du damit genug haben?»

«Ja, großartig.»

Sein Vater setzte sich auf einen Stuhl neben den mit Wachstuch bedeckten Tisch. Er warf einen großen Schatten auf die Küchenwand.

«Wer hat beim *football* gewonnen?»

«Petoskey. Fünf zu drei.»

Sein Vater saß da und sah ihm beim Essen zu und füllte sein Glas aus dem Milchkruge. Nick trank und wischte sich den Mund an der Serviette ab. Sein Vater langte auf das Bord hinüber nach dem Pudding. Er schnitt Nick ein großes Stück davon ab. Es war Heidelbeerpudding.

«Was hast du gemacht, Vati?»

«Morgens bin ich angeln gegangen.»

«Was hast du gefangen?»

«Nur Barsche.»

Sein Vater saß und beobachtete, wie Nick seinen Pudding aß.

«Was hast du heute nachmittag gemacht?» fragte Nick.

«Ich bin beim Indianerlager spazierengegangen.»

«Hast du wen gesehen?»

«Die Indianer waren alle in der Stadt, um sich zu betrinken.»

«Hast du überhaupt niemand gesehen?»

«Ich habe deine Freundin Prudie gesehen.»

«Wo war sie?»

«Sie war mit Frank Washburn zusammen im Wald. Ich stieß auf sie; sie amüsierten sich nicht schlecht.»

Sein Vater sah ihn nicht an.

«Was machten sie?»

«Ich bin nicht stehengeblieben, um das festzustellen.»

«Sag mir, was sie machten.»

«Ich weiß nicht», sagte sein Vater. «Ich hab nur gehört, wie sie sich rumwälzten.»

Woher weißt du, daß sie's waren?»

«Ich sah sie.»

«Ich dachte, du hast gesagt, daß du sie nicht gesehen hast.»

«O doch, ich hab sie gesehen.»

«Mit wem war sie?» fragte Nick.

«Frank Washburn.»

«Waren sie – waren sie –?»

«Waren sie was?»

«Waren sie glücklich?»

«Ich glaub schon.»

Sein Vater stand vom Tisch auf und ging durch die Fliegentür aus der Küche. Als er zurückkam, sah Nick auf seinen Teller. Er hatte geweint. «Willst du noch was?» Sein Vater nahm das Messer in die Hand, um ein Stück Pudding abzuschneiden.

«Nein», sagte Nick.

«Iß mal noch 'n Stück.»

«Nein, ich mag nicht mehr.»

Sein Vater räumte den Tisch ab.

«Wo waren sie im Wald?» fragte Nick.

«Oben, hinter dem Lager.» Nick sah auf seinen Teller. Sein Vater sagte: «Geh mal jetzt schlafen, Nick.»

«Schön.»

Nick ging in sein Zimmer hinauf, zog sich aus und ging ins Bett. Er hörte seinen Vater im Wohnzimmer herumwirtschaften. Nick lag im Bett mit dem Gesicht im Kopfkissen.

Mein Herz ist gebrochen, dachte er. Wenn ich mich so fühle, ist mein Herz sicher gebrochen.

Nach einer Weile hörte er, wie sein Vater die Lampe ausblies und in sein Zimmer ging. Er hörte, wie sich draußen in den Bäumen der Wind erhob, und fühlte ihn kühl durch das Fliegenfenster hineinkommen. Er lag eine lange Zeit so, mit dem Gesicht in dem Kissen, und nach einer Weile vergaß er, an Prudence zu denken, und am Ende schlief er ein. Als er nachts aufwachte, hörte er draußen den Wind in den Schierlingstannen vor dem Haus und die Wellen, die sich am Ufer des Sees brachen, und dann schlief er wieder ein. Am andern Morgen blies ein starker Sturm, und die Wellen liefen hoch den Strand hinauf, und er war eine ganze Zeit lang wach, bevor ihm einfiel, daß sein Herz gebrochen war.

Für eine einen Kanarienvogel

DER ZUG FUHR SEHR SCHNELL AN EINEM LANGEN ROTEN Steinhaus mit einem Garten und vier dickstämmigen Palmen, unter denen einige Tische im Schatten standen, vorbei. Auf der andern Seite lag das Meer. Dann kam ein Durchbruch durch rotes Gestein und Tonerde, und man sah das Meer nur noch gelegentlich und weit unten an den Felsen.

«Ich habe ihn in Palermo gekauft», sagte die amerikanische Dame. «Wir waren nur eine Stunde an Land, und es war an einem Sonntagmorgen. Der Mann wollte in Dollar bezahlt werden, und ich gab ihm anderthalb Dollar. Er singt wirklich prachtvoll.»

Es war sehr heiß im Zug, und es war sehr heiß im *lit-salon*-Abteil. Durchs offene Fenster kam kein Luftzug herein. Die amerikanische Dame zog die Sonnengardine herunter, und man sah das Meer nicht einmal mehr gelegentlich. Auf der andern Seite war Glas, dann der Korridor, dann ein offenes Fenster, und jenseits des Fensters waren staubige Bäume und eine ölige Landstraße und flache Rebenfelder mit grausteinigen Hügeln dahinter.

Rauch stieg aus vielen hohen Schornsteinen auf, als wir uns Marseille näherten, und der Zug verringerte seine Geschwindigkeit und folgte einem Geleis zwischen vielen andern in die Station hinein. Der Zug hielt fünfundzwanzig Minuten im Bahnhof von Marseille, und die amerikanische Dame kaufte sich eine *Daily Mail* und eine halbe Flasche *Evian*-Wasser. Sie ging ein kleines Stück den Bahnsteig entlang, aber sie blieb dicht an der Waggontür, weil sie in Cannes, wo der Zug zwölf Minuten hielt und ohne Abfahrtssignal die Station verlassen hatte, nur gerade noch zur Zeit eingestiegen war. Die amerikanische Dame war ein bißchen taub, und sie hatte Angst, daß man vielleicht Abfahrtssignale gab und sie sie nicht hörte.

Der Zug verließ den Bahnhof von Marseille, und wenn man zurückblickte, sah man nicht nur die Rangierbahnhöfe und den Rauch der Fabriken, sondern auch die Stadt Marseille und den Hafen mit Steinhügeln dahinter, und die letzten Strahlen der Sonne auf dem Wasser. Als es dunkel wurde, kam der Zug an einem brennenden Bauernhaus auf einem Feld vorbei. Auf der Chaussee stauten sich die Automobile, und Betten und andere Gegenstände aus dem Bauernhaus waren auf dem Feld ausgebreitet. Viele Leute sahen zu, wie das Haus abbrannte. Nachdem es dunkel war, kam der Zug nach Avignon. Leute stiegen ein und aus. Am Zeitungsstand kauften sich Franzosen, die nach Paris zurückfuhren, französische Zeitungen vom gleichen Tage. Auf dem Bahnsteig standen schwarze Kolonialsoldaten. Sie trugen braune Uniformen und waren groß, und ihre Gesichter glänzten dicht unter dem elektrischen Licht. Ihre Gesichter waren sehr schwarz, und sie waren zu groß, um einen anzustarren. Der Zug verließ den Bahnhof von Avignon mit den umherstehenden Negern. Ein gedrungener weißer Feldwebel war bei ihnen.

In dem *lit-salon*-Abteil hatte der Schaffner die drei Betten aus der Wand gezogen und zum Schlafen zurechtgemacht. In der Nacht lag die amerikanische Dame schlaflos da, weil der Zug ein *rapide* war und sehr schnell fuhr, und sie nachts vor der Geschwindigkeit Angst hatte. Das Bett der amerikanischen Dame war dem Fenster am nächsten. Der Kanarienvogel aus Palermo hing in seinem Bauer durch ein Tuch gegen den Zug geschützt im Gang, der zum Waschraum des Abteils führte. Außerhalb des Abteils brannte ein blaues Licht, und der Zug fuhr die ganze Nacht über sehr schnell, und die amerikanische Dame lag wach und wartete auf einen Zusammenstoß.

Am Morgen war der Zug in der Nähe von Paris, und obschon die amerikanische Dame nicht geschlafen hatte, sah sie sehr gesund und ältlich und amerikanisch aus, als sie aus dem Waschraum kam, und nachdem sie das Tuch von dem Vogelbauer abgenommen und das Bauer in die Sonne gehängt hatte, ging sie nach hinten in den Speisewagen, um zu frühstücken. Als sie in das *lit-salon*-Abteil zurückkam, waren die Betten wieder in die Wand geschoben und in Sitze verwandelt, der Kanarienvogel plusterte seine Federn im Sonnenlicht auf, das durch das offene Fenster hereinkam, und der Zug war Paris viel näher.

«Er liebt die Sonne», sagte die amerikanische Dame. «Er wird jetzt sehr bald singen.»

Der Kanarienvogel plusterte seine Federn auf und stocherte in ihnen herum. «Ich habe Vögel immer geliebt», sagte die Amerikanerin. «Ich will ihn meinem Töchterchen zu Haus mitbringen. Da – jetzt singt er.»

Der Kanarienvogel zirpte, und die Federn an seinem Hals sträubten sich, dann senkte er den Schnabel und stocherte wieder in seinen Federn herum. Der Zug kreuzte einen Fluß und fuhr durch einen sehr sorgsam gepflegten Wald. Der Zug fuhr durch viele Pariser Vorstädte. In den Straßen fuhren elektrische Bahnen, und die der Eisenbahn zugewandten Mauern waren mit großen Plakaten von der *Belle Jardinière* und *Dubonnet* und *Pernod* bedeckt. Alles, woran der Zug vorbeifuhr, machte einen ungefrühstückten Eindruck. Seit ein paar Minuten hatte ich der amerikanischen Dame nicht mehr zugehört, die mit meiner Frau sprach.

«Ist Ihr Mann auch Amerikaner?» fragte die Dame.

«Ja», sagte meine Frau. «Wir sind beide Amerikaner.»

«Ich hielt Sie für Engländer.»

«O nein.»

«Vielleicht dachten Sie das, weil ich Hosenträger trage», sagte ich. Ich hatte *suspenders* auf der Zunge gehabt, sagte aber schnell *braces*, um meinen englischen Charakter zu wahren. Die Amerikanerin hörte nicht. Sie war wirklich ganz taub; sie las von den Lippen ab, und ich hatte nicht in ihre Richtung gesehen. Ich hatte aus dem Fenster geblickt. Sie redete weiter mit meiner Frau.

«Ich bin so froh, daß Sie Amerikaner sind. Amerikanische Männer geben die besten Ehemänner ab», sagte die amerikanische Dame. «Wissen Sie, darum haben wir den Kontinent verlassen. Meine Tochter verliebte sich in einen Mann in Vevey.» Sie hielt inne. «Sie waren einfach wahnsinnig ineinander verliebt.» Wieder hielt sie inne. «Natürlich reiste ich mit ihr ab.»

«Hat sie's überwunden?» fragte meine Frau.

«Ich glaube nicht», sagte die amerikanische Dame. «Sie wollte nichts mehr essen, und sie wollte überhaupt nicht mehr schlafen. Ich hab mir die größte Mühe gegeben, aber sie nimmt anscheinend an nichts Anteil. Sie macht sich aus nichts etwas. Ich konnte nicht zugeben, daß sie einen Ausländer heiratet.» Sie zögerte. «Jemand, ein sehr guter Freund, sagte mir einmal: ‹Kein Ausländer kann ein amerikanisches Mädchen glücklich machen.›»

«Nein», sagte meine Frau. «Wahrscheinlich nicht.»

Die amerikanische Dame bewunderte den Reisemantel meiner Frau, und dabei stellte es sich heraus, daß die amerikanische Dame seit zwanzig Jahren ihre Kleider immer in derselben *maison de couture* in der rue St. Honoré kaufte. Dort hatte man ihre Maße, und eine *vendeuse*, die sie und ihren Geschmack kannte, suchte die Kleider für sie aus, und man schickte sie nach Amerika. Sie kamen in New York, *up-town,* auf das Postamt dicht bei ihrer Wohnung, und der Zoll stellte sich nie übertieben hoch, weil die Pakete auf dem Postamt dort geöffnet wurden, um den Wert abzuschätzen, und die Kleider waren immer sehr einfach, ganz ohne goldene Spitzen und Stickerei, was sie teuer aussehen lassen würde. Vor der jetzigen *vendeuse,* die Thérèse hieß, war eine andere dagewesen, die Amélie hieß. Im ganzen hatte es in den zwanzig Jahren nur diese beiden gegeben. Der Schneider war immer noch derselbe. Die Preise jedoch waren in die Höhe gegangen. Doch wurde das durch den Wechselkurs ausgeglichen. Sie hatten jetzt auch die Maße ihrer Tochter. Sie war erwachsen, und sie würden sich aller Wahrscheinlichkeit nach jetzt nicht mehr ändern.

Der Zug kam jetzt hinein nach Paris. Die Befestigungen waren niedergelegt, aber Gras war nicht gewachsen. Auf den Geleisen standen viele Wagen – braune, hölzerne Speisewagen und braune, hölzerne Schlafwagen, die am Nachmittag um fünf Uhr nach Italien fahren würden, falls jener Zug noch um fünf abging; die Wagen trugen die Aufschrift Paris-Rom, und andere Wagen mit Sitzen oben auf den Dächern, die zwischen den Vororten hin- und herfuhren und zu bestimmten Stunden mit Leuten auf allen Sitzplätzen unten und oben besetzt waren, falls es noch so wie früher zuging, und vorbei ging es an weißen Mauern und vielen Fenstern, und alles sah noch sehr ungefrühstückt aus.

«Amerikanische Männer sind die besten Ehemänner», sagte die amerikanische Dame zu meiner Frau. Ich war dabei, das Gepäck herunterzunehmen. «Die einzigen Männer in der Welt, die man heiraten sollte, sind amerikanische Männer.»

«Wie lange sind Sie schon aus Vevey fort?» fragte meine Frau.

«Diesen Herbst werden es zwei Jahre. Wissen Sie, den Kanarienvogel, den will ich *ihr* mitbringen.»

«War der Mann, in den sich Ihre Tochter verliebt hatte, ein Schweizer?»

«Ja», sagte die amerikanische Dame. «Er war aus einer sehr guten Familie in Vevey. Er wollte Ingenieur werden. Sie lernten sich in Vevey kennen, und sie pflegten lange Spaziergänge zusammen zu machen.»

«Ich kenne Vevey», sagte meine Frau. «Wir waren auf unserer Hochzeitsreise da.»

«Ach wirklich? Das muß doch herrlich gewesen sein. Ich hatte natürlich keine Ahnung, daß sie sich in ihn verlieben würde.»

«Es war ein wunderschöner Ort», sagte meine Frau.

«Ja», sagte die amerikanische Dame. «Ist es nicht wunderschön? Wo haben Sie gewohnt?»

«Wir wohnten in den Trois Couronnes», sagte meine Frau.

«Das ist so ein feines, altes Hotel», sagte die amerikanische Dame.

«Ja», sagte meine Frau. «Wir hatten ein sehr schönes Zimmer, und im Herbst war das Land wunderschön.»

«Waren Sie im Herbst dort?»

«Ja», sagte meine Frau.

Wir kamen an drei Waggons vorbei, die einen Zusammenstoß hinter sich hatten. Sie waren zertrümmert, und die Dächer sackten ein.

«Sehen Sie mal», sagte ich. «Da war ein Zusammenstoß.»

Die amerikanische Dame blickte hin und sah den letzten Waggon. «Davor habe ich die ganze Nacht über Angst gehabt», sagte sie. «Ich habe manchmal entsetzliche Vorahnungen. Ich werde nie wieder nachts in einem *rapide* reisen. Sicher gibt es auch andere bequeme Züge, die nicht so schnell fahren.»

Dann war der Zug im Dunkel der gare de Lyon und hielt, und Gepäckträger kamen an die Fenster. Ich reichte das Handgepäck hinaus, und dann standen wir auf dem dämmrigen, langen Bahnsteig, und die amerikanische Dame begab sich in die Obhut eines der drei Männer von Cook, der sagte: «Eine Sekunde, Madame, ich finde Ihren Namen sofort.»

Der Gepäckträger holte einen Rollwagen und stapelte das Gepäck auf, und meine Frau und ich verabschiedeten uns von der amerikanischen Dame, deren Namen der Mann von Cook auf einem mit Schreibmaschine beschriebenen Blatt aus einem Bündel anderer mit Schreibmaschine beschriebener Blätter, die er dann wieder in seine Tasche steckte, gefunden hatte.

Wir folgten dem Gepäckträger mit dem Rollwagen den langen zementenen Bahnsteig hinunter den Zug entlang. Am Ende war die Sperre, und ein Mann nahm die Fahrkarten ab.

Wir kehrten nach Paris zurück, mit der Absicht, uns zu trennen.

Ein Gebirgsidyll

SELBST AM FRÜHEN MORGEN WAR ES HEISS, WENN MAN INS Tal hinunterkam. Die Sonne schmolz den Schnee auf unseren Skiern, die wir trugen, und trocknete das Holz. Es war Frühling im Tal, aber die Sonne war sehr heiß. Wir gingen die Straße entlang nach Galtür hinein und trugen unsere Skier und Rücksäcke. Als wir am Kirchhof vorbeikamen, war gerade eine Beerdigung zu Ende. Ich sagte «Grüß Gott» zu dem Priester, der an uns vorbeikam, als er den Kirchhof verließ. Der Priester neigte den Kopf.

«Es ist komisch, daß kein Priester je ein Wort zu einem sagt», meinte John.

«Man sollte denken, daß sie gern ‹Grüß Gott› sagen.»

«Sie antworten nie», sagte John.

Wir blieben auf der Straße stehen und sahen dem Totengräber zu, wie er die frische Erde hineinschaufelte. Ein Bauer mit einem schwarzen Bart und hohen Lederstiefeln stand neben dem Grab. Der Totengräber hörte auf zu schaufeln und reckte sich. Der Bauer in den hohen Stiefeln nahm dem Totengräber den Spaten ab und fuhr fort, das Grab zuschaufeln, wobei er die Erde so gleichmäßig verteilte, wie ein Mann Dünger im Garten verteilt. An dem strahlenden Maimorgen sah das Zuschaufeln des Grabes unwirklich aus. Ich konnte mir nicht vorstellen, daß irgend jemand tot war.

«Stell dir mal vor, an einem Tag wie heute beerdigt zu werden», sagte ich zu John.

«Möcht ich nicht.»

«Na», sagte ich. «Brauchen wir ja auch nicht.»

Wir gingen weiter die Straße hinauf an den Häusern des Ortes vorbei zum Gasthof. Wir waren in der Silvretta einen Monat lang Ski gelaufen, und es war angenehm, unten im Tal zu sein. In der Silvretta war das Skilaufen gut gewesen, aber es war eben Frühlingsskilaufen; der Schnee war nur frühmorgens und dann wieder abends gut. Die übrige Zeit wurde er von der Sonne verdorben. Wir hatten beide die Sonne satt. Man konnte sich vor der Sonne nicht retten. Nur die Felsen und die Hütte, die neben einem Gletscher im Schutz eines Felsens errichtet war, gaben Schatten, und im Schatten gefror einem der Schweiß im Unterzeug. Außerhalb der Hütte konnte man nur mit einer dunklen Brille sitzen. Es war angenehm, schwarz zu brennen, aber die Sonne war sehr ermüdend gewesen. Man konnte sich nicht in ihr ausruhen. Ich war froh, wieder unten und aus dem Schnee heraus zu sein. Für die Silvretta war es zu spät im Jahr. Ich hatte das Skilaufen ein bißchen über. Wir waren zu lange geblieben. Ich konnte noch das Schneewasser schmecken, das vom Blechdach der Hütte abschmolz und das wir getrunken hatten. Dieser Geschmack gehörte mit zu meinen Gefühlen über Skilaufen. Ich war froh, daß es neben Skilaufen noch andere Dinge gab, und ich war froh, daß ich aus dem unnatürlichen Hochgebirgsfrühling in diesen Maimorgen hinein ins Tal hinunterkam.

Der Wirt saß vor dem Gasthaus; sein Stuhl kippte nach hinten gegen die Mauer. Neben ihm saß der Koch.

«Ski Heil», sagte der Wirt.

«Heil», sagten wir und lehnten die Skier gegen die Mauer und nahmen unsere Rucksäcke ab.

«Wie war es oben?» fragte der Wirt.

«Schön. Ein bißchen zuviel Sonne.»

«Ja, in dieser Jahreszeit gibt's zuviel Sonne.»

Der Koch blieb auf seinem Stuhl sitzen. Der Wirt ging mit uns hinein, schloß sein Büro auf und brachte uns unsere Post. Ein Stoß Briefe und einige Zeitungen.

«Wir wollen Bier bestellen», sagte John.

«Gut. Wir wollen's drinnen trinken.»

Der Besitzer brachte zwei Flaschen, und wir tranken sie, während wir unsere Briefe lasen.

«Wir trinken wohl noch mehr Bier», sagte John. Diesmal brachte es ein Mädchen. Sie lächelte, als sie die Flaschen öffnete.

«Viele Briefe», sagte sie.

«Ja, viele.»

«Zum Wohl», sagte sie und nahm die leeren Flaschen mit hinaus.

«Ich hatte vergessen, wie Bier schmeckt.»

«Ich nicht», sagte John. «Oben in der Hütte hab ich sehr viel dran gedacht.»

«Na», sagte ich, «jetzt haben wir's ja.»

«Man sollte nie was zu lange tun.»

«Nein, wir waren zu lange da oben.»

«Verdammt zu lange», sagte John. «Es hat keinen Sinn, was zu lange zu tun.»

Die Sonne kam durch das offene Fenster und schien durch die Bierflaschen auf dem Tisch. Die Flaschen waren halb voll. Auf dem Bier in den Flaschen war ein bißchen Schaum, nicht viel, weil es sehr kalt war. Es schäumte auf, wenn man es in die hohen Gläser goß. Ich sah durch das offene Fenster auf die weiße Straße. Die Bäume am Straßenrand waren staubbedeckt. Jenseits war ein grünes Feld und ein Fluß. Am Fluß waren Bäume und eine Mühle mit einem Wasserrad.

Durch die offene Seite der Mühle sah ich einen langen Baumstamm und eine sich in ihm auf und ab bewegende Säge. Niemand schien sie zu führen. Vier Krähen stolzierten auf dem grünen Feld umher. Eine Krähe saß auf einem Baum und äugte um sich. Draußen vor der Haustür stand der Koch von seinem Stuhl auf und ging durch den Gang, der hinten in die Küche führte. Drinnen schien das Sonnenlicht durch die leeren Gläser auf dem Tisch. John saß vornübergebeugt mit dem Kopf auf den Armen.

Durch das Fenster sah ich zwei Männer die Vorderstufen heraufkommen. Sie kamen in die Trinkstube. Der eine war der bärtige Bauer mit den hohen Stiefeln. Der andere war der Totengräber. Sie setzten sich an den Tisch unter dem Fenster. Das Mädchen kam herein und stellte sich an ihren Tisch. Der Bauer schien sie nicht zu sehen. Er saß da mit den Händen vor sich auf dem Tisch. Er trug seine alten Militärsachen. Er hatte Flicken auf den Ellbogen.

«Was soll ich bestellen?» fragte der Totengräber. Der Bauer beachtete es nicht.

«Was willst du trinken?»

«Schnaps», sagte der Bauer.

«Und ein Viertel Roten», sagte der Totengräber zu dem Mädchen.

Das Mädchen brachte die Getränke, und der Bauer trank den Schnaps. Er blickte aus dem Fenster. Der Totengräber beobachtete ihn. Johns Kopf lag auf dem Tisch. Er schlief.

Der Wirt kam herein und ging an den Tisch hinüber. Er sprach Dialekt, und der Totengräber antwortete ihm. Der Bauer blickte aus dem Fenster. Der Wirt ging aus dem Zimmer. Der Bauer stand auf. Er nahm eine zusammengekniffte Zehntausendkronennote aus einer ledernen Brieftasche und entfaltete sie. Das Mädchen kam heran.

«Alles?» fragte sie.

«Alles», sagte er.

«Laß mich den Wein bezahlen», sagte der Totengräber.

«Alles», sagte der Bauer nochmals zu dem Mädchen. Sie steckte die Hand in die Schürzentasche und brachte sie mit Münzen gefüllt wieder zum Vorschein und zählte das Wechselgeld ab. Der Bauer ging zur Tür hinaus. Sobald er weg war, kam der Wirt wieder ins Zimmer und sprach mit dem Totengräber. Er setzte sich an seinen Tisch. Sie unterhielten sich im Dialekt. Der Totengräber war belustigt. Der Wirt war angewidert. Der Totengräber stand vom Tisch auf. Er war ein kleiner Mann mit einem Schnurrbart. Er lehnte zum Fenster hinaus und sah die Straße hinauf.

«Eben geht er rein», sagte er.

«In den Löwen?»

«Ja.»

Sie unterhielten sich wieder, und dann kam der Wirt an unsern Tisch. Der Wirt war ein großer alter Mann. Er blickte auf den schlafenden John.

«Er scheint müde zu sein.»

«Ja, wir waren früh auf.»

«Wünschen Sie bald zu essen?»

«Jederzeit», sagte ich. «Was gibt es zu essen?»

«Was Sie wünschen. Das Mädchen wird Ihnen die Speisekarte bringen.»

Das Mädchen brachte das Menü. John wachte auf. Das Menü war mit Tinte auf eine Karte geschrieben, und die Karte steckte in einem hölzernen Ständer.

«Das ist die Speisekarte», sagte ich zu John. Er besah sie sich. Er war noch schläfrig.

«Wollen Sie nicht was mit uns trinken?» fragte ich den Wirt. Er setzte sich. «Diese Bauern sind Viecher», sagte der Wirt.

«Den sahen wir vorhin bei einer Beerdigung, als wir in den Ort kamen.»

«Das war seine Frau.»

«Ach!»

«Er ist ein Viech. All diese Bauern sind Viecher.»

«Wie meinen Sie das?»

«Sie würden es nicht für möglich halten. Sie würden es nicht für möglich halten, was mit dem da passiert ist.»

«Erzählen Sie!»

«Sie würden's nicht für möglich halten.» Der Wirt sagte zu dem Totengräber: «Franz, komm mal rüber.» Der Totengräber kam und brachte sein Glas und seine kleine Flasche Wein mit.

«Die Herren hier kommen gerade von der Wiesbadener Hütte», sagte der Wirt. Wir schüttelten ihm die Hand.

«Was wollen Sie trinken?» fragte ich ihn.

«Nichts.» Franz bewegte verneinend seinen Finger.

«Noch ein Viertel?»

«Schön.»

«Verstehen Sie Dialekt?» fragte der Wirt.

«Nein.»

«Was ist denn los?» fragte John.

«Er wird uns von dem Bauern erzählen, der das Grab zuschaufelte, als wir in den Ort kamen.»

«Ich verstehe doch nichts», sagte John. «Es geht mir zu schnell.»

«Dieser Bauer!» sagte der Wirt. «Heute brachte er seine Frau her, um sie zu begraben. Sie starb vorigen November.»

«Dezember», sagte der Totengräber.

«Das kommt aufs selbe raus. Sie starb also vorigen Dezember, und er benachrichtigte die Dorfbehörde.»

«Am 18. Dezember», sagte der Totengräber.

«Auf keinen Fall konnte er sie herbringen, um sie zu beerdigen, ehe der Schnee weggeschmolzen war.»

«Er lebt auf der andern Seite vom Paznaun», sagte der Totengräber. «Aber er gehört zu unserer Gemeinde.»

«Er konnte sie überhaupt nicht herschaffen?» fragte ich.

«Nein, bis der Schnee schmilzt, kann er von da, wo er wohnt, nur auf Skiern herkommen. Also, heute brachte er sie zur Beerdigung, und der Priester wollte sie nicht beerdigen, als er ihr Gesicht sah. Mach du weiter und erzähl's!» sagte er zu dem Totengräber. «Sprich hochdeutsch und nicht Dialekt!»

«Es war sehr komisch mit dem Priester», sagte der Totengräber. «Nach dem Bericht an die Dorfbehörde starb sie an einem Herzleiden. Wir wußten hier, daß sie herzkrank war. Manchmal wurde sie in der Kirche ohnmächtig. Sie kam schon lange Zeit nicht mehr. Sie hatte nicht die Kräfte zum Steigen. Als der Priester ihr Gesicht enthüllte, fragte er Olz: ‹Hat deine Frau viel gelitten?› – ‹Nein›, sagte Olz. ‹Als ich nach Hause kam, lag sie tot quer überm Bett.›

Der Priester sah sie nochmals an; es gefiel ihm nicht.

‹Wieso sieht denn ihr Gesicht so aus?›

‹Ich weiß nicht›, sagte Olz.

‹Das solltest du lieber feststellen›, sagte der Priester und deckte das Laken wieder über sie. Olz sagte nichts. Der Priester blickte ihn an. Olz erwiderte den Blick des Priesters. ‹Wollen Sie's wissen?›

‹Ich muß es wissen›, sagte der Priester.»

«Jetzt kommt's», sagte der Wirt. «Hören Sie sich das an. Weiter, Franz!»

«‹Also›, sagte Olz, ‹als sie starb, meldete ich es der Dorfbehörde und legte sie in den Schuppen oben auf die großen Holzscheite drauf. Als ich von den Holzscheiten zum erstenmal holen kam, war sie steif, und ich lehnte sie gegen die Wand. Ihr Mund klaffte, und wenn ich nachts in den Schuppen kam, um das große Holz zu zerkleinern, hängte ich die Laterne dran auf.›

‹Warum hast du das getan?› fragte der Priester.

‹Ich weiß nicht›, sagte Olz.

‹Hast du das oft getan?›

‹Jedesmal, wenn ich nachts im Schuppen arbeitete.›

‹Das war sehr unrecht von dir›, sagte der Priester. ‹Hast du deine Frau geliebt?›

‹Ja, ich habe sie geliebt›, sagte Olz. ‹Und wie ich sie geliebt habe!›»

«Haben Sie alles verstanden?» fragte der Wirt. «Haben Sie all das über seine Frau verstanden?»

«Ich hab's gehört.»

«Wie wär's mit Essen?» fragte John.

«Bestell du», sagte ich. «Halten Sie das für wahr?» fragte ich den Wirt.

«Natürlich ist es wahr», sagte er. «Diese Bauern sind Viecher.»

«Wo ist er jetzt hingegangen?»

«Er ist zu meinem Kollegen in den Löwen gegangen.»

«Er wollte nicht mit mir trinken», sagte der Totengräber.

«Mit mir wollte er auch nicht trinken, wo *er* doch die Geschichte von seiner Frau wußte», sagte der Wirt.

«Hör mal», sagte John. «Wie wär's mit Essen?»

«Schön», sagte ich.

Eine Verfolgungsjagd

WILLIAM CAMPBELL BEFAND SICH SEIT DER ZEIT IN PITTSburg mit einer Varietégruppe auf ‹Verfolgungsjagd›. Bei Radrennen starten die einzelnen Fahrer bei einer Verfolgungsjagd in gleichmäßigen Abständen einer hinter dem andern. Sie radeln sehr schnell, weil das Rennen gewöhnlich auf eine kurze Strecke begrenzt ist, und wenn einer langsam tritt, holt ein anderer, wenn der sein Tempo beibehält, den Abstand auf, der sie am Start alle gleichmäßig voneinander getrennt hat. Sobald ein Fahrer überholt ist, scheidet er aus dem Rennen aus, muß vom Rad steigen und die Bahn verlassen. Wenn keiner der Fahrer eingeholt wird, ist derjenige Sieger, der am meisten Boden aufgeholt hat. Wenn es nur zwei Fahrer sind, wird in den meisten Verfolgungsjagden einer der Fahrer innerhalb von sechs Meilen eingeholt. Die Varietégruppe holte William Campbell in Kansas City ein.

William Campbell hatte gehofft, einen geringen Vorsprung über die Varietégruppe beizubehalten, bis sie an die Küste kamen. Solange, wie er der Varietégruppe als Quartiermacher voran war, wurde er bezahlt. Als die Varietégruppe ihn einholte, lag er im Bett. Er war im Bett, als der Manager der Varietégruppe in sein Zimmer kam, und nachdem der Manager rausgegangen war, fand er, daß er genausogut im Bett bleiben konnte. In Kansas City war es sehr kalt, und er hatte mit dem Ausgehen keine Eile. Er mochte Kansas City nicht. Er langte nach der Flasche unter seinem Bett und trank. Danach fühlte sich sein Magen besser. Mr. Turner, der Manager der Varietétruppe, hatte einen Schnaps abgelehnt. William Campbells Unterredung mit Mr. Turner war etwas seltsam gewesen. Mr. Turner hatte an die Tür geklopft. Campbell hatte «Herein!» gerufen. Als Mr. Turner ins Zimmer trat, sah er Kleidungsstücke auf einem Stuhl, eine offene Reisetasche, die Flasche auf einem Stuhl neben dem Bett und jemanden, der völlig mit Bettzeug zugedeckt im Bett lag.

«Mr. Campbell», sagte Mr. Turner.

«Sie können mich nicht rausschmeißen», sagte William Campbell unter seinen Decken hervor. Es war warm und weiß und dumpf unter den Decken. «Sie können mich nicht rausschmeißen, weil ich vom Rad gestiegen bin.»

«Sie sind betrunken», sagte Mr. Turner.

«O ja», sagte William Campbell gegen sein Laken und befühlte das Gewebe mit den Lippen.

«Sie sind ein Narr», sagte Mr. Turner. Er drehte das elektrische Licht aus. Das elektrische Licht hatte die ganze Nacht über gebrannt. Jetzt war es zehn Uhr morgens. «Sie sind ein betrunkener Narr. Wann sind Sie in dieser Stadt angekommen?»

«Ich bin gestern abend in dieser Stadt angekommen», sagte William Campbell und sprach gegen das Laken. Es machte ihm Spaß, durch das Laken hindurch zu reden. «Haben Sie jemals durch ein Laken durchgeredet?»

«Machen Sie nicht auf komisch. Sie sind nicht komisch.»

«Ich will gar nicht komisch sein. Ich rede einfach nur durch ein Laken.»

«Tja, durch ein Laken reden Sie, stimmt.»

«Sie können jetzt gehen, Mr. Turner. Ich arbeite nicht mehr für Sie», sagte Campbell.

«Das wissen Sie ohnehin.»

«Ich weiß 'ne Masse», sagte William Campbell. Er zog das Laken zurück und blickte Mr. Turner an. «Ich weiß so viel, daß es mir sogar nichts ausmacht, Sie anzusehen. Wollen Sie hören, was ich weiß?»

«Nein.»

«Gut», sagte William Campbell. «Eigentlich weiß ich auch überhaupt nichts. Ich redete nur so.» Er zog das Laken wieder übers Gesicht. «Es ist wunderbar unterm Laken», sagte er. Mr. Turner stand neben dem Bett. Er war ein Mann in den besten Jahren mit einem dicken Bauch und einem kahlen Kopf, und er hatte eine Menge zu tun. «Du solltest hier bleiben, Billy», sagte er, «und eine Entziehungskur machen. Wenn du willst, werd ich's für dich arrangieren.»

«Ich will keine Kur machen», sagte William Campbell. «Ich will überhaupt keine Kur machen. Ich bin restlos glücklich. Ich bin mein ganzes Leben über restlos glücklich gewesen.»

«Wie lange bist du denn schon so?»

«Was für eine Frage?» William Campbell atmete durch das Laken ein und aus.

«Wie lange bist du schon besoffen, Billy?»

«Hab ich etwa meine Arbeit nicht getan?»

«Gewiß doch. Ich hab dich ja bloß gefragt, wie lange du schon besoffen bist, Billy.»

«Ich weiß nicht. Aber ich hab wieder meinen Wolf.» Er berührte mit der Zunge das Laken. «Seit einer Woche ist er wieder da.»

«Verflucht, und ob du ihn wieder hast.»

«O ja. Meinen lieben Wolf. Jedesmal, wenn ich einen Schluck nehme, geht er aus dem Zimmer. Er kann Alkohol nicht vertragen. Der arme kleine Kerl!» Er bewegte seine Zunge auf dem Laken im Kreise herum. «Er ist ein herrlicher Wolf. Er ist genauso wie früher.»

William Campbell schloß die Augen und holte tief Atem.

«Billy, du mußt eine Kur machen», sagte Mr. Turner. «Gegen's Keely kannst du nichts haben. Es ist nicht schlimm.»

«Das Keely», sagte William Campbell. «‹Es ist nicht weit von London.›» Er schloß die Augen, öffnete sie und bewegte die Augenwimpern gegen das Laken. «Ich liebe Laken einfach», sagte er. Er sah Mr. Turner an. «Hör mal, du denkst, ich bin betrunken.»

«Du *bist* betrunken.»

«Nein, bin ich nicht.»

«Du bist betrunken und siehst weiße Mäuse.»

«Nein.» William Campbell hielt das Laken über seinen Kopf. «Mein liebes Laken», sagte er. Er atmete sanft dagegen. «Hübsches Laken. Nicht wahr, mein Laken, du liebst mich? Alles im Zimmerpreis einbegriffen. Genau wie in Japan. Nein», sagte er, «hör mal, Billy, lieber ‹Schlidder-Billy›, ich hab 'ne Überraschung für dich. Ich bin nicht betrunken. Ich ‹pieke›.»

«Nein», sagte Mr. Turner.

«Sieh dir's an», sagte William Campbell und zog unter dem Laken den rechten Pyjamaärmel hoch und schob dann seinen rechten Unterarm vor. «Sieh dir das an.» Auf dem Unterarm, gerade von überm Handgelenk an bis zum Ellbogen, waren kleine, blaue Kreise um winzige, dunkelblaue Einstichstellen. Die Kreise berührten einander beinah. «Das ist die neue Linie», sagte William Campbell. «Ich trink nur hin und wieder mal 'n bißchen, um den Wolf aus dem Zimmer zu jagen.»

«Dafür gibt's 'ne Kur», sagte ‹Schlidder-Billy› Turner.

«Nein», sagte William Campbell. «Sie haben für nichts 'ne Kur.»

«Du kannst doch nicht einfach so abhauen, Billy», sagte Turner. Er saß auf dem Bett.

«Nimm dich mit meinem Laken in acht», sagte William Campbell.

«In deinem Alter kannst du nicht einfach so abhauen und dich vollpumpen, nur weil du mal in der Tinte sitzt.»

«Gesetzlich verboten. Wenn du das meinst.»

«Nein, ich meine, daß du's bekämpfen mußt.»

Billy Campbell streichelte das Laken mit den Lippen und der Zunge. «Liebes Laken, du», sagte er. «Ich kann dies Laken küssen und gleichzeitig glatt durchschauen.»

«Laß doch das Laken aus dem Spiel. Du kannst dich nicht einfach dem Zeugs ergeben, Billy.»

William Campbell schloß die Augen. Er fühlte eine leichte Übelkeit aufsteigen. Er wußte, diese Übelkeit würde ständig zunehmen, ohne daß ihm Erbrechen je Erleichterung verschaffen würde, bis man was dagegen tat. Dies war der Augenblick, in dem er Mr. Turner was zu trinken anbot. Mr. Turner lehnte ab. William Campbell nahm einen Schluck aus der Flasche. Es war eine Augenblicksmaßnahme. Mr. Turner beobachtete ihn. Mr. Turner war viel länger, als er eigentlich sollte, im Zimmer gewesen; er hatte eine Menge zu tun. Obgleich er täglich mit Leuten, die piekten und koksten, in Berührung kam, hatte er einen Horror davor, und er mochte William Campbell gut leiden; er wollte ihn nicht verlassen. Er tat ihm sehr leid, und er glaubte, eine Kur könne ihm helfen. Er wußte von verschiedenen guten Kuren in Kansas City. Aber er mußte gehen. Er stand auf.

«Hör mal zu, Billy», sagte William Campbell. «Ich will dir was sagen. Du heißt ‹Schlidder-Billy›, eben weil du schliddern kannst. Ich heiß einfach Billy, weil ich überhaupt nie schliddern konnte. Ich kann nicht schliddern, Billy. Ich kann nicht schliddern. Ich bleibe einfach hängen. Jedesmal, wenn ich's versuche, bleibe ich hängen.» Er schloß die Augen. «Ich kann nicht schliddern, Billy. Es ist schrecklich, wenn man nicht schliddern kann.»

«Ja», sagte ‹Schlidder-Billy› Turner.

«Ja, was?» William Campbell blickte ihn an.

«Was du sagtest.»

«Nein», sagte William Campbell. «Ich sagte nichts. Das muß ein Irrtum gewesen sein.»

«Du sagtest doch was von Schliddern.»

«Nein. Es kann nicht über Schliddern gewesen sein. Aber hör mal zu, Billy, und ich werd dir 'n Geheimnis erzählen. Halte dich an Laken, Billy. Laß die Hände von Frauen und Pferden und, und —» er schwieg – «Adlern, Billy. Wenn du Pferde liebst, kriegst du Pferde, und wenn du Adler liebst, kriegst du Adler.» Er schwieg und streckte seinen Kopf unter das Laken.

«Ich muß gehen», sagte ‹Schlidder-Billy› Turner.

«Wenn du Frauen liebst, kriegst du Tripper», sagte William Campbell. «Wenn du Pferde liebst –»

«Ja, das sagtest du schon.»

«Sagte was?»

«Über Pferde und Adler.»

«O ja, und wenn du Laken liebst –» Er atmete gegen das Laken und rieb seine Nase dagegen. «Ich weiß nicht, wie es mit – Laken ist», sagte er. «Ich habe eben erst angefangen, dieses Laken zu lieben.»

«Ich muß gehen», sagte Mr. Turner. «Ich hab 'ne Masse zu tun.»

«Schon gut», sagte William Campbell. «Jeder muß schließlich mal gehen.»

«Ich gehe lieber.»

«Schön, geh nur.»

«Hast du alles, was du brauchst, Billy?»

«Ich war nie im Leben glücklicher.»

«Und dir fehlt nichts?»

«Mir geht's glänzend. Geh nur. Ich bleib nur noch 'n bißchen hier so liegen. So um Mittag rum steh ich auf.»

Aber als Mr. Turner mittags in William Campbells Zimmer kam, schlief William Campbell, und da Mr. Turner ein Mann war, der wußte, welche Dinge im Leben wirklich wertvoll sind, weckte er ihn nicht.

Heute ist Freitag

Drei römische Soldaten sind um elf Uhr abends in einer Kneipe. Rings an den Wänden sind Fässer. Hinter dem hölzernen Schanktisch ist ein hebräischer Weinverkäufer. Die drei römischen Soldaten sind ein bißchen beschwipst.

ERSTER SOLDAT: Hast du den Roten probiert?

ZWEITER SOLDAT: Nein, ich hab 'n nicht probiert.

ERSTER SOLDAT: Du solltest 'n probieren.

ZWEITER SOLDAT: Also gut, George, schmeißen wir 'ne Runde vom Roten.

DER HEBRÄISCHE WEINVERKÄUFER: Hier, meine Herren. Der

wird Ihnen schmecken. *Er setzt einen irdenen Krug, den er aus einem der Fässer gefüllt hat, vor sie hin.* Das ist ein nettes, kleines Weinchen.

ERSTER SOLDAT: Na, trink auch 'n Glas von. *Er wendet sich an den dritten römischen Soldaten, der an einem Faß lehnt.* Was ist denn mit dir los?

DRITTER SOLDAT: Hab Bauchweh.

ZWEITER SOLDAT: Kommt vom Wassertrinken.

ERSTER SOLDAT: Probier mal den Roten.

DRITTER SOLDAT: Ich kann das verdammte Zeugs nicht trinken. Kriege Magensäure von.

ERSTER SOLDAT: Warst zu lange hier draußen.

DRITTER SOLDAT: Zum Teufel, wem sagst du das?

ERSTER SOLDAT: Sag mal, George, kannst du dem Herrn da nicht was geben, um seinen Magen zu kurieren?

DER HEBRÄISCHE WEINVERKÄUFER: Hier schon parat.

Der dritte Soldat probiert, was der Weinverkäufer für ihn gemischt hat.

DRITTER SOLDAT: He, du, was hast du da reingetan, Kameldreck?

WEINVERKÄUFER: Trinken Sie's nur runter, Herr Leitnant. Wird Sie wieder ins Lot bringen.

DRITTER SOLDAT: Na, schlimmer kann's nicht werden.

ERSTER SOLDAT: Riskier's mal. George hat mich neulich tadellos wieder ins Lot gebracht.

WEINVERKÄUFER: Waren in schlechter Verfassung, der Herr Leitnant. Ich weiß schon, was einen verdorbenen Magen kuriert.

Der dritte römische Soldat trinkt das Glas runter.

DRITTER SOLDAT: Jesus Christus! *Er schneidet ein Gesicht.*

ZWEITER SOLDAT: Alles falscher Alarm!

ERSTER SOLDAT: Ach, ich weiß nicht. Der hat sich heute da recht ordentlich benommen.

ZWEITER SOLDAT: Warum ist er nicht vom Kreuz runtergestiegen?

ERSTER SOLDAT: Weil er nicht vom Kreuz runtersteigen wollte. Das gehört nicht zu seiner Rolle.

ZWEITER SOLDAT: Na, den Kerl möcht ich sehen, der nicht vom Kreuz runterwill.

ERSTER SOLDAT: Zum Teufel, davon verstehst du nichts. Frag mal George. Wollte er vom Kreuz steigen, George, oder nicht?

WEINVERKÄUFER: Wissen Sie, meine Herren, ich war nicht mit draußen. Das ist eine Angelegenheit, die mich nicht interessiert hat.

ZWEITER SOLDAT: Wißt ihr, ich hab schon 'ne Menge von denen gesehen – hier und auch anderswo. Ich sage euch, wenn ihr mir einen zeigt, der nicht vom Kreuz runterwill, wenn's ernst wird – ich meine, wenn's wirklich ernst wird –, dann will ich zu ihm raufklettern.

ERSTER SOLDAT: Ich muß sagen – der hat sich heute da recht ordentlich benommen.

DRITTER SOLDAT: Der war tadellos.

ZWEITER SOLDAT: Ihr Jungen wißt nicht, wovon ich rede. Ich sag nicht, ob er sich gut benommen hat oder nicht. Was ich sagen will, ist, wenn's ernst wird. Wenn sie mit dem Annageln anfangen, daß es dann wohl keinen gibt, der nicht halt sagen würde, wenn er könnte.

ERSTER SOLDAT: Hast du's nicht verfolgt, George?

WEINVERKÄUFER: Nein. Hab mich gar nicht für interessiert, Herr Leitnant.

ERSTER SOLDAT: Ich war überrascht, wie der sich benommen hat!

DRITTER SOLDAT: Was ich nicht mag, ist, wenn sie sie annageln. Wißt ihr, das muß einem furchtbar an die Nieren gehen.

ZWEITER SOLDAT: Das ist nicht so schlimm, als wenn sie sie hochhissen. *Er macht, beide Handflächen aneinandergepreßt, eine Hebebewegung.* Wenn ihr Gewicht an ihnen zieht, das ist der Moment, wo's sie packt.

DRITTER SOLDAT: Manche packt's verdammt schlimm.

ERSTER SOLDAT: Hab ich sie denn nicht gesehen? Ich hab 'ne Masse gesehen. Ich sag euch, der hat sich heute da recht ordentlich benommen.

Der zweite römische Soldat lächelt den hebräischen Weinverkäufer an.

ZWEITER SOLDAT: Du bist 'n regelrechter Christe, alter Freund.

ERSTER SOLDAT: Na klar, mach nur weiter und veräppel ihn. Aber paß auf, was ich dir jetzt sage. Der hat sich heute da recht ordentlich benommen.

ZWEITER SOLDAT: Wie wär's mit nochm bißchen Wein?

Der Weinverkäufer sieht erwartungsvoll auf. Der dritte römische Soldat sitzt mit gesenktem Kopf da. Er sieht elend aus.

DRITTER SOLDAT: Ich will nicht mehr.

ZWEITER SOLDAT: Bloß für zwei, George.

Der Weinverkäufer stellt einen Krug, eine Größe kleiner als vorher hin. Er lehnt sich über den hölzernen Schanktisch.

ERSTER SOLDAT: Hast du sein Mädel gesehen?

ZWEITER SOLDAT: Hab ich nicht direkt neben ihr gestanden?

ERSTER SOLDAT: 'ne richt'ge Schönheit.

ZWEITER SOLDAT: Ich kannte sie vor ihm. *Er zwinkert dem Weinverkäufer zu.*

ERSTER SOLDAT: Ich hab sie häufig in der Stadt gesehen.

ZWEITER SOLDAT: Der ging's früher glänzend. Aber er hat ihr kein Glück gebracht.

ERSTER SOLDAT: Ach, der hat kein Glück. Aber ich muß sagen, er hat sich heute da recht ordentlich benommen!

ZWEITER SOLDAT: Was ist denn aus seiner Blase geworden?

ERSTER SOLDAT: Na, die haben sich verdrückt. Nur die Frauen sind bei ihm geblieben.

ZWEITER SOLDAT: Das waren feine Drückeberger! Als sie ihn hochgehn sahen, hatten sie genug.

ERSTER SOLDAT: Die Frauen sind bei ihm geblieben.

ZWEITER SOLDAT: Sicher, die sind geblieben.

ERSTER SOLDAT: Hast du gesehen, wie ich ihm den ollen Speer reingestoßen habe?

ZWEITER SOLDAT: Wirst schon noch mal Unannehmlichkeiten kriegen, wenn du so was machst.

ERSTER SOLDAT: Das war doch das wenigste, was ich für ihn tun konnte. Ich sag euch, der war schon recht ordentlich heute.

DER HEBRÄISCHE WEINVERKÄUFER: Die Herren wissen, daß ich schließen muß.

ERSTER SOLDAT: Wir trinken noch eine Runde.

ZWEITER SOLDAT: Wozu denn? Das Zeugs taugt ja doch nichts. Komm, wir wollen fortmachen.

ERSTER SOLDAT: Na, nur noch eine Runde.

DRITTER SOLDAT *steht vom Faß auf*: Nein, kommt man. Wir wollen gehen. Ich fühl mich heute abend verdammt schlecht.

ERSTER SOLDAT: Nur noch eine!

ZWEITER SOLDAT: Nein, los. Wir gehn jetzt. Gute Nacht, George. Schreib's an.

WEINVERKÄUFER: Gut Nacht, die Herren. *Er sieht ein wenig bedrückt aus.* Sie könnten mir wohl nicht 'ne kleine Anzahlung geben, Herr Leitnant?

ZWEITER SOLDAT: Zum Teufel noch mal, George. Mittwoch ist Zahltag.

WEINVERKÄUFER: Schon recht, Herr Leitnant. Gut Nacht, die Herren. *Die drei römischen Soldaten gehen zur Tür raus auf die Straße. Auf der Straße.*

ZWEITER SOLDAT: George is 'n Schwein, genau wie die ganze übrige Bande.

ERSTER SOLDAT: Ach, George ist 'n netter Kerl.

ZWEITER SOLDAT: Bei dir ist heute abend jeder ein netter Kerl.

DRITTER SOLDAT: Los, wir wollen in die Baracke machen. Ich fühl mich heut verdammt schlecht.

ZWEITER SOLDAT: Du bist schon zu lange hier draußen.

DRITTER SOLDAT: Nein, das ist es nicht allein. Ich fühl mich verdammt schlecht.

ZWEITER SOLDAT: Du bist schon zu lange hier draußen. Das ist alles.

Vorhang

Eine banale Geschichte

ALSO ASS ER EINE APFELSINE UND SPUCKTE LANGSAM DIE Kerne aus. Draußen verwandelte sich der Schnee in Regen. Drinnen schien der elektrische Ofen keine Hitze abzugeben, und er stand vom Schreibtisch auf und setzte sich auf den Ofen. Wie angenehm das war! Hier wenigstens war Leben.

Er langte nach einer zweiten Apfelsine. Weit weg in Paris hatte Mascart Danny Frush in der zweiten Runde dumm und dämlich geschlagen. Weit weg in Mesopotamien waren einundzwanzig Fuß Schnee gefallen. Drüben im fernen Australien verbesserten die englischen Kricketspieler ihre *wickets. Dort* gab's Romantik.

Gönner der Wissenschaften und schönen Künste haben *Das Forum,* das er las, entdeckt. Diese Zeitschrift ist der Führer, Philosoph und Freund der denkenden Minorität. Preisgekrönte Kurzgeschichten – werden ihre Autoren den Publikumserfolg von morgen schreiben?

Sie werden diese warmen, hausbackenen, amerikanischen Erzählungen, Ausschnitte des wirklichen Lebens auf einer Farm, in überfüllten Siedlungen oder im gemütlichen Heim, alle mit einer gesunden Unterströmung von Humor, mit Genuß lesen.

Die muß ich lesen, dachte er.

Er las weiter. Unsere Kindeskinder – na und? Welche denn? Neue Mittel müssen entdeckt werden, um einen Platz für uns an der Sonne zu finden. Soll dies durch Krieg oder kann es durch friedliche Methoden geschehen?

Oder werden wir alle nach Kanada auswandern müssen?

Unsere tiefsten Überzeugungen – wird die Wissenschaft sie umstoßen? Unsere Kultur – steht sie älteren Wertordnungen nach?

Und unterdessen erklangen in den weit entfernten, triefenden Dschungeln von Yucatan die Äxte der Gummibaumfäller.

Brauchen wir große Männer – oder brauchen wir kultivierte?

Nehmen Sie Joyce. Nehmen Sie Präsident Coolidge. Welchem Stern sollen unsere Studenten nacheifern? Da ist Jack Britton. Da ist Dr. Henry Van Dyke. Kann man die beiden miteinander in Einklang bringen? Denken Sie an den Fall von Young Stribling.

Und was soll mit unsern Töchtern werden, die ihr eigenes Lebensschiff steuern müssen? Nancy Hawthorne ist gezwungen, das Meer des Lebens selbst zu loten. Mutig und vernünftig sieht sie den Problemen, die an jedes achtzehnjährige Mädchen herantreten, ins Auge.

Es war eine großartige Broschüre.

Sind Sie ein junges Mädchen von achtzehn Jahren? Nehmen Sie den Fall der Jungfrau von Orleans. Nehmen Sie den Fall von Bernard Shaw. Nehmen Sie den Fall von Betsy Ross.

Denken Sie an die Ereignisse im Jahre 1925. – Gab es in der Geschichte der Puritaner eine gewagte Seite? Gibt es zwei Meinungen über Pocahontas? Hatte sie eine vierte Dimension?

Sind moderne Bilder – und Gedichte – Kunst? Ja und Nein. Nehmen Sie Picasso.

Gibt es einen «Knigge» für Landstreicher? Lassen Sie Ihren Geist auf Abenteuer ziehen!

Überall gibt es Romantik. Die Mitarbeiter des *Forum* treffen den Nagel auf den Kopf, sind voller Humor und Witz. Aber sie versuchen nicht, oberschlau zu sein und sind niemals weitschweifig.

Leben Sie ein volles Geistesleben, durch neue Ideen angeregt, berauscht von der Romantik des Außergewöhnlichen! Er legte die Broschüre hin.

Und unterdessen lag in einem verdunkelten Zimmer in seinem Haus in Triana Manuel García Maëra in seinem Bett, flach ausgestreckt, mit einem Schlauch in jeder Lunge, und ging an Lungenentzündung zugrunde. Alle Zeitungen Andalusiens widmeten ihm, bei seinem seit Tagen erwarteten Tode, Extrabeilagen. Männer und Jungen kauften lebensgroße, farbige Bilder von ihm zur Erinnerung und büßten das Bild, das sie von ihm im Gedächtnis hatten, durch das Anschauen der Lithographien ein. Alle Stierkämpfer atmeten bei der Todesnachricht erleichtert auf, weil er in der Arena ständig das tat, was sie nur manchmal tun konnten. Alle marschierten im Regen hinter seinem Sarg her, und einhundertundsiebenundvierzig Stierkämpfer folgten ihm zum Friedhof hinaus, wo man ihn in dem Grab neben Joselito begrub. Nach dem Begräbnis saßen alle vom Regen geschützt in den Cafés, und es wurden viele farbige Bilder von Maëra an Männer verkauft, die sie zusammenrollten und in ihre Taschen steckten.

Müde bin ich, geh zur Ruh

IN JENER NACHT LAGEN WIR IM ZIMMER AUF DEM FUSSBODEN, und ich hörte dem Fressen der Seidenraupen zu. Die Seidenraupen fraßen Maulbeerblätter auf den Hürden, und die ganze Nacht über hörte man sie fressen und ein fallendes Geräusch in den Blättern. Ich für mein Teil wollte nicht schlafen, weil ich schon sehr lange mit dem Wissen lebte, daß meine Seele, falls ich je im Dunkeln die Augen zumachte und mich gehenließ, meinen Körper verlassen würde. So war ich schon sehr lange, seit damals, als ich nachts in die Luft gesprengt worden war und gefühlt hatte, wie sie aus mir herausgefahren und weg und dann wieder zurückgekehrt war. Ich versuchte, niemals daran zu denken, aber sie pflegte jetzt immer nachts aus mir herauszufahren, gerade in dem Augenblick, wenn ich am Einschlafen war, und ich konnte es nur mit sehr großer Anstrengung verhindern. Und während ich jetzt ziemlich sicher bin, daß sie meinen Körper nicht wirklich verlassen hätte, wollte ich es damals in jenem Sommer nicht auf den Versuch ankommen lassen.

Ich hatte verschiedene Arten, mich zu beschäftigen, während ich so wach dalag. Ich dachte an einen Forellenstrom, in dem ich vor langer Zeit als Junge geangelt hatte, und fischte ihn in Gedanken seiner ganzen Länge nach sorgfältig ab, fischte sehr sorgfältig unter all den Baumstämmen, allen Uferbiegungen nach, in allen tiefen Stellen und den klaren, flachen Strecken, und manchmal fing ich Forellen und manchmal entkamen sie auch. Mittags machte ich eine Pause, um meine Brote zu essen, manchmal auf einem Baumstamm über dem Strom, manchmal an einem hohen Ufer unter einem Baum, und ich aß meine Brote immer sehr langsam und beobachtete, während ich aß, den Strom unter mir. Oft ging mir der Köder aus, weil ich immer nur zehn Würmer in einer Tabaksbüchse mitnahm, wenn ich losging. Hatte ich sie alle aufgebraucht, mußte ich neue Würmer finden, und manchmal war es sehr schwierig, am Ufer des Stromes zu graben, wo die Zedern die Sonne abhielten, und es kein Gras, sondern nur kahle, feuchte Erde gab, und oft fand ich keine Würmer. Aber ich fand immer irgendeine Art Köder, nur an einem Tag im Sumpf konnte ich überhaupt keinen Köder finden und mußte eine der Forellen, die ich gefangen hatte, in Stücke schneiden und sie als Köder benutzen.

Manchmal fand ich in den sumpfigen Wiesen, im Gras oder unter den Farnkräutern Insekten und benutzte diese. Da gab es Käfer und Insekten, deren Beine wie Grashalme aussahen, und Engerlinge in alten, morschen Baumstämmen, weiße Engerlinge mit braunen, zubeißenden Köpfen, die nicht am Haken blieben und sich im kalten Wasser in nichts auflösten, und Holzwürmer unter Baumstämmen, wo ich manchmal Angelwürmer fand, die im Boden verschwanden, sobald ich den Stamm hochhob. Einmal benutzte ich einen Salamander, den ich unter einem alten Baumstamm fand. Der Salamander war sehr klein und zierlich und behende und von wunderbarer Farbe. Er hatte winzige Füße, mit denen er sich am Haken festzuhalten suchte, und nach diesem einen Mal benutzte ich nie wieder einen Salamander, obschon ich sehr häufig welche fand. Auch Grillen benutzte ich nicht wegen der Art und Weise, wie sie sich am Haken benahmen.

Manchmal lief der Strom durch eine offene Wiese, und ich konnte im trockenen Gras Grashüpfer fangen und sie als Köder benutzen, und manchmal fing ich Grashüpfer und warf sie in den Strom und beobachtete, wie sie schwimmend auf dem Strom entlangtrieben, und wenn die Strömung sie ergriff, Kreise beschrieben und dann verschwanden, wenn eine Forelle auftauchte. Manchmal fischte ich so vier oder fünf verschiedene Ströme in einer Nacht ab. Ich begann so nah wie irgend möglich an der Quelle und fischte stromabwärts. Wenn ich zu schnell fertig war und die Zeit nicht rumging, fischte ich den Strom noch einmal ab, indem ich da, wo er sich in den See ergoß, begann und den Strom hinaufging und all die Forellen zu bekommen suchte, die mir vorher entgangen waren. In manchen Nächten erfand ich auch Ströme, und manche waren sehr aufregend, und es erschien mir alles wie ein Wachtraum. An manchen dieser Ströme kann ich mich noch erinnern, und ich glaube, daß ich in ihnen gefischt habe, und sie verschwimmen in meiner Erinnerung mit den Strömen, die ich tatsächlich kenne. Ich gab ihnen allen Namen und fuhr mit der Eisenbahn hin und ging manchmal noch meilenweit zu Fuß, um zu ihnen zu gelangen.

Aber in manchen Nächten konnte ich nicht fischen, und in diesen Nächten war ich frierend-wach und sagte meine Gebete wieder und wieder her und versuchte, für alle Leute, die ich je gekannt hatte, zu beten. Das nahm eine Menge Zeit in Anspruch, denn wenn man versucht, sich an alle Leute, die man je gekannt hat, zu erinnern, und man zu den frühesten Dingen, an die man sich erinnern kann, zurückgeht – was bei mir der Dachboden in dem Haus war, in dem ich zur Welt kam und wo der Hochzeitskuchen meiner Eltern in einer Blechbüchse von einem Sparren herabhing, und auf dem Dachboden unzählige Gläser mit Schlangen und anderem Zeugs standen, die mein Vater als Junge gesammelt und in Alkohol präpariert aufgehoben hatte – der Alkohol war in manchen Gläsern so weit gesunken, daß die Rücken einiger Schlangen und anderer Tiere freilagen und weiß geworden waren –, wenn man so weit zurückdachte, erinnerte man sich an eine Menge Leute. Wenn man für sie alle betete und für jeden ein Ave Maria und ein Vaterunser sagte, nahm es viel Zeit, und schließlich wurde es hell, und dann konnte man einschlafen, wenn man an einem Ort war, wo man bei Tageslicht schlafen konnte.

In jenen Nächten versuchte ich, mich an alles zu erinnern, was mir je passiert war, indem ich, gerade bevor ich in den Krieg ging, begann und mich von einem zum andern zurückerinnerte. Ich stellte fest, daß ich mich nicht weiter als an jenen Dachboden in dem Haus meines Großvaters zurückerinnern konnte. Dann begann ich da und erinnerte mich so herum noch einmal an alles, bis ich wieder beim Krieg angelangt war.

Ich erinnere mich, daß wir nach dem Tod meines Großvaters aus jenem Haus wegzogen und in ein neues Haus, das meine Mutter entworfen und gebaut hatte. Alles mögliche, was nicht mitgenommen werden sollte, wurde auf dem Hof verbrannt, und ich erinnere mich, daß die Gläser aus der Bodenkammer ins Feuer geworfen wurden und wie sie in der Hitze sprangen und wie das Feuer durch den Alkohol hoch aufflammte. Ich erinnere mich, daß die Schlangen in dem Feuer auf dem Hof verbrannten. Aber hierbei kamen keine Menschen vor, sondern nur Dinge. Ich konnte mich nicht einmal mehr erinnern, wer die Sachen verbrannte, und ich fuhr weiter fort, bis ich auf Menschen stieß, und dann hielt ich an und betete für sie.

Ich erinnere mich, daß meine Mutter in dem neuen Haus ständig großreinmachte und eine Menge Sachen ausrangierte. Einmal, als mein Vater auf einem Jagdausflug war, veranstaltete sie ein richtiges Scheuerfest im Erdgeschoß und verbrannte alles, was dort nicht hingehörte. Als mein Vater nach Hause kam, aus seinem Jagdwagen stieg und das Pferd festgebunden hatte, brannte das Feuer noch auf der Straße neben unserem Haus. Ich ging ihm entgegen. Er reichte mir sein Gewehr und besah sich das Feuer. «Was ist denn das?» fragte er.

«Ich hab das Erdgeschoß ausgeräumt, mein Lieber», sagte meine Mutter von der Veranda her. Sie stand da und lächelte zur Begrüßung. Mein Vater blickte ins Feuer und stieß mit dem Fuß gegen etwas. Dann bückte er sich und hob etwas aus der Asche auf. «Hol 'ne Harke, Nick», sagte er zu mir. Ich ging ins Erdgeschoß und brachte ihm eine Harke, und mein Vater harkte sehr vorsichtig in der Asche herum. Er harkte Steinäxte und steinerne Messer zum Abhäuten und Werkzeuge, um Pfeilspitzen zu schneiden, und Tonscherben und eine Menge Pfeilspitzen heraus. Sie waren alle vom Feuer geschwärzt und rissig. Mein Vater harkte sie alle sehr sorgfältig heraus und breitete sie auf dem Gras am Straßenrand aus. Sein Gewehr in dem Lederfutteral und seine Jagdtaschen lagen auf dem Gras, wo er sie hingelegt hatte, als er aus dem Jagdwagen gestiegen war.

«Nimm die Flinte und die Taschen ins Haus, Nick, und bring mir eine Zeitung», sagte er. Meine Mutter war ins Haus gegangen. Ich nahm das Gewehr, das schwer zu tragen war und mir gegen die Beine schlug, und die beiden Jagdtaschen und machte mich damit auf den Weg. «Nimm eins nach dem andern», sagte mein Vater. «Versuch nicht zuviel auf einmal zu tragen.» Ich legte die Jagdtaschen wieder hin und nahm die Flinte hinein und brachte eine Zeitung von dem großen Haufen, der im Arbeitszimmer meines Vaters lag, mit heraus. Mein Vater breitete all die geschwärzten und rissigen Steingeräte auf dem Papier aus und wickelte sie dann ein. «Die besten Pfeilspitzen sind alle kaputt», sagte er. Er ging mit dem Papierbündel ins Haus, und ich blieb mit den beiden großen Jagdtaschen draußen auf dem Gras. Nach einer Weile brachte ich sie hinein. In dieser Erinnerung kamen nur zwei Personen vor, also betete ich für beide.

Aber in manchen Nächten konnte ich mich nicht einmal an meine Gebete erinnern. Ich kam nur so weit «Wie im Himmel also auch auf Erden», und dann mußte ich von neuem anfangen und war völlig unfähig, darüber hinauszugelangen. Dann mußte ich mir eingestehen, daß ich mich nicht daran erinnern konnte, und mußte es aufgeben, in jener Nacht meine Gebete herzusagen, und irgend etwas anderes versuchen. So versuchte ich in manchen Nächten, alle Tiere der Erde bei Namen zu nennen, und dann die Vögel und dann die Fische und dann Länder und Städte und dann die verschiedensten Lebensmittel und die Namen aller Straßen, an die ich mich in Chicago erinnern konnte, und wenn ich mich überhaupt an nichts mehr erinnern konnte, dann lag ich nur so da und lauschte. Und ich erinnere mich an keine Nacht, in der man nicht etwas hören konnte. Wenn ich ein Licht haben konnte, hatte ich keine Angst vorm Einschlafen, weil ich wußte, daß meine Seele nur im Dunkeln aus mir herausfahren würde. Und natürlich war ich viele Nächte an Orten, wo ich ein Licht haben konnte, und dann schlief ich, denn ich war beinahe immer müde und oft sehr schläfrig. Und ich bin auch überzeugt, daß ich sehr oft einfach, ohne es zu wissen, schlief – aber ich schlief nie wissentlich, und in dieser Nacht hörte ich den Seidenraupen zu. Nachts kann man ganz deutlich hören, wie die Seidenraupen fressen, und ich lag mit offenen Augen da und hörte ihnen zu.

Außer mir war nur noch ein anderer Mensch im Zimmer, und auch er war wach. Ich hörte seinem Wachsein eine ganze Zeit lang zu. Er konnte nicht so still liegen wie ich, vielleicht weil er nicht soviel Übung im Wachsein hatte. Wir lagen auf Wolldecken, die über das Stroh gebreitet waren, und wenn er sich bewegte, raschelte das Stroh, aber die Seidenraupen hatten vor keinem Geräusch, das wir machten, Angst und fraßen unbeirrt weiter. Man hörte draußen, sieben Kilometer hinter der Front, die nächtlichen Geräusche, aber sie waren anders als die kleinen Geräusche in der Dunkelheit in unserem Zimmer drinnen. Der andere Mann im Zimmer versuchte, still zu liegen. Dann bewegte er sich wieder. Ich bewegte mich auch, damit er wußte, daß ich wach war. Er hatte zehn Jahre in Chicago gelebt. Man hatte ihn 1914 eingezogen, als er gerade zurückgekommen war, um seine Familie zu besuchen, und man hatte ihn mir als Burschen zugeteilt, weil er Englisch sprach. Ich hörte, wie er lauschte, deshalb bewegte ich mich wieder zwischen meinen Decken.

«Können Sie nicht schlafen, Signor Tenente?» fragte er.

«Nein.»

«Ich kann auch nicht schlafen.»

«Was ist denn los?»

«Ich weiß nicht. Ich kann nicht schlafen.»

«Fühlen Sie sich nicht wohl?»

«Doch, ganz. Ich kann nur nicht schlafen.»

«Wollen wir 'n bißchen reden?» fragte ich.

«Gern. Worüber kann man sich aber in diesem gottverfluchten Ort unterhalten?»

«Dieser Ort ist nicht schlecht», sagte ich.

«Gewiß doch», sagte er.

«Erzählen Sie mir von drüben, von Chicago», sagte ich.

«Ach», sagte er. «Das hab ich Ihnen alles schon einmal erzählt.»

«Erzählen Sie mir, wie Sie sich verheiratet haben.»

«Das hab ich Ihnen schon erzählt.»

«War der Brief, den Sie Montag bekamen – von ihr?»

«Gewiß. Sie schreibt mir regelmäßig. Sie verdient ganz anständig mit dem Geschäft.»

«Sie werden ein gutgehendes Geschäft vorfinden, wenn Sie zurückkommen.»

«Gewiß, sie führt es ausgezeichnet. Sie verdient eine Masse Geld.»

«Glauben Sie nicht, daß wir die anderen mit unserem Sprechen aufwecken?» fragte ich.

«Nein. Sie können nichts hören. Die schlafen sowieso wie die Schweine. Ich bin anders», sagte er. «Ich bin nervös.»

«Sprechen Sie leise», sagte ich. «Wollen Sie rauchen?»

Wir rauchten vorsichtig in der Dunkelheit.

«Sie rauchen nicht viel, Signor Tenente?»

«Nein, ich hab's mir beinahe abgewöhnt.»

«Nun», sagte er, «es tut einem nicht gut, und ich nehme an, daß man es nachher gar nicht entbehrt. Haben Sie je gehört, daß Blinde nicht rauchen, weil sie den Rauch nicht sehen können?»

«Das glaube ich nicht.»

«Ich halt's auch für Stuß», sagte er. «Ich hab's mal irgendwo gehört. Sie wissen ja, wie man so Sachen hört.»

Wir waren beide still, und ich hörte den Seidenraupen zu.

«Hören Sie diese verdammten Seidenraupen?» fragte er. «Man kann sie knabbern hören.»

«Es ist komisch», sagte ich.

«Sagen Sie, Signor Tenente, ist wirklich etwas mit Ihnen los, daß Sie nicht schlafen können? Ich sehe Sie nie schlafen. Sie haben nachts, solange ich bei Ihnen bin, noch nicht geschlafen.»

«Ich weiß nicht, John», sagte ich. «Vorigen Frühling ist es mir ziemlich dreckig gegangen, und nachts quält's mich.»

«Genau wie ich», sagte er. «Ich hätte nie in diesen Krieg reingeraten sollen. Ich bin zu nervös.»

«Vielleicht wird es besser.»

«Sagen Sie, Signor Tenente, wieso sind Sie denn überhaupt in diesen Krieg reingeraten?»

«Das weiß ich nicht, John. Damals wollte ich.»

«Wollte», sagte er, «das ist allerdings ein fabelhafter Grund.»

«Wir sollten nicht so laut reden», sagte ich.

«Die schlafen genau wie Schweine», sagte er. «Und Englisch verstehen sie ohnehin nicht. Die wissen überhaupt nichts. Was wollen Sie denn machen, wenn der Krieg vorbei ist, und wir wieder in den Staaten sind?»

«Ich werd für 'ne Zeitung arbeiten.»

«In Chicago?»

«Vielleicht.»

«Lesen Sie eigentlich je, was der Kerl, der Brisbane, schreibt? Meine Frau schneidet es für mich aus und schickt es mir.»

«Natürlich.»

«Kennen Sie ihn?»

«Nein, aber ich hab ihn mal gesehen.»

«Den Kerl würde ich gern mal treffen. Er ist ein ausgezeichneter Schriftsteller. Meine Frau liest kein Englisch, aber sie bestellt die Zeitung weiter, genauso, wie wenn ich zu Hause bin, und schneidet die Leitartikel und den Sportteil aus und schickt's mir.»

«Wie geht's den Kindern?»

«Glänzend. Meine eine Tochter ist jetzt in der vierten Klasse. Wissen Sie, Signor Tenente, wenn ich nicht die Jören hätte, wäre ich jetzt nicht Ihr Bursche. Dann hätte man mich die ganze Zeit über in die vorderste Linie gesteckt.»

«Ich freue mich, daß Sie sie haben.»

«Ich auch. Es sind famose Jören, aber ich wünsche mir einen Jungen. Drei Mädels und kein Junge. Das ist schon gemeines Pech.»

«Warum versuchen Sie nicht, einzuschlafen?»

«Nein. Ich kann jetzt nicht schlafen. Ich bin jetzt ganz wach, Signor Tenente. Aber wissen Sie, ich mach mir Sorgen, daß Sie nicht schlafen.»

«Wird schon wieder werden, John.»

«Wenn man sich vorstellt, so 'n junger Kerl wie Sie, der nicht schläft.»

«Es wird schon wieder werden. Es braucht einfach seine Zeit.»

«Sie müssen wieder in Ordnung kommen. Man kann doch nicht ohne Schlaf existieren. Sorgen Sie sich um etwas? Bedrückt Sie irgendwas?»

«Nein, John, ich glaube nicht.»

«Sie sollten heiraten, Signor Tenente. Dann würden Sie sich keine Sorgen machen.»

«Ich weiß nicht.»

«Sie sollten heiraten. Warum suchen Sie sich denn nicht irgendeine nette Italienerin mit viel Geld? Sie können jede kriegen, die Ihnen gefällt. Sie sind jung, und Sie haben 'ne Reihe Orden und Auszeichnungen und sehen nett aus. Sie sind mehrere Male verwundet gewesen.»

«Ich spreche die Sprache nicht gut genug.»

«Sie sprechen sie glänzend. Zum Teufel mit der Sprache! Sie brauchen doch nicht mit ihnen zu reden. Heiraten sollen Sie sie.»

«Ich werd's mir überlegen.»

«Sie kennen doch ein paar Mädchen, nicht?»

«Natürlich.»

«Also dann heiraten Sie die mit dem meisten Geld. Wissen Sie, hier sind alle so erzogen, daß sie gute Ehefrauen werden.»

«Ich werd's mir überlegen.»

«Überlegen Sie sich's nicht, Signor Tenente. Tun Sie's.»

«Schön.»

«Jeder Mann sollte verheiratet sein. Sie werden es niemals bereuen. Jeder Mann sollte verheiratet sein.»

«Schön», sagte ich. «Wir wollen jetzt mal versuchen, ein bißchen zu schlafen.»

«Schön, Signor Tenente. Ich werd's noch mal versuchen. Aber denken Sie an das, was ich gesagt habe.»

«Ich werd dran denken», sagte ich. «Jetzt wollen wir aber mal ein bißchen schlafen, John.»

«Schön», sagte er. «Hoffentlich werden Sie schlafen, Signor Tenente.»

Ich hörte, wie er in seinen Decken auf dem Stroh rumrollte, und dann war es ganz still, und ich hörte, wie er regelmäßig atmete. Dann begann er zu schnarchen. Ich hörte eine lange Zeit zu, wie er schnarchte, und dann hörte ich auf, zuzuhören, wie er schnarchte, und hörte zu, wie die Seidenraupen fraßen. Sie fraßen unentwegt, und die Blätter raschelten. Ich hatte etwas Neues, an das ich denken konnte, und lag mit offenen Augen im Dunkel und dachte an all die Mädchen, die ich gekannt hatte, und was für Frauen sie wohl abgeben würden. Es war sehr interessant, darüber nachzudenken, und eine Zeitlang verdrängte es das Forellenfischen und kam meinem Beten in die Quere. Zum Schluß kam ich aber doch wieder aufs Forellenfischen zurück, weil ich merkte, daß ich mich deutlich an alle Ströme erinnern konnte, und immer war irgend etwas Neues an ihnen, während die Mädchen, wenn ich ein paarmal an sie gedacht hatte, verschwammen, und ich sie mir nicht ins Gedächtnis zurückrufen konnte, und schließlich verschwammen sie alle und waren eigentlich alle gleich, und ich gab's fast ganz auf, an sie zu denken. Aber mein Beten setzte ich fort, und ich betete nachts oft für John, und sein Jahrgang wurde vor der Oktoberoffensive von der Front zurückgezogen. Ich war froh, daß er fortkam; ich hätte mich sehr um ihn gesorgt. Er besuchte mich einige Monate später in Mailand im Lazarett und war sehr enttäuscht, weil ich noch nicht verheiratet war, und ich weiß, daß er außer sich wäre, wenn er wüßte, daß ich bis heute noch immer unverheiratet bin. Er ging nach Amerika zurück und dachte sehr positiv über die Ehe und war davon überzeugt, daß sie alles ins Lot bringen würde.

Der Sieger geht leer aus

Nach dem Sturm

Es ging um gar nichts, um irgendwas über Punschmachen, und dann begannen wir zu raufen, und ich rutschte aus, und er kriegte mich unter, kniete mir auf der Brust und würgte mich mit beiden Händen, als ob er mich umbringen wollte, und die ganze Zeit über versuchte ich, mein Messer aus der Tasche zu ziehen, um ihn loszuschneiden. Die andern waren alle zu betrunken, um ihn von mir fortzuzerren. Er würgte mich und hämmerte meinen Kopf auf den Boden, und ich kriegte das Messer raus und öffnete es, und ich schnitt seinen Armmuskel quer durch, und er ließ mich los. Er hätte nicht länger festhalten können, wenn er's noch so gewollt hätte. Dann wälzte er sich und hielt sich den Arm und fing an zu jammern, und ich sagte:

«Zum Teufel noch mal, wozu willst du mich auch abmurksen?»

Ich hätte ihn umbringen können. Eine Woche lang konnte ich nicht schlucken. Er hatte meinen Hals übel zugerichtet.

Na, ich machte von da weg, und es waren 'ne Menge Leute bei ihm, und ein paar kamen hinter mir her, und ich schlug einen Haken und war unten bei den Docks, und ich traf einen Kerl, und der sagte: «Die Straße rauf hat irgendwer einen Mann umgebracht.» Ich sagte: «Wer hat ihn umgebracht?» Und er sagte: «Ich weiß nicht, wer ihn umgebracht hat, aber tot ist er», und es war dunkel, und in der Straße stand Wasser und kein Licht und zerbrochene Fenster und Boote in der Stadt alle kieloben und Bäume umgeweht, und alles ganz verweht, und ich nahm ein Skiff und fuhr hinaus und fand mein Boot dort, wo es innerhalb von Mango Key lag, und es war in Ordnung, nun war es voll Wasser. Also schöpfte ich es aus und pumpte es aus, und der Mond schien, aber reichlich Wolken und noch reichlich stürmisch, und ich fuhr mit ihm los, und als es Tageslicht war, war ich auf der Höhe von Eastern Harbour.

Junge, das war vielleicht ein Sturm! Ich war das erste Boot draußen, und du hast nie Wasser gesehen wie das da. Es war geradeso weiß wie ein Faß Lauge, und wenn man von Eastern Harbour nach Sou'west Key fuhr, konnte man die Küste nicht erkennen. Mitten durch den Strand war eine breite Rinne gesprengt. Bäume und alles herausgesprengt und eine Rinne quer hindurchgetrieben und das ganze Wasser weiß wie Kreide und alles mögliche drauf: Zweige und ganze Bäume und tote Vögel, und alles trieb. Innerhalb der Keys waren alle Pelikane der Welt, und alle Sorten von Vögeln flogen herum. Die waren wohl da reingeflüchtet, als sie merkten, daß es losging.

Einen Tag lang lag ich in Sou'west Key, und niemand war hinter mir her. Ich war das erste Boot draußen, und ich sah eine Spiere treiben, und ich wußte, da mußte ein Wrack sein, und ich fuhr los, um es zu suchen. Ich fand es. Es war ein dreimastiger Schoner, und ich konnte gerade die Enden seiner Spieren aus dem Wasser ragen sehen. Er lag zu tief im Wasser, und ich kriegte überhaupt nichts aus ihm raus. Also fuhr ich weiter und suchte nach etwas anderem. Ich war allen andern voraus, und ich wußte, was immer es gab, das mußte ich kriegen. Ich fuhr weiter von da, wo ich den dreimastigen Schoner zurückließ, über die Sandbarren, und ich fand nichts, und ich fuhr ein langes Stück weiter. Ich war weit draußen in der Nähe des Treibsandes, und ich fand nichts, deshalb fuhr ich weiter. Dann, als das Rebecca-Leuchtfeuer in Sicht kam, sah ich alle Arten von Vögeln, die sich über irgendwas hermachten, und ich steuerte zu ihnen rüber, um zu sehen, was es war, und war das vielleicht eine Wolke von Vögeln!

Ich konnte etwas sehen, das wie eine Spiere aussah und aus dem Wasser ragte, und als ich nah dran war, stiegen die Vögel alle auf in die Luft und blieben dicht um mich rum. Das Wasser da draußen war klar, und da ragte was wie 'ne Spiere gerade aus dem Wasser raus, und wie ich dicht dran bin, sah ich, daß es unter Wasser ganz dunkel war wie ein langer Schatten, und ich fuhr direkt drüber weg, und da unter Wasser lag ein Passagierdampfer, lag einfach da, völlig unter Wasser, so groß wie die ganze Welt. Ich trieb im Boot über ihn weg. Er lag auf der Seite, und das Heck war tief unter Wasser. Die Bullaugen waren alle fest geschlossen, und ich konnte das Glas im Wasser glitzern sehen und seinen ganzen Umfang. Das größte Schiff, das ich je im Leben gesehen habe, lag da, und dann fuhr ich seine ganze Länge ab, und dann fuhr ich rüber und warf Anker, und ich schob das Skiff auf dem Deck nach vorn und ins Wasser runter und ruderte zu ihm raus mit all den Vögeln um mich rum.

Ich hatte ein Wasserglas, wie wir's beim Schwammfischen benutzen, und meine Hand zitterte so, daß ich es kaum halten konnte. Alle Bullaugen waren geschlossen, das konnte man sehen, wenn man drüber und dran entlangfuhr, aber tief unten, dicht am Boden, mußte etwas aufgewesen sein, weil da die ganze Zeit über Stücke von irgendwas raustrieben. Man konnte nicht erkennen, was es war. Einfach Stücke. Hinter denen waren also die Vögel her. So viele Vögel hast du im Leben nicht gesehen. Sie waren überall um mich rum; verrücktes Geschrei.

Ich konnte alles klar und deutlich sehen. Ich konnte seine Rundung sehen, und unter Wasser sah er über 'n Kilometer lang aus. Er lag auf einer hellen, weißen Sandbank, und die Spiere war der Art zufolge, wie er auf der Seite lag und sie aus dem Wasser ragte, 'ne Art Fockmast. Sein Bug war nicht sehr tief unter Wasser. Ich konnte auf dem Bug auf den Buchstaben seines Namens stehen, und mein Kopf war gerade über Wasser. Aber das nächste Bullauge war zwölf Fuß unter Wasser. Ich konnte es gerade mit dem Bootshaken erreichen, und versuchte, es damit einzuschlagen, aber ich konnte es nicht. Das Glas war zu dick. Also ruderte ich zu meinem Boot zurück und holte einen Schraubenschlüssel und befestigte ihn am Ende des Bootshakens, aber ich konnte es nicht zerbrechen. Da sah ich nun runter durch das Glas auf den Passagierdampfer mit allem drin, und ich war der erste dran, und ich konnte nicht in ihn rein. Er muß für fünf Millionen Dollar Werte in sich gehabt haben.

Mir wurde ganz schwach bei dem Gedanken, was er alles in sich haben mußte. Drinnen, hinter dem Bullauge, das geschlossen war, konnte ich was sehen, aber ich konnte es durch mein Wasserglas nicht erkennen. Mit dem Bootshaken konnte ich nichts ausrichten, und ich zog meine Sachen aus und stand da und holte ein paarmal tief Atem und sprang vom Heck aus mit dem Schraubenschlüssel in der Hand hinab und schwamm hinunter. Ich konnte mich eine Sekunde lang an der Kante des Bullauges festhalten, und ich konnte reinsehen, und da war eine Frau drin, und ihr Haar flutete um sie rum. Deutlich konnte ich sie treiben sehen, und ich schlug mit dem Schraubenschlüssel zweimal doll gegen das Glas, und ich hörte das Geräusch in meinen Ohren klirren, aber es ging nicht in Scherben, und ich mußte wieder raufkommen.

Ich hielt mich am Skiff fest und holte Atem, und dann kletterte ich rein, und dann holte ich ein paarmal Atem und tauchte wieder. Ich schwamm runter und klammerte mich mit den Fingern an der Kante des Bullauges fest und hielt sie fest und schlug, so doll ich konnte, mit dem Schraubenschlüssel gegen das Glas. Ich konnte durch das Glas sehen, wie die Frau im Wasser trieb. Ihr Haar war dicht am Kopf abgebunden, und es flutete im Wasser nach allen Seiten. Ich konnte die Ringe an ihrer einen Hand sehen. Sie war ganz nahe am Bullauge dran, und ich schlug zweimal gegen das Glas, und es kriegte noch nicht mal einen Sprung. Beim Raufkommen dachte ich, ich schaffe es nicht bis nach oben, ohne Atem zu holen.

Ich ging noch mal runter, und ich brachte dem Glas einen Sprung bei, aber bloß einen Sprung, und als ich raufkam, blutete meine Nase, und ich stand mit meinen nackten Füßen auf dem Bug des Passagierdampfers auf den Buchstaben seines Namens, mit dem Kopf gerade über Wasser, und ruhte mich aus, und dann schwamm ich zum Skiff rüber und zog mich dran hoch und rein und saß da und wartete ab, daß mir der Kopf nicht mehr so weh tat, und ich sah runter durch das Wasserglas, aber ich blutete so, daß ich das Wasserglas auswaschen mußte. Dann legte ich mich im Skiff zurück und hielt mir die Hand unter die Nase, um es anzuhalten, und ich lag mit dem Kopf nach hintenüber und sah rauf, und da war 'ne Million Vögel über mir und um mich rum.

Als die Bluterei aufhörte, warf ich noch einen Blick durch das Glas, und dann ruderte ich zu dem Boot rüber, um vielleicht was Schwereres als den Schraubenschlüssel zu finden, aber ich konnte nichts finden, nicht mal einen Schwammhaken. Ich fuhr zurück, und das Wasser wurde immer klarer, und man konnte auf der weißen Sandbank alles sehen, was raustrieb. Ich sah mich nach Haifischen um, aber es waren keine da. Einen Haifisch hätte man schon von weitem gesehen. Das Wasser war so klar und der Sand weiß. Am Skiff befand sich ein Ankerring, und ich schnitt ihn ab und ließ mich über Bord und mit ihm runter. Er trug mich runter zu dem Bullauge und dran vorbei, und ich packte zu und konnte mich nicht festhalten, und es ging runter, tiefer und tiefer, und ich glitt an der geschwungenen Bordwand lang. Ich mußte den Ring loslassen. Ich hörte ihn einmal aufschlagen, und es kam mir wie ein Jahr vor, bis ich wieder rauf an die Oberfläche des Wassers kam. Das Skiff war mit der Strömung abgetrieben, und ich schwamm zu ihm rüber, während meine Nase ins Wasser blutete, während ich schwamm, und ich war heilfroh, daß keine Haifische da waren, aber müde war ich.

Mein Kopf war wie auseinandergeplatzt, und ich lag im Skiff und ruhte mich aus, und dann ruderte ich zurück. Es war spät am Nachmittag. Ich tauchte noch mal mit dem Schraubenschlüssel, aber es kam nichts dabei raus. Der Schraubenschlüssel war zu leicht. Es hatte keinen Sinn zu tauchen, wenn man nicht einen schweren Hammer hatte oder irgendwas, was schwer genug war, um was auszurichten. Dann befestigte ich den Schraubenschlüssel noch einmal an dem Bootshaken, und ich beobachtete durch das Wasserglas, und ich schlug auf die Glasscheibe ein und hämmerte drauf los, bis der Schraubenschlüssel abging, und ich sah es klar und deutlich durchs Glas, wie er am Schiff langglitt und dann von ihm weg und runter auf den Treibsand und in ihn rein. Nun konnte ich gar nichts machen. Der Schraubenschlüssel war weg, und den Ankerring war ich los, also ruderte ich zu meinem Boot zurück. Ich war zu müde, um das Skiff raufzuziehen, und die Sonne stand ziemlich tief. Die Vögel zogen alle ab und verließen das Schiff, und ich nahm Kurs auf Sou'west Key mit dem Skiff im Schlepp, und die Vögel flogen vor mir her und hinter mir her. Ich war reichlich müde.

In jener Nacht begann es wieder zu stürmen, und es stürmte eine Woche lang. Man konnte nicht zu ihm raus. Sie kamen aus der Stadt raus und erzählten mir, daß es dem Kerl, dem ich den Muskel hatte durchschneiden müssen, gut ging, bis auf den Arm, und ich ging in die Stadt zurück, und ich mußte fünfhundert Dollar Kaution stellen. Es ging schließlich gut ab, weil ein paar von ihnen, Freunde von mir, schworen, daß er mit einer Axt hinter mir her gewesen war, aber bis wir wieder zu dem Dampfer rauskamen, hatten die Griechen ihn aufgesprengt und ausgeräumt. Das Safe kriegten sie mit Dynamit raus. Keiner hat je erfahren, wieviel sie kriegten. Er hatte Gold geladen, und sie kriegten es alles. Sie plünderten ihn bis aufs letzte. Ich hatte ihn gefunden, und ich bekam noch keinen roten Heller aus ihm raus.

Es war schon eine beschissene Angelegenheit. Man sagt, das Schiff sei gerade vor dem Hafen von Havanna gewesen, als der Orkan losbrach, und es konnte nicht hinein, oder die Eigner wollten nicht, daß der Kapitän das Risoko lief, wieder zurückzukommen; man sagt, er habe es versuchen wollen; also mußten sie mit dem Sturm mit, und in der Dunkelheit jagten sie vor ihm her und versuchten zwischen Rebecca und Tortugas durch den Golf zu kommen, als sie auf den Treibsand liefen. Vielleicht wurde ihnen das Steuerruder weggerissen. Vielleicht steuerten sie nicht einmal. Aber wie dem auch war, sie konnten nicht gewußt haben, daß es Treibsand war, und als sie aufliefen, muß der Kapitän Order gegeben haben, die Ballasttanks zu öffnen, damit sie festliegen würden. Aber es war Treibsand, in den sie geraten waren, und als sie die Tanks aufmachten, sackte der Dampfer ab mit dem Heck zuerst und legte sich dann auf die Seite. Es waren vierhundertfünfzig Passagiere und die Mannschaft an Bord, und sie müssen alle an Bord gewesen sein, als ich ihn fand. Die müssen die Tanks aufgemacht haben, sobald er auflief, und die Minute, in der er sich auf den Treibsand niederließ, zog es ihn runter. Dann müssen die Kessel geplatzt sein, und das war's wohl, woher all die Stücke kamen, die umhertrieben. Es war aber komisch, daß keine Haifische da waren. Nicht ein Fisch war da. Ich hätte sie auf dem hellen, weißen Sand sehen können.

Jetzt jedoch massenhaft Fische, schwarze Seebarsche, von der größten Sorte. Der größte Teil des Dampfers ist jetzt unterm Sand, aber sie leben in ihm drin, die größte Sorte schwarze Seebarsche. Manche wiegen drei- bis vierhundert Pfund. Irgendwann wollen wir mal rausfahren und welche fangen. Von dort, wo er liegt, kann man das Rebecca-Leuchtfeuer sehen. Man hat jetzt eine Boje auf ihm angebracht. Er liegt da, wo der Treibsand aufhört, direkt am Rande des Golfs. Sie hatten die Durchfahrt um höchstens achtzig Meter verfehlt. In der Dunkelheit, in dem Sturm hatten sie sie gerade verfehlt; es regnete derartig, daß sie die Rebecca nicht sehen konnten. Außerdem sind sie an derartige Sachen nicht gewöhnt. Der Kapitän eines Passagierdampfers ist nicht gewöhnt, so zu lenzen. Sie haben ihren Kurs, und man hat mir erzählt, sie setzen eine Art Kompaß, und es steuert sich von allein. Sie wußten wahrscheinlich nicht, wo sie waren, als sie vor dem Sturm hinjagten, aber sie hätten es beinahe geschafft. Vielleicht hatten sie jedoch das Steuerruder verloren. Wie dem auch war, es gab sonst nichts zum Auflaufen, bis sie nach Mexiko kamen, sobald sie erst mal im Golf drin waren. Muß aber schon allerhand gewesen sein, als sie in dem Regen und Wind aufliefen, und er ihnen befahl, die Tanks zu öffnen. Bei dem Sturm und Regen kann niemand an Deck gewesen sein. Alle müssen unten gewesen sein. An Deck konnte man sich nicht aufhalten. Drinnen müssen sich schon allerhand Szenen abgespielt haben, nämlich, weißt du, er sank schnell. Ich hab gesehen, wie der Schraubenschlüssel im Sand versank. Der Kapitän konnte, als er auflief, nicht gewußt haben, daß es Treibsand war, außer wenn er die Gewässer hier kannte. Er wußte bloß, daß es kein Felsen war. Er muß alles von der Brücke aus gesehen haben. Er muß gewußt haben, was los war, als sie aufliefen. Ich möchte wissen, wie schnell es ging. Ob wohl der Steuermann bei ihm war? Glaubst du, daß sie auf der Brücke blieben, oder glaubst du, daß sie's im Freien geschluckt haben? Man hat nie irgendwelche Leichen gefunden. Nicht eine einzige. Niemand trieb umher. Und mit Rettungsringen treiben sie lange Strecken. Sie müssen es drinnen geschluckt haben. Na, die Griechen haben alles gekriegt. Alles. Die müssen mächtig schnell da gewesen sein. Sie plünderten ihn gänzlich aus. Zuerst waren die Vögel da, dann ich, dann die Griechen, und selbst die Vögel kriegten mehr aus ihm raus als ich.

Ein sauberes, gutbeleuchtetes Café

Es war spät, und alle hatten das Café verlassen bis auf einen alten Mann, der in dem Schatten saß, den die Blätter des Baumes vor dem elektrischen Licht warfen. Bei Tag war die Straße staubig, aber nachts hielt der Tau den Staub nieder, und der alte Mann saß gern spät hier, denn er war taub, und jetzt in der Nacht war es still, und er spürte den Unterschied. Die beiden Kellner drinnen im Café wußten, daß der alte Mann ein bißchen betrunken war, und sie wußten, daß er, obschon er ein guter Kunde war, ohne zu zahlen wegging, wenn er zuviel getrunken hatte, darum behielten sie ihn im Auge.

«Letzte Woche hat er einen Selbstmordversuch gemacht», sagte der eine Kellner.

«Warum?»

«Aus Verzweiflung.»

«Worüber?»

«Über nichts.»

«Woher weißt du, daß es nichts war?»

«Er hat ’ne Masse Geld.»

Sie saßen zusammen an einem Tisch dicht an der Wand neben dem Eingang des Cafés und sahen hinaus auf die Terrasse, wo alle Tische leer waren bis auf den einen, an dem der alte Mann im Schatten der Blätter des Baumes saß, die sich leicht im Winde bewegten. Ein Mädchen und ein Soldat gingen auf der Straße vorüber. Das Laternenlicht fiel auf die Messingnummer auf seinem Kragen. Das Mädchen trug keine Kopfbedeckung und eilte neben ihm her.

«Die Wache wird ihn festnehmen», sagte der eine Kellner.

«Was macht’s, wenn er das kriegt, worauf er aus ist?»

«Er sollte lieber jetzt von der Straße verschwinden. Die Wache wird ihn festnehmen. Vor fünf Minuten sind sie vorbeigekommen.»

Der alte Mann, der im Schatten saß, klopfte mit seinem Glas auf den Untersatz. Der jüngere Kellner ging zu ihm hinüber.

«Sie wünschen?»

Der alte Mann sah ihn an. «Noch einen Schnaps», sagte er.

«Sie werden sich betrinken», sagte der Kellner. Der alte Mann blickte ihn an. Der Kellner ging fort.

«Der bleibt die ganze Nacht», sagte er zu seinem Kollegen. «Ich bin schläfrig. Ich komme nie vor drei ins Bett. Er hätte sich letzte Woche umbringen sollen.»

Der Kellner nahm drinnen im Café die Schnapsflasche und einen neuen Untersatz vom Büfett und schlenderte hinaus an den Tisch des alten Mannes. Er stellte den Untersatz hin und goß das Glas voll Schnaps.

«Sie hätten sich vergangene Woche umbringen sollen», sagte er zu dem tauben Mann. Der alte Mann zeigte mit dem Finger. «Ein bißchen mehr», sagte er. Der Kellner goß weiter ein, so daß der Schnaps überfloß und am Stiel des Glases bis auf den oberen Untersatz des Stapels hinunterlief. «Danke», sagte der alte Mann. Der Kellner nahm die Flasche ins Café zurück. Er setzte sich wieder zu seinem Kollegen an den Tisch.

«Er ist bereits betrunken», sagte er.

«Er ist jeden Abend betrunken.»

«Warum wollte er sich umbringen?»

«Woher soll ich das wissen?»

«Wie hat er's denn angefangen?»

«Er hat sich mit einem Strick aufgehängt.»

«Wer hat ihn abgeschnitten?»

«Seine Nichte.»

«Warum hat sie es getan?»

«Angst um sein Seelenheil.»

«Wieviel Geld hat er?»

«'ne Masse.»

«Er muß an die Achtzig sein.»

«Für Achtzig halte ich ihn bestimmt.»

«Ich wünschte, er ginge nach Hause. Ich komme nie vor drei ins Bett. Ist das eine Zeit, um ins Bett zu gehen?»

«Er bleibt auf, weil er 's mag.»

«Er ist einsam. Ich bin nicht einsam. Ich habe eine Frau, die im Bett auf mich wartet.»

«Er hatte auch mal eine Frau.»

«Von einer Frau würde er jetzt nicht viel haben.»

«Das weiß man nicht. Vielleicht ging's ihm besser mit einer Frau.»

«Seine Nichte kümmert sich um ihn.»

«Ich weiß. Du hast gesagt, daß sie ihn abgeschnitten hat.»

«Ich möchte nicht so alt werden. Ein alter Mann ist etwas Ekelhaftes.»

«Nicht immer. Der Alte da ist sauber. Er trinkt, ohne was zu verschütten. Sogar jetzt, betrunken. Sieh ihn dir an.»

«Ich will ihn nicht ansehen. Ich wünschte, er ginge nach Hause. Er nimmt keine Rücksicht auf die Leute, die arbeiten müssen.»

Der alte Mann sah von seinem Glas auf über den Platz und dann hinüber zu den Kellnern.

«Noch einen Schnaps», sagte er und zeigte auf sein Glas. Der Kellner, der es eilig hatte, ging hinüber.

«Schluß», sagte er, und dann unter Umgehung aller Syntax, wie's dumme Leute tun, wenn sie mit Betrunkenen und Ausländern sprechen: «Nichts mehr heute. Schließen jetzt.»

«Noch einen», sagte der alte Mann.

«Nein, Schluß.» Der Kellner wischte mit einer Serviette über den Tischrand und schüttelte den Kopf.

Der alte Mann stand auf, zählte langsam die Untersätze, zog ein ledernes Portemonnaie aus der Tasche, zahlte für die Getränke und ließ eine halbe Peseta Trinkgeld liegen.

Der Kellner sah ihm nach, als er die Straße entlangging, ein sehr alter Mann, schwankenden Schritts, aber voll Würde.

«Warum hast du ihn nicht sitzen und trinken lassen?» fragte der Kellner, der es nicht eilig hatte. Sie ließen die Rolläden herunter. «Es ist noch nicht halb drei.»

«Ich will nach Hause, ins Bett.»

«Was ist schon eine Stunde?»

«Für mich mehr als für ihn.»

«Eine Stunde ist eine Stunde.»

«Du red'st selbst wie ein alter Mann. Er kann sich eine Flasche kaufen und zu Hause trinken.»

«Das ist nicht dasselbe.»

«Nein, das stimmt», gab der Kellner, der eine Frau hatte, zu. Er wollte nicht ungerecht sein. Er hatte es nur eilig.

«Und du? Du hast keine Angst, wenn du früher als gewöhnlich nach Hause kommst?»

«Willst du mich beleidigen?»

«Nein, *hombre,* ich mach nur Spaß.»

«Nein», sagte der Kellner, der es eilig hatte, und richtete sich auf; er hatte grade die eisernen Rolläden heruntergelassen. «Ich habe Vertrauen, vollstes Vertrauen.»

«Du hast Jugend, Vertrauen und Arbeit», sagte der ältere Kellner. «Du hast alles.»

«Und was fehlt dir?»

«Alles, bis auf Arbeit.»

«Du hast alles, was ich habe.»

«Nein. Ich hab nie Vertrauen gehabt, und ich bin nicht jung.»

«Los, komm! Red keinen Unsinn, und schließ zu.»

«Ich bin einer von denen, die gern lange im Café bleiben», sagte der ältere Kellner. «Mit all denen, die nicht ins Bett gehen wollen. Mit all denen, die nachts Licht brauchen.»

«Ich will nach Hause und ins Bett.»

«Wir beiden sind ganz verschiedene Naturen», sagte der ältere Kellner. Er war jetzt angezogen, um nach Hause zu gehen. «Es ist nicht nur eine Frage von Jugend und Vertrauen, obwohl beides wunderbar ist. Nur mit Widerstreben mach ich jede Nacht zu, weil vielleicht jemand das Café braucht.»

«*Hombre*, es gibt Bodegas, die die ganze Nacht offen sind.»

«Du verstehst das nicht. Dies ist ein sauberes und angenehmes Café. Es ist gut beleuchtet. Das Licht ist sehr gut, und jetzt sind auch noch die Schatten der Blätter da.»

«Gute Nacht», sagte der jüngere Kellner.

«Gute Nacht», sagte der andere. Er drehte das elektrische Licht aus und setzte die Unterhaltung mit sich selbst fort. Es ist natürlich das Licht, aber außerdem muß der Raum sauber und angenehm sein. Man will keine Musik haben. Bestimmt will man keine Musik haben. Man kann auch nicht mit Würde an der Bar stehen, obwohl das alles ist, was für diese Zeit vorgesehen ist. Wovor hatte er Angst? Es war nicht Angst oder Furcht. Es war ein Nichts, das er nur zu gut kannte. Es war alles ein Nichts, und der Mensch war auch ein Nichts. Es war nur das, und Licht war alles, was man brauchte und eine gewisse Sauberkeit und Ordnung. Manche lebten darin und fühlten es gar nicht, aber er wußte, es war alles *nada y pues nada y pues nada. Nada* unser, der du bist im *nada, nada* sei Dein Name, Dein Reich *nada,* Dein Wille *nada,* wie im *nada* also auch auf *nada.* Unser täglich *nada* gib uns *nada,* und *nada* uns unsere *nada,* wie wir *nadan* unsern *nadan. Nada* uns nicht in *nada,* sondern erlöse uns von dem *nada; pues nada.* Heil dem Nichts, voll von Nichts. Nichts ist mit dir. Er lächelte und stand vor einer Theke mit einer glänzenden Kaffee-Expressomaschine.

«Was bekommen Sie?» fragte der Mann hinter der Theke. *«Nada.»*

«Otro loco mas», sagte der Mann und wandte sich ab.

«Eine kleine Tasse», sagte der Kellner.

Der Mixer schenkte sie ihm ein.

«Das Licht ist sehr hell und angenehm, aber die Theke ist nicht poliert», sagte der Kellner.

Der Mixer sah ihn an, antwortete aber nicht. Es war zu spät in der Nacht, um sich zu unterhalten.

«Wollen Sie noch eine *copita*?» fragte der Mixer.

«Nein, danke», sagte der Kellner und ging hinaus. Er konnte Bars und Bodegas nicht leiden. Ein sauberes, gutbeleuchtetes Café war etwas ganz anderes. Jetzt würde er, ohne weiter zu grübeln, nach Hause in sein Zimmer gehen. Er würde in seinem Bett liegen und endlich bei Tageslicht einschlafen. Schließlich, sagte er zu sich, ist es wahrscheinlich nur Schlaflosigkeit. Sicher haben das viele.

Das Licht der Welt

ALS ER UNS ZUR TÜR HEREINKOMMEN SAH, BLICKTE DER Kneipenwirt auf und langte dann hinüber und stülpte die Glasglocken über die beiden Gratis-Lunch-Schüsseln.

«Geben Sie mir ein Bier», sagte ich. Er zapfte es ab, strich den Schaum mit dem Spatel herunter und hielt dann das Glas in der Hand. Ich legte meine fünf Cent aufs Faß, und er schob mir das Bier zu.

«Was bekommen Sie?» sagte er zu Tom.

«Bier.»

Er zapfte das Bier und strich es ab, und als er das Geld sah, schob er das Bier zu Tom hinüber.

«Was ist denn los?» fragte Tom.

Der Mann hinter der Theke antwortete ihm nicht. Er sah einfach über unsere Köpfe hinweg und sagte zu einem Mann, der gerade hereinkam: «Was bekommen Sie?»

«Schnaps», sagte der Mann. Der Kneipenwirt stellte die Flasche raus und ein Glas und ein Glas Wasser dazu.

Tom langte hinüber und nahm die Glasglocke von der Gratis-Lunch-Schüssel. Es waren Schweinsfüße in Sülze, und es lag ein hölzernes Instrument dabei, das wie eine Schere funktionierte, mit zwei hölzernen Gabeln am Ende, um sie herauszuheben.

«Nein», sagte der Mann hinter der Theke und stülpte die Glasglocke wieder über die Schüssel. Tom hielt die hölzerne Scherengabel in der Hand. «Legen Sie sie hin», sagte der Mann hinter der Theke.

«Sie wissen wohin», sagte Tom.

Der Kneipenwirt langte mit einer Hand unter die Theke und beobachtete uns beide. Ich legte fünfzig Cent aufs Faß, und er richtete sich auf.

«Was bekommen Sie?» fragte er.

«Bier», sagte ich, und bevor er das Bier abzog, deckte er beide Schüsseln auf.

«Ihre verdammten Schweinsfüße stinken», sagte Tom und spuckte, was er im Mund hatte, auf die Erde. Der Kneipenwirt sagte nichts. Der Mann, der den Schnaps getrunken hatte, zahlte und ging hinaus, ohne sich umzusehen.

«Sie stinken selbst», sagte der Mann hinter der Theke. «All ihr Schwulen stinkt.»

«Er sagt, wir sind Schwule», sagte Tom zu mir.

«Hör mal», sagte ich. «Laß uns abhauen.»

«Raus mit euch, aber verdammt schnell, ihr Schwulen», sagte der Kneipenwirt.

«Ich hab gesagt, daß wir gehen», sagte ich. «Es war nicht Ihre Idee.»

«Wir kommen wieder», sagte Tom.

«Nein, das werdet ihr nicht», antwortete ihm der Kneipenwirt.

«Sag ihm, daß er sich aber sehr irrt.» Tom wandte sich mir zu.

«Los, komm», sagte ich.

Draußen war es angenehm und dunkel.

«Was für ein gottverfluchter Ort ist denn das?» sagte Tom.

«Ich weiß nicht», sagte ich. «Wir wollen zum Bahnhof runtergehen.»

Wir waren in jene Stadt an einem Ende hereingekommen und gingen am andern hinaus. Es roch nach Häuten und Lohe und den großen Haufen von Sägemehl. Es begann zu dunkeln, als wir in die Stadt kamen, und jetzt, wo es dunkel war, war es kalt, und die Wasserpfützen auf der Straße froren am Rande zu.

Unten im Bahnhof warteten fünf Huren, sechs weiße Männer und vier Indianer auf das Einlaufen des Zuges. Es war überfüllt und heiß vom Ofen und voll mit kaltem Rauch. Es sprach niemand, als wir hereinkamen, und der Billettschalter war heruntergelassen.

«Kannst du die Tür nicht zumachen?» sagte jemand.

Ich blickte auf, um zu sehen, wer es gesagt hatte. Es war einer der weißen Männer. Er trug Sporthosen und Gummistiefel wie ein Holzfäller und ein Mackinawhemd wie die andern, aber er hatte keine Mütze auf, und sein Gesicht war weiß, und seine Hände waren weiß und dünn.

«Na, willst du sie nicht zumachen?»

«Gewiß», sagte ich und machte sie zu.

«Danke», sagte er. Einer der andern Männer wieherte los.

«Jemals mit einem Koch angebandelt?» sagte er zu mir.

«Nein.»

«Mit dem hier kannst du anbandeln.» Er blickte den Koch an. «Er mag's gern.»

Der Koch sah von ihm weg und preßte die Lippen fest aufeinander.

«Er tut Zitronensaft auf seine Hände», sagte der Mann. «Er würde sie um nichts in der Welt ins Spülwasser stecken. Sieh mal, wie weiß sie sind.»

Eine der Huren lachte laut heraus. Sie war die dickste Hure und die dickste Frau, die ich je im Leben gesehen habe. Und sie hatte eins von diesen Kleidern aus changierender Seide an. Außer ihr waren noch zwei Huren da, die beinah so dick waren, aber die Dicke wog bestimmt ihre dreihundert Pfund. Man traute seinen Augen nicht, wenn man sie anblickte. Alle drei trugen solche changierenden Seidenkleider. Sie saßen nebeneinander auf der Bank. Sie waren enorm. Die andern beiden waren einfach ganz normal aussehende Huren, Wasserstoffblondinen.

«Sehen Sie sich mal seine Hände an», sagte der Mann und nickte mit dem Kopf zu dem Koch hin. Die Hure lachte von neuem und schütterte am ganzen Körper.

Der Koch wandte sich um und sagte schnell zu ihr: «Du großer widerwärtiger Fleischklumpen.»

Sie lachte und schütterte einfach weiter.

«Herr Jesus, nein», sagte sie. Sie hatte eine angenehme Stimme. «Ach du lieber Herr Jesus.»

Die beiden andern Huren, die dicken, benahmen sich sehr ruhig und gelassen, so als ob sie nicht viel Verstand hätten, aber dick waren sie, fast so dick wie die Dickste. Sie wogen beide sicher über zweihundert Pfund. Die andern beiden taten erhaben.

An Männern waren außer dem Koch und dem, der redete, noch zwei Holzfäller da, einer, der interessiert, aber verschämt zuhörte, und ein anderer, der anscheinend Anstalten machte, etwas zu sagen, und zwei Schweden. Zwei Indianer saßen am Ende der Bank, und einer lehnte an der Wand.

Der Mann, der Anstalten machte, etwas zu sagen, sagte sehr leise zu mir: «Muß sein, wie wenn man auf einen Heuhaufen steigt.»

Ich lachte und sagte es Tommy.

«Ich schwör bei Gott, so was ist mir noch nicht vorgekommen», sagte er. «Sieh dir die drei an.» Dann nahm der Koch das Wort.

«Wie alt seid ihr Jungens?»

«Ich bin sechsundneunzig und er ist neunundsechzig», sagte Tommy.

«Ha, ha, ha.» Die dicke Hure schütterte vor Lachen. Sie hatte eine wirklich angenehme Stimme. Die andern Huren lächelten nicht.

«Ach, kannst du denn nicht anständig sein?» sagte der Koch. «Ich fragte doch nur aus Freundlichkeit.»

«Wir sind siebzehn und neunzehn», sagte ich.

«Was ist denn mit dir los?» wandte sich Tommy an mich.

«Laß gut sein.»

«Du kannst Alice zu mir sagen», sagte die dicke Hure, und dann begann sie wieder zu schüttern.

«Heißt du so?» fragte Tommy.

«Gewiß», sagte sie. «Alice, nicht wahr?» Sie wandte sich an den Mann, der neben dem Koch saß.

«Alice. Das stimmt.»

«Das ist so ein Name, wie er zu dir paßt», sagte der Koch.

«Es ist mein richtiger Name», sagte Alice.

«Wie heißen die andern Mädchen?» fragte Tom.

«Hazel und Ethel», sagte Alice. Hazel und Ethel lächelten. Sie waren nicht sehr helle.

«Wie heißt du?» sagte ich zu einer der Blondinen.

«Frances», sagte sie.

«Frances und weiter?»

«Frances Wilson. Was geht's dich an?»

«Und wie heißt du?» fragte ich die andere.

«Ach, sei nicht so frech», sagte sie.

«Er will ja nur, daß wir alle gut Freund sind», sagte der Mann, der gern redete. «Willst du denn nicht gut Freund sein?»

«Nein», sagte die Wasserstoffne, «nicht mit dir.»

«Sie ist einfach ein Drachen», sagte der Mann. «Ein richtiger kleiner Drachen.»

Die eine Blondine sah die andere an und schüttelte den Kopf.

«Gottverdammte alte Kaulquappen», sagte sie.

Alice begann von neuem zu lachen und am ganzen Körper zu schüttern.

«Das ist doch nicht komisch», sagte der Koch. «Ihr lacht alle, aber was ist denn da komisch? Ihr zwei jungen Burschen, wo geht denn die Reise hin?»

«Wo willst du denn selber hin?» fragte ihn Tom.

«Ich will nach Cadillac», sagte der Koch. «Seid ihr jemals dagewesen? Meine Tante wohnt dort.»

«Er ist selbst 'ne Tante», sagte einer der Männer in Sporthosen.

«Kannst du denn nicht damit aufhören?» fragte der Koch. «Können wir uns nicht anständig unterhalten?»

«Cadillac ist der Ort, wo Steve Ketchel herkam und wo Ad Wolgast her ist», sagte der schüchterne Mann.

«Steve Ketchel», sagte eine der Blondinen mit einer hohen Stimme, als ob der Name etwas in ihr ausgelöst hatte. «Sein eigener Vater schoß auf ihn und hat ihn getötet. Ja, weiß Gott, sein eigener Vater. Heute gibt es keine Männer mehr wie Steve Ketchel.»

«Hieß er nicht Stanley Ketchel?» fragte der Koch.

«Ach, halt den Mund», sagte die Blondine. «Was weißt du denn von Steve? Stanley! Doch nicht Stanley. Steve Ketchel war der beste und schönste Mann, der je gelebt hat. Ich habe niemals einen zweiten Mann gesehen, der so weiß und rein und schön war wie Steve Ketchel.

Es hat nie wieder so einen Mann gegeben. Er bewegte sich genau wie ein Tiger, und er war der beste, spendabelste Mensch, der je gelebt hat.»

«Hast du ihn gekannt?» fragte einer der Männer.

«Ob ich ihn gekannt habe! Ob ich ihn gekannt habe! Ob ich ihn geliebt habe? Das fragst du mich? Ich habe ihn gekannt, wie du keinen Menschen auf der ganzen Welt kennst, und ich habe ihn geliebt, wie man Gott liebt. Er war der größte, beste, weißeste, schönste Mann, der je gelebt hat, Steve Ketchel, und sein eigener Vater hat ihn wie einen Hund niedergeknallt.»

«Warst du mit ihm zusammen an der Küste?»

«Nein, ich kannte ihn vorher. Er war der einzige Mann, den ich je geliebt habe.»

Alle waren voller Hochachtung für die wasserstoffarbene Blondine, die all dies auf laute, theatralische Art vorbrachte, aber Alice begann wieder zu schüttern. Ich fühlte es, weil ich neben ihr saß.

«Du hättest ihn heiraten sollen», sagte der Koch.

«Ich habe seiner Karriere nicht schaden wollen», sagte die Wasserstoffblondine. «Ich wollte ihm kein Hindernis sein. Eine Ehefrau war nicht das, was er brauchte. Ach, mein Gott, was das für ein Mann war!»

«Das war höchst anständig von dir gedacht», sagte der Koch. «Hat ihn nicht aber Jack Johnson knockout geschlagen?»

«Das war ein gemeiner Kniff», sagte Wasserstoff. «Das große Luder überrumpelte ihn einfach. Er hatte Jack Johnson gerade zu Boden geschmettert, den großen, schwarzen Scheißkerl. Der Nigger hat einfach Dusel gehabt, als er ihn schlug.»

Der Billettschalter ging hoch, und die vier Indianer gingen hinüber.

«Steve hatte ihn zu Boden geschlagen», sagte Wasserstoff. «Er drehte sich um, um mir zuzulächeln.»

«Ich dachte, du hast gesagt, du bist nicht an der Küste gewesen», sagte irgendwer.

«Ich fuhr extra hin, nur für den Kampf. Steve drehte sich um, um mir zuzulächeln, und der schwarze Teufel von einem Scheißkerl da sprang hoch und versetzte ihm eins ganz überraschend. Steve konnte hundert von der Sorte von schwarzen Scheißkerlen erledigen.»

«Er war ein großer Boxer», sagte einer der Holzfäller.

«Weiß Gott, das war er», sagte Wasserstoff. «Weiß Gott, es gibt jetzt keine solchen Boxer mehr. Er war wie ein Gott, wahrhaftig, so weiß und rein und schön und glatt und schnell und wie ein Tiger oder ein Blitz.»

«Ich hab ihn im Film von dem Kampf gesehen», sagte Tom. Wir waren alle sehr gerührt. Alice schütterte am ganzen Körper, und ich blickte hin und sah, daß sie weinte. Die Indianer waren auf den Bahnsteig hinausgegangen.

«Er war mir mehr, als einem ein Ehemann je sein kann», sagte Wasserstoff. «In Gottes Augen waren wir verheiratet, und ich gehörte ihm eben jetzt und werde ihm immer gehören, und alles, was ich bin, gehört ihm. Mein Körper ist mir egal. Jeder kann meinen Körper haben. Meine Seele gehört Steve Ketchel. Weiß Gott, das war ein Mann.»

Alle fühlten sich gräßlich. Es war traurig und peinlich. Dann sprach Alice, die immer noch bebte. «Du bist eine dreckige Lügnerin», sagte sie mit ihrer tiefen Stimme. «Du hast dein Lebtag niemals mit Steve Ketchel geschlafen, und du weißt es.»

«Wie kannst du das sagen», sagte Wasserstoff stolz.

«Ich sage es, weil es wahr ist», sagte Alice. «Ich bin die einzige hier, die Steve Ketchel je gekannt hat, und ich komme aus Mancelona, und ich kannte ihn da, und es ist wahr, und du weißt, daß es wahr ist, und Gott soll mich auf der Stelle tot umfallen lassen, wenn es nicht wahr ist.»

«Mich soll er auch auf der Stelle tot umfallen lassen», sagte Wasserstoff.

«Es ist wahr, wahr, wahr, und du weißt es. Nicht einfach erfunden, und ich weiß genau, was er zu mir gesagt hat.»

«Was hat er denn gesagt?» fragte Wasserstoff gelassen.

Alice weinte so, daß sie vor Schüttern kaum sprechen konnte. «Er hat gesagt: ‹Du bist ein wunderbares Stück, Alice.› Genau das hat er gesagt.»

«Das ist gelogen», sagte Wasserstoff.

«Es ist wahr», sagte Alice. «Das hat er wahrhaftig gesagt.»

«Es ist gelogen», sagte Wasserstoff stolz.

«Nein, es ist wahr, wahr, wahr. Bei Jesus und Maria, es ist wahr.»

«Steve hätte das nicht sagen können. So hat er nicht gesprochen», sagte Wasserstoff vergnügt.

«Es ist wahr», sagte Alice mit ihrer angenehmen Stimme. «Und es ist mir ganz einerlei, ob du es glaubst oder nicht.» Sie weinte nicht mehr und hatte sich beruhigt.

«Es wäre Steve unmöglich gewesen, so was zu sagen», erklärte Wasserstoff.

«Er hat es gesagt», sagte Alice und lächelte. «Und ich erinnere mich, wann er es gesagt hat, und ich *war* damals ein wunderbares Stück, genau wie er gesagt hat, und auch jetzt bin ich ein besseres Stück als du, du vertrocknete alte Wärmflasche.»

«Du kannst mich nicht beleidigen, du kolossale Eiterbeule, du», sagte Wasserstoff. «Ich habe meine Erinnerungen.»

«Nein», sagte Alice mit ihrer süßen, lieblichen Stimme, «du hast gar keine richtigen Erinnerungen, außer, daß du die Eierstöcke raushast, und als du mit C. und M. anfingst. Alles übrige hast du einfach in der Zeitung gelesen. Ich bin sauber, und du weißt es, und die Männer mögen mich, obschon ich dick bin, und du weißt es, und ich lüge niemals, und du weißt es.»

«Laß mich mit meinen Erinnerungen», sagte Wasserstoff, «mit meinen wahren, wundervollen Erinnerungen.»

Alice blickte sie an und dann uns, und ihr Gesicht verlor den verletzten Ausdruck, und sie hatte wohl das hübscheste Gesicht, das ich jemals gesehen habe. Sie hatte ein hübsches Gesicht und eine feine glatte Haut und eine wunderschöne Stimme, und bestimmt war sie nett und richtig herzlich. Aber weiß Gott, dick war sie! Sie war so dick wie drei Frauen. Tom sah, daß ich sie anblickte, und er sagte: «Komm los. Gehen wir.»

«Auf Wiedersehen», sagte Alice. Sie hatte wirklich eine angenehme Stimme.

«Auf Wiedersehen», sagte ich.

«In welcher Richtung geht ihr Jungens?» fragte der Koch.

«In der entgegengesetzten wie du», antwortete ihm Tom.

Gott hab euch selig, ihr Herren

In jenen Tagen waren die Entfernungen alle ganz andere; von den Hügeln, die jetzt abgetragen sind, wehte der Staub herunter, und Kansas City war sehr wie Konstantinopel. Vielleicht glauben Sie es nicht. Niemand glaubt es, aber wahr ist es. An diesem Nachmittag schneite es, und in dem in der frühen Dunkelheit hell erleuchteten Schaufenster eines Automobilhändlers stand ein Rennwagen völlig in Silber fassoniert mit einem Schild ‹Dans Argent› auf der Kühlerhaube. Ich dachte, das bedeutet ‹Silbertanz› oder ‹Silbertänzer› und ging, nicht ganz sicher, welches von beiden es nun bedeutete, aber begeistert von dem Anblick des Wagens und erfreut über meine Kenntnisse einer fremden Sprache, im Schnee die Straße hinunter. Ich ging vom Lokal der Gebrüder Woolf, wo zu Weihnachten und zum Erntedankfest ein Gratis-Puten-Essen serviert wurde, dem Städtischen Krankenhaus zu, das auf einem hohen Hügel stand, von dem man den Rauch, die Gebäude und die Straßen der

Stadt überblickte. Im Aufnahmeraum des Krankenhauses saßen die beiden Chirurgen Doc Fischer und Doktor Wilcox, der eine vor einem Schreibtisch, der andere auf einem Stuhl an der Wand.

Doc Fischer war dünn, aschblond, mit einem schmalen Mund, belustigten Augen und Spielerhänden. Doktor Wilcox war stämmig und dunkel und trug ein mit einem Register versehenes Buch *Der Freund und Ratgeber des jungen Arztes,* bei sich, das, wenn man es über irgendeine Krankheit befragte, die Symptome und die Behandlungsweise angab. Es hatte auch ein Stichwortverzeichnis, so daß es, wenn man bei Symptomen nachschlug, die Diagnose angab. Doc Fischer hatte vorgeschlagen, daß alle künftigen Auflagen mit einem weiteren Stichwortverzeichnis versehen werden sollten, so daß es, wenn man eine Behandlungsweise nachschlug, die Krankheiten und Symptome enthüllen würde. «Als Gedächtnisstütze», sagte er.

Doktor Wilcox war empfindlich, was sein Buch anlangte, aber er konnte nicht ohne es auskommen. Es war in biegsames Leder gebunden und paßte in seine Jackettasche, und er hatte es auf den Rat eines seiner Professoren gekauft, der gesagt hatte: «Wilcox, Sie haben kein Recht, zu praktizieren, und ich habe alles, was in meinen Kräften stand, getan, um zu verhindern, daß man Sie als Arzt zuläßt. Da Sie jetzt ein Mitglied unseres gelehrten Standes sind, rate ich Ihnen im Namen der Menschheit, sich ein Exemplar von *Der Freund und Ratgeber des jungen Arztes* anzuschaffen, und benutzen Sie es, Doktor Wilcox. Lernen Sie es benutzen!»

Doktor Wilcox hatte nichts gesagt, aber er hatte den ledergebundenen Leitfaden noch am selben Tag gekauft.

«Na, Horace», sagte Doc Fischer, als ich in den Aufnahmeraum kam, der nach Zigaretten, Jodoform, Karbol und einem überheizten Heizkörper roch.

«Meine Herren», sagte ich.

«Was gibt's Neues am Rialto?» fragte Doc Fischer. Er trug eine gewisse Extravaganz in seiner Redeweise zur Schau, die ich als höchste Eleganz empfand.

«Die Gratispute bei Woolf», antwortete ich.

«Haben Sie mitgemacht?»

«Aber tüchtig.»

«Viele Confrères anwesend?»

«Alle. Das ganze Personal.»

«Viel freudebringende Weihnachtsstimmung?»

«Nicht viel.»

«Doktor Wilcox hier hat ein wenig daran teilgehabt», sagte Doc Fischer. Wilcox blickte ihn an und dann mich.

«Wollen Sie was trinken?» fragte er.
«Nein, danke», sagte ich.
«Mir auch recht», sagte Doktor Wilcox.
«Horace», sagte Doc Fischer. «Ich darf doch Horace zu Ihnen sagen?»
«Ja.»
«Mein guter Horace. Wir hatten einen außerordentlich interessanten Fall.»
«Hören Sie mal!» sagte Doktor Wilcox.
«Besinnen Sie sich auf den Jungen, der gestern hier war?»
«Welcher?»
«Der Junge, der nach dem Eunuchenstand trachtete.»
«Ja.» Ich war dagewesen, als er hereinkam. Es war ein Junge von etwa sechzehn Jahren. Er war ohne Hut hereingekommen und war sehr aufgeregt und verängstigt, aber entschlossen. Er hatte krauses Haar und war gut gewachsen und hatte wulstige Lippen.
«Was ist mit dir los, mein Junge?» hatte Doktor Wilcox ihn gefragt.
«Ich möchte kastriert werden», sagte der Junge.
«Warum?»
«Ich habe gebetet, und ich habe alles getan, und nichts hilft.»
«Hilft wozu?»
«Gegen diese schreckliche Wollust.»
«Was für eine schreckliche Wollust?»
«So, wie ich werde. Und ich kann's nicht hindern, daß ich so werde. Ich bete die ganze Nacht deswegen.»
«Was passiert denn tatsächlich?» fragte Doc Fischer.
Der Junge erzählte es ihm. «Hör mal, mein Junge», sagte Doc Fischer. «Dir fehlt gar nichts. Das ist so, wie es sein soll. Dabei ist nichts Unrechtes.»
«Es ist unrecht», sagte der Junge. «Es ist eine Sünde gegen die Reinheit. Es ist eine Sünde gegen unsern Herrn und Heiland.»
«Nein», sagte Doc Fischer. «Es ist etwas ganz Natürliches. Es ist so, wie es sein soll, und später wirst du mal denken, daß du sehr glücklich dran bist.»
«Ach, Sie verstehen mich nicht», sagte der Junge.
«Hör mal», sagte Doc Fischer und erzählte dem Jungen gewisse Dinge.
«Nein, ich will nicht zuhören. Sie können mich nicht zum Zuhören zwingen.»
«Bitte, hör zu», sagte Doc Fischer.
«Du bist einfach ein gottverlassener Narr», sagte Doktor Wilcox zu dem Jungen.

«Dann werden Sie es also nicht tun?» fragte der Junge.

«Was tun?»

«Mich kastrieren.»

«Hör mal», sagte Doc Fischer. «Kein Mensch wird dich kastrieren. Mit deinem Körper ist nichts in Unordnung. Du hast einen Prachtkörper, und du darfst nicht an so was denken. Wenn du religiös bist, vergiß nicht, daß das, worüber du dich beklagst, kein sündhafter Zustand ist, sondern das Werkzeug, um ein Sakrament zu vollziehen.»

«Ich kann nichts dagegen tun, daß es passiert», sagte der Junge. «Ich bete die ganze Nacht, und ich bete am Tag. Es ist eine Sünde, eine ständige Sünde gegen die Reinheit.»

«Ach geh und –» sagte Doktor Wilcox.

«Wenn Sie solche Sachen sagen, höre ich Sie nicht», sagte der Junge mit Würde zu Doktor Wilcox. «Wollen Sie es nicht bitte machen?» fragte er Doc Fischer.

«Nein», sagte Doc Fischer. «Ich hab's dir schon einmal gesagt, mein Junge.»

«Los, raus mit ihm», sagte Doktor Wilcox.

«Ich gehe schon», sagte der Junge. «Fassen Sie mich nicht an. Ich gehe schon.»

Das war ungefähr um fünf Uhr am Tage vorher.

«Und was ist passiert?» fragte ich.

«Etwa um ein Uhr morgens», sagte Doc Fischer, «wurde der Junge eingeliefert. Selbstverstümmelung mit einem Rasiermesser.»

«Kastriert?»

«Nein», sagte Doc Fischer. «Er wußte nicht, was kastrieren bedeutet.»

«Vielleicht wird er sterben», sagte Doktor Wilcox.

«Wieso?»

«Blutverlust.»

«Der gute Arzt hier, Doktor Wilcox, mein Kollege, hatte Dienst, und er fand diesen Spezialfall nicht in seinem Buch verzeichnet.»

«Zum Teufel mit Ihnen! Wie Sie reden», sagte Doktor Wilcox.

«Ich meine es doch nur freundschaftlich, Doktor», sagte Doc Fischer und sah auf seine Hände, auf seine Hände, die ihm mit seiner Bereitschaft gefällig zu sein und seinem mangelnden Respekt vor den Landesgesetzen allerhand Ungelegenheiten eingebrockt hatten. «Unser Freund Horace wird bezeugen, daß ich aufs Freundschaftlichste davon spreche. Es war eine Amputation, die der junge Mann an sich vollzog, Horace.»

«Na, ich wünschte, Sie würden nicht darauf herumreiten», sagte Doktor Wilcox. «Es ist ganz und gar nicht nötig, darauf herumzureiten.»

«Darauf herumzureiten, Doktor, an diesem Tag, ausgerechnet am Jahrestag von unseres Heilands Geburt?»

«*Unseres* Heilands? Sie sind doch Jude», sagte Doktor Wilcox.

«Ja, das bin ich. Ja, das bin ich. Es entfällt immer wieder meinem Gedächtnis. Ich habe dem nie die gebührende Wichtigkeit beigemessen. So gütig von Ihnen, mich zu erinnern. *Ihr* Heiland. Da haben Sie recht. *Ihr* Heiland, unzweifelhaft *Ihr* Heiland – und das Reiten am Palmsonntag.»

«Sie sind verdammt smart –» sagte Doktor Wilcox.

«Eine ausgezeichnete Diagnose, Doktor», sagte Doc Fischer. «Ich war immer zu smart. Verdammt zu smart bestimmt da an der Küste. Vermeiden Sie es, Horace. Sie haben nicht viel Anlage dazu, aber manchmal sehe ich einen Anflug. Aber was für eine Diagnose – und ohne Buch.»

«Zur Hölle mit Ihnen», sagte Doktor Wilcox.

«Alles zu seiner Zeit, Doktor», sagte Doc Fischer. «Alles zu seiner Zeit. Falls es einen derartigen Ort geben sollte, werde ich ihn ganz bestimmt aufsuchen. Ich habe sogar bereits einen ganz kurzen Blick hineingeworfen. Nicht viel mehr als hineingeblinzelt eigentlich. Ich habe fast augenblicklich fortgesehen. Und wissen Sie, Horace, was der junge Mann gesagt hat, als unser guter Doktor ihn reinbrachte? Er hat gesagt: ‹Ach, ich bat Sie doch, es zu tun. Ich habe Sie doch wieder und wieder gebeten, es zu tun.›»

«Und noch dazu am Weihnachtstag», sagte Doktor Wilcox.

«Die Bedeutung dieses besonderen Tages ist nicht von Belang», sagte Doc Fischer.

«Vielleicht nicht für Sie», sagte Doktor Wilcox.

«Haben Sie gehört, Horace?» sagte Doc Fischer. «Haben Sie gehört? Nachdem er meine verwundbare Stelle entdeckt hat, meine Achillesferse sozusagen, wie der Doktor da seine Überlegenheit ausnutzt?»

«Sie sind zu smart, verdammt noch mal», sagte Doktor Wilcox.

Wetterumschwung

«SCHÖN», SAGTE DER MANN, «NA UND?»

«Nein», sagte das Mädchen. «Ich kann nicht.»

«Du meinst, du willst nicht.»

«Ich kann nicht», sagte das Mädchen. «Ich meine *das* und sonst nichts.»

«Du meinst, du willst nicht.»

«Schön», sagte das Mädchen. «Ganz wie du willst.»

«Gar nicht wie ich will. Himmelherrgott, ich wünschte, es wäre so.»

«Es war lange Zeit so», sagte das Mädchen.

Es war früh, und es war niemand im Café außer dem Mann an der Bar und den beiden, die zusammen an einem Tisch in der Ecke saßen. Es war Ende des Sommers, und sie waren beide gebräunt, so daß sie eigentlich gar nicht nach Paris paßten. Das Mädchen trug ein Tweedkostüm; ihre Haut war von einem glatten Goldbraun; ihr blondes Haar war kurz geschnitten und wuchs wunderschön aus der Stirn weg. Der Mann sah sie an.

«Ich werde sie umbringen», sagte er.

«Bitte nicht», sagte das Mädchen. Sie hatte sehr schöne Hände, und der Mann betrachtete sie. Sie waren schlank und braun und sehr schön.

«Doch. Ich schwöre bei Gott, das werde ich tun.»

«Es wird dich nicht glücklich machen.»

«Mußte es ausgerechnet das sein? Konntest du nicht in irgend etwas anderes hineinschliddern?»

«Anscheinend nicht», sagte das Mädchen, «und wie wirst du dich dazu stellen?»

«Ich habe es dir ja gesagt.»

«Nein, ich meine wirklich.»

«Ich weiß nicht», sagte er. Sie blickte ihn an und streckte ihm die Hand hin. «Armer, lieber Phil», sagte sie. Er sah ihre Hände an, aber er berührte ihre Hand nicht mit seiner.

«Nein danke», sagte er.

«Und es hilft nichts, wenn ich sage, daß es mir leid tut?»

«Nein.»

«Auch nicht, wenn ich dir sage, wie es ist?»

«Ich möchte es lieber nicht hören.»

«Ich habe dich sehr lieb.»

«Ja, dies ist der Beweis.»

«Es tut mir leid, wenn du es nicht verstehst», sagte sie.

«Ich verstehe es. Das ist das Schlimmste. Ich verstehe es.»

«Du verstehst es», sagte sie. «Ja, das macht es schlimmer, natürlich.»

«Gewiß», sagte er und sah sie an. «Ich werde es die ganze Zeit über verstehen. Den ganzen Tag und die ganze Nacht. Besonders nachts. Verstehen werde ich es; darüber brauchst du dir keine Sorgen zu machen.»

«Es tut mir leid», sagte sie.

«Wenn es ein Mann wäre ...»

«Sag das nicht. Es könnte kein Mann sein. Das weißt du. Hast du denn kein Vertrauen zu mir?»

«Das ist zum Lachen», sagte er. «Vertrauen zu dir! Das ist wirklich zum Lachen.»

«Es tut mir leid», sagte sie. «Anscheinend ist das alles, was ich sagen kann. Aber da wir einander doch verstehen, ist es zwecklos, wenn wir uns vormachen, daß wir es nicht tun.»

«Ja», sagte er. «Wahrscheinlich.»

«Ich komm wieder, wenn du willst.»

«Nein, ich will dich nicht.»

Dann sagten sie beide eine ganze Weile nichts.

«Du glaubst nicht, daß ich dich liebhabe, nicht wahr?» fragte das Mädchen.

«Wir wollen doch keinen Unsinn reden», sagte der Mann.

«Glaubst du wirklich nicht, daß ich dich liebhabe?»

«Warum beweist du's mir nicht?»

«Früher warst du nicht so. Du hast nie von mir verlangt, daß ich etwas beweise. Das ist nicht nett.»

«Du bist ein komisches Mädchen.»

«Du bist gar nicht komisch. Du bist ein feiner Kerl, und es macht mich kreuzunglücklich, loszuziehen und dich zu verlassen.»

«Du mußt aber natürlich.»

«Ja», sagte sie. «Ich muß, und du weißt es.»

Er sagte nichts, und sie sah ihn an und streckte ihm wieder ihre Hand hin. Der Mixer stand am anderen Ende der Theke. Sein Gesicht war weiß und seine Jacke auch. Er kannte die beiden und fand, daß sie ein gutaussehendes junges Paar waren. Er hatte viele gutaussehende junge Paare auseinandergehen und neue Paare sich finden sehen, die aber nicht lange so gut aussahen. Er dachte nicht daran, sondern an ein Pferd. In einer halben Stunde konnte er über die Straße schicken, um zu hören, ob das Pferd gewonnen hatte.

«Könntest du nicht einfach gut zu mir sein und mich gehen lassen?» fragte das Mädchen.

«Was denkst du denn, daß ich tun werde?»

Zwei Leute kamen zur Tür herein und gingen an die Theke.

«Sie wünschen?» Der Mixer nahm die Bestellung entgegen.

«Du kannst mir nicht verzeihen, wo du doch drum weißt?» fragte das Mädchen.

«Nein.»

«Du meinst nicht, daß manches, was wir miteinander gehabt und getan haben, einen Unterschied im Verstehen machen sollte?»

«‹Das Laster hat so grauenhaft Gesicht›», sagte der junge Mann bitter, «‹daß ums ta-ta man braucht's zu sehen nicht! Dann erst ta-ta-ta zum Schluß bejahen.›» Er konnte sich nicht an die Worte erinnern. «Ich kann nicht zitieren», sagte er.

«Wir wollen es nicht ‹Laster› nennen. Das ist nicht sehr nett.»

«Perversion», sagte er.

«James», sagte einer der Kunden zum Mixer. «Sie sehen sehr wohl aus.»

«Sie sehen selbst auch sehr wohl aus», sagte der Mixer.

«Alter James», sagte der andere Kunde. «James, Sie sind dicker geworden.»

«Es ist schrecklich, wie ich zunehme», sagte der Mixer.

«Verabsäumen Sie nicht, den Cognac beizumengen, James», sagte der erste Kunde.

«Nein, mein Herr», sagte der Mixer. «Sie können mir vertrauen.»

Die zwei an der Theke sahen zu den beiden am Tisch hinüber und sahen dann wieder den Mixer an. Es war die bequemere Blickrichtung.

«Mir wär's lieber, du würdest nicht solche Worte benutzen», sagte das Mädchen. «Es besteht keine Notwendigkeit dafür, solch ein Wort zu benutzen.»

«Wie soll ich's denn sonst nennen?»

«Du brauchst es gar nicht zu nennen. Du brauchst ihm gar keinen Namen zu geben.»

«Das ist aber der Name dafür.»

«Nein», sagte sie. «Wir sind aus allen möglichen Dingen zusammengesetzt. Du wußtest das und hast reichlich oft Gebrauch davon gemacht.»

«Das brauchst du nicht noch einmal zu sagen.»

«Das erklärt es dir nämlich.»

«Gut», sagte er, «also gut.»

«Du meinst schlecht. Ich weiß. Es ist ganz schlecht und verkehrt. Aber ich komm zurück. Ich hab dir gesagt, daß ich zurückkomme. Ich komme sofort wieder zurück.»

«Nein, das wirst du nicht.»

«Ich komme zurück.»

«Nein, das wirst du nicht. Nicht zu mir.»

«Du wirst es sehen.»

«Ja», sagte er. «Das ist das Verteufelte dran. Wahrscheinlich wirst du.»

«Natürlich werd ich.»

«Also dann geh.»

«Wirklich?» Sie konnte es kaum glauben, aber ihre Stimme klang glücklich.

«Geh nur.» Seine Stimme klang ihm fremd. Er betrachtete sie, den Schwung ihres Mundes, die Wölbung ihrer Backenknochen, ihre Augen und die Art, wie ihr Haar an der Stirn und am Rand ihres Ohres und am Nacken anwuchs.

«Wahrhaftig? Ach, du bist zu geliebt», sagte sie. «Du bist so gut zu mir.»

«Und wenn du zurückkommst, erzählst du mir alles.» Seine Stimme klang sehr fremd. Er erkannte sie nicht. Sie sah ihn eine Sekunde an. Er hatte sich zu irgend etwas durchgerungen.

«Du willst also, daß ich gehe?» fragte sie ernsthaft.

«Ja», sagte er ernsthaft. «Sofort.» Seine Stimme war nicht dieselbe wie vorher, und sein Mund war sehr trocken. «Jetzt», sagte er.

Sie stand auf und ging schnell hinaus. Sie sah sich nicht nach ihm um. Er blickte ihr nach, als sie fortging. Er sah anders aus, nachdem er ihr gesagt hatte, daß sie gehen sollte. Er stand vom Tisch auf, nahm die zwei Kassenzettel und ging damit hinüber zur Theke.

«Ich bin ein anderer Mensch, James», sagte er zu dem Mixer. «Sie sehen in mir einen ganz neuen Menschen.»

«Wie bitte?» sagte James.

«Das Laster ist eine seltsame Sache, James», sagte der gebräunte junge Mann. Er blickte zur Tür hinaus. Er sah sie die Straße entlanggehen. Als er in den Spiegel blickte, sah er, daß er wirklich ganz verändert aussah. Die beiden andern an der Bar rückten, um ihm Platz zu machen.

«Da haben Sie recht, mein Herr», sagte James.

Die beiden andern rückten noch ein bißchen, damit er bequem sitzen konnte. Der junge Mann sah sich in dem Spiegel hinter der Theke. «James», sagte er, «ich sagte vorhin, daß ich ein anderer Mensch bin.» Als er in den Spiegel blickte, sah er, daß es stimmte.

«Sie sehen sehr wohl aus, mein Herr», sagte James. «Sie haben sicher einen sehr schönen Sommer gehabt.»

So, wie du niemals sein wirst

DER ANGRIFF WAR ÜBER DAS FELD GEGANGEN, WAR DURCH Maschinengewehrfeuer von der tiefliegenden Straße und von der Gruppe von Bauernhäusern her aufgehalten worden, begegnete in der Stadt keinem Widerstand und erreichte das Flußufer. Nicholas Adams kam auf seinem Rad die Straße entlang, stieg ab, um es zu schieben, wenn die Oberfläche der Straße zu holprig wurde, und sah an der Lage der Toten, was geschehen war.

Sie lagen einzeln oder in Klumpen mit umgestülpten Taschen im hohen Gras des Feldes und die Straße entlang, und auf ihnen waren Fliegen, und um jede Leiche oder Leichengruppe herum waren die verstreuten Papiere.

Im Gras und Getreide neben der Straße und an einzelnen Stellen auf der Straße lag viel Material verstreut: eine Feldküche – sie war wohl herausgekommen, als alles gut ging –, viele von den mit Kalbfell überzogenen Tornistern, Handgranaten, Helme, Gewehre, manchmal mit dem Kolben nach oben, die Bajonette staken in der Erde; sie hatten zum Schluß 'ne ganze Menge gegraben; Handgranaten, Helme, Gewehre, Schanzgerät, Munitionskisten, Leuchtkugelpistolen mit verstreuter Munition, Sanitätsausrüstungen, Gasmasken, leere Gasmaskenbehälter, ein Maschinengewehr auf einer Dreifußlafette, mitten in einem Nest leerer Granathülsen, volle Gurte, die aus den Kisten herausquollen, der Kühlmantel leer und auf die Seite gekippt, der Laufverschluß fehlte, die Mannschaft in ungewöhnlichen Stellungen, und um sie herum im Gras mehr von dem typischen Papier.

Da lagen katholische Gebetbücher, Gruppenpostkarten, die die Maschinengewehrmannschaft in Reih und Glied und in burschikoser Munterkeit zeigte, wie auf einem Fußballbild für ein Collegejahrbuch; jetzt lagen sie verbeult und verquollen im Gras; Propagandapostkarten, die einen Soldaten in österreichischer Uniform zeigten, der auf einem Bett eine Frau nach hinten überbog; die Figuren waren impressionistisch gezeichnet, sehr anziehend dargestellt und hatten nichts mit tatsächlicher Vergewaltigung gemein, wobei der Frau die Röcke über den Kopf gezogen werden, um ihr Geschrei zu ersticken, und wo sich ein Kamerad ihr manchmal auf den Kopf setzte. Es lagen eine Menge dieser aufreizenden Postkarten herum, die offensichtlich gerade, bevor die Offensive begann, ausgegeben worden waren. Jetzt lagen sie gemeinsam mit den zotigen Postkarten verstreut umher, den kleinen Fotografien von Dorfmädchen vom

Dorffotografen, den Gelegenheitsaufnahmen von Kindern und den Briefen, Briefen, Briefen. Um die Toten herum lag immer viel Papier, und die *débris* dieses Angriffs war keine Ausnahme.

Dies waren frische Tote, und niemand hatte sich mit etwas anderem als mit ihren Taschen abgegeben. Nick fiel die erstaunlich geringe Anzahl unserer eigenen Toten auf, oder die, die er damals noch als unsere eigenen Toten ansah. Auch ihre Mäntel waren geöffnet, und ihre Taschen waren umgestülpt, und sie bezeugten durch ihre Lage die Methode und die Kunstgerechtigkeit des Angriffs. Das heiße Wetter hatte sie alle, ohne Ansehen ihrer Nationalität, aufgetrieben.

Die Stadt war offensichtlich zum Schluß von der tiefliegenden Straße aus verteidigt worden, und es hatte nur wenige oder gar keine Österreicher gegeben, die sich in sie hätten zurückziehen können. Es lagen nur drei Leichen auf der Straße, und sie schienen beim Laufen getötet worden zu sein. Die Häuser der Stadt waren durch das Bombardement zerstört worden, und auf der Straße lag viel Schutt von Gips und Mörtel, und es gab zerbrochene Balken, zerbrochene Ziegel und viele Löcher, manche von ihnen gelbumrandet vom Senfgas. Im Schutt lagen viele Granatsplitter und Schrapnellkugeln verstreut. Es war überhaupt niemand in der Stadt.

Nick Adams hatte, seit er Fornaci verlassen hatte, niemanden gesehen, obschon er, als er auf der Landstraße durch das überreich belaubte Land gefahren kam, links von der Straße Kanonen unter Maulbeerbaumblättern versteckt gesehen hatte, die ihm durch die Hitzewellen in der Luft über den Blättern, wo die Sonne aufs Metall prallte, aufgefallen waren. Jetzt setzte er seinen Weg durch die Stadt fort; er war erstaunt, sie verödet zu finden, und kam auf der tiefliegenden Straße unterhalb des Flußufers heraus. Beim Verlassen der Stadt kam man an eine kahle, freie Stelle, wo die Straße sich senkte, und er konnte die geruhsame Fläche des Flusses und die geringe Krümmung des gegenüberliegenden Ufers und den gebleichten, sonnengedörrten Schlamm sehen, wo die Österreicher geschanzt hatten. Alles war viel üppiger und grüner geworden, seit er es zuletzt gesehen hatte, und daß er in die Weltgeschichte eingegangen war, hatte an diesem, dem unteren Flußlauf nichts geändert.

Das Bataillon lag links längs der Böschung. Oben auf der Böschung war eine Reihe von Löchern mit ein paar Männern drin. Nick bemerkte, wo die Maschinengewehre und die Signalraketen in ihren Gestellen postiert waren. Die Männer in den Löchern am Hang der Böschung schliefen. Niemand rief ihn an. Er ging weiter, und als er um eine Kurve der Lehmböschung bog, richtete ein junger Leutnant mit einem Stoppelbart und rotumränderten, sehr blutunterlaufenen Augen seinen Revolver auf ihn.

«Wer sind Sie?»

Nick sagte es ihm.

«Und der Beweis hierfür?»

Nick zeigte ihm den Ausweis mit seiner Fotografie und Identifikation und dem Stempel der dritten Armee. Er nahm ihn an sich.

«Ich werde dies behalten.»

«Das werden Sie nicht», sagte Nick. «Geben Sie mir die Karte zurück und stecken Sie Ihren Revolver weg. Dorthin. In die Tasche.»

«Woher soll ich wissen, wer Sie sind?»

«Der Ausweis sagt es Ihnen.»

«Und wenn der Ausweis gefälscht ist? Geben Sie mir die Karte.»

«Machen Sie sich nicht lächerlich», sagte Nick aufgeräumt. «Führen Sie mich zu Ihrem Kompanieführer.»

«Ich sollte Sie ins Bataillonshauptquartier schicken.»

«Schön», sagte Nick. «Sagen Sie, kennen Sie Hauptmann Paravicini, den Langen mit dem kleinen Schnurrbart, der Architekt war und Englisch spricht?»

«Kennen Sie ihn?»

«Flüchtig.»

«Welche Kompanie befehligt er?»

«Die zweite.»

«Er befehligt das Bataillon.»

«Schön», sagte Nick. Er war erleichtert, als er hörte, daß Para nichts passiert war. «Gehen wir zum Bataillon.»

Als Nick die Stadt verlassen hatte, waren drei Schrapnells hoch oben zur Rechten über einem der zerstörten Häuser geplatzt, und seitdem war nicht mehr geschossen worden. Aber das Gesicht dieses Offiziers sah wie das Gesicht eines Mannes bei einem Bombardement aus. Da war dieselbe Gespanntheit, und die Stimme klang nicht natürlich. Sein Revolver machte Nick nervös.

«Stecken Sie ihn weg», sagte er. «Der ganze Fluß ist zwischen denen und Ihnen.»

«Wenn ich dächte, daß Sie ein Spion wären, würde ich Sie jetzt erschießen», sagte der Leutnant.

«Los, kommen Sie», sagte Nick. «Gehen wir zum Bataillon.» Der Offizier da machte ihn sehr nervös.

Hauptmann Paravicini, der zeitweilig als Major fungierte und der dünner und englischer denn je aussah, stand auf, als Nick in dem Unterstand, der als Bataillonshauptquartier diente, hinter dem Tisch salutierte.

«Hallo», sagte er. «Ich habe Sie nicht erkannt. Was machen Sie denn in der Uniform da?»

«Man hat mich da hineingesteckt.»

«Ich freue mich sehr, Sie zu sehen, Nicolo.»

«Gut. Sie sehen wohl aus. Wie war der Zirkus?»

«Wir haben einen prachtvollen Angriff gemacht. Wahrhaftig einen prachtvollen Angriff. Ich will es Ihnen zeigen. Sehen Sie her.»

Er zeigte auf der Karte, wie der Angriff verlaufen war.

«Ich komme aus Fornaci», sagte Nick. «Ich konnte sehen, wie es gewesen ist. Es war ausgezeichnet.»

«Es war außergewöhnlich. Ganz außergewöhnlich. Sind Sie dem Regiment zugeteilt?»

«Nein, ich soll umherziehen und die Uniform vorführen.»

«Wie merkwürdig.»

«Wenn sie *eine* amerikanische Uniform sehen, soll sie das davon überzeugen, daß mehr kommen werden.»

«Aber woher sollen sie denn wissen, daß es eine amerikanische Uniform ist?»

«Sie müssen es ihnen sagen.»

«Ach so, ich verstehe. Ich werde Ihnen einen Unteroffizier mitgeben, der Sie herumführen kann, und Sie werden eine Tournee durch die Gräben machen.»

«Wie ein Scheißpolitiker», sagte Nick.

«In Zivil wären Sie viel distinguierter. Das wäre wirklich distinguiert.»

«Mit einem Schlapphut», sagte Nick.

«Oder mit einem sehr seidigen Filzhut.»

«Meine Taschen sollten eigentlich mit Zigaretten und Postkarten und solchem Zeugs vollgestopft sein», sagte Nick. «Ich sollte einen Sack voll mit Schokolade haben. Das Ganze sollte ich dann mit ein paar freundlichen Worten und einem Klaps auf die Schultern verteilen. Aber es gab keine Zigaretten und Postkarten und keine Schokolade. Also sagten sie, ich solle mal auf jeden Fall die Runde machen.»

«Ich bin überzeugt, daß Ihr Anblick sehr ermutigend auf die Truppen wirken wird.»

«Bitte nicht», sagte Nick. «Mir ist es sowieso schon gräßlich genug, wie es ist. Im Prinzip hätte ich Ihnen eine Flasche Cognac mitgebracht.»

«Im Prinzip», sagte Para und lächelte zum erstenmal und zeigte dabei seine gelblichen Zähne. «Solch ein wunderbarer Ausdruck. Möchten Sie einen Grappa trinken?»

«Nein, danke sehr», sagte Nick.

«Es ist kein Äther drin.»

«Ich hab den Geschmack immer noch auf der Zunge.» Nick erinnerte sich plötzlich und ganz genau.

«Wissen Sie, daß ich nicht wußte, daß Sie betrunken waren, bis Sie zu sprechen anfingen, als wir in dem Transport zurückfuhren?»

«Ich war stinkbesoffen bei jedem Angriff», sagte Nick.

«Ich kann's nicht», sagte Para. «Ich hab's bei der ersten Veranstaltung versucht, der allerersten Veranstaltung, und es warf mich bloß völlig um, und dann wurde ich schrecklich durstig.»

«Sie brauchen es nicht.»

«Sie sind viel tapferer bei einem Angriff als ich.»

«Nein», sagte Nick. «Ich weiß, wie ich bin, und ich zieh vor, mich zu besaufen. Ich schäm mich nicht deswegen.»

«Ich hab Sie nie betrunken gesehen.»

«Nein?» sagte Nick. «Niemals? Nicht, als wir damals nachts von Mestre nach Portogrande fuhren, und ich einschlafen wollte und mein Rad als Decke benutzte und es mir bis unters Kinn zog?»

«Das war nicht in der vordersten Linie.»

«Wir wollen nicht darüber reden, wie ich bin», sagte Nick. «Das ist ein Thema, über das ich zuviel weiß, um noch weiter darüber nachdenken zu wollen.»

«Sie können genausogut eine Weile hierbleiben», sagte Paravicini. «Wenn Sie wollen, können Sie ein Schläfchen machen. Das Bombardement hat hier nicht viel zerstört. Es ist noch zu heiß, um rauszugehen.»

«Es hat wohl keine Eile.»

«Wie geht es Ihnen wirklich?»

«Mir geht's glänzend. Ich bin völlig in Ordnung.»

«Nein, ich meine wirklich.»

«Ich bin wieder in Ordnung. Ich kann noch nicht im Dunkeln schlafen. Das ist alles, was mir jetzt fehlt.»

«Ich hab ja gesagt, man hätte es trepanieren müssen. Ich bin kein Arzt, aber soviel weiß ich.»

«Na, sie hielten es für richtiger, daß es absorbiert würde, und haben mich dementsprechend behandelt. Was ist denn los? Sie halten mich doch nicht für verrückt, oder doch?»

«Sie sind in glänzender Verfassung.»

«Es ist die reinste Pest, wenn sie einen erst mal für verrückt erklärt haben», sagte Nick. «Kein Mensch traut einem je im Leben wieder.»

«Ich würde ein Schläfchen machen, Nicolo», sagte Paravicini. «Es ist nicht das Bataillonshauptquartier, wie wir's gewohnt waren. Wir warten gerade darauf, daß wir hier herausgezogen werden. Sie sollten jetzt bei der Hitze nicht hinausgehen – es ist töricht. Benutzen Sie die Pritsche da.»

«Ich kann mich ja eben hinlegen», sagte Nick.

Nick lag auf der Pritsche. Er war sehr enttäuscht, daß er sich so fühlte, und vielleicht noch enttäuschter, daß es für Hauptmann Paravicini so offensichtlich war. Dieser Unterstand war nicht so groß wie der, in dem die Jungens des 99er Jahrgangs, die gerade an die Front gekommen waren, während der Beschießung vor dem Angriff hysterisch wurden und Para ihm Order gab, immer zwei auf einmal draußen auf und ab marschieren zu lassen, damit sie sahen, daß nichts passierte; er selbst trug den Kinnriemen fest über den Mund geschnallt, um nicht mit den Lippen zu zucken. Er wußte, sie konnten ihn nicht halten, falls sie ihn nahmen. Er wußte, es war alles verfluchte Scheiße. – Wenn er nicht mit dem Weinen aufhören kann, brechen Sie ihm 's Nasenbein, damit er was anderes hat, woran er denken kann. Ich würde einen erschießen, aber jetzt ist es zu spät. Sie würden sich alle nur noch schlimmer aufführen. Brechen Sie ihm 's Nasenbein. Man hat es auf fünf Uhr zwanzig verschoben. Wir haben nur noch vier Minuten. Brechen Sie dem andern dämlichen Scheißkerl das Nasenbein und treten Sie ihm eins in seinen dämlichen Hintern. Glauben Sie, daß sie angreifen werden? Wenn nicht, erschießen Sie zwei und versuchen Sie, die andern irgendwie rauszukriegen. Bleiben Sie hinter ihnen, Feldwebel. Es hat keinen Sinn, vorauszugehen und zu merken, daß nichts hinter Ihnen herkommt. Löffeln Sie sie raus, so gut es geht. Was für eine Drecksscheiße! Gut. So ist's recht. Dann sah er auf die Uhr und sagte mit jener ruhigen Stimme, jener wertvollen, ruhigen Stimme: «Savoia.» Nick machte es nüchtern; er hatte keine Zeit, welchen zu holen, und er konnte nach dem Einsturz nicht zu sich zurückfinden; das ganze eine Ende war eingestürzt; das veranlaßte sie, loszugehen, nüchtern, die Böschung hinauf, das einzige Mal, wo er es nicht stinkbesoffen gemacht hatte. Und nachdem sie zurückkamen, schien das Seilbahnhaus abgebrannt zu sein, und manche von den Verwundeten kamen vier Tage später herunter, und manche kamen gar nicht herunter, aber wir gingen vor, und wir gingen zurück, und es ging bergab – es ging immer bergab. Und dann war da Gaby Deslys, komischerweise mit Federn an. Du hast mich dein Puppchen genannt vor einem Jahr tralala, wie nett, daß du mich gekannt, nicht wahr? tralala, mit Federn an und ohne; die große Gaby, und ich heiße auch Harry Pilcer; wir pflegten auf der falschen Seite der Taxis auszusteigen, wenn es steil den Berg hinaufging, und er konnte den Berg jede Nacht sehen, wenn er träumte, mit Sacré-Cœur weiß hingehaucht wie eine Seifenblase. Manchmal war sein Mädel da, und manchmal war sie mit jemand anderem, und das konnte er nicht verstehen, aber das waren die Nächte, in denen der Fluß soviel breiter und glatter dahinströmte, als er sollte, und außerhalb von Fossalta war ein niedriges, gelbgestrichenes Haus, mit Weiden drum herum und einem niedrigen Stall, und da war ein Kanal, und er war an die tausendmal dagewesen und hatte es nie gesehen, aber jede Nacht war es da, so deutlich wie der Hügel, nur, daß es ihn ängstigte. Das Haus bedeutete ihm mehr als irgend etwas, und jede Nacht war es da für ihn. Das war, was er brauchte, aber es ängstigte ihn, besonders, wenn das Boot dort ruhig zwischen den Weiden auf dem Kanal lag, aber die Ufer nicht wie die von diesem Fluß aussahen. Alles war tiefer, als es in Portogrande war, wo sie sie durch das überschwemmte Land mit hochgehaltenen Gewehren hatten herankommen sehen, bis sie mit ihnen ins Wasser fielen. Wer hatte das wohl befohlen? Wenn es nicht so verdammt durcheinanderging, konnte er dem allen schon folgen. Deshalb suchte er alles in solchen Einzelheiten wahrzunehmen, um es auseinanderhalten zu können, damit er genau wußte, wo er war, aber plötzlich verwirrte es sich ohne Grund, wie gerade eben, als er auf einer Pritsche im Hauptquartier des Bataillons lag, wo Para ein Bataillon befehligte und er in einer beschissenen amerikanischen Uniform steckte. Er setzte sich auf und blickte sich um; alle beobachteten ihn. Para war hinausgegangen. Er legte sich wieder hin.

Das Stück Paris kam früher, und er ängstigte sich nicht davor, außer, wenn sie mit einem andern losgegangen war, und die Angst, daß man möglicherweise denselben Chauffeur zweimal nehmen könnte. Das war's, was einen daran ängstigte. Niemals etwas von der Front. Er träumte jetzt niemals mehr von der Front, aber was ihn so ängstigte, daß er es nicht loswerden konnte, war das lange, gelbe Haus und die abweichende Flußbreite. Jetzt war er wieder hier am Fluß; er war durch denselben Ort gegangen, und da war kein Haus. Auch sah der Fluß nicht so aus. Ja, wo ging er denn dann jede Nacht hin, und was war die Gefahr, und warum wachte er wegen eines Hauses, eines langen Stalls und eines Kanals triefend naß auf und mit viel mehr Angst, als er je bei einem Bombardement gehabt hatte?

Er setzte sich auf, schwang die Beine behutsam hinunter; sie wurden jedesmal steif, wenn sie eine Weile ausgestreckt waren; er erwiderte das Anstarren des Adjutanten, des Nachrichtenpersonals und der beiden Meldeläufer an der Tür und setzte seinen stoffbezogenen Schützengrabenhelm auf.

«Ich bedauere das Fehlen der Schokolade, der Postkarten und Zigaretten», sagte er. «Ich trage jedoch die Uniform.»

«Der Herr Major kommen sofort zurück», sagte der Adjutant. In jener Armee hat ein Adjutant keinen Offiziersrang.

«Die Uniform ist nicht ganz korrekt», erzählte ihnen Nick, «aber sie gibt Ihnen eine Vorstellung davon. In kurzem werden mehrere Millionen Amerikaner hier sein.»

«Glauben Sie, daß man Amerikaner hierherschicken wird?» fragte der Adjutant.

«Aber bestimmt. Amerikaner doppelt so groß wie ich, gesund, mit reinem Gemüt, Schlaf bei Nacht, niemals verwundet gewesen, niemals in die Luft gesprengt worden, niemals verschüttet gewesen, niemals Angst gekannt. Trinken nicht, sind den Mädchen treu, die sie zurückließen; viele von ihnen haben niemals Läuse gehabt, wunderbare Kerls. Sie werden ja sehen.»

«Sind Sie ein Italiener?» fragte der Adjutant.

«Nein, Amerikaner. Sehen Sie sich die Uniform an. Spagnolini hat sie gemacht, aber sie ist nicht ganz korrekt.»

«Ein Nord- oder Südamerikaner?»

«Nord», sagte Nick. Er fühlte es jetzt kommen. Er mußte sich zusammennehmen.

«Aber Sie sprechen italienisch?»

«Warum nicht? Haben Sie etwas dagegen, daß ich italienisch spreche? Habe ich nicht das Recht, italienisch zu sprechen?»

«Sie haben italienische Orden.»

«Nur die Bändchen und die Urkunden. Die Orden kommen später. Oder man gibt sie Bekannten zur Aufbewahrung, und die Bekannten reisen ab, oder man verliert sie mit seinem Gepäck. Man kann sich in Mailand neue kaufen. Die Urkunden allein sind von Wichtigkeit. Sie sollten deswegen nicht neidisch sein. Sie werden auch welche bekommen, wenn Sie lange genug an der Front bleiben.»

«Ich bin ein Veteran aus dem Erithrea-Feldzug», sagte der Adjutant steif. «Ich habe in Tripolis gekämpft.»

«Wirklich eine Ehre, Sie kennengelernt zu haben.» Nick streckte ihm die Hand entgegen. «Das müssen kritische Tage gewesen sein. Ich hab Ihre Bändchen bemerkt. Waren Sie zufällig auf dem Karst?»

«Für diesen Krieg bin ich gerade erst einberufen worden. Mein Jahrgang war zu alt.»

«Einmal war ich unter der Altersgrenze», sagte Nick. «Aber jetzt bin ich für dienstuntauglich erklärt worden.»

«Aber wieso sind Sie jetzt hier?»

«Ich führe die amerikanische Uniform vor», sagte Nick. «Halten Sie dies nicht für höchst bedeutsam? Der Kragen ist ein bißchen eng, aber bald werden Sie ungezählte Millionen diese Uniformen tragen sehen, die wie Heuschrecken umherschwärmen. Der Grashüpfer, wissen Sie, das, was wir in Amerika Grashüpfer nennen, ist tatsächlich eine Heuschrecke. Der richtige Grashüpfer ist klein und grün und verhältnismäßig schwach. Sie dürfen jedoch keine Verwechslung mit der siebenjährigen Heuschrecke oder Zikade anrichten, die einen eigenartigen tragenden Ton von sich gibt, den ich mir im Augenblick nicht zurückrufen kann. Ich versuche, ihn mir zurückzurufen, aber ich kann's nicht. Ich kann ihn beinahe hören, und dann ist er völlig verschwunden. Sie werden mir verzeihen, wenn ich unsere Unterhaltung abbreche.»

«Sieh zu, ob du den Major finden kannst», sagte der Adjutant zu einem der Meldeläufer. «Ich sehe, Sie sind kriegsverletzt», sagte er zu Nick.

«An verschiedenen Stellen», sagte Nick. «Wenn Sie sich für Narben interessieren, kann ich Ihnen ein paar sehr interessante zeigen, aber ich würde lieber über Grashüpfer reden. Was wir nämlich Grashüpfer nennen und was tatsächlich Heuschrecken sind. Diese Insekten haben zu einer Zeit eine sehr wichtige Rolle in meinem Leben gespielt. Es interessiert Sie vielleicht, und Sie können sich, während ich spreche, die Uniform betrachten.»

Der Adjutant machte mit der Hand eine Bewegung, und der zweite Meldeläufer ging hinaus.

«Heften Sie Ihre Augen auf die Uniform. Wissen Sie, Spagnolini hat sie gemacht. Sie können sie genausogut auch gleich mit ansehen», sagte Nick zu den Telegrafisten. «Ich habe tatsächlich keinen Rang. Wir unterstehen dem amerikanischen Konsul. Es ist völlig in Ordnung; Sie können mich ruhig ansehen. Sie können mich anstarren, wenn Sie wollen. Ich will Ihnen jetzt von der amerikanischen Heuschrecke erzählen. Wir bevorzugten immer eine, die wir die Mittelbraune nannten. Sie hält sich am besten im Wasser, und die Fische bevorzugen sie. Die Größeren, die beim Fliegen ein ähnliches Geräusch machen, wie die Klapperschlange es hervorbringt, wenn sie mit ihren Klappern klappert, ein sehr hölzernes Geräusch, hat buntgefärbte Flügel; manche sind hellrot, andere gelb mit schwarzen Streifen, aber ihre Flügel gehen im Wasser in die Brüche, und sie sind kein guter Köder, während die Mittelbraune ein fetter, kompakter, saftiger Hüpfer ist, den ich empfehlen kann, soweit man überhaupt etwas empfehlen kann, dem Sie, meine Herren, wahrscheinlich niemals begegnen werden. Aber hierauf muß ich bestehen, Sie werden niemals einen für einen ganzen Angeltag ausreichenden Vorrat dieser Insekten bekommen, wenn Sie versuchen, sie mit den Händen zu greifen, oder mit einem Schläger nach ihnen schlagen. Das ist purer Unfug und eine nutzlose Zeitverschwendung. Ich wiederhole, meine Herren, daß Sie damit nichts erreichen werden. Das korrekte Verfahren und eines, das allen jungen Offizieren auf einem Kleinkaliberübungskursus beigebracht werden sollte, falls ich irgend etwas darüber zu sagen hätte, und wer weiß, ob ich das nicht einmal haben werde, ist die Benutzung eines Schlagnetzes oder eines Netzes, das aus gewöhnlicher Moskitogaze hergestellt ist. Zwei Offiziere halten die Gazelänge an den entgegengesetzten Enden, oder lassen Sie mich sagen einer an jedem Ende, bücken sich, halten die untere Extremität des Netzes in einer Hand und die obere Extremität in der andern und laufen in den Wind. Die Hüpfer, die mit dem Wind fliegen, fliegen gegen die Länge des Netzes und fangen sich in seinen Falten. Es ist tatsächlich überhaupt kein Kunststück, eine große Anzahl zu fangen, und meiner Meinung nach sollte kein Offizier ohne eine Länge Moskitogaze sein, die für die Improvisierung eines dieser Grashüpferfangnetze geeignet ist. Ich hoffe, ich habe mich verständlich gemacht, meine Herren. Irgendwelche Fragen? Falls in dem Kursus irgend etwas vorkommt, was Sie nicht verstehen, stellen Sie bitte Fragen. Melden Sie sich. Keine? Dann möchte ich mit dieser Bemerkung schließen, mit den Worten jenes großen Soldaten und Gentleman, Sir Henry Wilson: Meine Herren, entweder Sie müssen regieren, oder Sie müssen regiert werden. Lassen Sie es mich wiederholen. Meine Herren, dies eine bitte ich Sie zu behalten. Dies eine sollten Sie mit sich nehmen, wenn Sie dieses Zimmer verlassen. Meine Herren, entweder Sie müssen regieren, oder Sie müssen regiert werden. Das ist alles, meine Herren. Guten Tag.»

Er nahm seinen stoffbezogenen Helm ab, setzte ihn wieder auf, bückte sich und ging aus dem niedrigen Eingang des Unterstandes hinaus. Para kam, von den beiden Meldeläufern begleitet, den Graben längs der tiefliegenden Straße entlang. Es war sehr heiß in der Sonne, und Nick nahm den Helm ab.

«Es sollte ein Verfahren geben, um diese Dinger naß zu halten», sagte er. «Ich werde diesen hier im Fluß naß machen.» Er begann die Böschung hinaufzuklimmen.

«Nicolo», rief Paravicini. «Nicolo. Wo gehen Sie hin?»

«Tatsächlich brauche ich wohl nicht zu gehen.» Nick kam den Abhang herunter und hielt seinen Helm in den Händen. «Sie sind eine Scheißbelästigung, naß sowohl wie trocken. Tragen Sie Ihren die ganze Zeit?»

«Die ganze Zeit», sagte Para. «Ich werde dadurch völlig kahl. Kommen Sie rein.»

Drinnen hieß ihn Para sich hinsetzen.

«Wissen Sie, sie taugen tatsächlich überhaupt nichts», sagte Nick. «Ich erinnere mich, als wir sie zuerst bekamen, gaben sie einem ein gewisses Gefühl von Sicherheit, aber ich habe sie zu oft voll Hirnmasse gesehen.»

«Nicolo», sagte Para, «ich finde, Sie sollten zurückfahren. Ich finde es richtiger, wenn Sie nicht nach vorn kommen, bevor Sie nicht die Vorräte haben. Hier gibt's nichts für Sie zu tun. Selbst wenn Sie mit Sachen, die sich zu verschenken lohnen, die Runde machen, klumpen die Leute zusammen, und dann geht die Schießerei los. Ich erlaube es nicht.»

«Ich weiß, es ist dämlich», sagte Nick. «Es war nicht meine Idee. Ich hörte, daß die Brigade hier sei, darum dachte ich, ich besuche Sie, oder sonst irgendwen, den ich kenne. Ich hätte nach Zenzon oder nach San Dona fahren können. Ich möchte gern nach San Dona fahren, um die Brücke wiederzusehen.»

«Ich erlaube nicht, daß Sie sinnlos herumfahren», sagte Hauptmann Paravicini.

«Schön, schön», sagte Nick. Er fühlte, wie es wiederkam.

«Verstehen Sie?»

«Natürlich», sagte Nick. Er versuchte, es zurückzuhalten.

«All derartiges sollte nachts gemacht werden.»

«Natürlich», sagte Nick. Er wußte, daß er es jetzt nicht unterdrücken konnte.

«Nicht wahr, Sie verstehen, ich befehlige das Bataillon», sagte Para.

«Und warum sollten Sie nicht?» sagte Nick. Da kam es. «Sie können doch schreiben und lesen, nicht wahr?»

«Ja», sagte Paravicini leise.

«Der Übelstand ist, daß Sie ein verdammt kleines Bataillon zu befehligen haben. Sobald es wieder seine volle Stärke hat, wird man Ihnen Ihre Kompanie zurückgeben. Warum werden die Toten nicht begraben? Ich habe sie jetzt gesehen. Mir liegt nichts daran, sie noch einmal zu sehen. Man kann sie begraben, jederzeit, was mich anbelangt, und für Sie wäre es viel besser. Ihr werdet alle scheißkrank werden.»

«Wo haben Sie Ihr Rad gelassen?»

«Im letzten Haus drin.»

«Glauben Sie, daß es da sicher ist?»

«Keine Bange», sagte Nick. «Ich gehe sehr bald.»

«Legen Sie sich ein bißchen hin, Nicolo.»

«Schön.»

Er schloß die Augen und an Stelle des Mannes mit dem Bart, der ihn, bevor er abdrückte, ganz ruhig über das Visier seines Gewehrs anblickte, das weiße Aufblitzen, den keulenartigen Stoß gegen die Knie, heiß-süßliches Ersticken, und dann hustete er es auf den Felsen, während sie an ihm vorbeikamen, und er sah ein langes, gelbes Haus mit einem niedrigen Stall und den Fluß viel breiter als er war und glatter. «Herrgott», sagte er, «ich kann genausogut gehen.»

Er stand auf.

«Ich gehe, Para», sagte er. «Ich werd jetzt am Nachmittag zurückradeln. Falls irgendwelche Vorräte gekommen sind, bringe ich sie heute abend her. Wenn nicht, komme ich nachts mal, wenn ich was zu bringen habe.»

«Es ist noch zu heiß zum Radeln», sagte Hauptmann Paravicini.

«Sie brauchen sich keine Sorge zu machen», sagte Nick. «Ich bin jetzt wieder eine ganze Zeit lang in Ordnung. Ich hatte gerade einen, aber es war ein leichter. Sie werden viel besser. Ich weiß vorher, wenn ich einen bekomme, weil ich dann soviel rede.»

«Ich gebe Ihnen einen Meldeläufer mit.»

«Mir wär's lieber nicht. Ich kenne den Weg.»

«Kommen Sie bald wieder?»

«Bestimmt.»

«Lassen Sie mich einen Läufer ...»

«Nein», sagte Nick. «Als Vertrauensbeweis.»

«Gut, also *ciaou.*»

«Ciaou», sagte Nick. Er machte sich auf, den tiefliegenden Weg entlang, zurück dorthin, wo er sein Rad gelassen hatte. Am Nachmittag würde die Straße schattig sein, sobald er erst den Kanal überquert hatte. Jenseits davon waren zu beiden Seiten Bäume, die überhaupt nicht bombardiert worden waren. Auf jener Strecke war es gewesen, wo sie einmal auf dem Marsch an dem Terza-Savoia-Kavallerieregiment, das mit seinen Lanzen durch den Schnee ritt, vorbeigekommen waren. Der Atem der Pferde stand wie lauter Federbüsche in der kalten Luft. Nein, das war irgendwo anders gewesen. Wo war das noch?

«Ich will lieber machen, daß ich zu dem verdammten Rad komme», sagte Nick zu sich. «Ich will nicht den Weg nach Fornaci verfehlen.»

Die Mutter eines Schwulen

ALS SEIN VATER STARB, WAR ER NOCH EIN JUNGE, UND sein Manager beerdigte ihn ‹auf Dauer›, damit er die Grabstelle ewig haben würde. Aber als seine Mutter starb, dachte sein Manager, daß sie vielleicht nicht immer so scharf aufeinander sein würden. Sie waren ein Liebespaar, aber klar ist er schwul; das wußten Sie nicht, natürlich ist er das. Also ließ er sie nur auf fünf Jahre begraben.

Na, als er aus Spanien nach Mexiko zurückkehrte, bekam er die erste Benachrichtigung. Man teilte ihm mit, daß dies die erste Benachrichtigung sei, daß die fünf Jahre um wären, und er möchte doch für den Fortbestand des Grabes seiner Mutter Vorkehrungen treffen. Es waren nur zwanzig Dollar ‹auf Dauer›. Ich hatte damals die Kasse, und ich sagte: laß mich die Sache erledigen, Paco. Aber er sagte, nein, *er* würde sich darum kümmern. Er würde sich sofort darum kümmern. Es sei seine Mutter, und er wolle es selbst tun.

Dann, nach einer Woche, bekam er die zweite Benachrichtigung. Ich las sie ihm vor und sagte, ich hätte geglaubt, daß er sich drum gekümmert habe. Nein, sagte er, das hätte er nicht getan.

«Laß mich's machen», sagte ich. «Es ist ja doch hier in der Kasse.»

«Nein», sagte er. Niemand habe ihm zu sagen, was er zu tun hätte. Er werde es selbst tun, sobald er dazu käme. «Was hat es denn für 'n Sinn, früher als notwendig Geld auszugeben?»

«Schön», sagte ich. «Aber kümmere dich auch wirklich drum.» Damals hatte er einen Kontrakt für sechs Kämpfe, zu je viertausend Pesos, außer seinem Benefizkampf. Er kam auf über fünfzehntausend Dollar allein in der Hauptstadt. Er war einfach geizig, weiter nichts.

Die dritte Benachrichtigung kam nach einer weiteren Woche, und ich las sie ihm vor. Sie besagte, daß das Grab seiner Mutter geöffnet und ihre irdischen Reste auf den öffentlichen Schindanger geworfen würden, falls er die Zahlung nicht bis zum folgenden Sonnabend leiste. Er sagte, er würde sich noch am selbigen Nachmittag, wenn er in die Stadt ginge, darum kümmern.

«Warum läßt du's mich nicht machen?» fragte ich ihn.

«Kümmere dich nicht um meine Sachen», sagte er. «Das ist *meine* Sache, und *ich* erledige das.»

«Na schön, wenn du so darüber denkst», sagte ich. «Kümmer dich allein um deine Sachen.»

Er nahm das Geld aus der Kasse, obschon er damals immer hundert Pesos und mehr mit sich herumtrug, und er sagte, er würde sich darum kümmern. Er ging mit dem Geld weg, und deshalb dachte ich natürlich, daß er es erledigt habe.

Eine Woche später kam die Benachrichtigung, daß man keine Antwort auf die endgültig letzte Mahnung erhalten und darum die Leiche seiner Mutter auf den Schindanger geworfen hätte, auf den öffentlichen Schindanger.

«Jesus Christus», sagte ich zu ihm, «du hast gesagt, daß du's bezahlen würdest, und du hast Geld aus der Kasse genommen, um es zu erledigen, und was ist jetzt mit deiner Mutter geschehen? Mein Gott, stell dir mal vor – der öffentliche Schindanger und deine leibliche Mutter. Warum hast du's mich nicht erledigen lassen? Ich hätte es geschickt, als die erste Benachrichtigung kam.»

«Das geht dich nichts an», sagte er. «Es ist *meine* Mutter.»

«Es geht *mich* nichts an, jawohl, aber *dich* ging es an. Was für Blut hat wohl ein Mensch, der zuläßt, daß so etwas mit seiner Mutter geschieht? Du verdienst überhaupt nicht, eine Mutter zu haben.»

«Es ist meine Mutter», sagte er. «Jetzt ist sie mir um so teurer.

Jetzt brauch ich doch nicht an der einen Stelle da, wo sie begraben ist, an sie zu denken und traurig zu sein. Jetzt ist sie überall um mich in der Luft wie die Vögel und die Blumen. Jetzt wird sie immer bei mir sein.»

«Jesus Christus», sagte ich, «was für Blut hast du überhaupt schon groß in dir? Ich will nicht, daß du auch nur mit mir redest.»

«Sie ist überall um mich», sagte er. «Jetzt werde ich nie traurig sein.»

Zu jener Zeit gab er allerhand Geld für Frauen aus, um sich als Mann aufzuspielen und den Leuten was vorzumachen, aber es machte auf Leute, die etwas von ihm wußten, keinen Eindruck. Er schuldete mir über sechshundert Pesos, und er wollte sie mir nicht zurückzahlen. «Warum willst du sie denn jetzt haben?» pflegte er zu sagen. «Traust du mir nicht? Sind wir nicht Freunde?»

«Es handelt sich nicht darum, ob wir Freunde sind oder ob ich dir traue oder nicht traue. Aber ich hab die Rechnungen, als du weg warst, von meinem eigenen Geld bezahlt, und jetzt brauch ich das Geld, und du hast es ja und *kannst* es mir wiedergeben.»

«Ich hab es nicht.»

«Du hast es», sagte ich. «Es ist ja in der Kasse, und du kannst es zurückzahlen.»

«Ich brauch das Geld für etwas», sagte er. «Du weißt nicht, wofür ich alles Geld brauche.»

«Ich bin die ganze Zeit über hier geblieben, während du in Spanien warst, und du hattest mich bevollmächtigt, all die notwendigen laufenden Ausgaben fürs Haus zu bezahlen, und du hast kein Geld geschickt, während du weg warst, und ich hab über sechshundert Pesos von meinem eigenen Geld ausgelegt, und jetzt brauch ich sie, und du kannst sie mir zurückzahlen.»

«Ich zahl's dir bald zurück», sagte er. «Gerad im Augenblick brauch ich das Geld nötig.»

«Wofür?»

«Für meine eigenen Angelegenheiten.»

«Warum gibst du mir nicht etwas à conto?»

«Ich kann nicht», sagte er. «Ich brauch das Geld zu nötig. Aber ich bezahl's dir bestimmt.»

Er hatte nur zweimal in Spanien gekämpft; man konnte ihn dort nicht ausstehen; man durchschaute ihn schnell genug, und er hatte sich sieben neue Kampfanzüge machen lassen, und dies ist bezeichnend für ihn: er ließ sie so schlecht einpacken, daß vier davon auf der Rückreise vom Seewasser ruiniert wurden und er sie überhaupt nicht tragen konnte.

«Mein Gott», sagte ich zu ihm, «du fährst nach Spanien. Du bleibst da die ganze Saison über und kämpfst nur zweimal. Du gibst alles Geld, das du mitgenommen hast, für Anzüge aus, und dann läßt du sie vom Seewasser ruinieren, so daß du sie nicht tragen kannst. Das ist deine Art von Saison, und dann erzählst du mir, daß du deine Angelegenheiten selbst erledigen wirst. Warum bezahlst du mir nicht das Geld, das du mir schuldest, damit ich abfahren kann?»

«Ich will dich hier haben», sagte er, «und ich werd's dir bezahlen. Aber jetzt brauche ich das Geld.»

«Du brauchst es sogar zu nötig, um für das Grab deiner eigenen Mutter zu bezahlen, damit sie begraben bleiben kann, nicht wahr?» sagte ich.

«Ich bin glücklich über das, was mit meiner Mutter geschehen ist», sagte er. «Das kannst du nicht verstehen.»

«Gott sei Dank nicht», sagte ich. «Du, bezahl mir, was du mir schuldest, oder ich nehme es aus der Kasse.»

«Ich werd die Kasse selbst aufbewahren», sagte er.

«Nein, das wirst du nicht», sagte ich.

An demselben Nachmittag kam er mit einem Schwulen zu mir, irgendeinem Kerl aus seinem Heimatort, der pleite war, und sagte: «Hier ist ein *paesano*, der Geld braucht, um nach Hause zu fahren, weil seine Mutter sehr krank ist.» Der Kerl war einfach ein Schwuler, verstehen Sie? Ein Niemand, den er nie vorher gesehen hatte, aber aus seinem Heimatort, und er wollte seinem Landsmann gegenüber den großen, freigebigen Matador spielen.

«Gib ihm fünfzig Pesos aus der Kasse», sagte er zu mir.

«Du hast mir gerade erzählt, daß du kein Geld hast, um es mir zurückzuzahlen», sagte ich. «Und jetzt willst du dem Schwulen da fünfzig Pesos geben.»

«Er ist aus meinem Heimatort», sagte er. «Und er ist im Elend.»

«Du Drecksau», sagte ich. Ich gab ihm den Schlüssel zur Kasse. «Nimm's dir selber raus. Ich fahre in die Stadt.»

«Sei nicht böse», sagte er. «Ich werd's dir zurückzahlen.»

Ich holte das Auto heraus, um in die Stadt zu fahren. Es war sein Auto, aber er wußte, daß ich besser fuhr als er. Alles, was er tat, konnte ich besser als er. Er wußte es. Er konnte nicht mal lesen und schreiben. Ich wollte jemand aufsuchen und feststellen, was ich machen konnte, um ihn zum Zahlen zu zwingen. Er kam heraus und sagte: «Ich komme mit dir mit, und ich werd dir das Geld geben. Wir sind gute Freunde. Man braucht sich doch nicht zu zanken.»

Wir fuhren in die Stadt, und ich chauffierte. Gerade bevor wir in die Stadt kamen, zog er zwanzig Pesos heraus.

«Hier ist das Geld», sagte er.

«Du mutterlose Sau», sagte ich zu ihm, und sagte ihm, was er mit dem Geld machen könne. «Dem Schwulen gibst du fünfzig Pesos, und dann bietest du mir zwanzig an, wo du mir sechshundert schuldest. Ich würde auch nicht einen Heller von dir nehmen. Du weißt, was du damit tun kannst.»

Ich stieg aus dem Auto ohne einen Peso in der Tasche und hatte keine Ahnung, wo ich die Nacht schlafen sollte. Später ging ich mit einem Freund hinaus und holte meine Sachen aus seiner Wohnung. Ich hab nie wieder mit ihm gesprochen, bis zu diesem Jahr. Ich traf ihn eines Abends, als er mit drei Freunden ins Callao Kino in der Gran Via in Madrid ging. Er streckte mir die Hand entgegen.

«Hallo, Roger, alter Freund», sagte er zu mir. «Wie geht's dir? Die Leute sagen, du redest schlecht über mich. Daß du alle möglichen unrechten Dinge über mich sagst.»

«Ich sage nur, daß du nie eine Mutter gehabt hast», sagte ich zu ihm. Das ist das Schlimmste, was man auf spanisch sagen kann, um einen Menschen zu beleidigen.

«Das ist wahr», sagte er. «Meine arme Mutter starb, als ich so jung war, daß es den Anschein hat, als ob ich nie eine Mutter gehabt hätte. Es ist sehr traurig.»

Da haben Sie einen Schwulen, wie er im Buch steht. Man kann ihnen nicht beikommen. Nichts, aber auch nichts kann ihnen was anhaben. Sie geben Geld für sich aus oder aus Eitelkeit, aber bezahlen tun sie nie. Versuchen Sie mal, einen zum Zahlen zu kriegen. Ich sagte ihm, was ich von ihm hielt, direkt da auf der Gran Via vor seinen drei Freunden, er aber redet mit mir jetzt, wenn ich ihn treffe, als ob wir Freunde wären. Was für 'ne Sorte Blut macht einen Mann nur so?

Eine Leserin schreibt

SIE SASS AM TISCH IN IHREM SCHLAFZIMMER MIT EINER aufgeschlagenen Zeitung vor sich und unterbrach sich nur hin und wieder, um durchs Fenster zu blicken auf den Schnee, der aufs Dach fiel und bereits im Fallen schmolz. Sie schrieb folgenden Brief, schrieb ihn glatt herunter, ohne irgend etwas auszustreichen oder umschreiben zu müssen.

Roanoke, Virginia
6. Februar, 1933

Sehr geehrter Herr Doktor,
darf ich Sie um einen sehr wichtigen Rat bitten – Ich habe einen Entschluß zu fassen und weiß nicht recht, in wen ich am meisten Vertrauen setzen kann, ich wage es nicht, meine Eltern zu fragen – und deshalb komme ich zu Ihnen –, und Ihnen kann ich mich auch nur anvertrauen, weil ich Ihnen nicht ins Gesicht sehen muß. Also dies ist die Situation – 1929 heiratete ich einen Mann in der amerikanischen Armee, und im gleichen Jahr schickte man ihn nach China, nach Shanghai – er blieb dort drei Jahre – und kam heim – er ist vor ein paar Monaten aus der Armee entlassen worden – und fuhr zu seiner Mutter nach Helena, Arkansas. Er schrieb mir, ich möchte nach Haus kommen – ich fuhr hin und merkte, daß er regelmäßig Spritzen bekam, und ich fragte ihn natürlich und erfuhr, daß er für etwas behandelt wird, das, ich weiß nicht, wie man das Wort schreibt, aber es klingt wie «Sifilis». Wissen Sie, was ich meine – sagen Sie mir doch bitte, wird es jemals wieder ungefährlich für mich sein, mit ihm zu leben – Seit seiner Rückkehr aus China habe ich keinen näheren Umgang mit ihm gehabt. Er versichert mir, daß er o. k. sein wird, wenn sein Arzt ihn als gesund entläßt. – Halten Sie das für richtig – Ich habe oft meinen Vater sagen hören, daß man allen, die einmal ein Opfer dieser Krankheit geworden sind, nur wünschen könne, tot zu sein – ich glaube meinem Vater, aber ich möchte meinem Mann am meisten glauben – Bitte, bitte sagen Sie mir doch, was ich tun soll – ich habe eine Tochter, die geboren wurde, während ihr Vater in China war. –

Mit bestem Dank und voll auf Sie vertrauend bin ich Ihre

und unterschrieb.

Vielleicht kann er mir sagen, was richtig ist, sagte sie zu sich. Vielleicht kann er es mir sagen. Auf dem Bild in der Zeitung sieht er aus, als ob er es wüßte. Er sieht richtig patent aus. Jeden Tag sagt er jemandem, was er tun soll. Er müßte es wissen. Ich möchte das tun, was richtig ist. Es ist aber so eine lange Zeit. Es ist eine lange Zeit. Es ist eine lange Zeit gewesen. Mein Gott, was war das für eine lange Zeit. Er mußte dorthin, wo sie ihn hinschickten; ich weiß, aber ich weiß nicht, warum er sich das holen mußte. Ach, ich wünschte, lieber Gott, daß er es sich nicht geholt hätte. Es ist mir gleich, was er gemacht hat, um es sich zu holen. Aber ich wünschte, lieber Gott, daß er es sich nie geholt hätte. Es scheint, als ob er es sich nicht unbedingt hätte holen müssen. Ich weiß nicht, was ich tun soll – lieber Gott, ich wünschte, er hätte keinerlei Krankheit. Ich weiß nicht, warum er sich eine Krankheit holen mußte.

Huldigung an die Schweiz

I. TEIL

PORTRÄT VON MR. WHEELER IN MONTREUX

DRINNEN IM BAHNHOFSCAFÉ WAR ES WARM UND HELL. Das Holz der Tische glänzte vom Abwischen, und es gab Körbe mit Brezeln in durchsichtigen Papiertüten. Die Stühle waren geschnitzt, aber die Sitze waren abgenutzt und bequem. Eine geschnitzte, hölzerne Uhr hing an der Wand, und eine Theke war am anderen Ende des Zimmers. Draußen vor dem Fenster schneite es.

Zwei von den Bahnhofsgepäckträgern saßen am Tisch unter der Uhr und tranken jungen Wein. Ein dritter Träger kam herein und sagte, der Simplon-Orient-Expreß habe in Saint Maurice eine Stunde Verspätung gehabt. Er ging hinaus. Die Kellnerin kam an Mr. Wheelers Tisch. «Der Expreß hat eine Stunde Verspätung, mein Herr», sagte sie. «Wünschen Sie etwas Kaffee?»

«Wenn Sie glauben, daß er mich nicht wach halten wird.»

«Bitte?» fragte die Kellnerin.

«Bringen Sie mir welchen», sagte Mr. Wheeler.

«Danke, mein Herr.»

Sie brachte den Kaffee aus der Küche, und Mr. Wheeler blickte aus dem Fenster auf den fallenden Schnee im Licht des Bahnsteigs.

«Sprechen Sie außer Englisch noch andere Sprachen?» fragte er die Kellnerin.

«O ja, mein Herr. Ich spreche Deutsch, Französisch und Dialekt.»

«Möchten Sie irgend etwas trinken?»

«O nein, mein Herr. Es ist nicht gestattet, im Café mit der Kundschaft zu trinken.»

«Wie wär's mit einer Zigarre?»

«O nein, mein Herr. Ich rauche nicht, mein Herr.»

«Schon recht», sagte Mr. Wheeler. Er blickte von neuem aus dem Fenster, trank seinen Kaffee und zündete sich eine Zigarette an.

«Fräulein», rief er.

Die Kellnerin kam heran.

«Was wünschen Sie, mein Herr?»

«Sie», sagte er.

«Sie müssen nicht so mit mir scherzen.»

«Ich scherze nicht.»

«Dann sollten Sie es nicht sagen.»

«Ich habe keine Zeit für eine Diskussion», sagte Mr. Wheeler. «Der Zug kommt in vierzig Minuten. Wenn Sie mit mir hinaufgehen, gebe ich Ihnen hundert Franken.»

«Sie sollten solche Dinge nicht sagen, mein Herr. Ich werde den Gepäckträger bitten, mit Ihnen zu reden.»

«Ich will keinen Gepäckträger», sagte Mr. Wheeler. «Und auch keinen Polizisten, und auch keinen von den Jungen, die Zigaretten verkaufen. Ich will Sie.»

«Wenn Sie so reden, müssen Sie fortgehen. Sie können nicht hierbleiben und so reden.»

«Warum gehen Sie denn nicht weg? Wenn Sie weggehen, kann ich nicht mit Ihnen sprechen.»

Die Kellnerin ging weg. Mr. Wheeler beobachtete, ob sie wohl mit den Trägern sprechen würde. Sie tat es nicht.

«Mademoiselle», rief er. Die Kellnerin kam herüber. «Bringen Sie mir bitte eine Flasche Sion.»

«Jawohl, mein Herr.»

Mr. Wheeler beobachtete, wie sie hinausging, dann mit dem Wein hereinkam und ihn an den Tisch brachte. Er blickte auf die Uhr.

«Ich gebe Ihnen zweihundert Franken», sagte er.

«Bitte sagen Sie nicht solche Sachen.»

«Zweihundert Franken sind eine Menge Geld.»

«Sie sollten nicht sagen solche Sachen», sagte die Kellnerin. Sie begann ihr Englisch zu vergessen. Mr. Wheeler sah sie interessiert an.

«Zweihundert Franken.»

«Sie sind widerlich.»

«Warum gehen Sie denn nicht weg? Ich kann nicht mit Ihnen reden, wenn Sie nicht hier sind.»

Die Kellnerin verließ den Tisch und ging zur Theke hinüber. Mr. Wheeler trank den Wein und lächelte eine Weile vor sich hin.

«Mademoiselle», rief er. Die Kellnerin tat so, als ob sie ihn nicht höre. «Mademoiselle», rief er noch einmal. Die Kellnerin kam heran.

«Wünschen Sie etwas?»

«Und wie. Ich gebe Ihnen dreihundert Franken.»

«Sie sind widerlich.»

«Dreihundert Schweizer Franken.»

Sie ging weg, und Mr. Wheeler sah ihr nach. Ein Gepäckträger öffnete die Tür. Es war der, in dessen Obhut Mr. Wheelers Gepäck war.

«Der Zug kommt, mein Herr», sagte er auf französisch. Mr. Wheeler stand auf.

«Mademoiselle», rief er. Die Kellnerin näherte sich dem Tisch. «Wieviel kostet der Wein?»

«Sieben Franken.»

Mr. Wheeler zählte acht Franken ab und ließ sie auf dem Tisch liegen. Er zog seinen Mantel an und folgte dem Gepäckträger auf den Bahnsteig, wo der Schnee fiel.

«Au revoir, Mademoiselle», sagte er. Die Kellnerin beobachtete, wie er hinausging. Er ist häßlich, dachte sie, häßlich und widerlich. Dreihundert Franken für etwas, was gar nichts ist. Wie oft habe ich das umsonst getan! Und nirgends, wo man hier hingehen kann. Wenn er Verstand gehabt hätte, würde er gewußt haben, daß es hier kein Zimmer gibt. Keine Zeit und keinen Ort, wo man hingehen konnte. Dreihundert Franken dafür. Was für Leute, diese Amerikaner!

Als er da auf dem Betonbahnsteig neben seinen Reisetaschen stand und die Schienen entlang dem Scheinwerfer des Zugs entgegenblickte, der durch den Schnee herankam, dachte Mr. Wheeler, daß es ein sehr billiges Vergnügen war. Tatsächlich hatte er außer für sein Abendbrot sieben Franken für eine Flasche Wein und einen Franken fürs Trinkgeld ausgegeben. Fünfundsiebzig Centimes würde besser gewesen sein. Er würde sich jetzt wohler fühlen, wenn er fünfundsiebzig Centimes Trinkgeld gegeben hätte. Ein Schweizer Franken sind fünf französische Francs. Mr. Wheeler war auf dem Weg nach Paris. Er war sehr sparsam mit Geld und machte sich nichts aus Frauen. Er war schon einmal auf diesem Bahnhof gewesen, und er wußte, daß es oben kein Zimmer gab, wo man hätte hingehen können. Mr. Wheeler überließ nie etwas dem Zufall.

II. TEIL

Mr. Johnson spricht davon in Vevey

Drinnen im Bahnhofscafé war es warm und hell; die Tische waren blank vom Abwischen, und auf manchen lagen rot- und weißgestreifte Tischtücher, und auf den anderen lagen blau- und weißgestreifte Tischtücher, und auf allen standen Körbe mit Brezeln in durchsichtigen Papiertüten. Die Stühle waren geschnitzt, aber die hölzernen Sitze waren abgenutzt und bequem. An der Wand hing eine Uhr, am andern Ende des Zimmers war eine Messingtheke, und draußen vor dem Fenster schneite es. Zwei der Bahnhofsgepäckträger saßen am Tisch unter der Uhr und tranken jungen Wein.

Ein dritter Träger kam herein und sagte, der Simplon-Orient-Expreß habe in Saint Maurice eine Stunde Verspätung gehabt. Die Kellnerin ging hinüber an Mr. Johnsons Tisch.

«Der Expreß hat eine Stunde Verspätung, mein Herr», sagte sie. «Wünschen Sie etwas Kaffee?»

«Wenn es nicht zuviel Mühe macht.»

«Bitte?» fragte die Kellnerin.

«Ich möchte welchen.»

«Danke, mein Herr.»

Sie brachte den Kaffee aus der Küche, und Mr. Johnson blickte aus dem Fenster auf den fallenden Schnee im Licht des Bahnsteigs.

«Sprechen Sie außer Englisch noch andere Sprachen?» fragte er die Kellnerin.

«O ja, ich spreche Deutsch, Französisch und Dialekt.»

«Möchten Sie irgend etwas trinken?»

«O nein, mein Herr. Es ist nicht gestattet, im Café mit der Kundschaft zu trinken.»

«Zigarre gefällig?»

«O nein», lachte sie. «Ich rauche nicht, mein Herr.»

«Ich auch nicht», sagte Johnson. «Es ist eine schmutzige Angewohnheit.»

Die Kellnerin ging weg, und Johnson zündete sich eine Zigarette an und trank seinen Kaffee. Die Uhr an der Wand zeigte auf dreiviertel zehn. Seine Uhr ging ein bißchen vor. Der Zug sollte um zehn Uhr dreißig kommen – eine Stunde Verspätung, das hieß elf Uhr dreißig. Johnson rief die Kellnerin.

«Signorina.»

«Was wünschen Sie, mein Herr?»

«Sie möchten nicht ein bißchen mit mir spielen?» Die Kellnerin errötete.

«Nein, mein Herr.»

«Ich meine nichts Wildes. Sie würden mir wohl nicht Gesellschaft leisten und sich das Nachtleben von Vevey ansehen? Nehmen Sie eine Freundin mit, wenn Sie wollen.»

«Ich muß arbeiten», sagte die Kellnerin. «Ich habe hier meine Pflichten.»

«Ich weiß», sagte Johnson. «Aber können Sie nicht Ersatz beschaffen? Das pflegte man im Bürgerkrieg zu tun.»

«O nein, mein Herr. Ich muß selbst hier sein, in Person.»

«Wo haben Sie Ihr Englisch gelernt?»

«In der Berlitz School, mein Herr.»

«Erzählen Sie mir davon», sagte Johnson. «Waren die Berlitzschüler eine wilde Bande? Wie war denn alles, das Geknutsche und Geflirte? Waren eine Menge Schwule drunter? Sind Sie je Scott Fitzgerald begegnet?»

«Bitte?»

«Ich wollte wissen, ob diese Studientage die glücklichsten Tage Ihres Lebens waren? Was für eine Art Mannschaft hatte Berlitz letzten Herbst?»

«Sie scherzen wohl, mein Herr?»

«Nur ein bißchen», sagte Johnson. «Sie sind ein schrecklich gutes Mädchen. Und Sie wollen wirklich nicht mit mir spielen?»

«O nein, mein Herr», sagte die Kellnerin. «Soll ich Ihnen irgend etwas bringen?»

«Ja», sagte Johnson. «Wollen Sie mir die Weinkarte bringen?»

«Jawohl, mein Herr.»

Johnson ging mit der Weinkarte hinüber an den Tisch, wo die drei Gepäckträger saßen. Sie blickten zu ihm auf. Es waren alte Männer.

«Wollen Sie trinken?» fragte er auf deutsch. Einer von ihnen nickte und lächelte.

«Oui, monsieur.»

«Sie sprechen Französisch?»

«Oui, monsieur.»

«Was wollen wir trinken? *Connais-vous des Champagnes?*»

«Non, monsieur.»

«Fau les connaître», sagte Johnson. «Fräulein.» Er rief die Kellnerin. «Wir wollen Champagner trinken.»

«Welchen Champagner bevorzugen der Herr?»

«Den Besten», sagte Johnson. *«Laquelle est le Beste?»* fragte er die Gepäckträger.

«Le meilleur?» fragte der Gepäckträger, der zuerst gesprochen hatte.

«Aber gewiß doch.»

Der Träger nahm eine goldumrandete Brille aus seiner Jackentasche und besah sich die Liste. Er glitt mit seinem Finger die vier mit der Maschine geschriebenen Namen und Preise entlang.

«‹Sportsmann›», sagte er. «‹Sportsmann› ist der Beste.»

«Sind Sie einverstanden, meine Herren?» fragte Johnson die andern Träger. Der eine Träger nickte. Der andere sagte auf französisch: «Ich persönlich kenne ‹Sportsmann› nicht, aber ich habe häufig von ‹Sportsmann› reden hören. Er ist gut.»

«Eine Flasche ‹Sportsmann›», sagte Johnson zu der Kellnerin. Er blickte auf den Preis auf der Weinkarte: elf Schweizer Franken. «Sagen wir zwei ‹Sportsmann›. Stört es Sie, wenn ich mich zu Ihnen setze?» fragte er den Träger, der ‹Sportsmann› vorgeschlagen hatte.

«Setzen Sie sich nur. Bitte machen Sie sich's bequem.» Der Träger lächelte ihm zu. Er legte seine Brille zusammen und steckte sie ins Futteral. «Haben der Herr heute Geburtstag?»

«Nein», sagte Johnson. «Es ist keine Fete. Meine Frau hat beschlossen, sich von mir scheiden zu lassen.»

«So», sagte der Träger. «Das will ich nicht hoffen.» Der andere Träger schüttelte den Kopf. Der dritte Träger schien ein wenig taub zu sein.

«Zweifellos ist es eine alltägliche Erfahrung», sagte Johnson, «wie der erste Besuch beim Zahnarzt oder das erste Mal, wenn ein Mädchen unwohl wird, aber es hat mich umgeschmissen.»

«Das ist verständlich», sagte der älteste Träger. «Das kann ich verstehen.»

«Keiner von den Herren ist geschieden?» fragte Johnson. Er hatte aufgehört, die Sprache zu verballhornen, und sprach jetzt gutes Französisch, und zwar schon eine ganze Weile.

«Nein», sagte der Träger, der ‹Sportsmann› bestellt hatte. «Es gibt hier nicht viel Scheidungen. Wir haben ein paar Herren, die geschieden sind, aber nicht viele.»

«Bei uns», sagte Johnson, «ist es anders. Fast jeder ist geschieden.»

«Das stimmt», bestätigte der Träger. «Ich habe es in der Zeitung gelesen.»

«Ich persönlich bin ein bißchen im Rückstand», fuhr Johnson fort. «Dies ist das erste Mal, daß ich geschieden werde. Ich bin fünfunddreißig.»

«Mais vous êtes encore jeune», sagte der Träger. Er erklärte den beiden andern: *«Monsieur n'a que trente-cinq ans.»* Die andern Träger nickten. «Er ist sehr jung», sagte einer von ihnen.

«Und es ist wirklich das erste Mal, daß Sie sich scheiden lassen?» fragte der Träger.

«Bestimmt», sagte Johnson. «Bitte öffnen Sie den Wein, Mademoiselle.»

«Und ist es sehr teuer?»

«Zehntausend Francs.»

«Schweizer Geld?»

«Nein, französisches Geld.»

«Ach so! Zweitausend Schweizer Franken. Aber selbst dann ist es nicht billig.»

«Nein.»

«Und warum tut man es?»

«Man wird darum gebeten.»

«Aber warum bittet man darum?»

«Um jemand andern zu heiraten.»

«Aber das ist doch idiotisch.»

«Ich bin Ihrer Meinung», sagte Johnson. Die Kellnerin füllte die vier Gläser. Sie erhoben sie alle.

«Prosit», sagte Johnson.

«À votre santé, monsieur», sagte der Träger. Die andern zwei Träger sagten *‹Salut›*. Der Champagner schmeckte wie süßer, rosa Apfelwein.

«Ist es ein Übereinkommen in der Schweiz, immer in einer andern Sprache zu antworten?» fragte Johnson.

«Nein», sagte der Träger. «Französisch ist feiner. Außerdem sind wir hier in der Suisse Romande.»

«Aber Sie sprechen Deutsch?»

«Ja, wo ich herkomme, spricht man Deutsch.»

«Aha», sagte Johnson, «und Sie sagen, Sie haben sich noch nie scheiden lassen?»

«Nein, das kommt zu teuer. Außerdem habe ich nie geheiratet.»

«Aha», sagte Johnson. «Und die anderen beiden Herren?»

«Die sind verheiratet.»

«Sind Sie gern verheiratet?» fragte Johnson einen der Träger.

«Was?»

«Mögen Sie den Ehestand?» –

«Oui, c'est normal.»

«Genau das», sagte Johnson. *«Et vous, monsieur?»*

«Ça, va», sagte der andere Träger.

«Pour moi», sagte Johnson, *«ça ne va pas.»*

«Monsieur wird sich scheiden lassen», erklärte der erste Träger.

«Oh», sagte der zweite Träger.

«Aha», sagte der dritte Träger.

«Na», sagte Johnson, «das Thema scheint erschöpft zu sein. Meine Schwierigkeiten interessieren Sie nicht», wandte er sich an den ersten Träger.

«Aber doch», sagte der Träger.

«Na, reden wir von was anderem.»

«Wie Sie wünschen.»

«Worüber können wir sprechen?»

«Treiben Sie Sport?»

«Nein», sagte Johnson. «Aber meine Frau.»

«Was tun Sie zu Ihrem Vergnügen?»

«Ich bin Schriftsteller.»

«Verdient man damit viel Geld?»

«Nein, aber später, wenn man bekannt ist, ja.»

«Ist es interessant?»

«Nein», sagte Johnson, «es ist nicht interessant. Es tut mir leid, meine Herren, aber ich muß mich verabschieden. Wollen Sie bitte die zweite Flasche trinken?»

«Aber der Zug kommt ja erst in dreiviertel Stunden.»

«Ich weiß», sagte Johnson. Die Kellnerin kam, und er bezahlte für den Wein und sein Abendessen.

«Sie gehen aus, mein Herr?» fragte sie.

«Ja», sagte Johnson, «nur einen kleinen Spaziergang machen. Ich werde mein Gepäck hierlassen.»

Er nahm seinen Schal um, zog den Mantel an und setzte den Hut auf. Draußen fiel dichter Schnee. Er sah zurück durch das Fenster auf die drei Träger, die am Tisch saßen. Die Kellnerin füllte ihre Gläser mit dem Rest Wein aus der geöffneten Flasche. Sie nahm die ungeöffnete Flasche an die Theke zurück. Das macht für jeden pro Stück drei Franken und etwas, dachte Johnson. Er wandte sich um und ging den Bahnsteig hinunter. Drinnen im Café hatte er gedacht, daß davon reden der Sache die Schärfe nehmen würde, aber es hatte ihr nicht die Schärfe genommen; ihm war davon jetzt nur hundsgemein zumute.

III. TEIL

Der Sohn eines Vereinsbruders in Territet

Im Bahnhofscafé in Territet war es ein bißchen zu warm; das Licht war hell, und die Tische glänzten vom Polieren. Es gab Körbe mit Brezeln in durchsichtigen Papiertüten auf den Tischen und Pappuntersätze für die Biergläser, damit die feuchten Gläser keine Ringe auf den hölzernen Tischen zurückließen. Die Stühle waren geschnitzt, aber die hölzernen Sitze waren abgenutzt und ganz bequem. Eine Uhr hing an der Wand; eine Theke war am anderen Ende des Zimmers, und draußen vor dem Fenster schneite es. An einem Tisch unter der Uhr trank ein alter Mann seinen Kaffee und las die Abendzeitung. Ein Gepäckträger kam herein und sagte, der Simplon-Orient-Expreß habe in Saint Maurice eine Stunde Verspätung gehabt. Die Kellnerin ging hinüber an Mr. Harris' Tisch. Mr. Harris war gerade mit dem Abendessen fertig.

«Der Expreß hat eine Stunde Verspätung, mein Herr. Soll ich Ihnen Kaffee bringen?»

«Wenn Sie wollen.»

«Bitte?» fragte die Kellnerin.

«Schön», sagte Mr. Harris.

«Danke, mein Herr», sagte die Kellnerin.

Sie brachte den Kaffee aus der Küche, und Mr. Harris tat Zucker hinein, zerstieß die Stücke mit seinem Löffel und blickte aus dem Fenster hinaus auf den fallenden Schnee im Licht des Bahnsteigs.

«Sprechen Sie außer Englisch noch andere Sprachen?» fragte er die Kellnerin.

«O ja, mein Herr, ich spreche Deutsch, Französisch und Dialekt.»

«Welche mögen Sie am liebsten?»

«Sie sind alle ziemlich gleich, mein Herr. Ich kann nicht sagen, daß ich eine lieber hätte als die andere.»

«Möchten Sie gern etwas trinken oder einen Kaffee?»

«O nein, mein Herr, es ist nicht gestattet, im Café mit der Kundschaft zu trinken.»

«Sie möchten wohl keine Zigarre?»

«O nein, mein Herr», lachte sie. «Ich rauche nicht, mein Herr.»

«Ich auch nicht», sagte Harris. «Ich bin nicht der Meinung von David Belasco.»

«Bitte?»

«Belasco. David Belasco. Sie können ihn immer erkennen, weil er seinen Kragen verkehrt um anhat. Aber ich bin nicht seiner Meinung. Außerdem ist er jetzt tot.»

«Würden Sie mich entschuldigen, mein Herr?» fragte die Kellnerin.

«Selbstverständlich», sagte Harris. Er richtete sich in seinem Stuhl auf und sah zum Fenster hinaus. Der alte Mann am andern Ende des Zimmers hatte seine Zeitung zusammengefaltet. Er blickte Mr. Harris an und nahm dann seine Kaffeetasse und die Untertasse und kam herüber an Harris' Tisch.

«Verzeihen Sie, wenn ich störe», sagte er auf englisch, «aber mir fiel gerade ein, daß Sie möglicherweise ein Mitglied der National Geographic Society sind.»

«Bitte setzen Sie sich», sagte Harris. Der Herr setzte sich.

«Wollen Sie nicht noch einen Kaffee oder einen Likör trinken?»

«Danke», sagte der Herr.

«Wollen Sie nicht einen Kirsch mit mir trinken?»

«Vielleicht, aber Sie müssen mein Gast sein.»

«Nein, ich bestehe darauf.» Harris rief die Kellnerin. Der alte Herr nahm aus einer Innentasche seines Mantels eine lederne Brieftasche. Er nahm ein breites Gummiband ab und zog verschiedene Papiere hervor, suchte eins heraus und reichte es Harris.

«Dies ist meine Mitgliedskarte», sagte er. «Kennen Sie Frederick J. Roussel in Amerika?»

«Bedaure, nein.»

«Ich glaube, er spielt eine große Rolle.»

«Wo kommt er her? Wissen Sie, aus welchem Teil der Staaten?»

«Aus Washington natürlich. Ist dort nicht der Hauptsitz der Gesellschaft?»

«Ich glaube ja.»

«Sie glauben? Sind Sie denn nicht sicher?»

«Ich bin eine lange Zeit weggewesen», sagte Harris.

«Sie sind also kein Mitglied?»

«Nein, aber mein Vater. Er ist seit einer langen Reihe von Jahren Mitglied.»

«Dann muß er Frederick J. Roussel kennen. Er ist einer der Vorsitzenden der Gesellschaft. Ich möchte Sie darauf aufmerksam machen, daß Mr. Roussel meine Mitgliedschaft befürwortet hat.»

«Das freut mich sehr.»

«Es tut mir leid, daß Sie kein Mitglied sind. Aber Ihr Vater könnte Sie als Kandidat vorschlagen.»

«Ich glaube wohl», sagte Harris. «Das muß geschehen, sobald ich zurück bin.»

«Dazu würde ich Ihnen raten», sagte der Herr. «Sie lesen die Zeitschrift natürlich?»

«Selbstverständlich.»

«Haben Sie die Nummer mit den farbigen Tafeln der nordamerikanischen Fauna gesehen?»

«Ja, ich habe sie in Paris.»

«Und die Nummer, die das Panorama der Vulkane Alaskas enthält?»

«Die war fabelhaft.»

«Ich mochte auch die Raubtierfotografien von George Shiras III sehr.»

«Die waren verdammt gut.»

«Verzeihung?»

«Sie waren ausgezeichnet. Der Kerl, der Shiras ...»

«Sie nennen ihn Kerl?»

«Wir sind alte Freunde», sagte Harris.

«Ach, Sie kennen George Shiras III. Er muß sehr interessant sein.»

«Das ist er. Er ist vielleicht der interessanteste Mensch, den ich kenne.»

«Und kennen Sie auch George Shiras II? Ist er auch interessant?»

«Ach, der ist nicht so interessant.»

«Ich hätte gedacht, daß er sehr interessant ist.»

«Wissen Sie, es ist wirklich komisch. Er ist nicht so interessant. Ich habe mir oft überlegt, warum wohl nicht?»

«Hm», sagte der Herr. «Ich hätte gedacht, daß jeder aus der Familie interessant sei.»

«Erinnern Sie sich an das Panorama von der Wüste Sahara?» fragte Harris.

«Der Wüste Sahara? Das ist beinah fünfzehn Jahre her.»

«Das stimmt. Das mochte mein Vater besonders gern.»

«Zieht er die neueren Nummern nicht vor?»

«Wahrscheinlich tut er das. Aber das Saharapanorama war eins von seinen Lieblingen.»

«Es war ausgezeichnet, aber für mich überwog sein künstlerischer Wert bei weitem sein wissenschaftliches Interesse.»

«Das weiß ich nicht», sagte Harris. «Der Wind, der all den Sand aufwirbelte, und der Araber mit seinem Kamel, der Mekka zugewandt kniete.»

«Soweit ich mich erinnere, stand der Araber und hielt das Kamel fest.»

«Sie haben ganz recht», sagte Harris. «Ich dachte an Colonel Lawrences Buch.»

«Das Buch von Lawrence handelt, glaube ich, von Arabien?»

«Gewiß», sagte Harris. «Der Araber brachte mich darauf.»

«Er muß ein sehr interessanter junger Mann sein.»

«Ich glaube, das ist er.»

«Wissen Sie, was er jetzt tut?»

«Er ist bei der Royal Air Force.»

«Und warum?»

«Es macht ihm Spaß.»

«Wissen Sie, ob er Mitglied der National Geographic Society ist?»

«Wer weiß?»

«Er würde ein sehr gutes Mitglied abgeben. Die Sorte Leute haben sie gern als Mitglieder. Ich würde mich glücklich schätzen, ihn als Kandidaten vorzuschlagen, wenn Sie glauben, daß man ihn gern haben möchte.»

«Das glaube ich bestimmt.»

«Ich habe einen Naturwissenschaftler aus Vevey als Mitglied vorgeschlagen und einen Kollegen von mir in Lausanne, und sie sind beide gewählt worden. Ich glaube, man würde hoch erfreut sein, wenn ich Colonel Lawrence als Kandidaten vorschlüge.»

«Es ist eine ausgezeichnete Idee», sagte Harris. «Kommen Sie oft hierher in dieses Café?»

«Ich gehe nach dem Essen zum Kaffee hierher.»

«Sie sind an der Universität?»

«Ich bin nicht mehr im Amt.»

«Ich warte nur auf meinen Zug», sagte Harris. «Ich bin auf dem Weg nach Paris und schiffe mich in Le Havre nach den Staaten ein.»

«Ich bin niemals in Amerika gewesen, aber ich würde sehr gern mal hinfahren. Vielleicht werde ich einmal einer Versammlung der Gesellschaft beiwohnen. Ich würde mich sehr freuen, Ihren Vater kennenzulernen.»

«Ich bin überzeugt, er hätte Sie gerne kennengelernt, aber er ist im vergangenen Jahr gestorben. Hat sich erschossen, merkwürdigerweise.»

«Das tut mir wirklich aufrichtig leid. Bestimmt war sein Tod sowohl für die Wissenschaft wie für seine Familie ein schwerer Schlag.»

«Die Wissenschaft hat es mit viel Haltung getragen.»

«Hier ist meine Karte», sagte Harris. «Seine Initialen waren E. J. statt E. D. Ich weiß, er hätte gern Ihre Bekanntschaft gemacht.»

«Es wäre mir ein großes Vergnügen gewesen.» Der Herr nahm eine Karte aus seiner Brieftasche und gab sie Harris. Sie lautete:

DR. SIGISMUND WYER, PH. D.
Mitglied der National Geographic Society,
Washington, D. C., USA

«Ich werde sie sehr sorgfältig aufheben», sagte Harris.

Ein Tag Warten

Er kam ins Zimmer, um die Fenster zu schliessen, während wir noch im Bett lagen, und ich fand, daß er krank aussah. Er fröstelte; sein Gesicht war weiß, und er ging langsam, als ob jede Bewegung weh täte.

«Was ist los, Schatz?»

«Ich hab Kopfschmerzen.»

«Dann geh lieber wieder ins Bett.»

«Nein, ich bin ganz in Ordnung.»

«Du gehst ins Bett. Ich komme zu dir, sobald ich angezogen bin.»

Aber als ich herunterkam, war er angezogen und saß am Feuer und sah wie ein kranker, jämmerlicher, neunjähriger Junge aus. Als ich ihm die Hand auf die Stirn legte, wußte ich, daß er Fieber hatte.

«Du gehst rauf ins Bett», sagte ich. «Du bist krank.»

«Ich bin ganz in Ordnung», sagte er.

Als der Doktor kam, nahm er die Temperatur des Jungen.

«Wieviel hat er?» fragte ich ihn.

«Hundertundzwei.»

«Unten ließ der Doktor drei verschiedene Medikamente in verschiedenfarbigen Kapseln zurück mit Anweisungen, wie sie zu nehmen waren. Das eine sollte das Fieber herunterbringen, das zweite war ein Abführmittel, und das dritte war gegen Übersäure im Magen. Die Grippebazillen können nur bei Übersäure existieren, hatte er erklärt. Er schien alles über Grippe zu wissen und sagte, es wäre nicht weiter besorgniserregend, falls die Temperatur nicht auf hundertvier stiege. Es herrsche eine leichte Grippeepidemie, und es bestände keinerlei Gefahr, wenn keine Lungenentzündung hinzukäme.

Als ich wieder ins Zimmer kam, schrieb ich die Temperatur des Jungen auf und notierte, wann man ihm die verschiedenen Medikamente geben sollte.

«Möchtest du, daß ich dir vorlese?»

«Schön. Wenn du willst», sagte der Junge. Sein Gesicht war sehr weiß, und er hatte dunkle Schatten unter den Augen. Er lag reglos im Bett und schien gleichgültig gegen alles, was vorging.

Ich las ihm aus Howard Pyles *Piratenbuch* vor, aber ich sah, daß er nicht bei der Sache war.

«Wie fühlst du dich, Schatz?» fragte ich ihn.

«Genau wie vorhin, bis jetzt», sagte er.

Ich saß am Fußende des Bettes und las für mich, während ich darauf wartete, daß es Zeit war, ihm wieder ein Pulver zu geben. Normalerweise hätte er einschlafen müssen, aber als ich aufblickte, blickte er das Fußende des Bettes an und hatte einen seltsamen Ausdruck im Gesicht.

«Warum versuchst du nicht einzuschlafen? Ich werd dich wecken, wenn es Zeit für die Medizin ist.»

«Ich möchte lieber wach bleiben.»

Nach einer Weile sagte er zu mir: «Papa, du brauchst nicht hier bei mir zu bleiben, wenn es dir unangenehm ist.»

«Es ist mir nicht unangenehm.»

«Nein, ich meine, du brauchst nicht zu bleiben, wenn es dir unangenehm wird.»

Ich dachte, daß er vielleicht ein bißchen wirr sei, und nachdem ich ihm um elf das verschriebene Pulver gegeben hatte, ging ich eine Weile aus.

Es war ein klarer, kalter Tag. Den Boden bedeckte eine Graupelschicht, die gefroren war, so daß es aussah, als ob all die kahlen Bäume, die Büsche, das Reisig und all das Gras und der kahle Boden mit Eis glasiert seien. Ich nahm den jungen irischen Hühnerhund zu einem kleinen Spaziergang mit, die Landstraße hinauf und dann einen zugefrorenen Bach entlang, aber es war schwierig, auf der glasigen Oberfläche zu stehen oder zu gehen, und der rotbraune Hund rutschte aus und schlidderte, und ich fiel zweimal heftig hin, und das eine Mal ließ ich meine Flinte dabei fallen, die ein ganzes Stück über das Eis wegglitt.

Wir jagten ein Volk Wachteln unter einem hohen Lehmdamm mit überhängendem Gestrüpp auf, und ich tötete zwei, als sie über den Damm hinweg außer Sicht gingen. Einige stießen in die Bäume nieder, aber die meisten schwärmten in die Reisighaufen, und man mußte mehrmals auf den eisüberzogenen Reisighügeln hin- und herspringen, bis sie hochgingen. Es war schwierig, sie zu treffen, als sie aufflogen, während man unsicher auf dem eisglatten, federnden Reisig stand, und ich tötete zwei und verfehlte fünf und machte mich auf den Heimweg, vergnügt, weil ich so dicht von Zuhaus ein Wachtelvolk aufgetrieben hatte, und froh, daß für einen andern Tag noch so viele übrig waren.

Zu Haus sagte man mir, daß der Junge keinem erlaubt habe, in sein Zimmer zu kommen.

«Du kannst nicht reinkommen», hatte er gesagt. «Du darfst das nicht bekommen, was ich habe.»

Ich ging zu ihm hinauf und fand ihn in genau derselben Lage, wie ich ihn verlassen hatte, weiß-gesichtig, aber mit roten Fieberflecken auf den Backen. Er starrte immer noch, wie er vorher gestarrt hatte, auf das Fußende des Bettes. Ich nahm seine Temperatur.

«Wieviel habe ich?»

«Ungefähr hundert», sagte ich. Es waren hundertundzwei und vier Zehntel.

«Es waren hundertundzwei», sagte er.

«Wer hat das gesagt?»

«Der Doktor.»

«Deine Temperatur ist ganz in Ordnung», sagte ich. «Kein Grund, sich aufzuregen.»

«Ich rege mich nicht auf», sagte er, «aber ich muß immer denken.»

«Nicht denken», sagte ich. «Nimm's doch nicht so tragisch.»

«Ich nehme es nicht tragisch», sagte er und sah starr vor sich hin. Er nahm sich offensichtlich wegen irgend etwas schrecklich zusammen.

«Schluck dies mit etwas Wasser.»

«Glaubst du, daß es helfen wird?»

«Natürlich wird es.»

Ich setzte mich hin und schlug das *Piratenbuch* auf und begann zu lesen, aber ich konnte sehen, daß er nicht folgte, darum hörte ich auf.

«Um wieviel Uhr glaubst du, daß ich sterben werde?» fragte er.

«Was?»

«Wie lange dauert es noch ungefähr, bis ich sterbe?»

«Aber du stirbst doch nicht. Was ist denn los mit dir?»

«Doch, ich werde. Ich habe gehört, wie er hundertundzwei gesagt hat.»

«Aber man stirbt doch nicht bei einer Temperatur von hundertundzwei. Es ist albern, so zu reden.»

«Ich weiß aber, daß es so ist. In der Schule in Frankreich haben mir die Jungen erzählt, daß man mit vierundvierzig Grad nicht leben kann. Ich habe hundertundzwei.»

Er hatte den ganzen Tag auf seinen Tod gewartet, die ganze Zeit über, seit neun Uhr morgens.

«Mein armer Schatz», sagte ich. «Mein armer, alter Schatz. Es ist wie mit Meilen und Kilometern. Du wirst nicht sterben. Es ist ein anderes Thermometer. Auf *dem* Thermometer ist siebenunddreißig normal. Auf dieser Sorte achtundneunzig.»

«Bist du sicher?»

«Völlig», sagte ich. «Es ist wie mit Meilen und Kilometern. Weißt du, so wie: wieviel Kilometer machen wir, wenn wir siebzig Meilen im Auto fahren?»

«Ach», sagte er.

Aber die Starre schwand langsam aus seinem auf das Fußende seines Bettes gerichteten Blick; auch seine Verkrampftheit ließ schließlich nach und war am nächsten Tag fast ganz weg, und er weinte wegen Kleinigkeiten los, die ganz unwichtig waren.

Eine Naturgeschichte der Toten

ICH HABE IMMER GEFUNDEN, DASS DER KRIEG ALS EIN FELD für die Beobachtungen des Naturforschers völlig ignoriert worden ist. Wir haben von dem verstorbenen W. H. Hudson bezaubernde und zuverlässige Berichte über die Flora und Fauna Patagoniens; Ehrwürden Gilbert White hat äußerst interessant über den Hopooe bei dessen gelegentlichen und durchaus ungewöhnlichen Besuchen auf Selborne berichtet, und Bischof Stanley hat uns eine wertvolle, wenngleich populäre *Allgemein verständliche Geschichte der Vögel* beschert. Können wir nicht hoffen, dem Leser ein paar sachliche und interessante Fakten über die Toten zu liefern? Ich hoffe es.

Als Mungo Park, jener rastlose Reisende, einst auf seiner Wanderung nackt und allein in der unermeßlichen Wildnis einer afrikanischen Wüste kraftlos dahinsank und seine Tage als gezählt ansah und nichts für ihn zu tun übrig schien, als sich niederzulegen und zu sterben, fiel ihm eine kleine Moosblume von außerordentlicher Schönheit ins Auge. «Obschon die ganze Pflanze», sagt er, «nicht größer als einer meiner Finger war, konnte ich die zarte Bildung ihrer Wurzeln, Blätter und Kapseln nicht ohne Bewunderung betrachten. Kann das *Wesen*, das in diesem dunklen Erdteil ein Ding wachsen, gedeihen und zur Vollkommenheit gelangen läßt, das von so geringer Bedeutung scheint, ohne Mitgefühl auf die Lage und das Leiden von Kreaturen hinabblicken, die nach Seinem Bilde geschaffen sind? Gewiß nicht. Überlegungen wie diese erlaubten mir nicht, zu verzweifeln. Ich machte mich auf, weder Hunger noch Müdigkeit achtend, setzte meine Reise fort, überzeugt, daß Hilfe nah war, und ich ward nicht enttäuscht.»

Kann – wie Bischof Stanley sagt – bei einer gleichartigen Veranlagung, zu bewundern und anzubeten, irgendein Zweig der Naturwissenschaften studiert werden, ohne Glauben, Liebe, Hoffnung, diese drei, zu mehren, deren auch wir, ein jeder von uns auf unserer Wanderung durch die Wildnis des Lebens bedürfen? Lasset uns deshalb sehen, was wir den Toten an Inspiration abgewinnen können.

Im Krieg sind die Toten gewöhnlich männliche Vertreter der Spezies Mensch; bei den Tieren ist dies nicht der Fall, und ich habe häufig tote Stuten unter den Pferden gesehen. Ein interessanter Aspekt des Krieges ist auch der, daß nur hier der Naturforscher Gelegenheit hat, die Toten der Maulesel wahrzunehmen. Ich habe niemals während meiner zwanzigjährigen Beobachtungen im Zivilleben ein totes Maultier gesehen und begann Zweifel zu hegen, ob jene Tiere wirklich sterblich seien. Bei seltenen Anlässen hatte ich etwas gesehen, was ich für ein totes Maultier hielt, aber beim Näherkommen hatte es sich immer als eine lebendige Kreatur erwiesen, die durch ihre absolute Ruhe tot zu sein schien. Im Krieg aber erliegen diese Tiere in ziemlich der gleichen Art wie das gemeinere und weniger zähe Pferd.

Die meisten toten Maultiere sah ich auf Bergstraßen, oder sie lagen am Fuß von steilen Abhängen, die man sie hinabgestoßen hatte, um die Straße von ihrem Hindernis zu befreien. In den Bergen, wo man ihre Gegenwart gewohnt war, schienen sie gar kein so unpassender Anblick zu sein, und sie sahen dort weniger fehl am Platze aus als später in Smyrna, wo die Griechen all ihren Lasttieren die Beine brachen und sie vom Quai hinunter ins flache Wasser stießen, um sie zu ertränken. Die Unmengen verstümmelter Maultiere und Pferde, die in dem flachen Wasser ertranken, schrien nach einen Goya, um sie darzustellen, obgleich man, wörtlich genommen, kaum sagen kann, daß sie nach einem Goya schrien, da es ja nur einen längst verstorbenen Goya gegeben hat und es äußerst zweifelhaft ist, ob diese Tiere, falls sie dazu fähig gewesen wären, nach einer bildlichen Darstellung ihrer Notlage geschrien hätten; es ist wahrscheinlicher, daß sie, wenn sie mit Sprache begabt gewesen wären, nach jemandem geschrien hätten, um ihre Lage zu lindern.

Was das Geschlecht der Toten betrifft, ist es eine Tatsache, daß man sich so an den Anblick gewöhnt, daß alle Toten Männer sind, daß der Anblick einer toten Frau entsetzenerregend ist. Zum erstenmal sah ich die Umkehrung des üblichen Geschlechts der Toten nach der Explosion einer Munitionsfabrik, die auf dem Land in der Nähe von Mailand gelegen war. Wir fuhren zu dem Schauplatz der Katastrophe in Lastwagen auf pappelbeschatteten Landstraßen, die von Straßengräben eingefaßt waren, die viel winziges Tierleben bargen, das ich aber wegen der großen Staubwolken, die die Lastwagen aufwirbelten, nicht genau beobachten konnte. Als wir dorthin kamen, wo die Munitionsfabrik gewesen war, wurden ein paar von uns eingesetzt, die großen Vorräte an Munition abzupatrouillieren, die aus irgendeinem Grunde nicht explodiert waren, während andere eingesetzt wurden, ein Feuer zu löschen, das auf das Gras eines anstoßenden Feldes übergegriffen hatte. Nachdem dieser Auftrag ausgeführt war, erhielten wir den Befehl, die nächste Nachbarschaft und die umgebenden Felder nach Leichen abzusuchen. Wir fanden und trugen eine ganze Anzahl von diesen in eine improvisierte Totenkammer, und ich muß offen gestehen, es war ein Schock, zu entdecken, daß diese Toten Frauen und nicht Männer waren. In jenen Tagen hatten die Frauen noch nicht begonnen, ihr Haar kurz zu tragen, wie sie es später einige Jahre hindurch in Europa und Amerika taten, und das Befremdlichste, weil vielleicht Ungewohnteste, war das Vorhandensein, ja und sogar noch befremdlicher, das gelegentliche Fehlen dieses langen Haares. Ich erinnere mich, daß wir, nachdem wir sehr gründlich nach den kompletten Toten gesucht hatten, Fragmente einsammelten. Viele von diesen wurden von einem schweren Stacheldrahtzaun, der einst das Fabrikgelände umgeben hatte, abgelöst, und auch von dessen noch stehengebliebenen Teilen klaubten wir viele dieser losgelösten Stücke ab, die nur zu gut die ungeheure Wirksamkeit der Sprengstoffe veranschaulichten. Viele Fragmente fanden wir in beträchtlicher Entfernung auf den Feldern; sie waren durch ihr eigenes Gewicht weit getragen worden.

Ich erinnere mich, daß der eine und der andere von uns auf der Rückfahrt nach Mailand über das Geschehen sprach, und daß man sich einig war, daß das Gefühl von Unwirklichkeit und die Tatsache, daß es keine Verwundeten gab, viel dazu beigetragen hatte, der Katastrophe etwas von dem Grauen zu nehmen, das viel größer hätte sein können. Auch die Tatsache, daß es erst eben geschehen war und daß es demzufolge denkbar wenig unangenehm war, die Toten zu tragen und sich mit ihnen zu befassen, hob es völlig aus den üblichen Schlachtfelderfahrungen heraus. Die angenehme, obgleich staubige Fahrt durch die wundervolle lombardische Landschaft war ebenfalls ein Ausgleich für das Unerfreuliche unserer Dienstobliegenheit, und auf der Rückfahrt waren wir uns, während wir unsere Eindrücke austauschten, einig, daß es tatsächlich ein Glück gewesen war, daß wir des Feuers, das, gerade, bevor wir kamen, ausgebrochen war, so schnell Herr geworden waren, wie wir es waren, bevor es irgendeins der anscheinend riesigen, unexplodierten Munitionslager erreicht hatte. Wir waren uns auch alle einig, daß das Aufsammeln der Fragmente eine außergewöhnliche Sache gewesen war, war es doch erstaunlich, daß der menschliche Körper in Stücke gesprengt wurde, die nicht nach der anatomischen Struktur auseinanderplatzten, sondern sich eher so willkürlich teilten wie eine Explosivgranate beim Bersten.

Ein Naturforscher darf sich wohl, um Genauigkeit der Beobachtungen zu erzielen, bei seinen Beobachtungen auf einen begrenzten Zeitraum beschränken, und ich will mich zuerst mit jenem befassen, der auf die österreichische Junioffensive 1918 in Italien folgte, als einem, in dem die allergrößte Zahl an Toten vorhanden war, da ein Rückzug erzwungen und später ein Angriff gemacht worden war, um den verlorenen Boden wiederzugewinnen, so daß die Stellungen nach der Schlacht genau dieselben waren wie vorher, bis auf das Vorhandensein der Toten. Bis die Toten begraben sind, verändern sie irgendwie jeden Tag ihr Aussehen. Bei den kaukasischen Rassen verändert sich die Farbe von weiß über gelb, gelbgrün zu schwarz. Lang genug in der Hitze gelassen, beginnt das Fleisch Holzteer zu ähneln, besonders dort, wo es aufgerissen oder zerfetzt ist, und es schillert auch ganz sichtbar wie Teer. Die Toten nehmen jeden Tag an Umfang zu, bis sie manchmal viel zu groß für ihre Uniformen sind und dieselben ausfüllen, bis sie so stramm sind, daß sie fast zu bersten scheinen. Die einzelnen Glieder können ihren Umfang in unglaublichem Maß erweitern, und Gesichter können sich so prall und kugelförmig wie Ballons füllen. Das Überraschendste nächst der fortschreitenden Korpulenz ist die Unmasse von Papier, die um die Toten verstreut ist. Ihre letzte Lage, bevor man an ein Begräbnis denken kann, richtet sich nach der Anbringung der Uniformtaschen. Bei der österreichischen Armee waren diese Taschen hinten in den Hosen, und die Toten lagen demzufolge nach kurzer Zeit alle auf dem Bauch, beide Hüfttaschen umgestülpt und um sie herum im Gras verstreut alle jene Papiere, die die Taschen enthalten hatten. Die Hitze, die Fliegen, die kennzeichnenden Stellungen der Leichen im Gras und die Menge von verstreutem Papier sind die Eindrücke, die einem bleiben. Den Geruch eines Schlachtfeldes bei heißem Wetter kann man sich nicht zurückrufen. Man kann sich erinnern, daß es solchen Geruch gegeben hat, aber nichts begegnet einem je, das ihn zurückbringt. Er ist unähnlich dem Geruch eines Regiments, der einem plötzlich entgegenschlagen kann, wenn man in der Elektrischen fährt, und man wird aufblicken und den Mann sehen, der ihn einem zugetragen hat. Aber das andere ist so völlig weg, wie wenn man verliebt gewesen ist; man besinnt sich auf Dinge, die geschehen sind, aber die Sensation kann nicht zurückgerufen werden.

Was wohl Mungo Park, jener rastlose Reisende, auf einem Schlachtfeld bei heißem Wetter gesehen hätte, um seine Zuversicht wiederherzustellen? Ende Juni und den Juli über gab es immer Mohnblumen zwischen dem Getreide, und die Maulbeerbäume waren dicht belaubt, und man konnte die Hitzewellen von den Kanonenrohren aufsteigen sehen, wo die Sonne durch die Laubabdeckung auf sie prallte; die Erde war am Rande von Löchern, wo Senfgasgranaten gefallen waren, von leuchtendem Gelb, und ein normal zertrümmertes Haus sieht besser aus als eines, das bombardiert worden ist, aber wenig Reisende würden wohl einen vollen Atemzug jener Frühsommerluft einziehen und ähnliche Gedanken hegen wie Mungo Park über jene, die nach Seinem Bild geschaffen sind.

Das erste, was einem an den Toten auffiel, war, daß sie wie Tiere starben, wenn sie schlimm genug getroffen waren. Manche schnell an einer kleinen Wunde, von der man nicht denken würde, daß sie ein Kaninchen töten könne. Sie starben an kleinen Wunden, wie Kaninchen manchmal von drei oder vier Schrotkörnern sterben, die kaum die Haut zu durchlöchern scheinen. Andere starben wie Katzen; mit zertrümmertem Schädel und Eisen im Hirn liegen sie zwei Tage lang lebendig da wie Katzen, die mit einer Kugel im Hirn in den Kohlenkasten kriechen und nicht eher sterben, als bis man ihnen den Kopf abschneidet. Möglicherweise sterben Katzen auch dann nicht; man sagt, sie haben neun Leben. Ich weiß nicht, aber die meisten Menschen sterben wie Tiere und nicht wie Menschen. Ich hatte niemals einen sogenannten natürlichen Tod gesehen, und deshalb gab ich dem Krieg die Schuld daran und wußte wie Mungo Park, jener rastlose Reisende, daß es etwas anderes gab, dies gewisse Etwas, das immer fehlte, und dann sah ich einen.

Der einzige natürliche Tod, den ich je gesehen habe, bis auf den durch Blutverlust, der nicht schlimm ist, war der Tod durch spanische Grippe. Dabei ertrinkt man im Schleim und erstickt, und daß der Patient tot ist, merkt man daran, daß er zum Schluß wieder zu einem kleinen Kind wird, jedoch mit seiner männlichen Stärke, und die Laken genauso wie irgendeine Windel vollfüllt mit einem unermeßlichen, endgültigen, gelben Erguß, der noch rinnt und weitertröpfelt, nachdem der Kranke bereits hinüber ist. Jetzt möchte ich darum den Tod irgendeines sich selbst als Humanisten [1] bezeichnenden Menschen sehen, weil ein rastloser Reisender wie Mungo Park oder ich fortleben werden und möglicherweise noch den natürlichen Tod von Mitgliedern dieser literarischen Sekte erleben und ihre erhabenen Abgänge beobachten werden. Bei meinem Sinnieren als Naturforscher ist mir aufgefallen, daß, wenn auch Schicklichkeit eine ausgezeichnete Sache ist, manche sich unschicklich benehmen müssen, falls die Rasse sich fortsetzen soll, da die für die Zeugung vorgeschriebene Stellung unschicklich ist, höchst unschicklich, und es fiel mir auf, daß diese Leute vielleicht dies sind oder waren: Kinder einer höchst schicklichen Beiwohnung. Aber ungeachtet dessen, wie sie begannen, hoffe ich das Ende von einigen zu sehen und Betrachtungen darüber anzustellen, wie Würmer sich an jener langbewahrten Sterilität versuchen werden. «Hin und vergessen ihr Broschürenwust und in Fußnoten ihre geile Lust.»

Während es vielleicht in einer Naturgeschichte der Toten gerechtfertigt ist, sich mit diesen Bürgern von eigenen Gnaden zu befassen, auch wenn diese Bezeichnung nichts bedeuten mag, wenn dieses Werk

1 Der Leser wird wegen der Erwähnung einer vergangenen Zeiterscheinung um Nachsicht gebeten. Die Anspielung, wie alle Anspielungen auf irgendwelche Moden, datiert die Geschichte, aber sie ist wegen ihres gelinden historischen Interesses beibehalten, und auch, weil ihr Fortfall den Rhythmus stören würde.

erscheint, ist es trotzdem ungerecht gegen die andern Toten, die nicht aus freier Wahl in ihrer Jugend tot waren, die keine Zeitschriften besaßen, von denen zweifellos viele noch nicht einmal eine Kritik gelesen hatten, jene, die man bei heißem Wetter mit einem Maß voll Würmern, an der Stelle hat arbeiten sehen, wo ihr Mund einmal gewesen sein muß. Die Toten hatten nicht immer heißes Wetter; sehr oft war es der Regen, der sie reinwusch, wenn sie in ihm lagen, und der die Erde, nachdem man sie darin begraben hatte, aufweichte und der dann manchmal anhielt, bis die Erde zu Schlamm wurde und sie herauswusch, und man sie von neuem begraben mußte. Oder im Winter in den Bergen mußte man sie in den Schnee legen, und wenn der Schnee im Frühling schmolz, mußte jemand anders sie begraben. Es gab wunderschöne Friedhöfe in den Bergen – Krieg in den Bergen ist der schönste aller Kriege –, und in einem von diesen, an einem Ort, der Pocol hieß, begrub man einen General, der von einem Scharfschützen durch den Kopf geschossen war. Hier befinden sich die Schriftsteller, die Bücher mit dem Titel *Generale sterben im Bett* schreiben, in einem Irrtum, weil dieser General hoch oben in den Bergen in einem in den Schnee gegrabenen Schützengraben starb, und er trug einen Alpinihut mit einer Adlerfeder daran und einem Loch vorn, in das man nicht den kleinen Finger hineinstecken konnte, und einem Loch hinten, in das man seine Faust hineinstecken konnte, wenn es eine kleine Faust war und man sie hineinstecken wollte, und viel Blut im Schnee. Er war ein verdammt guter General gewesen, und General von Behr auch, der das Bayrische Alpenkorps in der Schlacht von Caporetto befehligt hatte, und in seinem Stabsauto von der italienischen Nachhut, als er an der Spitze seiner Truppen nach Udine hineinfuhr, getötet wurde, und die Titel all solcher Bücher sollten lauten: *Generale sterben meistens im Bett,* wenn man in derartigen Dingen auch nur etwas wie Genauigkeit anstrebt.

In den Bergen fiel der Schnee auch manchmal auf die Toten draußen vor dem Verbandsplatz, auf der Seite, die durch den Berg vor dem Bombardement geschützt war. Man trug sie in eine Höhle, die man in die Bergseite, bevor die Erde gefror, gegraben hatte. Und in dieser Höhle lag ein Mann, einen Tag, eine Nacht und einen Tag, dessen Gehirnstruktur durch einen Granatsplitter in Unordnung gebracht worden war, dessen Kopf zerbrochen war wie ein Blumentopf zerbrochen sein kann, obschon alles durch Membranen und einen geschickt angelegten Verband, der jetzt durchtränkt und hart war, zusammengehalten wurde. Die Krankenträger baten den Doktor, hineinzugehen und ihn sich anzusehen. Jedesmal, wenn sie hineinzugehen hatten, sahen sie ihn, und selbst, wenn sie nicht hinblickten, hörten sie ihn atmen. Die Augen des Arztes waren rot und die Lider geschwollen und durch Tränengas beinah geschlossen. Er sah sich den Mann zweimal an, einmal bei Tageslicht, einmal beim Licht einer Taschenlampe. Auch das hätte eine gute Radierung für Goya abgegeben; ich meine der Besuch mit der Taschenlampe. Nachdem er ihn sich zum zweitenmal angesehen hatte, glaubte der Arzt den Krankenträgern, als sie sagten, daß der Soldat noch am Leben sei.

«Und was wollt ihr, was soll ich da machen? Habt ihr 'ne Idee?» fragte er.

Sie hatten keine. Aber nach einer Weile baten sie um Erlaubnis, ihn heraustragen und zu den Schwerverwundeten legen zu dürfen.

«Nein, nein, nein!» sagte der Doktor, der beschäftigt war. «Was ist denn los? Habt ihr Angst vor ihm?»

«Wir mögen ihn nicht hören – da drin bei den Toten.»

«Hört nicht hin. Wenn ihr ihn da rausholt, müßt ihr ihn nur gleich wieder reintragen.»

«Das würde nichts ausmachen, Herr Stabsarzt.»

«Nein», sagte der Doktor. «Nein. Habt ihr nicht gehört, daß ich nein gesagt habe?»

«Warum geben Sie ihm nicht eine doppelte Dosis Morphium?» fragte ein Artillerieoffizier, der darauf wartete, daß man ihm eine Armwunde verband.

«Glauben Sie, das ist die einzige Verwendung, die ich für Morphium habe? Möchten Sie, daß ich ohne Morphium operiere? Sie haben ja einen Revolver. Gehen Sie raus und schießen Sie ihm eine Kugel durch den Kopf.»

«Er hat schon eine Kugel im Kopf», sagte der Offizier. «Wenn ein paar von euch Ärzten eine Kugel abkriegten, wärt ihr anders.»

«Vielen Dank», sagte der Doktor und schwenkte eine Zange in der Luft. «Tausend Dank. Und die Augen hier?» Er wies mit der Zange auf sie. «Wie würden Ihnen die gefallen?»

«Tränengas. Wir nennen's Glück, wenn's Tränengas ist.»

«Weil ihr aus der Frontlinie rauskommt», sagte der Doktor. «Weil ihr mit euerm Tränengas hier hergelaufen kommt, um abtransportiert zu werden. Ihr reibt euch Zwiebeln in die Augen.»

«Sie sind ja nicht bei Verstand. Ich will Ihre Beleidigungen nicht gehört haben. Sie sind verrückt.»

Die Krankenträger kamen herein.

«Herr Stabsarzt», sagte einer von ihnen.

«Macht, daß ihr rauskommt», sagte der Doktor.

Sie gingen hinaus.

«Ich werde den armen Kerl erschießen», sagte der Artillerieoffizier. «Ich bin ein humaner Mensch. Ich lasse ihn nicht weiter leiden.»

«Erschießen Sie ihn nur», sagte der Doktor. «Erschießen Sie ihn.

Nehmen Sie die Verantwortung auf sich. Ich werde einen Bericht machen. Verwundeter von Artillerieleutnant auf vorderstem Verbandsplatz erschossen. Erschießen Sie ihn. Los, erschießen Sie ihn.»

«Sie sind ja kein Mensch.»

«Meine Aufgabe ist, den Verwundeten zu helfen, nicht, sie zu töten. Das ist was für die Herren von der Artillerie.»

«Warum helfen Sie ihm denn nicht?»

«Ich habe es getan. Ich habe alles getan, was man tun kann.»

«Warum schicken Sie ihn nicht mit der Drahtseilbahn herunter?»

«Wer sind Sie eigentlich, daß Sie mir hier Fragen stellen? Sind Sie mein Vorgesetzter? Haben Sie den Verbandsplatz hier unter sich? Seien Sie so freundlich, mir zu antworten.»

Der Artillerieleutnant sagte nichts. Die andern im Raum waren alles Mannschaften; es waren keine weiteren Offiziere anwesend.

«Antworten Sie mir», sagte der Doktor und hielt eine Nadel in seiner Zange hoch. «Geben Sie mir eine Erwiderung.»

«Be ... Sie sich selbst», sagte der Artillerieoffizier.

«So!» sagte der Doktor. «So, das haben Sie gesagt. Na gut. Na gut. Wir werden ja sehen.»

Der Artillerieoffizier stand auf und ging auf ihn zu.

«Be ... Sie sich selbst», sagte er. «Be ... Sie sich selbst. Be ... Sie Ihre Mutter. Be ... Sie Ihre Schwester ...»

Der Doktor warf ihm eine Schale voll Jod ins Gesicht. Als er geblendet auf ihn zukam, tastete der Leutnant nach seinem Revolver. Der Doktor sprang geschwind hinter ihn, stellte ihm ein Bein, und als er zu Boden fiel, gab er ihm ein paar Fußtritte und hob mit seinen Gummihandschuhen den Revolver auf. Der Leutnant saß auf dem Boden und hielt seine heile Hand vor die Augen.

«Ich töte Sie», sagte er. «Ich töte Sie, sobald ich sehen kann.»

«Ich bin hier der Herr», sagte der Doktor. «Alles ist vergeben, da Sie wissen, daß ich hier der Herr bin. Sie können mich nicht töten, weil ich Ihren Revolver habe. Feldwebel! Adjutant! Adjutant!»

«Der Adjutant ist an der Drahtseilbahn», sagte der Feldwebel.

«Wischen Sie dem Offizier da die Augen mit Alkohol und Wasser aus. Er hat Jod drin. Bringen Sie mir die Schüssel zum Händewaschen. Als nächster kommt der Offizier hier ran.»

«Sie rühren mich nicht an.»

«Halten Sie ihn fest. Er phantasiert ein bißchen.»

Einer der Krankenträger kam herein.

«Herr Stabsarzt!»

«Was wollen Sie?»

«Der Mann in der Totenkammer ...»

«Machen Sie, daß Sie herauskommen.»

«Ist tot, Herr Stabsarzt. Ich dachte, Sie würden es gern wissen.»

«Sehen Sie, mein armer Leutnant? Wir streiten uns um nichts. Mitten im Krieg streiten wir uns um nichts.»

«Be... Sie sich selbst», sagte der Artillerieleutnant. Er konnte noch nicht sehen. «Sie haben mich geblendet.»

«Das ist nichts», sagte der Doktor. «Ihre Augen sind bald wieder in Ordnung. Das ist nichts. Ein Streit um nichts.»

«Hilfe! Hilfe! Hilfe!» schrie der Leutnant plötzlich. «Sie haben mich geblendet! Sie haben mich geblendet!»

«Halten Sie ihn fest», sagte der Doktor. «Er hat heftige Schmerzen. Halten Sie ihn sehr fest.»

Wein aus Wyoming

Es war ein heisser Nachmittag in Wyoming; die Berge waren sehr weit weg, und man konnte Schnee auf ihren Spitzen sehen, aber sie warfen keinen Schatten, und die Getreidefelder im Tal waren gelb, die Straße war staubig von den vorbeifahrenden Autos, und all die kleinen Holzhäuser am Rande der Stadt schmorten in der Sonne. Ein paar Bäume beschatteten Fontans hintere Veranda, und dort saß ich an einem Tisch, und Madame Fontan brachte kaltes Bier aus dem Keller herauf. Ein Auto verließ die Hauptstraße und kam die Seitenstraße herauf und hielt neben dem Haus. Zwei Männer stiegen aus und kamen durchs Tor herein. Ich stellte die Flaschen unter den Tisch. Madame Fontan stand auf.

«Wo ist Sam?» fragte einer der Männer an der Fliegentür.

«Er ist nicht hier. Er ist im Bergwerk.»

«Haben Sie etwas Bier?»

«Nein. Haben kein Bier. Das ist die letzte Flasche. Alles weg.»

«Was trinkt denn der da?»

«Das ist die letzte Flasche. Alles weg.»

«Los, geben Sie uns Bier. Sie kennen mich doch.»

«Hab kein Bier mehr da. Das ist die letzte Flasche. Alles alle.»

«Komm doch, wir gehen wohin, wo man anständiges Bier kriegt», sagte der eine von ihnen, und sie gingen zum Auto zurück. Der eine schwankte beim Gehen. Das Auto fuhr mit einem Ruck los, schleuderte auf der Straße und fuhr auf und davon.

«Stellen Sie das Bier auf den Tisch», sagte Madame Fontan. «Was ist los? Ja alles in Ordnung. Was ist los? Trinken Sie doch nicht vom Boden.»

«Ich wußte nicht, wer's war», sagte ich.

«Sie sind betrunken», sagte sie. «Das macht den Ärger nachher. Dann gehen sie woandershin und sagen, sie haben es hier bekommen. Vielleicht erinnern sie sich auch nicht einmal.» Sie sprach französisch, aber es war nur gelegentlich französisch, und zwischendurch benutzte sie viele englische Worte und hin und wieder auch eine englische Satzbildung.

«Wo ist Fontan?»

«*Il fait de la vendange.* Ach, du lieber Gott, *il est* verrückt *pour le vin.*»

«Aber Sie mögen Bier?»

«*Oui, j'aime la bière, mais Fontan, il est* verrückt *pour le vin.*»

Sie war eine untersetzte alte Frau mit einer wunderbar gesunden Gesichtsfarbe und weißem Haar. Sie war sehr sauber, und das Haus war sehr sauber und ordentlich. Sie war aus Lens.

«Wo haben Sie gegessen?»

«Im Hotel.»

«*Mangez ici. Il ne faut pas manger à l'hôtel ou au restaurant. Mangez ici.*»

«Ich will Ihnen keine Mühe machen, und außerdem ißt man ganz gut im Hotel.»

«Ich esse niemals im Hotel. Es kann schon sein, daß man da ganz gut ißt. Ich habe nur einmal in meinem ganzen Leben in Amerika in einem Restaurant gegessen. Wissen Sie, was man mir gegeben hat? Man hat mir Schweinefleisch gegeben, das roh war.»

«Wirklich?»

«Ich lüge Ihnen doch nichts vor. Es war Schwein, das nicht gekocht war. *Et mon fils est marié avec une américaine, et tout le temps il a mangé les Bohnen en Büchse.*»

«Wie lange ist er verheiratet?»

«Ach mein Gott, ich weiß nicht. Seine Frau wiegt einhundertfünfundneunzig Pfund. Sie arbeitet nicht. Sie kocht nicht. Sie gibt ihm Bohnen en Büchse.»

«Was tut sie denn?»

«Sie liest die ganze Zeit. *Rien que des* Bücher. *Tout le temps elle* bleibt im Bett und liest Bücher. Sie kann schon kein zweites Baby mehr bekommen. Sie ist zu dick. Es ist kein Platz.»

«Was ist denn mit ihr los?»

«Sie liest die ganze Zeit über Bücher. Er ist ein guter Junge. Er arbeitet schwer. Er hat im Bergwerk gearbeitet; jetzt arbeitet er auf einer Ranch. Er hat niemals vorher auf einer Ranch gearbeitet, und der Mann, dem die Ranch gehört, hat zu Fontan gesagt, daß er niemals auf der Ranch jemand besser hat arbeiten sehen wie den Jungen. Dann kommt er nach Haus, und sie gibt ihm nichts zu essen.»

«Warum läßt er sich nicht scheiden?»

«Er hat kein Geld, um sich scheiden zu lassen. Außerdem *il est* verrückt *pour elle*.»

«Ist sie schön?»

«Er findet es. Als er sie anbrachte, dachte ich, mich rührt der Schlag. Er ist so ein guter Junge und arbeitet schwer die ganze Zeit über und geht auch nicht bummeln, hat nie Schwierigkeiten gemacht. Dann ging er weg, um in den Petroleumvorkommen zu arbeiten, und bringt diese Indienne nach Hause, die damals bereits ihre einhundertundsiebzig Pfund wog.»

«Elle est indienne?»

«Und ob sie indianisch ist! Mein Gott, ja. Die ganze Zeit über sagt sie ‹Ollerollerhundsfott, Teufel noch mal!› Sie arbeitet nicht.»

«Wo ist sie jetzt?»

«Au show.»

«Was ist das?»

«*Au show. Kino.* Alles, was sie tut, ist lesen und zur *show* gehen.»

«Haben Sie noch etwas Bier?»

«Mein Gott, aber gewiß doch. Kommen Sie, und essen Sie mit uns heute abend.»

«Schön. Was soll ich mitbringen?»

«Bringen Sie nichts mit. Gar nichts. Kann sein, Fontan hat etwas von dem Wein da.»

An dem Abend aß ich bei Fontans. Wir aßen im Eßzimmer, und es lag ein reines Tischtuch auf. Wir probierten den jungen Wein. Er war sehr leicht und rein und gut und schmeckte noch nach den Trauben. Um den Tisch herum saßen Fontan und Madame und ihr kleiner Junge, André.

«Was haben Sie heute gemacht?» fragte Fontan. Er war ein alter Mann mit einem kleinen, bergwerksmüden Körper, einem grauen Schnauzbart und lebendigen Augen, und er stammte aus dem Centre, aus der Gegend von St. Étienne.

«Ich habe an meinem Buch gearbeitet.»

«Haben Ihre Bücher gestimmt?» fragte Madame.

«Er meint, er schreibt ein Buch, wie ein Schriftsteller. *Un roman*», erklärte Fontan.

«Pa, kann ich zur *show* gehen?» fragte André.

«Gewiß», sagte Fontan. André wandte sich mir zu.

«Für wie alt halten Sie mich? Glauben Sie, daß ich wie vierzehn

Jahre aussehe?» Er war ein dünner, kleiner Junge, aber sein Gesicht sah wie sechzehn aus.

«Ja, du siehst wie vierzehn aus.»

«Wenn ich zur *show* gehe, dann duck ich mich so zusammen und versuch klein auszusehen.» Er hatte eine sehr hohe Stimme, die gerade brach. «Wenn ich denen einen viertel Dollar gebe, behalten sie ihn, aber wenn ich ihnen nur fünfzehn Cent gebe, lassen sie mich auch rein.»

«Dann gebe ich dir also nur fünfzehn Cent», sagte Fontan.

«Nein, gib mir den ganzen Viertel. Ich lasse ihn mir unterwegs wechseln.»

«Il faut revenir tout de suite après le show», sagte Madame Fontan.

«Ich komme direkt zurück.» André ging zur Tür hinaus. Die Nacht draußen kühlte ab. Er ließ die Tür offen, und ein kühler Wind kam herein.

«Mangez», sagte Madame Fontan. «Sie haben überhaupt nichts gegessen.»

Ich hatte zweimal Huhn gegessen, geröstete Kartoffeln, drei Kolben Mais, einige aufgeschnittene Gurken und zweimal Salat genommen.

«Vielleicht will er etwas Kek», sagte Fontan.

«Ich hätte etwas Kek für ihn besorgen sollen», sagte Madame Fontan. «*Mangez du fromage. Mangez du* Weißkäs. Sie haben nichts gegessen. Ich hätte Kek kaufen sollen. Amerikaner essen immer Kek.»

«Mais j'ai rudement bien mangé.»

«*Mangez. Vous n'avez rien mangé.* Essen Sie es alles auf. Wir heben nichts auf. Essen Sie alles auf.»

«Essen Sie noch etwas Salat», sagte Fontan.

«Ich werde noch etwas Bier holen», sagte Madame Fontan. «Wenn Sie den ganzen Tag in einer Buchfabrik arbeiten, werden Sie hungrig und durstig.»

«Elle ne comprend pas que vous êtes écrivain», sagte Fontan. Er war ein zarter, gebrechlicher, alter Mann, der den Jargon aus seiner Militärzeit Ende der neunziger Jahre benutzte und die damals volkstümlichen Lieder kannte. «Er schreibt die Bücher selbst», erklärte er Madame.

«Sie schreiben die Bücher selbst?» fragte Madame.

«Manchmal.»

«Ach», sagte sie, «ach, Sie schreiben sie selbst. Na, Sie werden auch hungrig und durstig, wenn Sie das tun. *Mangez. Je vai chercher de la bière.*»

Wir hörten sie die Kellertreppe hinuntergehen. Fontan lächelte mir zu. Er war gegen Menschen, die weder seine Erfahrung noch seine Weltkenntnis besaßen, voller Duldsamkeit.

Als André von der *show* nach Hause kam, saßen wir immer noch in der Küche und sprachen über Jagd.

«Am ‹Tag der Arbeit› sind wir nach Clear Creek gefahren», sagte Madame. «Ach du lieber Gott, da hätten Sie man dabeisein sollen! Wir fuhren alle im Lastwagen. *Tout le monde est allé dans le* Lastwagen. *Nous sommes parties le dimanche. C'est le* Lastwagen *de Charlie.*»

«On a mangé, on a bu du vin, de la bière, et il y avait aussi un français qui a apporté de l'absinthe», sagte Fontan. *«Un français de la Californie!»*

«Mein Gott, *nous avons chanté.* Und da war ein Farmer, der kam, um zu sehen, was los war, und wir gaben ihm was zu trinken, und er blieb eine Weile bei uns. Ein paar Italiener sind auch gekommen, und sie wollten auch bei uns bleiben. Wir sangen ein Lied über die Italiener, und sie haben es nicht verstanden. Sie wußten nicht, daß wir sie nicht haben wollten, aber wir kümmern uns gar nicht um sie, und nach einer Weile gehen sie weg.»

«Wie viele Fische haben Sie gefangen?»

«*Très peu.* Wir gingen ein bißchen fischen, aber wir kamen zurück, um weiter zu singen. *Nous avons chanté, vous savez.*»

«In der Nacht», sagte Madame Fontan, *«toutes les femmes dorment dans le* Lastwagen. *Les hommes à côté du feu.* Nachts höre ich, wie Fontan kommt, um noch mehr Wein zu holen, und ich sage ihm: ‹Fontan, mein Gott, laß etwas für morgen. Morgen wird nichts zu trinken da sein, und dann wird es ihnen leid tun.›»

«Mais nous avons tout bu», sagte Fontan. *«Et le lendemain il ne reste rien.»*

«Was haben Sie da gemacht?»

«Nous avons pêché sérieusement.»

«Gute Forellen. Nichts auszusetzen dran. Mein Gott. Eine wie die andere, ein halbes Pfund und eine Unze.»

«Wie groß?»

«Ein halbes Pfund und eine Unze. Gerade recht zum essen. Alle die gleiche Größe, ein halbes Pfund und eine Unze.»

«Wie gefällt Ihnen Amerika?» fragte Fontan.

«Sehen Sie, es ist meine Heimat. Deshalb mag ich es, weil es meine Heimat ist. *Mais on ne mange pas très bien. D'antan, oui. Mais maintenant,* nein.»

«Nein», sagte Madame. *«On ne mange pas bien.»* Sie schüttelte den Kopf. *«Et aussi il y a trop de Polacks. Quand j'étais petite ma mère m'a dit, ‹vous mangez comme les Polacks›. Je n'ai jamais compris ce que c'est un Polack. Mais maintenant en Amérique je comprends. Il y a trop de Polacks. Et,* mein Gott, *ils sont sales, les Polacks.»*

«Es ist wunderbar zum Jagen und Angeln», sagte ich.

«Oui, ça c'est le meilleur. La chasse et la pêche», sagte Fontan. *«Qu'est ce que vous avez comme fusil?»*

«Eine zwölfkalibrige Pump.»

«Il est bon, le Pump.» Fontan nickte mit dem Kopf.

«Je veux aller à la chasse moi-même», sagte André mit seiner hohen Kleinjungenstimme.

«Tu ne peux pas», sagte Fontan. Er wandte sich an mich. *«Ils sont des sauvages, les* Jungens, *vous savez. Ils sont des sauvages. Ils veulent* schießen *les uns les autres.»*

«Je veux aller tout seul», sagte André sehr schrill und aufgeregt.

«Du kannst nicht gehen», sagte Madam Fontan. «Du bist zu jung.»

«Je veux aller tout seul», sagte André schrill. *«Je veux* schießen *les rats d'eau.»*

«Was sind *rats d'eau*?» fragte ich.

«Die kennen Sie nicht? Sicher kennen Sie die. Was man Bisam nennt.»

André hatte die zweiundzwanzigkalibrige Flinte aus dem Schrank geholt und hielt sie mit beiden Händen unter die Lampe.

«Ils sont des sauvages», erklärte Fontan. *«Ils veulent* schießen *les uns les autres.»*

«Je veux aller tout seul», schrie André. Er sah verzweifelt am Gewehrlauf hinunter. *«Je veux* schießen *les rats d'eau. Je connais beaucoup de rats d'eau.»*

«Gib mir die Flinte», sagte Fontan. Er erklärte mir noch einmal: «Es sind Wilde. Sie würden sich gegenseitig totschießen.»

André klammerte sich an das Gewehr.

«On peut gucken. *On ne fait pas de mal. On peut* gucken.*»*

«Il est verrückt *pour le* Schießen*»*, sagte Madame Fontan. *«Mais il est trop jeune.»*

André stellte die zweiundzwanzigkalibrige Flinte wieder in den Schrank zurück. «Wenn ich größer bin, schieße ich die Bisamratten und auch die Rammler», sagte er auf englisch. «Einmal bin ich mit Papa gegangen, und er schoß einen Rammler bloß an, und ich schoß und traf ihn richtig.»

«C'est vrai», nickte Fontan. *«Il a tué un* Bock.*»*

«Aber er hatte ihn schon angeschossen», sagte André, «ich will ganz allein gehen und ganz allein für mich schießen. Nächstes Jahr darf ich.» Er ging hinüber in eine Ecke und setzte sich hin, um sein Buch zu lesen. Ich hatte es aufgenommen, als wir in die Küche gekommen waren, wo wir nach dem Essen saßen. Es war ein Leihbibliotheksbuch – *Frank auf dem Kanonenboot!*

«Il aime les Bücher*»*, sagte Madame Fontan. «Aber es ist besser als

mit den älteren Jungen nachts herumzustrolchen und Sachen zu stehlen.»

«Gegen Bücher ist nichts zu sagen», sagte Fontan. *«Monsieur il fait les* Bücher.»

«Ja, das stimmt schon, gut. Aber zuviel Bücher sind schlecht», sagte Madame Fontan. *«Ici c'est une maladie, les* Bücher. *C'est comme les* Kirchen. *Il y a trop de* Kirchen. *En France il y a seulement les catholiques et les protestants – et très peu de protestants. Mais ici rien que des* Kirchen. *Quand j'étais venue ici, je disais,* ach du lieber Himmel! Was sind denn das alles für Kirchen?»

«C'est vrai», sagte Fontan. *«Il y a trop de* Kirchen.»

«Neulich», sagte Madame Fontan, «war ein kleines französisches Mädchen hier mit ihrer Mutter, Fontans Cousine, und sie sagte zu mir: ‹*En Amérique il ne faut pas être catholique.* Es ist nicht gut, *catholique* zu sein. Die Amerikaner mögen nicht, wenn man *catholique* ist. Es ist wie mit der Prohibiton.› Und ich sagte zu ihr: ‹Was willst du denn sein, na? Es ist besser *catholique* zu sein, wenn man *catholique* ist.› Aber sie sagte: ‹Nein, in Amerika ist es nicht gut, *catholique* zu sein.› Aber ich finde, es ist besser *catholique* zu sein, wenn man es ist. *Ce n'est pas bon de changer sa religion.* Bei Gott, nein.»

«Gehen Sie hier zur Messe?»

«Nein, in Amerika gehe ich nicht zur Messe, nur hin und wieder mal, ganz selten. *Mais je reste catholique.* Es ist nicht gut, die Religion zu wechseln.»

«On dit que Schmidt est catholique», sagte Fontan.

«On dit, mais on ne sait jamais», sagte Madame. «Ich glaube nicht, daß Schmidt *catholique* ist. Es gibt nicht viel *catholiques* in Amerika.»

«Wir sind *catholiques*», sagte ich.

«Gewiß, aber Sie leben in Frankreich», sagte Madame Fontan. «*Je ne crois pas, que Schmidt est catholique.* Hat er je in Frankreich gelebt?»

«Les Polacks sont catholiques», sagte Fontan.

«Das stimmt», sagte Madame Fontan. «Sie gehen zur Kirche, und dann gibt's nichts wie Messerstechereien den ganzen Weg über nach Hause, und den ganzen Sonntag lang bringen sie sich um. Aber sie sind keine richtigen *catholiques.* Sie sind polackische *catholiques.*»

«Alle *catholiques* sind gleich», sagte Fontan. «Ein *catholique* ist wie der andere.»

«Ich glaube nicht, daß Schmidt *catholique* ist», sagte Madame Fontan. «Das ist sehr komisch, wenn der *catholique* ist. *Moi je ne crois pas.*»

«Il est catholique», sagte ich.

«Schmidt ist *catholique*», sagte Madame Fontan nachdenklich. «Das hätte ich nicht gedacht. Mein Gott, *il est catholique.*»

«Marie, geh und hol noch Bier», sagte Fontan. *«Monsieur a soif – moi aussi.»*

«Ja, gut», sagte Madame Fontan aus dem Nebenzimmer. Sie ging hinunter, und wir hörten die Treppe knarren. André saß und las in seiner Ecke. Fontan und ich saßen am Tisch, und er schenkte das Bier aus der letzten Flasche in unsere zwei Gläser und ließ ein bißchen auf dem Boden zurück.

«C'est un bon pays pour la chasse», sagte Fontan. *«J'aime beaucoup* schießen *les canards.»*

«Mais il y a très bonne chasse aussi en France», sagte ich.

«C'est vrai», sagte Fontan. *«Nous avons beaucoup de gibier labas.»*

Madame Fontan kam die Treppe herauf mit Bierflaschen in beiden Händen. *«Il est catholique»*, sagte sie. «Mein Gott, Schmidt *est catholique.»*

«Glauben Sie, daß er Präsident wird?» fragte Fontan.

«Nein», sagte ich.

Am nächsten Nachmittag fuhr ich hinaus zu Fontans durch den Schatten der Stadt, dann die staubige Landstraße entlang, die Seitenstraße hinauf und ließ den Wagen neben dem Zaun stehen. Es war wieder ein heißer Tag. Madame Fontan kam an die Hintertür. Sie sah wie Frau Weihnachtsmann aus, sauber und rosig und weißhaarig, und sie watschelte, wenn sie ging.

«Mein Gott, hallo», sagte sie. «Es ist heiß, mein Gott.» Sie ging ins Haus zurück, um etwas Bier zu holen. Ich saß auf der hinteren Veranda und sah durch das Fliegengitter und die Blätter der Bäume hindurch auf die Hitze und in weiter Ferne auf die Berge. Es waren durchfurchte, braune Berge, und über ihnen drei Gipfel und ein Gletscher mit Schnee, den man durch die Bäume hindurch sehen konnte. Der Schnee sah sehr weiß und rein und unwirklich aus. Madame Fontan kam heraus und stellte die Flaschen auf den Tisch.

«Was sehen Sie da draußen?»

«Den Schnee.»

«C'est joli, la neige.»

«Sie trinken doch auch ein Glas.»

«Gut.»

Sie setzte sich auf einen Stuhl neben mich. «Schmidt», sagte sie, «wenn der Präsident wird, glauben Sie, daß wir dann richtig wieder Bier und Wein kriegen?»

«Sicher», sagte ich. «Verlassen Sie sich auf Schmidt.»

«Wir hatten bereits siebenhundertfünfundfünfzig Dollar Geldstrafe gezahlt, als sie Fontan verhafteten. Zweimal hat uns die Polizei verhaftet und einmal die Regierung. Alles Geld, das wir verdient hatten, die ganze Zeit über, die Fontan im Bergwerk gearbeitet hat, und wo ich waschen gegangen bin. Wir haben alles bezahlt. Sie steckten Fontan ins Gefängnis. *Il n'a jamais fait de mal à personne.*»

«Er ist ein guter Mann», sagte ich. «Es ist ein Verbrechen.»

«Wir sind nicht zu teuer. Wein ein Dollar der Liter, Bier zehn Cent die Flasche. Wir verkaufen das Bier niemals, bevor es gut ist. In vielen Lokalen verkaufen sie das Bier sofort, wenn sie's machen, und dann kriegt jeder Kopfweh davon. Was ist denn da dabei? Sie stekken Fontan ins Gefängnis, und sie nehmen siebenhundertfünfzig Dollar.»

«Es ist niederträchtig», sagte ich. «Wo ist Fontan?»

«Er bleibt beim Wein. Er muß jetzt auf ihn achtgeben, um den richtigen Augenblick zu erwischen.» Sie lächelte. Sie dachte nicht mehr an das Geld. «*Vous savez il est* verrückt *pour le vin.* Gestern abend brachte er ein bißchen davon mit nach Hause, das, was Sie tranken, und ein bißchen vom neuen. Dem letzten neuen. Er ist noch nicht fertig, aber er trank ein bißchen davon, und heute früh tat er ein bißchen in seinen Kaffee. *Dans son café! Vous savez il est* verrückt *pour le vin. Il est comme ça. Son pays est comme ça.* Wo ich herkomme, im Norden, trinkt man keinen Wein. Alle trinken Bier. Dort, wo wir lebten, war eine große Brauerei ganz in der Nähe. Als ich ein kleines Mädchen war, mochte ich den Hopfengeruch auf den Karren nicht leiden, und in den Feldern auch nicht. *Je n'aime pas les houblons.* Nein, mein Gott, kein bißchen. Der Mann, dem die Brauerei gehörte, sagte zu mir und meiner Schwester, wir sollten in die Brauerei gehen und dort ein Bier trinken, und dann würden wir den Hopfen schon leiden mögen. Das ist wahr. Dann mochten wir ihn schon. Er ließ uns das Bier umsonst geben. Dann mochten wir es schon. Aber Fontan, *il est* verrückt *pour le vin.* Einmal hat er einen Kaninchenbock geschossen, und er wollte, daß ich ihn in einer Weinsauce kochte, eine dunkle Sauce machte aus Wein und Butter und Pilzen und Zwiebeln und allem sonst drin für den Bock. Mein Gott, die Sauce hab ich schon hingekriegt, und er aß alles und sagte: ‹*La sauce est meilleure que le* Bock.› *Dans son pays c'est comme ça. Il y a beaucoup de gibier et de vin. Moi j'aime les pommes de terre, le saucisson et la bière. C'est très bon pour la santé.*»

«Bier ist gut», sagte ich. «Bier und Wein auch.»

«Sie sind wie Fontan, aber da hat es neulich hier etwas gegeben, was ich noch nicht gesehen hatte. Ich glaube auch nicht, daß Sie es je gesehen haben. Da sind doch Amerikaner hiergewesen, die haben Whisky ins Bier getan.»

«Nein», sagte ich.

«Oui, bei Gott, ja, es ist wahr. *Et aussi une femme qui a vomi sur la table.»*

«Comment?»

«C'est vrai. Elle a vomi sur la table et après elle a vomi dans ses Schuhe. Und später sind sie zurückgekommen und sagten, sie wollten wiederkommen und am nächsten Sonnabend wieder eine Gesellschaft geben, und ich sagte, ‹nein, bei Gott, nein!› Als sie kamen, habe ich die Tür zugeriegelt.»

«Sie sind schlimm, wenn sie betrunken sind.»

«Im Winter, wenn die Jungens zum Tanzen fahren, kommen sie in ihren Autos vorbei und halten draußen und sagen zu Fontan: He, Sam, verkauf uns 'ne Flasche Wein, oder sie kaufen Bier, und dann nehmen sie eine Flasche Mondschein aus der Tasche und gießen es ins Bier und trinken es. Mein Gott, das ist das erste Mal, daß ich so was in meinem Leben gesehen habe. Sie gießen Whisky ins Bier. Mein Gott, *das* kann ich nicht verstehen.»

«Die wollen sich übergeben, damit sie wissen, daß sie betrunken sind.»

«Einmal kommt ein Kerl her, kommt zu mir und sagt, ich solle ihnen ein großes Abendessen kochen, und sie werden ein, zwei Flaschen Wein trinken, und ihre Mädchen kämen auch, und dann gingen sie zum Tanzen. ‹Schön›, sagte ich. Also machte ich ein großes Abendessen, und als sie kamen, tranken sie bereits eine ganze Menge. Dann taten sie Whisky in den Wein. Mein Gott, ja. Ich sagte zu Fontan: *‹On va être malade!› ‹Oui›,* sagte er. Dann übergaben sich die Mädchen, nette Mädchen dabei, richtig nette Mädchen. Sie übergaben sich direkt bei Tisch. Fontan versuchte sie beim Arm zu nehmen und ihnen zu zeigen, wo sie sich auf der Toilette ungestört übergeben konnten, aber die Kerls sagten: ‹Nein, es wäre gar nichts dabei; sie sollten ruhig dableiben.›»

Fontan war hereingekommen. «Als sie wiederkamen, habe ich die Tür verriegelt. ‹Nein›, habe ich gesagt, ‹nicht für hundertfünfzig Dollar. Bei Gott, nein.›»

«Es gibt ein Wort im Französischen für solche Leute, wenn sie sich so benehmen», sagte Fontan. Er stand da und sah von der Hitze sehr alt und müde aus.

«Was?»

«Cochon», sagte er behutsam und schwankte, ob er ein so starkes Wort benutzen sollte oder nicht. «Sie waren wie das *cochon. C'est un mot très fort»,* entschuldigte er sich, *«mais vomir sur la table»* – er schüttelte traurig den Kopf.

«Cochons», sagte ich. «Das ist genau das, was sie sind – *cochons, salauds.»*

Die Derbheit der Worte war Fontan peinlich. Er war froh, von etwas anderem zu sprechen.

«Il y a des gens très gentils, très sensibles qui viennent aussi», sagte er. «Es kommen Offiziere vom Fort. Sehr nette Menschen. Gute Kerle. Sie wollen, daß jeder, der mal in Frankreich gewesen ist, herkommt und Wein trinkt. Und ob sie den Wein mögen.»

«Das war *ein* Mann», sagte Madame Fontan, «und seine Frau erlaubt ihm niemals, auszugehen. Also sagt er ihr, er sei müde und geht zu Bett, und wenn sie zur *show* geht, dann kommt er direkt hierher, manchmal in seinem Pyjama, nur mit einem Mantel drüber. ‹Maria, etwas Bier›, sagt er, ‹um des lieben Himmels willen.› Er sitzt in seinem Pyjama und trinkt sein Bier, und dann geht er hinauf zum Fort und ist wieder im Bett, bevor seine Frau aus der *show* nach Hause kommt.»

«C'est un original», sagte Fontan, *«mais vraiment gentil.* Er ist ein netter Kerl.»

«Mein Gott, ja, ein netter Kerl, wahrhaftig», sagte Madame Fontan. «Er ist immer im Bett, wenn seine Frau aus der *show* nach Haus kommt.»

«Ich muß morgen wegfahren», sagte ich. «Nach der Crow Reservation. Wir fahren zur Eröffnung der Prairiehuhnsaison.»

«So? Sie kommen doch aber hierher zurück, bevor Sie abreisen; Sie kommen doch sicher hierher zurück?»

«Bestimmt.»

«Dann wird der Wein fertig sein», sagte Fontan. «Wir werden eine Flasche zusammen trinken.»

«Drei Flaschen», sagte Madame Fontan.

«Ich komme zurück», sagte ich.

«Wir rechnen auf Sie», sagte Fontan.

«Gute Nacht», sagte ich.

Wir kamen früh am Nachmittag von unserm Jagdausflug zurück. Wir waren an dem Morgen seit fünf Uhr aufgewesen. Am Tag vorher war die Jagd gut gewesen, aber an jenem Morgen hatten wir kein Prairiehuhn gesehen. Wie wir so in dem offenen Auto fuhren, war uns sehr heiß, und wir hielten an, um unser Mittagsbrot außerhalb der Sonne unter einem Baum am Straßenrand zu essen. Die Sonne stand hoch, und das Fleckchen Schatten war sehr klein. Wir aßen belegte Brote und Kekse mit Sandwichfüllung drauf und waren durstig und müde und froh, daß wir uns endlich draußen und auf der Hauptstraße zur Stadt zurück befanden. Wir kamen an einer Prairiehundsiedlung vorbei und hielten den Wagen an, um mit Pistolen auf die Prairiehunde zu schießen. Wir töteten zwei, aber dann hörten wir auf, weil die Kugeln, die fehlgingen, von den Felsen und der Erde abprallten und über die Felder surrten, und jenseits der Felder standen ein paar Bäume an einem Wasserlauf und ein Haus, und wir wollten nicht wegen verirrter Kugeln, die die Richtung auf das Haus nahmen, in Ungelegenheiten kommen. Also fuhren wir weiter und waren endlich auf der Straße und fuhren bergab den außenliegenden Häusern der Stadt zu. Jenseits der Ebene konnten wir die Berge sehen. Sie waren blau an jenem Tag, und der Schnee auf den hohen Bergen glitzerte wie Glas. Der Sommer ging seinem Ende zu, aber es gab noch keinen Neuschnee, der auf den hohen Bergen liegenblieb; es war nur der alte von der Sonne geschmolzene Schnee und das Eis, und von ganz weit weg leuchtete es sehr hell.

Wir wollten irgend etwas Kühles und etwas Schatten. Wir waren sonnenverbrannt, und unsere Lippen hatten Blasen von der Sonne und dem Alkalistaub. Wir bogen die Seitenstraße hinauf zu Fontans ein, hielten den Wagen draußen vorm Haus an und gingen hinein. Es war kühl drinnen im Eßzimmer. Madame Fontan war allein.

«Nur zwei Flaschen Bier», sagte sie. «Es ist alles weg. Das neue ist noch nicht gut.»

«Ich gab ihr ein paar Vögel. «Das ist gut», sagte sie. «Schön. Danke. Das ist gut.» Sie ging hinaus, um die Vögel an einem kühleren Ort aufzubewahren. Nachdem wir mit dem Bier fertig waren, stand ich auf. «Wir müssen gehen», sagte ich.

«Sie kommen doch bestimmt heute abend. Fontan, der wird dann sicher den Wein da haben.»

«Wir kommen noch vorbei, bevor wir wegfahren.»

«Sie fahren weg?»

«Ja, wir müssen morgen früh fort.»

«Das ist zu schade, daß Sie wegfahren. Kommen Sie heute abend. Fontan wird den Wein da haben. Wir machen eine *fête*, bevor Sie wegfahren.»

«Wir kommen, bevor wir wegfahren.»

Aber an jenem Nachmittag gab es Telegramme abzuschicken, den Wagen zu überholen – ein Reifen war von einem Stein zerschnitten worden und mußte vulkanisiert werden –, und ich ging ohne Auto in die Stadt, um Sachen zu erledigen, die erledigt werden mußten, bevor wir abreisen konnten. Als Abendbrotzeit war, war ich zu müde, um auszugehen. Wir hatten keine Lust auf eine fremde Sprache. Alles, was wir wollten, war, früh zu Bett gehen.

Als ich im Bett lag, bevor ich einschlief, mit all den Sommersachen um mich her aufgehäuft, fertig zum Einpacken, den offenen Fenstern, durch die die Luft von den Bergen kühl hereinkam, dachte ich, daß es eine Schande sei, daß wir nicht zu Fontans gegangen waren –

aber nach kurzem schlief ich ein. Am nächsten Tag waren wir den ganzen Morgen über damit beschäftigt, einzupacken und den Sommer zu beenden. Wir aßen Mittagbrot und waren um zwei Uhr zum Aufbruch fertig.

«Wir müssen gehen und uns von den Fontans verabschieden», sagte ich.

«Ja, das müssen wir.»

«Ich fürchte, sie haben uns gestern abend erwartet.»

«Wahrscheinlich hätten wir hingehen sollen.»

«Eigentlich hätten wir wohl hingehen können.»

«Ich wünschte, wir wären gegangen.»

Wir verabschiedeten uns von dem Mann hinter dem Pult im Hotel und von Larry und von unsern andern Freunden in der Stadt und fuhren dann zu den Fontans hinaus. Beide waren da, Monsieur und Madame. Sie freuten sich, uns zu sehen. Fontan sah alt und müde aus.

«Wir dachten, Sie würden gestern abend kommen», sagte Madame Fontan. «Fontan hatte drei Flaschen Wein da. Als Sie nicht kamen, hat er alles ausgetrunken.»

«Wir können nur eine Minute bleiben», sagte ich. «Wir sind nur gekommen, um uns zu verabschieden. Wir wollten gestern abend kommen. Wir hatten die Absicht zu kommen, aber wir waren zu müde nach dem Ausflug.»

«Geh, hol etwas Wein», sagte Fontan.

«Es ist kein Wein da. Du hast ihn allen ausgetrunken.»

Fontan sah ganz verstört aus.

«Ich werd gehen und welchen holen», sagte er. «Ich bin nur ein paar Minuten weg. Ich habe ihn gestern abend ausgetrunken. Wir hatten ihn für Sie da.»

«Ich wußte, Sie waren müde. ‹Mein Gott›, sagte ich, ‹die sind gewiß zu müde, um zu kommen›», sagte Madame Fontan. «Los, hol etwas Wein, Fontan.»

«Ich fahre Sie im Auto hin», sagte ich.

«Gut», sagte Fontan. «Auf die Art geht's schneller.»

Wir fuhren mit dem Auto die Straße hinunter und bogen nach ungefähr anderthalb Kilometern in einen Seitenweg ein.

«Der Wein wird Ihnen schmecken», sagte Fontan. «Er ist gut geworden. Sie können ihn heute abend zu Essen trinken.»

Wir hielten vor einem Holzhaus. Fontan klopfte an die Tür. Niemand antwortete. Wir gingen herum zur Rückseite. Die Hintertür war auch verschlossen. Um die Hintertür herum lagen leere Blechbüchsen. Wir sahen durchs Fenster. Es war niemand drinnen. Die Küche war schmutzig und verwahrlost, aber alle Fenster und Türen waren fest verschlossen.

«Die verdammte Person! Wo ist sie nur hingegangen?» sagte Fontan. Er war verzweifelt.

«Ich weiß, wo ich einen Schlüssel bekommen kann», sagte er. «Bleiben Sie hier.» Ich beobachtete, wie er die Straße hinunter zum nächsten Haus ging, an die Tür klopfte, mit der Frau, die herauskam, sprach und schließlich zurückkam. Er hatte einen Schlüssel. Wir versuchten mit ihm in der Vordertür und hinten, aber er wollte nicht schließen.

«Die verdammte Person», sagte Fontan. «Sie ist irgendwo hingegangen.»

Als ich durch das Fenster blickte, sah ich, wo der Wein aufgehoben wurde. Dicht am Fenster konnte man das Innere des Hauses riechen. Es roch süßlich und übelkeitserregend wie ein Indianerhaus. Plötzlich nahm Fontan eine lose Planke auf und begann, damit an der Hintertür die Erde zu lockern.

«Ich werd schon reinkommen», sagte er. «Verdammte Person, ich werd schon reinkommen.»

Im Hinterhof des nächsten Hauses war ein Mann, der irgend etwas an dem einen Vorderrad eines alten Fords machte.

«Tun Sie's lieber nicht», sagte ich. «Der Mann da kann Sie sehen. Er beobachtet Sie.»

Fontan richtete sich auf. «Wir wollen noch mal mit dem Schlüssel versuchen», sagte er. Wir versuchten's mit dem Schlüssel, aber er funktionierte nicht. Er ließ sich nach beiden Seiten ein Stück herumdrehen.

«Wir können nicht rein», sagte ich. «Wir fahren besser zurück.»

«Ich werd da hinten aufbuddeln», erbot sich Fontan.

«Nein, ich will nicht, daß Sie das Risiko laufen.»

«Ich tue es.»

«Nein», sagte ich. «Der Mann da sieht es. Dann beschlagnahmen sie ihn nur.»

Wir setzten uns ins Auto und fuhren zu Fontan zurück und hielten unterwegs an, um den Schlüssel abzugeben. Fontan redete nicht, sondern fluchte nur auf englisch. Er war ganz durcheinander und niedergeschlagen. Wir gingen ins Haus hinein.

«Die verdammte Person!» sagte er. «Wir konnten nicht an den Wein ran. Meinen eigenen Wein, den ich gemacht habe.»

Alle Heiterkeit verschwand aus Madame Fontans Gesicht. Fontan setzte sich in eine Ecke und vergrub den Kopf in den Händen.

«Wir müssen gehen», sagte ich. «Es macht wirklich nichts aus mit dem Wein. Sie werden ihn auf unser Wohl trinken, wenn wir weg sind.»

«Wo ist die Verrückte denn hingegangen?» fragte Madame Fontan.

«Ich weiß nicht», sagte Fontan. «Ich weiß nicht, wo sie hin ist. Und jetzt fahren Sie weg, ohne Wein.»

«Das macht nichts aus», sagte ich.

«Das macht viel aus», sagte Madame Fontan. Sie schüttelte den Kopf.

«Wir müssen gehen», sagte ich. «Auf Wiedersehen und alles Gute. Und schönen Dank für alles.»

Fontan schüttelte den Kopf. Er war entehrt. Madame Fontan sah traurig aus.

«Machen Sie sich wirklich keine Gedanken von wegen dem Wein», sagte ich.

«Er wollte, daß Sie seinen Wein trinken», sagte Madame Fontan. «Können Sie nächstes Jahr wiederkommen?»

«Nein. Vielleicht das Jahr drauf.»

«Siehst du?» sagte Fontan zu ihr.

«Auf Wiedersehen», sagte ich. «Denken Sie nicht mehr an den Wein. Trinken Sie für uns mit, wenn wir weg sind.» Fontan schüttelte den Kopf. Er lächelte nicht. Er wußte, wenn er verspielt hatte.

«Die verdammte Person da», sagte Fontan vor sich hin.

«Gestern abend hatte er drei Flaschen hier», sagte Madame Fontan, um ihn zu trösten. Er schüttelte den Kopf.

«Auf Wiedersehen», sagte er.

Madame Fontan hatte Tränen in den Augen.

«Auf Wiedersehen», sagte sie. Sie fühlte mit Fontan mit.

«Auf Wiedersehen», sagten wir. Wir fühlten uns alle gräßlich. Sie standen auf der Türschwelle, und wir stiegen ein, und ich ließ den Motor laufen. Wir winkten. Sie standen traurig beieinander auf der Veranda. Fontan sah sehr alt aus, und Madame Fontan sah traurig aus. Sie winkte uns zu, und Fontan ging ins Haus. Wir fuhren die Straße hinauf.

«Es war ihnen gräßlich, Fontan war es gräßlich.»

«Wir hätten gestern abend hingehen sollen.»

«Ja, das hätten wir tun sollen.»

Wir hatten die Stadt hinter uns und waren draußen auf der glatten Landstraße mit den Stoppeln der Getreidefelder zu beiden Seiten und den Bergen weit weg zur Rechten. Es sah wie Spanien aus, aber es war Wyoming.

«Hoffentlich wird es ihnen sehr gut gehen.»

«Wird es nicht», sagte ich. «Und Schmidt wird auch nicht Präsident.»

Die Zementstraße hörte auf. Die Straße war jetzt mit Kies bedeckt, und wir verließen die Ebene und begannen den Anstieg zwischen den Ausläufern zweier Berge; die Straße machte einen Bogen und begann hinanzuklettern. Die Erde der Hügel war rot; die Salbei wuchs in grauen Klumpen, und als die Straße anstieg, konnten wir über die Hügel hinsehen und weiter weg über die Talebene bis zu den Bergen. Sie waren jetzt weiter entfernt, und es sah mehr denn je wie Spanien aus. Die Straße stieg von neuem in Windungen an, und vor uns waren ein paar Birkhühner, die sich auf der Straße im Staub tummelten. Sie flogen mit schnellem Flügelschlag auf, als wir uns ihnen näherten, dann segelten sie in langen Schrägen davon und ließen sich auf dem Abhang unter uns nieder.

«Wie groß und schön sie sind! Sie sind größer als europäische Rebhühner.»

«Es ist ein großartiges Land für *la chasse*, wie Fontan sagt.»

«Und wenn es keine *chasse* gibt?»

«Bis dahin sind sie tot.»

«Der Junge aber nicht.»

«Es gibt keinen Beweis dafür, daß er dann nicht tot sein wird.»

«Wir hätten gestern abend hingehen sollen.»

«O ja», sagte ich. «Wir hätten hingehen sollen.»

Der Spieler, die Nonne und das Radio

MAN LIEFERTE SIE SO UM MITTERNACHT EIN, UND DANN hörte jedermann längs des Korridors die ganze Nacht hindurch den Russen.

«Wo ist er verwundet?» fragte Mr. Frazer die Nachtschwester.

«Ich glaube, im Oberschenkel.»

«Und was ist mit dem andern los?»

«Ach, ich fürchte, der wird sterben.»

«Wo ist er verwundet?»

«Zweimal im Unterleib. Man hat nur eine von den Kugeln gefunden.»

Beide waren Rübenhacker, ein Mexikaner und ein Russe, und sie saßen in einem Lokal, das die ganze Nacht über offen war, und tranken Kaffee, als jemand in die Tür trat und auf den Mexikaner zu feuern begann. Der Russe kroch unter einen Tisch und wurde zum Schluß von einer verirrten, für den Mexikaner bestimmten Kugel getroffen, als der mit zwei Kugeln im Unterleib am Boden lag. So stand es in der Zeitung.

Der Mexikaner erzählte der Polizei, er habe keine Ahnung, wer auf ihn geschossen hätte. Er hielte es für einen Zufall.

«Einen Zufall, daß er acht Schüsse auf dich abgab und dich zweimal getroffen hat?»

«Si, Señor», sagte der Mexikaner, der Cayetano Ruiz hieß.

«Ein Zufall, daß er mich überhaupt getroffen hat, der *cabron*», sagte er zu dem Dolmetscher.

«Was sagt er?» fragte der Polizeidetektiv und blickte über das Bett hinweg den Dolmetscher an.

«Er sagt, es sei ein Zufall gewesen.» – «Sag ihm, daß er sterben wird, daß er die Wahrheit sagen soll», sagte der Detektiv.

«Na», sagte Cayetano, «aber sagen Sie ihm, daß ich mich sehr krank fühle und vorziehen würde, nicht soviel zu reden.»

«Er sagt, daß er die Wahrheit spricht», sagte der Dolmetscher. Dann sagte er dreist zu dem Detektiv: «Er weiß nicht, wer auf ihn geschossen hat. Man hat ihn in den Rücken geschossen.»

«Ja», sagte der Detektiv, «ich verstehe schon, aber warum sind die Kugeln alle vorn hineingegangen?»

«Vielleicht spinnt er», sagte der Dolmetscher.

«Hör mal», sagte der Detektiv und fuchtelte mit dem Finger direkt vor Cayetanos Nase, die wachsgelb aus seinem Totengesicht herausragte, in dem die Augen so lebendig waren wie die eines Habichts. «Es ist mir ganz schnuppe, wer auf dich geschossen hat, aber ich muß die Sache hier aufklären. Willst du denn nicht, daß der Mann, der auf dich geschossen hat, bestraft wird? Sagen Sie ihm das», wandte er sich an den Dolmetscher.

«Er will, du sollst sagen, wer auf dich geschossen hat.»

«Mandarlo al carajo», sagte Cayetano, der sehr müde war.

«Er sagt, er hat den Kerl überhaupt nicht gesehen», sagte der Dolmetscher. «Wahrhaftig, ich sage Ihnen, man hat ihn in den Rücken geschossen.»

«Fragen Sie ihn, wer den Russen verwundet hat!»

«Armer Russe», sagte Cayetano. «Er lag am Boden und hatte den Kopf zwischen die Arme gesteckt. Er begann zu schreien, als sie ihn schießen, und er schreit und schreit, immerzu. Armer Russe.»

«Er sagt, irgendein Kerl, den er nicht kennt. Möglicherweise derselbe Kerl, der auf ihn geschossen hat.»

«Hör mal», sagte der Detektiv, «wir sind hier nicht in Chicago. Du bist kein Gangster. Du brauchst dich nicht wie in 'nem Film zu benehmen. Es ist völlig in Ordnung, wenn du erzählst, wer auf dich geschossen hat. Jeder würde erzählen, wer auf ihn geschossen hat. Es ist völlig in Ordnung, das zu tun. Nimm mal an, du sagst nicht, wer es ist, und er erschießt jemand anderes. Nimm mal an, er erschießt eine Frau oder ein Kind. Du kannst ihn doch nicht einfach so laufenlassen. Sagen Sie ihm das», wandte er sich an Mr. Frazer. «Ich trau dem verfluchten Dolmetscher nicht.»

«Ich bin absolut zuverlässig», sagte der Dolmetscher. Cayetano blickte Mr. Frazer an.

«Hören Sie mal, *amigo*», sagte Frazer, «der Polizist sagt, daß wir nicht in Chicago, sondern in Hailey Montana sind. Sie sind kein Bandit, und dies hat nichts mit Kino zu tun.»

«Ich glaube ihm das», sagte Cayetano leise. *«Ya lo creo.»*

«Es ist völlig ehrenhaft, seinen Angreifer anzugeben. Er sagt: jeder tut es hier. Er sagt: was geschieht, wenn der Mann, nachdem er auf Sie geschossen hat, eine Frau oder ein Kind erschießt?»

«Ich bin nicht verheiratet», sagte Cayetano.

«Er sagt: irgendeine Frau, irgendein Kind.»

«Der Mann ist nicht verrückt», sagte Cayetano.

«Er sagt, Sie sollten ihn angeben», schloß Mr. Frazer.

«Danke», sagte Cayetano. «Sie gehören zu den großen Übersetzern. Ich spreche Englisch, aber schlecht. Doch ich verstehe gut. Wie haben Sie Ihr Bein gebrochen?»

«Vom Pferd gefallen.»

«So ein Pech. Das tut mir sehr leid. Tut es sehr weh?»

«Jetzt nicht. Zuerst ja.»

«Hören Sie mal, *amigo*», begann Cayetano. «Ich bin sehr schwach, Sie werden verzeihen. Ich habe auch viel Schmerzen, genug Schmerzen. Es ist gut möglich, daß ich sterbe. Bitte schaffen Sie diesen Polizisten hier raus, weil ich sehr müde bin.» Er machte den Versuch, auf die Seite zu rollen, dann hielt er sich steif.

«Ich habe ihm alles wiederholt, genauso, wie Sie es gesagt haben, und er läßt Ihnen sagen, daß er wahrhaftig nicht weiß, wer ihn verwundet hat, und daß er sehr schwach ist und bittet, daß Sie ihn später verhören», sagte Mr. Frazer.

«Später ist er wahrscheinlich tot.»

«Das ist gut möglich.»

«Deshalb will ich ihn jetzt verhören.»

«Ich sage Ihnen doch, irgendwer hat ihn in den Rücken geschossen», sagte der Dolmetscher.

«Herrgottnochmal!» sagte der Polizeidetektiv und steckte sein Notizbuch in die Tasche.

Draußen auf dem Gang stand der Polizeidetektiv mit dem Dolmetscher neben Mr. Frazers Rollstuhl.

«Sie glauben wohl auch, daß ihn jemand in den Rücken geschossen hat.»

«Ja», sagte Mr. Frazer. «Jemand hat ihn in den Rücken geschossen. Was geht Sie das schon an?»

«Sei'n Sie nur nicht gleich eingeschnappt», sagte der Polizist. «Ich wünschte, ich könnte spansch sprechen.»

«Warum lernen Sie's denn nicht?»

«Sie brauchen doch nicht gleich eingeschnappt zu sein. Es macht mir doch keinen Spaß, dem Spansch Fragen zu stellen. Wenn ich spansch sprechen könnte, wär's anders.»

«Sie brauchen doch nicht spansch zu sprechen», sagte der Dolmetscher. «Ich bin ein absolut zuverlässiger Dolmetscher.»

«Herrgottnochmal!» sagte der Polizist. «Also bis nachher. Ich komm mal rauf und besuch Sie.»

«Danke, ich bin immer zu Hause.»

«Sie sind doch wohl wieder in Ordnung? Das war wahrhaftig Pech. Mächtiges Pech.»

«Es geht ganz gut voran, seit er den Knochen gespleißt hat.»

«Ja, aber es dauert lange. Lange, lange Zeit.»

«Lassen Sie sich nicht von irgendwem in den Rücken schießen.»

«So ist's recht», sagte er. «So ist's recht. Na, ich bin froh, daß Sie nicht eingeschnappt sind.»

«Auf Wiedersehen», sagte Mr. Frazer.

Mr. Frazer sah Cayetano lange Zeit hindurch nicht wieder, aber jeden Morgen berichtete die Oberschwester Cecilia über ihn. Er klage nie, sagte sie, und es ginge ihm jetzt sehr schlecht. Er hatte Bauchfellentzündung, und man glaubte nicht, daß er am Leben bleiben würde. «Armer Cayetano», sagte sie. Er hatte solch schöne Hände und solch ein feines Gesicht, und er jammerte nie. Der Geruch war jetzt wirklich entsetzlich. Er zeigte mit einem Finger auf seine Nase und lächelte und schüttelte den Kopf, sagte sie. Ihm war das mit dem Geruch sehr unangenehm. Es war ihm peinlich, sagte die Oberschwester Cecilia. Was war das für ein wunderbarer Patient! Er lächelte immer. Er wollte dem Pater nicht beichten, aber er hatte versprochen, seine Gebete zu sagen, und nicht ein einziger Mexikaner war dagewesen, um ihn zu besuchen, seit man ihn eingeliefert hatte. Der Russe würde Ende der Woche entlassen werden. «Für den Russen habe ich nie viel übrig gehabt», sagte die Oberschwester Cecilia. «Armer Kerl! Er litt auch. Es war eine ölige schmutzige Kugel, und die Wunde infizierte sich, aber er gab so an, und dann mag ich immer die Schlimmen. Der Cayetano, das ist ein Schlimmer. Oh, das muß wirklich ein Schlimmer sein, ein durch und durch Schlimmer. Der ist so fein und zart gebaut und hat niemals mit den Händen gearbeitet. Der ist kein Rübenhacker. Ich weiß, daß der kein Rübenhacker ist. Seine Hände sind ganz glatt, und es ist keine einzige Schwiele an ihnen. Ich weiß, daß der irgendwie ein ganz Schlimmer ist. Ich gehe jetzt hinunter und werde für ihn beten. Armer Cayetano, er hat entsetzlich auszustehen, und er gibt keinen Laut von sich. Warum sie ihn wohl totschießen wollten? Ach, der arme Cayetano! Ich geh jetzt sofort hinunter und werd für ihn beten.»

Sie ging sofort hinunter und betete für ihn.

In jenem Krankenhaus funktionierte das Radio nicht recht, ehe die Dämmerung einbrach. Man sagte, es käme davon, daß soviel Erz im Boden wäre, oder irgend etwas, das mit den Bergen zusammenhing, aber wie dem auch war, es funktionierte überhaupt nicht ordentlich, bis es draußen dunkel wurde, aber die ganze Nacht hindurch funktionierte es großartig, und wenn eine Station aus der Luft ging, konnte man weiter westlich gehen und eine andere Sendung kriegen. Die letzte, die man bekommen konnte, war Seattle, Washington, und durch den Zeitunterschied war es, wenn die um vier Uhr früh aufhörte, fünf Uhr früh im Krankenhaus, und um sechs Uhr konnte man die Frühmusikanten in Minneapolis bekommen. Das kam auch durch den Zeitunterschied, und Mrs. Frazer pflegte sich immer wieder gern die Frühmusikanten vorzustellen, wie sie im Senderaum ankamen, und er malte sich aus, wie sie aussahen, wenn sie am Morgen vor Tageslicht von der Straßenbahn stiegen und ihre Instrumente trugen. Möglicherweise stimmte das nicht, und sie bewahrten ihre Instrumente an dem Ort auf, wo sie spielten, aber er malte sie sich immer mit ihren Instrumenten aus. Er war nie in Minneapolis gewesen, und er war ziemlich sicher, daß er niemals dorthin kommen würde, aber er wußte, wie es so früh am Morgen aussah.

Von dem Fenster des Krankenhauses konnte man einen kahlen Lehmhügel und ein Feld sehen, auf dem Unkraut aus dem Schnee ragte. Eines Morgens wollte der Arzt Mr. Frazer zwei Fasanen zeigen, die dort draußen im Schnee waren, und während er das Bett zum Fenster zog, fiel die Leselampe von der eisernen Bettstelle herunter und traf Mr. Frazers Kopf. Das klingt jetzt nicht so komisch, aber damals war es sehr komisch. Alle blickten aus dem Fenster, und der Arzt, der ein ganz ausgezeichneter Arzt war, wies auf die Fasanen und zog das Bett zum Fenster, und dann fiel – genau wie im Witzblatt – der bleierne Lampenfuß Mr. Frazer direkt auf den Kopf und schlug ihn knock out. Es schien die Antithese von Heilen oder wofür immer Leute im Krankenhaus waren, und alle fanden es sehr komisch – ein Witz auf Kosten des Arztes und Mr. Frazers. Alles ist in einem Krankenhaus viel simpler – die Komik inbegriffen.

Von dem andern Fenster aus konnte man, wenn man das Bett umstellte, die Stadt sehen mit ein wenig Rauch darüber und den Dawsonbergen, die unter dem Winterschnee, der auf ihnen lag, wie richtige Berge aussahen. Das waren die beiden Aussichten, da sich der Rollstuhl als verfrüht erwiesen hatte. Wenn man im Krankenhaus ist, ist man am besten im Bett aufgehoben; denn zwei Aussichten, mit genügend Zeit, um sie zu betrachten, von einem Zimmer aus, dessen Temperatur man regulieren kann, sind viel besser als eine Unzahl von Aussichten, die man ein paar Minuten lang aus heißen, leeren Zimmern sieht, die auf jemand anderes warten, oder die gerade verlassen worden sind, wo man hinein- und hinausgerollt wird. Wenn man lange genug in einem Zimmer bleibt, gewinnt jede beliebige Aussicht große Bedeutung und wird sehr wichtig, und man würde sie nicht ändern wollen – selbst nicht um Winkelgrade. Genau wie beim Radio, wo es gewisse Dinge gibt, die man liebgewinnt und auf die man sich freut, während man alles Neue übelnimmt. Die besten Melodien, die es in jenem Winter gab, waren ‹Sing etwas Sanftes›, ‹Singsangmädchen› und ‹Kleine unschuldige Lügen›. Mr. Frazer fand, daß keine andern Melodien so wohltuend waren wie diese. ‹Betty funkte› war auch eine gute Melodie, aber die Parodie auf diese Worte, die Mr. Frazer unvermeidlich in den Sinn kam, wurde von Tag zu Tag unanständiger, und da niemand da war, um es zu würdigen, gab er es schließlich auf und drehte von dem Lied zum Fußball zurück.

Gegen neun Uhr früh begann man den Röntgenapparat zu benutzen, und dann wurde das Radio, auf dem man jetzt nur noch Hailey bekommen konnte, unbrauchbar. Viele Leute in Hailey, die Radios besaßen, schimpften über den Röntgenapparat des Krankenhauses, der den Morgenempfang störte, aber keiner ging gerichtlich dagegen vor, obschon viele es unerhört fanden, daß das Krankenhaus seinen Apparat nicht zu einer Zeit benutzte, in der die Leute ihre Radios nicht benutzten. Ungefähr um die Zeit, wenn man das Radio abstellen mußte, kam Oberschwester Cecilia herein.

«Wie geht es Cayetano, Schwester Cecilia?» fragte Mr. Frazer.

«Ach, es geht ihm sehr schlecht.»

«Phantasiert er?»

«Nein, aber ich fürchte, daß er sterben wird.»

«Wie geht es Ihnen?»

«Ich mache mir seinetwegen große Sorgen, und wissen Sie, daß überhaupt niemand dagewesen ist, um ihn zu besuchen? Er könnte glatt wie ein Hund verrecken, was die Mexikaner anlangt. Sie sind wirklich schrecklich.»

«Wollen Sie heute nachmittag heraufkommen und das Spiel mit anhören?»

«O nein», sagte sie, «ich würde mich zu sehr aufregen. Ich werde in der Kapelle sein und beten.»

«Man müßte es recht gut hören können», sagte Mr. Frazer. «Sie spielen draußen an der Küste, und durch den Zeitunterschied wird es spät genug sein, um guten Empfang zu haben.»

«Ach nein, ich könnte es einfach nicht. Bei den Weltmeisterschaften bin ich beinah umgekommen. Als die Athletics am Schlag waren, habe ich ganz laut gebetet: ‹O Herr, lenke ihren Schlag. O Herr, möge er treffen! O Herr, möge er richtig treffen!› Dann, als sie im dritten Spiel im Mal waren, erinnern Sie sich? war es zuviel für mich. ‹O Herr, möge er ihn aus dem Spielfeld schlagen! O Herr, laß ihn glatt weg über die Einzäunung schlagen!› Und dann, wissen Sie, als die Cardinals an den Schlag kamen, war es einfach schrecklich. ‹O Herr, laß sie nicht sehen! O Herr, laß sie nicht einen Schimmer von sehen! O Herr, mögen sie danebenhauen!› Und dies Spiel ist ja sogar noch schlimmer. Es ist Notre Dame. Unsere Liebe Frau. Nein, ich werde in der Kapelle sein. Für Unsere Liebe Frau. Sie spielen für Unsere Liebe Frau. Ich wünschte, Sie würden mal irgend etwas für Unsere Liebe Frau schreiben. Sie könnten es. Sie wissen, daß Sie es könnten, Mr. Frazer.»

«Ich weiß nichts von ihr, über das ich schreiben könnte. Das meiste ist bereits geschrieben», sagte Mr. Frazer. «Sie würden meine Art zu schreiben nicht mögen. Und *Sie* würde es ebenfalls nicht mögen.»

«Irgendwann werden Sie mal über sie schreiben», sagte die Oberschwester. «Ich weiß, Sie werden. Sie müssen über Unsere Liebe Frau schreiben.»

«Sie sollten wirklich heraufkommen und sich das Spiel mitanhören.»

«Es würde über meine Kräfte gehen. Nein, ich werde in der Kapelle sein und tun, was ich kann.»

An jenem Nachmittag hatten sie etwa fünf Minuten lang gespielt, als eine Novize ins Zimmer kam und sagte: «Die Oberschwester Cecilia möchte gern wissen, wie das Spiel steht.»

«Sagen Sie ihr, daß sie bereits einen Versuch erzielt haben.»

Ein klein wenig später kam die Novize wieder ins Zimmer.

«Sagen Sie ihr, daß sie sie einfach überrennen», sagte Mr. Frazer.

Ein bißchen später klingelte er nach der Schwester, die Etagendienst hatte. «Würden Sie bitte zur Kapelle hinuntergehen oder jemanden zu Schwester Cecilia hinunterschicken, und ihr sagen, daß Notre Dame sie am Schluß des ersten Spielviertels vierzehn zu null hat, und daß alles in Ordnung geht. Sie kann aufhören zu beten.»

Ein paar Minuten später kam Schwester Cecilia ins Zimmer. Sie war sehr aufgeregt. «Was bedeutet vierzehn zu null? Ich verstehe nichts von diesem Spiel. Damit würden sie bei Baseball gut in Führung liegen. Aber von *football* verstehe ich nichts. Vielleicht besagt es überhaupt nichts. Ich werde sofort wieder in die Kapelle hinuntergehen und beten, bis es vorbei ist.»

«Sie haben sie in der Tasche», sagte Mr. Frazer. «Auf mein Wort. Bleiben Sie und hören Sie mit zu.»

«Nein, nein, nein, nein, nein, nein, nein», sagte sie. «Ich will sofort wieder in die Kapelle hinuntergehen, um zu beten.»

Mr. Frazer schickte jedesmal eine Botschaft hinunter, wenn Notre Dame weitere Punkte erzielte, und schließlich, als es schon lange dunkel war, das Endergebnis.

«Wie geht's Schwester Cecilia?»

«Sie sind alle in der Kapelle», sagte die Novize.

Am nächsten Morgen kam Schwester Cecilia herein. Sie war sehr zufrieden und zuversichtlich.

«Ich wußte es, sie konnten Unsere Liebe Frau nicht schlagen», sagte sie. «Sie konnten nicht. Cayetano geht es auch besser. Es geht ihm viel besser. Er wird Besuch bekommen. Er kann noch niemanden sprechen, aber sie werden kommen, und dadurch wird er sich wohler fühlen; er wird wissen, daß er von seinen eigenen Leuten nicht vergessen ist. Ich war unten und hab den jungen O'Brien auf der Polizeiwache gesprochen und ihm gesagt, daß er einfach ein paar Mexikaner heraufschikken muß, um den armen Cayetano zu besuchen. Er wird heute nachmittag ein paar raufschicken. Dann wird sich der arme Mensch schon besser fühlen. Es ist einfach schandbar, daß ihn niemand besucht hat.»

An jenem Nachmittag gegen fünf kamen drei Mexikaner ins Zimmer.

«Darf man?» fragte der Größte, ein feister, der sehr dicke Lippen hatte.

«Warum nicht?» antwortete Mr. Frazer. «Setzen Sie sich, meine Herren. Wollen Sie etwas trinken?»

«Vielen Dank», sagte der Große.

«Danke», sagte der Dunkelste und Kleinste von ihnen.

«Nein, danke», sagte der Dünne. «Es steigt mir zu Kopf.» Er tippte an seinen Kopf.

Die Schwester brachte ein paar Gläser. «Bitte geben Sie ihnen die Flasche», sagte Mr. Frazer. «Er ist aus Red Lodge», erklärte er.

«Der aus Red Lodge ist der beste», sagte der Große. «Viel besser als der aus Big Timber.»

«Klar», sagte der Kleinste, «kostet auch mehr.»

«In Red Lodge gibt es welchen in allen Preislagen», sagte der Große.

«Wieviel Röhren hat Ihr Radio?» fragte der, der nicht trank.

«Sieben.»

«Sehr schön», sagte er. «Was kostet es?»

«Ich weiß es nicht», sagte Mr. Frazer. «Es ist gemietet. Sie, meine Herren, sind wohl Freunde von Cayetano?»

«Nein», sagte der Große. «Wir sind Freunde von dem, der ihn verwundet hat.»

«Wir sind von der Polizei hergeschickt worden», sagte der Kleinste.

«Wir haben eine Budike», sagte der Große, «er und ich», und wies auf den, der nicht trank. «Er hat auch eine Budike.» Er wies auf den kleinen Dunklen. «Die Polizei sagt uns, wir müssen kommen – also kommen wir.»

«Es freut mich sehr, daß Sie gekommen sind.»

«Gleichfalls», sagte der Große.

«Wollen Sie noch ein Gläschen?»

«Warum nicht?» sagte der Große.

«Wenn Sie gestatten», sagte der Kleinste.

«Ich nicht», sagte der Dünne. «Es steigt mir zu Kopf.»

«Er ist sehr gut», sagte der Kleinste.

«Warum versuchen Sie nicht etwas?» fragte Mr. Frazer den Dünnen. «Lassen Sie sich ein bißchen zu Kopf steigen.»

«Nachher kommen die Kopfschmerzen», sagte der Dünne.

«Könnten Sie nicht ein paar Freunde von Cayetano herschicken, um ihn zu besuchen?» fragte Mr. Frazer.

«Er hat keine Freunde.»

«Jeder Mensch hat Freunde.»

«Der da, nein.»

«Was tut er denn?»

«Er ist ein Kartenspieler.»

«Ein guter?»

«Ich glaube, ja.»

«Von mir», sagte der Kleinste, «hat er einhundertachtzig Dollar gewonnen. Jetzt gibt es keine einhundertachtzig Dollar mehr auf der Welt.»

«Von mir», sagte der Dünne, «hat er zweihundert Dollar gewonnen. Prägen Sie sich die Zahl ein.»

«Ich habe niemals mit ihm gespielt», sagte der Dicke.

«Er muß sehr reich sein», warf Mr. Frazer ein.

«Er ist ärmer als wir», sagte der kleine Mexikaner. «Er hat nichts außer dem Hemd auf seinem Leib.»

«Und das Hemd hat nur noch wenig Wert», sagte Mr. Frazer, «durchlöchert wie es ist.»

«Klar.»

«War der, der ihn verwundet hat, auch ein Kartenspieler?»

«Nein, ein Rübenhacker. Er hat die Stadt verlassen müssen.»

«Stellen Sie sich das vor», sagte der Kleinste, «er war der beste Gitarrespieler, den es je in dieser Stadt gegeben hat, der allerbeste.»

«Wie schade.»

«Das will ich meinen», sagte der Größte. «Wie der Gitarre spielen konnte!»

«Gibt es sonst keinen guten Gitarrespieler?»

«Nicht den Schatten von einem Gitarrespieler.»

«Es gibt einen Ziehharmonikaspieler, der was taugt», sagte der dünne Mann.

«Es gibt ein paar, die alle möglichen Instrumente spielen», sagte der Große. «Mögen Sie Musik?»

«Wie sollte ich nicht?»

«Wir werden einen Abend mit Musik kommen, ja? Glauben Sie, daß die Schwester es erlauben wird? Sie scheint sehr freundlich zu sein.»

«Sicher wird sie's erlauben, sobald Cayetano zuhören kann.»

«Ist sie ein bißchen verrückt?» fragte der Dünne.

«Wer?»

«Die Schwester da.»

«Nein», sagte Mr. Frazer, «sie ist eine famose Frau, sehr klug und mitfühlend.»

«Ich mißtraue allen Priestern, Mönchen und Nonnen», sagte der Dünne.

«Er hat als Junge schlechte Erfahrungen gemacht», sagte der Kleinste.

«Ich war Meßgehilfe», sagte der Dünne stolz. «Jetzt glaube ich an nichts. Ich gehe auch nicht zur Messe.»

«Warum? Steigt Ihnen das zu Kopf?»

«Nein», sagte der Dünne. «Der Alkohol steigt mir zu Kopf. Religion ist das Opium für die Armen.»

«Ich dachte, Marijuana sei das Opium für die Armen», sagte Frazer.

«Haben Sie je Opium geraucht?» fragte der Große.

«Nein.»

«Ich auch nicht», sagte er. «Es ist anscheinend sehr schlecht für einen. Man fängt an und kann nicht aufhören. Es ist ein Laster.»

«Wie Religion», sagte der Dünne.

«Der da», sagte der kleine Mexikaner, «ist sehr gegen Religion.»

«Man muß sehr gegen irgend etwas sein», sagte Mr. Frazer höflich.

«Ich achte alle die, die einen Glauben haben, obschon sie unwissend sind», sagte der Dünne.

«Schön», sagte Mr. Frazer.

«Was können wir Ihnen mitbringen?» fragte der große Mexikaner.

«Brauchen Sie irgend etwas?»

«Ich würde sehr gern gutes Bier kaufen, falls es gutes Bier gibt.»

«Wir werden Bier mitbringen.»

«Noch eine *copita*, bevor Sie gehen?»

«Es ist sehr gut.»

«Wir berauben Sie.»

«Ich kann es nicht vertragen. Es steigt mir zu Kopf. Dann habe ich schlimme Kopfschmerzen und mir wird übel.»

«Auf Wiedersehen, meine Herren.»

«Auf Wiedersehen und danke sehr.»

Sie gingen hinaus, und dann gab es Abendbrot und dann das Radio, so leise gestellt, wie nur möglich, daß es gerade noch vernehmlich war, und schließlich hörten die Stationen nacheinander auf zu senden: Denver, Salt Lake City, Los Angeles und Seattle. Mr. Frazer konnte sich nach dem Radio kein Bild von Denver machen. Er konnte sich Denver nach der *Denver Post* vorstellen und das Bild durch die *Rockey Mountain News* berichtigen. Auch von Salt Lake City oder Los Angeles hatte er keine Vorstellung durch das, was er von jenen Städten hörte. Alles, was er von Salt Lake City wußte, war, daß es sauber, aber langweilig war, und es wurden zu viele Ballsäle in zu vielen großen Hotels erwähnt, als daß er sich Los Angeles hätte vorstellen können. Er konnte es sich vor lauter Ballsälen nicht vorstellen. Aber Seattle kannte er schließlich recht gut, die Autodroschkengesellschaft mit den großen, weißen Taxis (jedes Taxi auch mit einem Radio ausgestattet), in denen er jeden Abend zu dem Gasthaus auf der kanadischen Seite hinausfuhr, wo er nach der musikalischen Auswahl, um die telefonisch ersucht wurde, den Verlauf der Gesellschaften verfolgte. Er lebte jede Nacht von zwei Uhr an in Seattle und hörte die Stücke mit an, die sich all die verschiedenen Leute wünschten, und es war so wirklich wie Minneapolis, wo die Frühmusikanten jeden Morgen ihre Betten verließen, um jene kleine Reise zum Senderaum hinunterzumachen. Seattle, Washington, wuchs Mr. Frazer sehr ans Herz.

Die Mexikaner kamen und brachten Bier, aber es war kein gutes Bier. Mr. Frazer empfing sie, aber er fühlte sich nicht zum Reden aufgelegt, und als sie gingen, wußte er, daß sie nicht wiederkommen würden. Seine Nerven spielten ihm jetzt böse mit, und er mochte keinen Menschen sehen, wenn er sich in diesem Zustand befand. Nach fünf Wochen versagten seine Nerven, und obschon er froh war, daß sie so lange durchgehalten hatten, nahm er es übel, daß er jetzt dasselbe Experiment machen sollte, auf das er bereits die Antwort wußte. Mr. Frazer hatte dies alles schon einmal durchgemacht. Das einzige, was ihm neu war, war das Radio. Er ließ es die ganze Nacht über spielen, so leise gestellt, daß er es kaum vernehmen konnte, und er lernte zuzuhören, ohne zu denken.

Schwester Cecilia kam an jenem Tag gegen zehn Uhr morgens ins Zimmer und brachte die Post. Sie war sehr hübsch, und Mr. Frazer freute sich, wenn er sie sah, und hörte ihr gern zu, aber die Post, die vermeintlich aus einer andern Welt kam, war wichtig. Es war jedoch nichts von Interesse dabei. «Sie sehen *so* viel besser aus», sagte sie. «Sie werden uns bald verlassen.»

«Ja», sagte Mr. Frazer. «Sie sehen heute sehr glücklich aus.»

«Ach, das bin ich auch. Heute morgen habe ich das Gefühl, als ob ich eine Heilige sein könnte.»

Mr. Frazer war hiervon ein wenig verblüfft.

«Ja», fuhr Oberschwester Cecilia fort. «Das möchte ich gern sein. Eine Heilige. Schon als kleines Mädchen wollte ich immer eine Heilige sein. Als ich ein junges Mädchen war, dachte ich, wenn ich der Welt entsagte und in ein Kloster ginge, würde ich eine Heilige werden. Das wollte ich werden, und ich glaubte, das tun zu müssen, um eine zu werden. Ich rechnete damit, eine Heilige zu werden. Ich war völlig sicher, daß ich eine werden würde. Einen Augenblick lang glaubte ich, ich wäre eine. Ich war so glücklich, und es schien so einfach und leicht. Als ich morgens aufwachte, erwartete ich, eine Heilige zu sein, aber ich war keine. Ich bin niemals eine geworden. Ich möchte so gern eine sein. Ich möchte nichts sein als eine Heilige. Das ist alles, was ich je gewollt habe. Und heute früh habe ich das Gefühl, als ob ich eine sein könnte. Ach, ich hoffe so, daß ich eine werde.»

«Sie werden eine sein. Jeder bekommt das, was er sich wünscht. Das sagt man mir immer.»

«Jetzt weiß ich es nicht. Als ich jung war, schien es so einfach. Ich wußte, ich würde eine Heilige werden. Nur glaubte ich, daß es Zeit erfordern würde, als ich merkte, daß es nicht plötzlich geschah. Jetzt scheint es beinah unmöglich.»

«Ich würde sagen, daß Sie eine gute Chance haben.»

«Glauben Sie das wirklich? Nein, ich will nicht, daß man mir einfach gut zuredet. Reden Sie mir nicht einfach gut zu. Ich möchte eine Heilige sein. Ich möchte eine Heilige sein.»

«Natürlich werden Sie eine Heilige werden», sagte Mr. Frazer.

«Nein, wahrscheinlich werde ich's nicht. Aber ach, wenn ich doch nur eine Heilige sein könnte! Dann wäre ich vollkommen glücklich.»

«Drei zu eins werden Sie eine Heilige.»

«Nein, reden Sie mir nicht gut zu. Ach, wenn ich doch nur eine Heilige sein könnte! Wenn ich nur eine Heilige sein könnte!»

«Wie geht es Ihrem Freund Cayetano?»

«Er wird gesund werden, aber er ist gelähmt. Eine der Kugeln hat den großen Nerv getroffen, der durch den Oberschenkel läuft, und das Bein ist gelähmt. Sie haben es erst gemerkt, als er sich wohl genug fühlte, um sich zu bewegen.»

«Vielleicht wird der Nerv wieder heilen.»

«Ich bete, daß er das tut», sagte Oberschwester Cecilia. «Sie sollten ihn sehen.»

«Ich mag niemanden sehen.»

«Bewahre, Sie möchten ihn bestimmt gern sehen. Man könnte ihn hier hereinrollen.»

«Schön.»

Man rollte ihn herein, dünn, mit durchsichtiger Haut, mit schwarzem Haar, das geschnitten werden mußte, mit lachenden Augen, schlechten Zähnen, wenn er lächelte.

«Hola amigo! Que tal?»

«Wie Sie sehen», sagte Mr. Frazer. «Und Sie?»

«Lebendig, mit einem gelähmten Bein.»

«Schlimm», sagte Mr. Frazer. «Aber der Nerv kann wieder heilen und so gut wie neu werden.»

«Das hat man mir gesagt.»

«Wie ist's mit den Schmerzen?»

«Jetzt nicht. Eine Zeitlang war ich wie verrückt davon im Bauch. Ich dachte, die Schmerzen allein würden mich umbringen.»

Oberschwester Cecilia beobachtete sie strahlend.

«Sie hat mir erzählt, daß Sie niemals einen Laut von sich gegeben haben.»

«So viele Leute im Saal», sagte der Mexikaner mißbilligend. «Was für eine Art von Schmerzen haben Sie?»

«Schlimm genug. Zweifelsohne nicht so schlimm wie Ihre. Wenn die Schwester rausgeht, weine ich eine Stunde, zwei Stunden. Es erleichtert mich. Meine Nerven sind jetzt schlecht.»

«Sie haben ein Radio. Wenn ich ein Einzelzimmer hätte und ein Radio, ich würde die ganze Nacht hindurch schreien und weinen.»

«Das bezweifle ich.»

«*Hombre si.* Es ist sehr gesund. Aber man kann es nicht mit so vielen Leuten drumrum.»

«Wenigstens», sagte Mr. Frazer, «sind Ihre Hände noch in Ordnung. Man hat mir erzählt, daß Sie sich Ihren Unterhalt mit den Händen verdienen.»

«Und dem Kopf», sagte er und tippte gegen seine Stirn. «Aber der Kopf ist nicht soviel wert.»

«Drei Ihrer Landsleute waren hier.»
«Von der Polizei geschickt, mich zu besuchen.»
«Sie haben etwas Bier gebracht.»
«Wahrscheinlich war es schlecht.»
«Es war schlecht.»
«Heute abend kommen sie, von der Polizei geschickt, um mir ein Ständchen zu bringen.» Er lachte, dann tippte er auf seinen Bauch. «Ich kann noch nicht lachen. Als Musiker sind sie verheerend.»
«Und der, der Sie verwundet hat?»
«Noch ein Dummkopf. Ich habe ihm beim Kartenspielen achtunddreißig Dollar abgewonnen. Dafür erschießt man doch keinen.»
«Die drei haben mir erzählt, daß Sie viel Geld gewinnen.»
«Und ich bin ärmer als die Vögel.»
«Wie kommt das?»
«Ich bin ein armer Idealist. Ich bin das Opfer von Illusionen.» Er lachte, dann grinste er und tippte auf seinen Bauch. «Ich bin ein Berufsspieler, aber ich setze gern was aufs Spiel. Richtig was aufs Spiel. So ein bißchen was aufs Spiel setzen, ist einfach unanständig. Um richtig zu spielen, braucht man Glück. Ich habe kein Glück.»
«Niemals?»
«Niemals. Ich bin völlig ohne Glück. Sehen Sie mal, dieser *cabron*, der mich gerade jetzt verwundet hat. Kann er schießen? Nein. Den ersten Schuß feuerte er ins Blaue. Der zweite wird von einem armen Russen aufgefangen. Das sieht wie Glück aus. Was geschieht? Er schießt mich zweimal in den Unterleib. *Der* Mann hat Glück. Ich habe kein Glück. Der kann ein Pferd, wenn er's am Steigbügel hält, nicht treffen. Nichts wie Glück.»
«Ich dachte, er hat erst Sie verwundet, und nachher den Russen.»
«Nein, den Russen zuerst, mich nachher. Die Zeitung war im Irrtum.»
«Warum haben Sie ihn nicht erschossen?»
«Ich hab nie einen Revolver bei mir. Wenn ich eine Waffe trüge, würde ich, bei meinem Glück, zehnmal im Jahr gehängt werden. Ich bin ein billiger Kartenspieler, sonst nichts.» Er hielt inne und fuhr dann fort. «Wenn ich eine Summe Geld verdient habe, setze ich sie aufs Spiel, und wenn ich spiele, verliere ich. Ich habe beim Würfeln bei dreitausend Dollar gepaßt, und dann hab ich sechs geschmissen. Mit guten Würfeln. Mehr als einmal.»
«Warum weitermachen?»
«Wenn ich lang genug lebe, wird das Glück sich wenden. Ich habe jetzt seit fünfzehn Jahren Pech. Wenn ich jemals Glück habe, werde ich reich sein.» Er grinste. «Ich bin ein guter Spieler; tatsächlich würde es mir Spaß machen, reich zu sein.»

«Haben Sie bei allen Spielen Pech?»

«Bei allen und bei Frauen.» Er lächelte wieder und zeigte seine schlechten Zähne.

«Wahrhaftig?»

«Wahrhaftig.»

«Und was läßt sich da machen?»

«Weitermachen, langsam und abwarten, daß sich das Glück wendet.»

«Aber bei Frauen?»

«Kein Spieler hat Glück bei Frauen. Er ist zu beschäftigt. Er arbeitet nachts, wenn er bei der Frau sein sollte. Kein Mann, der nachts arbeitet, kann eine Frau halten, wenn die Frau was wert ist.»

«Sie sind ein Philosoph.»

«*No, hombre.* Ein Kleinstadtspieler. Eine kleine Stadt, dann eine andere, eine andere, dann eine große Stadt, dann wieder von vorn anfangen.»

«Dann in den Bauch geschossen.»

«Zum erstenmal», sagte er. «Das ist nur einmal passiert.»

«Ermüde ich Sie mit Reden?» fragte Mr. Frazer.

«Nein», sagte er, »aber sicher ermüde ich Sie.»

«Und das Bein?»

«Ich brauche mein Bein nicht sehr. Ich kann mit Bein oder ohne Bein. Ich werde schon herumkommen.»

«Ich wünsche Ihnen Glück, aufrichtig und von ganzem Herzen», sagte Mr. Frazer.

«Gleichfalls», sagte er, «und daß die Schmerzen aufhören.»

«Sie werden nicht anhalten, bestimmt nicht. Sie werden vergehen. Es ist unwichtig.»

«Daß sie schnell vergehen.»

«Gleichfalls.»

An jenem Abend spielten die Mexikaner im Krankensaal Ziehharmonika und andere Instrumente, und es ging vergnügt zu, und das Geräusch vom Auseinanderziehen und Zusammenpressen der Ziehharmonika, von den Schellen, dem Schlagzeug und der Trommel drang den Korridor entlang. Im Saal lag ein Rodeoreiter, der an einem heißen, staubigen Nachmittag vor einer Riesenmenge Zuschauern auf *Mitternacht* aus der abschüssigen Bahn gekommen war und jetzt mit gebrochenem Rückgrat dalag, und der, sobald er gesund genug sein würde, um das Krankenhaus zu verlassen, Lederarbeiten und Korbflechten lernen wollte. Da lag ein Zimmermann, der von einem Gerüst gestürzt war und beide Handgelenke und beide Knöchel gebrochen hatte. Er war wie eine Katze gesprungen, aber ohne die Elastizität einer Katze. Sie konnten ihn zusammenflicken, so daß er wieder arbeiten konnte, aber es würde lange Zeit dauern. Da lag ein etwa sechzehnjähriger Junge von einer Farm mit einem gebrochenen Bein, das schlecht eingerichtet worden war und noch einmal gebrochen werden mußte. Da lag Cayetano Ruiz, ein Kleinstadtspieler mit einem gelähmten Bein. Am andern Ende des Korridors konnte Mr. Frazer hören, wie sie alle lachten und wie vergnügt sie bei der Musik waren, die die Mexikaner machten, die von der Polizei geschickt waren. Die Mexikaner waren in Stimmung. Sie kamen angeregt herein, um Mr. Frazer zu besuchen, und wollten wissen, ob sie ein besonderes Stück für ihn spielen sollten, und sie kamen noch zweimal von sich aus, um abends zu spielen.

Das letztemal, als sie spielten, lag Mr. Frazer bei offener Tür in seinem Zimmer und hörte der lärmenden, schlechten Musik zu und kam nicht von seinen Gedanken los. Als sie fragten, was er gespielt haben wollte, bat er um die ‹Cucaracha›, die jene fatale Leichtigkeit und den Schmiß so vieler Melodien hat, bei deren Klang Männer in den Tod gegangen sind. Sie spielten lärmend und mit Gefühl. Die Melodie war besser als die meisten derartigen Melodien, fand Mr. Frazer, aber der Effekt war immer der gleiche.

Obschon dies Gefühlsmoment hinzugekommen war, hing Mr. Frazer weiter seinen Gedanken nach. Gewöhnlich vermied er das Denken, soweit er konnte, außer, wenn er schrieb; aber jetzt dachte er über jene, die spielten, nach und über das, was der Kleine gesagt hatte.

Religion ist Opium fürs Volk. Der glaubte das, der magenkranke kleine Budiker da! Ja, und Musik ist Opium fürs Volk. Der alte ‹Steigt mir zu Kopf› hatte nicht daran gedacht. Und jetzt ist Nationalökonomie Opium fürs Volk zusammen mit Patriotismus, der Opium fürs Volk in Italien und Deutschland ist. Wie stand es mit Geschlechtsverkehr? War das Opium fürs Volk? Für manche Leute. Für manche der besten Leute. Aber Suff war ein allmächtiges Opium fürs Volk, oh, ein ausgezeichnetes Opium. Obschon manche das Radio vorziehen, noch ein Opium fürs Volk, ein billiges, das er gerade benutzt hatte. Dazu gehörte auch jede Art von Glücksspiel, ein Opium fürs Volk, wenn's je eins gegeben hatte, eines der ältesten. Ehrgeiz war auch eines, ein Opium fürs Volk, dazu der Glaube an jede neue Regierungsform. Was man wollte, war das Mindestmaß an Regierung, immer weniger Regierung. Freiheit, an die wir glaubten, jetzt der Titel einer MacFaddenschen Broschüre. Wir glaubten daran, obschon man dafür noch keinen neuen Namen gefunden hatte. Aber was war das Wahre? Was war das wahre, wirkliche Opium fürs

Volk? Er wußte es sehr wohl. Es hatte sich nur gerade ein klein wenig um die Ecke entfernt, aus jenem hell beleuchteten Teil seines Verstandes fort, der abends nach zwei oder mehr Glas Alkohol da war, von dem er wußte, daß er da war. (Er war natürlich nicht wirklich da.) Was war es? Er wußte es sehr wohl. Was war es? Natürlich! Brot war das Opium fürs Volk. Würde er sich daran erinnern, und würde es bei Tageslicht standhalten? Brot ist das Opium fürs Volk.

«Hören Sie mal», sagte Mr. Frazer zu der Schwester, als sie hereinkam. «Schicken Sie mir doch bitte den dünnen, kleinen Mexikaner, ja?»

«Wie gefällt es Ihnen?» fragte der Mexikaner an der Tür.

«Sehr gut.»

«Es ist eine historische Melodie», sagte der Mexikaner. «Es ist die Melodie der echten Revolution.»

«Hören Sie mal», sagte Mr. Frazer. «Warum soll das Volk ohne Betäubungsmittel operiert werden?»

«Ich verstehe nicht.»

«Warum sind nicht alle Opiums fürs Volk gut? Was wollen Sie denn mit dem Volk machen?»

«Man sollte es aus seiner Unwissenheit erlösen.»

«Reden Sie keinen Unsinn. Bildung ist Opium fürs Volk. Sie sollten das wissen. Sie haben ein bißchen davon abbekommen.»

«Sie glauben nicht an Bildung?»

«Nein», sagte Mr. Frazer, «an Wissen, ja.»

«Da kann ich Ihnen nicht folgen.»

«Sehr oft macht es mir selbst kein Vergnügen, mir zu folgen.»

«Wollen Sie die ‹Cucaracha› noch einmal hören?» fragte der Mexikaner besorgt.

«Ja», sagte Mr. Frazer. «Spielen Sie die ‹Cucaracha› noch einmal. Es ist besser als Radio.»

Revolution, dachte Mr. Frazer, ist kein Opium. Revolution ist eine Katharsis, eine Ekstase, die nur durch Tyrannei verlängert werden kann. Die Opiums sind für vorher oder für nachher. Er dachte scharf, ein bißchen zu scharf.

Nun würden sie bald gehen, dachte er, und sie würden die ‹Cucaracha› mit sich nehmen. Dann würde er einen kleinen Schluck von dem Rattengift trinken und Radio spielen; man konnte das Radio so spielen, daß man es kaum hörte.

Väter und Söhne

In der Mitte der Hauptstrasse der Stadt war ein Umleitungszeichen gewesen, aber Autos waren ganz offensichtlich durchgefahren, also fuhr Nick Adams in der Meinung, daß es sich um Straßenarbeiten handelte, die beendet waren, durch die Stadt, die leere, ziegelsteingepflasterte Straße entlang, von Verkehrslichtern angehalten, die an diesem verkehrslosen Sonntag an- und ausgingen und die nächstes Jahr verschwunden sein würden, wenn die Zahlungen für die Anlage nicht geleistet wurden, weiter, unter den dichten Bäumen der kleinen Stadt, die dir ans Herz gewachsen sind, wenn es deine Stadt ist und du unter ihnen einhergegangen bist, die aber für einen Fremden nur zu dicht sind, die Sonne aussperren und die Häuser feucht machen, hinaus, hinter dem letzten Haus auf die Landstraße, die mit sauber abgeschrägten, roten Lehmböschungen und dem Baumnachwuchs zu beiden Seiten direkt vor ihm anstieg und abfiel. Es war nicht sein Land, aber es war mitten im Herbst, und all dies Land war gut zum Durchfahren und Betrachten. Die Baumwolle war gepflückt, und in den Lichtungen waren Getreidefelder, manche mit rotem, chinesischem Zuckerrohr durchsetzt, und er fuhr gemächlich dahin, seinen schlafenden Sohn neben sich auf dem Sitz; das Tagespensum hatte er hinter sich; er kannte die Stadt, in der er über Nacht bleiben würde, und Nick stellte fest, in welchen Getreidefeldern Sojabohnen oder Erbsen wuchsen, wie die Dickichte und das geackerte Land zueinander lagen und die Hütten und Häuser zu den Feldern und Dickichten; er durchjagte das Land im Geist, als er vorbeifuhr, schätzte jede Lichtung auf Futter und Deckung ab und kalkulierte, wo man wohl ein Wachtelvolk finden würde, und nach welcher Seite es fliegen würde.

Beim Jagen auf Wachteln darf man, wenn die Hunde sie einmal aufgespürt haben, nicht zwischen sie und ihre gewohnte Deckung kommen, sonst streichen sie, wenn sie aufschwirren, auf einen zu; manche steigen steil auf; manche streifen einem an den Ohren vorbei, schwirren, wenn sie vorbeikommen, zu einer Größe, wie man sie nie in der Luft gesehen hat, und das einzige, was man tun kann, ist kehrtmachen und sie beim Vorbeistreichen schießen, bevor sie ihre Flügel feststellen und in das Dickicht hinabwinkeln. Wie er so das Land nach Wachteln abjagte, wie es ihn sein Vater gelehrt hatte, begann Nicholas Adams an seinen Vater zu denken. Das erste, wenn er an ihn dachte, waren immer die Augen. Seine große Gestalt, seine schnellen Bewegungen, seine breiten Schultern, seine hakenförmige Habichtsnase, der Bart, der sein schwaches Kinn bedeckte, daran dachte man nie – es waren immer die Augen. Sie waren in seinem Kopf durch die Bildung des Stirnbeins geschützt, tief eingebettet, als ob eine besondere Schutzvorrichtung für ein sehr kostbares Instrument ersonnen worden wäre. Sie sahen viel geschwinder und viel weiter, als das menschliche Auge sieht, und sie waren die große Gabe, die sein Vater besaß. Sein Vater sah, wie ein breithörniger Widder oder wie ein Adler sieht – buchstäblich.

So stand er etwa mit seinem Vater am Seeufer – seine eigenen Augen waren damals sehr gut –, und sein Vater sagte wohl: «Sie haben die Fahne gehißt.» Nick konnte weder die Fahne noch den Fahnenmast sehen. «Siehst du», sagte sein Vater dann, «es ist deine Schwester Dorothy. Sie hat die Fahne aufgezogen, und jetzt geht sie zum Anlegeplatz hinaus.»

Nick blickte über den See hinweg, und er konnte die lange, bewaldete Uferlinie, den höheren Baumbestand dahinter, die Landspitze, die über die Bucht wachte, die deutlich sichtbaren Hügel der Farm und das Weiß ihres Hauses zwischen den Bäumen sehen, aber er sah keine Fahnenstange und keinen Anlegeplatz, nur das Weiß des Strandes und den Bogen des Ufers.

«Kannst du die Schafe auf dem Hügelabhang, der Landspitze zu, sehen?»

«Ja.»

Sie waren ein weißlicher Fleck auf dem Graugrün des Hügels.

«Ich kann sie zählen», sagte sein Vater.

Sein Vater war sehr nervös, wie alle Leute mit einer Fähigkeit, die menschliche Bedürfnisse übersteigt. Und sentimental war er auch, und wie alle sentimentalen Menschen war er beides, brutal und leicht verletzt. Und dann hatte er auch viel Pech, und es war nicht alles seine Schuld. Er war in einer Falle umgekommen, an deren Aufstellung er nur wenig beteiligt war, und sie hatten ihn alle auf ihre verschiedene Art und Weise verraten, bevor er starb. Alle sentimentalen Menschen werden ein ums andere Mal verraten. Nick konnte noch nicht über ihn schreiben; er würde es später einmal tun, aber das Wachtelland rief ihn Nick ins Gedächtnis zurück, so wie er war, als Nick ein Junge gewesen, und er war ihm für zwei Dinge sehr dankbar: Angeln und Jagen. Sein Vater war auf diesen beiden Gebieten so sattelfest, wie er zum Beispiel in bezug auf alles Geschlechtliche ahnungslos war, und Nick war froh, daß es so gewesen war, denn es muß einem jemand die erste Flinte geben oder die Gelegenheit, eine zu bekommen und sie zu benutzen, und man muß dort leben, wo es Wild und Fische gibt, wenn man wirklich etwas über sie lernen will, und jetzt, mit achtunddreißig, angelte und jagte er genauso gern wie damals, als er zuerst mit seinem Vater gegangen war. Es war eine Leidenschaft, die niemals nachgelassen hatte, und er war seinem Vater sehr dankbar dafür, daß er sie in ihm geweckt hatte.

Während man für das andere, worin sein Vater ahnungslos war, mit allem versehen ist, was man je haben würde, und jeder Mann lernt alles, was es für ihn zu wissen gibt, ohne Anleitung, und es ist gleich, wo man lebt. Er erinnerte sich sehr deutlich an die beiden einzigen Auskünfte, die ihm sein Vater hierüber je gegeben hatte. Einmal, als sie zusammen auf Jagd waren, schoß Nick ein rotes Eichhörnchen von einer Schierlingstanne herunter. Das Eichhörnchen fiel verwundet herab, und als Nick es aufhob, biß es den Jungen glatt durch den Handballen.

«Der kleine Drecksbugger [1]», sagte Nick und schlug den Kopf des Eichhörnchens gegen den Baum. «Sieh mal, wie er mich gebissen hat.»

Sein Vater blickte hin und sagte: «Lutsch es ordentlich aus, und tu Jod drauf, wenn du nach Hause kommst.»

«Der kleine Bugger», sagte Nick.

«Weißt du, was ein Bugger ist?» fragte ihn sein Vater.

«Wir nennen alles Bugger», sagte Nick.

«Ein Bugger ist ein Mensch, der Geschlechtsverkehr mit Tieren hat.»

«Warum?» sagte Nick.

«Ich weiß es nicht», sagte sein Vater. «Aber es ist ein abscheuliches Verbrechen.»

Nicks Phantasie war sowohl angeregt wie angeekelt, und er dachte an verschiedene Tiere, aber keins erschien ihm reizvoll oder hierfür verwendbar, und das war die Gesamtsumme an direktem sexuellem Wissen, die ihm sein Vater hinterließ, bis auf ein zweites Gebiet. Eines Morgens las er in der Zeitung, man habe Enrico Caruso wegen ‹mashing› festgenommen.

«Was ist mashing [2]?»

«Es ist eins der abscheulichsten Verbrechen», antwortete sein Vater. Nick malte sich den großen Tenor in der Phantasie aus, wie er etwas Seltsames, Bizarres und Abscheuliches mit einer Kartoffelquetsche [3] einer wunderschönen Dame antat, die wie die Bilder von Anna Held im Innern der Zigarrenkisten aussah. Er nahm sich vor, mit beträchtlichem Gruseln, sobald er alt genug sein würde, ‹mashing› auf jeden Fall einmal zu versuchen.

1 Sodomit. «Bugger». So gebräuchlich im Englischen, daß niemand mehr an die Bedeutung denkt.
2 Wortspiel. «mashing» tätliche Beleidigung.
3 Wortspiel. «potato masher» Kartoffelquetsche.

Sein Vater hatte die ganze Angelegenheit folgendermaßen zusammengefaßt: Onanie führe Blindheit, Irrsinn und Tod herbei, während ein Mann, der mit Prostituierten ginge, sich grauenhafte Geschlechtskrankheiten holen würde, und es das einzig Wahre sei, sich mit niemandem einzulassen. Andererseits hatte sein Vater das wunderbarste Paar Augen, das er je gesehen hatte, und Nick hatte ihn lange Zeit sehr geliebt. Jetzt, wo er wußte, wie alles gewesen, war selbst die Erinnerung an die frühesten Zeiten, bevor alles schiefging, keine gute Erinnerung. Wenn er es niederschrieb, konnte er es loswerden. Er war eine Menge Dinge losgeworden dadurch, daß er sie niederschrieb. Aber hierfür war es noch zu früh. Zu viele Leute waren noch am Leben. Also beschloß er an etwas anderes zu denken. An der Sache mit seinem Vater ließ sich nichts ändern; er hatte dies alles viele Male hin und her überlegt. Die geschickte Arbeit, die der Leichenbestatter am Gesicht seines Vaters geleistet hatte, war in seinem Gedächtnis nicht verblaßt, und alles übrige war ganz eindeutig, die Verpflichtungen inbegriffen. Er hatte dem Leichenbestatter ein Kompliment gemacht, und der Leichenbestatter war stolz und selbstgefällig gewesen. Aber es war nicht der Leichenbestatter, der ihm jenes letzte Gesicht gegeben hatte. Der Leichenbestatter hatte nur gewisse, mit Bravour ausgeführte Reparaturen von zweifelhaftem künstlerischem Wert ausgeführt. Das Gesicht hatte sich selbst geformt und war geformt worden durch lange Jahre hindurch. In den letzten drei Jahren hatte es sich schnell gemodelt. Es war eine gute Geschichte, aber es waren noch zu viele Leute am Leben, als daß er sie hätte schreiben können.

Nick hatte sich sein Wissen um jene anderen Dinge in dem Schierlingstannenwald hinter dem Indianerlager erworben. Man gelangte auf einem Pfad dahin, der von dem Haus durch die Wälder zu der Farm lief, und dann auf einem Weg, der sich durch die Schneisen ins Lager wand. Wenn er jetzt doch noch diesen ganzen Pfad mit bloßen Füßen spüren könnte! Zuerst kam der Fichtennadelboden in den Schierlingstannenwaldungen hinter dem Haus, wo die gefällten Stämme zu Holzstaub zerfielen und langsplittrige Holzstücke wie Wurfspeere in dem Baum hingen, den der Blitz getroffen hatte. Man überquerte den Bach auf einem Baumstamm, und wenn man danebentrat, war da der schwarze Morast des Sumpfes. Man kletterte über einen Zaun, wenn man aus dem Wald war, und der Pfad über das Feld mit gemähtem Gras, wo Sauerklee und Wollkraut wuchs, war hart in der Sonne, und zur Linken war der schwanke Sumpfboden des Bachbettes, wo sich der Regenpfeifer seine Nahrung holte. Das Kühlhaus war in jenem Bach. Unterhalb der Scheune gab es frischen, warmen Dünger und mehr älteren Dünger, in Fladen getrocknet, obenauf. Dann kam ein zweiter Zaun und der harte, heiße Pfad von der Scheune zum Haus, und der heiße, sandige Weg, der hinunter zu den Wäldern führte, überquerte dieses Mal den Bach auf einer Brücke, dort, wo die Rohrkolben wuchsen, die man mit Petroleum tränkte und dann als Fackeln benutzte, um nachts Fische zu stechen.

Dann bog der Hauptweg nach links ab, umsäumte die Wälder und erkletterte den Hügel, während man auf der breiten Tonschieferstraße in den Wald ging, kühl unter den Bäumen und verbreitert, um die Schierlingstannenborke, die die Indianer abschälten, herausschleifen zu können. Die Schierlingstannenborke war zu Stapeln in langen Reihen aufgeschichtet, mit noch mehr Borke überdacht wie Häuser, und die geschälten Stämme lagen riesengroß und gelb da, wo man die Bäume gefällt hatte. Man ließ die Stämme in den Wäldern liegen und faulen; man verbrannte oder räumte nicht einmal die Wipfel fort. Es war nur die Borke, die sie in der Gerberei in Boyne City brauchten; im Winter schleppte man sie auf dem Eis über den See, und jedes Jahr gab es weniger Wald und mehr offene, heiße, schattenlose, unkrautbewachsene Schneisen.

Aber damals gab es immer noch viel Wald, Urwald, in dem die Bäume hoch in die Höhe wuchsen, bevor die Zweige kamen, und man ging auf dem braunen, sauberen, nadlig-federnden Boden ohne Unterholz, und es war kühl an den heißesten Tagen, und sie drei lehnten gegen den Stamm einer Schierlingstanne, der breiter war als zwei Betten zusammen, mit einer Brise hoch oben in den Wipfeln und dem kühlen Licht, das in Flecken lag, und Billy sagte:

«Willst du Trudy noch mal?»

«Willst du?»

«Hm, hu.»

«Dann komm.»

«Nein, hier.»

«Aber Billy ...»

«Mir egal. Billy, er mein Bruder.»

Später saßen sie dann alle drei da und horchten auf ein schwarzes Eichhörnchen, das in den oberen Zweigen war, wo sie es nicht sehen konnten. Sie warteten darauf, daß es noch einmal bläffen würde, weil es beim Bläffen den Schwanz ruckartig bewegte, und Nick dorthin schießen würde, wo er eine Bewegung sah. Sein Vater gab ihm jeden Tag nur drei Patronen zum Verschießen, und er hatte eine einläufige Flinte mit einem sehr langen Lauf.

«Scheißkerl, nie bewegen», sagte Billy.

«Du schießen, Nickie. Ihm Angst machen. Wir ihn springen sehen. Wieder schießen», sagte Trudy. Es war eine lange Rede für sie.

«Ich hab nur noch zwei Patronen», sagte Nick.

«Scheißkerl», sagte Billy.

Sie lehnten gegen den Baumstamm und waren ganz still. Nick fühlte sich ausgehöhlt und glücklich.

«Eddy sagt, er kommen werden eine Nacht, im Bett schlafen mit deiner Schwester Dorothy.»

«Was?»

«Er sagte.»

Trudy nickte.

«Das ist alles, er tun wollen», sagte sie. Eddy war ihr älterer Halbbruder. Er war siebzehn.

«Wenn Eddy Gilby jemals abends kommt und auch nur mit Dorothy spricht, weißt du, was ich dann mit ihm mache? Ich werde ihn töten, so.» Nick spannte den Hahn, zielte kaum und drückte ab und riß ein Loch so groß wie die Hand in den Kopf oder Bauch von Eddy Gilby, jenem Bastard von einem Mischling. «Grad so. Ich töte ihn grad so.»

«Er besser nicht kommen dann», sagte Trudy. Sie steckte ihre Hand in Nicks Tasche.

«Er besser allerhand aufpassen», sagte Billy.

«Er sein großer Bluff.» Trudy kramte mit der Hand in Nicks Tasche. «Aber nicht ihm töten, du. Du haben viel Ärger.»

«Grad so werde ich ihn töten», sagte Nick. Eddy Gilby lag am Boden, die ganze Brust weggeschossen. Nick setzte stolz seinen Fuß auf ihn.

«Ich werde ihn skalpieren», sagte er vergnügt.

«Nein», sagte Trudy. «Das sein schmutzig.»

«Ich skalpier ihn und schick's seiner Mutter.»

«Seine Mutter ist tot», sagte Trudy. «Nicht ihm töten, Nicki, nicht ihm töten für mich.»

«Nachdem ich ihn skalpiert habe, werfe ich ihn den Hunden vor.»

Billy war sehr niedergeschlagen. «Er besser aufpassen», sagte er finster.

«Sie werden ihn in Stücke reißen», sagte Nick befriedigt von dieser Vorstellung. Dann, nachdem er den Überläufer und Mischling skalpiert und mit bewegungslosem Gesicht dabeigestanden und zugesehen hatte, wie die Hunde ihn zerrissen, ließ er sich rückwärts gegen den Baum fallen, fest umhalst von Trudy, die ihn beinah erstickte und schrie: «Nicht ihm töten! Nicht ihm töten! Nicht ihm töten! Nein! Nein! Nein! Nickie! Nickie! Nickie!»

«Was ist denn mit dir los?»

«Ich muß ihn töten!»

«Er nur großer Bluff.»

«Schön», sagte Nick. «Ich werde ihn nicht töten, wenn er nicht in die Nähe des Hauses kommt. Laß mich los.»

«Das ist gut», sagte Trudy. «Du jetzt etwas machen wollen? Ich jetzt fühlen gut.»

«Wenn Billy weggeht.» Nick hatte Eddy Gilby getötet und ihm dann das Leben geschenkt; jetzt war er ein Mann.

«Geh doch, Billy. Du lungerst hier die ganze Zeit herum. Geh schon.»

«Scheißkerl», sagte Billy. «Ich haben genug von. Wozu wir kommen? Jagen oder was?»

«Du kannst das Gewehr nehmen. Da ist eine Patrone.»

«Schön. Ich kriegen eine große Schwarze.»

«Ich werd Huhu rufen», sagte Nick.

Dann später, es war eine lange Zeit danach, und Billy war noch weg.

«Glaubst du, wir machen ein Baby?» Trudy legte ihre braunen Beine behaglich aneinander und kuschelte sich an ihn. Etwas in Nick war weit, weit weggewesen.

«Ich glaube nicht», sagte er.

«Machen viele Babies. Teufel noch mal.»

Sie hörten Billy schießen.

«Ob er wohl eins bekommen hat?»

«Mir egal», sagte Trudy.

Billy kam zwischen den Bäumen durch. Er hatte das Gewehr über der Schulter, und er hielt ein schwarzes Eichhörnchen bei den Vorderpfoten.

«Sieh mal», sagte er. «Größer als Katze. Ihr mit alles fertig?»

«Wo hast du es gekriegt?»

«Dort drüben. Sah ihn springen erst.»

«Ich muß nach Haus gehen», sagte Nick.

«Nein», sagte Trudy.

«Ich muß zum Essen zurück sein.»

«Schön.»

«Wollen wir morgen auf Jagd gehen?»

«Schön.»

«Du kannst das Eichhörnchen haben.»

«Schön.»

«Rauskommen nach Abendbrot?»

«Nein.»

«Wie fühlst du dich?»

«Gut.»

«Schön.»

«Mir Kuß in Gesicht geben», sagte Trudy.

Jetzt, wie er in seinem Wagen auf der Landstraße entlangfuhr und es dunkel wurde, dachte Nick mit keinem Gedanken mehr an seinen Vater. Das Ende des Tages veranlaßte ihn nie, an ihn zu denken. Das Ende des Tages hatte immer Nick allein gehört, und er fühlte sich niemals wohl, wenn er dann nicht allein war. Sein Vater kam ihm im Herbst oder im ersten Frühling ins Gedächtnis, wenn es Schnepfen auf der Prärie gab oder wenn er Garbenhaufen sah, oder wenn er einen See sah, oder wenn er je ein Pferd und einen Wagen davor sah, oder wenn er Wildgänse sah oder hörte, oder in einem Entenschirm, und er sich an den Tag erinnerte, an dem ein Adler in wirbelndem Schnee niederging, um sich auf eine mit Sackleinwand bedeckte Lockente zu stürzen, und sich dann mit schlagenden Flügeln erhob, die Krallen in der Sackleinwand gefangen. Sein Vater war plötzlich in verlassenen Obstplantagen neben ihm und auf frisch gepflügten Feldern, in Dickichten, auf kleinen Hügeln, oder wenn er durch totes Gras ging, immer wenn er Holz spaltete oder Wasser schleppte, in Getreidemühlen, Apfelweinpressen, auf Dämmen und immer an Lagerfeuern. Die Städte, in denen er lebte, waren keine Städte, die sein Vater gekannt hatte. Nach seinem fünfzehnten Lebensjahr hatte er nichts mehr mit ihm geteilt.

Sein Vater hatte bei kaltem Wetter Frost im Bart, und bei heißem Wetter schwitzte er sehr stark. Er arbeitete gern auf der Farm in der Sonne, weil er nicht mußte, und er arbeitete gern mit den Händen, was Nick nicht mochte. Nick liebte seinen Vater, aber er verabscheute seinen Geruch, und einmal, als er seines Vaters Unterwäsche tragen mußte, die seinem Vater zu klein geworden war, wurde ihm schlecht, und er zog sie aus und legte sie unter zwei Steine im Bach und sagte, er habe sie verloren. Er hatte seinem Vater gesagt, wie es war, als sie ihm dieser zum Anziehen gab, aber sein Vater hatte gesagt, sie sei frisch gewaschen. Es war auch so. Als Nick ihn gebeten hatte, er solle doch mal dran riechen, hatte sein Vater unwillig daran geschnüffelt und gesagt, sie sei sauber und frisch. Als Nick ohne sie vom Angeln nach Hause kam und sagte, er habe sie verloren, kriegte er Prügel wegen Lügen.

Nachher hatte er im Holzschuppen gegessen, bei offener Tür, mit geladener Flinte, gespanntem Hahn und zu seinem Vater hinübergeblickt, der auf der geschützten Veranda saß und die Zeitung las, und hatte gedacht: Ich kann ihn zum Teufel jagen. Ich kann ihn totschießen. Schließlich spürte er, wie der Ärger ihn verließ, und ihm war ziemlich scheußlich zumute, weil es die Flinte war, die ihm sein

Vater geschenkt hatte. Dann war er ins Indianerlager gegangen, in der Dunkelheit hingelaufen, um den Geruch loszuwerden. Es gab nur einen Menschen in seiner Familie, dessen Geruch er mochte; das war eine seiner Schwestern. Mit allen andern vermied er jede Berührung. Sein Geruchssinn stumpfte ab, als er zu rauchen anfing. Das war gut so. Für einen Hühnerhund war es wichtig, aber einem Mann war es zu nichts nutze.

«Wie war es denn, Papa, als du ein kleiner Junge warst und mit den Indianern auf die Jagd gingst?»

«Ich weiß nicht.» Nick fuhr zusammen. Er hatte nicht einmal bemerkt, daß der Junge wach war. Er blickte ihn an, wie er da neben ihm auf dem Sitz saß. Er hatte sich ganz allein gefühlt, aber der Junge da war bei ihm gewesen. Wie lange wohl? «Wir pflegten den ganzen Tag über schwarze Eichhörnchen zu jagen», sagte er. «Mein Vater gab mir nur drei Patronen am Tag. Er sagte, das würde mir's Schießen beibringen, und es wäre nicht gut für einen Jungen, einfach rumzulaufen und drauflloszuknallen. Ich ging mit einem Jungen, der Billy Gilby hieß, und seiner Schwester Trudy. Wir gingen einen ganzen Sommer über jeden Tag zusammen los.»

«Das sind komische Namen für Indianer.»

«Ja, nicht?» sagte Nick.

«Aber erzähl mir, wie sie waren.»

«Es waren Ojibways», sagte Nick. «Und sie waren sehr nett.»

«Aber wie waren sie so, wenn man mit ihnen zusammen war?»

«Das ist schwer zu sagen», sagte Nick Adams. Konnte man sagen, daß sie als erste machte, was keine je besser gemacht hat, und konnte man dralle, braune Beine erwähnen, einen flachen Bauch, harte, kleine Brüste, fest umschließende Arme, eine schnell umhersuchende Zunge, seichte Augen, den guten Geschmack ihres Mundes, dann unbehaglich, eng, süß, feucht, wunderbar, eng, schmerzhaft, voll, endgültig, nicht endend, niemals endend, niemals enden sollend, plötzlich endend war der große Vogel aufgeflogen wie eine Eule im Zwielicht, nur daß es Tageslicht war in den Wäldern und einem Tannennadeln am Bauch klebten. So daß man, wenn man an einen Platz kommt, wo Indianer gelebt haben, sie riecht, wenn sie auch fort sind, und all die leeren, kummerstillenden Flaschen und die Fliegen, die herumsummen, töten nicht den Geruch von Riedgras und den Geruch von Rauch und jenen andern, wie von einem frisch abgezogenen Marderfell. Noch können einem irgendwelche Witze über sie oder über alte Squaws dies nehmen. Auch nicht den süßlich-üblen Geruch, den sie dann haben. Auch nicht, was sie zum Schluß taten. Es war nicht, was sie zum Schluß machten. Zum Schluß waren sie alle gleich. Vor langer Zeit einmal gut. Jetzt nicht mehr.

Und das andere. Wenn man einen Vogel im Flug geschossen hat, hat man alle Vögel im Flug geschossen. Sie sind alle verschieden, und sie fliegen auf verschiedene Art und Weise, aber die Sensation ist die gleiche, und der letzte ist ebensogut wie der erste. Dafür war er seinem Vater dankbar.

«Vielleicht würden sie dir nicht gefallen», sagte Nick zu dem Jungen, «aber ich glaube eigentlich doch.»

«Und mein Großvater lebte auch, als er ein Junge war, mit ihnen zusammen, nicht wahr?»

«Ja. Als ich ihn fragte, wie sie waren, sagte er, er habe viele Freunde unter ihnen.»

«Werde ich auch mal mit ihnen leben?»

«Ich weiß nicht», sagte Nick. «Das hängt von dir ab.»

«Wie alt werd ich sein, wenn ich ein Gewehr bekomme und allein auf die Jagd gehen darf?»

«Zwölf Jahre, wenn ich sehe, daß du vorsichtig bist.»

«Ich wünschte, ich wäre jetzt zwölf.»

«Das wirst du bald genug sein.»

«Wie war mein Großvater eigentlich? Ich kann mich nicht an ihn erinnern, außer, daß er mir, als ich aus Frankreich damals herüberkam, ein Luftgewehr und eine amerikanische Flagge geschenkt hat. Wie war er eigentlich?»

«Er läßt sich schwer beschreiben. Er war ein großer Jäger und Angler, und er hatte wunderbare Augen.»

«War er besser als du?»

«Er war ein viel besserer Schütze als ich, und sein Vater war auch ein großer Flugschütze.»

«Ich wette, daß er nicht besser war als du.»

«Doch, das war er. Er schoß sehr schnell und schön. Ich sah ihm lieber beim Schießen zu, als irgendeinem andern Menschen, den ich je gekannt habe. Er war immer sehr enttäuscht über meine Art zu schießen.»

«Warum gehen wir nie ans Grab meines Großvaters beten?»

«Wir leben in einem andern Teil des Landes. Es ist weit von hier entfernt.»

«In Frankreich würde das nichts ausmachen. In Frankreich würden wir hinfahren. Ich finde, ich sollte ans Grab meines Großvaters gehen und beten.»

«Irgendwann fahren wir mal hin.»

«Ich hoffe, daß wir niemals irgendwo wohnen werden, wo ich niemals an deinem Grab beten kann, wenn du tot bist.»

«Da müssen wir Vorsorge treffen.»

«Meinst du nicht, wir könnten alle an einem bequem gelegenen

Ort begraben werden? Wir könnten alle in Frankreich begraben werden. Das wäre großartig.»

«Ich will nicht in Frankreich begraben werden», sagte Nick.

«Na, dann müssen wir irgendeinen bequem gelegenen Platz in Amerika finden. Könnten wir nicht alle draußen auf der Ranch begraben werden?»

«Das ist eine Idee.»

«Dann könnte ich auf dem Wege zur Ranch anhalten und am Grab meines Großvaters beten.»

«Du bist furchtbar praktisch.»

«Ja, weißt du, ich fühle, daß es nicht recht ist, daß ich noch nie am Grab meines Großvaters war.»

«Wir müssen hin», sagte Nick. «Ich sehe schon, wir müssen hin.»

Der alte Mann und das Meer

Für
Charlie Scribner
und für
Max Perkins

Er war ein alter Mann, der allein in einem kleinen Boot im Golfstrom fischte, und er war jetzt vierundachtzig Tage hintereinander hinausgefahren, ohne einen Fisch zu fangen. In den ersten vierzig Tagen hatte er einen Jungen bei sich gehabt. Aber nach vierzig fischlosen Tagen hatten die Eltern des Jungen ihm gesagt, daß der alte Mann jetzt bestimmt für immer *salao* sei, was die schlimmste Form von Pechhaben ist, und der Junge war auf ihr Geheiß in einem andern Boot mitgefahren, das in der ersten Woche drei gute Fische gefangen hatte. Es machte den Jungen traurig, wenn er den alten Mann jeden Tag mit seinem leeren Boot zurückkommen sah, und er ging immer hinunter, um ihm entweder die aufgeschossenen Leinen oder den Fischhaken und die Harpune oder das Segel, das um den Mast geschlagen war, hinauftragen zu helfen. Das Segel war mit Mehlsäcken geflickt, und zusammengerollt sah es wie die Fahne der endgültigen Niederlage aus.

Der alte Mann war dünn und hager, mit tiefen Falten im Nacken. Auf den Backenknochen hatte er die braunen Flecken von harmlosem Hautkrebs, den die Sonne durch die Spiegelung auf tropischen Meeren verursacht. Die Flecken bedeckten ein gut Teil seines Gesichts, und seine Hände zeigten die tief eingekerbten Spuren vom Handhaben schwerer Fische an den Leinen. Aber keine dieser Narben war frisch. Sie waren so alt wie Erosionen in einer fischlosen Wüste.

Alles an ihm war alt bis auf die Augen, und die hatten die gleiche Farbe wie das Meer und waren heiter und unbesiegt.

«Santiago», sagte der Junge zu ihm, als sie das Ufer emporklommen, von dem das kleine Boot heraufgezogen wurde. «Ich könnte wieder mit dir fahren. Wir haben groß verdient.»

Der alte Mann hatte dem Jungen das Fischen beigebracht, und der Junge liebte ihn.

«Nein», sagte der alte Mann. «Du bist in einem Glücksboot. Bleib bei denen.»

«Aber erinnere dich doch, wie du siebenundachtzig Tage lang keinen Fisch gefangen hast, und dann haben wir drei Wochen lang jeden Tag große gefangen.»

«Ich erinnere mich», sagte der alte Mann. «Ich weiß, du hast mich nicht verlassen, weil du Zweifel gehabt hast.»

«Papa wollte es durchaus. Ich bin noch ein Junge, und ich muß ihm gehorchen.»

«Ich weiß», sagte der alte Mann. «Das ist ganz natürlich.»

«Er hat nicht viel Vertrauen.»

«Nein», sagte der alte Mann. «Aber wir haben's, nicht wahr?»

«Ja», sagte der Junge. «Darf ich dich in die ‹Terrasse› zu einem Glas Bier einladen, und dann bringen wir das Zeug nach Hause.»

«Warum nicht?» sagte der alte Mann. «Unter Fischern...»

Sie saßen in der «Terrasse», und viele Fischer hänselten den alten Mann, aber er wurde nicht ärgerlich. Einige von den älteren Fischern blickten ihn an und waren traurig. Aber sie zeigten es nicht, und sie sprachen höflich über die Strömungen und die Tiefen, in denen sie ihre Leinen treiben ließen, und das stete gute Wetter und das, was sie gesehen hatten. Die Fischer, die an diesem Tag Erfolg gehabt hatten, waren schon zurück und hatten ihre Marlins[1] ausgeschlachtet und trugen sie, in voller Länge über zwei Planken gelegt, an deren Enden je zwei Männer unter der Last wankten, zur Fischhalle, wo sie auf den Eiswagen warteten, der sie auf den Markt in Havanna bringen sollte. Alle, die Haie gefangen hatten, brachten sie in die Haifischfabrik auf der anderen Seite der Bucht, wo man sie mit einem Tafelblock hochzog, ihre Lebern entfernte, ihre Flossen abschnitt und sie enthäutete und ihr Fleisch zum Einsalzen in Streifen schnitt.

Wenn der Wind von Osten stand, kam ein Gestank von der Haifischfabrik her über den Hafen, aber heute spürte man nur eine leise Andeutung von dem Geruch, weil der Wind nördlich gedreht und dann nachgelassen hatte, und es war angenehm und sonnig in der «Terrasse».

«Santiago», sagte der Junge.

«Ja», sagte der alte Mann. Er hielt sein Glas in der Hand und dachte an lang vergangene Jahre.

«Kann ich rausfahren, um dir Sardinen für morgen zu holen?»

«Nein. Geh und spiel Baseball. Ich kann doch noch rudern, und Rogeglio wird das Netz auswerfen.»

«Ich möchte aber gern. Wenn ich nicht mit dir fischen kann, möchte ich dir gern auf irgendeine andere Art helfen.»

«Du hast mir ein Bier bezahlt», sagte der alte Mann. «Du bist bereits ein Mann.»

«Wie alt war ich, als du mich zum erstenmal im Boot mitgenommen hast?»

«Fünf, und du bist beinah ums Leben gekommen, als ich den Fisch zu früh reinholte und er fast das Boot in Stücke fetzte. Kannst du dich daran erinnern?»

«Ich kann mich erinnern, wie der Schwanz hin und her schlug und

1 Besondere Art von Schwertfisch

knallte und die Ducht zerbrach, und an das Geräusch von den Keulenschlägen. Ich kann mich erinnern, wie du mich in die Vorplicht warfst, wo die nassen, aufgeschossenen Leinen lagen, und an das Gefühl, wie das ganze Boot bebte, und das Geräusch, als du mit der Keule auf ihn losschlugst, wie um einen Baum zu fällen, und an den süßlichen Blutgeruch überall an mir.»

«Kannst du dich wirklich daran erinnern, oder habe ich es dir mal erzählt?»

«Ich erinnere mich an alles, seit wir zum erstenmal zusammen rausgefahren sind.»

Der alte Mann sah ihn mit seinen sonnenverbrannten, vertrauenden, liebevollen Augen an.

«Wenn du mein Sohn wärst, würde ich's riskieren und dich mitnehmen», sagte er. «Aber du bist der Sohn deines Vaters und deiner Mutter, und du bist in einem Glücksboot.»

«Darf ich die Sardinen fangen gehen? Ich weiß auch, wo ich vier Köder bekommen kann.»

«Ich habe meinen von heute übrig. Ich habe ihn eingesalzen in die Kiste getan.»

«Laß mich vier frische besorgen.»

«Einen», sagte der alte Mann. Er hatte seine Hoffnung und seine Zuversicht niemals verloren. Aber jetzt belebten sie sich, wie wenn der Wind aufkam.

«Zwei», sagte der Junge.

«Zwei», stimmte der alte Mann zu. «Du hast sie doch nicht gestohlen?»

«Würde ich tun», sagte der Junge. «Aber diese hab ich gekauft.»

«Danke», sagte der alte Mann. Er war zu einfältig, um sich zu fragen, wann er diesen Zustand der Demut erlangt hatte. Aber er wußte, er hatte ihn erlangt, und er wußte, es war nicht entehrend, und es brachte nicht den Verlust echten Stolzes mit sich.

«Morgen wird ein guter Tag sein, bei dieser Strömung», sagte er.

«Wo fährst du hin?» fragte der Junge.

«Weit hinaus, um reinzukommen, wenn der Wind dreht. Ich will, ehe es hell wird, draußen sein.»

«Ich werd sehen, daß ich ihn dazu kriege, daß er weit draußen fischt», sagte der Junge. «Dann können wir dir, wenn du was wirklich Großes anhakst, zu Hilfe kommen.»

«Er fischt nicht gern zu weit draußen.»

«Nein», sagte der Junge. «Aber ich werde etwas sehen, was er nicht sehen kann, so was wie einen fressenden Vogel, und ihn dazu kriegen, daß er rausfährt, hinter den Goldmakrelen her.»

«Sind seine Augen so schlecht?»

«Er ist beinahe blind.»

«Es ist merkwürdig», sagte der alte Mann, «wo er nie auf Schildkröten Jagd gemacht hat. Das ruiniert die Augen.»

«Aber du bist doch jahrelang vor der Moskitoküste auf Schildkrötenfang gegangen, und deine Augen sind gut.»

«Ich bin ein merkwürdiger alter Mann.»

«Aber bist du jetzt für einen wirklich großen Fisch stark genug?»

«Ich glaube, ja. Und es gibt viele Kniffe.»

«Laß uns das Zeug nach Hause bringen», sagte der Junge, «damit ich den Käscher holen kann, um die Sardinen zu fangen.»

Sie hoben das Gerät aus dem Boot. Der alte Mann trug den Mast auf der Schulter, und der Junge trug die hölzerne Kiste mit den aufgeschossenen, festgeflochtenen braunen Leinen, den Fischhaken und die Harpune mit dem Schaft. Die Kiste mit dem Köder stand im Heck des Bootes neben der Keule, die benutzt wurde, um die großen Fische, wenn man sie längsseits geholt hatte, zu bändigen. Niemand würde dem alten Mann etwas stehlen, aber es war besser, das Segel und die schweren Leinen mit nach Hause zu nehmen, weil der Tau ihnen schädlich war, und obwohl er ganz sicher war, daß ihm kein Einheimischer etwas stehlen würde, fand der alte Mann, daß es eine unnötige Versuchung sei, einen Fischhaken und eine Harpune im Boot zu lassen.

Sie gingen zusammen die Straße hinauf zu der Hütte des alten Mannes und gingen durch die offene Tür hinein. Der alte Mann lehnte den Mast mit dem zusammengewickelten Segel gegen die Wand, und der Junge stellte die Kiste und das übrige Gerät daneben. Der Mast war beinahe so lang wie das einzige Zimmer der Hütte. Die Hütte war aus den zähen Knospenscheiden der königlichen Palme, die *guano* genannt wird, gemacht, und in ihr war ein Bett, ein Tisch, ein Stuhl und eine Stelle auf dem erdenen Fußboden, wo man mit Holzkohle kochen konnte. An den braunen Wänden auf den abgeflachten, übereinandergreifenden Blättern der hartfaserigen *guano* hing ein farbiges Bild des Heiligen Herzens Jesu und ein anderes von der Jungfrau von Cobre. Diese Reliquien hatten seiner Frau gehört. Früher hing auch eine kolorierte Fotografie seiner Frau an der Wand, aber er hatte sie abgenommen, weil er sich bei ihrem Anblick zu verlassen fühlte, und sie lag auf dem Bord in der Ecke unter seinem sauberen Hemd.

«Was hast du zu essen?» fragte der Junge.

«Einen Topf mit gelbem Reis und Fisch. Möchtest du etwas?»

«Nein, ich eß zu Hause. Soll ich dir Feuer anmachen?»

«Nein, ich mache es später. Oder vielleicht esse ich den Reis kalt.»

«Darf ich den Käscher nehmen?»

«Natürlich.»

Es war kein Käscher da, und der Junge erinnerte sich daran, wie sie ihn verkauft hatten. Aber sie führten diese Komödie jeden Tag durch. Es gab keinen Topf mit gelbem Reis und Fisch, und der Junge wußte auch dies.

«Fünfundachtzig ist eine Glückszahl», sagte der alte Mann. «Wie würde dir das wohl gefallen, wenn ich einen reinbrächte, der sich ausgenommen auf über tausend Pfund stellt?»

«Ich nehme jetzt den Käscher und geh Sardinen fangen. Willst du in der Tür in der Sonne sitzen?»

«Ja. Ich hab die Zeitung von gestern und werd die Baseballnachrichten lesen.»

Der Junge wußte nicht, ob die gestrige Zeitung auch eine Erfindung war, aber der alte Mann holte sie unter seinem Bett hervor.

«Pedrico hat sie mir in der Bodega gegeben», erklärte er.

«Ich komm zurück, sobald ich die Sardinen habe. Ich werde deine und meine zusammen aufs Eis legen, und wir können sie morgen früh teilen. Wenn ich wieder da bin, kannst du mir vom Baseball erzählen.»

«Die ‹Yankees› können nicht verlieren.»

«Aber ich hab vor den ‹Indianern› von Cleveland Angst.»

«Hab du nur Vertrauen zu den ‹Yankees›, mein Junge. Denk an den großen DiMaggio.»

«Ich habe vor beiden, den ‹Tigern› aus Detroit und den ‹Indianern› aus Cleveland, Angst.»

«Paß auf, sonst kriegst du's auch noch mit der Angst vor den ‹Reds› aus Cincinnati und den ‹White Soxes› aus Chicago.»

«Studier du's und erzähl mir, wenn ich zurück bin.»

«Glaubst du, wir sollten ein Los mit einer Fünfundachtzig für die letzte Ziehung kaufen? Morgen ist der fünfundachtzigste Tag.»

«Das können wir tun», sagte der Junge. «Aber was meinst du zu siebenundachtzig, von wegen deinem großen Rekord?»

«Das kann nicht zweimal passieren. Glaubst du, daß du eins mit der Fünfundachtzig kriegen kannst?»

«Ich kann eins bestellen.»

«Eins. Das macht zwei und einen halben Dollar. Von wem können wir uns das borgen?»

«Das ist einfach. Zwei und einen halben Dollar kann ich mir immer borgen.»

«Ich glaube, das kann ich vielleicht auch. Aber ich will mir lieber nichts borgen. Erst borgt man; dann bettelt man.»

«Halt dich warm, Alter», sagte der Junge. «Vergiß nicht, wir sind im September.»

«Das ist der Monat, in dem die großen Fische kommen», sagte der alte Mann. «Im Mai kann jeder fischen.»

«Ich geh jetzt die Sardinen fangen», sagte der Junge. Als der Junge zurückkam, schlief der alte Mann auf seinem Stuhl, und die Sonne war untergegangen. Der Junge nahm die alte wollene Armeedecke vom Bett und breitete sie über die Lehne des Stuhls und über die Schultern des alten Mannes. Es waren merkwürdige Schultern, noch kraftvoll, wenn auch sehr alt, und der Hals war auch noch stark, und die Falten waren nicht so sichtbar, wenn der alte Mann schlief und sein Kopf vornüber fiel. Sein Hemd war so oft geflickt, daß es dem Segel glich, und die Flicken waren durch die Sonne verschiedenartig verblaßt. Der Kopf des alten Mannes war jedoch sehr alt, und wenn er die Augen geschlossen hielt, war kein Leben in seinem Gesicht. Die Zeitung lag auf seinen Knien, und das Gewicht seines Armes hielt sie dort in der Abendbrise fest. Er war barfuß.

Der Junge ließ ihn dort, und als er wiederkam, schlief der alte Mann noch immer.

«Wach auf, Alter», sagte der Junge und legte seine Hand auf das eine Knie des alten Mannes.

Der alte Mann schlug die Augen auf, und einen Augenblick lang kam er aus weiter Ferne her zurück. Dann lächelte er.

«Nun, was hast du?» fragte er.

«Abendbrot», sagte der Junge. «Wir wollen Abendbrot essen.»

«Ich bin nicht sehr hungrig.»

«Los, komm nur essen. Du kannst nicht fischen und nichts essen.»

«Hab ich schon gemacht», sagte der alte Mann und stand auf und nahm die Zeitung und faltete sie zusammen. Dann fing er an, die Decke zusammenzulegen.

«Behalt die Decke um», sagte der Junge. «Solange ich am Leben bin, wirst du nicht fischen gehen, ohne was zu essen.»

«Dann leb du schön lange und sieh zu, daß dir nichts passiert», sagte der alte Mann. «Was gibt's zu essen?»

«Schwarze Bohnen und Reis, gebratene Bananen und etwas Zusammengekochtes.»

Der Junge hatte alles in einem metallenen zweistöckigen Behälter aus der «Terrasse» geholt. Er hatte Messer, Gabeln und Löffel in der Tasche, jedes Besteck war in eine Papierserviette gewickelt.

«Wo hast du das her?»

«Von Martin, dem Besitzer.»

«Ich muß mich bei ihm bedanken.»

«Ich habe ihm bereits gedankt», sagte der Junge. «Du brauchst ihm nicht zu danken.»

«Ich werde ihm das Bauchfleisch von einem großen Fisch geben», sagte der alte Mann. «Hat er das mehr als einmal für uns getan?»

«Ich glaube, ja.»

«Dann muß ich ihm mehr als das Bauchfleisch geben. Er ist sehr aufmerksam gegen uns.»

«Er hat auch Bier mitgeschickt.»

«Ich hab das Dosenbier am liebsten.»

«Ich weiß. Aber dies ist in Flaschen. Hatueybier, und ich bring ihm die Flaschen zurück.»

«Das ist sehr freundlich von dir», sagte der alte Mann. «Wollen wir essen?»

«Ich hatte dich schon aufgefordert», sagte der Junge höflich zu ihm. «Ich wollte nur den Behälter nicht öffnen, bevor du soweit bist.»

«Jetzt bin ich soweit», sagte der alte Mann. «Ich brauchte nur Zeit, um mich zu waschen.»

Wo hast du dich gewaschen? dachte der Junge. Die Wasserversorgung des Dorfes befand sich zwei Querstraßen weiter unten. – Ich muß Wasser für ihn hier haben, dachte der Junge, und Seife und ein gutes Handtuch. Warum denke ich auch an nichts? Ich muß ihm noch ein zweites Hemd und eine Jacke für den Winter und irgendwelche Schuhe besorgen und noch eine Decke.

«Dein Zusammengekochtes ist ausgezeichnet», sagte der alte Mann.

«Erzähl mir vom Baseball», bat der Junge.

«In der ‹American League› machen es die ‹Yankees›, wie ich gesagt habe», sagte der alte Mann vergnügt.

«Sie haben heute verloren», erzählte ihm der Junge.

«Das hat nichts zu sagen. Der große DiMaggio ist wieder ganz der alte.»

«Die Mannschaft besteht noch aus anderen.»

«Natürlich. Aber er haut sie raus. In der anderen Liga, zwischen Brooklyn und Philadelphia, bin ich für Brooklyn. Aber da denke ich an Dick Sisler und seine weiten Schläge auf dem alten Gelände.»

«Hat nie was Ähnliches gegeben. Er schlägt den weitesten Ball, den ich je gesehen habe.»

«Erinnerst du dich an damals, als er immer in die ‹Terrasse› kam? Ich wollte ihn zum Fischen mitnehmen, aber ich war zu schüchtern, um ihn aufzufordern. Dann bat ich dich, ihn aufzufordern, und du warst auch zu schüchtern.»

«Ich weiß. Das war ein großer Fehler. Vielleicht wäre er mitgekommen. Dann hätten wir die Erinnerung daran fürs ganze Leben.»

«Ich würde den großen DiMaggio gern zum Fischen mitnehmen», sagte der alte Mann. «Man sagt, daß sein Vater ein Fischer gewesen ist. Vielleicht war er so arm wie wir und würde es verstehen.»

«Der Vater vom großen Sisler war niemals arm, und er, der Vater, spielte, als er in meinem Alter war, in den großen Ligen mit.»

«Als ich in deinem Alter war, fuhr ich vor dem Mast auf einem rahgetakelten Schiff nach Afrika, und am Abend hab ich Löwen an den Ufern gesehen.»

«Ich weiß, das hast du mir erzählt.»

«Wollen wir über Afrika oder Baseball reden?»

«Ich glaube, Baseball», sagte der Junge. «Erzähl mir von dem großen John J. McGraw.» Er sagte *Jota* für J.

«Der kam früher auch manchmal in die ‹Terrasse›. Aber er war ungehobelt und barsch und schwierig, wenn er trank. Er hatte außer Baseball auch Pferde im Kopf. Wenigstens trug er jederzeit Listen mit Pferdenamen in der Tasche und erwähnte häufig Pferdenamen am Telefon.»

«Er war ein großer Manager», sagte der Junge. «Mein Vater hielt ihn für den größten.»

«Weil er am häufigsten hier gewesen ist», sagte der alte Mann. «Wenn Durocher weiter jedes Jahr hierhergekommen wäre, würde dein Vater den für den größten Manager halten.»

«Wer ist denn wirklich der größte Manager, Luque oder Mike Gonzalez?»

«Ich glaube, die geben einander nichts nach.»

«Und der beste Fischer bist du.»

«Nein, ich kenne andere, bessere.»

«Qué va», sagte der Junge. «Es gibt viele gute Fischer und einige ganz große. Aber niemand wie dich.»

«Danke. Du machst mich glücklich. Hoffentlich wird mir kein Fisch begegnen, der so groß ist, daß er uns Lügen straft.»

«Solch einen Fisch gibt es nicht, wenn du noch so stark bist, wie du sagst.»

«Vielleicht bin ich nicht so stark, wie ich denke», sagte der alte Mann. «Aber ich kenne allerhand Schliche, und ich habe *resolución.*»

«Du mußt jetzt schlafen gehen, damit du morgen früh frisch bist. Ich bring die Sachen in die ‹Terrasse› zurück.»

«Also dann gute Nacht. Ich hol dich morgen früh.»

«Du bist meine Weckuhr», sagte der Junge.

«Das Alter ist meine Weckuhr», sagte der alte Mann. «Warum wachen alte Leute so früh auf? Ist es, um einen längeren Tag zu haben?»

«Ich weiß nicht», sagte der Junge. «Ich weiß nur, daß Jungens wie ich lange und fest schlafen.»

«Ich kann mich daran erinnern», sagte der alte Mann. «Ich werde dich zur Zeit wecken.»

«Ich mag nicht, wenn er mich wecken kommt. Es ist, als ob er mir überlegen ist.»

«Ich weiß.»

«Schlaf wohl, Alter.»

Der Junge ging hinaus. Sie hatten beim Essen kein Licht auf dem Tisch gehabt, und der alte Mann zog seine Hose aus und ging im Dunkeln zu Bett. Er rollte seine Hose zu einem Kissen zusammen und steckte die Zeitung hinein. Er rollte sich in die Decke und schlief auf den andern alten Zeitungen, die die Sprungfedern des Bettes bedeckten.

Kurze Zeit darauf war er eingeschlafen, und er träumte von Afrika, als er ein Junge war, und den langen, goldgelben Ufern und den weißen Ufern, die so weiß waren, daß einem die Augen weh taten, und den hohen Vorgebirgen und den großen, braunen Bergen. Jede Nacht lebte er jetzt an dieser Küste, und in seinen Träumen hörte er das Brausen der Brandung und sah die Boote der Eingeborenen durch sie hindurchfahren. Während er schlief, roch er vom Deck Teer und Werg, und er roch den Geruch von Afrika, den der Landwind morgens brachte.

Gewöhnlich wachte er auf, wenn er den Landwind roch, und zog sich an, um hinaufzugehen und den Jungen zu wecken. Aber in dieser Nacht kam der Landwind sehr früh, und er wußte, daß es zu früh in seinem Traum war, und er fuhr fort zu träumen und sah, wie die weißen Höhen der Inseln sich aus dem Meer erhoben, und dann träumte er von den verschiedenen Häfen und Reeden der Kanarischen Inseln. Er träumte nicht mehr von Stürmen oder von Frauen, noch von großen Ereignissen, noch von großen Fischen, noch Kämpfen und Kraftproben, noch von seiner Frau. Er träumte jetzt nur noch von Orten und Gegenden und von den Löwen am Ufer. Sie spielten wie junge Katzen in der Dämmerung, und er liebte sie, wie er den Jungen liebte. Er träumte niemals von dem Jungen. Er wachte einfach auf, blickte durch die offene Tür nach dem Mond und rollte seine Hose auseinander und zog sie an. Er urinierte draußen vor der Hütte und ging dann die Landstraße hinauf, um den Jungen zu wecken. Er zitterte in der Morgenkälte. Aber er wußte, er würde sich warm zittern, und bald würde er rudern.

Die Tür des Hauses, in dem der Junge wohnte, war unverschlossen, und er öffnete sie und ging auf nackten Füßen leise hinein. Der Junge schlief auf einem Lager im ersten Zimmer, und der alte Mann konnte ihn in dem Licht, das von dem schwindenden Mond hineindrang, deutlich sehen. Er nahm behutsam seinen einen Fuß in die Hand und hielt ihn fest, bis der Junge aufwachte und sich umdrehte und ihn anblickte. Der alte Mann nickte, und der Junge nahm seine Hose vom Stuhl neben seinem Bett und zog sie, auf dem Bett sitzend, an.

Der alte Mann ging zur Tür hinaus, und der Junge folgte ihm. Er war verschlafen, und der alte Mann legte ihm den Arm um die Schultern und sagte: «Es tut mir leid.»

«Qué va», sagte der Junge. «Ein Mann muß das eben.»

Sie gingen die Landstraße hinunter bis zu der Hütte des alten Mannes, und die ganze Straße entlang im Dunkeln bewegten sich barfüßige Männer, die die Masten ihrer Boote trugen.

Als sie in der Hütte des alten Mannes angelangt waren, nahm der Junge den Korb mit den aufgeschossenen Angelleinen und die Harpune und den Fischhaken, und der alte Mann trug den Mast mit dem zusammengerollten Segel auf der Schulter.

«Möchtest du Kaffee trinken?» fragte der Junge.

«Wir wollen die Sachen ins Boot legen und dann welchen trinken.»

Sie tranken ihren Kaffee aus Kondensmilchdosen in einem Ausschank, den die Fischer frühmorgens benutzten.

«Wie hast du geschlafen, Alter?» fragte der Junge. Er wachte jetzt auf, obwohl es ihm immer noch schwerfiel, aus seinem Schlaf herauszufinden.

«Sehr gut, Manolin», sagte der alte Mann. «Ich hab heute ein zuversichtliches Gefühl.»

«Ich auch», sagte der Junge. «Jetzt muß ich deine und meine Sardinen holen und deinen frischen Köder. Er bringt unser Gerät selbst. Er will nie, daß irgend jemand irgendwas trägt.»

«Da bin ich anders», sagte der alte Mann. «Ich hab dich Sachen tragen lassen, als du fünf Jahre alt warst.»

«Ich weiß noch», sagte der Junge. «Ich bin sofort wieder da. Trink noch einen Kaffee. Wir haben hier Kredit.»

Er machte sich auf den Weg, barfüßig, über die Korallenfelsen zum Eiskeller, wo die Köder aufgehoben wurden.

Der alte Mann trank langsam seinen Kaffee. Das war alles, was er den ganzen Tag über zu sich nehmen würde, und er war sich klar darüber, daß er ihn trinken mußte. Seit langem schon hatte ihn die Esserei gelangweilt, und er nahm niemals etwas zu Mittag mit. Er hatte eine Flasche mit Wasser im Bug des kleinen Boots, und das war alles, was er am Tag brauchte.

Der Junge war jetzt mit den Sardinen und den beiden in eine Zeitung gewickelten Ködern zurück, und sie gingen den Pfad zum Boot hinunter, spürten den steinigen Sand unter den Füßen und hoben das Boot an und schoben es ins Wasser.

«Mast- und Schotbruch, Alter.»

«Mast- und Schotbruch», sagte der alte Mann. Er paßte die Tauwerkverkleidung der Riemen in die Dollen ein, legte sich gegen den Druck der Riemenblätter im Wasser vornüber und begann im Dunkeln aus dem Hafen herauszurudern. Andere Boote liefen von anderen Uferstellen aus in See, und der alte Mann hörte das Eintauchen und Rucken ihrer Riemen, wenn er sie auch, da der Mond jetzt hinter den Hügeln stand, nicht sehen konnte.

Manchmal sprach wohl jemand in einem der Boote. Aber in den meisten Booten war es still bis auf das Eintauchen der Riemen. Nachdem sie aus der Hafeneinfahrt heraus waren, verteilten sie sich, und jeder steuerte auf das Stück Meer zu, wo er Fische zu finden hoffte. Der alte Mann war sich darüber klar, daß er weit hinauswollte, und er ließ den Geruch des Festlandes hinter sich und ruderte in den sauberen, frühmorgendlichen Geruch des Meeres hinaus. Er sah das Leuchten des Golfkrauts im Wasser, als er über den Teil des Meeres ruderte, den die Fischer den großen Tank nannten, weil hier eine jähe Tiefe von siebenhundert Faden [1] war, wo sich alle möglichen Fische einfanden, weil dort durch den Anprall der Strömung gegen die steilen Wände des Meeresgrundes ein Wirbel entstand. Hier sammelten sich Unmengen von Garnelen und Köderfischen an und manchmal an den tiefsten Stellen Schwärme von Tintenfischen, und diese stiegen nachts dicht an die Oberfläche, wo all die wandernden Fische sich von ihnen nährten.

Im Dunkeln konnte der alte Mann das Kommen des Morgens fühlen, und während er ruderte, hörte er einen surrenden Laut, als fliegende Fische das Wasser verließen, und das Zischen, das ihre starr gestellten Flügel machten, als sie in der Dunkelheit davonsegelten. Er hatte die fliegenden Fische besonders gern; sie waren seine besten Freunde auf dem Ozean. Ihm taten die Vögel leid, besonders die kleinen, zarten, dunklen Meerschwalben, die immer flogen und suchten und fast niemals etwas fanden, und er dachte, die Vögel haben ein schwereres Leben als wir, bis auf die Raubvögel und die schweren großen. Warum machte man die Vögel so zart und fein wie jene Meerschwalben, wenn die See so grausam sein kann? Sie ist gütig und wunderbar schön. Aber sie kann so grausam sein, und es kommt so plötzlich, und diese fliegenden, dippenden und jagenden Vögel mit ihren kleinen, traurigen Stimmen sind zu zart für die See.

1 Faden — 1,83 Meter

Er dachte an die See immer als an *la mar*, so nennt man sie auf spanisch, wenn man sie liebt. Manchmal sagt einer, der sie liebt, böse Dinge über sie, aber er sagt es immer, als ob es sich um eine Frau handele. Manche der jüngeren Fischer, die Bojen als Schwimmer für ihre Leinen benutzten und Motorboote besaßen, die sie gekauft hatten, als die Haifischlebern viel Geld einbrachten, sprachen von ihr als *el mar*, was das Maskulinum ist. Sie sprachen von ihr wie von einem Konkurrenten oder einer Ortsbezeichnung, ja selbst wie von einem Feind. Aber der alte Mann dachte immer an sie als an etwas Weibliches, als etwas, was große Gunst gewähren oder vorenthalten kann, und wenn sie wilde oder böse Dinge tat, geschah es, weil sie nicht anders konnte. – Der Mond beeinflußt sie, wie er eine Frau beeinflußt, dachte er.

Er ruderte jetzt gleichmäßig, und es war keine Anstrengung für ihn, da er sich gut innerhalb seines Tempos hielt und die Oberfläche des Meeres bis auf die gelegentlichen Wirbel der Strömung glatt war. Er ließ die Strömung ein Drittel der Arbeit tun, und als es hell zu werden begann, sah er, daß er bereits weiter draußen war, als er es zu dieser Stunde erwartet hatte.

Ich habe die tiefen Tanks eine Woche lang durchgekämmt und habe nichts geschafft, dachte er. Heute werde ich draußen arbeiten, wo die Bonito- und Albacoreschwärme sind, und vielleicht wird ein Großer bei ihnen sein.

Ehe es richtig hell war, hatte er seine Köder ausgeworfen und trieb mit der Strömung. Ein Köder war in vierzig Faden Tiefe. Der zweite war in fünfundsiebzig, und der dritte und vierte waren unten in der blauen See in hundert und hundertfünfundzwanzig Faden Tiefe. Alle Köder hingen mit dem Kopf nach unten, mit dem Schenkel des Hakens im Köderfisch festgemacht und festgebunden, und der ganze hervorstehende Teil des Hakens, der Bogen und der Widerhaken, war mit frischen Sardinen bedeckt. Jede Sardine war durch beide Augen gehakt, so daß sie eine Halbgirlande an dem hervorstehenden Stahl bildeten. Es gab keinen Teil des Hakens, an den ein großer Fisch herankonnte, der nicht lieblich roch und gut schmeckte.

Der Junge hatte ihm zwei frische, kleine Thunfische oder Albacore gegeben, die an den beiden untersten Leinen wie Bleigewichte hingen, und an den andern hatte er eine große blaue Schustermakrele und einen gelben Stöcker, die schon einmal benutzt waren, aber sie befanden sich noch in gutem Zustand und waren von den köstlichen Sardinen umgeben, die ihnen Duft und Reiz verliehen. Jede Leine war so stark wie ein dicker Bleistift und war an einem frischen, saftigen Stock angeschlungen, so daß der Stock bei jedem Zerren oder jeder Berührung des Köders eindippen mußte, und jede Leine hatte zwei Rollen von vierzig Faden, die an den andern Reserverollen angeschlungen werden konnten, so daß ein Fisch, falls es notwendig werden sollte, über dreihundert Faden Leine herausziehen konnte.

Jetzt beobachtete der alte Mann querab von dem Boot das Eindippen der drei Stöcke und ruderte behutsam, um die Leinen auf und nieder und in den richtigen Tiefen zu halten. Es war ganz hell, und jeden Augenblick mußte jetzt die Sonne aufgehen.

Die Sonne erhob sich bläßlich aus dem Meer, und der alte Mann konnte die andern Boote tief auf dem Wasser über den Strom verteilt und ziemlich in Ufernähe sehen. Dann schien die Sonne heller, und ein Gleißen lag auf dem Wasser, und dann, als sie sich völlig löste, spiegelte sie die flache See, so daß seine Augen heftig schmerzten, und er ruderte, ohne in sie hineinzusehen. Er blickte ins Wasser hinab und beobachtete die Leinen, die gerade hinunter in das Dunkel des Wassers liefen. Er hielt sie gerader als irgendein anderer, so daß in jeder Tiefe in der Dunkelheit des Stroms genau an der von ihm beabsichtigten Stelle auf jeden Fisch, der dort schwimmen würde, ein Köder wartete. Andere ließen sie mit der Strömung treiben, und manchmal waren sie in sechzig Faden Tiefe, wenn die Fischer dachten, daß sie in hundert seien.

Aber, dachte er, ich halte sie mit peinlicher Genauigkeit. Ich habe nur kein Glück mehr. Aber, wer weiß? Vielleicht heute. Jeder Tag ist ein neuer Tag. Es ist besser, wenn man Glück hat. Aber lieber noch bin ich exakt. Wenn dann das Glück kommt, ist man parat.

Die Sonne stand jetzt zwei Stunden höher, und es tat seinen Augen nicht mehr so weh, ostwärts zu blicken. Es waren jetzt nur drei Boote in Sicht, und sie lagen sehr tief und dicht unter Land.

Mein ganzes Leben über hat die frühe Morgensonne meinen Augen weh getan, dachte er. Trotzdem sind sie noch gut. Am Abend kann ich direkt in sie hineinsehen, ohne daß mir schwummerig wird. Dabei hat sie am Abend mehr Kraft. Aber am Morgen tut sie weh.

In dem Augenblick sah er einen Fregattvogel mit langen, schwarzen Flügeln vor sich am Himmel kreisen. Er ließ sich schnell fallen, ging schräg auf rückwärtsgerissenen Flügeln hinab und kreiste dann wieder.

«Der hat etwas», sagte der alte Mann laut. «Der sucht nicht nur.»

Er ruderte langsam und stetig der Stelle zu, wo der Vogel kreiste. Er beeilte sich nicht, und er hielt seine Leinen auf und nieder. Aber er beschleunigte die Fahrt ein wenig in der Strömung, so daß er zwar noch fehlerfrei fischte, jedoch schneller, als er gefischt hätte, wenn er nicht den Vogel hätte benutzen wollen.

Der Vogel stieg höher in die Luft und kreiste wieder mit bewegungslosen Schwingen. Dann tauchte er plötzlich, und der alte Mann sah fliegende Fische aus dem Wasser hervorspritzen und verzweifelt über die Oberfläche segeln.

«Makrelen», sagte der alte Mann laut, «große Goldmakrelen.»

Er zog die Riemen ein und holte eine kurze Schnur aus der Plicht hervor. Sie hatte eine Drahtöse und einen mittelgroßen Haken, und er beköderte sie mit einer der Sardinen. Er ließ sie über die Seite hinab und machte sie dann an einem Ringbolzen im Heck fest. Dann beköderte er eine zweite Schnur und ließ sie aufgewickelt im Schatten der Bootswand liegen. Er ging wieder ans Rudern und ans Beobachten des langflügeligen, schwarzen Vogels, der jetzt dicht über dem Wasser an der Arbeit war.

Während er beobachtete, dippte der Vogel wieder mit zum Tauchen schräg gestellten Flügeln, und dann schlug er ungestüm und erfolglos mit den Flügeln, als er den fliegenden Fischen folgte. Der alte Mann konnte die leichte Schwellung im Wasser sehen, die die großen Goldmakrelen hervorriefen, als sie den entkommenden Fischen folgten. Die Makrelen durchschnitten unterhalb von den flüchtenden Fischen das Wasser und würden in voller Fahrt im Wasser dahinjagen, wenn die Fische in die Tiefe gingen. – Es ist ein großer Schwarm Goldmakrelen, dachte er. Sie sind weit verteilt, und die fliegenden Fische haben wenig Chancen. Der Vogel hat gar keine Chance. Die fliegenden Fische sind zu groß für ihn und schwimmen zu schnell.

Er beobachtete die fliegenden Fische, die wieder und wieder hervorbrachen, und die unwirksamen Bewegungen des Vogels. – Dieser Schwarm ist mir entkommen, dachte er. Sie bewegen sich zu schnell und zu weit hinaus. Aber vielleicht werde ich einen Nachzügler auflesen, und vielleicht ist mein großer Fisch bei ihnen. Mein großer Fisch muß irgendwo sein.

Die Wolken über dem Festland erhoben sich jetzt wie Berge, und die Küste war nur noch ein langer, grüner Strich mit den graublauen Hügeln dahinter. Das Wasser war jetzt dunkelblau, so dunkel, daß es beinah violett aussah. Als er in es hinunterblickte, sah er die roten Algen des Planktons in dem dunklen Wasser und das merkwürdige Leuchten, das die Sonne jetzt hervorrief. Er beobachtete seine Angelschnüre und sah, wie sie gerade hinunter und außer Sicht ins Wasser liefen, und er freute sich, als er soviel Plankton sah, denn das deutete auf Fische hin. Das merkwürdige Leuchten, das die Sonne jetzt, da sie höher stand, im Wasser hervorrief, und auch die Form der Wolken über dem Festland bedeuteten gutes Wetter. Aber der Vogel war jetzt nahezu außer Sicht, und nichts zeigte sich auf der Oberfläche des Wassers außer einigen Stellen von gelbem, sonnengebleichtem Sargassotang und die violette, festgeformte, schillernde, gallertartige Blase einer portugiesischen Galeere, die dicht neben dem Boot trieb. Sie legte sich auf die Seite und richtete sich dann auf. Sie trieb munter wie eine Luftblase dahin mit ihren langen, tödlichen, violetten Nesselfäden, die beinah einen Meter hinter ihr im Wasser nachschleppten.

«*Agua mala*», sagte der Mann, «du Hure.»

Von dort, wo er sich leicht in die Riemen legte, blickte er ins Wasser hinab und sah die winzigen Fische, die von der gleichen Farbe wie die schleppenden Nesselfäden waren und zwischen ihnen und unter dem kleinen Schatten, den die treibende Blase machte, umherschwammen. Sie waren immun gegen ihr Gift. Aber Menschen waren es nicht, und wenn sich Nesselfäden an einer Leine fingen und dort schleimig und violett hängenblieben, während der alte Mann einen Fisch drillte, würde er Striemen und Ätzungen an Armen und Händen bekommen von der Art, wie sie Giftefeu oder Gifteichen verursachen können. Aber dies Gift von der *Agua mala* wirkte schnell und schlug zu wie ein Peitschenhieb.

Die schillernden Blasen waren wunderschön. Aber sie waren das Hinterlistigste, was die See barg, und der alte Mann sah mit Vergnügen, wenn die großen Meerschildkröten sie fraßen. Die Schildkröten sahen sie, näherten sich ihnen von vorn, schlossen dann die Augen, so daß sie vollkommen gepanzert waren, und fraßen sie, Nesselfäden und alles inbegriffen. Der alte Mann sah mit Vergnügen, wenn die Schildkröten sie fraßen, und er zerstampfte sie gern am Strand nach einem Sturm und hörte sie gern zerplatzen, wenn er mit den hornigen Sohlen seiner Füße auf sie trat.

Er liebte grüne Schildkröten und Karettschildkröten in ihrer Eleganz und Geschwindigkeit und ihrem großen Wert, und er hegte eine freundschaftliche Verachtung für die riesigen, dummen, unechten in ihrer gelben Panzerung, die so merkwürdig in ihren Liebesäußerungen waren und vergnügt mit geschlossenen Augen die portugiesischen Galeeren fraßen.

Schildkröten hatten für ihn nichts Mystisches, obwohl er viele Jahre lang in Schildkrötenbooten gefahren war. Sie taten ihm alle leid, selbst die großen Lederschildkröten, die so lang wie sein Boot waren und eine Tonne wogen. Die meisten Leute haben kein Gefühl für Schildkröten, weil das Herz einer Schildkröte noch stundenlang schlägt, nachdem man sie zerstückelt und ausgeschlachtet hat. – Aber, dachte der alte Mann, ich habe genau solch ein Herz, und meine Füße und Hände sind wie ihre. – Er aß ihre weißen Eier, um sich zu kräftigen. Er aß sie den ganzen Mai hindurch, um im

September und Oktober den wirklich großen Fischen gewachsen zu sein.

Er trank auch jeden Tag eine Tasse Haifischlebertran aus dem großen Faß in der Hütte, in der viele Fischer ihre Geräte aufhoben. Er war da für alle Fischer, die welchen haben wollten. Die meisten Fischer verabscheuten den Geschmack. Aber es war nicht schlimmer, als zu der Zeit aufzustehen, zu der sie sich erhoben, und er war sehr gut gegen Erkältungen und Grippen, und er war gut für die Augen.

Jetzt blickte der alte Mann auf und sah, daß der Vogel wieder kreiste.

«Er hat Fische gefunden», sagte er laut. Kein fliegender Fisch durchbrach den Wasserspiegel, und man sah auch keine vereinzelten Köderfische. Aber während der alte Mann beobachtete, sprang ein kleiner Thunfisch in die Luft, drehte sich und fiel mit dem Kopf voran ins Wasser. Der Thunfisch schimmerte silbrig in der Sonne, und nachdem er ins Wasser zurückgefallen war, stieg einer und noch einer auf, und sie sprangen in alle Richtungen und peitschten das Wasser zu Schaum und setzten in langen Sprüngen dem Köder nach. Sie umkreisten ihn und stießen ihn vorwärts.

Wenn sie nicht zu schnell schwimmen, werde ich in sie hineingeraten, dachte der alte Mann, und er beobachtete, wie der Schwarm das Wasser weiß quirlte und wie sich der Vogel jetzt fallen ließ und zwischen die Köderfische tauchte, die in ihrer Panik an die Oberfläche hinaufgetrieben wurden.

«Der Vogel ist eine große Hilfe», sagte der alte Mann. In dem Augenblick straffte sich die Achterleine unter seinem Fuß, wo er eine Bucht in der Leine gelassen hatte, und er ließ die Riemen los und fühlte das Gewicht von dem zitternden Ruck des kleinen Thunfisches, während er die Leine festhielt und sie einzuholen begann. Das Zittern nahm zu, während er sie einholte, und er konnte den blauen Rücken des Fisches und das Gold seiner Flanken im Wasser sehen, eh er ihn über die Seite ins Boot schwang. Er lag im Heck kompakt und kugelförmig in der Sonne, und seine großen, unintelligenten Augen stierten, während er durch die hurtigen, zitternden Schläge seines glatten, schnell sich bewegenden Schwanzes gegen die Bootsplanken sein Leben vernichtete. Der alte Mann schlug ihm aus Gutmütigkeit auf den Kopf und stieß ihn, während sein Körper noch zuckte, in den Schatten unterm Heck.

«Albacore», sagte er laut. «Der gibt einen wunderbaren Köder. Der wird zehn Pfund wiegen.»

Er erinnerte sich nicht, wann er zum erstenmal, als er allein mit sich war, laut gesprochen hatte. Früher hatte er, wenn er allein war, gesungen, und er hatte nachts, in einer der Schmacken oder in einem der Schildkrötenboote, wenn er auf Wache allein am Ruder stand, gesungen. Wahrscheinlich hatte er, nachdem der Junge gegangen war, begonnen, laut mit sich selbst zu reden, wenn er allein war. Aber er erinnerte sich nicht daran. Wenn er und der Junge zusammen fischten, sprachen sie gewöhnlich nur, wenn es notwendig war. Sie unterhielten sich nachts oder wenn sie bei schlechtem Wetter auf dem Meer festgehalten wurden. Es galt auf See als Tugend, nicht überflüssigerweise zu sprechen, und der alte Mann hatte es auch immer als solche angesehen und respektiert. Aber jetzt gab er häufig seinen Gedanken laut Ausdruck, da niemand da war, den sie behelligen konnten.

«Wenn die andern mich laut vor mich hin reden hören, würden sie mich für verrückt halten», sagte er laut. «Aber da ich nicht verrückt bin, ist es mir gleich. Und die Reichen haben Radios in ihren Booten, die ihnen was erzählen und ihnen die Baseballberichte bringen.»

Jetzt ist keine Zeit, um an Baseball zu denken, dachte er. Jetzt ist es Zeit, nur an eins zu denken. Das, wofür ich geboren bin. Vielleicht ist ein Großer in der Nähe des Schwarms, dachte er. Ich habe nur einen Nachzügler von den Albacore, die gerade fraßen, aufgelesen. Die andern sind weit draußen an der Arbeit und schwimmen schnell. Alles, was sich heute an der Oberfläche zeigt, bewegt sich sehr schnell und nordostwärts. Kann das an der Tageszeit liegen? Oder ist es irgendein Wettersymptom, das ich nicht kenne?

Er konnte jetzt das Grün des Ufers nicht sehen, sondern nur die Kuppen der blauen Hügel, die weiß blinkten, als ob sie mit Schnee bedeckt wären, und die Wolken, die wie hohe Schneeberge über ihnen aussahen. Die See war sehr dunkel, und das Licht brach sich im Wasser. Die unzähligen Sprenkel von Plankton waren jetzt von der hochstehenden Sonne wie aufgezehrt, und der alte Mann sah jetzt nur die großen, tiefen Lichtbrechungen in dem blauen Wasser, das eine Meile tief war, in das seine Leinen gerade hinunterliefen.

Die Thunfische, die Fischer nannten alle Fische dieser Art Thunfische und unterschieden sie nur mit ihren besonderen Namen, wenn sie sie zum Verkauf brachten oder gegen Köder tauschen wollten, waren wieder in der Tiefe verschwunden. Die Sonne war jetzt heiß, und der alte Mann spürte sie auf seinem Nacken und spürte beim Rudern, wie der Schweiß seinen Rücken entlangrieselte.

Ich könnte einfach treiben, dachte er, und schlafen und eine Schlinge um meine Zehe winden, um mich aufzuwecken. Aber heute sind's fünfundachtzig Tage, und ich sollte den Tag gut fischen.

In dem Moment sah er, während er seine Leinen beobachtete, wie einer der ausgeworfenen frischen Stöcke ruckartig eindippte.

«Ja», sagte er, «ja», und holte die Riemen ein, ohne gegen das Boot zu stoßen. Er langte nach der Leine und hielt sie behutsam zwischen Daumen und Zeigefinger seiner rechten Hand. Er spürte weder Druck noch Gewicht, und er hielt die Leine locker. Dann kam es wieder. Diesmal war es wie ein versuchsweises Anrucken, weder stark noch kräftig, und er wußte genau, was es war. In hundert Faden Tiefe fraß ein Marlin die Sardinen ab, die die Spitze und den Schenkel des Hakens bedeckten, wo der handgeschmiedete Haken aus dem Kopf des kleinen Thunfisches hervorragte.

Der alte Mann hielt die Leine behutsam und machte sie mit der linken Hand vorsichtig von dem Stock los. Jetzt konnte er sie durch die Finger laufen lassen, ohne daß der Fisch irgendeine Spannung spürte. So weit draußen, da muß er riesengroß sein in diesem Monat, dachte er. Friß sie, Fisch! Friß sie! Bitte, friß sie! Wie frisch sie sind, und du da unten, sechshundert Fuß in dem kalten Wasser, dort in der Dunkelheit! Mach noch eine Wendung im Dunkeln und komm zurück und friß sie!

Er spürte das leichte, zarte Zupfen und dann einen stärkeren Ruck, als es wohl schwieriger war, den Kopf einer Sardine vom Haken abzukriegen. Dann geschah nichts.

«Los, komm», sagte der alte Mann laut. «Mach noch eine Wendung. Riech doch nur mal. Sind sie nicht prachtvoll? Friß sie nur ordentlich ab, und dann gibt's den Thunfisch. Fest und kalt und prachtvoll. Genier dich nicht, Fisch. Friß sie!»

Er wartete mit der Leine zwischen Daumen und Zeigefinger und beobachtete sie und die anderen Leinen gleichzeitig, denn der Fisch konnte hinab- oder hinaufgeschwommen sein. Dann kam wieder das gleiche zarte, zupfende Tasten.

«Er wird anbeißen», sagte der alte Mann vernehmlich. «Gott, hilf ihm, daß er anbeißt.»

Aber er biß nicht an. Er war weg, und der alte Mann fühlte nichts.

«Er kann nicht weg sein», sagte er, «um Christi willen, er kann nicht weg sein. Er macht eine Wendung. Vielleicht ist er früher schon mal festgehakt gewesen, und er erinnert sich dunkel daran.»

Dann spürte er das leise Tasten an der Leine, und er freute sich.

«Es war nur eine Wendung», sagte er. «Er wird anbeißen.»

Er freute sich, als er das sanfte Zupfen spürte, und dann fühlte er etwas Hartes und unglaublich Schweres. Es war das Gewicht des Fisches, und er ließ die Leine, die sich von der ersten der zwei Reserverollen abwickelte, auslaufen, hinunter, hinunter. Als sie hinunterlief und dabei leicht durch die Finger des alten Mannes glitt, konnte er immer noch das große Gewicht spüren, obwohl der Druck seines Daumens und Zeigefingers nahezu unmerklich war.

«Was für ein Fisch», sagte er, «jetzt hat er ihn seitlich im Maul, und er zieht damit fort.»

Dann wird er wenden und ihn schlucken, dachte er. Er sagte das nicht, weil er wußte, daß, wenn man etwas Gutes ausspricht, es vielleicht nicht eintrifft. Er wußte, was das für ein riesiger Fisch war, und er sah ihn im Geist, wie er sich im Dunkeln mit dem Thunfisch, den er quer im Maul hielt, entfernte. In dem Augenblick spürte er, wie er sich nicht mehr bewegte, aber das Gewicht war noch da. Dann nahm das Gewicht zu, und er gab mehr Leine. Er verstärkte einen Augenblick lang den Druck von Daumen und Zeigefinger, und das Gewicht nahm zu und zog steil hinunter.

«Er hat angebissen», sagte er. «Jetzt werde ich ihn ordentlich schlingen lassen.»

Er ließ die Leine durch die Finger gleiten, während er mit der linken Hand hinunterlangte und das freie Ende der beiden Reserverollen an der Öse der zwei Reserverollen der nächsten Leine festmachte. Jetzt war er bereit. Er hatte jetzt drei Leinen von vierzig Faden in Reserve außer der Rolle, die er benutzte.

«Schling es noch ein bißchen mehr hinein», sagte er. «Schling es ordentlich runter.»

Verschling es, so daß die Spitze des Hakens in dein Herz geht und dich tötet, dachte er. Komm leicht herauf und laß mich die Harpune in dich hineinstoßen. Gut. Bist du bereit? Warst du lange genug bei Tisch?

«Jetzt», sagte er laut und haute mit beiden Händen kräftig an, gewann ihm einen Meter Leine ab und haute dann wieder und wieder an und zog Hand über Hand mit aller Kraft seiner Arme und dem Gewicht seines sich mitdrehenden Körpers an der Schnur.

Nichts geschah. Der Fisch zog einfach langsam fort, und der alte Mann konnte ihn auch nicht einen Zentimeter heben. Seine Leine war stark und für schwere Fische gemacht, und er stemmte seinen Rücken gegen sie, bis sie so straff war, daß Wasserperlen von ihr sprangen. Dann begann sie, einen langsamen, zischenden Ton im Wasser zu machen, und er hielt sie noch immer, stemmte sich gegen die Ducht und lehnte sich zurück gegen den Zug. Das Boot begann, sich langsam nach Nordwesten zu bewegen.

Der Fisch schwamm ruhig, und sie bewegten sich langsam durch das stille Wasser. Die andern Köder waren noch im Wasser, aber es ließ sich nichts daran ändern.

«Ich wünschte, ich hätte den Jungen da», sagte der alte Mann laut. «Ich werde von einem Fisch in Schlepp genommen, und ich bin der schleppende Beting. Ich könnte die Leine festmachen. Aber dann könnte er sie zerreißen. Ich muß ihn halten, so gut ich kann, und ihm Leine geben, wenn er welche verlangt. Gottlob wandert er und zieht nicht hinunter.»

Was ich tun werde, wenn er sich entschließt, in die Tiefe zu gehen, weiß ich nicht. Was ich tun werde, wenn er taucht und stirbt, weiß ich nicht. Aber ich werde etwas tun. Es gibt eine Menge Dinge, die ich tun kann.

Er hielt die Leinen gegen seinen Rücken und beobachtete ihre Neigung im Wasser und das Boot, das sich stetig nordwestwärts bewegte.

Das wird ihn umbringen, dachte der alte Mann. Er kann das nicht auf die Dauer aushalten. – Aber vier Stunden später schwamm der Fisch immer noch mit dem Boot im Schlepp stetig hinaus ins Meer, und der alte Mann hielt immer noch die Leine straff über den Rükken gespannt.

«Es war Mittag, als ich ihn angehauen habe», sagte er. «Und ich habe ihn noch nicht gesehen.»

Bevor er den Fisch anhaute, hatte er seinen Strohhut fest auf den Kopf gestülpt, und er schnitt in seine Stirn ein. Er war auch durstig, und er kniete hin und bewegte sich, vorsichtig, um nicht an der Leine zu rucken, so weit er konnte, in der Plicht nach vorn und kriegte mit einer Hand die Wasserflasche zu fassen. Er öffnete sie und trank einen Schluck. Dann ruhte er sich im Bug aus. Er ruhte sich auf dem Segel und dem niedergelegten Mast sitzend aus und suchte nicht zu denken, sondern nur durchzuhalten.

Dann blickte er sich um und sah, daß kein Land zu sehen war. – Das machte keinen Unterschied, dachte er. Ich kann immer mit Hilfe des Lichtscheins über Havanna reinkommen. Es sind noch zwei Stunden, ehe die Sonne untergeht, und vielleicht kommt er vorher herauf. Wenn er es nicht tut, kommt er vielleicht mit dem Mond herauf. Wenn er das nicht tut, kommt er vielleicht bei Sonnenaufgang herauf. Ich habe keinen Krampf und fühle mich stark. Schließlich hat er den Haken im Maul, nicht ich. Aber was für ein Fisch, der so zieht! Er muß das Maul fest über dem Draht zugeklemmt haben. Ich wünschte, ich könnte ihn sehen, um zu wissen, was ich gegen mich habe.

Der Fisch änderte während der ganzen Nacht nicht einmal Kurs und Richtung, soweit es der Mann nach dem Stand der Sterne beurteilen konnte. Es war kalt, nachdem die Sonne untergegangen war, und der Schweiß des alten Mannes trocknete kalt auf seinem Rükken und seinen Armen und seinen alten Beinen. Während des Tages hatte er den Sack, der den Behälter mit dem Köder zudeckte, genommen und ihn in der Sonne zum Trocknen ausgebreitet. Nachdem die Sonne untergegangen war, band er ihn sich um den Hals, so daß er über seinen Rücken hinabhing, und er bugsierte ihn behutsam unter die Leine, die jetzt quer über seine Schultern lief. Der Sack nahm wie ein Kissen den Druck von der Leine, und er hatte eine Art ausprobiert, sich vornüber in den Bug zu lehnen, so daß er es beinah bequem hatte. Die Lage war tatsächlich nur einigermaßen weniger unerträglich, aber er fand es beinah bequem.

Ich kann nichts mit ihm anfangen, und er kann nichts mit mir anfangen, dachte er. Nicht, solange er so weitermacht.

Einmal stand er auf und urinierte über die Seite des Bootes und sah zu den Sternen auf und kontrollierte seinen Kurs. Die Leine lief über seine Schultern hinab ins Wasser, wo sie sich wie ein phosphoreszierender Strich abzeichnete. Sie bewegten sich jetzt langsamer, und der Lichtschein von Havanna war weniger stark, so daß er wußte, daß die Strömung sie ostwärts trug. – Wenn ich die Glut über Havanna nicht mehr sehe, müssen wir noch weiter ostwärts treiben, dachte er. Denn wenn der Kurs des Fisches derselbe geblieben ist, muß ich sie noch mehrere Stunden lang sehen. Wie wohl die Baseballresultate der großen Ligen heute waren, dachte er. Es wäre wunderbar, wenn man ein Radio hierbei hätte. – Dann dachte er, denk die ganze Zeit daran. Denk an das, was du tust. Du darfst nichts Dummes tun.

Dann sagte er laut: «Ich wünschte, ich hätte den Jungen da. Um mir zu helfen und um dies zu sehen.»

Niemand sollte im Alter allein sein, dachte er. Aber es ist unvermeidlich. Ich muß dran denken, den Thunfisch zu essen, bevor er verdirbt, damit ich bei Kräften bleibe. Denk dran, ganz gleich, wie ungern du's tust; du mußt ihn morgen früh essen. Denk dran, sagte er zu sich selbst.

Während der Nacht kamen zwei Tümmler an das Boot heran, er konnte hören, wie sie sich wälzten und schnauften. Er konnte zwischen dem schnaufenden Geräusch des Männchens und dem seufzenden Schnaufen des Weibchens unterscheiden.

«Sie sind gut», sagte er. «Sie spielen und scherzen und lieben einander. Sie sind unsere Brüder wie die fliegenden Fische.»

Dann fing er an, den großen Fisch, den er angehakt hatte, zu bemitleiden. Er ist wunderbar und merkwürdig, und wer weiß, wie alt er ist, dachte er. Noch nie habe ich einen so starken Fisch angehakt, auch keinen, der sich so merkwürdig benimmt. Vielleicht ist er zu klug, um zu springen. Er könnte mich durch seine Sprünge oder durch einen wilden Ausbruch vernichten. Aber vielleicht ist er bereits viele Male zuvor angehakt gewesen, und er weiß, daß er auf diese Art kämpfen muß. Er kann nicht wissen, daß er nur einen Mann gegen sich hat, auch nicht, daß es ein alter Mann ist. Aber was das für ein großer Fisch sein muß und was er auf dem Markt bringen wird, wenn sein Fleisch gut ist! Er hat den Köder wie ein männlicher Fisch genommen, und er zieht auch wie einer, und er setzt sich ohne Panik zur Wehr. Ob er wohl irgendeinen Plan hat oder ob er ebenso verzweifelt ist wie ich?

Er erinnerte sich an den Tag, als einer von einem Paar Marlins angebissen hatte. Der männliche Fisch ließ immer den weiblichen Fisch zuerst fressen, und der angehakte Fisch, der weibliche, setzte sich wild, von Panik erfaßt, verzweifelt zur Wehr und war bald erschöpft, und die ganze Zeit über war der männliche Fisch bei ihm geblieben, hatte die Leine gekreuzt und war mit ihm an der Oberfläche gekreist. Er war so dicht neben ihm geblieben, daß der alte Mann Angst gehabt hatte, daß er die Leine mit seinem Schwanz durchschneiden würde, der so scharf wie eine Sense war und beinah die gleiche Form und Größe hatte. Während der alte Mann das Weibchen mit einem Fischhaken und mit der Keule bearbeitete und den rapierartigen Schnabel mit seinem sandpapierrauhen Rand festhielt und ihr mit der Keule über den Schädel schlug, bis ihre Farbe beinah die Farbe der rückwärtigen Schicht eines Spiegels glich, und sie dann mit Hilfe des Jungen an Bord hißte, war der männliche Fisch neben dem Boot geblieben. Dann, während der alte Mann die Leinen und die Harpune klarmachte, sprang der männliche Fisch neben dem Boot hoch in die Luft, um zu sehen, wo das Weibchen geblieben war, und zog dann in die Tiefe, und seine lavendelfarbenen, weit ausgespreizten Flügel, die seine Brustflossen waren, und alle seine breiten, lavendelfarbenen Streifen waren zu sehen. Er war prächtig, entsann sich der alte Mann, und er war dageblieben.

Das war das Traurigste, was ich je mit ihnen erlebt habe, dachte der alte Mann. Auch der Junge war traurig, und wir baten sie um Verzeihung und schlachteten sie umgehend.

«Ich wünschte, der Junge wäre hier», sagte er laut und lehnte sich gegen die gerundeten Planken im Bug und fühlte die Stärke des großen Fisches durch die Leine, die er quer über den Schultern hielt, und wie er stetig auf das zusteuerte, was immer er sich als Ziel gewählt hatte.

Da es nun mal durch meine Hinterlist für ihn notwendig geworden ist, eine Wahl zu treffen, dachte der alte Mann.

Nach seiner Wahl wäre er weit draußen, jenseits aller Schlingen und Fallen und Tücken, in dem tiefen, dunklen Wasser geblieben. Meine Wahl war, dorthin zu fahren und ihn zu finden, ich und kein anderer Mensch. Ich und kein anderer Mensch auf der Welt. Jetzt sind wir aneinandergekettet und sind es seit Mittag. Und niemand ist da, um einem von uns zu helfen.

Vielleicht hätte ich nicht Fischer werden sollen, dachte er. Aber dafür bin ich geboren. Sobald es hell wird, muß ich bestimmt dran denken und den Thunfisch essen.

Kurz bevor es hell wurde, schnappte irgend etwas nach einem der Köder, die hinter ihm waren. Er hörte, wie der Stock zerbrach und die Leine über das Dollbord des Bootes davonsauste. In der Dunkelheit lockerte er sein in der Scheide steckendes Messer und nahm den ganzen Druck, der von dem Fisch ausging, auf seine linke Schulter, lehnte sich rückwärts und durchschnitt die Leine am Holz des Dollbords. Dann durchschnitt er die andere Leine, die ihm am nächsten war, und befestigte in der Dunkelheit die losen Enden der Reserveleinen. Er arbeitete geschickt mit einer Hand und setzte den Fuß auf die Buchten, um sie festzuhalten, während er die Knoten anzog. Jetzt hatte er sechs aufgeschossene Reserveleinen. Es waren zwei von jedem Köder, die er abgeschnitten hatte, und die zwei von dem Köder, den der Fisch genommen hatte, und sie waren alle miteinander verbunden.

Wenn es hell ist, dachte er, will ich zu dem Vierzig-Faden-Köder zurückrudern und auch den losschneiden und die Reserveleinen anschlingen. Ich werde zweihundert Faden von guter katalanischer *cordel* und die Haken und die Ösen einbüßen. Das kann ersetzt werden. Aber wer ersetzt mir diesen Fisch, falls ein Fisch anbeißt und ihn abschneidet? Ich weiß nicht, was das für ein Fisch war, der gerade eben den Köder genommen hat. Es kann ein Marlin oder ein breitmäuliger Schwertfisch oder ein Hai gewesen sein. Ich hab ihn nicht gefühlt. Ich mußte ihn zu schnell loswerden.

Laut sagte er: «Ich wünschte, ich hätte den Jungen da.»

Aber du hast den Jungen nicht da, dachte er. Du hast nur dich selbst, und du sollst dich jetzt lieber zu der letzten Leine zurückarbeiten, ob's dunkel ist oder nicht, und sie wegschneiden und die zwei Reserveleinen miteinander verbinden.

Also tat er das. Es war schwierig in der Dunkelheit, und einmal verursachte der Fisch eine riesige Welle, die ihn der Länge nach niederzwang und ihm eine Schnittwunde unter dem Auge beibrachte. Das Blut lief ein Stückchen über seine Backe herunter. Aber es gerann und trocknete, bevor es sein Kinn erreicht hatte, und er arbeitete sich zurück in die Vorplicht und lehnte sich gegen das Holz. Er rückte den Sack zurecht und manövrierte behutsam mit der Leine, so daß sie über eine andere Stelle seiner Schultern lief, und während er sie mit den Schultern verankert hielt, stellte er sorgfältig fest, wie stark der Fisch zog, und stellte dann mit der Hand fest, wieviel Fahrt das Boot im Wasser machte.

Warum er wohl plötzlich so einen Seitwärtsruck gemacht hat,

dachte er. Der Draht muß auf seinem großen, hügeligen Rücken gerutscht sein. Bestimmt tut ihm sein Rücken nicht so weh wie mir meiner. Aber er kann das Boot nicht ewig ziehen, und wenn er noch so groß ist. Jetzt ist alles beseitigt, was Unheil anrichten könnte, und ich habe einen großen Vorrat an Leine; alles, was ein Mensch verlangen kann.

«Fisch», sagte er leise und vernehmlich, «ich bleibe bei dir, bis ich tot bin.»

Ich nehme an, daß er auch bei mir bleiben wird, dachte der alte Mann, und er wartete darauf, daß es hell wurde. Jetzt, vor Morgengrauen, war es kalt, und er drängte sich gegen das Holz, um warm zu bleiben. – Ich kann es so lange aushalten wie er, dachte er. Und im ersten Dämmerlicht lief die Leine hinaus und hinunter ins Wasser. Das Boot bewegte sich stetig, und als der äußerste Saum der Sonne auftauchte, stand er auf der rechten Schulter des alten Mannes.

«Er nimmt jetzt Kurs nach Norden», sagte der alte Mann. – Die Strömung wird uns weit ostwärts abgedrängt haben, dachte er. Ich wünschte, er würde mit der Strömung wenden. Das würde zeigen, daß er allmählich müde wird.

Als die Sonne höher stand, war es dem alten Mann klar, daß der Fisch nicht müde wurde. Es gab nur ein günstiges Anzeichen. Die Neigung der Leine zeigte, daß er in geringerer Tiefe schwamm. Das hieß nicht unbedingt, daß er springen würde. Aber möglich war's.

«Herrgott, laß ihn springen», sagte der alte Mann. «Ich hab genug Leine, um ihn zu drillen.»

Vielleicht, wenn ich die Spannung gerade ein bißchen verstärken kann, wird es ihm weh tun, und er wird springen, dachte er. Jetzt, wo es Tageslicht ist, soll er springen, so daß er die Luftsäcke unterhalb der Wirbelsäule mit Luft füllt, und dann kann er nicht tief hinabziehen, um zu sterben.

Er versuchte, die Spannung zu verstärken, aber die Leine war bis zum Zerreißen straff gespannt, seit er den Fisch angehauen hatte, und er fühlte die Härte, als er sich zurücklehnte, um zu ziehen, und wußte, daß sie keinen weiteren Druck aushalten würde. – Ich darf nicht etwa an ihr reißen, dachte er. Jeder Ruck erweitert die Wunde, die der Haken gemacht hat, und wenn er dann wirklich springt, wirft er ihn vielleicht ab. Jedenfalls fühle ich mich jetzt in der Sonne wohler, und ausnahmsweise brauche ich nicht in sie hineinzusehen.

An der Leine hing gelber Seetang, aber der alte Mann wußte, daß dies ein zusätzliches Gewicht war, und er war froh darüber. Es war der gelbe Golftang, der nachts so stark phosphoresziert hatte. – «Fisch», sagte er, «ich liebe dich und achte dich sehr. Aber ich töte dich bestimmt, ehe dieser Tag zu Ende ist.»

Hoffentlich, dachte er.

Ein kleiner Vogel näherte sich dem Boot von Norden. Es war ein Baumschlüpfer, der sehr niedrig über dem Wasser flog. Der alte Mann konnte sehen, daß er sehr müde war.

Der Vogel setzte sich auf das Heck des Boots und ruhte sich dort aus. Dann umflog er den Kopf des alten Mannes und ruhte sich auf der Leine aus, wo er bequemer saß.

«Wie alt bist du?» fragte der alte Mann den Vogel. «Ist dies deine erste Reise?»

Der Vogel blickte ihn an, als er sprach. Er war zu müde, um auch nur die Leine zu untersuchen, und er schwankte hin und her, als sich seine zarten Krallen an ihr festklammerten.

«Die ist straff», sagte der alte Mann zu ihm. «Die ist sogar zu straff. Nach einer windstillen Nacht solltest du nicht so müde sein. Was wird aus euch Vögeln?»

Die Falken, dachte er, die aufs Meer hinausfliegen, um euch zu treffen. Aber er sagte davon nichts zu dem Vogel, der ihn sowieso nicht verstehen konnte und der die Falken früh genug kennenlernen würde.

«Ruh dich gut aus, kleiner Vogel», sagte er. «Und dann flieg los und versuch dein Glück wie jeder Mann, wie jeder Vogel oder Fisch.»

Das Reden tat ihm gut, weil sein Rücken in der Nacht steif geworden war und ihm jetzt wirklich weh tat.

«Bleib in meiner Behausung, wenn du willst, Vogel», sagte er. «Es tut mir leid, daß ich das Segel nicht hissen kann, um dich mit der schwachen Brise, die aufkommt, an Land zu bringen. Aber ich bin mit einem Freund zusammen.»

In diesem Augenblick zog der Fisch plötzlich seitwärts, so daß es den alten Mann auf den Steven hinunterriß und er über Bord gerissen worden wäre, wenn er nicht das Gleichgewicht gehalten und ziemlich viel Leine gegeben hätte. Der Vogel war aufgeflogen, als die Leine anruckte, und der alte Mann hatte ihn noch nicht einmal wegfliegen sehen. Er tastete die Leine sorgfältig mit seiner rechten Hand ab und bemerkte, daß seine Hand blutete.

«Irgend etwas hat ihm also weh getan», sagte er laut und zog an der Leine, um festzustellen, ob er den Fisch zum Wenden bringen konnte. Aber als er ihre äußerste Spannungsgrenze erreicht hatte, fixierte er sie und lehnte sich gegen den Zug der Leine zurück.

«Jetzt fühlst du's, Fisch», sagte er. «Und ich auch, weiß Gott.»

Er blickte sich jetzt nach dem Vogel um, weil er ihn gern zur Gesellschaft gehabt hätte. Der Vogel war fort.

Du bist nicht lange geblieben, dachte der Mann. Und bis du ans Ufer kommst, ist es stürmischer dort, wo du hinfliegst, als hier. Wie konnte ich mich nur von dem einen heftigen Ruck, den der Fisch gemacht hat, verletzen lassen? Ich werde ja richtig dumm. Oder habe ich vielleicht den kleinen Vogel angesehen und an ihn gedacht? Jetzt werd ich mich um meine Arbeit kümmern, und dann muß ich den Thunfisch essen, damit mir die Kräfte nicht versagen.

«Ich wünschte, der Junge wäre hier, und ich hätte etwas Salz da», sagte er laut.

Er verlagerte das Gewicht der Leine auf die linke Schulter und kniete sich behutsam hin und wusch die Hand im Meer und hielt sie dort länger als eine Minute eingetaucht und beobachtete, wie das Blut leicht dahinzog und das Wasser stetig gegen seine Hand spülte, während das Boot sich bewegte.

«Er ist jetzt viel langsamer», sagte er.

Der alte Mann hätte seine Hand gern länger im Salzwasser gelassen, aber er befürchtete ein erneutes plötzliches Seitwärtsziehen des Fisches, und er stand auf und hielt das Gleichgewicht und hob die Hand in die Sonne. Die Leine hatte sein Fleisch nur leicht aufgerissen. Aber es war der Teil seiner Hand, den er dauernd benutzte. Er war sich klar darüber, daß er seine Hände brauchen würde, ehe dies vorbei war, und er mochte nicht verletzt sein, bevor es losging.

«Jetzt», sagte er, nachdem seine Hand getrocknet war, «muß ich den kleinen Thunfisch essen. Ich kann mit dem Fischhaken an ihn ran und ihn hier in aller Bequemlichkeit essen.»

Er kniete sich hin und fand mit dem Fischhaken den Thunfisch unter dem Heck, zog ihn zu sich heran und nahm sich in acht, daß er nicht mit ihm an die aufgeschossenen Leinen kam. Wieder hielt er die Leine mit der linken Schulter und hielt mit der linken Hand und dem linken Arm das Gleichgewicht, als er den Thunfisch vom Fischhaken losmachte und den Fischhaken zurück an seinen Platz legte. Er stemmte ein Knie auf den Fisch und schnitt Streifen von dem dunkelroten Fleisch vom Hinterkopf bis zum Schwanz der Länge nach ab. Es waren keilförmige Streifen, und er schnitt sie direkt am Rückgrat entlang bis hinunter an den Rand des Bauchs. Nachdem er sechs Streifen geschnitten hatte, breitete er sie auf dem Holz im Bug aus, wischte sein Messer an seiner Hose ab und ergriff das Gerippe des Bonito beim Schwanz und ließ es über Bord fallen.

«Ich glaube nicht, daß ich einen ganzen essen kann», sagte er und zog sein Messer quer über einen der Streifen.

Er konnte das stetige, harte Ziehen der Leine fühlen, und seine linke Hand verkrampfte sich. Sie krallte sich um die schwere Schnur, und er sah sie mit Widerwillen an.

«Was ist das für eine Hand?» sagte er. «Schön, verkrampf dich, wenn du willst. Schrumpf zu einer Klaue zusammen. Es wird dir nichts helfen.»

Los doch, dachte er und blickte hinab in das dunkle Wasser auf die Neigung der Leine. Iß ihn jetzt, und es wird deine Hand kräftigen. Es ist nicht die Schuld deiner Hand, und du hast schon viele Stunden mit dem Fisch zugebracht. Aber du kannst es ewig mit ihm aushalten. Iß den Bonito jetzt.

Er hob ein Stück in die Höhe und steckte es in den Mund und kaute es langsam. Es schmeckte nicht schlecht.

Kau es gut, dachte er, und sieh zu, daß du den ganzen Saft kriegst. Mit ein bißchen Limone oder Zitrone oder mit Salz würde er sogar ganz gut schmecken.

«Wie geht's dir, Hand?» fragte er die verkrampfte Hand, die beinah so steif wie in Todesstarre war. «Ich eß noch was für dich.»

Er aß die andere Hälfte von dem Stück, das er entzweigeschnitten hatte. Er kaute es sorgfältig und spuckte dann die Haut aus.

«Wie geht's dir, Hand? Oder ist es zu früh, um es zu wissen?»

Er nahm noch ein ganzes Stück und kaute es.

Er ist ein starker, vollblütiger Fisch, dachte er. Ich hab Glück gehabt, daß ich ihn an Stelle von einer Goldmakrele gefangen habe. Makrele schmeckt zu süßlich. Der hier ist überhaupt kaum süßlich, und die ganze Kraft ist noch drin.

Hat aber keinen Sinn, man muß praktisch sein, sonst nichts, dachte er. Ich wünschte, ich hätte etwas Salz da. Ich weiß nicht, ob das, was übrig ist, in der Sonne trocknen oder verfaulen wird, darum ist es besser, wenn ich jetzt alles esse, obwohl ich keinen Hunger habe. Der Fisch ist ruhig und stetig. Ich werde alles essen, und dann bin ich bereit.

«Hab Geduld, Hand», sagte er. «Ich tu dies für dich.»

Ich wünschte, ich könnte dem Fisch was zu fressen geben, dachte er. Er ist mein Bruder. Aber ich muß ihn töten und bei Kräften bleiben, um es zu schaffen. – Langsam und gewissenhaft aß er all die keilförmigen Fischstreifen.

Er richtete sich auf und wischte seine Hand an der Hose ab.

«Jetzt», sagte er, «kannst du die Schnur loslassen, Hand, und ich werd ihn mit dem rechten Arm allein drillen, bis du mit dem Unsinn aufhörst.» Er trat mit dem linken Fuß auf die schwere Leine, die die linke Hand gehalten hatte, und lehnte sich rückwärts, gegen den Druck auf seinem Rücken.

«Gott, hilf mir, daß der Krampf aufhört», sagte er. «Weil ich nicht weiß, was der Fisch tun wird.»

Aber er scheint ruhig zu sein, dachte er, und seinen Plan zu verfolgen. – Aber was ist sein Plan? dachte er. Und was ist meiner? Ich muß mich mit meinem nach ihm richten, wegen seiner ungeheuren Größe. Falls er springt, kann ich ihn töten. Aber er bleibt ja ewig dort unten. Dann werde ich ewig mit ihm dort unten bleiben.

Er rieb die verkrampfte Hand gegen seine Hose und versuchte, die Finger zu lockern. Aber sie wollte sich nicht öffnen. – Vielleicht wird sie sich durch die Sonne öffnen, dachte er. Vielleicht wird sie sich öffnen, wenn der kräftige rohe Thunfisch verdaut ist. Wenn ich sie haben muß, werde ich sie öffnen, koste es, was es wolle. Aber jetzt will ich sie nicht mit Gewalt öffnen. Sie soll sich von selbst öffnen, und von selbst wieder in Ordnung kommen. Immerhin hab ich sie die Nacht durch stark mißbraucht, als ich die verschiedenen Leinen losmachen und anschlingen mußte.

Er blickte über das Meer und wußte, wie allein er jetzt war. Aber er konnte die Lichtbrechungen in dem tiefen, dunklen Wasser sehen und die vorwärtsziehende Leine und das seltsame Wellenspiel der Windstille. Die Wolken türmten sich jetzt unter dem eindringenden Passatwind, und er blickte geradeaus und sah eine Schar von Wildenten, die sich über dem Wasser gegen den Himmel abzeichneten, und er wußte, daß man auf See niemals allein war.

Er dachte daran, wie sich manche Leute fürchteten, wenn sie in einem kleinen Boot das Land aus den Augen verloren, und wußte, daß sie in den Monaten, in denen plötzlich Schlechtwetter eintritt, recht hatten. Aber jetzt befand man sich in den Orkanmonaten, und wenn keine Orkane sind, ist das Wetter in den Orkanmonaten das beste des ganzen Jahres.

Wenn ein Orkan kommt, sieht man auf See die Anzeichen hierfür immer schon Tage vorher am Himmel. – An Land sehen sie sie nicht, weil sie nicht wissen, wonach sie Ausschau halten sollen, dachte er. Das Land macht sicher auch einen Unterschied in der Form der Wolken. Aber jetzt ist kein Orkan im Anzug.

Er blickte in den Himmel hinauf und sah die weißen Kumuluswolken, die wie anheimelnde Berge von Sahneeis aussahen, und hoch darüber waren die zarten Federn der Zirruswolken in dem hohen Septemberhimmel. «Leichte *brisa*», sagte er, «besseres Wetter für mich als für dich, Fisch.»

Seine linke Hand war noch verkrampft, aber er lockerte sie langsam.

Widerwärtig, so ein Krampf, dachte er. Es ist ein Verrat des eigenen Körpers. Es ist demütigend, wenn man durch eine Vergiftung vor andern Leuten Durchfall bekommt oder sich übergeben muß. Aber ein Krampf, er dachte daran als *calambre*, ist demütigend für einen selber, besonders, wenn man allein ist.

Wenn der Junge hier wäre, könnte er sie mir massieren und es vom Unterarm her lockern, dachte er. Aber es wird sich schon lokkern.

Dann spürte er mit der rechten Hand den Unterschied im Zerren der Leine, bevor er im Wasser den Wechsel der Neigung gesehen hatte. Dann, als er sich gegen die Leine lehnte und seine linke Hand hart und schnell gegen seinen Oberschenkel schlug, sah er, wie die Leine sich langsam aufwärts schrägte. «Er kommt rauf», sagte er. «Komm, mach mit, Hand. Bitte mach mit.»

Die Leine hob sich langsam und stetig, und dann wölbte sich die Oberfläche des Ozeans vor dem Boot, und der Fisch kam heraus. Er kam heraus, ohne Ende, und das Wasser strömte ihm von den Seiten. Er leuchtete in der Sonne, und sein Kopf und sein Rücken waren dunkelviolett, und in der Sonne sah man an seinen beiden Seiten, breite, lavendelfarbene Streifen. Sein Schwert war so lang wie ein Baseballschläger und zugespitzt wie ein Rapier, und er hob sich in seiner ganzen Länge aus dem Wasser, und dann glitt er wie ein Taucher so geschmeidig wieder hinein, und der alte Mann sah das große Sensenblatt des Schwanzes verschwinden, und die Leine begann wegzusausen.

«Er ist zwei Fuß länger als das Boot», sagte der alte Mann. Die Leine lief schnell, aber stetig aus, und der Fisch zeigte keine Panik. Der alte Mann versuchte, mit beiden Händen die Leine gerade noch innerhalb der Spannungsgrenze zu halten. Er wußte, daß, wenn er das Tempo des Fisches nicht durch anhaltenden Druck verringern konnte, der Fisch die gesamte Leine mit sich nehmen und sie zerreißen konnte.

Es ist ein herrlicher Fisch, und ich muß ihn kleinkriegen, dachte er. Er darf nie erfahren, wie stark er ist oder was er tun könnte, wenn er loszöge. Wenn ich er wäre, würde ich jetzt alles auf eine Karte setzen und losziehen, bis was reißt. Aber gottlob sind sie nicht so klug wie wir, die sie töten, obwohl sie edler und fähiger sind.

Der alte Mann hatte manch herrlichen Fisch gesehen. Er hatte viele gesehen, die mehr als tausend Pfund wogen, und er hatte in seinem Leben zwei von der Größe gefangen, aber niemals allein. Jetzt allein und außer Sicht des Landes, war er an den größten Fisch, den er je gesehen hatte, gekettet, größer als irgendeiner, von dem er je gehört hatte, und seine linke Hand war immer noch so verkrampft wie die gekrallten Klauen eines Adlers.

Aber sie wird sich entkrampfen, dachte er. Sicher wird sie sich entkrampfen, um meiner rechten Hand zu helfen. Drei Dinge sind Geschwister: der Fisch und meine beiden Hände. Sie muß sich entkrampfen. Es ist ihrer unwürdig, verkrampft zu sein. – Der Fisch schwamm wieder langsamer und bewegte sich in seinem gewohnten Tempo.

Warum er wohl gesprungen ist, überlegte der alte Mann. Er sprang ja fast, als ob er mir zeigen wollte, wie groß er ist. Jedenfalls weiß ich es jetzt, dachte er. Ich wünschte, ich könnte ihm zeigen, was für ein Kerl ich bin. Aber dann würde er meine verkrampfte Hand sehen. Soll er denken, daß ich mehr Manns bin, als ich bin, und ich werde es sein. Ich wünschte, ich wäre der Fisch, dachte er, mit allem, was er hat, nur gegen meinen Willen und meine Intelligenz.

Er lehnte sich bequem gegen das Holz und ertrug seine Schmerzen, wie sie kamen, und der Fisch schwamm stetig, und das Boot bewegte sich langsam durch das dunkle Wasser. Es erhob sich eine leichte See, da der Wind von Osten auffrischte, und um Mittag war die linke Hand des alten Mannes entkrampft.

«Schlimme Nachricht für dich, Fisch», sagte er und verlagerte die Leine über dem Sack, der seine Schultern bedeckte.

Er fühlte sich ganz behaglich, obwohl er litt, aber er gestand sich's nicht ein, daß er litt.

«Ich bin nicht fromm», sagte er. «Aber ich will zehn Vaterunser und zehn Ave Maria beten, damit ich den Fisch fange, und ich verspreche, daß ich eine Wallfahrt zu der Jungfrau von Cobre machen werde, wenn ich ihn fange. Das verspreche ich.»

Er fing an, mechanisch seine Gebete herzusagen. Manchmal war er so müde, daß er sich nicht an das Gebet erinnern konnte, und dann sagte er es so schnell, daß es automatisch kam. – Ave Maria sind leichter zu sagen als Vaterunser, dachte er.

«Gegrüßt seist du, Maria, voller Gnaden. Der Herr ist mit dir. Du bist gebenedeit unter den Weibern, und gebenedeit ist die Frucht deines Leibes, Jesus. Heilige Maria, Mutter Gottes, bitte für uns Sünder jetzt und zu der Stunde unseres Todes. Amen.» Dann fügte er hinzu: «Heilige Jungfrau, bitte um den Tod dieses Fisches. So herrlich er auch ist.»

Nachdem er seine Gebete gesagt hatte, und da er sich viel besser fühlte, obwohl er genausoviel Schmerzen litt, ja vielleicht ein wenig mehr als zuvor, lehnte er sich gegen das Holz des Bugs und begann, mechanisch die Finger seiner linken Hand zu bewegen.

Die Sonne war jetzt heiß, obwohl der Wind weiter auffrischte.

«Ich sollte lieber die kleine Schnur, die über das Heck läuft, neu beködern», sagte er. «Wenn der Fisch sich entschließt, noch eine Nacht durchzuhalten, muß ich noch einmal essen, und in der Flasche ist nicht mehr viel Wasser. Ich glaube nicht, daß ich hier etwas außer einer Goldmakrele kriegen kann. Aber wenn ich sie frisch genug esse, wird sie gar nicht so schlecht schmecken. Ich wünschte, ein fliegender

Fisch würde heute nacht an Bord kommen. aber ich habe kein Licht da, um sie anzulocken. Ein fliegender Fisch ist ausgezeichnet zum Rohessen, und ich brauchte ihn nicht zu zerstückeln. Ich muß jetzt alle meine Kräfte zusammenhalten. Weiß Gott, ich wußte nicht, daß er so groß ist.»

«Aber ich werde ihn töten», sagte er. «In all seiner Größe und Herrlichkeit.»

Obwohl es nicht recht ist, dachte er. Aber ich werd ihm zeigen, was ein Mann tun kann und was ein Mann aushält.

«Ich hab dem Jungen gesagt, daß ich ein merkwürdiger alter Mann bin», sagte er. «Jetzt ist der Augenblick, wo ich's beweisen muß.» Die tausend Male, die er's bewiesen hatte, bedeuteten nichts. Jetzt bewies er's von neuem. Jedes Mal war ein neues Mal, und er dachte niemals an die Vergangenheit, wenn er es tat.

Ich wünschte, er würde schlafen, und ich könnte schlafen und von den Löwen träumen, dachte er. Warum sind die Löwen das Wichtigste, was übrig ist? Denk jetzt nicht, alter Freund, sagte er zu sich selbst. Lehn dich jetzt friedlich gegen das Holz und denk an nichts. Er arbeitet. Tu so wenig wie möglich.

Es wurde Nachmittag und das Boot bewegte sich immer noch langsam und stetig. Aber jetzt wirkte die östliche Brise zusätzlich wie eine Bremse, und der alte Mann trieb gemächlich auf der schwachen Dünung, und der Schmerz von der Schnur über seinem Rücken war leicht und gleichförmig.

Einmal im Laufe des Nachmittags begann sich die Leine wieder zu heben, aber der Fisch schwamm nur in einer etwas geringeren Tiefe weiter. Die Sonne stand auf dem linken Arm und der linken Schulter des alten Mannes und auf seinem Rücken. Dadurch wußte er, daß der Fisch nach Nord zu Ost gedreht hatte.

Jetzt, nachdem er ihn einmal gesehen hatte, konnte er sich den Fisch mit den violetten Brustflossen, die sich wie Flügel spreizten, und dem großen, aufgerichteten Schwanz, der die Dunkelheit zerteilte, im Wasser schwimmend vorstellen. – Wieviel er wohl in jener Tiefe sehen kann, dachte der alte Mann. Sein Auge ist riesengroß, und ein Pferd mit viel kleineren Augen kann in der Dunkelheit sehen. Früher konnte ich ganz gut in der Dunkelheit sehen. Nicht in völliger Dunkelheit. Aber beinah so, wie eine Katze sieht.

Die Sonne und die stetige Bewegung seiner Finger hatten seine linke Hand jetzt vollständig entkrampft, und er suchte mehr Druck auf sie abzuwälzen, und er bewegte die Rückenmuskeln, um den Schmerz von der Schnur ein wenig zu verlagern.

«Wenn du nicht müde bist, Fisch», sagte er laut, «mußt du ein sehr merkwürdiger Fisch sein.»

Er fühlte sich sehr müde, und er wußte, daß die Nacht bald kommen würde, und er suchte an andere Dinge zu denken. Er dachte an die großen Ligen – für ihn waren es die *Gran Ligas* –, und er wußte, daß die «Yankees» von New York gegen die «Tiger» von Detroit spielten.

Dies ist schon der zweite Tag, an dem ich nicht das Resultat der *juegos* weiß, dachte er. Aber ich muß zuversichtlich sein, und ich muß mich des großen DiMaggio würdig zeigen, der immer alle Dinge vollkommen tut, selbst mit dem Schmerz vom Knochensporn im Hacken. Was ist ein Knochensporn? fragte er sich. *Un espuela de hueso.* So was haben wir nicht. Ob es wohl so weh tut, wie wenn man den Sporn eines Kampfhahns im eigenen Hacken hat? Ich glaube nicht, daß ich das ertragen könnte, ohne den Verlust eines Auges oder von beiden Augen, und dann weiterkämpfen, wie die Kampfhähne es tun. Der Mensch ist nicht viel neben den großen Raubvögeln und wilden Tieren. Trotzdem, am liebsten wäre ich das Tier dort unten in der Dunkelheit des Meeres.

«Außer wenn Haie kommen», sagte er laut, «wenn Haie kommen, dann gnade Gott ihm und mir.»

Ob wohl der große DiMaggio so lange mit einem solchen Fisch aushalten würde, wie ich mit diesem hier aushalten werde, dachte er. Sicherlich würde er's und noch länger, weil er jung und stark ist. Außerdem war sein Vater ein Fischer. Oder würde der Knochensporn ihm zu weh tun?

«Ich weiß es nicht», sagte er laut. «Ich habe nie einen Knochensporn gehabt.»

Als die Sonne unterging, dachte er, um sich mehr Selbstvertrauen zu geben, an die Zeit in der Taverne von Casablanca zurück, als er das Fingerspiel mit dem mächtigen Neger aus Cienfuegos, der der stärkste Mann in den Docks war, gespielt hatte. Es hatte einen Tag und eine Nacht gedauert, mit den Ellbogen auf einer Kreidelinie auf dem Tisch und steil aufgerichteten Unterarmen und fest ineinanderverkrampften Händen. Alle beide hatten versucht, die Hand des andern auf den Tisch hinunterzuzwingen. Es wurden eine Menge Wetten abgeschlossen, und die Leute gingen unter den Kerosinlampen im Zimmer ein und aus, und er hatte sich den Arm und die Hand des Negers genau betrachtet und auch das Gesicht des Negers. Nach den ersten acht Stunden wurden alle vier Stunden die Schiedsrichter gewechselt, damit die Schiedsrichter schlafen konnten. Das Blut trat in seinen Händen und an denen des Negers unter den Fingernägeln hervor, und sie blickten einander in die Augen und auf ihre Hände und Unterarme, und die Wettenden gingen im Zimmer ein und aus und saßen auf hohen Stühlen an der Wand entlang und sahen zu.

Die Wände waren leuchtend blau gestrichen und waren aus Holz, und die Lampen warfen ihre Schatten auf sie. Der Schatten des Negers war riesengroß, und er bewegte sich auf der Wand, wenn der Wind die Lampen bewegte.

Die Wettchancen wechselten die ganze Nacht hindurch, und man flößte dem Neger Rum ein und steckte ihm Zigaretten an. Der Neger hatte dann nach dem Rum eine unerhörte Anstrengung gemacht und einmal den alten Mann, der damals kein alter Mann, sondern Santiago *El Campéon* war, beinah acht Zentimeter zur Seite gedrückt. Aber der alte Mann hatte seine Hand wieder völlig in die Ausgangsstellung zurückgebracht. Nun wußte er, daß er den Neger, der ein famoser Kerl und ein großartiger Athlet war, besiegt hatte. Und beim Morgengrauen, als die Wettenden verlangten, daß der Kampf unentschieden erklärt wurde, und der Schiedsrichter den Kopf schüttelte, hatte er all seine Kräfte angespannt und die Hand des Negers tiefer und tiefer gedrückt, bis sie auf dem Holz auflag. Der Wettkampf hatte an einem Sonntagmorgen begonnen und an einem Montagmorgen geendet. Viele der Wettenden hatten ein Unentschieden gefordert, weil sie zur Arbeit in die Docks, zum Zuckersäckeladen oder zu der Kohlengesellschaft von Havanna mußten. Sonst hätten alle auf einem Entscheidungskampf bestanden. Aber er hatte es sowieso beendet und ehe noch jemand zur Arbeit gehen mußte.

Eine lange Zeit noch danach hatte ihn jeder den Champion genannt, und im Frühling hatte man einen Revanchekampf veranstaltet. Aber es wurde nicht viel gewettet, und er hatte ganz leicht gesiegt, da er damals im ersten Wettkampf das Selbstvertrauen des Negers aus Cienfuegos erschüttert hatte. Danach hatte er noch ein paar Wettkämpfe ausgefochten und dann keine weiter. Er hatte festgestellt, daß er jeden besiegen konnte, wenn er heftig genug wollte, und er hatte festgestellt, daß es für seine rechte Hand beim Fischen schlecht war. Er hatte ein paar Übungskämpfe mit seiner linken Hand probiert, aber seine linke Hand hatte ihn immer im Stich gelassen und tat nicht das, was er von ihr verlangte, und er traute ihr nicht.

Die Sonne wird sie jetzt ordentlich schmoren, dachte er. Sie wird sich wohl nicht noch einmal verkrampfen, falls es in der Nacht nicht zu kalt wird. Was wohl diese Nacht bringen wird?

Ein Flugzeug zog auf seinem Kurs nach Miami über ihn hinweg, und er beobachtete, wie sein Schatten die Schwärme von fliegenden Fischen aufschreckte.

«Wo so viele fliegende Fische sind, sollte es Goldmakrelen geben», sagte er und lehnte sich gegen die Leine, um zu sehen, ob es möglich war, seinem Fisch etwas abzugewinnen. Aber er konnte es nicht, und sie blieb hart und sprühte Wassertropfen, was direkt dem Zerreißen vorangeht. Das Boot bewegte sich langsam vorwärts, und er beobachtete das Flugzeug, bis er es nicht mehr sehen konnte.

Es muß sehr merkwürdig in einem Flugzeug sein, dachte er. Wie wohl die See von der Höhe her aussieht? Man müßte die Fische gut sehen können, wenn man nicht zu hoch fliegt. Ich würde gern sehr langsam zweihundert Faden hoch fliegen und die Fische von oben sehen. Auf den Schildkrötenbooten war ich in der Saling vom Mars, und selbst von dieser Höhe aus hab ich viel gesehen. Die Goldmakrelen sehen von da grüner aus, und man kann ihre Streifen sehen und ihre violetten Flecken, und man kann den ganzen Schwarm sehen, wenn sie schwimmen. Woher kommt es, daß alle schnell sich bewegenden Fische in der dunklen Strömung violette Rücken und gewöhnlich violette Streifen oder Flecken haben? Die Goldmakrele sieht natürlich grün aus, weil sie tatsächlich goldgelb ist. Aber wenn sie fressen will und wirklich hungrig ist, zeigen sich an ihren Seiten violette Streifen wie bei einem Marlin. Kann es Wut sein oder die größere Geschwindigkeit, mit der sie schwimmt, die sie zum Vorschein bringen?

Gerade bevor es dunkel wurde, als sie an einer großen Insel von Sargassotang vorbeikamen, die in der leicht bewegten See auf und ab wogte, als ob der Ozean unter jener gelben Decke mit etwas sein Liebesspiel triebe, biß eine Makrele an der kleinen Schnur an. Er sah sie zuerst, als sie, im letzten Sonnenlicht ganz golden, in die Luft sprang und sich in der Luft bog und heftig um sich schlug. Wieder und wieder machte der Fisch seine akrobatischen Angstsprünge, und der alte Mann arbeitete sich ans Heck zurück und kauerte sich hin und hielt die starke Leine mit der rechten Hand und dem rechten Arm und zog die Makrele mit der linken Hand heran. Jedesmal trat er mit dem nackten linken Fuß auf die eingeholte Schnur. Als der Fisch achtern war und aus Verzweiflung von einer Seite zur anderen tauchte und kreuzte, beugte sich der alte Mann übers Heck und hob den goldglänzenden Fisch mit den violetten Flecken ins Boot. Seine Kiefer arbeiteten krampfhaft in schnellem Zubiß gegen den Haken, und er hämmerte mit seinem langen, flachen Körper, seinem Schwanz und seinem Kopf gegen den Boden des Boots, bis der alte Mann ihn mit der Keule über den schimmernden, goldenen Kopf schlug und er erzitterte und still war.

Der alte Mann hakte den Fisch los, beköderte die Schnur mit einer neuen Sardine und warf sie aus. Dann arbeitete er sich langsam wieder nach vorn zurück. Er wusch seine linke Hand und wischte sie sich an seiner Hose ab. Dann wechselte er die schwere Leine von der rechten Hand in die linke hinüber und wusch seine rechte Hand in der See, während er die Neigung der schweren Schnur und das Versinken der Sonne im Ozean beobachtete.

«Er ist noch ganz unverändert», sagte er. Aber während er die Bewegung des Wassers gegen seine Hand beobachtete, fiel ihm auf, daß sie jetzt merklich langsamer war.

«Ich werde die beiden Riemen über dem Heck zusammenbinden, und das wird seine Geschwindigkeit in der Nacht verringern», sagte er. «Der ist reif für die Nacht, und ich bin's auch.»

Es ist besser, wenn ich die Makrele etwas später ausweide, damit das Blut im Fleisch bleibt, dachte er. Ich kann das ein bißchen später tun und gleichzeitig die Riemen zusammenbinden, um eine Art Bremse herzustellen. Ich sollte den Fisch wohl jetzt lieber ruhig halten und ihn bei Sonnenuntergang nicht zu sehr stören. Sonnenuntergang ist für alle Fische eine schwierige Zeit.

Er ließ seine Hand an der Luft trocknen, dann ergriff er die Leine mit ihr und machte es sich, soweit er konnte, bequem und ließ sich gegen das Holz vorwärtsziehen, so daß das Boot ebensoviel oder mehr Druck als er bekam.

Ich lerne, wie man's machen muß, dachte er. Wenigstens diesen Teil von der Geschichte. Dann vergiß auch nicht, er hat, seit er den Köder genommen hat, nichts gefressen, und er ist riesengroß und braucht viel Nahrung. Ich habe den ganzen Bonito gegessen. Morgen werde ich die Goldmakrele essen. Er nannte sie *dorado.* Vielleicht sollte ich etwas von ihr essen, wenn ich sie ausnehme. Die wird schwieriger zu essen sein als der Bonito. Aber schließlich ist nichts leicht.

«Wie geht es dir, Fisch?» fragte er laut. «Mir geht's gut, und meiner linken Hand geht es besser, und ich habe genug Essen für eine Nacht und einen Tag. Zieh das Boot, Fisch.»

Es ging ihm nicht wirklich gut, weil der Schmerz von der Leine, die über seinen Rücken lief, beinah jenseits allen Schmerzes war und in eine Dumpfheit übergegangen war, der er mißtraute. – Aber ich hab schon Schlimmeres als das gehabt, dachte er. Meine Hand ist nur ein bißchen zerschnitten, und der Krampf ist aus der anderen verschwunden. Meine Beine sind in Ordnung. Und jetzt bin ich ihm, auch was die Ernährung betrifft, über.

Es war jetzt dunkel, wie es im September, wenn die Sonne untergegangen ist, schnell dunkel wird. Er lag gegen das abgenutzte Holz des Bugs und ruhte sich aus, so gut er konnte. Die ersten Sterne waren da. Er kannte den Namen des Rigels[1] nicht, aber er sah ihn und

1 Rigel ist ein Stern im Sternbild des Orion

wußte, daß sie bald alle da sein würden und er all seine fernen Freunde um sich haben würde.

«Der Fisch ist auch mein Freund», sagte er laut. «Ich hab noch nie solchen Fisch gesehen und auch nie von so einem gehört. Aber ich muß ihn töten. Ich bin froh, daß wir nicht versuchen müssen, die Sterne zu töten.»

Stell dir mal vor, wenn ein Mann jeden Tag versuchen müßte, den Mond zu töten, dachte er. Der Mond läuft davon. Aber stell dir mal vor, wenn ein Mann jeden Tag versuchen sollte, die Sonne zu töten. Wir sind noch glücklich dran, dachte er.

Dann tat ihm der große Fisch, der nichts zu fressen hatte, leid, aber sein Entschluß, ihn zu töten, wurde durch sein Mitgefühl für ihn nicht geschwächt. – Wie vielen Menschen wird er als Nahrung dienen, dachte er. Aber sind sie's wert, ihn zu essen? Nein, natürlich nicht. Es gibt niemand, der's wert ist, ihn zu essen, wenn man die Art seines Verhaltens und seine ungeheure Würde bedenkt.

Ich verstehe diese Dinge nicht, dachte er. Aber es ist gut, daß wir nicht versuchen müssen, die Sonne oder den Mond oder die Sterne zu töten. Es ist schlimm genug, von der See zu leben und unsere eigenen Brüder zu töten.

Jetzt, dachte er, muß ich über die Bremse nachdenken. Sie hat ihre Gefahren und ihre Vorzüge. Vielleicht verliere ich so viel Leine, daß ich *ihn* verliere, sobald er wirklich loszieht und die von den Riemen hergestellte Bremse in Aktion tritt und das Boot seine ganze Leichtigkeit verliert. Seine Leichtigkeit verlängert unser Leiden, seins und meins, aber es ist meine Sicherung, da er über eine ungeheure Geschwindigkeit verfügt, die er bisher noch nicht benutzt hat. Ganz gleich, was passiert, ich muß die Makrele ausweiden, damit sie nicht verdirbt, und etwas von ihr essen, damit ich bei Kräften bleibe.

Jetzt will ich mich noch eine Stunde ausruhen und mich überzeugen, daß er ruhig und stetig ist, bevor ich ins Heck zurückgehe, um das Notwendige zu tun und meinen Entschluß zu fassen. Inzwischen kann ich sehen, wie er sich benimmt und ob er irgendwelche Veränderungen zeigt. Das mit den Riemen ist ein guter Trick, aber die Zeit ist gekommen, wo man nichts riskieren darf. Er ist immer noch ein Kerl von einem Fisch, und ich hab gesehen, daß der Haken in einer Ecke seines Maules saß und er sein Maul fest zugeklemmt hielt. Der Haken setzt ihm gar nicht zu, aber der Hunger setzt ihm arg zu, und daß er sich einer Sache gegenübersieht, die er nicht versteht. Ruh dich jetzt aus, alter Freund, und laß ihn arbeiten, bis deine nächste Aufgabe drankommt.

Er glaubte, daß er sich ungefähr zwei Stunden ausgeruht hatte. Der Mond ging jetzt erst spät auf, und er hatte nichts, um die Zeit festzustellen. Er ruhte sich auch nicht richtig aus, sondern nur vergleichsweise. Er ertrug immer noch das Ziehen des Fisches über den Schultern, aber er legte die linke Hand jetzt auf das Dollbord des Bugs und vertraute mehr und mehr von dem Widerstand gegen den Fisch dem Boot an.

Wie einfach es sein würde, wenn ich die Leine festmachen könnte, dachte er. Aber mit einem kleinen Ruck könnte er sie zerreißen. Ich muß das Ziehen der Leine mit meinem Körper wie mit einem Polster abfangen und jederzeit bereit sein, mit beiden Händen Leine zu geben.

«Aber du hast noch nicht geschlafen, alter Freund», sagte er laut. «Es ist ein halber Tag und eine Nacht und jetzt wieder ein Tag, und du hast nicht geschlafen. Du mußt dir etwas ausdenken, damit du ein bißchen schläfst, wenn er ruhig und stetig schwimmt. Wenn du nicht schläfst, kannst du wirr im Kopf werden.»

Mein Kopf ist ganz klar, dachte er. Zu klar. Er ist so klar wie die Sterne, die meine Brüder sind. Trotzdem muß ich schlafen. Sie schlafen, und der Mond und die Sonne schlafen, und selbst der Ozean schläft manchmal an gewissen Tagen, wenn keine Strömung steht und es windstill ist.

Aber vergiß nicht zu schlafen, dachte er. Tu es auch bestimmt und denk dir irgendeine sichere und einfache Geschichte mit den Leinen aus. Jetzt geh nach achtern und mach die Makrele zurecht. Es ist zu gefährlich, die Riemen als Bremse zu takeln, wenn du schlafen mußt.

Ich könnte ohne Schlaf auskommen, sagte er zu sich. Aber es wäre zu gefährlich.

Er begann, sich auf Händen und Knien nach achtern zurückzuarbeiten, vorsichtig, um nicht gegen den Fisch anzurucken. – Vielleicht schläft auch er halb, dachte er. Aber ich will nicht, daß er sich ausruht. Er muß ziehen, bis er stirbt.

Als er wieder im Heck war, drehte er sich um, so daß seine linke Hand den Druck der Leine, die über seine Schultern lief, hielt, und zog mit der rechten Hand sein Messer aus der Scheide. Die Sterne glänzten jetzt hell, und er sah die Goldmakrele deutlich, und er stieß ihr die Klinge des Messers in den Kopf und zog sie unter dem Heck hervor. Er setzte den einen Fuß auf den Fisch und schlitzte ihn schnell vom After bis zum Unterkiefer auf. Dann legte er sein Messer hin und entweidete ihn mit der rechten Hand, nahm ihn sauber aus und riß ihm die Kiemen heraus. Der Magen lag schwer und schlüpfrig in seinen Händen, und er schlitzte ihn auf. Innendrin waren zwei fliegende Fische. Sie waren frisch und fest, und er legte sie nebeneinander und ließ die Eingeweide und die Kiemen übers Heck fallen. Sie sanken und hinterließen eine leuchtende Spur im Wasser. Die Makrele war kalt und jetzt bei Sternenlicht von einem aussatzartigen Grauweiß, und der alte Mann enthäutete die eine Seite, während er den rechten Fuß auf dem Kopf des Fisches hielt. Dann drehte er ihn um und enthäutete die andere Seite und schnitt beide Seiten vom Kopf bis zum Schwanz hinunter los.

Er ließ das Gerippe über Bord gleiten und blickte ihm nach, um zu sehen, ob sich irgendein Wirbel im Wasser zeigte. Aber er sah nur das Leuchten, als es langsam versank. Dann drehte er sich um und legte die beiden fliegenden Fische in die beiden Fischfilets und steckte sein Messer in die Scheide zurück und arbeitete sich langsam wieder zum Bug hin. Sein Rücken war durch das Gewicht der quer über ihn laufenden Leine gekrümmt, und er trug die Fische in der rechten Hand.

Als er wieder vorn war, breitete er die beiden Fischfilets auf dem Holz aus und legte die fliegenden Fische daneben. Danach rückte er die Leine über seinen Schultern an eine andere Stelle und hielt sie wieder mit der linken Hand, die auf dem Dollbord ruhte. Dann beugte er sich über die Seite und wusch die fliegenden Fische im Wasser und stellte die Geschwindigkeit des Wassers gegen seine Hand fest. Seine Hand phosphoreszierte vom Abhäuten der Fische, und er beobachtete, wie das Wasser gegen sie strömte. Die Strömung war weniger stark, und als er die Seite seiner Hand gegen die Planken des Bootes rieb, schwemmten Phosphorteilchen ab und trieben langsam achteraus.

«Er wird müde oder er ruht sich aus», sagte der alte Mann. «Jetzt laß mich mal erst die Makrele hinter mich bringen und mich etwas ausruhen und ein bißchen schlafen.»

Unter den Sternen und in der immer kälter werdenden Nacht aß er die Hälfte eines der Makrelenfilets und einen der fliegenden Fische, den er ausgenommen und dem er den Kopf abgeschnitten hatte.

«Was für ein ausgezeichneter Fisch eine gekochte Makrele ist», sagte er. «Und was für ein jämmerlicher Fisch roh. Ich werde niemals wieder ohne Salz oder Limonen in einem Boot hinausfahren.»

Wenn ich Verstand hätte, würde ich den ganzen Tag lang Wasser über die Plicht gespritzt haben, und beim Trocknen hätte es Salz gegeben, dachte er. Aber ich habe die Makrele schließlich erst kurz vor Sonnenuntergang angehakt. Trotzdem war es ein Mangel an Vorsorge. Aber ich habe alles gut gekaut, und mir ist nicht übel.

Nach Osten zu bewölkte sich der Himmel, und ein Stern nach dem andern, den er kannte, verschwand. Es sah jetzt aus, als triebe er in eine ungeheure Wolkenschlucht hinein, und der Wind hatte sich gelegt.

«In drei oder vier Tagen gibt es schlechtes Wetter», sagte er. «Aber nicht heute nacht und nicht morgen. Takel sie jetzt auf, alter Freund, damit du zum Schlafen kommst, während der Fisch ruhig und stetig schwimmt.»

Er hielt die Leine fest in der rechten Hand und preßte dann den Oberschenkel gegen die rechte Hand, als er sein ganzes Gewicht gegen die Bordwand lehnte. Dann ließ er die Leine etwas tiefer über seine Schultern laufen und stützte sie mit der linken Hand.

Meine rechte Hand kann sie dort so lange halten, wie sie gestützt wird, dachte er. Wenn sie im Schlaf entspannt, wird mich meine linke Hand wecken, wenn die Leine ausläuft. Es ist schlimm für die rechte Hand. Aber sie ist allerlei gewohnt. Selbst wenn ich nur zwanzig Minuten oder eine halbe Stunde schlafe, ist es gut. Er lehnte sich vornüber und drückte seinen ganzen Körper hemmend gegen die Leine und legte sein ganzes Gewicht auf seine rechte Hand, und schon schlief er.

Er träumte nicht von den Löwen, sondern statt dessen von einem riesigen Schwarm von Tümmlern, der sich über acht oder zehn Meilen erstreckte, und es war die Zeit ihrer Paarung, und sie sprangen hoch in die Luft und kehrten in dasselbe Loch, das sie beim Springen im Wasser gemacht hatten, wieder zurück.

Dann träumte er, daß er im Dorf war, auf seinem Bett, und es wehte ein Norder, und er fror sehr, und sein rechter Arm war eingeschlafen, weil sein Kopf auf ihm statt auf einem Kissen gelegen hatte.

Danach begann er, von dem langen gelben Strand zu träumen, und er sah den ersten der Löwen in der frühen Dunkelheit herunterkommen, und dann kamen die andern Löwen, und er stützte sein Kinn auf die Planken der Back des in der abendlichen Landbrise vor Anker liegenden Schiffes und wartete darauf, ob noch mehr Löwen kommen würden, und er war glücklich.

Der Mond war bereits lange aufgegangen, aber er schlief weiter, und der Fisch zog stetig, und das Boot bewegte sich in den Wolkentunnel hinein.

Er wachte auf, als seine rechte Faust ihm mit einem Ruck ins Gesicht fuhr und die Leine glühheiß durch seine rechte Hand davonraste. Er fühlte seine linke Hand nicht, aber er bremste, so stark er konnte, mit der rechten, und die Leine raste weg. Schließlich faßte seine linke Hand die Leine, und er lehnte sich gegen die Leine zurück, und jetzt brannte sie auf seinem Rücken und in seiner linken Hand, und seine linke Hand hatte den ganzen einschneidenden Druck zu ertragen. Er blickte auf die Reserveleine, die reibungslos ablief. In dem Augenblick sprang der Fisch und riß den Ozean gewaltig auf und fiel dann schwer zurück. Dann sprang er wieder und wieder, und das Boot fuhr schnell, obwohl immer noch Leine wegraste und der alte Mann den Druck bis zum Zerreißen steigerte und er ihn wieder und wieder bis zum Zerreißen steigerte. Er war in die Plicht hinuntergerissen worden und lag mit dem Gesicht in dem abgeschnittenen Stück Makrele, und er konnte sich nicht rühren.

Darauf haben wir gewartet, dachte er. Jetzt heißt es durchhalten.

Für die Leine soll er aber zahlen, dachte er. Dafür soll er zahlen.

Er konnte die Sprünge des Fisches nicht sehen, sondern hörte nur das Aufbrechen des Ozeans und das schwere Klatschen, wenn er zurückfiel. Die wegsausende Leine schnitt furchtbar in seine Hände, aber er hatte immer gewußt, daß das passieren würde, und er bemühte sich, die Leine über die schwieligen Stellen laufen zu lassen und zu verhindern, daß sie in die Handflächen rutschte oder in seine Finger schnitt. – Wenn der Junge da wäre, würde er die Leine anfeuchten, dachte er. Ja, wenn der Junge da wäre. Wenn der Junge da wäre.

Die Leine zog hinaus und hinaus und hinaus, aber sie lief jetzt langsamer, und er zwang den Fisch, sich jeden Zentimeter zu erkämpfen. Jetzt kriegte er seinen Kopf vom Holz hoch, aus dem Stück Fisch heraus, das seine Backe zerquetscht hatte. Dann war er auf den Knien, und dann stand er langsam auf. Er gab Leine ab, aber die ganze Zeit über langsamer. Er arbeitete sich dorthin zurück, wo er mit seinem Fuß die Reserveleine fühlen konnte, die er nicht sehen konnte. Er hatte noch reichlich Leine, und jetzt mußte der Fisch die Reibung von all der neuen Leine durch das Wasser ziehen.

Ja, dachte er. Und jetzt ist er häufiger als ein dutzendmal gesprungen und hat die Luftsäcke in seinem Rücken mit Luft gefüllt, und er kann nicht tief hinunterziehen, um zu sterben, von wo ich ihn nicht wieder raufholen kann. Bald wird er zu kreisen anfangen, und dann muß ich ihn drillen. Was ihn wohl so plötzlich zum Losgehen gebracht hat? Kann ihn der Hunger zur Verzweiflung getrieben haben, oder hat ihn irgend etwas in der Nacht geängstigt? Vielleicht hat er plötzlich Angst gehabt. Aber er war solch ein ruhiger, starker Fisch, und er schien so furchtlos zu sein und so zuversichtlich. Es ist merkwürdig.

«Sei du lieber selbst furchtlos und zuversichtlich, alter Freund», sagte er. «Du hältst ihn wieder, aber du kriegst keine Leine rein. Aber bald muß er kreisen.»

Der alte Mann hielt ihn jetzt mit seiner linken Hand und seinen Schultern und bückte sich hinunter und schöpfte mit der rechten Hand Wasser, um das zerquetschte Makrelenfleisch von seinem Gesicht abzukriegen. Er hatte Angst, daß ihm davon übel werden könne und er erbrechen und dadurch Kraft verlieren würde. Als sein Gesicht gesäubert war, wusch er seine Hand im Wasser über Bord und ließ sie dann im Salzwasser, während er das Kommen der Dämmerung beobachtete, ehe die Sonne aufging. – Er nimmt beinah Kurs nach Osten, dachte er. Das bedeutet, daß er müde ist und mit der Strömung schwimmt. Bald wird er kreisen müssen. Dann beginnt die wirkliche Arbeit.

Als er fand, daß seine rechte Hand lang genug im Wasser gewesen war, nahm er sie heraus und besah sie sich.

«Es ist nicht schlimm», sagte er. «Und Schmerzen machen einem Mann nichts.»

Er ergriff behutsam die Leine, damit sie nicht in irgendeinen der frischen Schnitte rutschte, und verlagerte sein Gewicht so, daß er seine linke Hand auf der andern Seite des Boots in die See halten konnte.

«Für etwas Wertloses hast du dich gar nicht so schlecht gehalten», sagte er zu seiner linken Hand. «Aber es gab einen Augenblick, wo du nicht da warst.»

Warum bin ich nicht mit zwei guten Händen geboren? dachte er. Vielleicht war es meine Schuld, weil ich die da nicht ordentlich trainiert habe. Aber weiß Gott, sie hat genug Gelegenheit gehabt, was zu lernen. Heute nacht hat sie sich auch gar nicht so schlecht gehalten, und sie hat sich nur einmal verkrampft. Wenn sie sich noch einmal verkrampft, soll die Leine sie abschneiden.

Als er das dachte, wußte er, daß er nicht ganz klar im Kopf war, und er dachte, ich muß noch etwas von der Makrele essen. – Aber ich kann nicht, sagte er zu sich. Es ist besser, man ist nicht klar im Kopf, als daß man seine Kraft durch Übelkeit verliert. Und ich weiß, ich kann es nicht bei mir behalten, wenn ich es esse, weil ich mit dem Gesicht drin war. Ich heb es für den Notfall auf, bis es verdirbt. Aber jetzt ist es zu spät, sich durch Essen bei Kräften halten zu wollen. Du bist dumm, sagte er zu sich. Iß doch den zweiten fliegenden Fisch.

Er war da, ausgenommen und bereit, und er nahm ihn mit der linken Hand hoch und aß ihn und lutschte sorgfältig die Gräten ab und aß das Ganze bis auf den Schwanz.

Er hat mehr Nährwerte als irgendein anderer Fisch, dachte er. Jedenfalls die Art von Kraft, die ich brauche. Jetzt hab ich alles, was ich kann, getan, dachte er. Jetzt soll er anfangen zu kreisen, und der Kampf soll losgehen.

Die Sonne erhob sich zum drittenmal, seit er auf See war, als der Fisch zu kreisen begann.

An der Neigung der Leine konnte er nicht sehen, daß der Fisch kreiste. Dafür war es zu früh. Er fühlte nur ein schwaches Nachlassen von dem Druck der Leine, und er begann, behutsam mit der rechten Hand an ihr zu ziehen. Sie straffte sich wie immer, aber gerade als er den Punkt erreicht hatte, wo sie zu zerreißen drohte, begann Leine hereinzukommen. Er zog Kopf und Schultern unter der Leine hervor und fing an, behutsam und stetig Leine einzuholen. Er zog Hand über Hand und bemühte sich, soweit er konnte, mit Körper und Beinen zu ziehen. Seine alten Beine und Schultern drehten sich mit, als er Hand über Hand zog.

«Es ist ein sehr großer Kreis», sagte er. «Aber er kreist.» Dann kam keine Leine mehr herein, und er hielt sie, bis er in der Sonne die Tropfen von ihr springen sah. Dann lief sie aus, und der alte Mann kniete sich hin und ließ sie widerwillig in das dunkle Wasser zurücklaufen.

«Jetzt ist er am äußersten Ende des Kreises», sagte er. – Ich muß halten, was ich nur kann, dachte er. Die Anstrengung wird seinen Kreis jedesmal verkleinern. Vielleicht werde ich ihn in einer Stunde sehen. Jetzt muß ich ihn kleinkriegen, und dann muß ich ihn töten.

Aber der Fisch kreiste langsam immer weiter, und zwei Stunden später war der alte Mann naß von Schweiß und bis in die Knochen müde. Aber die Kreise waren jetzt viel kleiner, und an der Art, wie die Leine sich neigte, konnte er sehen, daß der Fisch, während er schwamm, stetig gestiegen war.

Seit einer Stunde hatte der alte Mann schwarze Punkte vor den Augen gesehen, und der Schweiß lief ihm salzig in die Augen und brannte in den Verletzungen über seinem Auge und auf der Stirn. Er hatte keine Angst vor den schwarzen Punkten. Das war normal bei der Anspannung, mit der er an der Leine zog. Zweimal jedoch hatte er sich schwach und schwindlig gefühlt, und das hatte ihn beunruhigt.

«Ich darf mich nicht selbst im Stich lassen und mit solch einem Fisch an der Leine sterben», sagte er. «Jetzt, wo er so wunderbar rankommt, hilf mir, lieber Gott, daß ich durchhalte. Ich will hundert Vaterunser und hundert Ave Maria beten, aber jetzt kann ich nicht.»

Betrachte sie als gesagt, dachte er. Ich sage sie später.

Gerade in dem Augenblick spürte er ein plötzliches Schlagen und Rucken an der Leine, die er mit beiden Händen hielt. Es fühlte sich scharf und hart und schwer an.

Er schlägt mit seinem Schwert gegen die Drahtöse, dachte er. Das mußte kommen. Das mußte er tun. Vielleicht springt er aber daraufhin, und ich hätte lieber, daß er weiter kreist. Das Springen war notwendig für ihn, um Luft einzuziehen. Aber jetzt kann jeder Sprung die Öffnung der Hakenwunde erweitern, und er kann den Haken abwerfen.

«Spring nicht, Fisch», sagte er. «Spring nicht.»

Der Fisch traf den Draht noch verschiedene Male, und jedesmal, wenn er mit dem Kopf stieß, gab der alte Mann ein bißchen Leine raus. – Ich darf seine Schmerzen nicht größer werden lassen, dachte er. Meine sind ganz egal. Meine kann ich beherrschen. Aber seine Schmerzen können ihn zum Wahnsinn treiben.

Nach einer Weile hörte der Fisch auf, gegen den Draht zu schlagen, und fing wieder an, langsam zu kreisen. Der alte Mann holte jetzt stetig Leine ein. Aber er fühlte sich wieder schwindlig. Er schöpfte mit seiner linken Hand etwas Seewasser und goß es sich über den Kopf. Dann goß er noch mehr drauf und rieb sich den Nacken.

«Ich habe keine Krämpfe», sagte er. «Bald wird er oben sein, und ich kann es durchstehen. Du mußt es durchstehen. Darüber ist gar nicht zu reden.»

Er kniete in der Vorplicht, und einen Augenblick lang streifte er die Leine wieder über den Rücken. Ich werd mich jetzt ausruhen, während er den Kreis ausschwimmt, beschloß er, und dann aufstehen und ihn drillen, wenn er näher kommt.

Es war eine große Versuchung, sich in der Plicht auszuruhen und den Fisch einen Kreis allein machen zu lassen, ohne etwas Leine zurückzuerobern. Aber als der Druck andeutete, daß der Fisch gewendet hatte und sich dem Boot wieder näherte, stand der alte Mann auf und begann das Drehen und schwingende Ziehen, durch das er die Leine hereinbekam, die er dem Fisch abgewann.

Ich bin müder, als ich je gewesen bin, dachte er, und jetzt kommt der Passatwind auf. Aber das wird gut sein, um ihn nachher reinzuschleppen. Den brauche ich dringend.

«Ich werde mich bei der nächsten Wendung, wenn er rausschwimmt, ausruhen», sagte er. «Ich fühl mich viel besser. Noch zwei oder drei Wendungen, und ich werd ihn haben.»

Sein Strohhut saß ihm weit hinten auf dem Kopf, und die straff werdende Leine zog den alten Mann in die Plicht hinunter, als er fühlte, wie der Fisch wendete.

Arbeit du jetzt, Fisch, dachte er. Ich werde dich drillen, wenn du wendest.

Die See war wesentlich bewegter. Aber es war eine Schönwetterbrise, und die brauchte er, um nach Haus zu kommen.

«Ich werd einfach nach Süden und Westen steuern», sagte er. «Auf See ist ein Mann nie verloren, und die Insel ist groß.»

Bei der dritten Wendung sah er den Fisch zum erstenmal.

Er sah ihn zuerst als dunkeln Schatten, der so lange brauchte, um unter dem Boot hindurchzukommen, daß er es kaum glauben konnte.

«Nein», sagte er. «So groß kann er nicht sein.»

Aber er war so groß, und nach Beendigung dieses Kreises kam er noch keine dreißig Meter weit entfernt an die Oberfläche, und der alte Mann sah seinen Schwanz aus dem Wasser ragen. Er war größer als ein großes Sensenblatt und ganz hell lavendelfarben über dem dunkelblauen Wasser. Er fiel zurück, und da der Fisch dicht unterhalb der Oberfläche schwamm, konnte der alte Mann seinen riesigen Umfang und die violetten Streifen, die ihn umgürteten, sehen. Seine Rückenflosse war angelegt, und seine riesigen Bauchflossen waren weit gespreizt.

Bei diesem Kreis konnte der alte Mann das Auge des Fisches sehen und die zwei grauen Saugfische, die um ihn herumschwammen. Manchmal schlossen sie sich ihm an. Manchmal schossen sie fort. Manchmal schwammen sie leicht in seinem Schatten. Sie waren jeder über drei Fuß lang, und wenn sie schnell schwammen, schnellten sie wie Aale ihren ganzen Körper vorwärts.

Der alte Mann schwitzte jetzt, aber noch von etwas anderem als von der Sonne. Bei jeder ruhigen, gelassenen Wendung, die der Fisch machte, gewann er Leine, und er war sicher, daß er nach zwei weiteren Wendungen eine Chance haben würde, seine Harpune in ihn hineinzustoßen.

Aber ich muß ihn ganz, ganz dicht dran haben, dachte er. Ich darf nicht auf den Kopf zielen, ich muß das Herz treffen.

«Sei ruhig und stark, alter Freund», sagte er.

Beim nächsten Kreis war der Rücken des Fisches draußen, aber er war ein wenig zu weit vom Boot entfernt. Beim nächsten Kreis war er noch zu weit entfernt, aber er war höher aus dem Wasser heraus, und der alte Mann war sicher, daß er nur noch etwas Leine hereinbekommen mußte, um ihn längsseits zu kriegen.

Er hatte seine Harpune lange vorher aufmontiert, und ihre Rolle von dünnem Tau war in einem runden Korb, und das Ende war im Beting in der Plicht befestigt.

Der Fisch kam jetzt, als er seinen Kreis beschrieb, ruhig und wunderschön aussehend, heran, und nur sein großer Schwanz bewegte sich. Der alte Mann zog, so stark er konnte, um ihn näher heranzuholen. Einen Augenblick lang legte sich der Fisch ein wenig um auf die Seite. Dann richtete er sich auf und begann einen neuen Kreis.

«Ich hab ihn gedreht», sagte der alte Mann. «Eben hab ich ihn gedreht.»

Jetzt fühlte er sich wieder schwindlig, aber er hielt den großen Fisch, so weit er konnte, im Druck. – Ich hab ihn gedreht, dachte er. Vielleicht kann ich ihn diesmal herüberlotsen. Zieht, Hände, dachte er. Steht mir bei, Beine. Halt durch, Kopf. Halt durch. Du hast mich nie im Stich gelassen. Dieses Mal werd ich ihn rumkriegen.

Aber als er eine Riesenanstrengung machte – er begann damit, lange bevor der Fisch längsseits kam – und mit allen Kräften zog, legte sich der Fisch etwas seitwärts und richtete sich dann auf und schwamm davon.

«Fisch», sagte der alte Mann. «Fisch, du mußt sowieso sterben. Mußt du mich auch töten?»

Auf diese Art ist gar nichts gewonnen, dachte er. Sein Mund war zu trocken, um zu sprechen, aber er konnte jetzt nicht nach der Wasserflasche langen. – Diesmal muß ich ihn längsseits kriegen, dachte er. Viele Wendungen kann ich nicht mehr aushalten. Doch, du kannst, sagte er zu sich. Du kannst ewig aushalten.

Bei der nächsten Wendung hatte er ihn beinah. Aber wieder richtete sich der Fisch auf und schwamm langsam davon.

Du tötest mich, Fisch, dachte der alte Mann. Aber dazu bist du berechtigt. Niemals habe ich etwas Größeres oder Schöneres oder Ruhigeres oder Edleres gesehen als dich, Bruder. Komm nur und töte mich. Mir ist es gleich, wer wen tötet.

Jetzt wirst du wirr im Kopf, dachte er. Du mußt einen klaren Kopf behalten. Behalt einen klaren Kopf und sieh zu, daß du es wie ein Mann erträgst. Oder wie ein Fisch, dachte er.

«Komm klar, Kopf», sagte er mit einer Stimme, die er kaum hören konnte. «Komm klar, Kopf.»

Noch zweimal geschah dasselbe bei den Wendungen. Ich versteh es nicht, dachte der alte Mann. Ihm war jedesmal beinah schwarz vor den Augen geworden. – Ich versteh es nicht. Aber ich werd es noch einmal versuchen.

Er versuchte es noch einmal, und er fühlte, wie ihm schwarz vor Augen wurde, als er den Fisch herüberzwang. Der Fisch richtete sich auf und schwamm, den großen Schwanz durch die Luft schwenkend, langsam wieder davon.

Ich versuche es noch einmal, sprach sich der alte Mann Mut zu, obwohl seine Hände jetzt zermantscht waren und er nur noch ab und zu richtig sehen konnte.

Er versuchte es noch einmal, und es war dasselbe. – Also, dachte er, und er fühlte, daß ihm schwindlig wurde, bevor er anfing, ich werde es noch einmal versuchen.

Er faßte all seinen Schmerz zusammen und was von seiner Kraft übrig war und seinem lang dahingeschwundenen Stolz, und er setzte es gegen den Todeskampf des Fisches, und der Fisch drehte sich auf die Seite und schwamm ruhig auf der Seite, und sein Schnabel berührte beinah die Planken des Boots, und er begann, langsam im Wasser an dem Boot vorbeizuziehen, lang, tief, breit, silbern und violett gestreift und ohne Ende.

Der alte Mann ließ die Leine fallen und setzte seinen Fuß darauf und hob die Harpune, so hoch wie er konnte, und stieß sie mit aller Kraft und frischer Kraft, die er gerade aufgebracht hatte, in die Seite des Fisches hinein, gerade hinter der großen Brustflosse, die hoch in die Luft bis zur Brusthöhe des Mannes stand. Er fühlte, wie das Eisen hineinging, und er lehnte sich drauf und trieb es weiter, und dann stieß er mit seinem ganzen Gewicht nach.

Nun wurde der Fisch lebendig, als er den Tod in sich spürte, und sprang hoch aus dem Wasser empor und zeigte seine ungeheure Länge und Breite und seine ganze Macht und Schönheit. Er schien über dem alten Mann in dem Boot in der Luft zu hängen. Dann fiel er krachend ins Wasser, so daß Schaum über den alten Mann und über das ganze Boot spritzte.

Dem alten Mann war schwindlig und übel, und er konnte nicht recht sehen, aber er entwirrte die Harpunenleine und ließ sie langsam durch seine wunden Hände laufen, und als er sehen konnte, sah er, daß der Fisch mit seinem silbernen Bauch nach oben, auf dem Rücken lag. Der Schaft der Harpune ragte in einem Winkel aus der Schulter des Fisches hervor, und die See verfärbte sich durch das Rot von dem Blut seines Herzens. Zuerst war es dunkel wie eine Untiefe in dem blauen Wasser, das mehr als eine Meile tief war. Dann breitete es sich wie eine Wolke aus. Der Fisch war silbrig und bewegungslos und trieb mit den Wellen.

Der alte Mann blickte in der flüchtigen Vision, die er hatte, aufmerksam um sich. Dann schlug er die Harpunenleine zweimal um die Beting unter der Plicht und legte den Kopf auf die Hände.

«Daß nur mein Kopf klar bleibt», sagte er gegen das Holz des Bugs. «Ich bin ein müder, alter Mann. Aber ich habe diesen Fisch getötet, der mein Bruder ist, und jetzt kommt noch die ganze Plakkerei.»

Jetzt muß ich die Schlingen vorbereiten und das Tau, um ihn längsseits zu vertäuen, dachte er. Selbst wenn wir zwei wären und das Boot beim Laden voll Wasser kriegten und es ausschöpften, würde es ihn niemals fassen. Ich muß alles vorbereiten, ihn dann ranholen und ihn gut vertäuen und den Mast aufrichten und das Segel für die Rückfahrt setzen.

Er begann, den Fisch heranzuholen, um ihn längsseits zu haben, damit er ihm eine Leine durch Kiemen und Maul ziehen und seinen

Kopf am Bug festmachen konnte. – Ich möchte ihn sehen, dachte er, und ihn anfassen und ihn befühlen. Er ist mein ganzer Reichtum, dachte er. Aber deswegen will ich ihn nicht befühlen. Ich glaube, ich habe sein Herz gefühlt, dachte er. Als ich das zweite Mal gegen den Harpunenschaft stieß. Hol ihn jetzt heran und mach ihn fest und laß die Schlinge um seinen Schwanz gehen und eine zweite um seinen Rumpf, um ihn an das Boot zu binden.

«An die Arbeit, alter Freund», sagte er. Er trank einen sehr kleinen Schluck Wasser. «Jetzt gibt es eine Menge Plackerei, wo der Kampf vorüber ist.»

Er blickte in den Himmel hinauf und dann hinaus auf seinen Fisch. Er blickte abschätzend nach der Sonne. – Es ist nicht viel später als Mittag, dachte er. Und der Passatwind frischt auf. Die Leinen sind mir jetzt alle ganz egal. Der Junge und ich werden sie spleißen, wenn wir zu Hause sind.

«Los, komm, Fisch», sagte er. Aber der Fisch kam nicht. Statt dessen lag er da und wälzte sich in den Wellen, und der alte Mann ruderte das Boot zu ihm heran.

Als er mit ihm auf gleicher Höhe war und der Kopf des Fisches gegen den Bug lag, konnte er einfach nicht glauben, daß er so groß war. Aber er löste die Harpunenleine von der Beting, zog sie durch die Kiemen des Fisches und durch seinen Rachen hinaus, machte eine Schlinge um sein Schwert, zog dann die Leine durch die andere Kieme, machte eine zweite Schlinge um den Schnabel und befestigte die doppelte Leine an der Beting in der Plicht. Dann schnitt er die Leine durch und ging achtern, um den Schwanz anzuschlingen. Das ursprüngliche Violett und Silber des Fisches hatte sich in Silber verwandelt, und die Streifen zeigten dieselbe blaßviolette Farbe wie sein Schwanz. Sie waren breiter als eine Männerhand mit ausgespreizten Fingern, und das Auge des Fisches blickte so starr wie die Spiegel in einem Periskop oder wie ein Heiliger in einer Prozession.

«Es war die einzige Art, wie man ihn töten konnte», sagte der alte Mann. Seit dem Schluck Wasser fühlte er sich wohler, und er wußte, daß es nicht mit ihm zu Ende ging und daß sein Kopf klar war. – Er wiegt über fünfzehnhundert Pfund, so wie er ist, dachte er. Vielleicht viel mehr. Wenn er ausgenommen zwei Drittel davon wiegt, zu dreißig Cents das Pfund?

«Dazu brauch ich einen Bleistift», sagte er. «So klar ist mein Kopf doch nicht. Aber ich glaube, der große DiMaggio würde heute stolz auf mich sein. Ich hatte keine Knochensporne. Aber der Rükken und die Hände taten furchtbar weh.» – Was wohl ein Knochensporn ist? dachte er. Vielleicht haben wir welche, ohne es zu wissen.

Er vertäute den Fisch am Bug, am Heck und an der mittleren Ducht. Er war so groß, es war, als ob man ein viel größeres Boot längsseits festmachte. Er schnitt ein Stück Leine ab und schnürte den Unterkiefer des Fisches mit seinem Schnabel zusammen, damit sein Maul sich nicht öffnen konnte und sie mit möglichst geringem Widerstand segeln würden. Dann richtete er den Mast auf, und an dem Stock, der seine Gaffel war, und an seiner aufgetakelten Spiere füllte sich das geflickte Segel, und das Boot begann, sich zu bewegen, und er segelte, im Heck halb liegend, südwestwärts.

Er brauchte keinen Kompaß, um zu wissen, wo Südwesten war. Er brauchte nur den Passatwind und das Ziehen seines Segels zu beobachten. Ich stecke wohl lieber eine kleine Angelschnur mit einem Blinker dran aus und seh zu, daß ich was zu essen bekomme. Aber er konnte keinen Blinker finden, und seine Sardinen waren verfault. Deshalb hakte er im Vorbeikommen ein Stückchen gelben Seetangs mit dem Fischhaken und schüttelte es, so daß die kleinen Garnelen, die drin waren, auf die Planken des Boots fielen. Es waren mehr als ein Dutzend, und sie sprangen und stießen um sich wie Sandflöhe. Der alte Mann knipste mit Daumen und Zeigefinger ihre Köpfe ab und aß sie und lutschte die Schalen und die Schwänze aus. Sie waren sehr winzig, aber er wußte, daß sie nahrhaft waren, und sie schmeckten gut.

Der alte Mann hatte noch zwei Schluck Wasser in der Flasche, und er nahm einen halben, nachdem er die Garnelen gegessen hatte. Das Boot segelte gut, wenn man die Handicaps in Betracht zog, und er steuerte mit der Ruderpinne unter dem Arm. Er konnte den Fisch sehen, und er brauchte nur seine Hände zu betrachten und seinen Rücken gegen das Heck zu lehnen, um zu wissen, daß dies wirklich passiert war und er nicht träumte. Einmal, als ihm ziemlich zum Schluß so schlecht gewesen war, hatte er gedacht, vielleicht ist es ein Traum. Dann, als er den Fisch aus dem Wasser herauskommen und bewegungslos im Himmel hatte hängen sehen, bevor er fiel, wußte er, daß hier etwas ganz Seltsames geschah, und er konnte es nicht fassen. Dann konnte er nicht recht sehen, obwohl er jetzt so gut wie je zuvor sah.

Jetzt wußte er: der Fisch war da, und seine Hände und sein Rükken waren kein Traum. – Die Hände heilen schnell, dachte er. Ich habe sie ordentlich ausbluten lassen, und das Salzwasser wird sie kurieren. Das dunkle Wasser dieses Golfs ist das beste Heilmittel, das es gibt. Alles, was ich tun muß, ist, einen klaren Kopf behalten. Die Hände haben ihre Arbeit getan, und wir haben gute Fahrt. Mit seinem geschlossenen Maul und seinem senkrecht aufgestellten Schwanz segeln wir wie Brüder. Dann wurde ihm ein bißchen wirr im Kopf, und er dachte: Bringt er mich rein, oder bringe ich ihn rein? Wenn ich ihn im Schlepp hätte, wäre es gar keine Frage. Auch wenn der Fisch im Boot wäre, aller Würde bar, wäre es gar keine Frage. Aber sie segelten zusammen, aneinandergeseilt, und der alte Mann dachte: Soll *er* mich ruhig reinschleppen, wenn er gern möchte. Ich bin ihm nur durch meine Schliche überlegen, und er hat nichts Böses gegen mich im Sinn.

Sie machten gute Fahrt, und der alte Mann hielt seine Hände im Salzwasser und suchte einen klaren Kopf zu behalten. Am Himmel standen hohe Kumulus- und über ihnen genügend Zirruswolken, so daß der alte Mann wußte, daß der Wind die ganze Nacht über anhalten würde. Der alte Mann blickte den Fisch unentwegt an, um sich zu vergewissern, daß es auch wahr sei. Es verging eine Stunde, ehe ihn der erste Hai anfiel.

Der Hai kam nicht zufällig. Er war von tief unten im Wasser heraufgekommen, als die dunkle Blutwolke sich gesetzt und in der meilentiefen See verteilt hatte. Er war so schnell heraufgekommen und so völlig ohne Vorsicht, daß er die Oberfläche des blauen Wassers durchbrach und in der Sonne war. Dann fiel er zurück in die See und nahm die Witterung auf und begann, auf dem Kurs zu schwimmen, den das Boot und der Fisch genommen hatten.

Manchmal verlor er die Witterung. Aber er nahm sie wieder auf oder auch nur eine Andeutung davon, und er folgte der Fährte schnell und ohne Zögern. Es war ein sehr großer Makohai, der so schnell schwimmen konnte wie der schnellste Fisch im Meer, und alles an ihm war prachtvoll bis auf seinen Rachen. Sein Rücken war so blau wie der eines Schwertfisches, und sein Bauch war silbern, und seine Haut war glatt und schön. Er war wie ein Schwertfisch gebaut bis auf seinen riesigen Rachen, der jetzt fest geschlossen war, als er schnell, eben unter der Wasseroberfläche, schwamm und seine hohe Rückenflosse ohne Schwanken das Wasser durchschnitt. Innerhalb der geschlossenen Lippen seines Rachens standen jede seiner acht Reihen Zähne schräg nach innen. Es waren nicht die gewöhnlichen, pyramidenartig geformten Zähne, wie sie fast alle Haie haben. Sie waren wie die Finger eines Mannes geformt, wenn sie sich wie Klauen zusammenkrallten. Sie waren beinah so lang wie die Finger des alten Mannes und hatten an beiden Seiten rasiermesserscharfe, schneidende Kanten. Dies war ein Fisch, der sich von all den Fischen der See ernähren konnte, die so schnell und stark und gut bewaffnet waren, daß sie keinen andern Feind hatten. Jetzt legte er Tempo zu, als er die frischere Spur bekam, und seine blaue Rückenflosse durchschnitt das Wasser.

Als der alte Mann ihn kommen sah, wußte er, daß dies ein Hai war, der überhaupt keine Furcht kannte und genau das tun würde, was ihm paßte. Er richtete die Harpune und befestigte die Leine, während er beobachtete, wie der Hai herankam. Die Leine war kurz, da das Stück fehlte, das er abgeschnitten hatte, um den Fisch festzuschnüren.

Der Kopf des alten Mannes war jetzt klar und frisch, und er war voller Entschlußkraft, aber er hatte wenig Hoffnung. – Es ging zu gut, um so zu bleiben, dachte er. Er warf einen Blick auf den großen Fisch, während er beobachtete, wie der Hai näher kam. – Es hätte genausogut ein Traum sein können, dachte er. Ich kann ihn nicht daran hindern, mich anzufallen, aber vielleicht kann ich ihn kriegen. *Dentuso*, dachte er. Unheil deiner Mutter!

Der Hai näherte sich schnell von achtern, und als er den Fisch anfiel, nahm der alte Mann das Aufsperren seines Rachens wahr und seine seltsamen Augen und das knackende Zuschnappen der Zähne, als er gerade oberhalb des Schwanzes in das Fleisch vorstieß. Der Kopf des Hais war über Wasser, und sein Rücken kam heraus, und der alte Mann konnte das Geräusch hören, wie Haut und Fleisch des großen Fisches zerrissen, als er die Harpune in den Kopf des Hais an einer Stelle einrammte, wo die Linie zwischen den Augen mit der Linie, die senkrecht von seiner Nase zurücklief, sich kreuzte. Es gab keine solchen Linien. Es gab nur den schweren, keilförmigen, blauen Kopf und die großen Augen und das Knacken des angreifenden, alles verschlingenden Rachens. Aber dies war die Stelle, wo das Gehirn war, und der alte Mann traf es. Er traf es, als er mit seinen blutigzermantschten Händen seine gute Harpune mit aller Kraft hineinstieß. Er traf es, ohne Hoffnung, aber mit ganzer Feindseligkeit und Entschlußkraft.

Der Hai rollte herum, und der alte Mann sah, daß sein Auge leblos war, und dann rollte er noch einmal herum und verfing sich in zwei Schlingen der Leine. Der alte Mann wußte, daß er tot war, aber der Hai wollte es nicht wahrhaben. Da, auf dem Rücken mit schlagendem Schwanz und knackenden Kiefern, pflügte der Hai durch das Wasser wie ein Rennboot. Das Wasser war weiß, wo sein Schwanz es peitschte, und drei Viertel seines Körpers ragten klar aus dem Wasser heraus, als die Leine sich straffte, erbebte und dann riß. Der Hai lag kurze Zeit ruhig an der Oberfläche, und der alte Mann beobachtete ihn. Dann ging er sehr langsam unter.

«Er hat ungefähr vierzig Pfund abgefetzt», sagte der alte Mann laut. – Er hat auch meine Harpune genommen und die ganze Leine, dachte er, und jetzt blutet mein Fisch wieder, und es werden andere kommen.

Er mochte den Fisch nicht mehr ansehen, seit er verstümmelt war.

Als der Hai den Fisch anfiel, war es, als ob er selbst angefallen würde.

Aber ich habe den Hai, der meinen Fisch angefallen hat, getötet, dachte er. Und er war der größte *dentuso,* den ich je gesehen habe. Und weiß Gott, ich habe große gesehen.

Es ging zu gut, um so zu bleiben, dachte er. Jetzt wünschte ich, es wäre ein Traum gewesen, und daß ich den Fisch nie angehakt hätte, und daß ich allein im Bett auf den Zeitungen läge.

«Aber der Mensch darf nicht aufgeben», sagte er. «Man kann vernichtet werden, aber man darf nicht aufgeben.» Es tut mir aber doch leid, daß ich den Fisch getötet habe, dachte er. Jetzt kommt das Schlimmste, und ich hab nicht einmal die Harpune. Der *dentuso* ist grausam und fähig und stark und klug. Aber ich war klüger als er. Vielleicht nicht, dachte er. Vielleicht war ich nur besser bewaffnet.

«Denk jetzt nicht, alter Freund», sagte er laut. «Segle auf deinem Kurs und nimm's auf dich, wenn's kommt.»

Aber ich muß denken, dachte er. Weil das alles ist, was mir bleibt. Das und Baseball. Wie es wohl dem großen DiMaggio gefallen hätte, wie ich ihn ins Gehirn traf? Es war keine große Sache, dachte er. Das könnte jeder. Aber ob wohl meine Hände ein ebenso großes Handicap waren wie sein Knochensporn? Das kann ich nicht wissen. Mein Hacken hat mir niemals was zu schaffen gemacht, bis auf das eine Mal, als der Stechrochen beim Schwimmen, wie ich auf ihn trat, hineingestochen hat und das Wadenbein paralysiert war und es unerträglich weh tat.

«Denk an irgend etwas Erfreuliches, alter Freund», sagte er. «Jede Minute bist du jetzt näher an zu Haus. Du segelst um vierzig Pfund leichter.»

Er wußte recht wohl, was geschehen konnte, sobald er den inneren Teil des Stromes erreichte. Aber jetzt ließ sich nichts dagegen tun.

«Doch, läßt sich», sagte er laut. «Ich kann mein Messer an den Griff von einem der Riemen festbinden.»

Also tat er das, mit der Ruderpinne unter dem Arm und der Schot des Segels unter dem Fuß.

«Jetzt», sagte er, «bin ich immer noch ein alter Mann. Aber ich bin nicht unbewaffnet.»

Die Brise war jetzt frisch, und er kam gut voran. Er beobachtete nur den vorderen Teil des Fisches, und ein gut Teil seiner Hoffnung kehrte zurück.

Es ist dumm, nicht zu hoffen, dachte er. Außerdem glaube ich, ist es eine Sünde. Denk nicht an Sünde, dachte er. Du hast jetzt genug Probleme ohne Sünde. Außerdem verstehe ich nichts davon.

Ich verstehe nichts davon, und ich weiß nicht genau, ob ich daran glaube oder nicht. Vielleicht war es eine Sünde, den Fisch zu töten. Wahrscheinlich war es das, obwohl ich es tat, um mein Leben zu fristen und viele Leute damit zu ernähren. Aber dann ist alles eine Sünde. Denk jetzt nicht an Sünde. Dafür ist es viel zu spät, und es gibt Leute, die bezahlt werden, um das zu tun. Die sollen darüber nachdenken. Du bist geboren worden, um ein Fischer zu sein, wie der Fisch geboren wurde, um ein Fisch zu sein. San Pedro war ein Fischer ebenso wie der Vater von dem großen DiMaggio.

Aber er dachte gern über all die Dinge nach, in die er verwickelt war, und da es nichts zum Lesen gab und er kein Radio hatte, dachte er viel, und er dachte weiter über die Sünde nach. Du hast den Fisch nicht nur getötet, um dein Leben zu fristen und um ihn zum Essen zu verkaufen, dachte er. Du hast ihn aus Hochmut getötet, und weil du ein Fischer bist. Du hast ihn geliebt, als er am Leben war, und danach hast du ihn auch geliebt. Wenn du ihn liebst, ist es keine Sünde, ihn zu töten. Oder ist es dadurch schlimmer? «Du denkst zuviel, alter Freund», sagte er laut.

Aber den *dentuso* hast du gern getötet, dachte er. Er lebt von den lebenden Fischen wie du. Er ist kein Aasgeier oder einfach ein schwimmender Appetit wie mancher Haifisch. Er ist wunderschön und edel und hat vor nichts Angst.

«Ich habe ihn in Notwehr getötet», sagte der alte Mann laut. «Und ich habe ihn gut getötet.»

Außerdem, dachte er, tötet alles auf irgendeine Art alles andere. Fischen tötet mich und erhält mich auch am Leben. Der Junge erhält mich am Leben, dachte er. Ich darf mir nicht zuviel vormachen.

Er lehnte sich über Bord und riß ein Stück von dem Fischfleisch los, wo der Hai hineingestoßen hatte. Er kaute es und bemerkte die Qualität und den feinen Geschmack. Es war fest und saftig wie Fleisch, aber es war nicht rot. Es war nicht zähfaserig, und er wußte, daß es den höchsten Preis auf dem Markt erzielen würde. Aber es gab kein Mittel, seinen Geruch vom Wasser fernzuhalten, und der alte Mann wußte, daß eine sehr schlimme Zeit bevorstand.

Die Brise war stetig. Sie hatte ein wenig weiter nach Nordost gedreht, und er wußte, dies hieß, daß sie nicht abflauen würde. Der alte Mann blickte in die Weite vor sich, aber er konnte kein Segel sehen noch konnte er den Rumpf oder den Rauch irgendeines Dampfers erblicken. Es gab nichts als die fliegenden Fische, die vor seinem Bug aufstiegen und nach beiden Seiten davonsegelten, und die gelben Flecken vom Golftang. Er konnte nicht einmal einen Vogel sehen.

Er war zwei Stunden gesegelt. Er ruhte im Heck und kaute hin und wieder ein Stückchen von dem Fleisch des Marlins und versuchte, sich auszuruhen und bei Kräften zu bleiben, als er den ersten der beiden Haie sah. – *«Ay»*, sagte er laut. Dieses Wort läßt sich nicht übersetzen, und wahrscheinlich ist es einfach ein Geräusch, wie ein Mann es vielleicht unwillkürlich macht, wenn er fühlt, wie der Nagel durch seine Hand hindurch und ins Holz geht.

«Galanos», sagte er laut. Er hatte jetzt die zweite Flosse hinter der ersten herankommen sehen und hatte sie durch die braunen, triangelförmigen Flossen und die fegende Bewegung ihres Schwanzes als schaufelnasige Haie identifiziert. Sie hatten die Witterung aufgenommen und waren aufgeregt, und, dumm vor Hunger, verloren und fanden sie die Spur in ihrer Aufregung. Aber sie kamen die ganze Zeit über näher.

Der alte Mann machte die Schot fest und klemmte die Ruderpinne ein. Dann nahm er den Riemen hoch, an dem das Messer festgebunden war. Er hob ihn so leicht an, wie er konnte, weil seine Hände sich gegen die Schmerzen auflehnten. Er ließ ihn los und umschloß ihn leicht, um sie geschmeidig zu machen. Dann schloß er die Hände ganz fest um den Riemen, damit sie jetzt den Schmerz ertrugen und nicht nachher davor zurückzucken würden, und beobachtete, wie die Haie näher kamen. Jetzt konnte er ihre breiten, abgeflachten, schaufelförmigen Köpfe sehen und ihre breiten, weißendigen Brustflossen. Es waren widerliche Haifische, schlecht riechend, Aasgeier sowohl wie Killer, und wenn sie hungrig waren, würden sie nach einem Riemen oder nach dem Ruder eines Bootes schnappen. Dies war die Sorte Haifische, die die Beine und Flossen der Schildkröten absäbelten, wenn die Schildkröten an der Oberfläche schliefen, und sie würden, wenn sie hungrig waren, einen Menschen im Wasser anfallen, selbst wenn er keinerlei Geruch von Fischblut oder Fischleim an sich hatte.

«Ay», sagte der alte Mann. *«Galanos,* los, komm, *galanos.»*

Sie kamen. Aber sie kamen nicht, wie der Mako gekommen war. Der eine wendete und verschwand unter dem Boot, und der alte Mann konnte das Boot erbeben fühlen, während er an dem Fisch zerrte und riß. Der andere beobachtete mit seinen geschlitzten, gelben Augen den alten Mann und näherte sich dann schnell mit seinen halbkreisförmigen, weit aufgerissenen Kiefern, um den Fisch dort anzufallen, wo er bereits zerbissen war. Die Linie zeigte sich deutlich oben auf seinem braunen Kopf und Rücken, wo das Gehirn ins Rückenmark übergeht, und der alte Mann stieß das Messer an dem Riemen in die Stelle, zog es heraus und stieß es dann von neuem hinein in die gelben, katzenartigen Augen des Hais. Der Hai ließ den Fisch los und glitt hinunter und verschlang, während er starb, was er abgefetzt hatte.

Das Boot schütterte immer noch, da der andere Hai den Fisch weiter zerstörte, und der alte Mann machte die Schot los, damit das Boot quer schwang, um den Hai darunter hervorzubringen. Als er den Hai sah, lehnte er sich über Bord und stieß nach ihm. Er traf nur Fleisch, und die Haut war hart gespannt, und er kriegte kaum das Messer hinein. Der Stoß tat nicht nur seinen Händen weh, sondern auch seiner Schulter. Aber der Hai kam schnell heran mit dem Kopf über Wasser, und der alte Mann traf ihn direkt mitten auf seinen abgeflachten Schädel, als sein Maul aus dem Wasser kam und den Fisch berührte. Der alte Mann zog die Klinge zurück und stieß sie noch einmal genau in die gleiche Stelle. Der Hai hing noch immer mit festgebissenen Kiefern an dem Fisch, und der alte Mann durchbohrte sein linkes Auge. Der Hai hing immer noch da.

«Nein?» sagte der alte Mann, und er stieß die Klinge zwischen Wirbelsäule und Schädeldecke. Das war jetzt eine einfache Sache, und er spürte, wie die Knorpel sich spalteten. Der alte Mann drehte den Riemen um und steckte das Blatt zwischen die Kiefer des Hais, um sie aufzubrechen. Er drehte das Blatt hin und her, und als der Hai wegglitt, sagte er: «Los, *galano,* rutsch eine Meile tief runter. Geh, besuch deine Freundin, oder vielleicht ist es deine Mutter.»

Der alte Mann wischte die Klinge des Messers ab und legte den Riemen hin. Dann griff er nach der Schot, und das Segel füllte sich, und er brachte das Boot auf Kurs.

«Die haben bestimmt ein Viertel von ihm genommen und vom besten Fleisch», sagte er laut. «Ich wünschte, es wäre ein Traum, und ich hätte ihn nie angehakt. Es tut mir leid, Fisch. Dadurch ist alles verdorben.» Er hielt inne und mochte den Fisch jetzt nicht ansehen. Ausgeblutet und gewässert, hatte er die Farbe von der Silberschicht eines Spiegels, aber seine Streifen waren noch zu sehen.

«Ich hätte nicht so weit hinausfahren sollen, Fisch», sagte er. «Deinetwegen und meinetwegen. Es tut mir leid, Fisch.»

Jetzt, sagte er zu sich selbst, untersuch mal das Seil am Messer und sieh nach, ob es durchschnitten ist. Dann bring deine Hand in Ordnung, weil noch mehr kommen wird.

«Ich wünschte, ich hätte einen Stein für das Messer», sagte der alte Mann, nachdem er das Seil am Griffende des Riemens untersucht hatte. «Ich hätte einen Stein mitnehmen sollen.» Du hättest eine Menge Dinge mitnehmen sollen, dachte er. Aber du hast sie nicht mit, alter Freund. Jetzt ist keine Zeit, um daran zu denken, was du nicht hast. Denk nach, was du mit dem, was da ist, tun kannst.

«Du gibst mir viele gute Ratschläge», sagte er laut. «Das hab ich satt.»

Er hielt die Ruderpinne unter dem Arm und hielt seine beiden Hände ins Wasser, während das Boot vorwärts fuhr.

«Gott weiß, wieviel dieser letzte genommen hat», sagte er. «Aber das Boot ist jetzt viel leichter.» Er wollte nicht an die verstümmelte Unterseite des Fisches denken. Er wußte, jeder der ruckartigen Stöße des Haies hatte abgerissenes Fleisch bedeutet und daß der Fisch jetzt für alle Haie eine Fährte so breit wie eine Landstraße durch die See zog.

Er war ein Fisch, um einen Mann den ganzen Winter über zu ernähren, dachte er. Denk nicht daran. Ruh dich nur aus und sieh zu, daß du deine Hände wieder in die Reihe kriegst, um das, was von ihm übrig ist, zu verteidigen. Der Blutgeruch von meinen Händen macht jetzt nichts aus mit all der Witterung im Wasser. Außerdem bluten sie auch nicht stark. Es ist nichts Wichtiges zerschnitten. Das Bluten bewahrt die Linke vielleicht vorm Verkrampfen.

Woran kann ich jetzt denken? dachte er. An nichts. Ich darf an nichts denken und muß auf die nächsten warten. Ich wünschte, es wäre wirklich ein Traum gewesen, dachte er. Aber wer weiß? Es hätte auch gut gehen können.

Der nächste Hai, der kam, war ein einzelner schaufelnasiger. Er kam wie ein Schwein zum Trog, wenn ein Schwein eine so weite Schnauze hätte, daß man seinen Kopf hineinstecken könnte. Der alte Mann ließ zu, daß er den Fisch anfiel, und stieß dann das Messer am Riemen tief in sein Gehirn. Aber der Hai schnellte rückwärts, als er herüberrollte, und die Messerklinge zerbrach.

Der alte Mann setzte sich zum Steuern zurecht. Er beobachtete nicht einmal, wie der große Hai langsam im Wasser versank, zuerst in Lebensgröße sichtbar war, dann klein und dann winzig wurde. Das faszinierte den alten Mann immer. Aber jetzt beobachtete er es nicht einmal.

«Ich habe noch den Fischhaken», sagte er. «Aber er wird mir nichts nützen. Ich hab die zwei Riemen und die Pinne und die kurze Keule.»

Jetzt haben sie mich untergekriegt, dachte er. Ich bin zu alt, um Haifische mit der Keule totzuschlagen. Aber ich will es versuchen, solange ich die Riemen und die kurze Keule und die Pinne habe.

Er hielt die Hände wieder ins Wasser, um sie zu kühlen. Es war Spätnachmittag geworden, und er sah nichts als die See und den Himmel. Der Wind wehte jetzt stärker als vorher, und er hoffte, daß er bald Land sehen würde.

«Du bist müde, alter Freund», sagte er. «Du bist innendrin müde.» Bis kurz vor Sonnenuntergang griffen ihn die Haie nicht wieder an.

Der alte Mann sah die braunen Flossen die weite Fährte, die der Fisch im Wasser machen mußte, entlangkommen. Sie stöberten nicht einmal nach der Spur. Sie nahmen geraden Kurs auf das Boot zu und schwammen Seite an Seite.

Er klemmte die Ruderpinne ein, machte die Schot fest und langte unter das Heck nach der Keule. Es war ein Riemengriff von einem abgebrochenen Riemen, den man ungefähr auf zweieinhalb Fuß Länge abgesägt hatte. Wegen des Halts am Griff konnte er ihn nur mit einer Hand wirkungsvoll benutzen, und er packte ihn fest mit der rechten Hand und faßte noch einmal nach, während er beobachtete, wie die Haie herankamen. Es waren beides *galanos*.

Ich muß den ersten gut zupacken lassen und ihn auf die Spitze seiner Nase oder direkt über den Schädel hauen, dachte er.

Die beiden Haie kamen zusammen heran, und als er sah, wie der, der ihm zunächst war, den Rachen aufsperrte und die Zähne in die silberne Seite des Fisches grub, hob er die Keule hoch und ließ sie schwer und krachend auf den breiten Kopf des Haies hinuntersausen. Er fühlte den elastischen Widerstand, als die Keule aufschlug. Aber er fühlte auch die Festigkeit des Knochens, und er traf den Hai noch einmal schwer auf die Spitze seiner Nase, als er von dem Fisch abglitt.

Der andere Hai war dagewesen und wieder fortgeschwommen und kam jetzt mit weitgeöffnetem Rachen von neuem heran. Der alte Mann konnte Fleischstücke von dem Fisch sehen, die weiß aus den Winkeln seines Rachens heraushingen, als er auf den Fisch losging und die Kiefer schloß. Der alte Mann schlug auf ihn los und traf nur den Kopf, und der Hai blickte ihn an und zerrte das Fleisch los. Der alte Mann schlug noch einmal mit der Keule auf ihn los, als er wegglitt, um es runterzuschlingen, und traf nur etwas Schweres, Festes, Gummiartiges.

«Los, komm, *galano*», sagte der alte Mann. «Los, komm noch mal.»

Der Hai jagte heran, und der alte Mann traf ihn, als er die Kiefer schloß. Er traf ihn mit aller Wucht und von so weit oben, wie er die Keule heben konnte. Dieses Mal fühlte er den Knochen an der Schädelbasis, und er schlug noch einmal auf dieselbe Stelle, während der Hai leicht betäubt das Fleisch losfetzte und von dem Fisch hinunterglitt.

Der alte Mann wartete darauf, daß er noch einmal kommen würde. Aber keiner der beiden Haie zeigte sich. Dann sah er einen an der Oberfläche kreisen. Die Flosse des anderen sah er nicht.

Ich konnte nicht damit rechnen, sie zu töten, dachte er. Früher hätte ich es gekonnt. Aber ich habe ihnen tüchtig weh getan, und keiner von beiden kann sich sehr wohl fühlen. Wenn ich meinen Schläger mit beiden Händen hätte benutzen können, hätte ich den ersten bestimmt totgeschlagen. Selbst jetzt, dachte er.

Er mochte den Fisch nicht ansehen. Er wußte, daß er zur Hälfte vernichtet war. Die Sonne war untergegangen, während er mit den Haien gekämpft hatte.

«Bald wird es dunkel sein», sagte er. «Dann müßte ich den Lichtschein von Havanna sehen. Wenn ich zu weit ostwärts bin, werde ich das Licht von dem einen oder anderen neuen Strand sehen.»

Ich kann jetzt nicht mehr allzu weit draußen sein, dachte er. Hoffentlich hat sich keiner zu sehr gesorgt. Natürlich ist nur der Junge da, der sich Sorgen machen kann. Aber ich weiß, daß er an mich glaubt. Viele von den älteren Fischern werden sich Sorgen machen. Viele andere auch, dachte er. Ich wohne in einer guten Stadt.

Er konnte nicht mehr mit dem Fisch sprechen, weil der Fisch zu arg verstümmelt war. Dann kam ihm eine Idee.

«Halber Fisch», sagte er, «Fisch, der du gewesen bist. Es tut mir leid, daß ich zu weit hinausgefahren bin. Ich habe uns beide erledigt. Aber wir haben viele Haie getötet, du und ich, und viele andere erledigt. Wie viele hast du im ganzen getötet, Fisch? Du hast das Schwert da an deinem Kopf nicht umsonst.»

Er dachte gern an den Fisch und wie er einen Hai zurichten könnte, wenn er frei umherschwimmen würde. Ich hätte den Schnabel abhakken sollen, um sie damit zu bekämpfen, dachte er. Aber ich hatte keine Axt und kein richtiges Messer.

Aber wenn ich's getan hätte und den Schnabel an einen Riemengriff gebunden hätte, was für eine Waffe! Dann hätten wir sie zusammen bekämpfen können. Was wirst du jetzt tun, wenn sie in der Nacht kommen? Was kannst du tun?

«Sie bekämpfen», sagte er. «Ich werde sie bekämpfen, bis ich tot bin.»

Aber jetzt im Dunkeln und ohne Lichtschein und ohne Lichter und nur mit dem Wind und dem gleichmäßigen Ziehen des Segels hatte er das Gefühl, daß er vielleicht bereits tot sei. Er legte beide Hände aneinander und fühlte seine Handflächen. Sie waren nicht tot, und er konnte einfach, indem er sie öffnete und schloß, den Schmerz des Lebens hervorrufen. Er lehnte den Rücken ins Heck und wußte, daß er nicht tot war. Seine Schultern sagten es ihm.

Ich hab noch all die Gebete, die ich versprochen habe, wenn ich den Fisch fange, dachte er. Aber ich bin zu müde, um sie jetzt zu sagen. Ich hol lieber den Sack und leg ihn mir über die Schultern.

Er lag im Heck und steuerte und wartete darauf, daß sich der

Lichtschein am Himmel zeigen würde. – Ich habe die Hälfte von ihm, dachte er. Vielleicht hab ich Glück und bring die vordere Hälfte nach Hause. Etwas Glück sollte ich haben. Nein, dachte er. Du hast dein Glück verscherzt, als du zu weit hinausgefahren bist.

«Sei nicht albern», sagte er laut, «und bleib wach und steuere. Du kannst noch viel Glück haben.»

«Ich würde gern etwas kaufen, falls es irgendwo verkauft wird», sagte er.

Womit könnte ich es kaufen? fragte er sich selbst. Könnte ich es mit einer verlorenen Harpune und einem zerbrochenen Messer und zwei wunden Händen kaufen?

«Vielleicht», sagte er. «Du hast versucht, es mit vierundachtzig Tagen auf See zu kaufen. Man hat es dir auch beinah dafür verkauft.»

Ich darf keinen Unsinn denken, dachte er. Glück ist etwas, das in vielen Formen kommt, und wer kann es erkennen? Ich würde jedoch etwas in jeder Form nehmen und bezahlen, was man verlangt. Ich wünschte, ich könnte den Schein der Lichter sehen, dachte er. Ich wünsche zu viele Sachen. Aber das ist die Sache, die ich mir jetzt wünsche. Er versuchte, es sich beim Steuern etwas bequemer zu machen, und durch seine Schmerzen wußte er, daß er nicht tot war.

Er sah den Widerschein von den Lichtern der Stadt, als es wohl so ungefähr zehn Uhr abends sein mußte. Zuerst waren sie nur wahrnehmbar wie die Helle am Himmel, ehe der Mond aufgeht. Dann sah man sie stetig jenseits des Ozeans, der jetzt durch den zunehmenden Wind stürmisch bewegt war. Er steuerte in den Lichtschein hinein und dachte, daß er jetzt bald den Rand des Stromes erreichen müßte. – Jetzt ist es vorbei, dachte er. Sie werden mich vielleicht noch einmal anfallen. Aber was kann ein Mann im Dunkeln ohne Waffe gegen sie tun?

Er war jetzt steif und wund, und seine Verletzungen und all die geschundenen Stellen an seinem Körper schmerzten in der Kälte der Nacht. – Hoffentlich brauche ich nicht noch mal zu kämpfen, dachte er. Ich hoffe so sehr, daß ich nicht noch mal zu kämpfen brauche.

Aber um Mitternacht kämpfte er, und diesmal wußte er, daß der Kampf zwecklos war. Sie kamen in einem Rudel, und er konnte nur die Linien sehen, die ihre Flossen im Wasser machten, und ihr Phosphoreszieren, als sie sich auf den Fisch stürzten. Er schlug mit seiner Keule auf Köpfe ein und hörte ihre Kiefer zuhacken und spürte das Beben des Bootes, als sie sich festbissen. Er schlug mit seiner Keule verzweifelt auf das los, was er nur hören und fühlen konnte, und er fühlte, wie etwas die Keule packte und sie weg war.

Er zerrte die Pinne vom Ruder und schlug und hackte mit ihr

drauflos, hielt sie in beiden Händen und ließ sie wieder hinuntersausen. Aber sie kamen jetzt bis zum Bug, und einer nach dem andern und alle zusammen jagten heran und rissen die Fleischstücke los, die sich leuchtend in der See abhoben, als sie wendeten, um zurückzukommen.

Einer stieß schließlich gegen den Kopf selbst, und der alte Mann wußte, daß es nun vorbei war. Er schwang die Pinne über den Schädel des Hais, wo die Kiefer in der Zähigkeit des Fischkopfes, der nicht zerreißen wollte, verfangen waren. Er schwang sie einmal und zweimal und noch einmal. Er hörte, wie die Pinne zerbrach, und er schlug ungestüm mit dem zersplitterten Ende auf den Hai ein. Er fühlte, wie es eindrang, und da er wußte, daß es scharf war, stieß er es zum zweitenmal hinein. Der Hai ließ los und rollte fort. Das war der letzte Hai von dem Rudel, der kam. Es gab nichts mehr für sie zu fressen.

Der alte Mann konnte jetzt kaum atmen, und er hatte einen merkwürdigen Geschmack im Mund. Es war kupferartig und süßlich, und einen Augenblick hatte er Angst davor. Aber es war nicht viel davon.

Er spie in den Ozean und sagte: «Freßt das *galanos.* Und träumt, daß ihr einen Mann getötet habt.»

Er wußte, daß er jetzt endgültig und unwiderruflich geschlagen war, und er ging ins Heck zurück und fand, daß das zersplitterte Ende der Pinne in die schmale Öffnung des Steuerruders gut genug hineinpaßte, um damit zu steuern. Er legte sich den Sack um die Schultern und brachte das Boot auf seinen Kurs. Er segelte jetzt unbeschwert, und er hatte weder Gedanken noch Gefühle irgendwelcher Art. Nichts ging ihn mehr an, und er segelte das Boot so gut und mit so viel Überlegung, wie er konnte, um seinen Heimathafen anzulaufen. In der Nacht fielen Haie das Gerippe an, wie jemand von einer Tafel Krumen auflesen mag. Der alte Mann kümmerte sich nicht um sie, und kümmerte sich um nichts als um sein Steuern. Ihm fiel nur auf, wie leicht und gut das Boot dahinsegelte, jetzt, als kein großes Gewicht an seiner Seite hing. Ein gutes Boot, dachte er. Das ist in Ordnung und hat keinen Schaden erlitten bis auf die Pinne. Die läßt sich leicht ersetzen.

Er konnte spüren, daß er jetzt innerhalb des Stroms war, und er konnte die Lichter der Strandkolonien längs des Ufers sehen. Er wußte jetzt, wo er war, und es war ein leichtes, nach Haus zu kommen.

Wenigstens der Wind ist unser Freund, dachte er. Dann fügte er hinzu, manchmal. Und die große See mit unsern Freunden und unsern Feinden. Und mein Bett, dachte er. Mein Bett ist mein Freund.

Ja, mein Bett, dachte er. Das Bett wird wunderbar sein. Es ist einfach, wenn man geschlagen ist, dachte er. Ich wußte niemals, wie einfach es ist. Und was hat dich geschlagen? dachte er. «Nichts», sagte er laut. «Ich bin zu weit hinausgefahren.»

Als er in den kleinen Hafen hineinsegelte, waren die Lichter der «Terrasse» aus, und er wußte, daß alle schliefen. Der Wind hatte ständig aufgefrischt und blies jetzt stark. Im Hafen jedoch war es ruhig, und er segelte auf das kleine Stückchen steinigen Strands unter den Felsen hinauf. Es war niemand da, um ihm zu helfen, deshalb stakte er das Boot so weit hinauf, wie er konnte. Dann stieg er aus und machte es an einem Felsblock fest.

Er nahm den Mast heraus und schlug das Segel drum und band es fest. Dann schulterte er den Mast und begann hinaufzuklettern. Da erst wurde ihm die Tiefe seiner Müdigkeit bewußt. Er blieb einen Augenblick stehen und blickte zurück und sah in der Spiegelung der Straßenlaterne den großen Schwanz des Fisches hoch über das Heck des Boots ragen. Er sah die nackte, weiße Linie seines Rückgrats und die dunkle Masse des Kopfes mit dem hervorstehenden Schnabel und all die Nacktheit dazwischen.

Er begann wieder zu klettern, und oben fiel er hin und lag eine Weile da mit dem Mast über der Schulter. Er versuchte aufzustehen. Aber es war zu schwierig, und er saß da mit dem Mast auf der Schulter und blickte auf die Straße.

Eine Katze kam auf der anderen Seite vorbei und ging ihren Geschäften nach, und der alte Mann beobachtete sie. Dann beobachtete er nur noch die Straße.

Schließlich legte er den Mast hin und stand auf. Er hob den Mast auf und legte ihn sich über die Schulter und machte sich auf den Weg. Er mußte sich fünfmal hinsetzen, ehe er seine Hütte erreichte.

In der Hütte lehnte er den Mast gegen die Wand. Im Dunkeln fand er eine Flasche mit Wasser und trank einen Schluck. Dann legte er sich auf sein Bett. Er zog die Decke über seine Schultern und dann über seinen Rücken und seine Beine, und er schlief mit dem Gesicht auf den Zeitungen, mit ausgestreckten Armen und den Handflächen nach oben.

Er schlief, als der Junge am Morgen zur Tür hineinblickte. Es stürmte so heftig, daß die Treibnetzfischer nicht hinausfahren würden, und der Junge hatte lange geschlafen, und dann war er zur Hütte des alten Mannes gekommen, wie er jeden Morgen gekommen war. Der Junge sah, daß der alte Mann atmete, und dann sah er die Hände des alten Mannes, und er fing an zu weinen. Er ging sehr leise hinaus, um etwas Kaffee zu holen, und auf seinem Weg die ganze Straße hinunter weinte er.

Viele Fischer standen um das Boot herum und besahen sich, was an seiner Seite vertäut war, und einer stand mit aufgerollten Hosen im Wasser und maß das Skelett mit einem Stück Leine.

Der Junge ging nicht hinunter. Er war schon vorher dort gewesen, und einer der Fischer kümmerte sich für ihn um das Boot.

«Wie geht's ihm?» rief einer der Fischer.

«Schläft», antwortete der Junge. Es war ihm gleich, daß sie ihn weinen sahen. «Daß keiner ihn stört.»

«Er war achtzehn Fuß vom Maul bis zum Schwanz», rief der Fischer, der ihn ausmaß.

«Das glaub ich», sagte der Junge. Er ging in die «Terrasse» und ließ sich eine Kanne voll Kaffee geben.

«Heiß und mit ordentlich viel Milch und Zucker drin.»

«Noch irgendwas?»

«Nein. Nachher werd ich sehen, was er essen kann.»

«Was das für ein Fisch war», sagte der Besitzer. «Solch einen Fisch hat es überhaupt noch nie gegeben. Das waren auch zwei schöne Fische, die du gestern gefangen hast.»

«Zum Teufel mit meinen Fischen», sagte der Junge. Und er fing wieder an zu weinen.

«Möchtest du irgend etwas trinken?» fragte der Besitzer.

«Nein», sagte der Junge. «Sag ihnen, sie sollen Santiago nicht stören. Ich komm nachher noch mal.»

«Sag ihm, wie leid es mir tut.»

«Danke», sagte der Junge.

Der Junge trug die heiße Kaffeekanne zu der Hütte des alten Mannes hinauf und saß neben ihm, bis er aufwachte. Einmal sah es aus, als ob er aufwachen würde. Aber er fiel wieder in tiefen Schlaf, und der Junge ging quer über die Straße, um sich etwas Holz zu borgen, um den Kaffee aufzuwärmen.

Schließlich wachte der alte Mann auf.

«Setz dich nicht auf», sagte der Junge. «Trink das.» Er goß etwas Kaffee in ein Glas.

Der alte Mann nahm es und trank es.

«Sie haben mich geschlagen, Manolin», sagte er. «Sie haben mich wahrhaftig geschlagen.»

«*Er* hat dich nicht geschlagen. Der Fisch nicht.»

«Nein, wahrhaftig. Es war nachher.»

«Pedrico kümmert sich um das Boot und das Gerät. Was willst du, was soll mit dem Kopf geschehen?»

«Pedrico kann ihn zerhacken und ihn für Fischreusen benutzen.»

«Und das Schwert?»

«Behalt du das, wenn du es haben möchtest.»

«Ich möchte es haben», sagte der Junge. «Jetzt müssen wir unsere Pläne machen wegen der andern Sachen.»

«Hat man nach mir gesucht?»

«Natürlich. Mit Küstenschutz und mit Flugzeugen.»

«Der Ozean ist sehr groß, und ein Boot ist klein und schwer zu sehen», sagte der alte Mann. Er bemerkte, wie angenehm es war, jemand zum Unterhalten zu haben, anstatt nur mit sich selbst und der See zu reden. «Du hast mir gefehlt», sagte er. «Was hast du gefangen?»

«Am ersten Tag einen, am zweiten Tag einen und am dritten Tag zwei.»

«Sehr gut.»

«Jetzt gehen wir wieder zusammen fischen.»

«Nein. Ich hab kein Glück. Ich habe kein Glück mehr.»

«Zum Teufel mit dem Glück», sagte der Junge. «Ich werd das Glück mitbringen.»

«Was wird deine Familie sagen?»

«Das ist mir gleich. Gestern hab ich zwei gefangen. Aber jetzt fischen wir wieder zusammen, weil ich noch eine Menge zu lernen habe.»

«Wir müssen uns einen guten Speer zum Töten besorgen und ihn immer an Bord haben. Du kannst die Klinge aus einer Blattfeder von einem alten Ford machen. Wir können sie in Guanabacoa schleifen. Sie muß scharf sein und nicht geglüht, damit sie nicht bricht. Mein Messer ist zerbrochen.»

«Ich werde ein neues Messer besorgen und die Feder schleifen lassen. Wie viele Tage wird die schwere *brisa* dauern?»

«Vielleicht drei, vielleicht mehr.»

«Ich werde alles fertig haben», sagte der Junge. «Krieg du deine Hände wieder in Ordnung, Alter.»

«Ich weiß, wie man sie kuriert. In der Nacht hab ich etwas Merkwürdiges ausgespien und hab gefühlt, daß etwas in meiner Brust zerbrochen ist.»

«Krieg das auch wieder in Ordnung», sagte der Junge. «Leg dich hin, Alter, und ich werd dir dein sauberes Hemd holen. Und etwas zu essen.»

«Bring Zeitungen mit von den Tagen, in denen ich weg war», sagte der alte Mann.

«Du mußt schnell gesund werden, denn es gibt viel, was ich lernen muß, und du kannst mir alles beibringen. Hast du viel ausgestanden?»

«Genug», sagte der alte Mann.

«Ich werd das Essen und die Zeitungen holen», sagte der Junge.

«Ruh dich gut aus, Alter. Ich bring dir Zeugs aus dem Drugstore für deine Hände mit.»

«Vergiß nicht, Pedrico zu sagen, daß ihm der Kopf gehört.»

«Nein. Ich werd dran denken.»

Als der Junge zur Tür hinausging und den ausgetretenen Korallenfelsweg hinunter, weinte er wieder.

An jenem Nachmittag war eine Touristengesellschaft in der «Terrasse», und als sie zwischen den leeren Bierdosen und toten *barracudas* ins Wasser blickte, sah eine Frau eine große, lange, weiße Wirbelsäule mit einem riesigen Schwanz am Ende, die sich mit der Flut hob und hin und her schwang, während der Ostwind außerhalb des Hafeneingangs eine hochgehende See aufwühlte.

«Was ist denn das?» fragte sie einen Kellner und zeigte auf das lange Rückgrat des großen Fisches, das jetzt einfach Abfall war und darauf wartete, mit der Ebbe hinausgeschwemmt zu werden.

«Tiburon», sagte der Kellner. «'n Hai.» Er beabsichtigte hiermit zu erklären, was geschehen war.

«Ich wußte gar nicht, daß Haifische so schöne, wohlgeformte Schwänze haben.»

«Ich auch nicht», sagte ihr männlicher Begleiter.

Der alte Mann in seiner Hütte oben an der Straße schlief wieder. Er schlief immer noch mit dem Gesicht nach unten, und der Junge saß neben ihm und gab auf ihn acht. Der alte Mann schlief und träumte von den Löwen.